ピップ・ウィリアムズ

最所篤子＝訳

ジェリコの製本職人

＊

The Bookbinder of Jericho

PIP WILLIAMS

JN197248

小学館

ジェリコの製本職人

THE BOOKBINDER OF JERICHO by Pip Williams
Copyright © 2023 by Pip Williams
Japanese translation rights arranged with Kaplan/DeFiore Rights
through Japan UNI Agency, Inc., Tokyo

主な登場人物

ペギー(マーガレット)・ジョーンズ……オックスフォード大学出版局製本所の女工
モード・ジョーンズ……ペギーの双子の妹。製本所の女工
ヘレン・ジョーンズ……ペギーとモードの母、故人
ティルダ・テイラー……女優。女性社会政治連合WSPUを脱退した篤志救護隊員
バスティアン・ピーターズ……ベルギー人士官
ロッタ・グーセンス……ベルギー難民。ルーヴェンのカトリック大学図書館元司書
グウェン……サマーヴィル・カレッジの学生
ヴァネッサ・ストッダード……製本所の主任
ソフィア・ガーネル……サマーヴィル・カレッジ図書館の司書
エブ(エビネザー)……製本所の書籍修復職人
ミセス・ホッグ……製本所の作業長
ルー(ルイーズ)、アギー(アガサ)……製本所のペギーの同僚、友人
ガレス・オーウェン……出版局植字室の主任植字工
ジャック・ラウントリー……植字室で働く、ガレスの部下
ロージー・ラウントリー……ペギー姉妹の隣人。ジャックの母
ホレス・ハート……出版局経理部長、印刷所監督
パメラ・ブルース……オックスフォード戦争難民委員会の委員長。サマーヴィル・カレッジ副学長アリスの姉

目次

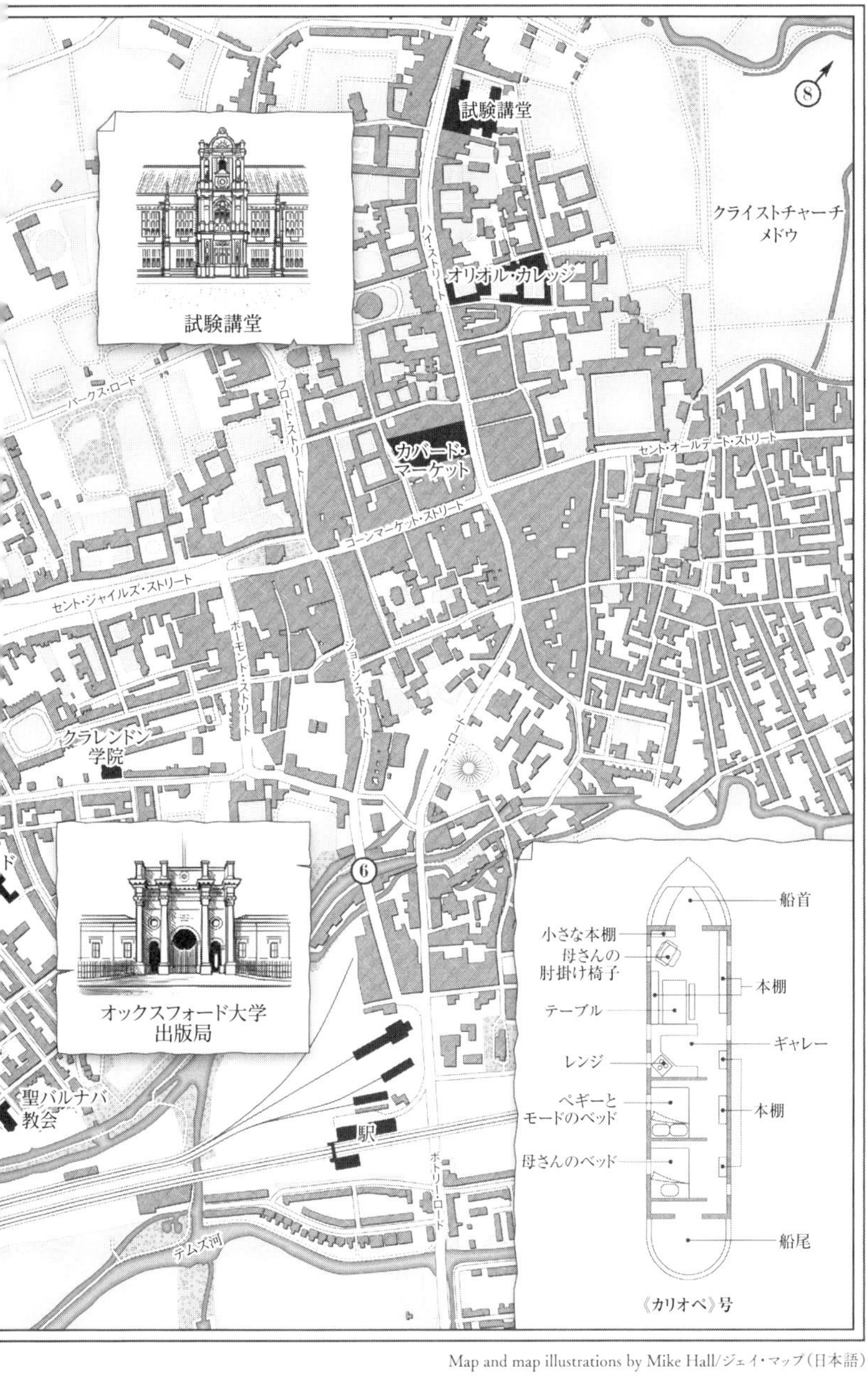

Map and map illustrations by Mike Hall/ジェイ・マップ(日本語)

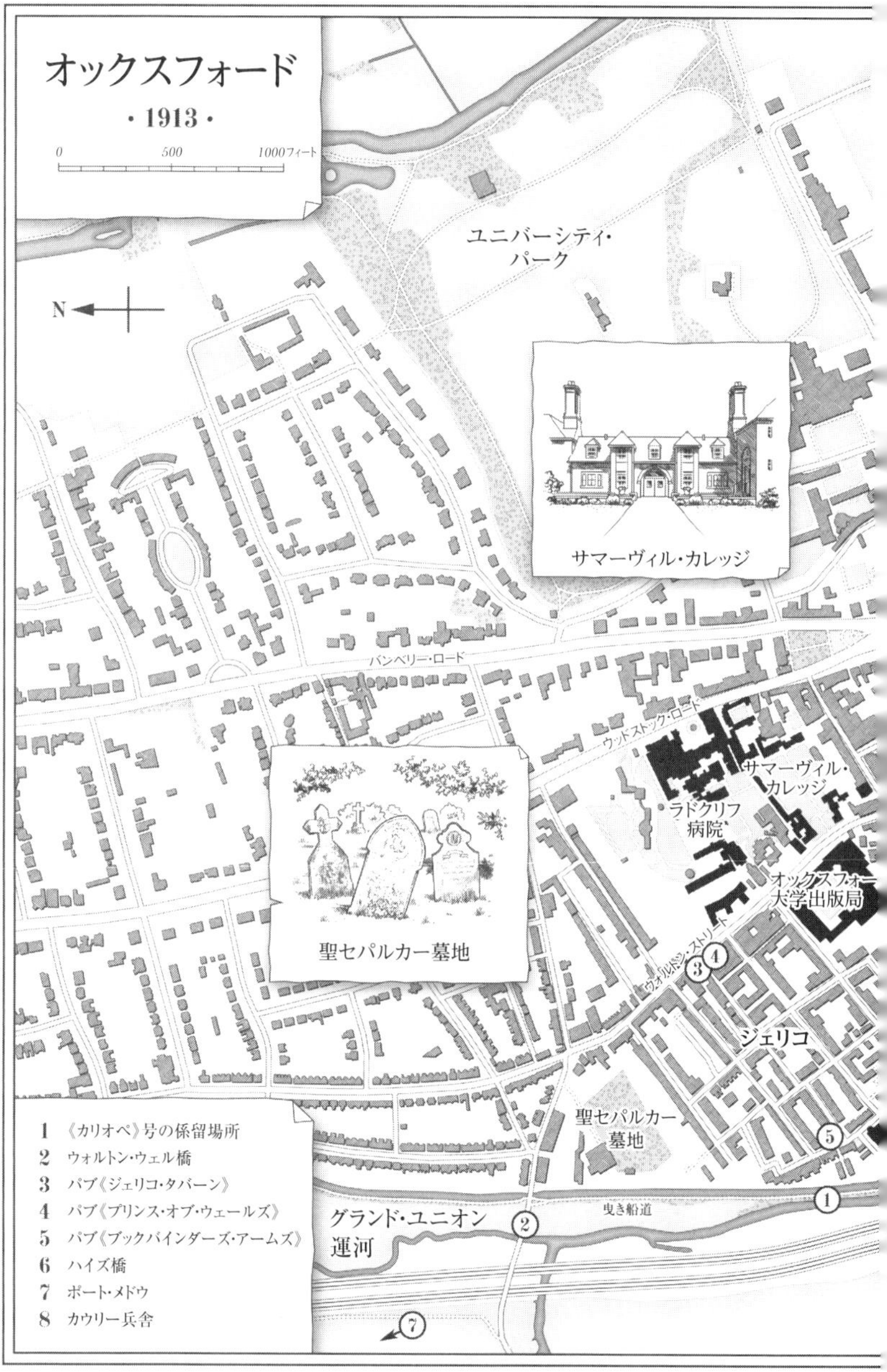

オックスフォード
・1913・
0
500
1000フィート
N
ユニバーシティ・
パーク
サマーヴィル・カレッジ
バンベリー・ロード
ウッドストック・ロード
サマーヴィル・
カレッジ
ラドクリフ
病院
オックスフォー
大学出版局
聖セパルカー墓地
ウォルトン・ストリート
ジェリコ
聖セパルカー
墓地
曳き船道
グランド・ユニオン
運河
1 《カリオペ》号の係留場所
2 ウォルトン・ウェル橋
3 パブ《ジェリコ・タバーン》
4 パブ《プリンス・オブ・ウェールズ》
5 パブ《ブックバインダーズ・アームズ》
6 ハイズ橋
7 ポート・メドウ
8 カウリー兵舎

装丁　鈴木久美
写真　Cavan Images／ゲッティイメージズ
イラスト　啓文社印刷工業株式会社

妹ニコラに捧ぐ

さあ、女神よ、ゼウスの子よ、
旧き物語を現代のわたしたちのために語れ。
始まりを見つけるのだ。
——ホメロス『オデュッセイア』エミリー・ウィルソン訳

戦前

古紙。あたしの手に入るのはそれだけ。前後のことばが切れた、意味不明の断片ばかり。

あたしたちは『ウィリアム・シェイクスピア全作品集』を折っていて、あたしは編者の序文の一頁《ページ》目にもう百回も目を通していた。最後の一行が頭の中で鳴り響く。途切れた文があたしを揶揄《からか》う。

〝編者が敢《あ》えて逸脱したとすれば、編者の目から見て……〟

〝敢えて逸脱した〟。折るたびにそのことばが目に入る。

〝編者の目から見て……〟

編者の目から見て、なんなの？　そして次の紙を折りはじめる。

一折り目。〝ウィリアム・シェイクスピア全作品集〟。二折り目。〝W・J・クレイグ編〟。三折り目。あの忌々《いまいま》しい〝敢えて逸脱〟。

最後のその一行を読み、続きを想像するあいだ、手は宙に浮いたままになる。

W・J・クレイグはシェイクスピアを書き変えたんだ、と考える。彼の目から見てなんとかだと思ったところを。

続きが知りたくておかしくなりそう。

製本所をちらりと見回し、刷り紙の束と、折丁《おりちょう》（製本するために刷り紙を一頁大に折り畳んだもの）が山と積まれた作業台に目を走らせた。モードを見る。

モードは頁に印刷されたことばなんか気にも留めない。小さく鼻歌を歌っている。一折り一折りが時計の秒針のように時間を刻む。折りはモードのお気に入りの作業で、誰よりもうまく折れる。ただ、間違いが起きないわけではない。〝折りの脱線〟と母さんは呼んでいた。自分の折りたい形と目的に合わせて折ってしまうのだ。目の端で、あたしはモードのリズムが変わったことに気がついた。手を伸ばして彼女の手を押さえるのは簡単だ。それで伝わる。みんなが思っているのとは違って、モードは馬鹿ではない。でももし、あたしがその徴候を見逃したら？　そのときは、折丁が駄目になる。骨べらを滑らせれば、誰にでも起きることだ。ただ、あたしたちは気がつく。破れた折丁を脇によける。妹は絶対そうしない。だからあたしがやらないといけない。

　目配りする。

　見守る。

　深呼吸。

　ああモード。あたし、あんたが好きよ。ほんとよ。でもね、ときどき……そんなふうに心は駆け巡る。

　モードの山に積まれた折丁が一つ、ずれているのに気づいてしまった。後で除《の》けておこう。モードは気づかない。ホッグさんにも気づかれない。わざわざ舌打ちされる必要はない。

　でも、そのときに限っては、騒ぎを起こしそうなのはあたしだった。

　W・J・クレイグがなぜシェイクスピアに手を入れたのか、理由を突き止められなければ、その場で金切声を上げそうな気がした。あたしは手を挙げた。

「ミス・ジョーンズ？」

「お便所に行っていいですか、ミセス・ホッグ」

　ホッグさんは頷《うなず》いた。

　折りかけの折丁を仕上げると、ホッグさんが行ってしまうのを待った。**ミセス・ホッグはそばかすガエル《フロッグ》**と、モードがいつか大声で言ったことがあって、あたしはそれ以来許してもらえていなかった。ふたりの区別は簡単につくくせに、ホッグさんに言わせると、モードもあたしもどっちだって同じだから。

「すぐ戻ってくるからね、モード」

「すぐ戻ってくるからね」モードは言った。

ルーが次の折丁を折っていた。後ろを通りすがりに、彼女の肩の上に身を乗り出して、「ちょっと手を止めてよ」と声をかけた。

「あんたお便所が間に合わないんじゃないの」

「まさか、ただそこになんて書いてあるのか知りたいだけだよ」

ルーは手を止めて、その文の続きの部分を読ませてくれた。あたしはもう知っている部分にそれを付け足し、独り言のようにつぶやいた。「〝編者が敢えて逸脱したとすれば、編者の目から見て、筆写者もしくは印刷者の不注意により、単語や文の意味が完全に損なわれている場合のみである〟」

「ペギー、続き折ってもいい？」ルーが訊《き》いた。

「いいに決まってるよ、ルイーズ」ホッグさんが言った。

ルーは顔を赤らめ、あたしを睨《にら》んだ。

「ミス・ジョーンズ……」

ホッグさんは、母さんと学校が同級で、赤ん坊の頃からあたしを知っている。なのにいまだにミス・ジョーンズ。母さんの姓を強調するのは、万が一にも、製本所の誰かが、母さんのしでかした恥さらしな行いを忘れてはいけないからだ。

「あんたの仕事は製本することで、読むことじゃないんだから……」

ホッグさんはまだ何か言っていたが、あたしは聞いていなかった。もう百回も聞かされている――紙は折るもので読むものじゃない。折丁は丁合《ちょうあい》（折丁を頁順になるようまとめる作業）をとるもので読むものじゃない。折丁の束はかがるもので読むものじゃない――そして、本の頁を読めなかったら、こんなことやってられるもんか、とあたしが思うのもこれで百回目だ。〝編者が敢えて逸脱したとすれば、編者の目から見て、筆写者もしくは印刷者の不注意により、単語や文の意味が完全に損なわれている場合のみである〟。

　ホッグさんが指を上げた。あたしは何を答え損なったんだろう。彼女はいつものように顔を真っ赤にしている。そのとき、主任が割って入った。

「ペギー、席を立ったついでに、ちょっとお使いを頼めるかしら？」ストッダードさんは部下の作業長に笑顔を向けた。「ミセス・ホッグ、十分だけペギーを貸してもらってもいいわね？」

　そばかすガエルは頷き、こっちには目もくれず、女工たちの列に沿って行ってしまった。あたしは妹のほうを見た。

「モードなら大丈夫でしょう」とストッダードさんは言った。

　ふたりで製本所をずっと歩いていきながら、ストッダードさんは時折立ち止まって、若い女工の誰かれを励ましたり、背中を丸めている者に姿勢を正すように声をかけたりしていた。主任室に入ると、彼女は製本されたばかりの一冊の本を手にとった。文字の金箔《きんぱく》が濡れたように光っている。『オックスフォード・イングランド名詩選　一二五〇－一九〇〇』。この本は、ほとんど毎年のように出版局で刷っている。

「一九〇〇年からこっち、誰も詩を書いてないんですか？」あたしは訊いた。

　ストッダードさんは微笑を押し殺した。「監督が最新の版の刷り具合をご覧になりたいでしょうからね」本を差し出した。「退屈しのぎに、監督の事務室まで散歩してらっしゃい」

　あたしは本に鼻を押しつけた。清潔な革に薄れかけたインクと糊《のり》の匂い。いくら嗅いでも飽きなかった。刷りたての新しい知識や、古い物語、心を騒がす詩句の香り。ひと月もすればその本から消えてしまうから、頁に印刷されているものを吸いつくしそうな勢いでその香りを吸い込んだ。

　刷り紙と折丁が平たく積まれた二列の長い台のあいだを、ゆっくりとした足取りで戻っていく。女たちも少女たちも背を丸め、一つの山をもう一つの山に変える仕事に向かっていた。あたしはそこから一瞬だけ解放された。本を開こうとしたとき、そばかすだらけの手があたしの手にかぶさり、本を閉じさせた。

「背に皺《しわ》でも入ったらどうするの」ホッグさんは言った。「あんたみたいなもんがしていいことじゃないよ、ミス・ジョ、ー、ン、ズ」

あたしはゆっくりとクラレンドン出版局（オックスフォード大学出版局のこと）の廊下を歩いていった。ハートさんのところにお客が来ていた。ふたりきりの会話から女性の声が漏れ聞こえてくる。若くて、上品で、かすかにミッドランド地方の訛《なま》りがあった。あたしはことばたちを脅かして沈黙させないように、そっと足音をしのばせた。

「それで、父上はどうお考えなのかね？」ハートさんが尋ねている。

あたしは事務室のドアのすぐ外で立ち止まった。半分開いていて、洒落《しゃれ》た靴と華奢《きゃしゃ》な足首が、すとんとしたライラック色のスカートの下に覗《のぞ》いているのが見えた。お揃《そろ》いの長い上着。

「渋ってましたけど、やっと説き伏せましたの」

「父上は実業家だからね。現実派なんだよ。学位なぞなくても製紙業で立派に成功しておられるし。きっと若い女性の身で何の意味があるのかとお思いなんだろう」

「そう、父にはわからないんですわ」と彼女が言い、その苛立《いらだ》ちが伝わってきた。「ですからわたし、その価値を父にわからせないといけないんです」

「それでいつオックスフォードに来るんだね？」

「九月ですわ。ミカエルマス学期が始まる直前。サマーヴィルですの、だからおじさまとご近所同士ね」

サマーヴィル。毎朝あたしは、モードを出版局の入り口に残し、道を渡ってサマーヴィル・カレッジの門衛所に入っていく自分の姿を想像する。中庭と図書館を、そしてウォルトン・ストリートを見下ろす一室に置かれた机を目に浮かべる。本をかがる代わりに本を読んで暮らす日々を思い描く。束《つか》の間《ま》、自分にお金を稼ぐ必要がなく、モードが自分で自分の面倒を見られたらどんなにいいだろう、と考える。

「何を専攻するのかね？」

答えが舌先まで出かかったのに、そこにいる若い女が盗んでしまった。

「英文学よ。作家になりたいんです」

「ほう、そのうちここで君の作品を印刷する栄誉にあずかれるかもしれんね」

「ええ、きっとね、ハートのおじさま。おじさまが蒐集《しゅうしゅう》なさっている初版本のなかに、わたしの名前を見つけるのを楽しみにしてますわ」

ことばが途切れたが、気まずい沈黙ではなかった。きっとふたりして監督の本棚を見ているのだろう。ずらりと並ぶ初版本たちの真新しい革の背と、金箔が押された文字を。手のなかの本が自己主張している。あたしは自分がそこにいる理由をほとんど忘れかけていた。

「ミス・ブリテン、父上によろしく伝えてくれたまえ」

「ええ、ハートのおじさま」

ドアが急に大きく開いたので、後ろに下がる暇もなく、一瞬、目と目が合ってしまった。ミス・ブリテンは十九歳か二十歳、それとも二十一歳だろうか。もしそうならあたしと同い年だ。身長は同じくらいで、体つきも同じように痩せぎすだった。髪の色はくすんだ茶色だったが、美人だった。ライラック色がよく似合ってる、と思いながら、相手はあたしをどう思っただろうと考えた。美人だと思ったのは間違いない。みんなにそう言われるもの。髪は夜の運河みたいに真っ黒で、目の色も同じ。これは母さん譲りだ。ただ、鼻は母さんと違ってちょっと大きすぎる。モードの横顔を見るとついそこに目がいってしまう。でもそうでなければたいして気にしなかったかもしれない。

それはほんの一瞬だった。でも一瞬で事足りるときもある。あたしはミス・ブリテンの表情に揺るがない何か――決然としたものを見てとった。あたしたち、気が合いそう、と思った。

彼女はもっと分別があるようだった。無礼ではなかったが、世の中には世の中の決まりというものがある。製本所の女工の前掛け、その下の地味な茶色の丈夫な綿のスカート、そして肘まで袖をまくり上げた洗いざらしのブラウスを見て、彼女は微笑み、頷くと廊下を歩み去った。

開いたままのドアをノックすると、ハートさんが机から顔を上げた。出版局に入って九年、ハートさんが笑ったところを見たことがない。でも今、その口の端に微笑が浮かんでいた。ミス・ブリテンが戻ってきたのではなくて、あたしだと気づくと、その微笑は引っ込んだ。ハートさんは入るようにと手招きしたまま、机の上の台帳に注意を戻した。

もらった十分間はとっくに過ぎていたけれど、あたしの身分で監督の邪魔をするわけにはいかない。ハートさん越しに窓の外を眺めた。ああ、ミス・ブリテンだ。ウォルトン・ストリートを渡っている。歩道で立ち止まり、サマーヴィル・カレッジの並んだ窓を見上げた。しばらくそこを動かず、行き交う人々は彼女を避けて歩かなくてはならなかった。その瞬間、あたしは彼女の鼓動の高まりを感じた。あの窓のどれが自分のものになるんだろうか、と彼女は考えている。通りを見下ろす机とこれから読むたくさんの本のことを想像している。

そしてそのとき、胸が締めつけられるように苦しくなった。こみ上げてくるお馴染《なじ》みの苦々しさ。たぶんホッグさんは物の道理を心得ていて、あたしには自分がかかがった本を読む権利もないし、ジェリコ以外の場所にいる自分を想像してもいけないし、モードから離れた人生を送るなんて、ちらりとでも考えちゃいけないんだ。手にした本がずっしりと重くなってきた。そもそもこれを託してもらえたことが驚きだった。

そしてあたしは腹を立てた。

『オックスフォード・イングランド名詩選』を開くと、背が割れるぴしりという音がした。頁をめくる。ジョン・バーバー、ジェフリー・チョーサー、ロバート・ヘンリソン、ウィリアム・ダンバー、氏名不詳、氏名不詳。もし名前があったら、それはアナとかメアリーとかルーシーとかペグだったりしただろうか？　顔を上げると、監督があたしを凝視していた。

一瞬、考えていることを訊かれるかと思ったけれど、監督はただ本を受け取るために手を差し出しただけだった。あたしがためらうと、監督の両眉が上がった。それでじゅうぶんだった。差し出された手に本を載せた。監督は頷き、台帳に目を落とした。

ひとこともなく、あたしは追っ払われた。

第一部

シェイクスピアのイングランド

一九一四年八月－一九一四年十月

第一章

　新聞売りの少年たちが記事の見出しを呼ばわる声が、ジェリコ中に響き渡っていた。仕事へ向かうあたしたちの道も喧《やかま》しい。「ベルギーの中立を護《まも》れ」モードが真似《まね》をした。「フランスを援護せよ」妹は律儀に全部繰り返した。新聞の売り子たちとそっくり同じに、何度も、何度も。

　郵便物を受け取りにターナー新聞販売店に寄ると、カウンターでは新聞を買いにきた人たちが押し合いへし合いしていた。

「今朝は何も来とらんよ、ミス・ジョーンズ」と、やっとあたしに気づいたターナーさんは言った。あたしはデイリー・メイル紙を一部とり、半ペニー硬貨を渡した。ターナーさんが驚いた顔をした。これまで新聞を買ったためしがなかったからだ。**半ペニーが惜しいもの**、と母さんはよく言っていた。

新聞は出版局のあちこちにいつも転がっている。

　一緒にウォルトン・ストリートを歩きながら、モードが一面を拾い読みした。「〝大英帝国、ドイツに宣戦布告〟？」それは記事の見出しでもあり、質問でもあった――モードは若者たちの浮かれようと、母親たちの不安げにひそめた眉に戸惑っていた。でもモードは戦争でイングランドがどうなるかと訊いているのか、あたしたちがどうなるかと訊いているのか、どっちだろう？

「あたしたちは大丈夫だよ、モーディ」あたしは妹の手を握りしめた。「でもいろんなことが変わるかもしれないけどね」そうなればいいなと願い、少し後ろめたくもなったが、たいした罪悪感はなかった。モードは紙面に目を通し続ける。

「〝お手頃なお値段の実用的なお帽子〟」モードが声に出して読み上げた。それは読み方を覚えてからの習慣だ。読み方を覚えるのは、それはそれは大変だった。モードは本を読もうとはしないが、新聞の見出しや漫画が大好きだった。今すぐ使える、もう並べられていることばだから。

あたしたちはクラレンドン出版局の石造りのアーチを通って流れていく男女や少年や少女たちの群れに加わった。中庭を横切り、よく手入れされた花壇とブナの木、立派な池を通り過ぎて、建物の南棟に吸い込まれていく。聖書棟、とあたしたちは呼んでいた。ただし、今はもう、聖書はロンドンで印刷されている。中に入ると、オックスフォードの一カレッジのような面影は、工場の音と匂いと手触りに呑《の》み込まれてしまう。あたしたちは製本所の更衣室に鞄《かばん》と帽子を置くと、掛け釘《くぎ》から清潔な前掛けをとって、女子側に向かった。作業台の上には、これからかがる折丁の束がうずたかく積まれ、丁合用の台には折丁が並び、本に纏《まと》められようと待っている。

折りの作業台は三列に並び、一列につき十二人の女たちが座る。作業台は覆いのない背の高い窓に面していて、平らに積んだ刷り紙と前日に折った折丁の山を朝日が照らしていた。ルーとアギーは、もう窓のすぐ下にある作業台の端の席に座っていた。モードとあたしはふたりに挟まれるように座った。

「今日は何が来てる?」あたしはアギーに訊いた。

「なんか古いやつ」彼女は言った。アギーはどんな本かなんて気にしたためしがない。

「あんたには『シェイクスピアのイングランド』がばらばら来てるよ」とルーが言った。「校正刷り。五分で終わるよ。そのあとは一日中、全作品集だね」

「まだクレイグ版?」

ルーは頷いた。

「もうイングランドの人間は一人残らず、あの本を一冊は持っていそうだけどね」

あたしは目の前の校正刷りの一枚を引き寄せ、母さんの骨べらを手に取った。校正刷りを折るのが好きなのは、あたしくらいなものだ。いつも枚数が少ないから、調子よく作業が進まないのが嫌われる理由だが、あたしは大好きだった。一番嬉しいのが、何度も戻ってくる校正刷りだ。本文に加えられた修正を探して、自分の予想していたとおりだと得意になる。その小さな達成感のおかげで、頭がおかしくなりそうな単調な一日を我慢できた。ストッダードさんは必ずあたしに校正刷りを回してくれ、みんなもそれを喜んでいた。

『シェイクスピアのイングランド――彼の時代の暮らしと習俗について』の刷り紙に目を走らせた。本文の校正刷りだから、間違いだらけのはずだ。前に見たことがあるものだった。書籍販売業と印刷業と文房具商についての論考。前回これが来たとき、読んでるのを見つかったんだっけ――「ミス・ジョーンズ、あんたの仕事は……」――だけど叱られた甲斐《かい》はあった。そこにはあたしたちについて書いてあったから。ここの出版局であたしたちがやっていること、それからシェイクスピアの時代に、女王やカンタベリー大司教に睨まれそうな本を印刷するのがどんなに危険だったか、ということも。首を刎《は》ねておしまい、ということばがそのとき頭に浮かんだ。ほかにも新しい章の校正刷りが来ていた。〝バラッドとブロードサイド〟〝劇場〟〝家庭〟。もっとあってもいいはずだった。『シェイクスピアのイングランド』を詩人の没後三百年に合わせて刊行するなら、もう全部の校正刷りが来ていなければいけなかった。

　最後の刷り紙は、序文の初校だった。あたしはホッグさんがどの辺をうろうろしているか探した。丁合台のところで、折丁のトレーが順番どおりになっているか確認している。あたしは序文を刷り紙の山の上に載せ、数行読んだ。〝シェイクスピアの頭の中を知りたければ、彼の道化の言うことを軽んじてはならない〟。

　これで作業を続けられる。紙の右端を持って、トンボ（折りや断裁などのために、頁の外側に印刷された十字形の目印）がぴったり合うように左端に添わせる。母さんの骨べらを折り山に沿って動かし、ぴしりと折り目をつける。

　これで一折り。二つ折り判だ。

紙の向きを変える。右端を持って、左端に合わせる。厚みが倍になり、ほんの少し折りづらさが増す。母さんの骨べらにかけた力を、考えるのではなく、無意識に調節する。ぴしりと折り目をつける。

二折り目。これで四つ折り判。

母さんの骨べら。自分のものになってから三年も経つのに、あたしはまだそう呼んでいた。平らな牛の骨の一方の端を丸め、反対側を尖《とが》らせただけのものだ。でも、何十年も使われているうちに絹のようにすべすべになって、母さんの手の形がまだ残っていた。ごくかすかだけれど、骨べらには、木の匙《さじ》とか斧《おの》の柄《え》のように、それを握っていた持ち主の癖がまといついている。あたしはモードが欲しいと言い出す前に、母さんの骨べらをもらってしまった。母さんの不在に抗《あらが》うのと同じように、あたしは手のなかの骨べらの感触に抗った。頑固に。負けるもんか、と。

でも、結局は自分の握りたいようにそれを握ろうとするのを諦め、骨べらがかつて母さんの手に馴染んだように、あたしの手のひらに馴染むのに任せた。母さんが指を添わせた骨の優しい丸みに、あたしはすすり泣いたものだった。

ストッダードさんが鐘を鳴らし、思い出は消えていった。

「これから行進があります」とストッダードさんは言った。「出版局で国防義勇軍に入隊した男の人たちと、発表があってから志願した人たちのお見送りですよ」

発表。戦争ということばをまだ舌に載せられないのだ、今のところは、まだ。

あたしたち製本所の女工は合わせて五十人以上いた——最年少は十二歳、最年長は六十歳を超えている。その全員が、まるで遠足に行く女生徒たちのように廊下をストッダードさんの後についていった。あたしたちのお喋《しゃべ》りがあまりうるさいので、主任は立ち止まると、振り返って唇に指を当てた。みんな女生徒たちのように素直に従った。そのとき初めて、あたしはこの戦争が自分たちにとってどんな意味をもつのかを悟った。印刷所がしんと静まり返っている。すべての印刷機が止まっていた。

こんな静けさは初めてで、急に不安がこみ上げてきた。みんなもそれを感じたのだろう。中庭に出るまで、お喋りを始める者はなかった。そこにはもう、大人の男と少年、合わせて六百人が集まっていた。ストッダードさんがあたしたちに前に出るように手招きした。あたしは、ジェリコのほぼすべての家族が、誰かを送り出していることに気がついた。

印刷工、植字工、活字の鋳造工に機械工、校正係。見習いも、熟練工も、主任もいる。みんな職種ごとに群れを作って集まっていた。前掛けや手の汚れ具合を見れば、簡単にどの仕事か見分けられる。男たちは聖書棟と学術書棟のあいだを埋め尽くし、列は池の周りを廻《めぐ》り、花壇の間を縫って、ハートさん夫妻が住んでいる家のほうまでずっと伸びていた。あたしたちがそうやって集まったことは一度もなかった。こんなに大勢いるのかとあたしは感心し、それから男たちの少なくとも半数が戦争に行ける年齢か、もうすぐ行ける年齢であることに気づいた。あたしは群れをじっと観察した。

年長の男たちは、静かに話しながら時間をつぶしている。若者たちはもっと威勢よく、仲間を囃《はや》したり、ドイツ皇帝《カイゼル》に勝ち目はないと息巻いたりしている。

「絶対一年以上は続くって」ひとりの若者が言うのが聞こえた。

「だといいけど」その友達が答えている。

どちらもやっと十六になるかならないかだった。

出版局の前掛けを外して国防義勇軍の制服を着た主任がふたり、若い志願兵たちを整列させようとしていたが、若者たちは前の晩のあれやこれやで胸も頭もはちきれんばかりだった。バッキンガム宮殿の外にいた連中の周りに人だかりができている。彼らは人混みや押し合いの物凄《ものすご》さ、零時に向かってみんなで数を数えたこと、そしてカイゼルがベルギーから撤退しないことがはっきりし、英国の参戦が決まったときの歓声について語ってきかせた。「ベルギーを防衛することは俺らの義務だ」とひとりが言った。「だから、みんなして『主よ、王を護らせ給《たま》え』を、大声を張り上げて歌ったんだ」

「主よ、わしらみんなを護らせ給え」後ろでしゃがれ声が言った。振り返ると、ネッド爺《じい》さんが首を振っていた。縁なし帽をとり、胸に押し当てている。節くれだった、インクの染みついた指が帽子の布をしきりに触っていた。爺さんが首を垂れたとき、あたしはきっと祈っているのだと思った。

そのとき声が響いた。聞き慣れた、澄んだ声。モードが「主よ、王を護らせ給え」を、声を張り上げて歌っている。

「その意気だ、ミス・モード」ジャック・ラウントリーが叫んだ。

ジャックは運河に住むあたしたちの隣人で、植字工見習いだ。何事もなければ、三年以内に一人前になれる。ジャックは中庭の真ん中に、仲間たちと一緒に立っていた。その全員がこうなると見越して、この数か月のあいだに国防義勇軍に志願していた。ほんの数日前のピクニックのことが胸に浮かんだ。彼の十八歳の誕生日を祝うケーキと、ジェスチャーゲーム。

「けしかけないでよ、ジャック」とあたしが怒鳴っても、ジャックはどうしようもないというように両手を挙げ、指揮を始めた。モードは歌い続け、若者たちが唱和した。朗々としたテナーが響き、バリトンが加わる。すぐに出版局の合唱隊の人たちが参加し、中庭はコンサートホールのように歌声が満ちた。主任たちは新兵たちを整列させようとするのを諦め、腕を組んで国歌が最後まで歌い終えられるのを待った。歌声の余韻が、ひんやりとした空気のなかに尾を引き、丸々一分間、誰もしんと動かなかった。

それから主任の誰かが男たちに向かって、二列に並べ、と大声で指示した。静寂のなかで、その声はさっきより威圧的に響き、男たちは言われたとおりにした。といっても兵隊が隊列を組むようにはいかない。こそこそと押し合ったり、位置を直したり、数人の少年たちが友達の近くに移ろうと場所を交換したりしている。列が整うまでのあいだに、ストッダードさんがあたしたち製本所の女工に指図して、行進の両側に並ばせた。「ここから出ていくときは、みんな別嬪《べっぴん》さんに見送られたいんですからね」と彼女は言った。「ちゃんとにこにこしていてちょうだいよ」

最初にすすり泣きはじめたのはルーだった。ほかの娘たちは列のなかに自分の恋人を見つけては投げキスをした。ハンカチを出して振ったり、目元を拭いたりしている子もいる。見習いたちは堂々と胸を張っていた。ひとりかふたりが急に青ざめたように見えた。ジャックと目が合ったとき、何か気の利いたことを言うかと思ったのに、無言のままだった。ジャックはただ頷いて小さく微笑を浮かべると、顔をまっすぐ前に向けた。

数えたら、新兵は六十五人いた。こめかみに白いものが交じり、顔に人生の苦労が刻まれている者もいたが、ほとんどは若くて、貧弱な体つきの者ばかりだった。ハートさんが中庭を急ぎ足でやってきた。一緒にいるのは出版局事務局長のキャナンさんで、あたしたち全員の雇い主だ。キャナンさんを紙やインクや印刷機のそばで見かけることは滅多になかったが、今はそこにいて、男たちの列を眺めている。たぶん戦争で出版局の仕事にどんな損が出るか計算しているのだろう。キャナンさんが、知り合いの誰かを見つけて近づき、握手した。

「あの人の秘書だよ」とアギーが囁《ささや》いた。「これからは自分で手紙を書かなきゃなんないね」

キャナンさんは後ろに下がって元の場所に戻り、ハートさんが主任のひとりに声をかけた。痩せっぽちの少年が二人、行進からつまみ出された。少年たちは抵抗しようとしたが、無駄だった。どんな冒険をしそこなうつもりなのかとあたしが考えていると、監督が箱の上に乗って、何かその場にふさわしいことを言った――何を言ったのかは思い出せない。前の晩ずっと降っていた雨の名残があちこちに残っていた。葉っぱや石が濡れ、足元の砂利が黒ずんでいる。ジャックが行ってしまったら、誰があたしたちを笑わせてくれるんだろう。誰があたしたちの水を運び、水漏れを直してくれるんだろう。植字室のジャックの仕事を引き継ぐのは誰だろう。こんなに大勢の男たちがみんな行ってしまったら、『シェイクスピアのイングランド』はもう完成しないんじゃないだろうか。

朝日が水たまりに反射していた。古ぼけたブーツが水を撥《は》ねかし、それを消してしまった。顔を上げると、男たちの行進が石のアーチを通ってウォルトン・ストリートに出ていくところだった。誰もが拍手し、その背中に声をかけていた。

「無事にお帰りよ、アンガス・マクドナルド」製本所の女工のひとりが叫んだ。感極まったその顔は、涙に濡れていた。

「無事にお帰りよ、アンガス・マクドナルド」モードが口真似をした。アンガス・マクドナルドはモードに投げキスをし、モードもキスを返した。アンガスの恋人はあたしの妹を睨みつけたが、そんな必要はなかった。そのあとモードは、行進していく全員にキスを投げたから。

男たちの最後尾が通りに出ていってしまうと、あたしたちは静かになった。中庭のあちこちに、おずおずと数人ずつ集まり、主任たちのひとりふたりが懐中時計を見ていた。終業が遅れそうだと思っているのだろう。監督と局長が低い声で話していた。どちらも険しい表情を浮かべている。ハートさんがアーチのほうを見て、首を振った。

真っ先に動き出したのはストッダードさんだった。彼女は手を叩《たた》いた。「皆さん、仕事に戻ってちょうだい」ホッグさんが先に立った。

男の主任たちもそれに倣い、残った男たちは印刷所や活字鋳造所、植字室、紙倉庫、校正部、倉庫、そして製本所の男子側のそれぞれの仕事に戻っていった。熟練工を失わずに済んだ部門は一つもなかった。

これから頭数が揃っているのは製本所の女子側だけになるんだ、と思った。あたしは足取りを緩め、ストッダードさんと並んだ。「こんなに人がいなくなっちゃって、誰が埋め合わせするんですか？」あたしは訊いた。

「優秀な若い女性たちよ、もし上の人に分別があって、組合が許可すればね」ストッダードさんはちらりと横目で見た。「事務方で働くなら、女でも制限はないのよ、ペギー。どこか応募してみたらどう?」

あたしは首を振った。

「どうして?」ストッダードさんは言った。

あたしはモードを見た。

「どうして?」モードが言った。

あんたにはあたしが必要だから、とあたしは思った。「あんたが寂しがるから」と口に出して言った。

ストッダードさんは立ち止まり、あたしの目を覗き込んだ。「ペギー、ドアはいつまでも開いてるわけじゃないのよ。滑り込もうと思うなら、開いてるうちですよ」

⁂

午後のお茶休憩のあいだに、あたしは滑り込もうとやってみた。

印刷機はまた動き出したが、廊下を歩いていくうちにその音は遠ざかった。機械油やガスランプ、引き潮で打ち上げられた魚みたいな糊の臭いが、やがて家具用ワックスやかすかな酢の匂いに代わった。書いた手紙を前掛けのポケットから出して読み返した。きちんとした字で書けているし、間違いもない、説得力のある応募の手紙だった。でもキャナンさんの部屋のドアをノックするあたしの手は震えていた。

応えたのは若い女だった。

「御用かしら?」

父親とそっくりな鼻をし、同じように気取った話し方だ。そういえば、キャナンさんの娘さんは詩を書いていると聞いたことがある。彼女が片手に持っている紙の束を見て、父親の秘書として来ているのだと気がついた。それはそうだろう。ふさわしい教育を受けているし、時間だって売るほどある。何もおかしいことはない。「それは父に？」あたしの願書に向かって頷いた。あたしはかぶりを振り、後ずさりした。「部屋を間違えました」口のなかでもごもご言うと、ドアを閉めた。

あたしは手紙を半分に破り、向きを変えて二度破り、向きを変えて三度破った。それから引き潮で打ち上げられた魚の臭いがする製本所へと戻っていった。

第二章

モードとふたりでジェリコの通りを歩いて家に帰るときも、まだお祝い気分は街に漂っていた。

「国王陛下万歳」すれ違った誰かが言った。

「国王陛下万歳」モードが返した。

あたしたちはウォルトン・ウェル橋を渡り、曳《ひ》き船道に出た。草いきれと夏の虫のぶんぶんという音や小鳥たちの囀《さえず》りに囲まれる。一瞬、運河の臭い——人間や動物の排泄《はいせつ》物や、工場の廃棄物の悪臭が鼻をついた。でももう慣れっこだし、家に向かって歩くあいだに薄まっていくような気がする。とはいえ、見ると水面には虹色に光る膜が浮いていた。モードが色とりどりの花を集めながら道草をしている。夏雪草、ヤナギソウ、ブッドレア。「ロージーの花束《ポージー》」彼女は言った。

聖バルナバ教会の鐘楼が見えるところに係留されているナローボートは、《ステイング・プット》号と《カリオペ》号の二艘《そう》だけだ。《ステイング・プット》には、花や城やありとあらゆる華やかなものの絵が描かれ、まるでカーニバルのお祭りのようだった。ロージー・ラウントリーはボートをいつも明るく清潔にしていて、春から夏にかけては本物の花々でボートの周りを飾っている。屋根の上にはゼラニウムの鉢をずらりと並べ、岸辺の庭には花と野菜を植えていた。庭は曳き船道に沿ってボート二艘分の長さがあり、夫のオベロンを迎えるための係留場所になっている。オベロンは余裕があるときに運搬船で立ち寄り、一晩泊っていく。

「国王陛下万歳」ふたりで近づきながら、モードが言った。

「おかえり」とロージーの義母にあたる、ラウントリーのおばあちゃんが言った。レタスとスイートピーの鉢に囲まれて座り、膝にオックスフォード・クロニクル紙を載せている。めくるたびに頁が震えていた。「今晩はどんちゃん騒ぎになるよ。近づかないのが一番だ」

ロージーは、《ステイング・プット》の船体にもたせかけた格子垣《トレリス》のインゲンマメを手入れしていた。彼女の息子は戦争へと行進していってしまった。振り返った顔には、その日味わったさまざまな感情がにじみ出ていた。彼女はそれを打ち消そうとするような声で言った。

「クリスマスまでには終わるってさ」頷き、同意を促した。モードが紐《ひも》で結わえてもいない、茎がひょろひょろと長い花束を差し出すと、まるでお葬式の喪主みたいにそれを受け取った。あたしは返すことばが見つからなかった。

「みんなそう言ってるよ」とラウントリーのおばあちゃんが言った。

《カリオペ》に目を向けるとほっとした。濃紺に金文字が入っているところは、《オックスフォード世界古典叢書《そうしょ》》にそっくりだ。《ステイング・プット》にほとんどくっつくように停泊していて、その近さにいつも安心する。あたしはハッチを開けてモードを通し、後に続いて乗り込んだ。

丸一日締め切っていた《カリオペ》は、少し甘い匂いがした。ちょっと土臭くもある。後ろでハッチがばたんと閉まり、あたしは船内の空気を吸い込んだ。**本の匂いよ**、誰かに訊かれると、母さんはそう言った。**紙が朽ちていく匂い**、と。みんなが鼻に皺を寄せると、母さんは笑って言った。**慣れたらいい匂いだけどね**。

母さんは、二冊の本をもって《カリオペ》に引っ越してきた。『オデュッセイア』と『エウリピデスの悲劇』第二巻の翻訳本だ。どちらも母さんの母さんのもので、読み込まれてぼろぼろに擦り切れていた。母さんが本を集め出したのは、あたしたちが生まれた後のことだった。本は骨董《こっとう》店やお祭りで買ったが、たまには新刊を買うこともあった。一冊一シリングの《エブリマンズ・ライブラリー》の本。でもほとんどは出版局から来たものだ。そういう本は、製本はされていたが、どこかに欠陥があった。もらってきていいって言われたの、と訊くたびに、母さんは答えをはぐらかした。**もったい**

ないじゃない、売り物にならないんだもの。そしてあたしに本を手渡す。**だけど読むにはじゅうぶんでしょ、ね？**　あたしはいつも、うん、と言ったけれど、まだ小さくて、そこに書いてあることはほとんど一語もわからなかった。

　母さんは自分の本を、船首から船尾まで、窓と窓の隙間にしつらえた狭い棚に並べていた。その棚がいっぱいになると、オベロン・ラウントリーがもう一段、棚を作ってくれた。そのあとすぐ、またもう一段、追加した。あたしたちが十歳のとき、四段目の棚を作る場所はないとオベロンに言われ、母さんはカバード・マーケットのがらくた売りの女の人から小さな本棚を買った。引き潮のときに川から引っ張り上げたもので、一ペニーの値打ちもなさそうだったけれど、母さんはそれを洗い、やすりをかけ、油を塗った。そしてハッチを入ったところの肘掛け椅子の脇に据え、お気に入りの小説と、ギリシャ神話の本を全部並べた。**うちにはなんでこんなに本があるの？**　とあたしはしょっちゅう訊いた。**あんたの世界を広げるためよ**、と母さんはいつも答えた。

　母さんが死んで、あたしの世界は小さく縮んだ。

　そして、あたしの本集めが始まった。未製本の頁の束や本の一部、ばらばらの折丁。題名も著者もわからないたくさんの頁。三年で、我が家の本棚は秩序を失った。《カリオペ》に、さまざまな知識の断片や物語のかけらが散乱した。終わりのない始まりがあり、始まりのない終わりがあり、あたしはそれらを手当たり次第に入るところに突っ込んだが、入りきらないものも多かった。そういうものは製本された本と本のあいだに挟んだり、テーブルの下に積み上げたりした。かがっただけで表紙のない二、三の丁合見本は、台所《ギャレー》の調理台の上の皿立てが居場所になった。

　そして最後に、あたしには興味のない紙もあった。あたしたちはそれを正方形に切って、古いビスケット缶に入れ、テーブルの上に置いた。あたしが料理をしているあいだ、モードはそれをありとあらゆる形に折る。紙を折ることは、妹にとって息をするのと同じだった。ほんの子どもの頃からずっと折っている。記憶にあるかぎり、紐でつないだモードの折り紙は《カリオペ》じゅうを万国旗みたいに飾っていた。

あたしは帽子を脱ぎ、ハッチの扉脇の掛け釘に掛けた。それからテーブルまで数歩歩く。そこではモードがもう座って折りはじめていた。モードの帽子もとった。

彼女は扇を作っていた。

「賢いね」あたしは言った。暑かったから。

モードは頷いた。

モードの帽子を自分の帽子の隣に掛け、ギャレーに行くと、帰り道で買ったニシンの燻製《くんせい》の包みを開いた。レンジの石炭を掻き立てて火を熾《おこ》し、鉄板がじゅうぶん熱くなると、その上にフライパンを置いた。汗が滲《にじ》んでくる。

「扇、出来上がったら、こっちにくれる？」あたしはモードに声をかけた。モードはテーブルとギャレーの境の調理台越しにそれをくれた。《カリオペ》では手を伸ばせば何でも届く。居間からギャレーも、そこからあたしたちや母さんの寝室までも何歩もない。居間とか寝室とかと呼んでいるけれど、そういう役目を果たしている場所というだけだった。あたしは扇で顔をあおいだ。

「無事にお帰りよ、アンガス・マクドナルド」モードが言った。

「あんた、アンガス・マクドナルドが誰だか知ってんの？」

モードはかぶりを振った。

「ハッチを開けて」あたしが言うと、

「ちょっと風を入れてよ」モードが引き取った。

ギャレーから見ていると、モードがハッチの一方の扉を開いて固定し、もう一方の扉を押さえるために『チェスの歴史』を持ち上げた。次はいつもの台詞《せりふ》。

「修理しなきゃね」モードは言った。

ハッチはだいぶ前から修理が必要だったが、『チェスの歴史』でじゅうぶん以上に用は足りていた。それに、その本をどっこらしょと持ち上げて、そこへ置き、またそれをどかしてふたりでボートに籠る動作がなんとなくよかった。九百頁のずっしりとした重み。その一部分を母さんが折り、あたしたちも折った。母さんが本の中身をかがり、仲がよかったエビネザーが背を金槌《かなづち》で叩いて、ボール紙で表紙をつけ、《カリオペ》に似た青色の革を表紙に貼り、金箔で『チェスの歴史』と箔押《はくお》しをした。

そのことをあたしは知っている。**検査に通らんくてな**、とエビネザーは本を手渡してくれながら言った。彼が泣き出しそうな気がしたあたしは、目をそらして本を見た。どこにも悪いところがあるようには見えなかった。母さんが死んでからひと月が経っていた。

ギャレーの窓を開けると《カリオペ》の中を風が吹き抜けた。紙の鳥が羽ばたく。それはティルダ作だ。翼の折れた小鳥。

ティルダは母さんの一番の親友だった。母さんが死んだとき、ティルダはここに泊ってくれた——あたしが泣けるようになり、モードがまた口をきくようになるまで。最初のクリスマスと最初の新年を耐えられたのは、ティルダのおかげだった。それから彼女は去り、一九一二年の初めの数か月をあたしたちふたりだけで乗り越えさせ、復活祭の前に顔を出した。二、三か月後、母さんの誕生日をあたしたちになんとかやり過ごさせてくれ、ふたりの十九の誕生日にはケーキを持って現れた。母さんが死んで一年経った日、ティルダは炭酸水とストーンズジンジャーワインを土産にやってきた。**あんたたちのお母さんはこれが好きだったのよ**、とティルダは言って、それぞれのグラスに炭酸水を注ぎ、ジンジャーワインをたっぷり加えた。あたしたちはそれをまるでレモネードみたいに飲んだ。**これで一段落ね**、彼女は言い、またあたしたちのグラスを満たした——炭酸水抜きで。**最初のなんとかってやつよ。最初のクリスマス、復活祭、誕生日。あの人の最初の命日。**彼女はグラスをあたしたちのグラスにちりんと当て、飲み干した。**もう最初のなんとかはないから、あなたたち、あの人なしで生きていっていいわよ。**それは必ずしも真実ではなかったが、ティルダがそう言ってくれたのが嬉しかった。許しをもらったような気がした。

ティルダは女優でサフラジェット（英国の女性参政権団体「女性社会政治連合」のメンバー）だ。自分の好きなときに、あるいは用があるときに出入りして、この前会ったのは去年の春、あたしたちが二十歳《はたち》になった数日後のことだった。誕生日のことは何も言わなかったが、夕方ずっとモードと一緒に座って折り紙をし、それから、パーティーの飾りつけみたいに、ふたりで折った紙の彫刻をギャレーの調理台の上のカーテンレールに吊るした。

あたしはティルダの鳥に手を触れた。上等のラグペーパー。丈夫な紙だ。翼は折れていても、まだしばらくは飛べるだろう、そう思うと嬉しくなった。

モードはまた座って折り紙に戻り、さっきの会話を続けた。

「無事にお帰りよ」彼女は言った。「無事にお帰りよ」

「無事にお帰りよ、ジャック・ラウントリー」とあたしが続けた。

「ジャック・ラウントリー」モードは頷いた。「無事にお帰りよ」

あたしはナプキンとフォークとナイフを引き出しから出して、テーブルに並べた。コップを二個と水差し。水差しはほとんど空だったが、二人分はある。後で注ぎ足しておこう。夜に雨が降ったから、樽《たる》はいっぱいになっているはずだ。モードは折り紙を脇に寄せ、ナプキンの縁飾りのレースを指で触っている。古くなって黄ばんだナプキンをテーブルに平らに伸ばし、半分に折った。

「お祖母《ばあ》ちゃんのナプキン」モードは言って、もう一度折り、それから一つの角を別の角に合わせた。

「結婚式の贈り物」あたしは言った。

モードはこのやりとりが好きで、あたしはもうやめさせるのを諦めていた。**舞台に立ってるんだと**

思えばいいの、といつかティルダが言ったことがある。毎晩、同じ熱を込めて同じ台詞を言いなさい。**観客はあなたの思いのままよ**。

「なんとかいう名前の年寄りの叔母ちゃんから」とモードが言い、あれこれ折るうちに、ナプキンはなにか別のものになる。

「本ならもっと役に立ったのに」あたしが言う。

「本じゃ洟《はな》はかめないよ」

最後の台詞は母さんの台詞だったけれど、今はモードのだ。彼女はナイフとフォークを取り上げ、作ったばかりの袋にしまう。それからもう一枚のナプキンに取り掛かった。

あたしはニシンを戻したお湯を捨てて、前の晩の残りものの冷えたマッシュポテトを揚げた。

「ジャック・ラウントリー、無事にお帰りよ?」モードが言った。

その問いに、どう答えればいいかあたしにはわからなかった。でも答えなかったら、妹は延々とそれを繰り返すに決まっている。

「訓練やってるあいだは無事だよ」あたしは言った。

「君の歌が恋しくなるよ」

「ジャック、そんなこと言ったの?」

モードは頷いた。

「そんなら、ジャックのことを考えるときは、ジャックの好きな歌を歌ったらいいんじゃない」とあたしは言い、言ったとたん後悔した。

「〝舞踏会が終わって、夜が明けて……〟」

揚がったじゃがいもをフライパンからお皿に移しながら、ティルダはロンドンに行き、戦争が始まる瞬間をみんなで一秒一秒数えて待ったのだろうか、と考えた。お皿をテーブルに運ぶ。

「緑がないよ」モードが言った。
本当は豆を茹《ゆ》でるつもりだった。「死にやしないさ」あたしは言った。
「長生きしないよ」母さんのことばだ。

一九一四年八月八日
ペグズへ
まったくなんて時代でしょう！　もちろんロンドンにいたわよ。なかなかのパーティーだったけれど、なぜお祝いするのか、まだよくわかりません。おいたをするのに言い訳もいらない男はいるものだけど、言い訳といったら戦争が一番ね。わたし、少なくとも六人に抱きつかれて、三人にキスされたわ。それなりに悪くなかったわよ。みんな若くて、志願する気満々（見栄えのいい坊やたちに好きにさせたのは、そのせいもあったかも）。みんな昔の騎士気取りで、貴婦人たちの寵《ちょう》を求めたってところかしら。
英国の参戦は避けられなかったでしょう——何といっても我が国の義務ですもの。ベルギーからのニュースは恐ろしいものばかり——でも、その場になったらどんなふうに感じるのかは、見当もつきません。正直に言うわね、ペグズ。わたし、とんでもなくわくわくしているの。あなたも知ってのとおり、わたしたちのもう一つの闘いにはうんざりしているのよ。あちらの戦線では、勝利は相変わらず遥か彼方のようだしね。アスキス首相が女性の投票権について梃《てこ》でも動かなくなったせいで、ＷＳＰＵ（女性社会政治連合）は全員の士気が下がってしまっています。
でも、これで気が紛れるわ。パンクハースト夫人は、戦争がわれわれにとってトロイの木馬になると考えていて、すでに動員をかけています。ミリセント・フォーセットが、サフラジストは当面すべての政治活動を停止すると宣言したときは、それはおかんむりだったわ。パンクハースト夫人も、本物の戦争の真っ最中にWSPUの戦術が大勢の支持を集めるとは思っていないでしょうけれど、どうしても諦められないのね。NUWSS（婦人参政権協会全国同盟）みたいにお上品に和平を結ぶなんてあの人の性に合わないし。まあ見てなさい、ペグズ。そのうちに彼女、わたしたちがまた新聞を賑わす手立てを見つけるから。
　わたしが折り紙の練習をしてるってモードに伝えてちょうだい。もう少しで白鳥を完璧に折れそうよ。最近の努力の成果を同封するわ。わたしとしては鼻高々なんだけど、きっとモードは下手くそって貶《けな》すでしょうね。

ティルダ×

第三章

それから数日でジェリコから祝祭の空気は消え、予感だけが残った。店先や街角に人々の小さな輪ができ、彼らの怒りや昂《たかぶ》りは、新聞売りの少年たちの合唱と呼応していた。ことばがモードの舌の上に雪の片のように降った。**侵略、野蛮人、我々の義務**、と彼女は言った。**なんつう気の毒なベルギー人たちだ**、と彼女は言った。そういったことばはしばらく留《とど》まり、やがて消えていった。ロージー・ラウントリーと同意見の会話が繰り返された。**クリスマスまでには終わるさ**、と多くの人々が言った。**クリスマスまでには終わるさ**、モードが繰り返した。

土曜の午後、あたしたちはカウリー行きの乗合自動車に乗った。兵舎のあいだを通るので、どんな様子なのか見てみたかった。乗合自動車は、若者たちや、もう成人した息子を連れた父親たち、数組の男女で混み合っていた。四人の若者が上のデッキへの階段を威勢よく上っていったとき、見習いの印刷工たちだと気がついた。モーターが唸《うな》りを上げ、テンプル・カウリーへ向かう坂道を登る。角を曲がり、ホロ－ウェイの通りに出ると、速度が緩んだ。

「あっちもこっちもごみだらけ」モードが言い、あたしは何を見ているのかと外に目を向けた。ごみではなかった。男たちだった。〝キッチナー陸軍〟と新聞は呼んでいた。彼らはそこらじゅう、本来いるべきでない場所にいた。道端に立って、煙草を吸いながら雑談している者。座り込み、膝のあいだに頭を埋《うず》めている者。生垣の下で寝ている者。二人が喧嘩《けんか》をしていて、三人目が加わった。上のデッキから歓声と囃す声がどっと沸いた。カウリー兵舎に近づくにつれ、道に散らばるごみは増えていった。まるでオックスフォードシャー州を途方もない強風が吹き抜け、畑や工場や大通りから男たちを攫《さら》い、兵舎の周りに木の葉のように撒《ま》き散らしたかのようだった。

乗合自動車が止まり、上部デッキの若者たちが勢いよく階段を降りてくるのに合わせて車が上下に揺れた。さっきの見習い工たちが、あたしたちの窓の横を通り過ぎた。彼らはモードに投げキスをし、モードも投げキスを返した。こだまと同じ、それだけだ。そこには何も込められていない。あたしたちが見守るなか、見習い工たちは入隊の登録を待つ男たちの列に加わった。栄養が足りず、貧相な体格の者ばかりだ。血色の悪い顔をし、歯が欠けている。こんな人たちが戦争に勝てるんだろうか、とあたしは思った。そして初めて不安を覚えた。

乗合自動車はホローウェイを走り続け、生垣の向こうに並ぶ天幕が見えてきた。男が髭《ひげ》を剃《そ》っている。シャツを脱いで体を洗っている者もいる。「ここに何日もいるんだね」あたしは言った。

「何日も」モードが言った。

「でもなんでかな?」

「ベルギーを忘れまじ」どこかで彼女が見たポスターだ。

「あの人たちの半分も、ベルギーがどこにあるか知らないよ」

「冒険だよ」とモードは言った。「なんかすごいことをやってやる。俺にとっちゃここから出ていく切符さ」彼女がどこかで聞いたことばたち。

⁂

月曜の朝、モードとあたしは遅刻して、製本所に入ったときはもう、大半の女工が持ち場についていた。小言を覚悟しながら、あたしはそばかすガエルを探してその辺を見回した。でも、眉毛を上げて、あたしたちの毎日の時間を刻む大時計を見やったのは、ストッダードさんだった。あたしはほっとした。

「ホッグさんは、ご主人に付き添ってカウリー兵舎へ行ってるの」とストッダードさんは言った。「朝のお茶休憩までには帰ってきますよ。それまでふたりはルイーズとアガサと一緒にシェイクスピアの丁合をとってちょうだい」そして妹に向かって優しく微笑み、内緒話のように言った。「ペギーの気が散らないように見ていてね、モード」

モードが背筋をしゃんとした。「集めるもんだよ、読むんじゃなくて」彼女は言った。

ストッダードさんが気遣わしげな顔をした。「ペギー、キャナンさんにお話しした？　欠員のこと」

「しようとしたんですけど」あたしは言った。「でももう、ドアは閉まっちゃってました」

⁂

あたしは丁合台のアギーの向かい側に立った。台の両側に沿って、前半部分と後半部分の折丁の束が並べられ、『ウィリアム・シェイクスピア全作品集』になるのを待っている。途方もなく分厚いこの本は、だいたい八十五台の折丁でできていて、それぞれの折丁は三回ずつ折ってあり、十六頁分になる。

太もも辺りに触れる折丁を指で触った。冒頭の頁だ。丁合とりで集めるのは最後だけれど、読まれるのは最初だ。標題紙、口絵の表、目次――『テンペスト』『ヴェローナの二紳士』『ウィンザーの陽気な女房たち』――そのほかの戯曲と全部の詩。前半の山から折丁をさっと取ると左腕に載せ、一歩左に動いて次の折丁を掬《すく》ってまた次に移る。リズムに乗り、体がそのダンスを覚えるまでに少しかかる。そうやってあたしは長い作業台に沿って移動していく。脚と脚を交差させながら、手は折丁の山の上をぼやけて見えないほどの速さで通過する。踵《かかと》が鳴るコツコツという音と紙の擦れる囁きが音楽を奏で、あたしはそれに合わせて動く。製本所のざわめきは遠ざかり、あたしの腰の揺れが少々大きくたって、仕事が早いのはそのおかげ。そうじゃないなんて誰が言える？

さっきの冒頭の数頁を腕の束に載せると、一冊の半分になった。その束をモードに渡す。モードはテーブルの上で全部の端をとんとんと叩いて揃え、あたしの折丁を向かい側のアギーが集めた折丁と合わせた。

あたしは丁合台越しにパートナーを見る――かすかな頷き――そしてあたしたちは再びダンスフロアに戻っていく。

標題の折丁は、本の中身が完全に揃った目印だ。モードがそれを積み重ねていく。十五冊分まで来たところで、あたしはひと息入れ、モードが自分の役目から脱線していないか確認した――妹の手も、踊る癖がある。ただし、合わせて踊る音楽は、その手だけに聴こえる調べだ。頁の束は全部、完璧にきちんと揃っていた。邪魔をするものがなければ、この調子でいくだろう。

ホッグさんが戻ってきて、鐘を鳴らした。早番の者がお茶を飲む時間だ。あたしたちは遅番だから、あたしのリズムはほとんど乱れなかった。ホッグさんが、あんたたち遅れたら承知しないよ、と大声で警告した。その口調は普段よりきつい気がした。ホッグさんの反対を押し切って志願したご主人を、軍隊が合格にしたのだろう。

あたしは一通り集め終えると、折丁の束をモードの前に置いた。カーディガンを脱ぐ。

「暑い」あたしは言った。「ずっと踊ってるから」

「暑い」モードは端をとんとんと叩いて揃えながら頷いた。作業台のモードの席は丁合をとった本の中身に埋もれかけていた。

「ちょっと待ってて、モーディ」あたしは言った。ルーを探すと、空の台車を押しながら糸かがり機のほうから戻ってくるところだった。「モード、次の分できた？」ルーが訊いた。モードは扇を持ち上げてみせた。あたしが集めた最後の折丁を、一折り目、二折り目と広げ、役に立つ道具に変わるまで、指が踊るのにまかせたというわけだった。

「暑い」モードは言い、ルーに扇を渡した。

「モーディ――」あたしは言いかけた。

「ちょうど欲しかったんだよ」ルーが言った。扇を受け取ると、三人が風を感じるくらいの強さで、顔の前であおいでみせた。それから扇をあたしに渡してにっと笑った。「たまに思うんだけど、ペグ。あんた、ほんとはこの子をそそのかしてんじゃないの」

ルーは本の中身を一つ一つ検品する作業を始めた。慣れた手つきで折丁をぱらぱらとめくる。正しい順番で、上下の向きが正しく揃っていれば、最後の頁に自分の頭文字を書き、糸かがり機のところへ運ぶ台車に載せる。

あたしは製本所を見渡した。ホッグさんが新入りの子の誰かに指図していた。ストッダードさんは自分の事務室にいる。

「お便所に行ったって言って、アギー、もし訊かれたら」あたしはモードの扇が入っていた束を取り上げ、更衣室に向かった。本当は駄目になった折丁だけもらってもよかった――束の残りは完璧に揃っているんだから――だけど、題名と目次だけもらったってなんになる？

あたしはシェイクスピアを鞄にしまい込んだ。

お茶休憩の番がきて、あたしは製本所の男子側にある修復室にエブを探しにいった。

エブ――エビネザーは口数が少なく、近眼で、親切だった。あんまり親切すぎる、という評判で、みんなは冗談まじりに意地悪で有名な『クリスマス・キャロル』の〝スクルージ〟と呼んでいた。職場仲間のほとんど全員が、彼の寡黙な親切に急場を――面子《メンツ》や懐具合のことで――一度ならず助けてもらっていた。エビネザーは主任より先に間違いを見つけ、ちょっと頷いたりひとこと呟いたりして、誰にもわからないように教えてくれる。エビネザーの見習いたちは製本所一優秀で、昇進してエビネザーの主任になったのも二人いた。ハートさんはエビネザーにもっと責任ある仕事に応募するようにとずっと言っていたが、とうとう諦めてしまった。上に立つのは、性に合わねえんだよ、とエブが母さんに話しているのを聞いたことがある。後になって、だからふたりは結婚しなかったのかと訊いてみると、母さんは首を振った。三度申し込まれたけどね、と母さんは言った。でもそういうふうにはあの人に惚れてないのよ。母さんは勇気を出して断ったけれど、彼が自分を愛し続けることを許すほどには彼を好きだった。

「もったいないから」あたしは言いながら、折丁の束をエブに渡した。「断裁、頼んでいい？」「確かにいたましいもんな」そう言うと、小さな断裁機の上に束をきちんと揃えて置き、三方を断裁してくれた。

⁂

蝶《ちょう》のせいで、曳き船道を歩くあたしたちの歩みは遅くなった。茶色のジャノメチョウやアオスジアゲハたちが、背の高い草やイラクサのあいだを忙《せわ》しなく飛び回っている。蝶たちの畳んだ羽を見ると、モードはつい手を出さずにいられない。あたしはふと、一羽のヒメアカタテハに目を留めた。黒と橙《だいだい》色の模様がまるで異国のモザイクのようだ。今年の夏は暑いから、こうして彼女も現れた。彼女――ヒメアカタテハを見ると、いつもティルダを思い出す。

ロージーとラウントリーのおばあちゃんが、ロージーの岸辺の庭に置いたデッキチェアに座っていた。

「ふたりともおかえり」ロージーが言った。「待ってたんだよ」二脚の空いた椅子を指し、紅茶のポットを持ち上げてみせる。

モードは植木鉢を跨《また》ぎながら、ロージーに腕を回した。かがんでラウントリーのおばあちゃんの頬っぺたにキスをする。ぶるぶる震える両手がモードの顔を挟んだ。

「あんたみたいに、にこにこしとったら、どんな災いも逃げていくさね、モードちゃん」そう言うと、ラウントリーのおばあちゃんは自分の脇の椅子を叩いた。「今日はどんな日だったかい」

モードが会話の端切れをあれこれと口にし、ラウントリーのおばあちゃんはうんうんと頷きながら、要所要所で感嘆の声を上げて相槌《あいづち》を打った。

「すぐ戻ってくるから」あたしはロージーに言った。

「ゆっくりでいいよ」彼女は応じた。

《カリオペ》に戻ると、鞄から折丁の束を取り出し、寝室に行ってベッドに座った。頁をぱらぱらとめくる。

シェイクスピアはもう持っていた――十四行詩《ソネット》も戯曲も――ばらばらのものも、いくつかまとめた作品集もある。でも全集は持っていなかった。そんなお金もなかったし、手に入れる機会もなかった。とはいえ、これだけ大部の本だと、かがって置き場を与える価値があるか決めるには、まず中身を確かめなくてはいけない。

序文は気に入った。ソネットを開くと、活字になぜか目が引き寄せられた。数篇の詩を読み、手元に置こうと決めた。束を、テーブルに陣取るかがり台の脇に置き、肩掛けを二枚とって、みんなのところに行った。

「シェイクスピア氏の麗しいことばに我を忘れちゃって」と、時間がかかった言い訳をした。モードの肩に肩掛けを着せかけ、空いた椅子に座った。

「どのことばかい、ペグ？」ラウントリーのおばあちゃんが訊いた。

「ソネット」

「ソネットはいいよ」おばあちゃんは言った。「芝居よりずっといい」

「好きな詩があるの？　お義母《かあ》さん」ロージーが尋ねた。

「〝苦役に疲れ、わたしは寝床へと急ぐ、すると旅は頭のなかで始まるのだ〟」おばあちゃんは無念そうに首を振った。「前はそらで言えたんだけどねえ」

「お義母さんも若い頃には、その詩を暗誦《あんしょう》したくなるようなこともあったんだね」

「これはね、ほんとは仕事がきついっていう詩じゃないんだよ」とラウントリーのおばあちゃんは言った。「愛《いと》しい誰かに会えなくてつらいってことを詠《うた》ってるの。暗い闇のなかに、その人の顔が浮かぶのさ。しいんとした夜になると、思い煩いが始まるっていう詩なんだよ」

おばあちゃんは膝掛けに目を落とし、直そうとしたが、その右手がいつものようにひどく震え出した。モードが自分の手を老女の手に重ね、震えが収まると笑いかけた。するとラウントリーのおばあちゃんは左手をモードの手の上に載せ、モードはゲームの誘いに乗った。ロージーとあたしが眺める前で、ふたりの手は下になったり上になったりを繰り返し、どんどん速くなっていって、とうとうおばあちゃんがモードちゃんの勝ちだよ、と宣言した。

⁂

夜の帳《とばり》が降りるまでにまだ時間があり、モードは《カリオペ》の窓の外のものがまだ見えるうちは、ベッドに入らないと言い張った。あたしはかがり台を用意して、まるで竪琴弾《たてごと》きが座って竪琴を構えるように、台の両側に腕を置いた。モードが蝶を折っているあいだに、あたしは折丁を次々と背綴《せと》じ紐にかがりつけていった。

『じゃじゃ馬ならし』まで来ると、針と掌覆《てのひらおお》いを下ろし、親指と人差し指のあいだの筋を揉《も》んだ。

「苦役に疲れ果てちゃった」

「わたしは寝床へと急ぐ」モードが折り紙から目も上げずに言った。あたしは、その手が紙を蝶に形作っていくのを見つめた。互いにすり合うように羽が動く。生きている蝶みたいに。

あたしの苦役はあんたなのよ、と、テーブルから立ち上がりながら思った。まだかがっていない束から折丁を引き出し、モードの頭のてっぺんにキスして囁いた。「あたしたちも寝床に急ごうか。世界は真っ暗だよ」

しばらく後で、眠ってしまったモードの呼吸が緩やかになると、あたしは『全作品集』のかがっていない折丁を手に取った。蠟燭《ろうそく》の火がまだ残っていたので、ラウントリーのおばあちゃんのソネットを読んだ。第二十七番。おばあちゃんは正しく憶《おぼ》えていた。詩句をそっくりそのままではないにしても、そこに込められた思いは正しく記憶していた。ラウントリー家の人々は、今度の戦争が終わり、ジャックが帰ってくるまで、何度頭のなかで旅をすることになるのだろう。

蠟燭の火が揺れ、あたしはそれを吹き消した。

第四章

夏の朝は無礼者だ。カーテンの下から忍び込み、羽のある合唱隊を目覚めさせる。おかげでこっちは起きたい時間よりずっと早く起きることになる。でもモードはすやすや眠り続け、クルクル、クウクウ、カアカア、クワックワッという歌も、彼女の深い眠りには太刀打ちできない。

前の晩に読んでいたソネットの折丁を取り上げた。でも一つ読むか読まないうちに、《カリオペ》の船腹に運河の波がざぶんと当たるのを感じた。まるで揺り籠に揺られているよう。

「オベロンだよ」モードの耳に囁きかける。

「《カリオペ》を撫でてるね」目を閉じたまま、モードは言った。我が家のボートが潮の満ち引きの波に揺られると、母さんがよくそう言った。

うねりが収まり、すいすい歩き回れるようになるまでふたりとも横になっていた。普段より揺れが大きく、あたしは《カリオペ》のもやい綱をきつくしておこう、と心に銘じた。

ラウントリー家の人たちが《ロージーズ・リターン《ロージーの帰還》》号を宥《なだ》めすかして係留場所に繋《つな》ぐまでにはしばらくかかる。でもそれが済めば、うちの石炭入れの石炭と、朝食のベーコンの番だ。モードがあたしたちそれぞれのおまるの中身を空けているあいだに、あたしはベッドの始末をした。それから熱くした鉄板の上に湯沸かしを載せ、たっぷり五人分のコーヒーを量る。モードがおまるを持って戻ってくると、ベッドの脇に置いた。

「手を洗ってよ、モーディ」洗面器を顎で指す。「それから顔も。あと洗ったほうがいいとこどこでもいいから洗って」あたしたちは二十一にもなるのに、モードはまだ言われないとわからない。

熱湯をコーヒーバッグに注ぎ、ポットを鉄板に載せて冷めないようにした。着替えが済む頃にはコーヒーが入り、オベロンが船の腹をノックしていた。手のひらで短く二回。必要最小限だ。**あの人らしいよね**、と母さんが言ったことがある。縦にも横にも無駄がないし、口数もかんしゃくも控えめだし、とロージーが口を添え、**狭っ苦しいところに一緒に住むにゃ、うってつけの相手だよ**、と言って、ふたりで笑った。

あたしがハッチを開けると、オベロンが頷いた。そして石炭がいっぱいに入ったバケツを渡してよこした。前部デッキに上がる階段下の石炭入れに中身を空ける。石炭入れの半分にもならなかった。

「もう一杯おまけできない？」バケツを返しながら訊く。「もう一杯おまけ」モードが言う。

「できるよ」オベロンが言う。

「駄目なら遠慮なく言ってね」あたしは言った。

オベロンはふっと笑うと《スティング・プット》号に向かって頭をひょいと動かした。「あいつのかみなり食らうよりゃあましだよ」それから空を見上げた。「あんたらの母ちゃんの分もあるしな」

モードがギャレーに引っ込み、コーヒーのマグカップを持って戻ってきた。それをオベロンに渡したとき、ちょうどロージーが曳き船道に現れた。どっしりしたプリーツスカートに、編み上げの長いブーツ、女船長が被《かぶ》る黒のボンネット。オベロンと一緒に水路で働いていたとき、身に着けていたものだ。それは彼女の母親が着、そして祖母が着ていたものだった。

水路が懐かしくてね、とロージーが言ったことがある。オベロンと一緒にいられないのもつらかった。彼は製本所の女工と紙工場の工員のあいだに生まれ、ロージーみたいに生まれながらに水路暮らしというわけではなかったが、死ぬまで水路で働き続けるだろうとロージーは信じていた。ロージーも、もし自分の好きにできるならそうしたはずだ。だが、夫婦の最初の赤ん坊はひ弱だった。ロージーが一か所に留まる《ステイ・プット》ほうが理にかなっていた。**ほんのしばらくのことよ**《ジャスト・フォー・ア・ワイル》、と彼女はオベロンに言い、彼はふたりのはしけ船の船体に〝ジャスト・フォー・ア・ワイル〟とペンキで書いた。赤ん坊が次々生まれてくるものと期待して、オベロンははしけ船の荷室全体を船室に改造し、ロージーはそこを家らしく整えた。それからオベロンは馬を売り、曳き船にエンジンを取り付けて、昼でも夜でもグランド・ユニオン運河をすっ飛んでいけるようにした。赤ん坊が死んだあと、ロージーはオベロンと一緒に水路に戻りたかったが、ラウントリーのおばあちゃんの手がひどく震えて折丁を折れなくなり、湯沸かしを持つたびに火傷《やけど》するようになった。ロージーは陸《おか》に上がるのを拒んだので、おばあちゃんが船に引っ越してきた。ジャックが生まれたとき、ロージーはオベロンに、ふたりのはしけ船の名前を《スティング・プット》に変えるように頼んだ。

今、オベロンはピックフォーズ社の仕事を請け負い、石炭や煉瓦《れんが》を運んでいる。納期がきつくて《スティング・プット》号で眠れるのは月に一晩しかない。船の修繕が必要な時だけは、もう少し長くいられる。でも週に一度、大抵日曜日に立ち寄って、一緒に朝食をとっていくことにしていた。

「それこっちへおよこし」ロージーが言い、空のバケツに手を伸ばした。それを持って《ロージーズ・リターン》号に行くと、防水布を持ち上げ、石炭を攫《さら》って入れた。

石炭のことが片付くと、ロージーはオベロンを《スティング・プット》に連れていった。熱いお湯を満たした湯船が待っている。清潔なシャツとコーデュロイのズボンも並べてある。ロージーは、一週間の仕事の名残を肌からこすり落とすまでは、夫に朝食を取らせようとしなかった。そしていつも、ベーコンはあたしとモードの分もたっぷりあった。

朝食後、みんなでロージーの岸辺の庭に座り、オベロンがオックスフォード・クロニクル紙の見出しを読み上げた。「〝ドイツ軍ルーヴェンを略奪す〟〝オックスフォード、難民受け入れへ〟〝流行《はや》りと七癖〟〝田舎暮らし覚書〟〝健康と家庭〟」

「流行りと七癖」とラウントリーのおばあちゃんが言った。「今週のお題は何だい?」

「〝秘密〟だとさ」オベロンが言った。

あたしは、街の噂話についての記事だろうと思った。

「〝戦争はいかなるときも無慈悲な神である〟」とオベロンは始めた。「〝しかし今日ほど――特に婦人たちにとって――厳しい鋼鉄の顔を向けたことはいまだかつてなかった。身近な男たちは貴女方《あなた》を残して去っていく――いずこへかは知る由もなく――便りはあれど、手紙に消印はなく、知りたいと切に願うことばは一語たりともそこにない……〟」

「健康と家庭」とロージーが遮った。まだ文の途中なのに、両手をばたばたあおぐようにしてことばを追っ払った。彼女は立ち上がり、マグカップを集めた。あたしのはまだ半分残っていたが、彼女が下げてしまうのを止めなかった。

オベロンは〝健康と家庭〟欄の題に注意を移した。「〝神経症〟〝節約のすすめ〟〝もっと規則を〟のどれにするかい?」オベロンが問いかけ、ロージーは微笑しながら夫を見下ろした。「そりゃ神経症に決まってるよ」

オベロンが読んだ。「〝神経症という分類で括《くく》られる病を得て、同情を受ける者は婦人や虚弱者に限られる〟」ロージーが鼻を鳴らし、オベロンは口をつぐんだ。彼女がちょっと頷くと、彼は先を続けた。

「〝屈強な男子の神経系統が破綻をきたすと、彼は詐欺師の一種とみなされるのが常である。さりながら自動車に故障が生ずるならば……〟」ロージーは《ステイング・プット》に引っ込み、オベロンはまた読むのを中断した。「続きは」とおばあちゃんが催促した。

あたしたちは最後まで耳を傾けた。オベロンは地元のニュースや投書、食料品の売出しの広告を次々と読んでいった――何もかも戦争のことばかりだった。たとえ戦争のことを書いていなくても。

オベロンが出発する時間が来ると、ロージーは夫と一緒に《ロージーズ・リターン》号に乗り込んだ。船尾で舵柄《かじづか》に手をかけ、胸を張って立っている。そしてふたりは運河をゆっくりとウルヴァーコートへと向かっていった。これはあたしたち全員が知り尽くしている習慣で、二十年間ずっと変わらず続いている。一マイルか二マイル行った先で、オベロンはロージーを下ろし、ロージーは曳き船道を歩いて戻ってくるのだ。

あたしたちはおばあちゃんと岸辺の庭に座って、ボンネットをかぶったロージーの姿が近づいてくるのを待っていた。こうした朝は、ロージーはいつもよりずっと堂々として見える。だが今朝の彼女は、つまずきかけた。顔をほころばせると、早足になる。あたしは後ろを振り向いた。ジャックだ――見間違えようのない、いつもの微笑を浮かべ、大股でやってくる。カウリー兵舎に入ってからまだ二、三週間しか経っていないのに、みんな、ジャックがベルギーのモンスから帰還してきたみたいな勢いで出迎えた。

どんなにジャックが恋しかったか、初めて気づいたあたしたちは、それぞれ彼が不在だったあいだの埋め合わせをしようとした。ロージーはあれもこれもと彼に食べさせ、おばあちゃんは孫を離そうとせず、震える手で、まるで猫を撫でるみたいに彼の手を撫で続けた。あたしは出版局の変化について、余計なことまで喋りまくった。ほかに誰が入隊したか、誰が志願したのに不合格になったか。製本所の女子側は全然変わってないよ、とあたしは言った。

モードだけがいつもと変わらなかった。みんなから解放されたわずかな間に、ジャックは《カリオペ》にモードを探しにいき、ふたりで静かに座っていた――モードが紙を折り、ジャックが見つめる。彼がチェスボードを出してくると、ふたりはほとんど無言のまま一勝負した。

夕食後、ジャックは帰っていった。カウリーに戻れるので、ほっとしていたかもしれない。みんなから注目され、あれこれ世話を焼かれて、苛立っているように見えた。あたしたちは曳き船道に並んで、オックスフォードに向かって帰っていく後ろ姿を見守った。彼は《スティング・プット》の狭苦しさから解放され、屈《かが》めていた体を伸ばし、一歩ごとに背が高くなっていくようだった。

一九一四年九月十三日
ペグズへ
あなたのお母さんに、娘たちと連絡を絶やさないとは言ったけれど、それはクリスマスカードを送るとか、たまに葉書を送るとか、せいぜいそれくらいのつもりでした。手紙のことなんて頭になかったし、二か月で二通も書くなんて想像もしなかったわ。だからこれはわたしにとって新記録よ。弟にだってそんなに手紙を出さないんですもの。いい？　わたしは自分勝手なの。あなたたちのお母さんも知ってたし、弟も知ってるし、わたしのお友達はみんな知ってることです。心の底では、あなたもわかっているわね。
さて、この手紙の本題に移ります（もう手が痙攣《けいれん》を起こしそう）。あなたは弟に会ったことはないけれど、ビルは世界一心優しい男だとわたしが言うんだから間違いはないわ。だからベルギーだかフランスだかへ出かけていって、ドイツ兵に向かって鉄砲を撃つなんてことに、彼はまったく魅力を感じないの。それはそれとして、その弟が鉄道馬車を待っていたら、ＷＳＰＵの馬鹿娘たちが彼のジャケットの襟に白い羽根をピンで留めたのよ。すぐ外したけれど、見た人はずいぶんいました。実際、唾を吐きかけた奴もいたんですって。
わたしはずっとこの新しい活動に反対していて、そのせいで責められてきました。これはパンクハースト夫人が政府と結んだ協定の一環です――今、刑務所に繋がれているサフラジェット全員の釈放と引き換えに、ＷＳＰＵは積極的に戦争を支持して、志願兵の増員に手を貸すことになったの。白い羽根は、和平主義者や、戦争に無関心な人や、臆病者に向けられる武器のひとつです。Ｐ夫人がますます嫌いになってくるけれど、感心せずにはいられません。戦略としては成功よ――ビルはその翌日、入隊したもの。奥さんは大喜びでした。わたしは喜ばなかった。WSPUを脱退したわ。

後悔してるかって？　当然でしょう。わたしは今でも大義に身を捧げる一兵卒ですもの（そもそもの大義ね、あなたやモードやわたしが投票権を手にする、という）。知ってのとおり、わたしがあなたに初めて会ったのは、ジェリコでのWSPUの会合でした。ヘレンがあなたたちを連れてきたのよね。わたしがまず気づいたのは、もちろんあなたとモードでした。莢《さや》に入った豆みたいにそっくりだもの。十五か十六だったかしら、憶えていないけれど。まだ製本所に入ってそんなに経っていない頃よ。来た理由をヘレンに訊いたら、まずあなたを見て、それからモードを見たわ。またわたしを見たその目は悲嘆でいっぱいでした。悲嘆よ、ペグ。わたし、あれを決して忘れません。

ともあれ、われわれ女性の軽んじられた身分を悲しみ嘆くことは、戦時にあっては贅沢《ぜいたく》のようです。というわけで舞台に戻ろうとしたけれど、声がかかる役は〝乳母〟と〝年増の娼婦《しょうふ》〟ばかりなの。〝年増の娼婦〟はやってもよかったけれど、座長に年増の娼婦ってつまりいくつなのかと訊いたら、〝三十五だが、荒《すさ》んだ暮らしにやつれた女だ。あんたならぴったりだろう〟なんて言うのよ。

劇場からまっすぐ赤十字の事務所へ行って、名前を書いて篤志救護隊《VAD》に申し込んでやりました（年齢は五歳さばを読んで、三十三と言ったけれど、係員はまばたき一つしなかったわ）。ロンドンの聖バーソロミュー病院で、訓練を受けることになっています。応急処置に家庭看護、衛生の試験に通らないと、入隊できないの。でもそんなのどれも楽勝よ。あなたのお母さんは、わたしはいい看護婦になるって言っていたしね。患者あしらいは完璧だし、度胸はあるし。ねえペグ、わたし、あの人を看護できて幸せだったのよ。人生でわたしがした唯一の無私の行為でした。それなのに、今のわたしを見てちょうだい――パーティーに出かける代わりにせっせと手紙を書いているなんてね。

訓練が始まる前に、泊りに行くわ。いつになるかはっきりしないけれど、行けばわかるから、構わないでしょう。

ティルダ×

追伸
モードへのメモで、折り紙のハートを作ってほしいとお願いしたの。ビルのためよ。あの子が訓練から休暇で戻ってきたら、軍服の襟に留めてあげたいから。モードに念押ししておいてね。

そのWSPUの会合のことは憶えていた。終わった後、母さんは夕食を一緒にどう、とティルダをうちに誘った。ロージーにも声をかけて、三人がロージーの岸辺の庭に腰を据えるあいだ、あたしは紅茶とバターつきパンを用意した。三人がまるで昔からの友達同士みたいに話しているのを聞きながら、みんなで何を笑っているのだろうと不思議に思った。お湯を沸かすあいだ、あたしは開けっ放しのハッチのそばに立って耳を澄ませた。ティルダは女についてひどい悪口を言ういろんな男たちの物真似をしていた。**頭が空っぽ**。**感情的**。**むら気**。**無知**。**女に投票することを許せば、大英帝国が弱体化してしまう**。ティルダはいくつもの声色を使いわけたので、世の中にはそういう人はいっぱいいるのだと納得した。「端的に申すなら」とティルダは低い声を出して、ベリオール・カレッジの学者《ガウン》みたいな気取った話し方で言った。「婦人の脳は比較的小さいのであります。彼女らに投票のような重責を課すことは、不公正でありましょう」

「でも税金を課すのは不公正じゃないのよね」と母さんが言い、ティルダが笑い出して、母さんも笑い出して、それは音楽みたいに心地よく響いた。

お盆を差し出しても、母さんは笑い転げていて、ティーポットを持つこともできなかった。ティルダが母さんに座りなさいよ、と言い、それからあたしにも座るように言った。彼女はポットを取り上げると三つのカップに注ぎ、一つをロージーに、もう一つを母さんに、最後の一つをあたしに渡した。もう一つカップをとってくる、とあたしが言うと、ティルダは手を振って退け、会合の後で配り切れなかったパンフレットが詰まっている鞄から、小さなフラスコを取り出した。

「お茶とはあんまり相性がよくないのよね」彼女は唇の両端を吊り上げて言った。フラスコから直《じか》に飲んでから、母さんのほうに差し出し、母さんはカップを出した。ティルダは酒を母さんの紅茶に注いで、次にロージーのに注いだ。

あたしも自分のカップを差し出した。「ひとっ垂らしだけ。明日の朝、仕事だから」

あのときあたしがティルダを笑わせたのだった。彼女は母さんを見、母さんが頷くとウィスキーをあたしのお茶に注いだ。モードは《カリオペ》で折り紙をしていた。もしその場にいたら、ティルダは酒を勧めたりしなかっただろう。勧めても、母さんが首を横に振ったはずだ。あたしはお茶が冷たくなり、ティルダのフラスコが空になるまで、みんなに交じって座っていた。

「モーディ」あたしは言った。「ティルダがハートを折ってほしいんだって」

モードは頷いた。ティルダからのメモはもう開いて読んだ後だった。同封してあった赤い正方形の紙は半分折りかけで、モードの前にあった。あたしは腰を下ろし、彼女が手を動かすのを見つめた。何をどうやっているのか、あたしにはさっぱりわからなかった。

「ビルのため」モードが言った。「世界一心優しい男」

⁂

ベッドに入り、ティルダの手紙を読み直した。VAD。篤志救護隊員。思いつきで始める新しい人生。〝念押ししておいてね〟とティルダは書いていた。あたしは奥歯を嚙《か》み締めた。あの子にハートを折るように、歯を磨くように、帽子をかぶるように、寒くなったらコートを着るように念押しする。

あの子には誰かがいてやらないと駄目なの、と苦しい息の合間に母さんは言った。ならいかないでよ、あたしの心は悲鳴を上げた。

新しい人生か、とあたしは思った。「あたしはずっとこのまんまだ」と、冷ややかな夜に向かって言った。

第五章

モードとあたしはお茶休憩のあいだ、弱々しい秋の太陽を少しでも浴びようと中庭に出ていた。周りじゅうを台車がごろごろと行き交っている。山と積まれた紙がこっちへ行き、本を詰めた箱があっちへ行く。小枝のように細い手足をした少年が、まるで頑固な騾馬《らば》を引っ張るように荷物を引いていた。自分の荷物を運び終えた少し年嵩《としかさ》のふたりが、通りすがりにその子を揶揄《からか》う。ふと、ドイツ皇帝がベルギーを侵略せず、英国が参戦する必要もなく、出版局は大車輪で動いていて何一つ以前と変わっていない、そんな想像が浮かぶほどだった。

とはいえ、ほんの数か月前とくらべれば、中庭はそれほど賑やかでもなかった。少年たちはさらに幼く、男たちはさらに老いているように見えた。ジャックがあたしたちに声をかけに、池と花壇のあいだを急ぎ足でやってきたのは、遥か昔のことのような気がした。

ジャックではない誰かが、あたしたちのほうへ急ぎ足でやってくる。ジャックの主任だ。いい人だよ、ジャックはよくそう言っていた。あたしたちが座っているところから数フィート離れて立ち止まり、視線をあたしからモードに移し、またあたしに戻した。妹とあたしはほぼどこをとっても瓜《うり》ふたつだが、目つきで違いが分かる。モードの目は、たとえ相手の目を覗き込んでいても、ぼんやり夢を見ているか、興味がなさそうに見える。あたしの目つきは疑い深くて、眉間にはモードの顔にはない皺が寄っている。大抵の人はどっちがどっちか見分けるのに一秒もかからない。

「ペギーだよね？」その植字工は言った。

「そうですけど、オーウェンさん」あたしはビスケットを齧《かじ》った。

オーウェンさんはモードを見た。彼女は彼を通り越したどこかを見ている。「ということは君がモードだね。僕はガレスだ。君たちのお隣さんのジャックと一緒に働いてる」

モードがオーウェンさんの目を見た。「クリスマスまでに終わるよ」彼女は言い、相手の口元を見つめて答えを待った。

「だといいね」彼は言った。

「君の歌が恋しくなるよ」彼女は言った。十中八九、モードはオーウェンさんの髭に目を凝らして、黒に交じった白髪を見分けながら、相手の言うことをひとことも聞き漏らすまいと耳を澄ませている。

妹の表情をどう受け取るだろうかと好奇心が湧き、あたしは植字工の顔を見つめた。

彼は間髪を入れず言った。「ああ、君の歌を恋しがるに決まってる。僕にそう言ってたもの」

モードは、自分がジャックとその主任のあいだで話題に上るのは当然至極だという顔で頷いた。

オーウェンさんはまたこっちを見た。もじもじしている。何だろう。

「モード」あたしは言った。「シムズさんがロージーの花束《ポージー》のお花を摘ませてくれるかもしれないよ?」

「ロージーのポージー」思ったとおり、モードは頷いた。そして向こうで生垣を刈り込んでいる庭師のところへ行った。

オーウェンさんに座るように勧めて、ご用は何ですかと訊くのは簡単だったけれど、あたしはビスケットをもう一口齧っただけだった。

オーウェンさんは縁なし帽を脱ぎ、ほとんど真っ黒な髪に手を走らせた。長い指はとても綺麗だったが、年季の入った植字工らしい膨れた親指がそれを台無しにしている。彼は帽子をかぶり直し、辺りをさっと見渡した。あたしは相手の気を楽にしてやろうとはしなかった。

「座ってもいいかな?」

あたしはベンチの上で体をずらした。あたしたちはベンチの端と端に座った。

「ジャックが、君なら僕のやってることに手を貸してくれるかもって言ってさ」

「ジャックが？」あたしはお茶を一口飲んだ。冷めていた。冷めていないような顔で、また一口飲んだ。

「ジャックの話だと、君はここで作ってる本がすごく好きらしいね」

ジャックの奴、あたしは思った。

「君なら僕が活字を組んでる本に興味をもつんじゃないかって」また片手を髪に走らせる。今度は、帽子を脱いだままだ。小銭を恵んでくれとせがむみたいに、胸に押しつけている。「ことばの本なんだ」

「本は普通そうなんじゃないですか」

彼は笑って帽子をかぶった。「女性たちのことばなんだよ。友達がそういうことばを集めて、書き留めてるんだ。語釈をつけてね」思わず知らず、笑みがこぼれる。

「辞書みたいに聞こえますね」

「そのとおり、辞書だ」

無関心を装ったあたしの上っ面にほんの少しひびが入る。

「でも、そういうことばは『新英語辞典』には入らない」彼は言った。

「『新英語辞典』には、全部のことばが入るんだと思ってましたけど？」

「僕もそう思ってた。でもエズメが……」この人、赤くなった？「つまり、ミス・ニコルだけど、彼女、ことばを定義してる写字室《スクリプトリウム》で働いててね、辞書に入れてもらえないことばがあるって言ってるんだよ」

オーウェンさんは口をつぐみ、あたしの顔を探った。その話にはどことなく聞き覚えがあった。ティルダに友達がいて――「仲良しのことばの虫」と呼んでいた。あたしは何とか好奇心が顔に出ないようにした。

「贈り物にするつもりなんだ」彼は言った。

「贈り物？」それでばれてしまった。好奇心が、声と大きく瞠《みは》った目に表れてしまった。なんとかそれをごまかそうと、モードになろうとしたが、もう気づかれてしまった。微笑が彼の顔いっぱいに広がる。

「彼女、このことを知らなくてさ」

秘密ね、なるほど。愛の告白というわけか。彼はこの贈り物で彼女の心を勝ち取って、ふたりの関係を深めたいのだ。誰もかれもが、いろんな形でやっている――好き合った者同士が結婚を申し込み合い、父親たちは懐中時計と思慮深い忠告を与え、母親たちは分厚い靴下とチョッキを編んでいる（靴下やチョッキは、息子たちをドイツ野郎《フン》から守ってくれはしなくても、寒さからは間違いなく守ってくれる）。嵐が来ると知って、あたしたちが《カリオペ》のハッチに当て木をするように、みんな自分たちのハッチに当て木をしているのだ。

「僕は活字は組める」彼は言った。「印刷もできる。でもジャックが言うには……」

「ジャックが何を言ったんです？」そう言ったあたしの声は、思ったより鋭く響いた。ジャックはあたしが製本所から本の頁を持ち帰っていることを知っている。彼が自分の主任に話したかもしれないと思うと、かっと頭に血が上った。

オーウェンさんは少し後ろに寄りかかった。ことばを選んでいる。「ジャックはずっと僕を手伝ってくれてる。活字の確認をしてくれてるんだ。で、ネッドが小型の印刷機を用意して、印刷できるようにしてくれた。やるのは全部、仕事が終わってからだ」

「つまり……？」

「監督はこのことを知らない」

鼓動が速まるのを感じた。手元におきたい頁を読んだとき、いつもそうなるように。欲望と危うさ。

中庭を見回した。庭師がモードの花束に紐を結んでいた。

「それで」あたしは言った。

「うん、印刷が終わったら、僕は紙を折って、丁合をとって、かがらないといけない。印刷する頁は一冊分しかないから、間違えたくないんだよ。ジャックは、君なら手を貸したがるだろうって言うんだ」

「ジャックが言ったって？　見つかったら、あたし、ハートさんにお給金を没収されちゃいますよ」

「たぶんそのとおりだけど、ジャックが言ったまんまのことを言うよ。〝ペギーをこれに一枚嚙ませなかったら、俺、首絞められちまう〟」

「女性たちのことば、って言いましたっけ？」

オーウェンさんは微笑した。

「何が可笑《おか》しいんです？」

「そう言ったら必ず引っかかるって、ジャックが言ったからさ。〝絶対断れないですよ〟って」

ほんとにジャックったら。あたしは思った。会いたくてたまらなかった。

「どうだろう？」オーウェンさんが言った。

「ストッダードさんに見つからない方法を考えないと」

モードが花束を手に戻ってきた。オーウェンさんは立ち上がり、彼女を座らせた。

「ありがとう、ペギー」彼は言った。

「約束はできませんよ、オーウェンさん」

「ガレスって呼んでくれ」

あたしは頷いた。でもきっとそう呼ぶことはないだろう。

〈辞典〉の分冊は定期的に製本所にやってきた。あたしはそれを楽しみにしていて、ストッダードさんは、分冊が来るたびにあたしとモードに折りを担当させてくれた。折りの作業だと、わずかな間、頁に目を注ぐ暇がある。折丁が積み上がっていくのに合わせて、あたしはことばとその意味を暗記した。当番が終わるまでに、そのことばが初めて書き留められたのがいつなのかを覚え、それが使われている文を暗誦できるようになった。モードはあたしが覚えようとしたチョーサーの引用を面白がり、「ちんぷんかんぷん《ジベリッシュ》」と繰り返した。でも一度もその意味を訊こうとはしなかった。

　今、作業しているのは『Sorrow（悲しみ）－Speech（話す行為）』だった。校正紙で、折りと断裁が必要だが、製本もされないし、表紙が付けられることもない。校正係たちはどんな間違いを見つけ、編集者たちはどのことばを削除し、何を追加するんだろう、と考える。最終版の頁は二、三週間後に来るはずだから、またあたしに折りの仕事がきたら、記憶を確かめてみよう。

　あたしはことばをひとつ選んだ。〝Spalt《スポールト》〟。意味はいくつかあったが、気に入ったのは、馬鹿な人とか愚か者という意味だった。用例を読む。〝あのお喋り女どもを決して容赦せんぞ……どこぞの愚か者《スポールト》ども相手にうつつを抜かしおって〟。校正紙には、廃語と書かれていたが、この描写に当てはまりそうな子は製本所に何人も思い浮かんだ。一回折り、二回折った――四つ折り判だ。それから次の刷り紙を自分の前に滑らせる。

　オーウェンさんと話してから一週間、彼に手を貸すにはどうするのが一番いいか、ずっと考えていた。ほとんどの作業は家でできるけれど、オーウェンさんが、本の頁を自分の目の届かないところに持ち出すのにうんと言うとは思えなかった。といって、オーウェンさんに《カリオペ》に来てもらうのも変だ。もしストッダードさんが目を瞑《つむ》ってくれれば、折りと丁合とりとかがりは製本所の女子側で簡単にできる。でも、断裁と表紙を付けるのは男子側でないと無理だ。

あたしはエビネザーに頼もうと決めた。

女工の終業時間は男子側よりも一時間早い。帰ってから大抵の女たちを待っている家事のための配慮だ。あたしはモードに、ストッダードさんが鎧戸《よろいど》を閉め、ランプを下ろす手伝いをさせておいて、エブを探しにいった。

男子側は音も違うし、匂いも違う。紙の囁きや絶え間なく続く糸かがり機のぶんぶんいう歌の代わりに、断裁機や機械を使った、ボール紙の製本作業の不規則なリズムが響く。空気に満ちるのは糊と卵白液の匂い。引き潮のときの生臭い匂いだ。それに慣れるまで少しかかる。そのあいだにあたしは今まさに断裁され、糊付けされ、背の丸み出しをされている本の一冊が、誰かに読まれるところを想像した。読書は本当に静かな営みだ。居間に座って、あるいは木の幹に寄りかかって本を読む人たちは、自分の本が多くの手を通り過ぎてきたことを——本が折られ、断裁され、金槌で叩かれて、大変な目に遭ってきたことを想像もしない。手に入る前の本が、どんなにうるさくて臭い場所にいたか知ったらさぞかし驚くだろう。あたしは自分がそのことを知っていて、彼らは知らないことが嬉しかった。

書籍修復室のドアは開いていて、エブが作業に没頭しているのが見えた。手を滑らせたらいけないので、あたしは待った。部屋は狭く、機械は置かれていない。エビネザーは何もかも、何百年間もずっと続いてきたとおりのやり方でやっていた。二人分の作業場所があり、見習いが隣に立つこともあるし、あたしが女子側から呼ばれて、昔、母さんがやっていたように、古い本を手でかがり直すこともある。エブだって、あたしたちの誰にも負けないほどうまくかがれるが、かがりは女の仕事だと、組合も大抵の男たちも考えている。今日はエブしかいなかった。

作業台には仕事道具が散らばっていた。頁を折ったり、革を細工したりするためのさまざまな形の骨べら、糊や卵白液、金箔用の刷毛《はけ》、革装や布装の道具、金箔用のクッション、麻布、テープ、鋏《はさみ》。あたしの裁縫箱が、前に来たときのまま置きっぱなしになっていた。そこには針と糸、紐、革製の指ぬきと掌覆いが入っている。指ぬきと掌覆いは、あたしがかがりを始めたときに母さんが作ってくれたものだ。

作業台には三冊の本が載っていた。たぶん大学の図書館か、田舎のお屋敷から持ち込まれたものだろう。二冊は表紙を外され、新しい表紙と赤いモロッコ革がきちんとその隣に並べてある。あとの一冊は表紙付けが終わり、エブは仕上げにかかっていた。

あたしは開いた戸口に立って、彼が古い革の小切れで自分の髪を撫で、ついた油を使って金箔を拾い上げるのを見つめた。金箔はひらひらしながら静電気で持ち上がったが、そのままの形を保っていた。それを、目の前においた本の、空押《からお》ししたばかりの革表紙に置く。題名は何だろう、とあたしは思った。エブは余分な金箔を刷毛で取り除くと、分厚い眼鏡を鼻から持ち上げた。本の上にかがみこみ、直しがいるところを探している。

あたしは部屋に入った。

「その本、まだ長生きしそう？」

エブは顔を上げ、眼鏡をかけ直した。そしてあたしやモードを見るといつも浮かべる微笑を浮かべた。

「ああ」

あたしが差し出した手に、エブはその本を置いた。薄い本──『オセロ、ヴェニスのムーア人』。

「すごく綺麗、エブ。新品みたい」

彼は褒めことばに嬉しそうな顔もせず言った。「百八十年前の本だよ」

「前の装幀《そうてい》はどんなだったの？」

エブは作業台の脇から解体したそれを見つけ、持ち上げてみせた――色褪《いろあ》せ、破れた布で覆われたぼろぼろのボール紙。「元々の表紙じゃねえよ」彼は言った。「最初のはたぶん仔牛革か羊革だったろう。だがこいつでだいたい八十年はもったんだから、悪くねえさ。よく読み込まれてるしな」

「これで、あと百年はもつね」あたしは言った。「その頃あたしたちは塵《ちり》になってるけど」

エブは頷いた。「悪い気分じゃねえな」

「塵になるのが？」あたしはにっと笑った。

「遠い先の誰かが、俺のした仕事を手にとるってことがさ」

「それは嬉しいよね、エブ。でも、読んでる本を誰が製本したかなんて、考える人はいないと思うけど」

彼は肩をすくめた。「俺が誰かなんて、知ってもらわんでもいいさ」

「あたしは知ってほしいな」ぽろりと出たそのことばを、どういうつもりで言ったのか、自分でもよくわからなかった。

エブが何か言おうとしたので、あたしは慌てて『オセロ』を返した。「返すね、そうじゃないとポケットに入れちゃいそう」

彼は本を受け取ると、作業台の元の場所に置いた。

「エブ、お願いがあるんだけど」

彼は頷いた。いつだってエブは頷いてくれる。

「ある人の製本の手伝いをすることになったの。辞書みたいな本。でも出版局の本じゃないのよ」

エブが、滑り落ちた眼鏡を鼻に押し上げた。「どういった仕事なんかい？」

あたしは声をひそめた。「恋を叶える仕事」

彼は目をぱちぱちさせ、あたしはうまくいったと確信した。

第六章

一日が終わり、女子側は空っぽになっていた。オーウェンさんは入り口に立っている。男がみんな――ハートさんでさえそうするように、彼も招き入れられるのを待っているのだ。

ストッダードさんが主任室から出てきた。

「終わったら鎧戸とランプをお願いね、ペギー」帽子を留めつけ、ドアのほうへ向かった。

「大船に乗った気分でいていいわよ、ガレス」ストッダードさんが言うのが聞こえた。

「感謝するよ、ヴァネッサ」

ストッダードさんは片手を振った。「感謝なんて結構よ。わたしは何も知りませんから」

ストッダードさんが行ってしまうと、オーウェンさんが近づいてきた。「ここで秘密を守るのは大変だな」

「秘密にする相手によりますけどね」あたしは言った。「誰も監督に告げ口しやしないし」

彼は微笑んだ。「今度のこと、ありがとう、ペギー。二十年も出版局にいるけど、製本所の女子側はいまだに謎なんだ」

「ここじゃたいして難しいことはやってませんけどね」

オーウェンさんはモードがまだ座って紙を折っているほうを見た。

「それ相応の腕はいるよ」

「折り方と丁合のとり方を覚えるのに七時間、かがりが上達するまでに七日ってとこです」あたしは言った。「七年も修業するのとはわけが違いますよ」

「頁の順番が間違ってたり、かがりが下手だったりしたら本の値打ちはなくなっちゃうだろ」

あたしは肩をすくめた。値打ちがなくなるわけじゃない。

「どこで始める？」彼は訊いた。

あたしは彼が腕に抱いている巻いた紙を指した。「それが刷り本？」

「ああ」

紙の筒を包んだ茶色の紙は、筒の両端にきちんと折り込んであった。彼は空いたほうの手で筒を撫でている——まるで渡すまいとするようで、表情は不安げだった。この人の贈り物は、どんなふうに受け取られるんだろう、と思った。もしあたしが相手の人だったら、どんなふうに受け取るだろう。

彼を折りの作業台のところに連れていき、折丁の小さな山を脇に寄せた。

「何を折ってるの？」彼は訊いた。

「『シェイクスピアのイングランド』の校正紙」とあたしは言った。「悪党たちと放浪者たちについての論考です」

オーウェンさんは頷いた。「植字室にも何章分か原稿が来たよ。まだ足りないけどね。ハートさんは、原稿がみんな遅れてきたら印刷所はどうなるんだって、もうぼやいてる」

「残業がどっさり増えるんじゃないんですか」

「その残業をする男が残ってない」

オーウェンさんは、作業台のあたしが場所を作ったところに紙の筒を置いた。筒の両端から茶色の紙を外すと、刷り本が広がった。

八つ折り判。表と裏に八頁ずつ、一枚の紙につき十六頁になる。頁の大きさは『新英語辞典』と同じだった。三段組ではなく二段に印刷され、見出し語同士の間隔は広かった。あたしは紙をぱらぱらとめくって数えた。十二枚。全部で百九十二頁。たくさんのことばたち。

「それでこの中のどれも、マレー博士の辞書には入らないんですか？」

「入るのもあるよ」と彼は言った。彼が数枚の頁の端をめくると、一つのことばが目に留まった。

「"Sisters"《シスターズ》」あたしは言った。「いくらなんでも、それはマレー博士の辞書に入るでしょう?」

「入るよ、何年も先だけどね。でもエズメは、あそこで集めた用例にはこの意味が入っていないって言うんだ」彼は、あたしが項目全体を読めるように紙を持ち上げた。

Sisters(姉妹たち)

共通の経験、政治的目標、変化への願望によって結ばれた、有名、無名の女性たち。

「姉妹《シスターズ》たち、闘争に加わっていただき、感謝します」　ティルダ・テイラー、一九〇六年

「姉妹ったって、何も血がつながってなくてもいいんだよ、お互いの幸せを願いさえすりゃ姉妹みたい《シスタリー》なもんさ」　リジー・レスター、一九〇八年

「生活のために働き、土地を持たず、教育を受ける財力もない、われわれの姉妹《シスターズ》たちを忘れてはなりません」　ベティ・アングレイヴ、一九一三年

あたしはティルダの名前と、彼女のことばを撫でた。母さんがあたしたちを連れて行った会合で、ティルダは必ずこのことばを口にした。**姉妹たち**、と彼女は、出席したほとんどが初対面の女性たちに呼びかけた。あたしはときどきそのことばに嫌気がさすことがあった。それがモードとあたしを表すとき、ひとまとまりの単数扱いになるのが嫌だった。姉妹、双子、娘たち。あたしたちは見分けがつかない。大方の人にとって、ふたりを別々に定義するのは面倒すぎる。そのことばは便利だが、あたしの存在を消してしまう。でもティルダがああいう会合でそのことばを使うときは、意味と力強さが感じられた。不穏さが漂い、あたしはそうした姉妹たちに加わりたいと願った。

「なかなかいいところを捉えてると思わない?」オーウェンさんの声であたしは製本所に引き戻され

た。

そのほかの用例を読み、定義を読み直す。〝共通の経験によって結ばれた有名、無名の女性たち〟。あたしがオーウェンさんの恋人に惹《ひ》きつけられたのは、彼女が集めたことばのためではなかった。単語カードでポケットをいっぱいにし、自分に許された以上の何者かになりたいという憧れで頭をいっぱいにした彼女の姿が胸に浮かんだからだった。〝変化への共通の願望〟。

「確かに」あたしは言った。「すごくわかります」

「『新英語辞典』からそのまま抜き出してきたみたいだろ」

「でも違う活字を使ったんですね」あたしは言った。「どの書体?」

「バスカヴィル」彼は言った。

「なんで?」

一瞬、間があった。段落と段落のあいだの余白のように。彼は彼女のことを考えている。

「その明瞭さと美しさのため、かな」

彼が手を離すと、紙は元のとおり綺麗な束に揃った。「折りはどうすればいいんだろう——頁の順番がばらばらだ」あたしは、これ見よがしに紙束を回し、正しい向きにした。「最初に紙の置き方を間違えると、折丁全体がぐちゃぐちゃになっちゃうの」妹の座っているほうにちらりと目を向けた。

「だよね、モーディ?」

彼女は頷いたが、顔は上げなかった。「折丁全体、たぶん本全体も」

オーウェンさんは微笑すると、紙の向きを確認した。「一頁目を伏せて、左に折るんだね、よし」

あたしは一枚目の刷り紙を置き、右端を左に持ってきて端に沿わせた。「こういうトンボはちゃんと揃えないと駄目ですよ。揃ってないと、頁の合わせがずれちゃうから」きちんと合わせてから、母さんの骨べらを使って、折り皺をつけた。「これで一折り」と言った。「今度は、折り目が自分のお腹のほうにくるように紙を回して、同じことをするの。二折り目」あたしは最後にもう一度、紙を回転させた。「両面に八頁あるから、これは八つ折り判っていいます。折るのは三回」

「復習するね」と彼は言った。「右側を左に持ってきて、トンボを合わせて、折り皺をつける」

「そう。でも骨べらを使って、折り目の内側から折ったところをきちんと押さえるの――この段階で折丁に厚みがあると皺になるから」

あたしは三回折ると、折丁をオーウェンさんに渡した。

彼はそれをぱらぱらとめくろうとした。

「ちゃんとめくるには、断裁しないと」

「それはいつやるの？」

「折りが全部終わったら丁合をとって、かがって、均《なら》しをするの。それからよ」

「均しって？」

「本の中身から空気を全部押し出すこと」

彼は頷いた。「やってみてもいい？」

あたしは作業台から離れ、オーウェンさんを自分の椅子に座らせた。彼は次の紙を手に取ったが、モードが向かい側から身を乗り出して紙に手を載せ、彼を止めた。

「練習」そう言うと顔をしかめて、上目遣いにあたしを見た。

「確かに」いらない紙を見つけてきて、あたしたちふたりの生徒の前に置いた。両脇に立ったあたしとモードに挟まれて、オーウェンさんは一枚目をとると、さっき教えた手順をゆっくりと繰り返した。

手を出そうとするモードを止めようとして、あたしは指を唇に当てた。

「下手くそ」彼が初めての折丁を持ち上げて見せると、モードは言った。端がずれている。

「トンボのことを忘れてた」

「それに紙の向きをちゃんと合わせてない」あたしは言った。「頁がぐちゃぐちゃだよ」

「もう正しい向きになってると思い込んでた」

「思い込みは駄目」モードが言った。

オーウェンさんはあと五枚練習して、やっと全部の手順を覚えた。紙がずれて位置合わせが台無しにならないよう、完璧に折れるようになるまでには、さらに五枚かかった。

「モード、もう始めていいと思う？」

「いい」彼女は言った。

あたしが練習用の紙をどかすと、モードが作業台の向こうから女性たちのことばを滑らせてよこした。

植字工は居ずまいを正した。始めていいと言われるのを待っている。でもあたしはすぐには声をかけなかった。彼の恋人が集めたことばを見て、胸の昂りと身の内の震えを感じていた。それは、用例に付けられた名前と、女たちが話したままに彼女が書き留めたことばのせいだった。女たちのなかには、自分が言ったことばを読めない者もいるだろう。だが彼女たちは活字になってここにいた。その名前がこうして記録の一部になった。ただ、あたしのためらいは、ことばたちを折るために座っている男の、背筋をすっと伸ばしたその佇《たたず》まいのせいでもあった。

あたしは始めるように言った。

女たちのことばが、この男の手のなかでくるくると回っているのを眺めるのは、妙に楽しかった。とうとう、十二台の折丁が植字工の左側に積み重ねられた。彼はモードを振り返り、それからあたしに顔を向けた。まるで褒めてもらおうとする男の子みたいだった。もう四十に近いはずなのに。

「上出来ですよ」あたしは言った。「それにもう正しい順番で丁合もとれてる」

モードが折丁をぱらぱらとめくった。最後の確認だ。鉛筆を取り上げて、最後の頁にＭＪと頭文字を書いた。オーウェンさんはむっとした。

「品質管理」あたしは言った。「どの本の中身にも、必ずこれをするんです。でも大丈夫、あとで見えなくなるから。見返しの下に隠れちゃうのよ」

オーウェンさんは丁合をとった折丁をモードから受け取り、例の茶色の紙に包んで紐をかけた。次のときまで製本所で預かろうか、とあたしは言ったが、彼は断った。


数日後、オーウェンさんが女子側の入り口に再び現れた。ストッダードさんが、モードのために折りの残業をこしらえてくれたので、あたしはオーウェンさんを製本所の男子側に案内した。機械類は静まり返っていた。断裁したばかりの丁合済みの折丁が断裁機の横に積んであった。オーウェンさんがそのうちの一台のところで立ち止まり、一番上の折丁を手に取った。

「Sorrow《悲しみ》から Speech《話す行為》か」彼は言い、ぱらぱらとめくった。

「〈辞典〉の次の分冊」あたしは言った。「今週の初めに女子側に来てました」あたしは〝Spalt〟を探し、それが編集者のペンを逃れたのを見て嬉しくなった。

彼は笑った。「つい先週、版を修正したばかりなのに。植字はほかの工程に比べると、進みがかたつむりみたいだなあ」

「ずっと〈辞典〉の仕事をしてるんですか？」

「大概の植字工は専門があるからね。僕は辞書だ」

「『新英語辞典』の活字はいつから組んでるんです？」

「見習いになった一年目から。親方の専門が辞書だったんで、それを引き継いだんだよ」

「じゃあきっとすごい語彙力でしょ」冗談で言ったつもりだったが、彼の答えは生真面目《きまじめ》だった。

「この仕事をしてなかったよりはね」彼は言った。「ここで働いていればどうしたって、一つや二つはものを学ぶから」

「だけど、植字工の人たちが見るときは文字が反転してるんじゃない？」

「鏡文字を読むのを覚えたんだ。君だって文字が上下逆さまでも横向きになってても読めるようになっただろ、それと同じだよ」

「なんであたしが折ってるものを読んでるって思うんです？」

彼は『Sorrow（悲哀）－Speech（話す行為）』の頁を元の場所に戻した。

「読んでないの？」

その答えを聞いて、あたしは頬を赤らめた。背を向けて修復室へ向かった。

エブは仕上げのプレス機の上にかがみこんで、古い本の背から糊を取り除いていた。あたしたちが入っていくと、顔を上げて、鼻にずり落ちた眼鏡を押し上げた。

「今度のこと、助かったよ、エビネザー」とオーウェンさんが言った。

エブは首を振った。面と向かって感謝されるといつも照れるのだ。オーウェンさんは鞄から包みを取り出し、作業台に載せた。エブが紐を引くと、茶色の包み紙が剝がれ落ち、折丁が現れた。エブはしばらく何も言わず、何もせず、ただ、折丁にじっと目を向け、そらすことができなかった。そこに含まれているのは英語のなかで最も無価値なことばたちなのに、まるで包みを解いたらシェイクスピアの初版本が現れたとでもいうようだった。

あたしたちは仕事にかかった。

エブが頁を裁つあいだに、あたしはかがり台の天地のあいだに五本の麻紐を通し、オーウェンさんに作業台のあたしの隣に座るように言った。

「この紐に折丁をかがりつけるの」と言って、あたしは真ん中の折り目が紐に当たるように最初の折丁をかがり台に置いた。「折丁を全部かがりつけると、この紐がバネみたいな役目をして、本を開いたり閉じたりしても形がずれなくなるんです」

「がっちりと、でもしなやかさもいるんだ」エブが口をはさんだ。「本にはその両方が大切なのさ」

あたしはかがり台を自分に合った角度に置き、最初の折丁をかがるところをやって見せた。でもこの手は、何も考えなくても一つ一つの動作を覚えている。オーウェンさんはたちまち面食らってしまった。

初めてこれを習ったときの苦痛や苛立ちを思い出した。投げ出そうとしたそのとき、母さんは**あんたがかがった縫い目が、物語を纏《まと》めるのよ、**と言ったっけ。

一冊をかがるのに、あたしは二日かかった。ほかの人なら同じ時間で八冊かがれる。終わってみると、引っ張り加減がまちまちで、折丁の並びも揃っていなかった。表紙を付けられる出来ではなかったので、ストッダードさんが家に持って帰っていいと言った。その本は『自然選択による種の起原について』で、母さんがそれを選んだのはわざとだった。あたしの指が不器用だから、自分の本棚に並ぶことになるのを知っていたのだ。エブがそれに表紙を付け、あっさりした布を貼ってくれた。

あたしは『女性のことばとその意味』の次の折丁を追加すると、手の動かし方をゆっくりにした。

「うまくかがれば、外からは全然見えなくなるの」

場所を譲り、オーウェンさんをかがり台の前に座らせた。次の二、三台の折丁は手間取った。彼の手つきは不器用で、かがりは緩すぎたり、きつすぎたりを繰り返した。でもそのうちに、彼は自分のリズムを見つけた。あたしが見守る前で、折丁の真ん中に針を通し、一本目の紐にからげ、二本目、三本目へとからげていった。そのかがり目は見事に揃っていて、五本目の紐の番が来る頃には、折丁はその姉妹たちの上に安らいでいた。エブとあたしは無言だった。植字工は次の折丁を置き、そしてその次を置いた。九台目の折丁を置いたとき、彼は作業の手を休めた。

ばらばらだった本をかがりつけていく作業には満足感がある。一つの知識を次の知識に、一つのことばを別のことばにつなぎ、文の始まりと終わりを再会させる。その工程は、敬意を表すことでもある。そしてかがり台の上の折丁が、作業台の上のそれよりも多くなってくると、部分が全体になる瞬間を心待ちにしはじめるのだ。

残りの折丁はあと三台になり、そのことにオーウェンさんは気がついた。リズムが失われ、強く押しすぎた針が指先に刺さり、血が滲んだ。あたしは顔をしかめた。彼は椅子の背に寄りかかり、小さな傷を押さえた。エブが清潔な布を手渡した。

「ちょっと待たないと」あたしは言って、彼の指に向かって頷いた。「頁に染みがついちゃう」

「かがりが失敗した本はどうなる?」彼が訊いた。

「中身の形が歪《ゆが》んで、表紙付けがうまくいかなくなる」

「ペグは、かがりが失敗した本がお気に入りでね」とエブが言った。

あたしは、さっと彼に視線を向けた。植字工は微笑した。

「大丈夫だよ、ペギー。不良本《ヤレ》を集めてること、僕はもう知ってるから」

ジャックの奴。むっとしたふりをしようとしたが、できなかった。自分のことが噂されていると思うのは、気分がいいものだ。あたしはかがり台のほうを向いた。

あたしは製本のこの段階にある本が大好きだった。そして確かに《カリオペ》にはそうした本が溢《あふ》れていた。かがり終わったけれど、どこかに欠陥のある本たち。頁の破れ、こぼれた糊、あるいはもっと目立たない疵《きず》もある――背のバッキングや丸み出しの失敗は、布装を上手にやれば隠れてしまうが、そうならなかったもの。『女性のことばとその意味』の剝《む》き出しの背に指を走らせる。一つひとつの折丁の背はまるで背骨のようで、それがかがりつけられている紐は、コルセットに縫い込まれた芯のようだった。

　女たちのことばのかがりが永遠に続いてほしかった。でも本はたったの百九十二頁で、一冊しかない。それがここから消えたあとのことを考えた。折りや丁合、そして特にかがりの作業のあいだに本に愛着が湧くと、ときどきそんなふうに切なくなる。でも、この本には余分は出ない。たとえほんの一部分でも、『女性のことばとその意味』が《カリオペ》にやってくる幸運は望めない。

「もっと印刷しようと思わなかったんですか？」あたしは訊いた。

　植字工は首を横に振った。「この一部だけだよ。こんなにいろいろやらかして、台無しにするかもしれないなんて考えなかった」

　あたしは笑った。「エブが台無しにさせないし、あたしもさせませんよ。だけどほかにもこの辞書に興味をもつ人がいそうだから」

　彼は眉をひそめた。ほんのかすかに。そしてあたしは急にじれったくなった。こんなに手間暇かけたのも、好きと伝えるためでしかなかったってことか。そんなの、どこかの貴婦人が刺したニードルポイントを客間に飾れるように額に入れるのと何が違うの。そして気づいた。この人の目に映ることばたちは、あたしの目に映るのとは違うのかもしれない。あたしにとってそれは、新しい思想であり、ある種の議論であり、不公平を埋め合わせ、正すものだった。心が汽車のように驀進《ばくしん》した。あたしたちのことばはずっと、どうにもこうにも本にしてもらえなかった。それがようやくこうして本になったのに、なにさ馬鹿くさい、たったの一部しかないなんて。

「版はとってある」彼は言った。

　汽車が速度を落とした。

「あとでもっと刷るつもりでね。でもこれは特別じゃなくちゃ駄目なんだ。この世に一冊しかない本じゃないと。彼女の本は、たくさんあるうちの一冊じゃ駄目なんだよ」

汽車が止まった。苛立ちは遠のいていった。

「わかってもらえるかな？」彼は言った。あたしに理解してもらうことが重要なんだ、というように。

あたしは完全に理解した。「この世にひとつってことね。とりあえず今のところは」

彼は指を押さえていた布を取った。血は止まっていた。彼は次の折丁に針を刺した。

第七章

　岸辺の庭で、誰かがロージーと話している。黒い縁どりのある赤のロングコート。ヒメアカタテハだ、と思った。先にモードが駆けだし、曳き船道に集まっていた鴨《かも》たちを驚かせた。ティルダが両腕に彼女を包み込んだ。あたしが追いつくと、片方の腕でモードを抱いたまま、もう一方をあたしに回した。まるで彫像ね、といつか母さんがティルダのことをそう言った。あたしたちは目いっぱい成長したが、ようやくティルダの肩に届くかどうかだった。

「この子たち、あたしにお似合いだと思わない？」そうロージーに訊くと、モードの頭にキスし、次にあたしの頭にキスした。

「その耳にぶら下げてる安っぽい耳飾りじゃあるまいし」とロージーは言った。

「ぶら下げられるんならそうするわ。そうしたらどこへでも連れて歩けるもの」

　連れて行ってくれるならね、あたしは思った。「なんであたしたちがついて行きたがると思うわけ？」

「あら、ついて来たいくせに、ペグ。でもこの子はね……」モードを抱く腕に少し力を込めた。「この子は今のままで幸せでしょう」

「今のままで幸せ」モードが言った。

　あたしたちは岸辺でピクニックをした。ティルダはスティルトンチーズの塊と、玉葱《たまねぎ》のピクルスの瓶、それに大きな白いパンをお土産に持ってきていた。いろんな面白い土産話もあって、あたしたちは笑ったり、目を瞠ったりしながら過ごした。やがて日が翳《かげ》り、ラウントリーのおばあちゃんがぶるぶると身を震わせると、みんなそれぞれのナローボートに戻った。

中に入ると、あたしはココアを作ってモードのマグカップに注いだ。ティルダはいらないと断った。

「看護婦の訓練はいつ始まるの？」あたしはテーブルにつきながら訊いた。ティルダは自分のためにウィスキーを少し注いだ。「明後日《あさって》」

二日しかない。口元へ運ぼうとしたあたしのマグカップが止まった。

「そうよね、わかってる。ずっといてほしいんでしょ」

一口すすった。

「ずっとじゃないけど」あたしは言った。

ティルダが話し、あたしたちが耳を傾けるうちに夜が更け、《カリオペ》の外は真っ黒な闇に沈んだ。あたしはランプの光を明るくし、この前会ってからティルダが送ってきた日々のことを、モードと一緒に貪るように聞いた。驚きと笑いが交互に訪れた。やがてティルダは唐突に話すのをやめた。

「わたしはこんなところかしら」彼女は言うと、今初めて自分がどこにいるのかを思い出したように辺りを見回した。「あなたたちはどうしていたの？」

それに答えて、モードは紙の蝶を取り上げてみせた。「わたしはこんなところかしら」彼女は言った。

ティルダは声を上げて笑った。いつものよく響く高笑い。「うまいわね」彼女は言った。「でもわたしの冒険に興味ないふりするのはやめなさい、モーディ。ひとこと残らず聴いてたくせに」

「ひとこと残らず」モードが頷いた。

「あなたはどうなの、ペグズ？　変わりはなかった？」

ティルダはまるで嵐だ。風のようにやってきて、いろんなものを巻き上げ、あたしが隠しておこうとしているものを剝き出しにしてしまう。

「相変わらずだよ」あたしは言った。「折って、集めて、かがって。手紙をもらったとき、あたしも

VADに入ろうかと思ったけど、やっぱり無理だし」

「モードがいる」とモードが言った。

「そういうことじゃないよ、モーディ」あたしは言った。

「もちろんそうじゃないわよ、モーディ」とティルダが言った。「お金があって、おまけに何の義務もない女性しかVADには入れないの。ペグズはちょっと自分が役立たずな気がしてるだけ」

「役立たずだもん」

「まだ始まったばかりよ」ティルダは言った。「オックスフォードだって、今にぼろぼろの怪我人で溢れかえるわ——やることなんて、放っておいても向こうから来るに決まってるわよ」ウィスキーのおかわりを注ぐと、椅子の背にもたれた。「それで今、どんな本を折ってるの？ 家に持って帰りたいような本はあった？」

「うん、それがね」あたしは女性のことばたちについて彼女に話しはじめた。ティルダは酒を舐《な》めながら、いつになく熱心に聴いていた。奇妙な微笑が口元に踊った。

「それ、エズメだわね」彼女は言った。

「ティルダの名前が出てきたから、知り合いかな、と思って」

「出てきたのは一か所だけじゃないといいけど。エズメを広大無辺のことばの世界に導いたのはわたしなんだから」

「エズメって、ティルダが言ってた仲良しのことばの虫？」あたしは訊いた。

「そうよ」

「なんであたしたちに紹介してくれないの？」

「ヘレンは一度会ったことがあるわ。参政権運動の会合で」

「それじゃ答えになってない」あたしは腕を組んで待った。

ティルダはもう一杯ウィスキーを注いだ。「あなたたちを誰かと共有したくないから」彼女は言った。「あなたたちの誰もね。わたし自分勝手なの、知ってるでしょ？」そしてグラスを取り上げると、一気に飲み干した。「ヘレンのことを誰にも説明したくないのよ、ペグ。たとえエズメであっても」そして笑った。「特にエズメには」

「何がおかしいの？」

「彼女がヘレンの名前を例の単語カードのてっぺんに書いて、なんとか定義しようとしてるところが目に浮かんだだけ」微笑が消え、しばらくのあいだ、あたしたちは黙り込んだ。モードの手の動きも遅くなっていた。

そして不意に、ティルダが空になったグラスから目を上げた。「だって不可能だもの、そう思わない？」

⁂

二日後、あたしたちは駅でティルダを見送った。駅は涙ながらに別れを告げ合う人々で騒がしかった。ぴしりと折り目をつけ、ぴかぴかのボタンを光らせた軍服姿の若い男たち。その顔は夢に描いた冒険への期待に溢れている。無事で帰るといういくつもの約束がプラットフォームにこだました。誰もかれもが、この自分が生きて帰れないはずがないと思っていた。あたしはジャックのことを考えた——ジャックもそう信じきっている。

ティルダは、座席に近い、開いた窓のところに立っていた。

「手紙書いてね」あたしは叫んだ。

「時間があったらね」彼女は叫び返した。

ホッグさんが鐘を鳴らし、その日の仕事を終えて製本所を出る女工たちの列にあたしたちも加わった。

「やあ、ペギー」

彼はドアのすぐ向こうに立っていた。なるべく邪魔にならないようにしていたが、ぶつかってばかりだった。

「オーウェンさん」こちらを振り返るいくつもの頭を気にしながら、あたしは言った。女子側に男がこんなに近づくと、日常にさざ波が起こる。

「こんちは、ガレス」モードが言った。こっちを振り向く頭のことなんか何とも思っていない。

「やあ、モード」彼は言い、声をひそめた。「ペギーと一緒に、最後の仕上げに付き合ってくれないかと思って」

「女性のことば」声をひそめようともせずにモードは言った。

彼は頷いた。

エブがすっかり準備を整えていた。作業台から本来の仕事は片付けられ、真ん中に、〈辞典〉の分冊と同じ大きさと形の薄い本が置かれていた。緑の革で美しく製本されている。モードとあたしがそばに寄って見られるように、オーウェンさんは脇に立っていた。

表紙の縁に沿って、簡素な装飾が空押しされ、表表紙と背の題名もすでに空押しされていた。『女性のことばとその意味』。それは金箔が貼られたときにそこに現れるものをそっと囁いているようだった。

本の隣に広げられた方眼紙には、縁飾りの意匠が描かれ、押し型の押し痕がついていた。あたしはオーウェンさんが使った小さな金属の花型を手に取って、自分の手のひらに模様を押してみた。それは簡単な貝の形で、凹みはたちまち消えてしまった。でも花型には熱が封じ込めた紙と黒鉛と革の痕がこびりついていた。模様は、あたしが手を洗うまでそこにあるだろう。

手を本に載せた。「いいですか?」オーウェンさんに尋ねる。「いい、かな」彼は言い、エブを見た。

エブが頷き、あたしは表紙を開いた。印刷された最初の数頁をめくる。

女性のことばとその意味　エズメ・ニコル編著

その瞬間、胸がいっぱいになった。温かくて、ちくちくする。羨望、でもそれだけじゃない。耳元で何かが囁く。当然じゃない、いい?

「始めてよさそうかね?」エブが訊いた。

顔を上げると、三人ともあたしを見ていた。

「どう思う、ペギー? 仕上げに入っていいかな?」オーウェンさんが訊いた。

彼の贈り物は、あたしにとって大切なものになっていた。そして彼はそのことを知っている。ふと、この作業をあたしと分かち合ったことを悔いていないだろうか、という気がした。いや、そんなはずはない。あたしは作業台から一歩離れると、彼に、代わりにそこに立つよう手で促した。

まず背から作業を始めるために、エブが仕上げ用の手締めプレスに本を固定した。それから金箔押しの手順を説明した。

「箔下液《はくしたえき》、油、金箔」と彼は言い、三つとも、オーウェンさんの手がすぐ届くところに置いた。

「箔下液、油、金箔」モードがおうむ返しに言った。

「箔下液って？」あたしは訊いた。製本所の女工は金箔押しは習わない。

「要は卵の白身さ」とエブが言った。「これで革に金箔が貼りつくんだよ」細い筆をとると箔下液に浸し、革を張った背の一番上に押された模様に塗った。そして筆をオーウェンさんに差し出した。

「あとはあんたがやんな。革を傷めることはねえが、なるべく厚塗りせんようにな。塗って乾かすのを二回繰り返した後に、油を引かんとならんから」

「ペストリーに卵液を塗るみたいだね」あたしはモードに言った。

油を引き終えると、エブは金箔の扱い方を見せてくれた。

細い箔刀で、重なっている金箔の端をあおぎ、金箔と金箔のあいだに空気を入れる。一枚目が浮き上がると、それを薄い刃のところで捕まえた。金箔を小さなゴムのマットに移したら、今度はその同じ箔刀を使って、いろいろな寸法に細長く切った。「すぐくしゃくしゃになっちまうからね」とエブは続けた。「周りの空気のあおぎ方にこつがいるんだ」

エブは箔刀の刃を小さな切片の下端に置き、そっと息を吹きかけて金箔を浮かせた。それから驚くほどすばやく、そして器用にそれを捕まえ、革張りの背のところへ運び、載せた。金箔は空押しされた谷間に沈み、まるで我が家に帰ったように静もった。エブが筆で余分な金箔を払うと、模様が光を受けてきらきら輝いた。箔刀をあたしに差し出す。「背をやるかい？」

「頑張って」モードが言った。

手が震え、金箔は勝手に折れてしまう。一枚目が折れ、二枚目、三枚目と続いた。「あたしがうまいのは折ることだけみたい」三枚目を駄目にしたあと、あたしは言った。

エブが助け舟を出した。一片の金箔を載せた箔刀を渡し、本の背を顎で指す。「でかいから〝女性の〟の上に載せてみな」彼は言った。

そのことばの上に金箔を載せると、静電気がそれを文字に吸い寄せるのを感じた。筆で余分な金箔を払い、また一枚、さらに一枚と置いていった。とうとう題名全体が光を放った。

エブは仕上げ用の手締めプレスから本を外し、オーウェンさんが表紙の作業をできるようにした。オーウェンさんはためらった。これが最後の作業であることに、あたしは気づいた。終わってしまえば、贈り物は完成する。

「練習してたんだ」と言って、彼は革の見本を指した。金箔を貼った模様やいろいろな文字で埋まっている。オーウェンさんは最初の金箔を持ち上げた。あたしたちの先生のようなすばやさも繊細さもなかったけれど、誰の手も借りずにすべてのことばに金箔を貼りおおせた。

彼の作業が終わったあと、誰も口をきかなかった。

「ありがとう」ようやくオーウェンさんが言った。あたしに手を差し出し、それからモードに差し出した。

「ありがとう」とモードは言った。それは口真似だったかもしれないけれど、きっと本心から言ったのだろう。

「彼女に感謝してる」とあたしは言った。「ミス・ニコルに」ことばたちをありがとう、と、伝えたかった。このことばたちを集めて、理解して、敬意を払ってくれて、と。そして急いで背を向け、部屋を出た。

⁂

一九一四年十月九日
ペグズへ
慰めになるかどうかわからないけど、わたしが期待していたみたいな冒険ではなかったわ。ここでの仕事といったら、物入れを整理して、病人の便器を洗って、包帯を巻くことだけ。ただし一番重要な任務は、〝制服に誇りをもつこと〟です。
　聖バーソロミュー病院で初舞台を踏んだお嬢さんたちは、これを大真面目に受け取って、延々とアイロンがけと靴磨きばかりしています。ほとんどの子には生まれて初めての体験だから（召使に囲まれて育ったんですものね、かわいそうに）、ごっこをしてるつもりなのね。それにひきかえ、わたしはさっぱり頓着しないので、服が皺だらけだとか、靴に傷があるとか、諸々《もろもろ》反抗的だとかで叱られてばかりです。シスターに、あなたには別のお仕事のほうが合っているんじゃないかしらって言われたわ。頭にくるけど、そのとおりね。だから腹いせに登録してやりました。戦争が終わるまでね。わたしを解き放つものは病か、死か、結婚のみよ。

ティルダ×

追伸
　あなたフランス語はできる？　ベルギー人を大勢乗せた列車がそっちへ行くと新聞で読みました。あなたにできる仕事があるかもしれないわ。

第八章

　モードはよそゆきを着て、忙しく両手を動かし、何も面白いことが書いていなかった本のばらばらの頁を折っていた。あたしはレンジの上でコーヒーを落としておいて、髪と顔を確かめに寝室に行った。両頰をつねり、ベッドの上の棚から口紅を出す。それはティルダのお下がりで、あたしはけちけちしながら使っていた。上下の唇を擦り合わせると、色が広がり、深紅からもう少し控えめな色合いに薄まった。あとちょっと濃くしたかったが、これから行くのはダンスではない。口紅を置くと、ちらりと目を上げ、鏡に映る自分を不意打ちしようとした。

　こちらを見返す顔が自分の顔であることを願いながら、あたしはときどきこれをやる。でも、毎回と言っていいほど鏡に映るのはモードの顔で、あたしは自分が誰だかわからなくなる居心地の悪さを感じるのだった。**鏡文字を読む**、という植字工のオーウェンさんのことばを思い出した。目をそらし、視線を戻す。

　紅を差した唇のせいか、それともつねった頰のせいだろうか。たぶん目のせいかもしれない。ぼかしたコール墨に映えてもっと深く、大きく見える。そこにいるのはあたしだった。ペギー・ジョーンズ。美人のペギー・ジョーンズ。あたしは口紅を取り上げ、色を足した。

　コーヒーの香りが、あたしをナローボートへ、よそゆきを着たモードのもとへ、オックスフォードに向かってくる汽車へと連れ戻した。レンジのところへ戻り、二本の水筒にコーヒーを満たす。それをビスケットの包み二つと一緒にバスケットに入れた。

　ロージーが曳き船道から呼んでいる。

「もう出る時間だよ、モーディ」あたしは言い、腕を通せるようにコートを広げてやった。モードはおとなしく従った。バスケットを渡すと、扇やしおり、羽がぱたぱた動く小鳥たちを一山そこに入れている。折り紙のプレゼントだ。

　ロージーは二番目にいいよそゆきを着て、教会用の帽子を白髪交じりの巻き毛にしっかりとピンで留めつけていた。今日は女船長の出番ではない。あたしたちはお互いをほれぼれと見つめた。

「絵に描いたみたいに綺麗だこと」ロージーが言い、あたしは彼女が同じお世辞をモードにも繰り返すのを待ち構えた。ロージーは何も言わず、あたしは嬉しくなった。

　モードがロージーのバスケットを覆っている布巾の下を覗いた。

「菓子パンさ」ロージーが鼻高々で言った。

「今食べるか後にするか、どっちにするかい、モード」とロージーが言った。「だけど今も後もはいけないよ、難民の人たちにあげるんだから」

「今も後も」モードが言った。

　ロージーはバスケットをひっこめた。「今か後か」彼女は言った。

「今」モードが言ったので、ロージーはバスケットにかけた布巾を持ち上げた。

　モードはじっくりと選び、一番大きいのをつかんで齧りついた。温かい湯気がリボンのように秋の空気のなかに漂った。

「ほんといい匂い」あたしが言うと、ロージーはバスケットをこっちに差し出した。パンを真ん中で割り、立ち上る湯気を吸い込む。りんご、それから何種類かのスパイス。このスパイスのおかげで、ロージーが作るものは何でも、ほかの誰が作るものよりちょっぴり美味しくなる。

　あたしたちは曳き船道に沿ってハイズ橋まで歩き、そこで駅に向かう人々の小さな群れに合流した。ほとんど女の人ばかりで、水曜なのに日曜日のよそゆきを着ていた。思い思いにいろんなバスケットや袋を持っている。まるでみんなでお祭り《フェア》に行くみたいだった。

もちろん、時間はまだ早い。汽車が着くまであと半時間はある。でもあたしたちは準備を整えておきたかった。ベルギー人たちはここまで長い旅をしてくる。疲れてお腹を空かせ、怯《おび》えていることだろう。心に傷を負っているだろう。〝ベルギーの凌辱《りょうじょく》〟と、新聞はドイツ軍の侵略をそう呼んだ。家々は略奪され、燃やされ、町は破壊され、軍人でもない人々が殴られ、銃で撃たれた。銃を持っていなくても、女や子どもでも容赦はなかった。何週間も地下室で生き延びた人もいれば、逃げて電気柵に引っ掛かって死んだ人もいた。彼らが女性たちに何をしたかという噂は、悪夢より恐ろしかった。あたしたちは難民たちに安心して、歓迎されていると感じてほしかった。イギリス人はドイツ人よりましだと知ってほしかった。

ストッダードさんはもう来ていて、長テーブルに白い布を掛けて準備をしていた。もうひとりの女の人が、〝オックスフォード戦争難民委員会〟と下手くそな字で大書した幕を広げている。それをテーブルの前に掛け、豆の缶で固定した。

モードがストッダードさんを見つけ、手を振った。ストッダードさんが笑顔を見せた。今日は彼女の催しで、ハートさんに掛け合って、難民が到着するときに、モードとあたしが駅にいられるよう取り計らってくれたのだ。

ロージーとあたしは、持ってきた菓子パンとビスケット、コーヒーを入れた水筒を、いろいろなもので混み合っているテーブルに置いた。ほかの女の人たちがやってくると、あたしはストッダードさんを手伝って、彼女たちの持ってきた食べ物の皿や温かい飲み物の水筒を並べ、人がテーブルの一方の端から向こう端へとうまく流れるようにした。ベルギー人一人ひとりが本の折丁だとしたら、全員をかがり合わせたらどんな物語ができるのだろう、と考えながら。

ずらりと並んだ食べ物を見て、モードは我慢できなくなった。ロージーのパンをもう一つ取ろうと手を伸ばすのが見えたが、止めるには遠すぎた。ひとりかふたりの女の人が、真似をしようとした子どもたちを叱り、手を叩くふりをした。モードはそんなことにまったく気づかなかったが、あたしはみんなの表情や態度すべてに気づいていた。

妹のほうに行こうとしたが、ストッダードさんが間に入った。「モード」製本所で特別な用事を言いつけるときの声だ。「バスケットにお客様へのプレゼントが入ってるんでしょ、見せてちょうだいな」

モードは菓子パンの皿から目を上げると頷いた。そしてこっちを見て言った。「プレゼント?」

あたしはテーブルの下からバスケットを出した。いろいろな折り紙の宝物と、りんごとスパイスの菓子パンが半分入っている。パンを取り出して、バスケットをモードに手渡したちょうどそのとき、機関車のガタゴトいう音が聞こえてきた。止める間もなく、モードは十人ほどの子どもたちと一緒にプラットフォームの端に向かって駆けだした。あたしは母親たちに交じって、もっと下がりなさいと声を張り上げた。

汽笛の大きな音が、楽しげに鳴りわたった。次いでプラットフォームが蒸気でもうもうとなり、石炭の煙の匂いがロージーの菓子パンのスパイスの香りをかき消してしまった。ストッダードさんがあたしにりんごの入った器を手渡した。「これを持っていって、降りてくる人たちに渡してちょうだい」

あたしは、客人たちを見ようと押し合いへし合いしている女たちや子どもたちの群れを縫っていった。モードが先頭にいて、折り紙のプレゼントを手に持ち、客車から最初に降りてきた人に渡そうと待っている。ひとりかふたり、この辺りの子どもがモードのバスケットを覗き込んで、紙の鳥をちょうだい、と頼んだ。「駄目」とモードが言うと、子どもたちはおとなしく引き下がった。

思わず笑みを漏らした。モードがうんと言ったり、駄目と言ったりするとき、誤解の余地はまったくない。彼女の表情、手の動き、体全体の仕草が、口から出たことばとぴったり一致しているので、相手がそれ以上の説明を必要とすることはまずなかった。特に子どもは、何を言っても無駄だとわかるらしかった。

　警備の人が列車に沿ってずっと歩きながら、乗客が降りてくるので脇によけてください、と人々に頼んでいた。指示に操られ、群衆はまるで波のように後ろに下がったり前に出たりした。

　あたしはストッダードさんのほうを見た。テーブルを前にして、ロージーと難民委員会の三人の女性たちと一緒に用意万端整えて立っている。帽子をまっすぐに直していた。ロージーは、群衆の向こうが見えないかと、つま先立ちになっていた。

　あたしたちは何を期待してるんだろう、不意に思った。

　客車は四両あった。扉が開いた。

　二両目の階段の上に女の人が現れた。そこはちょうど歓迎の子どもたちや母親たちが大勢集まり、騒然としていた。彼女は何枚も服を重ね着していた。二枚重ねたスカートの裾と、二枚のブラウスの襟が、カーディガンと分厚いコートの下に覗いていた。その手には小さなトランクがあった——人生を入れてくるには小さすぎる、とあたしは思った。彼女はプラットフォームに降りようとする気配をまったく見せなかった。その顔に浮かんでいる表情を見たあたしは、彼女が向きを変え、人を押し分け客車のなかに戻るだろうと確信した（避難場所を与えようと勢い込む人々の熱気から避難するために）。整った顔立ちだった。肌に旅の汚れがこびりつき、淡い色の髪がピンから零《こぼ》れていた。途方に暮れた薄青い瞳。

　あたしは周囲を見回した。彼女にすれば、到着してみたら、そこはお祭り騒ぎをやっていたのだ。彼女が何から逃れてきたのかを思うと、自分が恥ずかしくなった。よそゆきを着て、唇に紅なんか差して。りんごのボウルを腰のところにずらし、袖口からハンカチを出した。口を綺麗にぬぐった。

　モードが見えたのはそのときだった。二両目の客車の扉のところで、プレゼントの入ったバスケットを持っている。紙の扇を差し出した。青白いあの女性は、それが何なのか見当もつかないような顔をした。何が起きているのか、わけがわからないというように。妹は待っていた。何の説明もしない——モードは説明というものをしないのだ。やがてスペインの貴婦人がするように扇を開いた。片手を一振りし、折った紙を孔雀の羽根のように開く。それは、モードが縁を青い薔薇《ばら》で飾っていた扇の一本だった。「なんで青なの?」と、色を塗っているモードにあたしは訊いた。彼女は肩をすくめた。

モードが扇を上げ、女性の顔に近づけた。それが作ったかすかな風が、儚《はかな》い蜘蛛《くも》の糸のようなほつれ毛を揺らした。あたしは女性が列車から降りてくるのを見つめ、トランクが手から落ち、倒れるのを見つめた。プラットフォームがしんと静まり返った——はずはないけれど、そんなふうに感じられた。それはまるで再会の場面のようだった。あたしはそれを見ながら、まるで赤の他人がするように、そこにいるふたりの女の間柄を推し量ろうとした。束の間、自分が妹と切り離され、妹が知らない人になったような、滅多にない感じを味わった。そのあいだ見知らぬ女性は、モードに両腕を回してすすり泣いていた。

でもすすり泣きというのは、正確なことばではない。それはそんなものではなかった。女性の内側からこじ開けるように出てきた何かだった。彼女の奥底にずっと凝《こご》っていたものだった。やっぱりあたしたちは静まり返っていたのかもしれない。彼女の取り乱し方は攻撃的だった。見る者をきまり悪くさせた。あたしたちの理解を超えていた。人々はそこから後ずさりした。顔をめぐらせ、とりあえず列車から降りてくるほかの乗客たちのほうを向いた。微笑を返され、彼らがほっとしたのがわかった。小ざっぱりした身なりのベルギー人たちから荷物を受け取ろうと駆け寄っていく。心の傷が最も軽い人々だ。長テーブルのところへ導いて、紅茶やコーヒーを注ぎ、連れている子どもたちにお菓子を手渡す。

モードだけが、その女性の痛みを平然と受け止めていた。しっかりとそこに立ち、抱擁を返した。女性は背が高く、青白い顔を妹の黒い頭のてっぺんにすり寄せた。初対面にはふさわしくないほど強く妹を抱きしめた。まるで迷子になった子どもをやっと見つけ、抱きしめる母親のようだった。モードは身を引くだろう、とあたしは思った。あの子が他人に触られてこんなに我慢できるはずがない。でもこの女性は抱きしめる誰かを必要としていた。そして妹は自分がそれになろうと決めたようだった。

あたしは、抱き合うふたりを取り巻く小さな空間に向かって進んだ。あたしがそこにたどり着く前に、ふたりは体を離した。女性はまごついたように一歩下がった。説明を求めるように、モードの目を覗き込んだ。モードはただ頷き、相手を見つめ返した。母さんにそうしなさいといつも言われていたとおりに。

それでじゅうぶんだったらしかった。

あたしがもう一歩近づくと、モードが振り返った。女性も振り返り、誰でもするように、あたしからモードへ、モードからあたしへと視線を移した。このときばかりは、双子であることがありがたかった。彼女の表情は平静になり、あたしにとって見慣れた何かへと変わった。

「双子なの」とあたしは言った。

「そのようね」と彼女は英語で言った。

「あたしはペギー、こっちはモード」

モードが扇を差し出すと、女性が受け取った。スペインの貴婦人のようにそれを開く。両目を閉じて顔をあおいだ。「ありがとう」ため息のような声で言った。

「ありがとう」モードが口真似した。同じ訛《なま》りで、ため息混じりに。もう、モードったら、とあたしは思った。今はやめてよ。

女性は目を開き、妹をまっすぐに見つめた。モードもまっすぐに見つめ返した。

ストッダードさんは上気した顔に微笑を浮かべていた。テーブルはほとんど空っぽで、プラットフォームも同じだった。ベルギー人たちの大部分は、学生のほとんどが軍に入隊して空き家になったラスキン・カレッジに案内された。もっと落ち着ける場所が手配できるまで、そこが彼らの宿舎になる。すでに宿舎が決まっている数人が残って後片付けを手伝っていた。それは単身の女性たちだった。彼女たちはマグカップや皿を重ねてバスケットに入れ、テーブルにかけてあった汚れた布を畳んだ。さっきの背の高い、青白い顔をした女性もそのひとりだった。取り乱した様子はもうほとんど窺《うかが》えず、皿に残ったパン屑《くず》や食べかけのオーツケーキをかき集めて綺麗にしていた。

到着してからずっと、こうした女性たちの多くが、今眠りから覚めたばかりのような顔をしていた。ひとりかふたりが列車を振り返っていた。まるで何か忘れ物をしたみたいに。それは夫だろうか、とあたしは思った。それとも恋人、兄弟、お気に入りの帽子だろうか。女たちは汚れた両手でコーヒーの入ったマグカップを受け取った。ビスケットや菓子パンをとり、がつがつと食べた。必要とされるときは、疲れ切った顔に微笑みを浮かべたが、それはあっという間に褪せて消えた。やっと今、自分たちの到着の後片付けに忙しくしながら、彼女たちは居場所を見つけたように見えた。

ストッダードさんが残り物で膨らんだ布巾を手渡してくれた。

「後片付けに残ってくれたご褒美よ」

あたしはそれをバスケットにしまい、夕食はオーツケーキとりんごだ、と思った。

「帰る前に、こっちにいらっしゃい。皆さんにご紹介するから」ストッダードさんは、委員会のご婦人たちが立ってエプロンを外しているところへあたしたちを連れていき、紹介した。

責任者がミス・ブルースだった。「ミス・パメラ・ブルースよ」ストッダードさんが強調した。「妹さんのミス・アリス・ブルースが、サマーヴィルの副学長でいらっしゃるの」

ミス・パメラ・ブルースは、がっしりとして背筋がぴんと伸びていた。鉄灰色の髪を頭のてっぺんに高々と結い上げているので実際よりも背が高く見える。彼女は手を差し出した。慣れない挨拶に戸惑いつつ、あたしはそれを握った。彼女はモードにも手を差し出したが、モードは握らなかった。

「ペギーはサマーヴィルが大好き」彼女は言った。

誰も見ていなかったら、つねってやるところだった。「建物のことです」あたしは慌てて言った。「ウォルトン・ストリートに面してる」

ミス・ブルースはモードをじっと見て、その無邪気な表情に気づくと、わかったというように優しく微笑みかけてから、こっちを向いた。

「あの建物は、カレッジのなかでは取り立てて見るところがありませんけどね」

「それからこちらが」と、淡い色の目と淡い色の髪をしたあの女性の腕に手をかけながら、ストッダードさんが言った。「ロッタ・グーセンス」

ほかのベルギー人たちや、難民委員会の委員たちも紹介してくれたはずだったが、あたしにはロッタの名前しか聞こえなかったようだった。

「ロッタは我が家に滞在するの」ストッダードさんが言った。「落ち着いたら、製本所で仕事を始めてもらうことになりますからね」

第二部

オックスフォード・パンフレット

一九一四年十月－一九一五年六月

第九章

晴れた朝だった。十月らしく空気がぱりっとしている。

「血、泥、雨」郵便物を取りにターナー新聞販売店に入りがけ、モードが言った。「目指すは海岸。連合軍、イーペルにて塹壕《ざんごう》戦」彼女は言った。「ポート・メドウで調練開始」

「出版局に飽きたら、新聞売りにならんかい、ミス・ジョーンズ」ターナーさんが言った。

あたしは駅で見たベルギー人たちのことを、彼らが何から逃れてきたかを考えた。そして、フランダースにいるかもしれない出版局の男たち全員を思い浮かべようとした。その数はあまりにも多かった。

仕事場に着いてみると、印刷した折丁が積んである作業台は半分しかなかった。

「印刷所の調整がまだついてなくてね」とホッグさんが言った。「ストッダードさんが、それまであんたたちの手が空かないようにって」渡されたのは二本の編針と毛糸の玉だった。

「これをどうすればいいんですか？」あたしは訊いた。

「あんたお利口なんじゃなかったのかい、ミス・ジョーンズ？」

「マフラーだよ」と、あたしがほかの女工たちのあいだに座ると、編み方を教えていたルーが言った。学校で習ったことを忘れているのは、あたしひとりではなかった。

「ベルギーの女の人たち、編み物できるといいけどね」あたしは言った。

「ストッダードさんは、あの人たちが働きはじめるまでには仕事はいっぱいくるって言ってるよ」

モードのほうを見た。編み物ができるとは思われていないので、作業台には刷り紙が積まれていた。

あたしは身を乗り出して、折っているものを覗き込んだ。

詩だった。小さな冊子。折丁一台で、十六頁。十二篇のソネットに、表紙と裏表紙。積んである厚みで四十部ほどだとわかる。出版局では、毎週のようにこうした冊子を印刷していた。値上がりした印刷代を払える男女の、悲嘆と栄光の吐露。紙の値段はどんどん上がっているが、小冊子の印刷が途切れることはなかった。あたしたちはそういうものをよく小馬鹿にしたが、ありがたくはあった。もしそれがなければ、仕事がもっと減り、ハートさんがあたしたちに給料を払う理由も減ってしまう。

あたしは数行を声に出して読んだ。

暁がイングランドの空を朱に染め
朝の小鳥が声をつまらせる
曙は知る、夜更けのわが嘆き
日は昇れど悲しみは癒えることなし

恋人？　兄弟？　友達？　この女性は誰を失ったのだろう。

そして、そう考えたことを振り払えないままに言った。「詩を書く代わりに編み物にしといてくれたらねえ。みんな助かったのに」

「意地悪言わないの、ペグ」とモードが言った。母さんがそう言ったことがあった、一度か二度。

「くっそ」目を一つ外してしまった。

「ことばに気をつけなさい、ミス・ジョーンズ」

「すみません、ストッダードさん」あたしは言った。「こういうの昔から得意じゃないんです。申し訳なくて、この――」あたしはマフラーを持ち上げてみせた。「代物をもらうかわいそうな兵隊さんに」

「あなたの問題は毛糸の引っ張り方なの。強さが一定じゃないのよ」ストッダードさんはあたしの手から編み物を取り上げると解《ほど》きはじめた。ルーに視線を向けると、彼女は肩をすくめた。「よかったわね、ちょうど刷り紙が届いたところですよ」

「何の本ですか?」

「何でもいいでしょう、編み物をしないで済むんだから」でも何でもよくはないことを、ストッダードさんは知っていた。彼女は微笑した。「《オックスフォード・パンフレット》よ。ウォルター・ローリー卿の『力は正義なり』」

一折り目。

〝それを愚か者が信条としたとき、危険至極なる主義となり……〟。

二折り目。

〝暴力を力、狡猾《こうかつ》を知恵と錯誤する人間共による国家は……〟。

三折り目。

〝イングランドは泰然と死を受け入れるであろうが、その時が到来していないのは明白である〟。

第十章

一週間後、ハートさんはベルギー人たちを出版局に迎え入れはじめた。英語がそれなりに話せる男たちには、紙倉庫や活字鋳造所の仕事が割り当てられた。そうでない者は、水槽室や乾燥室、倉庫に送られた。彼らは大の大人でも、十四歳の見習いのように扱われた。女たちは製本所に来ることになった。

ある月曜日のお昼休みの後、ロッタとほかに二人のベルギー人が女子側にやってきた。ストッダードさんがあちこちの作業台でやっている仕事を見せて歩くあいだ、ざわめいていたお喋りがしんとなった。あたしたちは紙を折る手を休め、丁合のダンスの足を止めた。新しい女工はしょっちゅう入ってくるが、それはジェリコ生まれの娘たちで、近所の知り合いや親戚だ。彼女たちが来たからといって手を止めることはまずなかった。でもこの女性たちはよそ者だった。

ストッダードさんが鐘を鳴らした。といってもあたしたちはみんなそっちを見ていたから、そんな必要はほとんどなかった。

「ご存じのように、オックスフォードでは二百人のベルギーの方々を受け入れました。そのなかの三人の方を皆さんにご紹介します」傍らの女性たちを見た。ロッタだけが視線を返した。あとの二人は、校長先生にお説教されているみたいに項垂《うなだ》れていた。あたしは、彼女たちがロッタよりもずいぶん若いことに気がついた。たぶんあたしよりも年下だ。せいぜい十七か十八だろう。ストッダードさんはひとりずつ肩に手を置きながら、名前を言った。

「こちらはロッタ、こちらはグドルン、それからヴェロニクよ」

ロッタは自分の名前を言われて、頷いた。グドルンは顔を上げ、頬を真っ赤に染めた。ヴェロニクは微笑もうとしたが、わっと泣き出した。たちまちルーが駆け寄り、その肩に腕を回して、ハンカチで少女の顔を拭いてやった。

「ありがとう、ルイーズ」ストッダードさんは言い、それから全員に向かって言った。「皆さん、ご想像のとおり、こちらにお迎えした方々にとって、今は大変つらく不安な時期です。どうか親切にして、仕事に馴染めるように助けてあげてください。ご協力お願いしますね」

みんなそのことばに熱心に頷き、数人が新人に教える手伝いを申し出た。でもストッダードさんはすでにその仕事を誰に割り当てるか決めていて、あたしたちの席の隣に場所が用意されていた。ルーはヴェロニクを自分の隣に連れていった。ロッタはモードとあたしのあいだに座り、グドルンはアギーの向こう側の席についた。あたしたちは、作業台に一列に座って《オックスフォード世界古典叢書》の『ローナ・ドーン』を折っていた。ルー、アギー、モード、そしてあたしは、聖バルナバ校の同級生で、十二のときに一緒に製本所に入った。記憶にあるかぎり、あたしたちはずっと友達だ。それもストッダードさんがあたしたちに目を付けた理由だった。

「彼女たちをあなたがたの組に入れてあげてちょうだい。英語で困ったら助けてあげてね。彼女たちもことばで困ったらお互いに助け合えるでしょう。ロッタが一番英語が上手で、年も上なのよね。若いふたりはこちらにご家族と一緒に来てるの」そして黙り込んだ。まだ話すことはあるのに、口にすべきかどうか迷っているようだった。「三人一緒のほうがいいと思うのよ」

こうして頼まれ、信頼されることは名誉なことだった。あたしたちはストッダードさんに、任せてくれたことのお礼を言った。だが、ロッタがあたしとモードに挟まれて座った途端、あたしは彼女をひとり占めできないことが腹立たしくなった。

ヴェロニクはまだ泣いていたので、ルーはただ彼女に腕を回し、涙が落ちそうな場所から刷り紙をそっと遠ざけていた。アギーはさっそく折り方をグドルンに説明していた。手をすばやく動かしながらぺらぺらと話している。グドルンは、一枚の紙がみるみる本の一頁の大きさに縮んでいくのを茫然と見つめていた。

「速すぎるよ、アギー」あたしは言った。

アギーはグドルンを見た。「あんた、わかってるよね?」グドルンは無言だった。そこでアギーは声を大きくした。「わかってるよね?」

グドルンはかぶりを振った。

「簡単だって、ほらもう一回やってみるよ」アギーは自分の前に紙をもう一枚引き寄せると、さっきとまったく同じ速さで折っていった。「ほら、なんてことないっしょ。あんたやってごらん」グドルンのほうへ紙を滑らせる。グドルンはまごまごして、手を出そうともしなかった。アギーは紙を自分のほうに戻すと、また折りはじめた。いつもと変わらず、手早くきびきびと。

あたしは面白くなり、このやりとりをあと三周、観察した。楽天的なアギーの信念はまったく揺るがず、手を動かす速さを緩めもしなかった。グドルンは次第に集中して見つめるようになり、五周目でやり方を呑み込んだ。アギーはグドルンを抱きしめ、グドルンは満面の笑みを浮かべた。

一方、ヴェロニクがとうとう泣きやむと、ルーは違う方法をとった。紙をふたりのあいだに置き、自分の手をヴェロニクの手に載せる。そうやってトンボを一緒に見つけ、紙の端と端を合わせ、骨べらを置き、紙に押しつけて折り目をつけるようにとヴェロニクを促した。ふたりはこうやって五枚の紙を折り、そのあとルーは椅子の背にもたれて、ヴェロニクにひとりで折らせた。ヴェロニクが折り終わると、ルーは簡単な手直しをして、またヴェロニクの作業を見つめた。それが終わると、刷り紙の束を弟子の脇に置いた。ルーはときどき折り目がまっすぐかどうかを確認したが、ヴェロニクは二十四枚の紙をすべて間違えずに折り切った。

あたしはアギーとルーを観察するのに夢中で、ロッタのことをすっかり放置していた。彼女の席に注意を向けると、そこにはきちんと折られた折丁の小さな山があった。モードがゆっくりと折っていて、ロッタがそれを真似ている。時折、モードがロッタの仕事ぶりを見ては、間違いがなければ頷く。何かがおかしければ、「駄目」と言う。しかし間違いを正そうとはしなかった。ロッタはすぐに、モードが次の紙でその手順のところにくるまで待つことを覚え、モードのすることを真似し、彼女がよろしいというように頷くのを待った。そうやってティルダもクリスマスの星の折り方を覚えた。ただロッタは、ティルダにはない几帳面《きちょうめん》さを持ち合わせているようだった。彼女が仕上げた折丁は一台ずつ重ねられ、ぴしりと揃っていた。

あたしに手を貸せることは何もなかった。自分の前にある紙の束に目をやり、ベルギー人たちがそこにいなくてもするように折っていった。折り終わると、手を挙げて折丁を回収してもらう。そしてまた次の二十四枚に取りかかった。半分くらい終わったところで、モードが言うのが聞こえた。「それはうちの本棚行き」

そっちを見ると、ロッタの骨べらが滑って、紙が小さく破れていた。ロッタは作業のために席についてから、初めてあたしのほうを向いた。

「うちの本棚?」

「ときどき、駄目になった紙を家に持って帰るの」あたしは言った。

「そんなことしていいの?」

「誰にも駄目とは言われてないよ。はっきりとはね。それにどうせ捨てられちゃうんだし」

彼女は破れた折丁をあたしに回してよこした。十六章の冒頭だ。〝美しく成長したローナ〟。あたしはそれをまだ折っていない数枚の紙の下にしまい込んだ。

ホッグさんが鐘を鳴らし、早番組のお茶休憩を知らせた。

「そばかすガエル」ロッタがその音に振り返ると、モードが言った。

「ホッグさん」あたしが訂正した。

「うちらの番だよ」アギーが言った。手早く最後の折りを済ませると、グドルンのほうを向いた。「あんた濃い紅茶と薄いコーヒーとどっちがいい？」

グドルンはまたきょとんとした。

「紅茶は毎度濃くて、コーヒーは毎度薄いんだよ。どっちにするかい？」アギーは声を張り上げた。

「その子は耳が遠いわけじゃないんだよ、アギー。ゆっくり、少ないことばで喋りなって」あたしは言った。

「ゆっくりって？　そんなのあたしには無理な相談だよ、ペグ」彼女はにっと笑うと立ち上がった。グドルンもそれに倣った。アギーが彼女の腕をとり、ふたりは製本所の外へ向かった。「仲良くやってきたかったら、もうちょっと英語を覚えなきゃいけないよ。そうだ、うちら友達になるんなら、あだ名がいるね。グーディって呼んでいいかい？　いいに決まってるね。あたしといたら英語なんかあっという間に覚えるよ、グーディ」

残ったあたしたちはヴェロニクがやりかけの紙を折り終えるのを待った。モードがロッタの折丁を見ている。頷いた。

「ありがとう、モード」ロッタが言った。

⁂

ベルギー人たちは少しずつ上達していった。覚えが早いのは断然ロッタだったが、先生がよかったのかもしれない。モードはアギーのように先を急がなかったし、イングランドにやってきた弟子の身の上に気を取られることもなかった。ルーは毎朝のように、ヴェロニクにこっちに慣れてきたかと質問した。ルーがどんなことばを使って訊いても、ヴェロニクはめそめそ泣き出すのだった。

「訊くのよしなよ、ルー」とうとうあたしは言った。「優しくするのはいいけど、それじゃこの子、参っちゃうよ」

ルーは恥じ入ってすぐ訊くのを止《や》めたが、その代わり口ではなくそぶりで表すようになった。少女の腕に手をかけ、意味ありげに見つめ、間違いをすれば抱きしめる。ヴェロニクにはアギーが、グーディにはルーが、それぞれちょっとずつ必要だとストッダードさんに進言しようかと思ったくらいだった。

ロッタとモードはといえば、ぴったり息が合っていた。どちらも折りのこと以外はほとんど口をきかず、そのことがあたしには癪《しゃく》だった。あたしができることといえば会話しかないのに、それが歓迎されることはまずなかったから。

「ベルギーのどこの出身なの、ロッタ？」隣同士で作業して二日経ったあと、あたしはようやく尋ねた。

彼女は骨べらを宙に浮かせたまま、ためらった。そして二折り目を折りはじめたので、答えはしばらく返ってこないとわかった。

あたしが折っていたのは〈辞典〉の頁——〝Speech（話す行為）〟から〝Spring（春）〟の初校だった。沈黙のなかで、あたしはこちらを向いている頁の最後の三つの見出し語を読んだ。〝Speechification《スピーチフィケイション》〟〝Speechifier《スピーチファイアー》〟〝Speechify《スピーチファイ》。演説をする、またはぶつ。熱弁をふるう。滔々《とうとう》と語る〟。〝滔々と語る〟といえばティルダだ、と考えていると、ロッタが折丁を折り終えた。

「ルーヴェン」彼女は言った。

その地名に憶えがあった。

「どんなとこ？」常にほかの人の会話に片耳を澄ませているアギーが訊いた。

ロッタが短く息を吸い込んだ。「オックスフォードに似てたわ。今は地獄みたいだけど」

「あれま」アギーは言い、神妙な顔をした。

ルーヴェン。何を読んだんだっけ？

モードが身を乗り出し、うずたかく積まれたロッタの折丁の山に手を載せた。「もうたくさん」彼女は言った。「みぃんな転ぼ」

あたしはモードが言わんとすることを説明しようとしたが、ロッタは立ち上がって折丁の束を手に取った。

「手を挙げればいいの」あたしは言った。「台車の子が取りに来るから」

言ったことは聞こえたはずだが、彼女は座りもせず、手も挙げなかった。ただ折丁を手に歩いていってしまった。

ルーヴェン。あたしは懸命に思い出そうとした。オックスフォード・クロニクル紙に書いてあったことだ。ストッダードさんが鐘を鳴らし、あたしは記憶の糸を見失った。

⁂

ベルギー人たちが製本所に来て四日目に、あたしたちは丁合とりを教えるように言われた。

アギーはあたしと同じで、踊りながら折丁の束を作っていくのが大好きだ。グーディもすぐにステップを覚えた。グーディは前よりよく話すようになったが、何を言っているのかほとんどわからなかった。ときどき、アギーとふたりして、何か勘違いしては大きな声で笑い転げていた。

モードは丁合とりをやらないことになっていたから、あたしがロッタを教えた。親しくなる口実が欲しくて、わざと時間をかけた。顔を覗き込み、彼女を理解しようと努める。彼女にモードを見るような目であたしを見てほしかった。

ロッタはそんなあたしをぴしゃりとはねつけた。

「わかったわ。ありがとう、ペギー」

あたしたちは、長い丁合台を挟んで向かい合わせに立った。ロッタの側はあたしの側と完全な鏡映しになっている。あたしは最初の折丁をさっと取ると腕に載せた。ロッタも同じことをする。ついで二台目、三台目。ロッタの動きは踊りにはなっていなかったが、何周か繰り返すと、リズムをつかんだ。

こんな仕事をするには頭が良すぎるんだ、とあたしは思った。そしてベルギーでは何をしていたのかと彼女に訊きたくなった。どんな人だったんだろう。ちらりと目を上げ、彼女の青白い顔を見た。いつもそこに刻まれている皺や張りつめた印象は、丁合とりの手順に慣れるにつれて剝がれ落ちていくように見えた。その表情は、どこかモードに似ていた。反復のなかに生まれる心地よさ——それは余計な音や、集中を乱すものを締め出してくれる。頭の中の声を黙らせる。記憶を霞《かす》ませるのだ、きっと。

ヴェロニクはルーとモードと一緒に、丁合台の端にいた。あたしたちが折丁の束を持っていくと、モードが綺麗に整える。ルーが検品し、最後の折丁に印を入れて、ヴェロニクに渡す。彼女の仕事はそれを台車に載せることだけだった。

ストッダードさんが鐘を鳴らした。屈伸運動の時間だ。彼女は体操があたしたちの心身にいい影響を与えると固く信じていて、単調な製本作業の息抜きとして二分間の体操を考案したのだった。一時間ごとにストッダードさんが鐘を鳴らすと、製本所じゅうの女工が手を休め、体を曲げたり、伸ばしたり、ひねったり、それぞれの作業に応じて決められた運動をする。

ロッタとあたしは折丁を集め終え、体操を始めた。あたしが頭を左右に動かすと、ロッタがそれに倣う。あたしは天井を仰ぎ、それから床を見た。両腕を宙にまっすぐに挙げ、左手を使って右半身を伸ばし、次に右手を使って左側を伸ばす。ロッタは一つひとつ動きを真似、終わったとき、あたしたちは立って顔を見合わせた。彼女は微笑んだ。

「いい習慣ね」彼女は言った。

あたしは微笑を返した。丁合とりを再開する。ロッタはまだ線に沿ったダンスのステップを踏んではいなかったが、さっきより緊張がほぐれたようだった。

それにひきかえヴェロニクはぴりぴりしていた。丁合をとった折丁が正しい順番で、向きが合っているかを確認するやり方をルーが教えているところだった。

「ルー、その子、字が読めないんじゃないの」あたしは次の半冊分の折丁をモードの前に置きながら言った。「上側も下側も区別つかなくて困ってるのかもしれないよ」

「そうか、そうだよ、ペグ。かわいそうに。あたし思いつかんかったわ」ルーはヴェロニクの手をとると優しく叩いた。あたしが次の分の折丁を集め終わったときには、ヴェロニクはモードの代わりに束の端を叩いて揃える仕事をしていた。モードは折丁の端っこで遊んでいる。すでに検品が終わって台車に載っている本の中身の一部だった。

「モード」あたしは言った。

妹が目を上げると、あたしはかすかに首を振った。モードは折丁の束から手を離し、腕を両脇にだらんと垂らした。その指がスカートを触り、アコーディオンのような襞《ひだ》に折っていく。

翌日、折りの台に戻る頃には、グーディとヴェロニクはアギーとルーにすっかり馴染み、ロッタは相変わらず、ことあるごとにモードを頼った。あたしはそこに交じって座っていてもまったく用なしで、モードでさえあたしが睨みをきかせる必要はなさそうだった。あたしは少しぼんやりしていた。

ふと、ロッタが折丁を仕上げる前に手を止めたことに気づいた。体は静止しているが、首を曲げ、妹を見つめている。あたしはロッタ越しにそちらを見て、モードの姿勢の変化に気づいた。前かがみになり、手の動きに合わせて頭を小さく頷かせている。その手は紙を弄《いじ》り、彼女が自分で考えた形に作り上げようとしていた。

妹の名が舌先まで出かかった。早めに気づけば、名前を言うだけで事足りる。だが、ある段階を過ぎるともう止められない。モードはいったん始めてしまったら、呼吸と同じで最後までやらないと駄目なのだ。**段落の途中で本を閉じろと言われるようなものなのよ**、と母さんに言われて、あたしはようやく理解した。

でも妹の名前があたしの口から出ることはなかった。ロッタが手を伸ばし、モードの手に重ねた。無言の動作。あたしはモードが嫌がるそぶりを探した。歯で下唇を噛む。体を単調に揺らす。その指がロッタの手の下でもぞもぞ動いていた。今に逃げ出すだろうと思った。でも、それは抑え込まれているわけではなかった。ただ、影のようにロッタの手が添えられているだけだった。ロッタも指を動かしている。その動きは同調しながら、やがて遅くなり、小さくなり、止まった。

そしてロッタが慎重にゆっくりと手を離した。紙の角をモードが曲げたところを直していく。動作のたびに、間を置いた。じっと動かずに。あたしと同じように、自分がやりすぎたかどうかの徴候《しるし》を待っていた。その気配がないとわかると、彼女は動作を続けた。

ロッタはモードの骨べらを取り、一呼吸おいた。差し出すと、モードが受け取った。一折り目、二折り目と折っていく。ロッタは自分の紙のほうに向き直った。

このときほど、あたしは自分が余計者だと感じたことはなかった。

一九一四年十月二十二日

ペグズへ

　あなたは、ほんとはＶＡＤになりたいわけじゃないのよ。ただ何かやりたいだけ。誤解しないでね。あなたは素晴らしいＶＡＤになると思うわ。でもあなたの期待するものとはだいぶ違うの。実際、わたしたちのほとんどは、ほかにできることがないのよ。

　わたしはようやくお金持ちの若いお嬢さんたちのあいだで、自分の居場所を見つけたところです。年を食っているのと〝興味深い経歴〟のおかげで、しばらくはどうなることかと思いました。お嬢さんたちは、〝労働者階級〟ということばを使うのを嫌がるし、〝女優〟と聞くと頬を染めるし、半分は〝サフラジェット〟を、まるで卑猥《ひわい》なことばみたいに声をひそめて口にします（ただし、彼女たちは卑猥なことばなんて絶対に使いません）。でも、こうした諸々を逆手にとって、闇屋の口利き商売に精を出しているところです。ほとんどは化粧と髪に関するものだけど、避妊の相談もたまにあるわ（婦長に言わせると、最良の避妊術は、職業婦人らしいきびきびした態度とお化粧っけのないさっぱりした顔なんですって。当然のことながら、職業婦人らしい態度とさっぱりした顔に効き目がなくて困ったお嬢さんたちが、ときどきわたしに助けを求めてきます）。

　もちろんここでわたしが言いたいのは、もしここに書いたようなことで忠告が必要なら、いつでもどうぞ、ということよ。

ティルダ×

追伸

ヘレンの衣装だんすの中に箱があって、黒いベルベットの巾着が入っています。フレンチ・レタ（コンドームのこと）はそこよ。

二伸

本当に何かしたいなら、これからオックスフォードに開設される軍の病院で奉仕活動に志願したら？　イーペルの大虐殺で聖バーソロミュー病院はもう満床です。きっとオックスフォードも負傷兵を満載した救急列車を受け入れるようになるでしょう。なにしろまったく手が足りなくて、必要なこともできない有様なのよ。

第十一章

奉仕活動に志願したら？　と、ティルダは言った。

ハイ・ストリートを歩きながら、あたしは我ながらうんざりするほど緊張していた。試験講堂《イグザミネーション・スクールズ》の前まで来て、足が動かなくなった。今は病院として使われているが、あたしはずっと昔から、自分が黒いガウンを着てこの建物に入り、ほかの学生たちと一緒に席について、試験の答案用紙に身につけた知識を書くという夢を見てきた。そういう試験の問題用紙は、出版局で印刷される。あたしもそれを折り、丁合をとったことがあった。そこに印刷されている問題をよそに漏らしたらどうなるか、言い聞かせられている。ただ、問題用紙を扱うあたしたちのうちに、そんな機会がある者はほとんどいなかった。こっちは町《タウン》の人間だし、学生たちは大学《ガウン》の人間だ。普通は水と油のように交わらない。たまに、印刷工の見習いの誰かを賄賂で丸め込もうとする学生がいて、パブの《ジェリコ・タバーン》や《プリンス・オブ・ウェールズ》にたむろし、見習いたちが一杯やりに来ると、話しかけるきっかけを窺う。見習いたちは気を持たせ、奢《おご》られたビールを飲み、相手を揶揄《からか》う。でもお金を受け取ることはなかった。万一見つかったら、怖いのは監督だけではないからだ。兄弟やおじたちや、父親たちの怒りを買うことになる。出版局の顔を潰すことは、家族の顔を潰すのと同じだった。ガウンたちはそんなことも知らずにこそこそとパブに来ては、ただ二、三ポンド分だけ財布を軽くして、こそこそと去っていく。

　学生たちにすれば、製本所の女工を相手にしたほうがまだうまくいったかもしれない。あたしたちのほうが頁を触っている時間が長いし、隙を見て書いてあることを読むこともできる。おだてられればたちまちなびきそうな子は十人ばかりも浮かぶけれど、問題を暗記しようという気を起こす子はほとんどいなかった。そしてあたしたちには、暗記するよりほかに手がない。試験問題の製本作業は厳しく監視されていたからだ。

あたしはゲームのつもりで問題を暗記した。面白いのは英文学、歴史、古典だった。古典ギリシャ語は何が何だかさっぱりだったけれど、物語は好きだった。母さんがよくそういう物語を読んだり、お話をしてくれたりしたものだ。だから《カリオペ》には母さんの大事にしていた本がぎっしり詰まっている。でも、うちの本に書いていないことはすごくたくさんあった。試験問題に知らない神々の名前が出てくると、モードと一緒にクラレンドン学院に行って、学院の図書室で一時間ばかり、その神々の神話を探した。問題を理解できることもあったが、あたしの答えは、自分が使える図書館の蔵書を超えられないことはよくわかっていた。

ハイ・ストリートに面した試験講堂の入り口は堂々としていて、同じ通り沿いにあるどの大学の建物にも引けを取らなかった。出版局の立派なアーチを毎日くぐっていなければ、石の柱のあいだを抜け、装飾のついた重々しい扉から入っていくのに怖気《おじけ》づき、回れ右をして家に帰ってしまったかもしれない。出版局は大学の一部だし、そのことは前から知っている。毎朝、聖書棟《バイブルサイド》と学術書棟《ラーンドサイド》に挟まれた中庭を抜けて、花壇や睡蓮《すいれん》の浮かぶ池や、蔦《つた》に覆われた石の壁の下に一列に並ぶ自転車のそばを通り過ぎるとき、それを実感した。よそから来た人なら、カレッジのひとつだと思い込むだろう。でも出版局の中庭は芝生ではなくほとんど砂利だし、建物に一歩入れば、インクと糊と油の匂いに気づく。印刷機の音が耳に鳴り響く。前掛けをつけ作業台に座るや否や、あたしは大学にとって大事なのは建物と本なのだとわかる。あたしでもモードでもストッダードさんでもない。ハートさんですらない。あたしたちは彼らの知識や考えたことを印刷して図書館に積み上げる、機械の一部でしかないのだ。

あたしは歩道に立って、試験講堂の重い扉が開いたり閉じたりして、男の人たちが出入りするのを見つめていた。ほとんどが軍服姿で、白衣姿のお医者も数人いた。学者のガウンを羽織っていたのは二人だけだった。あたしは思わず下を向き、製本所の女工の前掛けをしていないか確かめた。

入ろうとすると、軍服に止められた。

「奉仕活動かね?」背が高くて恰幅《かっぷく》がいい。気取った話し方。士官の制服だった。

あたしは頷いた。

「そこを曲がったところに受付がある。マートン・ストリート側だ」

御用聞きの通用門。「ありがとうございます」あたしは言った。

「ありがたいのはこちらだよ」微笑を浮かべている。「兵たちがどんなに感謝するかしれん」

あたしはちょっぴり胸を張っただろうか? たぶん張ったような気がする。

⁂

もし試験講堂に御用聞きの通用門があったとしても、ここはそうではなかった。あたしは二本の石の柱のあいだを抜けて、ほかのカレッジと同じようにきちんと整えられた中庭に足を踏み入れた。ただ、そこで忙しく行き来しているのは、ガウンではなく軍服を着た男たちだった。もうひとり女の人がいて、途方に暮れた様子だったが、そのうち彼女が入り口の方角を教えてもらったので、あたしは後についていった。

試験講堂は、どこをどう見ても実用的なところはなかった。壁はオーク材の羽目板張りで、天井には浮彫のある金属のパネルが貼られている。床は色のついたタイル敷きだった。張り紙があり、幅の広い石の階段を二階へ上るように指示が書かれていた。さっきの女性は立ち止まって辺りを見回すこともなく、さっさと階段を上りだした。服装は地味に見えるけど、場慣れしてる、とあたしは思った。彼女のスカートに目を凝らす。目の詰んだ上等なウール。袖口にはほつれのないあっさりとしたレースが覗いている。わざと質素な身なりをしているのだ。あたしが着てきたのは日曜日の一張羅だった。

彼女は登録所のドアを迷うことなく開けた。〝お入りください〟という張り紙はあったが、あたしならノックする。扉を押さえてくれた彼女は、学校の先生のような感じがした。大抵の人のようにあたしより背が高かったが、それほど高いわけではない。背が高く見えるのは、立ち居振る舞いとポンパドールに結った髪型のせいだった。これを結うのにどれくらい時間がかかるんだろう、とあたしは思いながら、お礼代わりに頷き、勇気を奮って先に室内に入った。

係の事務員が顔を上げた。分厚い眼鏡のせいで目が滑稽なほど大きく見える。「奉仕活動ですか？」

「まあ、察しがよろしいのね」あたしの連れは言った。その口調に事務員は思わず笑みを漏らした。

「希望する仕事はありますか？」彼は訊いた。

「どんな仕事が必要かによりますわ」

彼は一瞬、値踏みするように彼女を見た。ぎょろぎょろした目が袖口のレースに引き寄せられた。

「朗読係と手紙書きを募集してます」彼は言った。「どっちにも向いていない奉仕者ばかりでして。包帯巻きや手を握る女性は多すぎるくらいなんです」

「それで決まりね」彼女は言った。

「結構」彼は右側のお盆から用紙をとった。「お名前は？」

「グウィネヴィア・ハーサ・アーテミシア・ジェイン・ラムリー」

彼の両方の眉が飛び上がった。

「そうなの」彼女は言った。「文句は母におっしゃって」

それから係員はあたしを見た。「そちらは？」

「マーガレット・ジョーンズ」

「あら、あなた運がいいわ」グウィネヴィア・ハーサ・アーテミシア・ジェイン・ラムリーは言った。

係員が書類に記入しているあいだに、背後のドアが開いた。新しく三人の女たちが入ってきた。袖口にレースはない。スカートはあたしのと同じ、丈夫で粗い毛織《サージ》だ。

係員がミス・ラムリーに書類を渡した。「これを一階の一般病棟の婦長に渡してください」

「喜んで」彼女は言った。

その背後に目を移した係員は、ほかの女たちに前に進み出るように手招きした。あたしはどうすればいいかわからずに、一歩下がった。

「あなたはわたしと一緒みたいね」ミス・ラムリーが手を差し出した。「初めまして、マーガレット・ジョーンズさん。わたしグウェンよ」

「マーガレットって呼ばれても、返事したためしがないの」あたしは言いながら、彼女の手をとり、しっかりと握った。「だから、ペギーって呼んでくれるほうがいいよ」

⁂

婦長は、あたしたちに毎週土曜の午後に来て、読んだり書いたり、男の人たちの付き添いをしてほしいと言った。

「ここにはだいたい三百五十床のベッドがあって、半分以上がもう埋まっています。クリスマスには満床になると思うから、その頃にはどれだけ手があっても足りないでしょうね」

「婦長さんの手足になって働きますわ」グウェンが言った。

「手足にはならなくて結構」婦長は答えた。

「ああよかった」そう思ったあたしは、うっかり口に出してしまった。

グウェンは笑ったが、意地の悪い笑いではなかった。婦長があたしを観察している。清潔さ、身だしなみ、そして擦り切れた服、というところだろうか。

「あなた、お仕事しているのね、ミス・ジョーンズ？」

あたしは頷いた。彼女も頷き返し、それからグウェンのほうを向いた。袖口のレースに目を留める。それから上等なスカートにも。

「あなたは普段何をしていらっしゃるの、ミス・ラムリー？」

「ちょうどサマーヴィルに入学したばかりなんです。だから本を読んでいるべきなんでしょうけど」

「べき？」

「まあ、そうですわ。ついおろそかになってしまって。そういうものじゃありません？」

婦長は返事をしなかった。

「それで、ミス・ジョーンズ、あなたはどこにお勤め？」

「出版局です」あたしは言った。「ジェリコの。製本所で働いてます」

「まあ、なんて素敵」グウェンが言った。「今週はどんな本を製本しているの？」

「ちょうど『ローナ・ドーン』が終わって、《オックスフォード・パンフレット》と『新英語辞典』に入ったところ」

「まあ本当？」彼女は感心したように言った。「パパが刊行されるたびに集めてるのよ。今どこまで来てるの？」

「Subterranean《サブテレイニアン》」

「地下」と彼女は言った。

「見えない場所に存在する、あるいは見えない場所で働く」とあたしは言った。「もうひとつの語義よ」

婦長が咳払《せきばら》いした。「ちょっとよろしいかしら？」

「もちろんですわ、婦長」まるで婦長がSubterraneanの三つめの語義を言おうとしているみたいにグウェンが言った。

婦長は深く息を吸い込んだ。「初めのうちは、土曜の午後に入っていただきます。ここには午後二時に来てください。もっと患者が増えてきたら、平日にも追加で来ていただけると助かります」あたしを見る。「仕事の後はちょうどいいのよ。夕暮れ刻《どき》になると、そわそわし出す患者がいるから。すっかり落ち着いて頭もしゃっきりしているように見えるのに、急にここはどこかとか、戦友はどこへ行ったかとか訊きはじめたりして。珍しいことじゃないの。でも、そういう患者を宥《なだ》めてる時間がなかなかとれなくて」

「ということは、わたしたち組で働くってことですね？」グウェンが訊いた。

「そう、二人一組よ」婦長は言った。「これまで病院で働いたことがなければ、初めは少し戸惑うでしょうから。お友達がそばにいれば心強いと思いますよ」

「わたしたちお友達になるのよ、ペギー。どう思う？」グウェンが言った。

そんなの無理だと思うけど、とあたしは思った。「きっとうまくやってけると思うよ」と口に出して言った。

第十二章

ロージーとあたしは曳き船道で立ち話をしていた。辺りはそろそろ暗くなりかかり、ロージーは寝間着の上にコートを引っ掛けていた。胸の前で腕を組み、話を聞いている。

「あの人ったらモードにまとわりついちゃって、肉屋の小僧について歩く野良犬じゃあるまいし」あたしは言った。「おかしいよ」

「何がおかしいのさ？」

「モードがどんな子かわかれば、普通はみんな、あたしのほうが話しやすいって思うもんなの」あたしは言った。「でもロッタは違うんだよ。あたしが頑張れば頑張るほど、モードのほうに行っちゃってさ。あたしなんかいないも同然って感じ」

ロージーは笑った。「ペギー・ジョーンズ。あんた、やきもち焼いてんのかい」

「べつに、ただ必要とされてないって思うだけ」

「誰があんたを必要としないって？」

「ロッタだよ、もちろん」

ロージーは眉毛を上げてみせた。「もちろん、ね」

「あたしなんかいないほうがいい気がしてさ」

「だから志願したってわけか」

「あたしだって何かやらなきゃ」

「それで、モードもいいって言ってるんだね？　あんたがそういう兵隊さんたちになんか読んでやってるあいだ、そばに座ってるって？　けど、あの子がもうそこにいるのは嫌だっていきなり思い立ったらどうするのさ？　気の毒な兵隊さんを途中でほっぽり出して、モードを家に連れて帰ってくるのかい？」

あたしはこの立ち話が行きつく先がわかっていた。そもそもわかっていたから始めたのだ。「モードはまだ知らないの」あたしは言った。

ロージーが腕組みを解いた。「あの子に、土曜の午後はラウントリーのおばあちゃんとあたしんとこに来るように言っときなさい」

あたしはにっと笑った。「ありがと、ロージー」

「まあ、あたしだって何かやらなきゃね」揶揄《からか》うように言う。「こりゃあ、あたしらそのうち、我が身を捧げてお国に奉公したって勲章をもらえるね、間違いなしだよ」

あたしはロージーをぎゅっと抱きしめてから《カリオペ》に戻った。モードはティルダが送ってくれた正方形の色紙の残りを広げていた。ときどき紙を折る代わりに、こうしていることがある。たぶん、それで何が作れそうか考えているのだろう。軍隊の司令官みたいに、次の手を組み立てているのだ。あたしが入っていくと、彼女は顔を上げた。

「何かやらなきゃ」

「あんた、盗み聞きしてたの？」

「うん」

「土曜の午後、ロージーんとこに行くの、構わない？」

「うん」

「兵隊さんたちに何を読んであげたらいいかな？」

モードは《カリオペ》を見回し、本棚や、床に雑然と積んだ未製本の折丁の束に目をやった。その視線が止まったのは、母さんの本棚だった。「ジェイン・エア」と言うと、それで決まり、というように、また折り紙に目を落とした。

『ジェイン・エア』。あたしが初めて読んだ大人の本だ。そんなに読んだら字がすり減っちゃうよ、と母さんに言われながら、最後の頁まで来ると、すぐさま最初の頁に戻ったものだった。

⁂

申し合わせていたとおり、グウェンとマートン・ストリートで落ち合った。あたしは少し早く着き、グウェンは少し遅れてきた。

「覚悟はいい？」こっちに近づきながら、彼女は言った。

「たぶん」

「わたし、白状すると少し緊張しているの。手足をなくした人の恐ろしい話を聞いちゃったから」建物のほうを見る。「見ちゃいけないときに、じろじろ見たりしないといいけど」

「どっちかっていうと、あたしは目をそらしそうで心配」あたしは言った。

グウェンはあたしの腕をとった。驚いたけれど、顔には出さなかった。あたしたちは一緒に試験講堂の建物に入っていった。

係員が一般病棟までついてきてくれた。

「ほとんどの兵士は、ここにいるのは一、二週間です」と係員は言った。「そのあと何週間か自宅で療養してから、原隊に復帰するんです」ドアを開けて押さえている。「気の毒に、なかには何か月もここにいる連中もいますがね。もっと長いのもいるかな」眼鏡を直す。「彼らは前線に送り返されることはありません」

そこには四十台ばかりのベッドがあったが、埋まっているのは三分の二だけだった。数人の男性が松葉杖《まつばづえ》をついて歩き回っていた。お茶のワゴンが患者から患者へと回り、部屋の向こうとこっちで会話を続けている患者たちもいて、室内は喧《やかま》しかった。係員がシスターに目で合図した。

「奉仕の方を二名お連れしました、シスター。朗読係です」

「お待ちしてましたよ」彼女は言った。「騒々しくてごめんなさいね」病棟を見渡して微笑んだ。「半分はもうすぐ退院なの。午後はなかなかおとなしくしてくれなくて。字がほとんど読めない患者が何人かと、視力を失《な》くした患者が二名おります。視力は一時的なことだといいんですけどね。このふたりに届いた手紙を読んで、返事を書くお手伝いをしていただきたいの」

グウェンは笑った。「朗読係だと思って、少し大袈裟《おおげさ》に考えすぎちゃったみたいだわ」鞄を開けると、数冊の革表紙の本を見せた。

シスターは看護婦の机のそばに並んだ二台のベッドに向かって頷いた。「ドーズ二等兵とショウ＝スミス少尉よ。専門医が、回診の都合でふたりを一緒にしてほしいというのでね。もちろん、二等兵を将校たちと同じ部屋に入れるわけにはいきませんから、しばらくの間、お若い少尉殿にこちらにいていただくことになったの」

もちろんそうでしょうとも、とあたしは思った。

患者たちはどちらも体を起こしていて、ベッド脇の物入れの上には、湯気の立つ紅茶のカップが置いてあった。そっくりな包帯がそれぞれの目を覆っている。どちらも黒髪で、綺麗に髭を剃っていた。ひとりは大きな鼻と頑丈そうな顎をしていて、もうひとりは顎の輪郭に沿ってにきびがいくつかできている。上掛けに覆われた体はふたりとも華奢だった。大鼻はにきび顎よりもいくらか年上のように見えたが、どちらも、あたしよりもそんなに上ではなさそうだった。

あたしたちが近づくにつれ、石の床に当たる靴音に合わせて少しずつふたりの頭が動いた。雀《すずめ》みたい、とあたしは思った。警戒しているのだ、いつでも飛び立てるように。

「ちょっとよろしいかしら?」シスターが言った。ふたりはそろって頭を動かし、声のするほうへ体を傾けた。「ミス・ラムリーとミス・ジョーンズをご紹介しますね。お手紙の読み書きをお手伝いしてくださいます」

頭が、まごまごとあちこちを向いた。

「初めまして」あたしが言うと、頭はほっとしてあたしのほうを向いた。「ペギーです。ペギー・ジョーンズ」

「そうだったわ、どうぞよろしく」グウェンも言った。少し声を張り上げたので、頭がびっくりしたようにそっちを向いた。

にきびのある若者が片手を差し出した。宙に浮いた手を、一瞬おいてグウェンが握った。「こちらこそどうぞよろしく」彼は言った。

教養のある紳士らしい、ゆったりと母音を響かせた話し方が、少年のような肌にそぐわなかった。その話し方で彼がショウ＝スミス少尉だと当たりをつけ、あたしはもうひとりの若者が座っているベッド脇に近寄った。

「あなたがドーズ二等兵ね」あたしは言った。

「そうっすよ、ミス・ジョーンズ。でもウィルって呼んでくれていいけど」

「じゃあ、あたしのことはペギーって呼んでね」

「皆さん、わたしのことはグウェンって呼んでちょうだいね」とグウェンがまだ少し大きすぎる声で言った。「それで少尉さん、あなたのことは何てお呼びすればいいのかしら?」

「ハロルド」

「わたし、ハロルドっていう兄がいるの」

「お兄さんが僕のような目に遭っておられないといいですが、ミス・ラムリー」

「あら大丈夫よ。喘息《ぜんそく》持ちのおかげで戦争省の机にへばりついたままですもの——兄はそのことをずいぶん恥ずかしがってるわ」

一瞬、グウェン以外の全員が黙り込み、困惑した。グウェンはハロルドの手をとった。

「何を読んであげましょうか？」

あたしたちはふたりの手紙を朗読し、返事を代筆した。一時間後、シスターが来て、そろそろふたりとも休む時間だと告げた。

「とってもよくやっていただいたわ」シスターが言った。「ここは騒々しくて、ふたりともよく混乱してしまうんですよ。昨日なんて、看護婦が便器を落としたら、かわいそうにドーズ二等兵は自分がフランスに戻ったんだと思い込んで大変でしたわ。一つの声に耳を澄ませていると、ここはフランスじゃないと安心できるんでしょう。女性の声ならなおさらね」

それはあたしにもわかった。ふたりとも、さっきのように頭をあちこち忙しく動かしていなかった。

「あなたがたは毎週土曜の当番になったばかりですけど、もし一日おきくらいに来ていただけたら、あのふたりにとってはきっと天の助けよ。もうじき退院だから、ほんのしばらくのことだし」

「もちろんですわ」グウェンが言った。「どう、ペギー？」

あたしはためらった。ふたりが待っている。

「なんとかなるかな」とは言ったものの、なんともならない理由はわかりきっていた。

「婦長があなたはジェリコの出版局で働いてるとおっしゃってたわ。そうなの？」シスターが訊いた。

「はい」

「それじゃ仕事の後ね。六時でいいかしら？」

よくないに決まってる、とあたしは思った。それじゃ家に帰ってモードのことをどうにかする暇もない。

「それでいいです」あたしは言った。

数日後、あたしはモードを急《せ》かしながら、ジェリコの通りを家に向かった。乗り込んでみると《カリオペ》は氷の塊のように冷えきっていて、その朝レンジの火を熾《おこ》しておかなかった自分に悪態をついた。モードは帽子をとったが、コートは着たままでテーブルを前に座り、朝に折っていた折り紙を手に取った。

「モーディ、いいもの買っといたよ」

妹が顔を上げ、あたしは鞄から干し葡萄のペストリー《エクルズケーキ》を取り出した。

「出かけてくるからね。また兵隊さんたちに手紙を読んであげるんだ」

モードは手を伸ばしたが、あたしはケーキを渡さなかった。

「ハートをいくつか折ってからだよ」ギャレーに行って、エクルズケーキをカップの受け皿に載せた。レンジを開けて熾火《おきび》が残っていないかとつつき回す。ようやく火が勢いよく燃え出したときには、もう六時に近かった。

「七時半には戻るよ」そんなに長くモードを独りにするのは初めてだった。

テーブルの上には、パッチワークみたいに色紙が並んでいる。急いで計算した。十二枚を数え、揃える。

「ハートを十二個」そう言って、モードのすぐそばに置いた。モードはメトロノームと同じで、いったん動き出したら誰かが手を押さえるまで止まることはない。それが頼りだった。「帰ってきたら晩の支度するね」あたしは言った。

試験講堂に着いてみると、グウェンがハロルドのために手紙を書いていた。

「敬具、ハロルド・ショウ＝スミス少尉」彼は言った。

グウェンはそれを書かなかった。「ハロルド、フェリシティはあなたの恋人なのよね？」

「まあそうです。正式な間柄というわけではありませんが、そうですね」

「お手紙の最後に階級と姓名を書いたりしたら、フェリシティはそのことに気付かないかもしれないわよ。おまけに敬具だなんて。彼女にはなんて呼ばれてるの？」

「ハロルドですが」彼は言った。

「愛称も、ふたりだけの特別な呼び名もなし？」

彼はもじもじした。

「顔が赤いわ、ハロルド。ということは、彼女、あなたを特別な名前で呼んでるのね。それはいいことを聞いたわ」グウェンは身を乗り出し、声をひそめた。「わたしがちょっと忠告したら気になさる？」

彼は首を横に振った。

「あなたのフェリシティはね、あなたがフランスに発《た》ってから、来る日も来る日も手紙が来ないかと郵便を確認していたの。これが届いたら、その場で立ったまま読んで、あなたが無事で元気にしているという知らせと、自分への愛情の印を探そうとするでしょう。最後まで読んで、手紙が〝敬具、ハロルド・ショウ＝スミス少尉〟から来たと知ってごらんなさい、彼女は手紙を丁寧に折りたたんで封筒に戻し、玄関のサイドテーブルに置きっぱなしにするわ。そして夕食のあとで家族に向かって読み上げるの。でも、この手紙がどんなにつまらなくったって、愛する殿方の署名があれば、フェリシティは寝室に持っていって、何度も何度も読み返すわ。フランスで過ごした数週間と、しばらく目が見えない無聊《ぶりょう》をかこった記録文学のなかに、ほかにも愛情の印が埋もれてはいないかと探すでしょう。手紙を胸に押し当て、涙の一粒や二粒こぼすのは間違いないわ」グウェンは一呼吸おき、自分の言ったことが相手にしっかりと伝わるのを待った。「ハロルド、どちらの筋書きのほうがお好みかしら？」

彼は喉をごくりと鳴らした。「二番目です、ミス・ラムリー」

「無論よね」彼女は言った。「じゃあ、この手紙の最後に何て署名しましょうか？」

「愛をこめて、ハロルド少尉」

グウェンは眉を寄せた。「少尉ですって、本当に？」

「ええ、ミス・ラムリー」彼は咳払いした。「フリックは僕をそう呼ぶんです、その……」言い終わらないうちに、包帯を巻いた頭をシーツのほうに俯《うつむ》けた。ひそかな微笑を隠そうとしたのかもしれないが、そんなことをしてもまったく無駄だった。どんな表情も見逃すまいと、グウェンのほうが身を乗り出したからだ。

「ああ、なるほど」彼女は言った。「それならハロルド少尉で決まり」グウェンは自分も満面の笑みを浮かべて手紙に署名した。「さて、ほかにフリックにおっしゃりたいことはないかしら？　夕食後に、居間で読み上げるのは控えたほうがよさそうなことは？　それは別の紙に書けばいいわ」

グウェンはもう一枚、真っ白な紙を広げると、いっそう身を寄せた。ハロルドは声を忍ばせ、その紙がびっしり埋まり、顔が真っ赤になるまでひそひそ呟《つぶや》いていた。

「ウィル、恋人いる？」あたしは訊いた。

「いやあ、まだいねえんすよ。あれ、気でもあるんすか？」

「調子に乗らないで」あたしは笑って言った。

ウィルがあたしにそばに寄るように手招きした。「よかったら、ウィル二等兵って呼んでくれてもいいっすよ」

あたしは鼻を鳴らし、ウィルは笑い出した。そんな調子で、彼のリン叔母さんに宛てた礼儀正しい返信をふたりして書く仕事にとりかかったのは、ややしばらく経ってからだった。

「いい気分じゃない？」試験講堂を出てハイ・ストリートを歩きながらグウェンが言った。

「何がかによるけど。あんたが言うのは、この鬱陶しい雨のこと？」――あたしは灰色の空を見上げた――「それともウィルとハロルド少尉に手紙を読んであげたこと？」

グウェンは笑って傘を広げ、ふたりの頭の上に差し掛けた。「後者よ、もちろん。でも思うんだけど、わたしたちが一番役に立てるのって、あの人たちが返事を書くときのお手伝いよね」

角を曲がり、コーンマーケット・ストリートに入った。「ハロルド少尉、きっとまだ赤い顔してるんじゃない。いったい何を書いてくれって言ってきたの？」

「そうね、フリックが手紙を受け取ったら、やっぱり顔を赤くするようなこと、とだけ言っておくわ」

「だけど、大事な少尉が胸の内をよその女に打ち明けたんだって、フリックが気づいたら？」

グウェンははたと立ち止まった。「あら。それは考えなかったわ」彼女は肩をすくめ、あたしたちはまた歩き出した。「たぶんフリックはそのことを考えて余計に胸をときめかせるか、彼に罰を与えるでしょうね。どっちにしてもふたりの関係は望ましい方向に発展するわ」

殉教者記念碑でボーモント・ストリートに折れた。一番の近道ではないけれど、近道だとハイズ橋から曳き船道に入ることになる。オックスフォードが兵隊だらけになってから、その道は物騒だとストッダードさんが言うので、夜は避けるようにしていた。

「確かに気分いいね」と答えながら、自分もようやく何かの役に立っているとティルダに知らせる手紙を、もう頭の中で書きはじめていた。

グウェンと一緒に角を曲がり、ウォルトン・ストリートを歩いていく。サマーヴィルまで来ると、彼女はあたしの手をとって握りしめた。「急がなきゃ。食堂に遅れちゃう。夕食はローストチキンなの。いつもまあ食べられるほうなのよ。じゃあまた近いうちにね?」

夕食。時間を忘れていた。「うん」あたしは言った。「明後日《あさって》ね」急いで帰るべきだったが、あたしはそうしなかった。小道に立って彼女が門衛所に消えていくのを見送った。平気で入っていくその姿が、ほんの少しだけ憎らしかった。

⁂

ハッチを開けた途端、どっとそれが襲ってきた。鼻を刺すような焼け焦げた臭い。胃が喉元までせり上がったが、目に映る限りでは、何も被害はなかった。

だがモードがいなかった。ランプの火はつけっぱなしだ。

転がるように曳き船道に戻ると、ロージーのボートの前部デッキに飛び乗った。ハッチの扉を拳で叩いた。

「ロージー! ロージー!」

扉が開き、ロージーがあたしの腕に手をかけた。「落ち着いて、ペグ。たいしたことなかったんだから」彼女は言った。「鍋が焦げて卵が一個無駄になっただけだよ」背後を振り返ったロージーの視線を追った。モードが座ってラウントリーのおばあちゃんとチェスをしていた。

あたしはハッチの枠にぐったりともたれながら、モードがおばあちゃんのビショップをとるのを見ていた。今回は鍋が焦げただけだったけれど、もっとひどいことになっていても不思議はなかった。紙でいっぱいの《カリオペ》のことを考えると気分が悪くなった。これじゃあうまくいくわけがない、そう思ったとたん、ウィルとハロルド少尉、そしてグウェンにすら会えなくなるのが寂しくなった。グウェンなんて、あんなに釣り合わない友達なのに。

モードのナイトがおばあちゃんのクイーンをとった。

「チェック」彼女は言った。

第十三章

翌朝、ウォルトン・ストリートを歩くあたしたちは無言だった。モードには沈黙を埋めなくてはという気はまったくなかった。何事もなかったような顔であたしの腕をとり、あたしはなんとか妹を恨まないように必死だった。ウィルの枕元に自分以外の誰かが座って、彼の手紙を書いているところが目に浮かんだ。彼女は若くて綺麗で、時間があり余っていて、遅刻したり早退したりする理由なんかなんにもない。上品な話し方で、立派な教育を受けている。セント・ヒューズの女子学生か、サマーヴィルのグウェンの友達か。「大好きだよ、モーディ」あたしは言った。なぜならその瞬間、あたしはモーディが嫌いだったから。

⁂

あたしたちは『ドットとカンガルー』の刷り紙を折っていた。八つ折り判だから折るのは三回だ。同じ頁を、何枚も何枚も。

「カンガルー」そのことばを声に出してみたくて、モードが言った。「カンガルー」もう一度繰り返した。

ルーとアギーはそれぞれの弟子とお喋りしていた。ルーは相変わらずヴェロニクに優しく話しかける。アギーは相変わらずグーディのためにまったく手加減しない。でも若いベルギー娘たちは、どちらも英語がうまくなっていた。ふたりとも前よりよく微笑む。ロッタはそうではなかった。何もかも理解していても、周りを漂っている会話を避けた。あたしはベルギーでの暮らしについて訊くのはもう懲りていたが、ロッタがモードに返事をするときのことばの端々から、いろいろ察しをつけていた。ロッタが口をきこうとする相手は、あたしの妹だけだった。

「アギーは機関車みたいに喋る」モードが淡々と言った。あたしがその比喩を説明してやったせいで、気に入って繰り返すようになったのだ。あたしがそれを教えたことを、アギーはだいぶ前に許してくれていた。

「でもグドルンは英語が上手になってきたわ」ロッタが言った。

「ロッタのほうが上手」モードが言った。

それは質問ではなく、単なる事実を言っただけだったが、ロッタは説明した。

「英語を勉強したの」

「大学で？」あたしは訊いた。

ロッタはこっちを見た。気まずそうな顔。

「ええ」

「なぜ英語を？」

「大学図書館で働きたかったから」彼女は言った。消え入りそうな声だった。

「本を読む」モードが、同じくらい小さな声で言った。

「そう。本を読むの、英語の本を。そういう本を勉強するの」かろうじて聞きとれる囁き。

「ペギーみたいに」モードが言った。

一瞬、ロッタは興味を惹かれた。こちらにちらりと向けた視線に、それが見えたが、すぐに消えてしまった。

ホッグさんが終業の鐘を鳴らし、あたしたちは折りの作業を終わらせた。アギーが分速一マイルの勢いで喋り出し、グーディはちんぷんかんぷんなお喋りに耳をそばだてながら、単語や言い回しが理解できるたびに、にっこり笑った。ふたりは真っ先に製本所を出ていった。

更衣室で帽子をピンで留めていると、ストッダードさんが入ってきた。「あと十分で終わるんだけど、ロッタ」彼女は言った。「待っててくださる？　一緒に帰りましょう」

「待っています」ロッタが言った。

「ペギー、試験講堂の奉仕活動はどう、楽しい？」ストッダードさんが訊いた。

「やっぱり無理みたいです」あたしは言った。

「あら、楽しいのかと思ってたのに」

たしかに楽しかった。役に立てることが楽しかったし、グウェンと話すのも楽しかったし、ハイ・ストリートを歩きながら、オックスフォードでこういう顔かたちをした女は自分だけなんだというふりをするのも楽しかった。「思ったのと違ってて」とあたしは言った。

ストッダードさんの表情が硬くなった。

「鍋が焦げた」モードが言った。「卵の無駄」

ストッダードさんの顔のこわばりが緩み、憐憫《れんびん》に変わった。

憐《あわれ》みが相手をさらに落ち込ませることを、みんな知らない。話題を変えてくれるほうがよっぽどましなのに。

「鍋なんかいいの」あたしは言った。そしてモードのコートを掛け釘からとった。「行くよ、モーディ」

中庭を横切り、アーチの下をくぐった。ウォルトン・ストリートに出たところで立ち止まる。サマーヴィルに明かりが灯りはじめていた。授業や、指導教官との面談や、ボドリアン図書館で歴史や哲学や化学の本を午後じゅう読み耽《ふけ》った一日のあと、学生たちが自分の部屋に帰ってきている。あたしはモードの手をとって、彼女の肌に爪を食い込ませないように深呼吸した。向きを変え、家路についた。

「ペギー！」

ロッタが追いつこうと急ぎ足でやってくるところだった。あたしたちは足を止めた。

「お願いがあって……」ちょうどいいことばを探していたが、モードのほうを見た。表情が和らぎ、珍しく微笑を浮かべる。「モード、わたし、お散歩に付き合ってくれる人がほしいの。土曜日に一緒に来てくれない？」

モードはあたし抜きで何か頼まれることは滅多になかった。だから返事を求めてこっちを向くだろうと思ったのに、そうしなかった。ただロッタを見ながら、自分で答えを考えていた。

「土曜日」モードは言った。「いい」

「助かるわ」ロッタは言った。

⁂

土曜日、あたしが息を切らせながら遅れて到着すると、もうグウェンはハロルド少尉の枕元に座っていた。

「もうぐずぐず言わなくていいわよ、ウィル。ペギーが来たでしょ」グウェンが振り返った。「来ないんじゃないかと思ったのよ。手紙の返事を書く代わりに、何があったんだろうって当てっこしてたの。わたしは、あなたがウィリアム・シェイクスピアの全著作をひとりで製本させられてるのじゃないかしらって……」

惜しい、とあたしは思いながら笑った。あたしのかがり台には戯曲がいっぱい積まれている。残るはソネットだけだ。

「ハロルドは、あなたが諜報《ちょうほう》部員に雇われたんだって言うし、ウィルは、きっと恋人に会っててわたしたちのことなんかすっかり忘れちゃったんだって言うの。ちょっぴりやきもちを焼いてたと思うわ」

「嘘っすよ」ウィルが言った。「俺には年上すぎだもん」

「あんたいくつよ、ウィル・ドーズ?」

「二十一」

「同い年じゃない」

彼は赤面した。「もちろん俺が言ってるのは、ペギーの言うことがすごくその……」

「大人?」グウェンが助け舟を出した。

ウィルは笑った。「そうそう、それ。大人だから」

グウェンが片目を瞑《つむ》ってみせる。あたしはウィルのそばの椅子に座った。深呼吸する。ロッタとモードのことが頭に浮かんだ。うまくやっているだろうか。

「ウィル、手紙はある?」

「どっさりね」その手が物入れの引き出しの持ち手を探った。不器用に封筒をかき回し、あたしは思わず手を出したくなるのを抑えた。**自分でできるようにならないとね、**とシスターが言っていた。**万一ってことがありますから**。

⁂

「何かあった?」試験講堂を出ながら、グウェンが訊いた。

「妹がね」あたしは言った。「ひとりにしても大丈夫だと思ったんだけど、無理みたい」

「妹さんがいること知らなかったわ。おいくつなの？」

「双子なの。妹は……その、ちょっと変わってて。うまく言えないけど」

グウェンは説明してみてとは言わなかった。「今はどなたといるの？」

あたしはロッタのことを話した。「ロッタはほかの子たちより英語は上手いんだけど、半分も喋らないの。喋っても、相手はほとんどモードだけだし」

「どちらの出身か知ってる？」

「ルーヴェンだって。カトリック大学の図書館で働いてたの」

グウェンは短く息を吸い込んだ。「まあ。気の毒に」腕をあたしの腕に絡める。「想像もしたくないわ」

「何を想像したくないの？」

「そこ、破壊されたの。焼き払われたのよ。たくさんの蔵書も全部。きっとかがり火みたいに燃え上がったでしょう」

⁂

あたしは曳き船道を急ぎながら、何かとんでもないことが起きていないかと空気の匂いを嗅いだ。そんな匂いはしなかった。《カリオペ》に着くと、ギャレーの窓越しに中を覗いた。ロッタがモードと向かい合わせに座って、紙を折っていた。その姿はティルダにそっくりだ。モードと一緒に座っているとき、ふたりにはどこかしら似通ったところがあった。普段は少し堅苦しいくらいまっすぐに伸びている長い背筋がしなやかに撓《たわ》み、動作は人目がないときのように無防備だ。モードはなぜか、このふたりの女たちの内にある何かを鎮められる。

入っていくと、ロッタが顔を上げた。体がわずかに緊張する。でも彼女は微笑んだ。小さな微笑みだったが、あたしはそれを信じた。

「モードが折り紙細工を教えてくれてるの」白鳥を見せた。「とても才能があるのね」製本所にいる時間を全部足しても、ロッタが自分からこんなに話したのは初めてだった。

モードが白鳥を見て、それからあたしを見た。「ティルダより上手」彼女は言った。

ロッタが戸惑った顔をした。

「ティルダは友達よ」あたしは言った。「折り紙の才能がほとんどないの」

「あるのは世渡りの才能」モードが言った。母さんが言っていたことを繰り返している。

「ティルダは、あたしたちの母さんと親しくて」あたしは説明した。

「母さんは死んだよ」モードが言い、あたしはぴくりと身を震わせた。

「わたし、そろそろ失礼するわね」ロッタが言った。


一週間後、ウィルの包帯がとれた。彼が人に、そして物に、それから頁の上の文字に目を凝らそうとする横で、あたしは座っていた。数日かかったが、やがてウィルは自分で手紙を読めるようになった。

「ひと月かふた月、家にいたら、すっかり元どおりさ」彼はあたしに言った。「そしたらまたフランスだ」何気ない口調だったが、その唇は震え、目が潤んでいた。「まだなんでもかんでも眩《まぶ》しくて、目が慣れねえな」そう言うと、袖口で目をこすった。「沁《し》みてかなわねえ」

ウィルが故郷に送られた日、シスターから、ハロルドは別の病棟に移されると告げられた。彼は感染症を起こしていた。視力が回復する見込みはほとんどなかった。
「フランスに戻ることはないでしょうね」シスターは言った。
グウェンは動揺し、黙り込んでいた。
「あたしたちにできることは？」あたしは訊いた。
シスターはため息をついた。「慣れることよ」

第十四章

土曜日、あたしたちはいつもどおりに目覚めて仕事用の服を着たが、あたしは、よそゆきの帽子をかぶっていくよ、とモードに言い、いつもより丁寧にモードの髪をきつめの髷《まげ》に結った。自分の髷は緩く結い、あたしたちは曳き船道に降りた。

いい日だった。こういう日は、世界が二倍に広がり、明るさも、色鮮やかさも二倍になる。運河の水面《みなも》を乱す風もボートもなく、あらゆるものが鏡のように水に映っていた。モードが《カリオペ》の船尾の向こうへ行って、首を傾《かし》げていた。水に映るものをじっと見つめ、本物と比べているのだ。完璧な日に、モードはこれをするのが好きだった。**対になっているものは美しいのよ**、と母さんはよく言った。**だから目を惹かれるの**、と。

あたしもモードのそばへ行き、彼女が見ているものを見た。水面に、秋のさまざまな色が封じ込められ、聖バルナバの鐘楼には双子がいる。《カリオペ》も青い船体と金色の飾り文字を水に映していた。鏡文字になっているが、簡単に読み取れた。あたしは《カリオペ》の中にあるものが全部、水中にもあるところを空想した。つと風が起こり、水が震えた。世界の全部が、また一つだけになった。

あたしたちはジェリコを通って歩いていった。モードの足取りは、もうすぐクリスマスだとでもいうように弾んでいる。きらきらした飾りや樅《もみ》の木の代わりに、家々の窓辺を飾っているのは赤、黄、黒の三色だ。三つの色が樹々の枝ではためき、薔薇飾りが一軒おきに玄関扉に吊り下げられている。まだ朝の早い時間だったが、ウォルトン・ストリートを歩いていくと、若い娘がパブの《プリンス・オブ・ウェールズ》の前で小さな薔薇飾りと色鮮やかな記章を売っていた。男たちは老いも若きも、それを襟に留めてくれと言って、娘をそばに引き寄せている。晴れがましい雰囲気のおかげで、ジェリコの母親たちもおばちゃんたちも、まなじりを吊り上げる代わりに笑顔を浮かべ、募金箱に硬貨を入れる順番を待っていた。

オックスフォード市長が十一月七日をベルギーの日とすると宣言し、薔薇飾りや記章を売ったお金が、難民たちの募金に充《あ》てられることになったのだった。出版局に入るアーチの両側にも女の人がひとりずつ立って、お盆に記章を並べていた。印刷工や植字工、使い走り、活字鋳造所の職人たちが、ひとつ買おうと並んでいた。

「人生を滅茶苦茶にされた人たちを助けましょう」あたしたちのそばの若い女が声を張り上げた。「記章を一個いかが。一個でもどうぞ！」

モードが先に立っていき、列に加わった。

前の日の晩、あたしたちはルーやアギー、ほかの数人と一緒に遅くまで残って、製本所の女子側を飾りつけた。ストッダードさんが薄いクレープ紙を用意していたので、それを柱に巻いたり、作業台の端から垂らしたりした。製本所に着くと、ほとんど全員といっていいほど、みんな襟にベルギー国旗を留めつけていた。あたしたちは、記章を買うのに手間取った何人かと一緒に慌てて駆け込んだが、ストッダードさんは何も小言を言わなかった。でもあたしは数人の女たちの怒りの表情を見逃さなかった。彼女たちの何もついていない襟元が、胸の内をありありと表している。作業台から色つきのクレープ紙を外してしまった者も何人かいた。

あたしはロッタとアギーのあいだに座った。

「マーサ・バートンはなんであんな怖い顔してるの？」あたしはアギーに尋ねた。

アギーは身を乗り出した。「甥《おい》っ子がイーペルにいたんだって。昨日、マーサの妹んとこに電報が届いたらしいよ」

「わたしたちが望んだわけじゃないわ」ロッタが、折っている紙から目を上げずに言った。「ベルギーの日のことかと思ったが、戦争のことを言っていたのかもしれない。たぶん、両方だったのだろう。

アギーはしまったという顔をし、ごめん、と口を動かすとグーディのほうを向いた。グーディはベルギーの日のおかげで普段より注目が集まり、ご満悦だった。折りの作業はそっちのけで、作業台のずっと向こうの若い子たちと、逃げるときに置いてきたドレスや素敵な帽子が詰まった衣装だんすのことを話している。

「残してきた兄弟はいるんかい？」ひとりの娘が訊いた。

「いいえ、ドレスだけ」グドルンは答えた。「でも今は小さい衣装だんすが一つだけ、だからいいことですね、はい」

あたしは自分の折っている頁に目を向けたが、横目でロッタを見ずにいられなかった。彼女は奥歯を嚙み締めている。息を深く吸い込んでいる。モードもロッタを見ていた。眉間に皺を寄せて何か訊こうとしている。

手を伸ばしてモードの口を塞げるものなら、そうしたかった。そっとしときなさい、そう耳打ちしたかった。

「人生を滅茶苦茶にされた」モードは言った。

ロッタが折る手を止めた。あたしも折る手を止めた。割って入り、妹の言ったことを説明しようと身構えた。ただのこだまなの、と。でも、そこに含まれている暗号を知っていれば、それはこだまではなくなる。ロッタは身をこわばらせる代わりに、力を抜いた。モードを見ると、とても静かな声で言った。

「そんな気がするわ」

モードが頷いた。彼女にはそれでじゅうぶんだった。

正午になると、ストッダードさんが鐘を鳴らし、外出してお祭りを楽しんでいらっしゃいと言った。

った。

「あなたがたが使うお金は、一ペニー残らず難民のために寄付されるんですからね」

「じゃ、贅沢してもいいよね」みんなで前掛けをはずし、帽子をピンで留めているとき、アギーが言った。

「アガサ、お金はとっときな」マーサ・バートンが言った。「この国の若いもんがあの人らのために死んでるんだよ。それだけじゃ足りなくて、金までよこせってかい？　あの連中の半分は、あたしらよりよっぽど金持ちなのにさ」マーサはグーディを横目で見た。

アギーが口をぽかんと開けた。ロッタはマーサに背を向けたまま、じっと立ち尽くしていた。その手が、ちょうど前掛けをかけた掛け釘を押さえていた。

「あたしらよりよっぽど金持ち」モードが繰り返した。

「たまには話が通じるじゃないか、モード・ジョーンズ」

モードはことばを探していた。「滅茶苦茶にされた」それが精一杯だった。

ぶつんと切れたのはマーサだった。目に涙を浮かべて怒鳴り出した。「ああ、それも間違いじゃないさ。滅茶苦茶にされたんだよ。そうだよ。そうじゃないとは言ってないだろ。あたしの妹の人生だって立派に滅茶苦茶だよ。だけど、そうなったのはなんでだと思う？」ロッタの背を睨みつけた。ロッタはまだ掛け釘に手をかけたままだった。関節が白く浮いているのは、怒りのためか、恐怖のためか。それとも、彼女はただそこに縋《すが》りついているだけなのかもしれなかった。

ウォルトン・ストリートは人でごった返していた。出版局で働く数百人が午後を過ごすために外に出てきて、カーキ色の軍服や、病院の青い患者衣やガウン姿の男たちと交じり合った。ラドクリフ病院の患者だ。車椅子で連れ出されたり、松葉杖をついたり、見舞客の腕に支えられたりしている。全員が襟に記章をつけていた。

「ペギー！」

あたしは周囲を見回した。出版局の両側にはまだ女の人が立っていて、お盆はほとんど空っぽだった。そのひとりが手を振っている。

あたしはアギーたちに、市役所のそばで追いつくから、と言った。みんながオックスフォードのほうに曲がって行ってしまうと、あたしはグウェンを振り返ってためらった。

「ここで待っててくれる、モーディ？　すぐだから」

モードは首を横に振り、腕をあたしの腕に絡ませた。

「糊で貼ったみたいにくっついといで」子どもの頃の言いつけだ。

「まあ驚いた！」ふたりで近づいていくと、グウェンが言った。「一卵性だなんて言わなかったじゃない」モードをまじまじと見てから、あたしを見た。「驚いたわ、みんなふたりをどうやって見分けているの？」

「優しい目」モードが言い、グウェンを見た。

グウェンは面白そうな顔をして、大袈裟な身振りであたしたちの目を調べた。「本当だわ、あなたの目は確かに優しそうね、モード。でもお姉さんの目だって優しくないわけじゃないわよ」

彼女はこちらを見て、目を合わせると揶揄《からか》った。「ペギーの目は……」口をつぐみ、考えるふりをする。「好奇心でいっぱいなの。モード、ペギーは好奇心いっぱいでしょ？」

「猫みたいに」妹は言った。

「猫みたいに」グウェンが繰り返した。

あたしはそっぽを向いた。

「もう行かなきゃ、モーディ」あたしは言った。「アギーとルーが待ってるよ」

「わたしも一緒に行くわ」とグウェンが言った。「今日はひと財産稼いだの、今度はお楽しみの番よ」

「お楽しみの番」モードが頷いた。

「ちょっとこれをサマーヴィルに返してこないと。一緒に来て」

問答無用で、彼女はウォルトン・ストリートを渡った。

グウェンが門衛所に入ると、あたしは立ち止まった。タウンとガウンを隔てる境界線だ。

「ここで待ってる」あたしは言った。

「それでいいなら」

それでよかった。これまで自分がサマーヴィルに入っていくところを何百回も想像したけれど、グウェンみたいな誰かの後ろにくっついて、しかもモードと並んで入るなんてまっぴらだった。

「一分で戻ってくるわ」彼女は言った。

二十分後、グウェンがサマーヴィルから出てきた。

「あなた、来週土曜の午後、お茶会に正式に招待されたわよ」彼女は言った。

「何の話？」

「オックスフォードに滞在してるベルギー人家族をお招きするの。サマーヴィルでお茶会をするんだけど、あなたもお呼ばれしたのよ」

「なんで？　あたしたちベルギー人じゃないよ」

「わたしもそう言ったの。でもミス・ブルースがどうしてもって。彼女、難民委員会の委員長をしていて、サマーヴィルの副学長のお姉様なの。副学長もミス・ブルースなのよね、不便なことに。上がパメラで、下がアリス。どっちかが結婚してくれたらずいぶん助かるのにね。それはともかく、わたし、ミス・ブルース——パメラね、ほら難民委員会のほう——彼女にあなたとモードのことを話したの。道端に待たせてるんですって。そしたら彼女、あなたに駅で会ったって言い出したのよ」

ミス・パメラ・ブルース。背筋をぴんと伸ばし、がっしりとして厳格そうな姿が蘇《よみがえ》った。あたしがひとりでいたんだったら、あの人はあたしのことを憶えていただろうか？

「あなた、わたしに言わないんだもの」グウェンは続けた。「とってもいい方なのよ。それに、もう一人分、手があっても困らないし」

「グウェン、あたしたち、土曜の午後は怪我をした兵隊さんたちに手紙を読む仕事があるんだよ」

彼女は、まるで蠅《はえ》でも追い払うように手で宙を払った。「死にはしないわ」

あたしは目を丸くした。

「あら、わたしの言う意味わかるでしょ。今日の午後に行ったとき、婦長さんにお話ししておくから」

でも、あたしはもう一人分の手になってサマーヴィルに入っていく気はさらさらなかった。

⁂

次の週の土曜日、グウェンがまた出版局の外に立っていた。

「来た来た」彼女は言った。「待ってたの」

あたしたちはウォルトン・ストリートに立っていた。グウェンの後ろにはサマーヴィルが、モードとあたしの後ろには出版局がある。

「なんで？」

「今日の午後のことを念押ししに」

あたしは眉をしかめ、何を言っているのかわからない、というふりをした。

「ベルギー人たちのためのお茶会よ」グウェンがそう言ったとき、ちょうどロッタが出版局から出てきた。

モードが手を振ると、ロッタが近づいてきた。あたしは彼女をグウェンに紹介した。

「あなたもぜひいらっしゃって」グウェンが言った。

「いいえ、結構です」ロッタは言った。

「いいえ、結構です」モードが言った。

「ペグ、あなたはそれ言わないでね」グウェンが言った。「ミス・ブルースに、何かあなたを怒らせるようなことをしたのかと思われちゃう」

もう一人分の手、とあたしは思った。いいえ、結構、はまさにあたしが言いたいことだった。「ケーキのお盆を回すくらい、喜んでやってくれる学生さんがいっぱいいるんじゃないの」あたしは言った。

「余るくらいよ。みんな何かやりたがってて、ケーキを配る係はミス・ブルースが決めた当番のなかでも一番なり手が多いの」

「ならいいじゃない。あたしなんか邪魔なだけだよ」

「馬鹿ね。ほんの昨日のことだけど、ミス・ブルースがあなたのことをわざわざ訊いてきたのよ。じつはこうおっしゃったの。ことばどおり言うわね。〝あなたのお友達に、お茶を注ぐために呼ばれたわけではないと、くれぐれも伝えてくださいね〟って」

グウェンは、あたしに断る言い訳がなくなったと見て取ると、意気揚々とサマーヴィルに引き揚げていった。あたしはロッタとモードが街に向かって歩いていくのを見送った。ロッタがモードの腕を自分の腕に絡めている。あたしはモードが腕を引っ込めるのを待った。思ったとおり、彼女が腕を引っ込めると、子どもっぽい満足を味わった。でも次の瞬間、妹はロッタの手を握った。

ふたりを見失わないように、ウォルトン・ストリートを渡る。でもその姿はすぐに、手に手を取って歩くただの二人の女性になってしまった。仲のいい友達同士、従姉妹《いとこ》同士。姉妹にも見える。もう年齢も見分けられなくなった。ひとりは背が高く、ひとりは小柄だ。母と娘にも見える。そう思った途端、目がつんと沁みた。視界が滲んだ。

ひとりで《カリオペ》に帰るのは、妙な感じだった。テーブルで折り紙をしているモードがいないのも妙だった。そういうことがこれまで一度もなかったわけではないけれど、滅多にないことなので、落ち着かなかった。咄嗟《とっさ》に何をすればいいかわからなくなった。

あたしはスカートを脱ぎ、ブラウスの脇の下の匂いを嗅いで、それも脱いだ。モードとふたりで使っている小さな衣装だんすのカーテンを開け、何を着ようかと思案する。いかにも製本所の女工のように見えるのは嫌だったが、自分ではない誰かになろうとしているように見られたくもなかった。そんなことをしてもミス・ブルースは感心しない気がした。

出版局の仕事の名残を、顔や手や脇の下から拭い去り、一張羅のスカートと白い襟付きのシャツを着た。それから母さんの部屋へ行った。モードもあたしもそこを自分の部屋にせず、ティルダのためにとっておいた――ベッドも、ベッドの下の小さな棚も、上の棚も。あたしたちのとそっくりな衣装だんすのカーテンは閉めてあった。それを開けると、母さんの服とティルダの服が並んでかかっている。

好きに着ていいわよ、とティルダは言っていたが、着られるものはほとんどなかった。あたしたちがちびなのと反対に、ティルダはのっぽだから。でもそこには彼女の帽子やベルトやスカーフがあった。そして、ティルダは幅広の婦人用ネクタイを二本持っていた。

第十五章

「様になってるわよ」グウェンが門衛所から出てきた。あたしの手が襟元のネクタイのところへさまよっていく。結び方がよくわからなかった。

グウェンがその手を追い払った。ネクタイを解いて結び直す。一歩下がって点検した。「ぜんぜん違和感ないわ」それからあたしの腕をとって自分の腕に絡めると、門衛所に引っ張っていった。

「お友達のミス・ジョーンズです」グウェンは言った。「お茶会にご招待したの」

あたしは、門衛が訪問者名簿にあたしの名前を書くのを見つめた。夢見てきたのとは少し違うけれど、今のところはそう悪くない。

あたしは建物や、芝生や、花壇を目に収めようとした。そこにいる女性たちは、若くても中年でも地味な身なりだった。自分には姿かたち以上に人に提供できるものがあると知っているのだろう。彼女たちはグウェンに挨拶し、全員があたしに温かな微笑を向けた。あたしがベルギー人だと思ったのだろうか？　そうじゃないと知ったら、あの人たちは態度を変えるだろうか？

ホールに入っていくと、ひとりのサマーヴィルの学生《サマーヴィリアン》に迎えられた。あまりに熱烈な歓迎ぶりに、一歩後ずさりしたほどだったが、彼女はびくともしなかった。ただ、余計ににこにこして、両手であたしの手をとった。そして大きすぎる声で、何か飲み物はほしいか、と訊いた。「プランドル・アン・ヴェール？・」あたしに答える暇も与えず、ケーキはいかがかと畳みかけた。「プランドル・ル・ガトー？・」頭をしきりに頷かせ、あたしの手を握っている手に少し力を込める。彼女はあたしを難民だと勘違いし、親切を施すまでは逃がす気はなさそうだった。たぶん、こうして歓迎すれば、ドイツ軍の侵略で負った心の傷をなかったことにできると信じているのかもしれない。あたしは英語で、それも明らかに町の人間の英語で、今んとこ間に合ってます、と答えた。彼女はぎょっとした顔をした。

グウェンが笑った。「ミリアム、こちらはペギー。出版局で働いてるの。ヴァネッサ・ストッダードのところの子よ」

「あら」ミリアムは憮然とした。さっきの熱心さはすっかり消えてしまった。「そういうことならそちらはあなた、お願いね。お会いできてよかったわ、ペニー」あたしたちのどちらも彼女の間違いを正さないうちに、ミリアムは急ぎ足でベルギー人の家族のほうへ行ってしまった。一家は、彼女の突進の勢いを全員で受け止めようとするように、互いに身を寄せ合った。

「ストッダードさんは、サマーヴィルで有名なの？」あたしは訊いた。

「わたしたちみたいに、ミス・ブルースのお手伝いをしてる学生のあいだではね。ストッダードさんはオックスフォード戦争難民委員会で大活躍だから。ミス・ブルースは彼女をとても評価しているのよ――わたしたちみんな尊敬してるわ」

可愛らしい女性がグウェンめがけてまっすぐにやってきた。「グウェン、来てもらえないかしら」彼女は言った。「フランス語を話せるのはわたしたち二人しかいないの。ミリアムは入れないでね。お客様の半分は通訳が誰もいなくて、ぼうっと突っ立ってるわ」

「あらヴィー、こちらペギー・ジョーンズよ。ペギー、こちらはヴェラ・ブリテン。わたしと同じ新入生なの」

彼女に見覚えがあった。ハートさんの事務室にいた女性だ。ライラック色のドレスを着ていたっけ。サマーヴィルに入って英文学を専攻する、と言っていた。

「ペギーはヴァネッサのところの子よ。出版局にいるの」

ヴェラはにっこりした。「あらほんと？」彼女は手を差し出した。あたしは、まるで握手なんかし慣れているみたいな顔でそれを握った。「父が出版局のために紙を作ってるの」彼女は言った。

ヴェラの父親が、湯気を立てる大鍋でぼろ布の繊維を掻き混ぜているところが頭に浮かんだ。でもそれはほんの一瞬だった。

「聖書と辞典類のためにインディア紙を卸してるのよ」ヴェラが続けた。

工場主。

「あなたフランス語話せる?」彼女は訊いた。

「ほとんど駄目です」とあたしは言った。学院で開かれる、昼休みのフランス語教室が頭に浮かんだ。ハートさんは、みんなに出版局に入ってからも勉強を続けるようにと勧めていた。あたしはフランス語を読むことについては、それなりに自信があったけれど、話す必要があったことは一度もなかった。

「申し訳ないんだけど、グウェンを盗んでいってもいいかしら? わたしたちのなかでは一番上手なほうなの」

いいわけない、とあたしは思った。「もちろん、どうぞ」と言った。

グウェンがホールを見回し、あたしはその視線を追った。ベルギー人の男女が数組とイギリス人のご婦人方が数人ずつあちこちに固まっている。みんな手をさかんに振り回している。片言の英語に片言のフランス語。子どもがちらほら、母親の腕に抱かれたり、スカートにまつわりついたりしている。ロッタが来ないのは知っていたが、グーディとヴェロニクがいれば、彼女たちのところに避難できるだろう。

「ミス・ブルースがどこにも見えないわ」グウェンが言った。「あなたと話をしたがってらっしゃるはずなの。ひとりで探しに行ける?」

「もちろん」考えただけで身をすくませながら、あたしは言った。

「よかった。体育館に行ってみて」彼女は漠然と指差した。「たぶん子どもたちとゲームをしてると思うから」そして、そこに立ち尽くすあたしを置いて行ってしまった。日曜日の一張羅のスカートと婦人用ネクタイで様になって見えるあたしは、革表紙で製本された、へたくそな詩みたいな気分だった。

あたしはぶらぶらとホールを出て、花壇のある小さな中庭に入っていった。手近なベンチに座り、寒さを防ごうとコートのボタンを留めた。ミス・ブルース探しを急ぐつもりはなかった。

これまでずっと、サマーヴィルの前を歩きながら、この壁の向こう側にいる女性たちにとって、そこはどんな場所なんだろうと想像していた。それが今、自分がここにいる。オックスフォードの中庭に吹き寄せられた、ジェリコのちっぽけな切れっぱし。壁の向こう側に行くことを初めて考えたのはいつだったか、今も憶えている――そのときあたしは、本当は聞いていてはいけない会話に耳を澄ませていた。**あの子はオックスフォード高等学校に進学するべきです**、と先生が話していた。**それはわかってます**と母さんが答えた。**でも、あの子はモードから離れようとしなくて**。先生は粘った。**あれだけ利発なら、カレッジにも入れると思いますよ**。母さんはため息をついた。**でもそれだけじゃどうにもならないこともあるんです、そうでしょう？**　あたしは自分が出版局で稼げるようになる収入のことを、そのおかげで家計が助かるだろうことを考えた。そして立ち聞きをやめた。

ベンチから立ち上がり、芝生を横切った。芝生を横切るのは禁じられていないだろうか、と一瞬思ったが、禁じられていればいいと思っている自分に気づいた。**特権を不当に否定されているなら、奪いとるまでよ**。ティルダがよく言っていた。

子どもたちの甲高い歓声がかすかに聞こえた。開いた扉から入ると、遊んでいる物音が廊下に反響していた。一瞬それに耳を傾け、それからその音に背を向けて歩き出した。

ほとんどのドアは閉まっていた。しばらくのあいだ、あたしはただ足の向くままに歩いて見て回るだけで満足していた。サマーヴィルは思ったよりみすぼらしかった。床板はすり減ってくすみ、新しい電球が取り付けられているのに、壁にはガス灯の汚れが残っていた。

ひとつのドアを試してみると、開いた。モップやバケツがあり、積まれた袋には、洗濯物が詰まっているらしかった。隅に椅子が一脚置かれ、饐《す》えた煙草の臭いが濃く漂っていた。古びたバスケットには手編みの肩掛け。**ここには特権はなさそう**、あたしは思い、ドアを閉めた。

二階への階段を上った。女性が二人で降りてくるのを見て、煉瓦の壁に身を押し付けた。彼女たちはずっと喋りながら、早足で降りてきた。「あらごめんなさい、もうちょっとで突き飛ばしちゃうところだったわ」一方が言った。そして行ってしまった。何も訊かれなかった。あたしも、あの人たちの仲間に見えたのかもしれない。

普段なら、こういう建物は寮の自室や、授業や、体育館や、食堂や、学生用の広間を行き来する女子学生たちでいっぱいなのだろう。みんなどこにでも好きに出入りできるんだ、とあたしは思った。でも道を隔てた向こう側では、あたしたちは製本所にしか入れない。印刷所も、活字鋳造所も、さまざまな倉庫も、あたしたちには危険すぎるか、荒っぽすぎる。そうやって立ち入り禁止になっているのは、あたしたちを守るため、ということらしかった。

階段を上がったところの扉を開けると、狭い廊下の左右にびっしりと本が並んでいた。両側の本棚に手を添わせながら歩いていく。本を眠りから覚まさせたくて胸が疼《うず》いた。やがて、次の扉が現れた。

それを開き、あたしは入り口に立ったまま空気を吸い込んだ。木材を磨く艶出しの匂い。紙、革、インク。普段嗅ぎ慣れているより濃い匂いも、淡い匂いもあった。長い長いあいだ、サマーヴィルの図書館のことを思い描いてきたけれど、こんなふうだったなんて。そこを見て、カレッジのほかの部分がみすぼらしいことに合点がいった――このカレッジが、何よりも価値を置いているのは書物なのだ。

あたしは敷居を跨《また》いだ。普段なら司書が座っているはずの席は空っぽだった。ためらわずにそこを通りすぎた。本棚が次々に目の前に現れる。そこには、扉の頁にクラレンドン出版局の紋章が押された本もあるはずだった。あたしが折って、丁合をとり、かがった本は、どれくらい探せば見つかるだろう。読むなと言われた本を――背に皺を入れるなと言われた本を見つけるのに、どれくらいかかるだろう。

あたしは歩き続けた。本棚は一定の間隔で並んでいた。それは長い部屋をいくつかの小部屋に仕切っていて、それぞれの小部屋には背の高い窓が一つと、大きな机があった。いくつか灯っているランプを見て、午後の弱々しい光が読書には暗すぎることに気づいた。あらゆるものに手を触れてみる。机。椅子の背。熱くなったランプの笠《かさ》にたじろいだ。本の背に指を走らせる。古典全集。何段にも並んでいる。

やってしまうまで、自分が何をしているのかわからなかった。それは薄い、布表紙の本だった。よく手にとられるのか、擦り切れて、題名が消えていた。その小さな特権は、ちょうどあたしのコートのポケットに収まる大きさだった。

⁂

体育館に着いてみて、廊下が空っぽで図書館にひと気がなかった理由がわかった。そこはまるで学校のお祭りだった。輪投げや九柱戯のピンが並べられ、長い縄跳びの両端をそれぞれ女の人が持って回し、少女たちが駆け込んでは走り出ている。子どもたちがくじ引きの桶《おけ》に手を突っ込んでは、小さなおもちゃを引っ張り出していた。何かの目隠しゲームで、興奮した金切声が体育館じゅうに響き渡り、少し齢《とし》のいった女性がひとりかふたり、苦笑しながら耳を手で押さえていた。端のほうに長テーブルがしつらえられ、カップケーキやバターつきパン、ライムコーディアルの入った水差しが載っていた。ミス・ブルースがテーブルの後ろに立っている。その隣にはストッダードさんがいた。あたしは心の底からほっとした。

「ミス・ジョーンズ」あたしが近づいていくと、ミス・ブルースが声をかけてきた。「よくいらっしゃったわ」

顔を赤くするなんて嫌だったけれど、火照《ほて》りが首を伝ってじわじわと上がってくるのを感じた。グウェンは何を話したのだろう。彼女とミス・ブルースがふかふかの椅子に座ってシェリーを飲みながら、あたしとモードのことをあれこれ考えている姿が急に目に浮かんだ。

「ご親切にお招きくださってありがとうございます、ミス・ブルース」あたしは言った。そして、しぶしぶ付け足した。「何かお手伝いしましょうか?」

「そうね、じゃあおことばに甘えて、ヴァネッサとわたくしと一緒に飲み物やおやつを出すお手伝いをお願いするわ。あと五分でゲームを終わりにして、鐘を鳴らしますからね。みんな駅に着いたときよりは、少しおずおずしなくなってきてますよ、あなたも気がつくと思うけれど」

あたしは長テーブルを回って、ストッダードさんの隣に立った。

「ヴァネッサ、この方を真ん中にしていただいていいかしら?」ミス・ブルースが言った。「あなたの製本所の女工さんに伺いたいことがあるの」

ストッダードさんは喜んであたしを真ん中にした。一歩下がり、自分とミス・ブルースのあいだにあたしを招きいれる。もっと背が高かったらよかったのに、とあたしは思った。ミス・ブルースの目を正面から見つめられたらよかったのに。古びてくすんだ色のコートを脱ぐと、テーブルの下にしまった。そして背筋を伸ばし、ネクタイの結び目に手を触れた。ティルダのネクタイ。**演じる役柄らしく見えたり、聞こえたりするだけじゃ足りないのよ、**といつかティルダは言っていた。**ものの感じ方もその役らしくないと、説得力がないの。**

「ペギーと呼んでもよろしいかしら?」ミス・ブルースが訊いた。

パメラと呼んでもよろしいかしら？　あたしは心の中で言った。「はい、もちろんです、ミス・ブルース」と答えた。

「出版局でのお仕事のことを聞かせてちょうだい――お仕事は楽しい？」

楽しいかって？　誰にもそんな質問をされたことがなかったし、どう答えるかなんて考えたこともなかった。

「そんなに難しい質問ではないでしょう？」ミス・ブルースが促した。

はいと答えたら、何が楽しいかと訊かれるだろう。いいえと言ったら、楽しくない理由を訊かれる。

「ミス・ブルース、訊くのは難しくなくても、答えるのはそんなに簡単じゃありません」と言ってしまった途端、後悔した。

ミス・ブルースは眉を上げてみせ、あたしは叱られたように感じた。「それならゆっくりお考えなさい」彼女は言った。

その顔に嘲《あざけ》りの影を探したが、そんなものはなかった。ストッダードさんが、声が耳に届かないくらいの距離まで少し離れるのを感じた。

「あたし、自分で選んで出版局で働いてるわけじゃありません、ミス・ブルース。そうなることに決まってたんです。ダンスに行くのとはわけが違います」

「どうしてダンスに行くのとわけが違うの？」

「それは、ダンスなら疲れたら座ったっていいし、音楽とかそこにいる人たちが気に食わなかったら帰ったっていいし、次のダンスに誘われても、断ったっていいからです」

「それで？」

眉間に皺が寄ってくる。この人はあたしを怒らせようとしているのか、それともほんとになんにも知らないのかどっちだろう？「ミス・ブルース、仕事が楽しくなくたって、あたしは仕事に行くのを断るわけにいかないんです。製本所で働くのは暇つぶしじゃありません。食べ物と服と石炭のためです。仕事が楽しいかどうかなんて考えたってしょうがないんです」

「ということは、楽しくないのね？」

罠《わな》にはめられた気がした。ストッダードさんのほうにちらりと目を向ける。「ときどきは」

「それはなぜ？」

「なぜって、退屈なときもあるからです」

「あら、でも本やことばやいろいろな知識に囲まれているのに——」

「見渡す限りの水また水、でも、ミス・ブルース、飲める水は一滴もありません」

ミス・ブルースは顔をほころばせた。「コールリッジね」

「『老いたる水夫の歌』」あたしは言い、バドミントンの羽根をネットの向こうに抛《ほう》ってやった。

彼女はあたしの肩に手を置いた。「アホウドリを見逃さないようになさい、ミス・ジョーンズ。そしてくれぐれも射落とさないようにね」

そして彼女は鐘を鳴らし、子どもたちがどっと駆け寄ってきた。

⁂

お茶会が終わり、ジェリコの通りを我が家に向かって歩きながら、あたしは図書館からくすねた本をコートのポケットから取り出した。エウリピデスだったらいいな、と思った。母さんが好きだったギリシャの詩人だ。ウェルギリウスでもいい。母さんのお気に入りのローマの詩人。本の背を見た。アボット＆マンスフィールド。どう見てもイギリス人だ。『古典ギリシャ語文法入門』。

あたしの心は沈んだ。

翌日は日曜日だった。朝食の食器をゆすいでいると、ギャレーの窓枠の向こうにロージーの頑丈な編み上げブーツが見えた。オベロンの鋲《びょう》飾りのあるブーツが続き、次に三足目が現れた。何の変哲もない、でも見覚えのある靴。「ジャック」モードが言った。その声に感情は込もっていなかったが、モードは彼を迎えに飛び出していった。

あたしはモードの足がほかの靴たちに加わるのを待った――彼女が履いている古いスリッパは、朝露の降りた曳き船道にはまったくふさわしくない。ため息をついたとき、ジャックがモードに歩み寄り、スリッパが宙に浮いた。

カウリーはオックスフォードのすぐ反対側だったが、ジャックの教練は厳しくて、数週間ごとに二、三時間しか彼の顔を見ることはなかった。ジャックが絵葉書みたいに前触れもなく現れると、あたしたちは寄り集まって彼の話に耳を傾けた。軍服が足りないこと、木製の銃を使った教練、塹壕掘りと簡易ベッドの整え方のこまごまとしたこつ……。帰ってくるたびに、ジャックは海の向こうに送られるのが待ちきれないと言った。**閘門《せき》に水が入るまで待つんだな**、オベロンが居合わせたときは、いつもそう言った。

《ロージーズ・リターン》号をもやい直してきたオベロンが無言で座る隣で、ジャックは特別な訓練に抜擢《ばってき》されたと話していた。

「狙撃手って何するんかい?」ロージーが訊いた。

「ウサギを撃つようなもんだよ」と、ジャックは母親から目をそらして言った。

「でもあんた、これまでいっぺんもウサギなんか撃ったことないのに」ロージーが言った。

「目がいいんだってさ。だから誕生日までずっと訓練続きだよ」ジャックは相変わらず母を見ようとしなかった。

「そしたら?」ロージーが訊いた。

鼓動がひとつ打った。そしてもうひとつ。

「そしたら、こいつはドイツっぽを殺していい歳《とし》になるってこった」オベロンが言った。

第十六章

十二月はずっと、そして新年に入ってからも、ほとんど毎日のように雨降りだった。延々と続く雨音が体に染み込み、《カリオペ》にいないときも、頭の中でかすかに鳴り続けていた。《カリオペ》は湿った毛布みたいな臭いがして、あたしたちもそんな臭いをさせているに違いなかった。でもロッタは何も言わなかった。平日のどこかの夕方と、土曜の数時間、あたしが奉仕に行けるように、モードのお守《も》りを続けてくれていた。

　試験講堂での当番は楽しみだった。建物は乾いていて温かく、明るいし、板や水面を絶え間なく打ち続ける雨音に邪魔されずに話すこともできる。でも、《カリオペ》に帰るのも、それはそれで嬉しかった。曳き船道を歩いていくと、船の窓から漏れるランプの光が見える。ロッタがそこにいて、モードも何事もなく過ごしているとわかっているのはいいものだった。ボートに乗る前に、あたしはよくふたりを観察した。大抵は折り紙をしていて、ことばを交わしてはいないが、空気が張り詰めているわけではない。ロッタがうちの本のどれかを手にしていることもあった。本は開いているが、あたしが何分そこに立っていても、彼女が頁をめくることはなかった。妹を見つめるロッタを見つめながら、彼女の顔に浮かぶ表情を不思議に思った。そこには悲哀と恋い慕うような切なさが入り混じっていた。

　あたしが入っていくと、ロッタはたちまち本を閉じ、その本が入っていた棚や積んであった山に返す。コートを着て帽子を留めるあいだに、ふたりで何をしたかを、まるでニュースを読み上げるような口調で報告した。モードの肩に片手を置き、あたしには頷いてみせる。ウォルトン・ウェル橋まで送るよ、とあたしが申し出ても、彼女はいつも断った。**暗いところに、わたしを傷つけられるような**

ものは何もないから、といつか言っていた。

⁂

「ロッタ、今晩あたしが病院から帰ったら、すぐ帰らないで一緒に夕食どう？」あたしたちは出版局から運河に向かう帰り道を歩いていた。「全然たいしたもんじゃないけど、いつかありがとうって言おうと思ってて」

　ロッタはすぐには答えなかった。

「ありがとうって言おう」モードが言った。

「わかったわ」ロッタが言った。「ありがとう」

「モードはただ真似しただけ――」

「わかってる」ロッタは言った。影のように微笑が浮かんだ。それはかつての彼女の片鱗《へんりん》だとあたしは思った。皮肉っぽいユーモアと、たぶん、おどけたところもある。あたしは微笑を返した。

⁂

　グウェンと一緒に奉仕活動に行くと、婦長に脇に呼ばれた。

「ミス・ジョーンズ、普通ならあなたを士官の担当にすることはないんですけど、大変適任だと太鼓判を押されたものだから」

　あたしはグウェンにすばやく視線を向けたが、らしくもなく、しおらしげな顔をしている。

「ええまあ」あたしは言った。

「それなら、あなたさえ気づまりでなければ」――婦長が眉を上げ、あたしは首を横に振り、舌を噛んだ――「特に問題もないでしょう」

士官用の病棟は、病床も少なく、大きな窓から光が明るく降りそそぎ、どのベッドの枕元にも花が生けてあった。部屋の一方の端には暖炉があり、その前に肘掛け椅子がいくつか置かれている。カードテーブルを挟んで患者が二人でチェッカーをしていた。婦長はあたしたちを、ばりばりに糊のきいた制服姿の厳《いか》めしい顔をしたシスターに引き渡した。

「ここは一般外科病棟」とシスターは言った。「といっても負傷の程度はまちまちですけれどね。すっかりよくなって、原隊に復帰する患者もいるし、除隊になって、生まれたときより少ない手足で故郷に帰る者もいます」話しながらあたしたちの顔をじっと見つめ、失神したり取り乱したりするような娘たちではないとわかって、満足そうにした。

「病棟にはベルギー人士官も二人おります。婦長の話では、あなたがたはふたりともフランス語を話すんですって？」

「はい」グウェンが言い、ちらりとこっちを見た。適任ってそういうことか、とあたしは納得した。

「それじゃ、紹介しましょうね」シスターが言った。

あたしたちは彼女のあとについて病棟内を歩いていった。

グウェンが青ざめた。黙り込んでいる。彼女が見ているのは一方のベルギー人だった。彼の体は白いシーツに覆われ、片方の脚は、重さがかからないように枠に取り付けられていた。顔も両手もほぼ完全に包帯に隠れていた。

透明人間だ、とあたしは思い、その包帯の下にあるもののことを想像した。鼻の輪郭と、柔らかなピンク色をした下唇を見て、ほっとした。右目は覆われていなかった。それは開いていた。彼はあたしたちを見ていた。

「ボンジュール」あたしは言った。

「ボンジュール」それは不明瞭な囁きでしかなかった。

シスターは笑顔になった。「ミス・ジョーンズ、こちらはピーターズ軍曹よ」ベッド脇の椅子のほうに頭をひょいと動かす。あたしはそれを合図に座った。

グウェンはヤンセン軍曹に紹介された。彼はピーターズ軍曹よりも包帯が少なく、たちまち自分のクリスチャンネームはニコラだと名乗り、包帯されていない手を差し出した。枕元の椅子に座ったグウェンは、顔色が戻っていた。彼女のフランス語は話し相手になるという仕事にはじゅうぶんすぎるほどで、シスターがいなくなった途端、ニコラと昔からの友達同士のように話し込んでいた。あたしには何を言っているのか、ほとんど理解できなかった。

フランス語で文をひねり出そうと苦心していると、透明人間が喋りはじめた。聞き取りづらく、声はかすかだった。あたしは身を乗り出した。

「僕はバスティアン」彼は英語で言った。

「ああよかった」あたしはほっとして言った。「あなたの名前がバスティアンだってことじゃなくて、あ、でもいいお名前よ、素敵な名前。ただ、あなたが英語を話すからよかったたって。あたしのフランス語、ほんとはひどいもんだから」あたしは緊張していた。相手の一つしかない目から視線がよそに泳いでいかないように努力した。包帯の下に何があるのか考えないようにしようと必死になった。ことばは互いにぶつかり合うように転がり出た。彼には何を言っているかさっぱりわからなかっただろう。

あたしはスカートの膝に目を落とし、皺を撫でた。息を吸うと顔を上げる。彼の一つしかない目が待っていた。

「わたしの名前はペギーです《ジュ・マペル・ペギー》」とあたしは言った。

彼は頷いたようだった。ほかに何か言うことを考えようとしたが、咄嗟に思い出せるフランス語は、〝駅はどこですか《ウ・エ・ラ・ガール》〟と、〝海岸はどこですか《ウ・エ・ラ・プラージュ》〟と、〝病院はどこですか《ウ・エ・ロピタル》〟だけだった。

彼が出した声を、あたしは「英語で話して」と言ったのだと解釈した。

「英語を話すのは構わない？」

彼の胸が膨らみ、ことばを吐き出した。「構わない」

顎を動かせないのだ、と気づいた。「話すと痛い？」

彼は頷いた。それも痛むのだろうか。「必要だから」彼は言った。

「お医者さんがそう言ってるの？」

彼はまた頷き、しばらく目を閉じた。あたしはほかに何を言ったものやら、見当もつかなかった。

「お気の毒に」ようやくことばを口にした。

彼の目が開いた。「なぜ？」息を吐くように言った。

なぜって、あたしじゃこの仕事には役不足だから、と心の中で言った。「ひどい目に遭ったんでしょう」と声に出して言った。

あたしを見る瞳は濃い灰色だったが、それは夏の日には青くなり、川面を映せば翠《みどり》に染まるのだろう。瞼《まぶた》が閉じ、あたしは彼の全身で無傷なのは、その目だけなのだろうかと考えた。あたしたちは無言で座っていた。やがてシスターが帰る時間だと呼びにきた。


淡い雪がちらつきはじめていたが、曳き船道に立ったまま、ギャレーの窓越しに中を覗いた。モードが母さんのとっておきのナプキン――お祖母ちゃんが、なんとかいう名前のそのまた叔母さんからもらったナプキンを折り、凝ったテーブル飾りを作っている。ロッタはレンジの前にいた。玉葱を炒める匂いがして、一瞬あたしはむっとした。夕食に招いたのはこっちなのに。でもすぐに唾が湧き出し、料理をしないで済んだことに胸をなでおろした。

ハッチから入っていくと、ロッタが振り向いた。エプロンで手を拭いている。普段あたしがつけているエプロンだ。いつもの緊張が消え、青白い頬がレンジの熱で薔薇色に染まっていた。

「モードがカバード・マーケットに連れて行ってくれて」とロッタが言った。「ムルを買ったの」

「ムル」モードが言った。

「ムール貝？」思いきって訊いてみる。すごくいい匂い。

「そう」とロッタが言った。「それとじゃがいもも。フリットにするわ」

「ムール貝とじゃがいものフライ《チップス》？」

ロッタは頷いた。「フランス語を話すの？」

「話せたらいいんだけどね」あたしは言いながら帽子をとった。コートを掛ける。「ベルギー人士官の付き添いを頼まれたから」

彼女はほとんど見えないほどかすかに首を振った。背を向けてレンジに向かう。「あと十五分くらいで夕食よ」彼女は言った。「あなたは座ってて」

「座ってて」モードが言った。

あたしは座った。

レンジのほうを向いたロッタの背中は、固くこわばっていた。あたしが帰ってきたから。何が起きても平然としているように見えるけれど、彼女を取り乱させるものがないわけではないとあたしは知っていた。ロッタに会った日から、そういうものをうっかりロッタの前に投げつけてしまっては、彼女を後ずさりさせてきた。ベルギー人士官のことなんか言わなければよかった。

あたしは立ち上がると、寝室に行った。カーテンを引き、ベッドに転がる。食事の支度をする聞き慣れた物音に耳を澄ませた。まな板に包丁が当たり、フライパンが熱くした鉄板に置かれ、引き出しが開いてフォークやナイフがぶつかり合い、引き出しが閉まる。切ったじゃがいもが油に加えられ、じゅうっと大きな音を立てた。嗅いだことのない匂いが漂い出した。

唾が湧いてくる。この前ベッドに転がって夕食を待っていたときは、母さんが生きていて元気だったことを思い出した。紙とペンを取り出し、ティルダに手紙を書きはじめた。

〝ティルダ、うちに泊るとき、料理を一度もしないのはなぜ？　料理ができないから？　それともしないって決めてるの？〟

モードがカーテンを開けた。「できたよ」あたしは目を閉じ、ギャレーにいるのが母さんだったらいいのに、と思った。

ロッタに我が家のテーブルに迎えられるのは妙な感じだった。彼女はモードと一緒に、母さんの上等な食器類やリネンで食卓を整えていた。テーブルクロス、ボウルやお皿、ナプキンがどこにあるのかロッタが尋ね、モードが教えたのだろう。でも、あたしたちが使うのは普段用のものだと話すことを、モードは思いつかなかった。縁にぐるりと葉っぱが描かれている皿は結婚祝いの品だ――お祖母ちゃんが結婚したときので、母さんのではなかったけれど、みんなでよく、母さんのだというふりをした。それを見て、母さんが最後に日曜のローストを焼いたときのことが目に浮かんだ。

テーブルの真ん中に、ムール貝がいっぱい入ったフライパンが置かれていた。殻がついたままで、いい香りの湯気が立っている。その左側には、山盛りにしたじゃがいものフライのボウル。フライはあたしが作るときよりも細い。右側にあるのは芽キャベツの皿で、茹でるのではなく、炒めてある。めいめいの席に脇皿が置かれ、分厚く切ったパンが載っていた。

ロッタはボウルにムール貝をよそうと、それぞれの皿の上に置いた。

「フ、フ、フリットは自分でとってちょうだい。芽キャベツも」彼女は自分の分をとり、座った。「パンでスープを掬《すく》うのよ」やってみせる。

モードはフライをひとつかみとった。ロッタが芽キャベツを回したが、モードは首を振った。

「なぜ食べないの？」ロッタが訊いた。

「芽キャベツ食べてぺっとする」最後にモードがそう言ったときは、あたしたちはまだ子どもだった。モードはいろんな言い回しを、ちょうど印刷工が鉛版《えんばん》をしまっておくみたいにしまい込んでいる。組んだことばを、必要なときにいつでも出して使えるように。

「イギリス人が料理すればそうだけど」とロッタが言った。「わたしはイギリス人じゃないわ」芽キャベツの皿をとって、たっぷりと自分の分をよそった。皿を置くときに、さっきより少しモードに近づけたが、食べてみるように勧めることはもうしなかった。

妹はロッタが一個、二個、そして三個と芽キャベツを食べるのを、じっと観察していた。ロッタがそっと唇を舐めるのに、あたしは気づいた。喉の奥で、小さく満足げな音を立てている。皿から目を上げようとしない。

「すごくいい匂い」あたしは言った。

「茹でたんじゃないからよ」彼女は言った。

モードが身を乗り出し、匂いを嗅いだ。

「どうやって料理したの？」あたしは訊いた。

「バターとにんにくで炒めて塩胡椒《こしょう》したの。簡単よ」

「バターとにんにく」モードが言った。

「バターはどんなものでも美味しくしてくれるの」ロッタは言った。「にんにくはどんなものでももっと美味しくしてくれる」モードのそばにあった皿をあたしのほうへ少し動かした。

取れ、ということだと思ったあたしは、スプーンで自分の皿に芽キャベツを少し盛った。美味しいふりをする気でいたが、そんな必要はなかった。取り分けた分を食べてしまうと、おかわりをしようと手を伸ばした。

「欲張らないの」モードが言った。そして芽キャベツの皿を自分のほうへ引き寄せ、二個取った。

ロッタとあたしは何も言わなかった。自分の食事に集中した。ムール貝を殻からはずし、パンをちぎり、スープに浸す。モードは皿に取り分けた芽キャベツを食べ、もう少し取った。

あたしはナプキンを手にとった。モードが折った形が崩れる。口元をそれで拭き、食べている妹を見つめるロッタに目を向けた。悲しみと切なさ。演技は終わり、彼女の青白い顔は穏やかだった。この人は前にもこんなふうにしたことがあるんだ、とあたしは思った。

第十七章

一九一五年の一月の終わり頃には、オックスフォードの病院という病院はイーペルで負傷した兵士たちで満員になり、新聞売りの少年たちは、ツェッペリンがノーフォークの海岸沿いを爆撃し、死者が出たと呼ばわっていた。怒り、悲嘆に暮れる人々によって、〝ベルギーを忘れまじ〟と呼びかけるポスターは壁から破りとられた。しかし、すぐにキッチナー陸軍大臣の顔がそれにとってかわった。キッチナーが指す指は、若すぎる少年たちや、年寄りすぎる男たち、そして軍服をまだ着ていない、その中間の年齢の男たち全員に向けられていた。彼はその巨大な髭の上から、責めるように彼らを睨みつけていた。

白い羽根が出版局のあちこちに現れはじめた。それは扉と枠の隙間に挟まれ、植字台や印刷機の平台の上に置かれていた。エビネザーが『千夜一夜物語』の古い版の装幀を修理していた作業台には、一本の羽根が糊で貼りつけられていた。あたしが戸口で見ていると、エビネザーは小刀を使い、軸を折ったり、羽毛を乱したりしないようにそっとそれを外した。そしてごみ箱に捨てる代わりに、ポケットにしまった。

製本所では、人気のある《オックスフォード・パンフレット》を増刷していた。戦争に関する小論。解説。弁明。

『戦争に対する戦争』は、もう何度かあたしのところに回ってきていたが、また折丁が積み上がっていた。右端を左端にそろえる。一折りして二つ折り判——向きを変え、そろえる。二折りして四つ折り判——向きを変え、そろえる。三回折って八つ折り判——向きを変え、そろえる。四回折ると、パンフレットが出来上がる。

ロージーが泡立てた卵の白身をプディングに折り込むように、あたしはことばたちを折っていった。注意深く、一定の調子で。ことばはあたしが読む間もなく消えていった。本来、そういうものなのだ――あたしたちが仕事を真面目にやれば、読んでいる余裕なんてまずない。文に目を留める暇があるとしたら、折丁が折り上がって、山に積む瞬間しかなかった。〝忌むべき必要悪〟とあった。〝目下の状況において、我々は潔白であった〟という一行もあった。〝我々は戦争に対する戦争を遂行しているのであり、さればこそ戦時のあらゆる艱難《かんなん》と惨禍を耐え忍び得るのである〟。

あたしたち、耐え忍べるの？　あたしは思った。

それからまた次を始める。一回、二回、三回、四回、と折っていく。できた折丁を左側の山の上に置く。

〝戦時のあらゆる艱難と惨禍を耐え忍び得るのである〟。

それはつまりどういうことだろう？　耐え忍ばなくちゃならないのは誰なんだろう？　どうやって耐え忍ぶんだろう？

一回、二回、三回、四回――あたしの動きは一定で、機械のようだ。額に寄せた小さな皺だけが、脳みそが働いている印だった。考えている。問いかけている。ホッグさんがもし気づいたら、何と言うだろう。**考えることはあんたの仕事じゃないんだよ、ミス・ジョーンズ**。それがあたしの仕事になることなんて、どうせ一生あるもんか、とあたしは思った。

土曜日、朝番のあと、モードが乗合自動車でカウリーに行きたいと言い出した。

「ジャックはもういないんだよ、モーディ。知ってるくせに」あたしは家に帰って、病院でグウェンに会う前に少し読書をするつもりでいた。

モードは肩をすくめた。何がどうあれ行きたいのだ。

座席に座ると、モードは乗合自動車に乗るときの体勢になった――エンジンのごろごろいう唸りを感じ取れるように両方の手のひらをぺたんと座席につき、飛ぶように過ぎていく通りを見るために視線を外に向ける。あたしは折り損じの《オックスフォード・パンフレット》の折丁を開いた。『戦争に関する考察』。書いたのはオックスフォードの先生《ドン》だ。ギルバート・マレー。その名前を母さんの本棚で見た覚えがあった。『トロイアの女たち』。エウリピデス。母さんが好きだったギリシャの物語だ。

骨べらが滑って破れた（うっかりもん、とモードが言った。まさか、とあたしは応じた）その折丁をとっておいたのは、マレー教授の戦争に関する考察が、労働者にも及んでいたからだった（あたしは自分も労働者の一員だと思っているけれど、マレー教授がそう思っているかどうかはわからない）。教授は、戦争のおかげで自分たちのお仲間とあたしたちみたいな人間、つまりガウンとタウン、やんごとなき方々と下々《しもじも》の者たちのあいだのわだかまりがほぐれたと考えていた。戦争は共通の敵によって〝兄弟の絆《きずな》〟を作り上げた。〝幸いにして、我々は想像していたほど互いに憎み合ってはいなかった〟と彼は書いていた。

あたしたち憎み合ってたっけ、とあたしは思った。あの人たちには、ほんとにあたしたちを憎む理由なんかあるの？

マレー教授によれば、もうそうではなかった。なぜならジェリコからインドの貧民街まで、世界中の募兵事務所で、労働者たちは英国のために血を流そうと勇んで列をなしているから。〝心の奥底では、我々は互いに愛し合っていた〟から。

あたしは鼻を鳴らした。この先生は理想主義者だ。ガウンを着ていれば、まあそうなるだろう。戦争のせいで誰でも夢見がちになる。あたしは頁を繰り、行間を読み取ろうとした。労働者はイングランドに対して何の権利もない。土地も持っていないし、ほとんどは投票所に行っても、あたしみたいに門前払いされる。それでも彼らは列に並ぶ。何ひとつ法的な権利を自分に認めてくれない国家のために血を流し、命を落とす。女房や娘たちは爆弾作りに駆り出される。たぶん、そのことがご主人様たちや、地主たちや、政治家たちを落ち着かない気分にさせるのだ。あたしたちを愛すれば、あたしたちの死は、あの人たちが払った犠牲になる。そうすれば安心して眠れるようになるのだろう。今、あたしたちを愛するというのは、たぶん都合がいいからでしかない。

あたしはそのことについて自分でパンフレットを書くことを想像した。

また鼻を鳴らし、『戦争に関する考察』を鞄にしまった。

「サンドウィッチ食べる、モーディ?」

彼女は頷いた。あたしたちは食べながら、どんどん過ぎていく通りを見つめた。

カウリー兵舎で乗合自動車が停まったが、列に並ぶために降りた男たちはほんの数人だった。戦死者名簿が国中のありとあらゆる新聞に載るようになって、開戦の頃のお祭り騒ぎはなりをひそめていた。

でも、この半年間、入隊できる年齢になるのを待ちかねていた少年たちもいた。彼らは、じっとしていられないようにつま先立ちになり、弾むようにして、募兵事務所に入っていく列を見ている。だがそれ以外は、慎重派や、応募するよう説き伏せられた男たちだった。彼らはどうなるか様子を見ていた。試験講堂にあった第三南部総合病院がいくつものカレッジへ、そして市庁舎へと拡張され出してから、ようやく恐怖を押し殺し、分別に背いて、キッチナーの召集に応じた。こうした男たちは列には並んだが、先頭に着くのを急ごうとはしなかった。

「ジャック?」モードが言った。

「ジャックは今、ソールズベリーで訓練を受けてるよ。大聖堂の絵葉書を送ってきたじゃない、忘れた？」

「仲間内で射撃が一番うまい」モードは言った。

「そう書いてたね」

「敵は何に撃たれたかもわからない」

あたしは男たちの列を見ながら、これから起きようとしていることを知っているほうがいいのか、それとも聖ジョージへの少年らしい憧れを胸に勇み立つほうがいいのか、どちらだろう、と思った。ベルギー人の透明人間と、あの包帯の下に隠れているもののことを考えた。この男たちの何人が、あんなふうになって帰ってくるんだろう？　このなかの何人が帰ってこられるんだろう？

男たちの一団が兵舎から出てきて、乗合自動車に駆け足で乗り込んできた。扉が閉まると同時に、応募者の列が前に動いた。

「エビネザー」モードが言った。

そのことばどおり、列の先頭に彼がいた。縁なし帽をとり、眼鏡を鼻の上に押し上げている。乗合自動車は動き出し、あたしは首を伸ばしてエビネザーを視界にとらえ続けようとした。彼は相変わらず、つまずかないように足元を見ていた。そして募兵事務所の中に呑み込まれていった。

⁂

月曜日の始業前、あたしはモードと一緒に製本所の男子側を抜けていき、書籍修復室を覗いた。エビネザーが作業台に向かっていた。金箔を載せたあと、うまくいったか見ようと分厚い眼鏡を持ち上げている。

「コウモリみたいに目が悪い」モードが言った。
「神様ありがとう」あたしは言った。

一九一五年三月一日

わたしの可愛いふたりへ

今どこにいると思う？　絶対に当てられっこないわよ。

フランスのエタプルです。

まあ、大変なところよ。だだっ広くて、巨大で、ロンドンの貧民街並みに果てしがないの。[redacted]。

驚いたことは驚いたわ。自分でも何を期待してたのかわからないけれど――もっと小ぢんまりして、清潔で、いい匂いがする場所かしらね。匂いといえばあなたたちが住んでる運河の悪臭よ、それも夏の一番暑い日の。お恥ずかしいけれど、わたしはてっきり、イングランド中に貼られてるポスターから爽やかに笑いかけてくる兵隊さんたちに会えるとばかり思っていたの。でも、結婚式に出るつもりで教会に入っていったのに、突然それがお葬式だったと気づいたようなものでした。

しばらく経って、わたしたちは自分たちのトラックの横を行軍していく兵隊たちに手を振るのをやめました。赤十字の本部に着いたときは増援部隊というより、まるで難民みたいなありさまだったわ。ひとりの女の子はかわいそうに、あまりひどく泣きわめくので、救護所へ連れて行かれて安定剤を打たれたくらいです。

痩せ細っているのか、それともこれから成長して軍服が合うようになるのか、どっちかしらと思うような兵隊がトラックの屋根の上に登ってわたしたちの荷物を降ろしてくれました。わたしが楽屋口用のとびっきりの笑顔で挨拶したのに、その兵隊ったら笑い返しもしなければ、顔を赤くもしないし、目をそらしもしないのよ。ただこっちを一瞬じっと見つめただけなの。そして死んだみたいな顔で「煉獄《れんごく》へようこそ」ですって。それからわたしの腕に荷物をぽんと置いて、次の人の名前を呼んでいたわ。この彼が正気かどうか疑ってしまうのは、わたしのうぬぼれのせいではないと思うのよ。だって、あなたたちふたりとも知ってるように、わたしは相当魅力的でしょう。それなのに目もくれないんですもの。この手紙を書いてる今も、あれは幽霊だったのかしらと思うくらいです。

たくさんの愛をこめて

ティルダ××

あたしは黒く塗りつぶされた行をじっと見つめた。たった二行分だが、手紙全体にその影が暗く落ちていた。あたしはむきになって、ティルダが何を書いたのか知ろうとした。ナイフの先で黒いところを削り、紙をランプにかざした。とうとう諦めて手紙をテーブルに投げ出した。「あたしたちに何を知らせたくないんだろう？」あたしは言った。

「本当のこと」紙を折る手を止めず、モードが言った。

ロッタが出版局からモードと一緒に帰ってくれたので、あたしはまっすぐ試験講堂へ向かった。

着いてみると、透明人間は眠っていた。脚の上の枠は取り外されていたが、ほかに外されたものはほとんどなく、どんな顔をしているのかは謎のままだった。あたしはベッドの右側に座って、製本所から持ち出してきた折丁を取り出した。起きるまで読んでいるつもりだった。別の《オックスフォード・パンフレット》だ――出版局ではパンフレットをずっと印刷している。『戦争は正義たりうるか?』。これもギルバート・マレーだった。〝戦争は、社会の進歩、友愛、寛容さ、芸術、文学、学問の敵である〟と彼は書いていた。自分は常に〝平和の擁護者〟であったとも書いていた。

透明人間が身動きし、唸り声を出した。包帯を巻かれた両手が、まるで穴を掘って逃げようとするようにベッドを掻きむしった。あたしはギルバート・マレーを置くと、その手をとった。優しく握っていると、暗い夢は過ぎ、透明人間は静かになった。

あたしは読書に戻った。ヨーロッパ文学において最初に戦争の非を強く告発したのは、ギルバート・マレーによれば『トロイアの女たち』だということだった。**エウリピデスは女に声を授けたの、**と母さんが言っていた。**女に力を与えたのよ**。

透明人間が大声を上げ、頭を左右に激しく振った。看護婦が駆け込んできた。

「怪我をもっとひどくしちゃうわ」と言うと、ベッドの反対側に回り、包帯に隠れた顔の左右を両手で押さえた。彼女は彼に話しかけた。低くて穏やかな声で、何度も同じことを繰り返した。透明人間は首を振るのをやめ、看護婦はベッドから起き直った。

「もう少し寝ているかもしれないけれど」彼女は言った。

「待ってます」

あたしはギルバート・マレーに戻った。〝然《しか》しながら、余は独逸《ドイツ》に宣戦を布告することは正義であると固く信ずる〟。

透明人間が目を開けて、何か言った。

「彼女は死んでる《モルト》」彼は言った。何かを凝視していたが、それはあたしではなかった。夢のなかの何か。記憶だろうか。その目が閉じて、彼はまたしばらく眠り込んだ。目覚めたとき、彼の目はあたしの顔を見つめた。

「手紙を書きましょうか？」あたしは訊いた。

「誰に？」

「家族とか？」そう言ってしまってから、そのことばに含まれているさまざまな問いに気づいた。

彼はベッド脇の物入れのほうを向いた。「引き出しを」

そこには、文字盤が粉々になった腕時計が入っていた。どうしてとっておくのだろう、とあたしは不思議に思った。ポケットに入るくらいの小さな詩集――ボードレールの『火箭《ひや》』だ。写真が一枚。女の人が腰かけている。肖像写真を撮るために着飾っていて、表情は少し硬い。右側に男の子が立っている。十歳か十一歳、たぶん十二歳くらいかもしれない。微笑を浮かべている。女の人の左側には青年が立っている。背が高く、軍服姿で、やっぱり微笑を浮かべている。あたしは透明人間をちらりと見、写真に視線を戻した。写真師は三人の頬を薔薇色に色付けしていた。

「母と弟だ」彼は言った。「名前はハブリエル」

発音は明瞭になってきていたが、話そうとするとまだ痛みがあるようだった。

「それで、こっちがあなた？」

彼は首を横に振った。「もう違う」

「ふたりは今どこに？」あたしは訊いた。

「知らない《ジュ・ヌ・セ・パ》」

書籍修復室に行くと、準備はすべて整っていた。

これ一回きりの、特別な仕事だった。出版局の全員――出版局に残った全員――が関わっていた。少なくとも、それぞれの部門で手から手へと回されてきた紙に、自分の名前を署名することはした。あたしが署名した紙は、上の方に〝製本所〟と印刷され、飾りにあっさりと赤い線が引かれていた。二十人の男たちと、五十人足らずの女たちの名前があった。それをエビネザーのところに持っていくのがあたしの役目だった。

「エブが署名したら最後よ」

彼は紙を受け取り、そっと作業台に置くと、自分の名前を書き加えた。カウリー兵舎の列に並んでいた姿が浮かび、目に涙が沁みた。

「どうした、ペグ？」

「ハートさんのいない出版局なんか想像できなくて」あたしは言った。エブのいない出版局も、と心の中で言った。

あたしたちのなかで、監督がハートさんでなかった時代を思い出せる者はほとんどいなかった。ハートさんは厳しかったが、公平だった。クラレンドン学院を作ってくれたのもハートさんで、あたしたちの多くがそこで勉強を続けた。ハートさんを友達だという人は誰もいなかったけれど、あたしたち全員が感謝していた。

「あの人は、見習いがまたドイツに殺されたって聞くのがもう、つらくてやりきれねえんだよ」エブは言った。

「だけどハートさんがいなくなったら、出版局は前の出版局じゃなくなっちゃうよ」あたしは言った。

「出版局を辞めたら、あの人も前のあの人じゃなくなっちまうだろうな」

謹呈
大学出版局監督並びに印刷人
ホレス・ハート修士殿
オックスフォード大学出版局従業員一同より

エブはもう、みんなのお別れのことばのための表紙を用意していた。青いモロッコ革で金の模様と飾り文字が入っている。紙を折り、丁合をとって、かがるのがあたしの仕事だった。

紙はあたしが慣れているものより分厚く、それを言い訳に時間をかけた。十二の齢に、ハートさんがあたしの監督になってから磨いてきた腕で、ハートさんへの敬意を示したかった。でも作業を引き延ばすのは難しかった。折りは一回。二つ折り判。必要なのはたったそれだけだったから。

あたしは丁合をとり、折丁の順番を確認した。そんな必要はなかったが、最後の頁に頭文字を書き入れ、最初の折丁をかがり台に置いた。ほかよりもゆったりとした、あたしの好きな作業だ。折丁を背綴じ紐にかがりつけ、折丁同士をかがっていく。あたしはかがりが上手かったし、自分がかがったこのかがり目は、ここに署名した誰よりも長くこの世に残ることを知っていた。

「できたよ」

エブがかがり目を調べた。背に沿って指を走らせる。

「表紙で隠しちまうのは惜しいなあ」彼は言った。

第十八章

一九一五年三月十八日
わたしの可愛いふたりへ
　フランスにいるとは言っても、この陣地は隅から隅まで英国です――トワイニングの紅茶とマクビティ・ビスケットに至るまでね。わたしが落ち着いた営舎には他にＶＡＤが七人いて、ほとんどは上流階級の若いお嬢さんですが、ぱっとしない身分の女性がもうひとりいます。わたしより齢は若いのに、老けて見えます。たぶん、夫に先立たれたやもめね。夫が戦死すると奥さんたちはＶＡＤになるの。みんな辛気臭いけど、勤勉よ。包帯を巻かせたらやもめに敵《かな》う者はいないわ。わたしは外科病棟に配属されました。そう聞くと面白そうだけれど、そうでもありません。大抵は物入れの整理や便器の掃除ばかりしています。当番で一番の楽しみは、腕や手を負傷した兵たちの食事や髭剃りの介助です。ほら、お喋りできるでしょう。ちょっといちゃついたりして。これぞわたしの本領発揮というところです。
ティルダ××

追伸
　ヘレンは昔、ハートさんは厳しいとよく話していました。でも、本当に困ったときに助けてくれたとも言っていたわ。あなたたちの名前が寄せ書きに載っていることを、ヘレンはきっと喜んでいるでしょう。
二伸
　馬鹿みたいにわざわざ持ってきたものを、全部荷造りしたところです――ブラウス、スカート、あなたたちのお母さんが褒めてくれたアプリコット色のドレス、ハイヒールを一足（わたしったら何を考えていたのかしらね？）、それに化粧品半分よ。わたしの口紅の色が、エタプルで二番目に有名な売春宿で流行っているらしくて、休みの日に二度も〝浮かれ女〟と間違えられたの！　それも高級なのとは違うのよ！　荷物は一週間か二週間もすれば届くはずよ。体に合うものはどれでも役立ててちょうだい。チェリーレッドの口紅をつけるときは控えめにね。〝浮かれ女〟に間違えられたら困るでしょう。


「浮かれ女？」モードが言った。

あたしは何と説明しようか、ことばに迷った。

「男の人たちと一緒にいるのが好きな女の人だよ、モーディ」

⁂

四月までに、試験講堂の病棟は人でごった返すようになった。息子の顔を見ようとする父親たち、手で触れたがる母親たち。恋人の枕元でことばもなく座り込む娘たち。白シーツの下に、ふいになってしまったふたりの将来が横たわっている。病棟に着いてみると、思いがけずベッドが空になっていることもあった。大抵、あたしたちは理由を訊かなかった。ほかに行くところがないのは、ベルギー人たちだけだった。

バスティアンの顔はまだ白い包帯で覆われていたが、両手の包帯は外され、週を追うごとにその手は表情豊かになった。あたしはレース編みのような傷痕にも、手触りの違う皮膚のパッチワークにも慣れた。彼は右手を挙げ、ちょっと振るようにした。片目が微笑する。

「じきに本も持てるようになるね。たぶんペンも。あたしの仕事がなくなっちゃう」

彼は指を動かそうとした。丸く曲げて握ろうとする。親指以外の指は、頑固に突っ張ったままだった。

「前よりはましよ」とは言ったものの、自信はなかった。「読む？　それとも書く？」

「書いてくれ」ベッドの上に、もう紙が用意してあった。その上に手を載せた。「母と弟がね。見つかったんだ、オランダで」

「ああよかった、バスティアン」思わず手を差し伸べ、彼の手に重ねた。

「ローゼンダールにいた」彼は言った。「住所もある」

「簡単にしてくれないと駄目よ、あたし、フランス語の聞き取りは――」

「あまりうまくないから」彼は言った。「英語にしよう。ハブリエルにもいい勉強になる」

「なら始めようか」あたしは言ったが、彼の親指はあたしの指先をしっかり押さえたまま、なかなか離そうとしなかった。

⁂

数日後、あたしはグウェンと一緒に、慣れ親しんだ廊下を歩きながら、あちこちの病棟を覗いては知った顔に声をかけた。あたしたちは、両親や姉妹、兄弟たちは元気か、農場や家業はどうしたかと尋ね、グウェンは嬉しそうに身を乗り出しては、恋人の話を訊き出した。彼女は自分が書いた結婚の申し込みを記録につけていて、うまくいったか結果を知りたがった。そう遠くない将来に結婚式が決まると、自分の手柄だと言って威張り、断られたと聞くと大いに腹を立てた。「断るなんて、その人どうかしてるわ」一度、あたしにそう言った。「ほんとに素敵な手紙だったのに」

あたしもグウェンも、いろいろなことに慣れていった。時折荒れ狂う患者の発作。駆け付けてくる医師や、慌ただしく動き回る看護婦たち。誰かのベッドの周りに衝立《ついたて》が広げられ、母親の泣き声がしたと思うと、たちまち押し殺される。でも年が明けてから、あたしはもっと微妙な何か――つぶやくような不満に気づくようになった。それは前年の秋、イーペルの戦いが終わったあと交わされた囁きのなかに聞こえ、新聞を読む人々の浮かない表情に見てとれた。こんなはずではなかったのにと、将来を失った息子の枕元を去る両親の後ろ姿に絡みつき、フランスに送り返される男たちが回し喫《の》みする煙草の煙とともに漂った。ロッタがカバード・マーケットでムール貝を買い求めようとするとき、それは魚売りの目に浮かび、出版局で、ベルギー人工員に背を向けるようになった職員たちの態度に表れた。

少なくとも士官用病棟では、ベルギー人たちを責める者はいなかった。ここの男たちは、モンスで、ディナンで、ルーヴェンで、あまりにも多くの横たわる死者たちを見てきた。男、女、子ども。そうしたことがベルギーの街で起こり得るなら、どうしてイングランドの街で起きないといえる？　あたしはグウェンのために扉を押さえ、彼女の後について病棟に入った。ほとんどの男たち――長期療養者も、短期の入院患者も――あたしたちを知っている。グウェンがそうなるようにしたからだ。彼女の自信は、生まれてこのかたずっと誰かに扉を――文字どおり、そして比喩的にも――押さえてもらってきたことで培われた。全部ではないにせよ、ほぼすべての扉を。士官用病棟では、誰ひとり彼女がいることに疑問をもたず、だから誰もあたしがいることを問題にしなかった。バスティアンのベッドに近くて、話し声が聞こえる者たちは、あたしが読む詩や語る物語を楽しみにし、あたしの患者が眠り込むと、そばに座って詩をひとつふたつ読んでほしいと頼んでくることもあった。あたしは、《オックスフォード・パンフレット》で読んだことは間違っていなかったのかもしれないと考えるようになった――あたしたちは思っていたほどお互いに嫌い合ってはいなかった。ただ、戦争前はお互いをよく知らなかっただけなのだ。

この日、バスティアンはベッドで体を起こしていて、あたしがいつも座っている椅子にニコラが腰かけていた。あたしたちが近づいていくと、ニコラは松葉杖にすがって立ち上がり、あたしに座るよう促した。

「椅子を温めておきましたよ、ミス・ジョーンズ」

「あたしたち、知り合ってどれくらいになるっけ、ニコラ?」あたしは言った。

彼は考えた。「三か月かな」

「なのに、まだあたしをミス・ジョーンズって呼ぶわけ」あたしは腕組みした。「ペギーって呼ぶようにしないと、もう来るのやめちゃうよ」

バスティアンが咳払いした。「ニッキー、ペギーって呼べよ。彼女が来なくなったら、許さんぞ」

彼がニコラを許さない。それは不意打ちだった。

「椅子を温めておいたよ、ペギー」ニコラはちょっと脇にずれて椅子の背に手をかけ、あたしが座るとそれを押してバスティアンのベッド脇に少し近づけた。

「これからも来るね?」ニコラがグウェンのほうに行ってしまうと、バスティアンが訊いた。

あなたがそうしてほしいあいだは、とあたしは思った。「朗読係が必要なあいだはね」と言った。

「じゃあ、僕が話をしたかったら?」

「話すとまだ痛む?」

彼は肩をすくめた。「それほどでもない」

「じゃあ、好きなだけ話しなさいよ、あたしは聴いてるから」

「それで、僕が聴きたくなったら?」

一時間のあいだ、彼が話し、あたしが話し、ふたりとも耳を傾けた。あたしは彼に、モードや母さんのこと、《カリオペ》のことを話した。出版局とジェリコのことも。彼はあたしに、あたしの母さんが本好きだったように、彼のお母さんが音楽が大好きだったこと、家にはいつも音楽が鳴り響いていたことを話した。やがてお父さんが亡くなると、家はしんと静かになった。帰る時間がきた頃には、彼はもう透明人間ではなくなっていた。

⁂

試験講堂を出るとき、グウェンがふたりの上に傘を差しかけた。

「わたしたち、追い出されるの」彼女は言った。

「何の話？」

「戦争省がサマーヴィルを接収したのよ。また病院にするんですって。噂では士官がいっぱいいるうちの病棟が引っ越すらしいわ」

「いつ？」

「二週間以内に出ないといけないの。患者が移ってくるのは五月」

「グウェンたちはみんなどこへ行くの？」あたしは訊いた。

「オリオル・カレッジ。使用人部屋を使わせてくれるんですって」

「冗談でしょ」あたしは言った。「男子のカレッジは半分空っぽなのに――もうちょっとましな部屋を使わせてくれたっていいんじゃないの？」

「ええ、冗談よ」グウェンは首を傾げた。「少なくとも、自分ではそのつもり。でもそんなの大したことじゃないのよ。男子のカレッジの使用人部屋は、たぶんサマーヴィルの学生寮よりずっと居心地がいいはずだから」

バスティアンの私物を詰めるようにと、看護婦が箱を置いていった。大きすぎる、と物入れの引き出しを開けながら、あたしは思った。時を刻まない腕時計。詩集が一冊。一葉の写真。みんな箱に入った。

「もしかしてグウェンが使ってた部屋だったりしてね」バスティアンに言った。

「そうでないことを祈るわ」グウェンが言った。「隙間風がひどいのよ」彼女は物入れの上にあった雑誌の『パンチ』を手に取った。「これも入れる?」

バスティアンは首を振った。「僕のじゃない」

「これは?」小さな置時計。

「僕のじゃない」

「これは?」期待を込めて彼女が言う。それはボードレールの詩集の英語版だった。

「ペギーのだ」バスティアンが言った。

「やっぱりね」グウェンは揶揄《からか》うような微笑を浮かべてあたしを見た。「ねえペグ、彼にフランス語で読んであげなさいよ、絶対それだけのことはあるから」ちょっと口をつぐみ、あたしが目玉を天井に向けるのを見ている。「たぶん、バスティアンが教えてくれるし」

バスティアンは実際、あたしがフランス語の原書で読むのを手伝ってくれていたが、ふたりのどちらも答えないうちに、グウェンはしゃがんで物入れの扉を開けた。

「これはあなたのよね?」そこに入っていた物を持ち上げてみせる——緑色のウールで下手くそに編んだ何か。長さも足りない。「いったい何かしら?」

「ムフラー」バスティアンが言った。

「マフラー」あたしが訂正した。

「そうなの？」グウェンは言った。「だって長さが足りないでしょう。これで首を温かくしておけるような気がしないけど」大きな穴のひとつに指を差し入れる。

「荷物に入れて」バスティアンが言った。

「まあそう言うなら」彼女は言った。

あたしはそれをひったくって、箱に入れた。少なくともほかの物が動き回るのを防いではくれるだろう。

⁂

患者全員が落ち着き、看護の手順がきちんと決まるまで、奉仕者はサマーヴィルにできた新しい病院には来ないようにという指示があった。ほんの数週間のことだったが、そのあいだ、時間はなかなか過ぎていかなかった。何を折っても、丁合をとっても、エブの手伝いでかがりの作業をしても、時間の流れが速まることはなかった。だからストッダードさんに一緒に結婚式の手伝いをしてくれないかと頼まれたときは、ほっとした。

「誰の？」アギーが訊いた。

「オーウェンさんよ」ストッダードさんは言い、こっちを見た。

「じゃあ、彼女、イエスって言ったんだ」あたしは言った。

「あら、疑ってたの？」

まさか、あたしは思った。

「わたしたちは、出版局からの結婚祝いのようなものなの」とストッダードさんは続けた。「ハートさんが手配したらしいわ。本来は退職なさってるんですけどね。出版局の合唱隊が『銀色の月明かりのもとで』を歌うときに、少しばかり可愛らしい声が欲しいんですって。あなたたち、知ってるといいけれど」

ロッタがかぶりを振った。アギー、ルー、そしてあたしは頷き、モードが歌い出した。

「モード、歌うのはまだよ、幸せな新婚さんが教会から出てくるときまでとっておいて」ストッダードさんはロッタのほうを向いた。「ロッタ、よかったら一緒にどうぞ。歌わなくても構わないのよ、お米は投げてもらうことになるけど」

「いえ、せっかくですけれど、ストッダードさん。わたしは残ります」

聖バルナバ教会の扉が開いた途端、あたしたちは歌い出した。花嫁と花婿が日差しのなかに出てくると、あたしたちはお米を投げた。ミス・ニコル、と彼が呼んでいた彼女は、今はミセス・オーウェンだった。彼女はヴェールをつけていなかったので、燃えるような赤い巻き毛に米粒がついた。そのとき彼が彼女に口づけし、彼女が夫のほうに体を向けた拍子に、ドレスに縫い付けられた小さなビーズが日の光を受けて煌《きら》めいた。あたしは胸と腹が締め付けられるような気がした。羨んだわけではない。士官の制服を着たオーウェンさんが男前なのは否定できなかったけれど。アギーが合唱隊全員に聞こえる大声でそう言っていた。でもあたしが感じたのはもっと曖昧な何かだった。その喜びの瞬間にまつわる何か。それはあまりにも……楽観的な気がした。

あたしたちは婚礼の招待客たちの後ろに続き、陽気な行列はジェリコの通りを練り歩いた。パブの《ブックバインダーズ・アームズ》からどっと歓声が上がった。以前、出版局で働いていた男たちが、一杯やりたい連中に振る舞おうとビールを手に待ち構えている。人々が家や店から出てきては、新婚のふたりに祝福のことばをかけ、子どもたちがその横を駆けていく。ウォルトン・ストリートまで来ると、行列は二手に分かれた。婚礼の一行は、バンベリー・ロードのスクリプトリウムで待っているサンドウィッチとケーキへと向かい、残ったあたしたちは出版局に戻っていった。

一九一五年五月八日
ペグズへ
もう夜中だし、こんなことを書くべきじゃないんでしょうけど、書かなかったら、ここが本当はどんなところか、あなたは知りようがないものね？　わたしもそちらと同じ新聞を読んでいます――いつも日付は古いけれど。白黒の紙面をつぶさに読んで、ここでのわたしの毎日に似た記事を探します。[redacted]。でも、何もありません。たぶん、わたしが送っている毎日は、クラブに集まる紳士や客間のご婦人たちの興味を惹かないのでしょう。それに、士気を保つことも大事だし。
普段ならわたしだって大賛成です――士気を盛り上げることにね――でも、この男の子のおかげですっかり参ってしまったわ。その子は、弟みたいに笑っちゃうほどそばかすだらけで、あの子と同じ緑の目をしているの。齢は彼よりもう少し下で、どういうわけか、そのせいで余計につらいのです。
彼がいたのは[redacted]。両手がずたずたになってしまってね。少年らしいあの子の美しい手は、きっとビルの手みたいにやっぱりそばかすがいっぱい浮いていたのでしょう。でもね、それを確かめることはできません。医者が血を洗い流すあいだ、わたしはランプを掲げていました。シスターが先生に鋸《のこぎり》を渡したときは吐きそうになったわ。何時間か後に目を覚ましたその子は、混乱していて、もっと幼く見えました。わたしを、お母さんを見るみたいな目で見るのよ。わたしもそういう齢だし、ここではよく、母親に一番近いものの役を務めます。その子に紅茶を淹《い》れてあげました。ミルクは粉だけど、お砂糖は甘いから、もう一匙《ひとさじ》余分に追加してね。ベッドの端に座って、頭を枕から持ち上げさせて、飲ませたわ。でも半分くらい飲ませたところで、はっと気づいたの。この子は——男になれとフランスに送られたこの子どもは、これからずっと誰かにスプーンで口に食べ物を運んでもらい、口元でカップを支えてもらわなくちゃならないんだ、って。

でもペグ、いったい誰がそれをやるの？　今夜眠れないのは、そのことが頭を離れないからです。あの子には待っていてくれる恋人はいないし、いるのは父親と弟が二人だけ。先生は命があっただけ運がいいと言ったけど、あの子、「そうなのかな？」ってわたしに訊いたわ。ああペグ、わたし、なんて答えればよかったの？

ところで、あなたの透明人間はどんな様子？　話はする？　笑う？　もし笑うなら、希望はあるし、あなたの仕事も楽になるわ。わたしもずいぶん透明人間の世話をしてきたけど、以前はどんな人間だったにせよ、顔をなくしたことで、もともとの自分を封じ込めてしまう者もいます。自分を見失ってしまったみたいにね。

ときどき、こういう人たちが死んでくれたらいいのにと思うの。ペグ、そんなこと書いたらぎょっとするかしら？　でもね、そうしてくれってせがまれるのよ。そしてそれをしないでいるとね、憎まれるの。それも、ずたずたになった男の子一人どころじゃないの。みんなわたしに背を向けて、食べようとも飲もうともしなくなる。時間はかかるけど、やり遂げる者もいます。医者は、死因は負傷や感染症だとカルテに書くけど、そうすると心に決めただけの者もいるのよ。

モードに、フランスには、あの子が作った紙の星の熱心な信者がいると伝えてください。寝床の周りがいっぱいになったので、営舎の窓の周りに吊るすようにしたら、新入りのお嬢さんの誰かが、それはわたしたちを守ってくれるお守りなんですか、と訊いてきました。そうだと言ってほしがってるのがわかったから、そう言ってあげたわ。その彼女はけっこううまく馴染んでくれて、見ていると、仕事に行くときと帰ってきたときは必ず、わたしがドアのそばに掛けておいた星に触っています。

ティルダ××

追伸
エズメとガレスの結婚式の様子を教えてくれてありがとう。ということは彼女、彼の贈り物を気に入ったのね。

ティルダの手紙から目を上げて、折り紙を折っている妹を見やった。前に置いた蠟燭《ろうそく》の火がちらついても、気づいていないようだった。あたしは壁にかけたランプを明るくした。

「ティルダがもっと星を送ってほしいって、モーディ。星のおかげで看護婦さんたちが安心なんだって」

モードは眉を寄せた。「ティルダは無事?」

あたしにはわからなかった。「もちろん」と言った。「いくらドイツ軍だって、病院に爆弾を落としやしないよ」

第十九章

あたしはウォルトン・ストリートにモードとロッタと一緒に立ち、三人そろってずらりと並んだサマーヴィルの窓を見上げた。

「あそこが男の人でいっぱいだなんて想像できないね」それはほかの二人に言ったというより、独り言だった。

「普段は何でいっぱいなの？」ロッタが訊いた。

「女の人」あたしは言った。「女子カレッジだから」

モードが門衛所の上にある部屋を指差した。「ペギーの部屋」

ロッタが訝《いぶか》しげな顔をし、モードはなんとか説明しようとした。

「本を読むんだよ、製本なんかまっぴら」

あたしがそう言うのを、モードは何度聞いただろう？「罰当たりなことを言わないの、モーディ」

あたしは言った。

視線を通りに下げ、カレッジに出入りする人たちを見る。軍服や白衣の男たち。シスター・ドーラみたいな帽子をかぶった看護婦やＶＡＤ。婦長たちはぱりっと糊のきいた頭巾をつけている。尼さんみたい、と思ったあたしは、浄《きよ》らかな白い僧服姿のティルダを想像して吹き出しそうになった。

「何が可笑しいの？」ロッタが訊いた。

あたしは彼女を見て、会話に意識を戻した。

「サマーヴィルは製本所の女工の行くようなところじゃないの、ロッタ。戦争でもなけりゃ、ジェリコの女があの門を入っていったら、モップとバケツと靴磨きをもった小使さんにでもならないとね」

「小使さん？」

「カレッジの使用人」

「でも今日は、ペンと紙と本をもって入るんでしょう」

その口調にはっとした。ロッタはそれが意味することを理解してくれている。あたしは思わず顔をほころばせた。「守備隊は陥落。我、門を急襲す、よ」モードの頰にキスすると、ふたりに背を向けてウォルトン・ストリートを渡った。

門衛所に入ると、軍服を着た門衛がいた。前の門衛はサマーヴィルの学生たちと一緒にオリオルに行ってしまったのかもしれない。あたしは名前と誰の面会に来たかを告げ、息を詰めて待った。

「あのベルギー人だね？」

あたしは頷いた。門衛は台帳を見た。

「中庭を通って図書館棟に行きなさい。そこから先は誰かに訊いて」

あのベルギー人。バスティアンは最後の一人だった。五人が死んで、ボトリー墓地に埋葬された。ニコラは回復して、難民のためにダーラムに作られた、エリザベスヴィルというベルギー人村に送られた。

広い中庭に、お茶会のときの面影はなかった。いくつもの巨大な天幕が芝生を占拠し、それを地面に留めているロープにつまずかないように、気をつけなくてはならなかった。春の風を入れるために垂れ幕を開けた入り口から、それぞれの天幕の中に寝台が並んでいるのが見えた。どの寝台にも誰かが寝ていた。聞こえてくる声は男の声ばかりで、あたしは嬉しくなった。ここはもう、あたしが入れない女子カレッジではない。ここは病院で、あたしはほかの見舞客と同じように歓迎してもらえる。

柱廊の階段を上ると、数人の患者が籐《とう》椅子に座って煙草を吸いながらカード遊びをしていた。シスターがバスティアンの病棟への道順を教えてくれたが、建物に入ったところで、あたしは足を止めた。右に行けば、図書館へ続く階段だった。あたしは左に進んだ。

VADが指差したのは、暖炉の右側にあるベッドだった。そこに見える背の高い男は、大柄な体格にふさわしくないほど痩せていた。

それは試験講堂であたしが知り合った男の新しい姿だった。最新稿ってとこね、とあたしは思った。眉毛の隆起したところから手術で再建された顎まで、顔の左側の大部分はまだ大きな包帯で覆われたままだったが、頭に巻かれていた包帯は外れていた。顔の右側は剝き出しで、尖った頰骨と、新しい皮膚と元からの皮膚を縫い合わせた顎の継ぎ目が見えていた。豊かな唇はほぼ無傷だったが、ちょうど肖像画の生乾きの絵具を画家が手でこすったみたいに、左の口角だけが滲んでいた。

バスティアンは、部屋を横切ってくるあたしを見ようとして、少し頭をめぐらせた。彼の右側に座ったが、新しく露《あら》わになった顔をじろじろ見ないようにするのに苦労した。

「人間の顔には、見栄えのいい側があるんだってね」彼は言った。「前は、僕のは左側だと思ってた」

彼の手が顎のあたりを彷徨《さまよ》い、髭がまったく生えていない新しい皮膚を探った。それとも隠そうとしたのかもしれない。何か月も、あたしは彼がどんな顔をしているのか想像していた。ちらりと見えるものから手がかりを集めた。オリーブ色の肌は、何か月も屋内にいるせいでわずかに黄みがかっている。上腕に生えた黒い毛。ピアノを弾いていたのかもしれないと思う繊細な手は、たやすく折れてしまいそうだ。こういうことは、彼の写真からはよくわからなかった。

あたしの想像はそれほど現実とかけ離れてはいなかった。彼の顔の損なわれていない側を見る。瞳は、黄疸《おうだん》が出ているような肌の色のせいか、灰色というより青みがかって見えた。鼻はまっすぐに修復されていた。左目と頰と顎の大部分は、まだ大きな包帯で覆われたままだ。きちんと手当てした傷痕と、継ぎ合わせた骨が頭に浮かんだ。

「包帯はいつとれたの？」

「もう十日になるかな」

「患者さんがみんな落ち着くまでは、家族以外は来ちゃいけないって言われてたの」

「ずいぶん長く感じたよ」彼は言った。口元がぴくぴくと引き攣《つ》った。「君が本を読んでくれたらな、と思ってた。話し相手がいなくて英語が下手になったかもしれない」

「可笑しいね」あたしは言った。「あたしも同じこと考えてた」

彼は変な顔をし、あたしは震える唇を噛み締めなくてはならなかった。包帯はずいぶんと多くのものを隠していた。彼の顔立ちの細かなところがこっちに押し寄せてくるような気がした。「こう言ったらなんだけど、あなたの英語は、あたしの仕事仲間のほとんどよりずいぶん立派よ」

ぴくぴくとした引き攣りが、微笑のようなものになったが、口角のところの滲みはほとんど動かなかった。右手がベッドの端に沿って滑ってきて、あたしはそれに自分の手を重ねた。彼は目を閉じ、枕の上で頭の向きを変えた。横顔だけを見れば、彼は無傷だと思ってしまいそうだった。

「今日は何を読んでくれるの？」

あたしは詩集を取り出して、見せた。「ルパート・ブルック」

彼は首を振った。「その詩は前に聴いたよ。悪いけど、ペギー、また聴かされるのは勘弁してほしい」

「すごく人気があるのに」

「そうだね。彼の戦争は何というか」間があった。「栄光に満ちているんだよ。僕の戦争はそういうものじゃなかった」

ルパート・ブルックを鞄に戻したとき、もう一冊の本が手に触れた。ぼろぼろの表紙に、すり減って柔らかくなった頁の縁。

「別の本もある？」彼は言った。

それを見せると、彼は題名を読んだ。

「『古典ギリシャ語文法入門』」。怪訝《けげん》な顔。半分だけの。「ギリシャ語を勉強してるの？」

「まさか、とんでもない。借りた……というか、まあそんなとこ。ここのサマーヴィルの図書館から」それは罪の告白だった。うっかり打ち明けてしまい、あたしは深呼吸した。

「実は、返さないといけないの」

「それなら、さっさと行ってくればいい」

「手を離してくれたらね」

彼の微笑。半分だけの。あたしは顔を赤くした。不覚にも。

「ここの女子学生用の図書館にラドヤード・キップリングはあるかな？」彼が訊いた。

「あるでしょ、きっと」

「借りてきてくれる？」

「まあいいわよ」そうは言ったが、もちろんそんなことは無理だろう。

彼はあたしの手を離した。


「あなた、ここの学生？」司書は訊いた。

そうだと言ったら、証拠になるものを出せと言われるだろうか。あたしは巻き舌で母音を発音した。

「ここで奉仕活動をしています。本を読んだり、手紙を書いたり」

「それなら申し訳ないけれど、お断りしないといけないわ。サマーヴィルの関係者《サマーヴィリアン》でないと、この図書館は使えないの」

「本を大学の外に持ち出すつもりはありません」あたしは言った。「ベルギー人士官に読んであげるだけです。この下の階の患者です」

司書は座り直した。厳しかった口元が緩んでいる。**相手の心をつかんだときは必ずわかるものよ、**とティルダがいつか言っていた。それは観客のことだったけれど。

「お気の毒に、一月からずっと入院していらっしゃって」あたしは続けた。「ひどい怪我なんです」口元を手で蔽《おお》い、取り乱したふりをする。「あの人もしかしたら――」企《たくら》んでいた嘘をどう続けていいかわからなくなって、ことばを途切れさせた。「ご覧になったら胸が潰れそうになりますわ」勝手に涙があふれてきた。ティルダがいたら拍手喝采しただろう。

司書が椅子の上で身を乗り出している。

「ずっとラドヤード・キップリングはないかって訊くんです。でもわたし、ラドヤード・キップリングの本は一冊も持っていなくて。彼、がっかりした顔をしないようにしてくれるんですけど……」

「どの本？」彼女は訊いた。

「なんですって？」まさにその質問を待っていたのだが、そんなそぶりは少しも見せないようにする。**相手に華を持たせてやるのよ、**というティルダの教えだ。**そのほうがこっちの思いどおりになりやすくなるから。**

「その方、どの本を読んでほしいって言ってるの？」

「あの、題名はわからないんです。物語と詩がいろいろ入っているんですって。弟さんに、英語の勉強のために絵本を買ってあげたって言ってました。戦争前の話です。その詩を読んでほしいんじゃないかと思うんですけど」

「ここには何冊かあるけれど、たぶんその方が読みたいのは『ご褒美と妖精』じゃないかしら。子ども向けの本だけど、大人にもとても評判のいい詩が入っているんですよ」正しい本を探し当てるという挑戦に勇み立っている。

あたしは逸《はや》る気持ちを抑え、しおらしく下を向いて黙っていた。うまくことが進んでいるときは、何も言わないこと、とティルダはいつも言っている。大抵は黙っているのが一番よ。

「この図書館ではカード目録を使っているの」そう言うと、司書は木製の小さな引き出しの列のほうを見た。「使い方はご存じね?」

あたしは頷いた。

「記憶が正しければ、キップリングは主閲覧室の二つ目の区画にあると思うわ。見つけたらここへ持ってきてね。貸し出しの手続きをしますから」

彼女は目録のほうへ向かうあたしをじっと見つめていた。目的のカードを見つけたのを見て、微笑んだ。あたしは主閲覧室に入り、二番目の区画に向かった。その足取りを逐一追っているのだろう。彼女の机は、すべてに目配りするのに都合よく置かれていた。あたしはキップリングを見つけると、自分の足跡を踏むようにして引き返した。彼女は台帳を見ている。ほんの一瞬立ち止まり、『古典ギリシャ語文法入門』を上着の下から引き出すと、空っぽの返却用の台車に置いた。

「お名前は」彼女は鉛筆を手に言った。

「ペギー・ジョーンズ」

彼女がサマーヴィルの図書館の台帳にあたしの名前を書くのを見つめた。瞬《まばた》きもしなかった。証拠。何かの証明。ほんのささやかな。でも、何かではある。

「どうかなさった?　ミス・ジョーンズ」

「なんでもありません」あたしは言った。

「それじゃあ、一時間以内に返却に来てくださいね。今日は学生や教員からの依頼を捌《さば》くので大変だったの。あなたを探しにいかないで済むと助かるわ」

「お約束します、ミセス……？」

「ミス・ガーネルよ」

「お約束します、ミス・ガーネル」


バスティアンはあたしが戻ってくるのを見張っていた。あたしは本をちょっと高く上げてみせた。

「それだ」あたしが枕元に座ると、彼は言った。

「子どもの本なんだけど」

「知ってるよ」

「初めから読む？」

「いや、一七五頁の詩を読んでくれ。『四角いつま先の兄貴《ブラザー・スクエアトウ》』の次だよ」

「頁まで覚えてるなら、その詩も暗誦できるんじゃないの」

「できるよ。でも君の声で聴きたいんだ」

あたしは読んだ。「周りのみんなが頭を失《な》くしても／もし君が自分の頭を失くさずにいられれ――」

バスティアンが笑い出した。初めは含み笑いを体で抑えようとしたが、やがて抑えきれなくなった。首を絞められたような声が周囲の患者を振り向かせ、ついに笑いが解き放たれた。それは深く、朗々と、単調な太鼓のように響き渡った。その労力で胸が上下し、ひとつしかない目から涙が絞り出された。

あたしは本を手にしたまま、笑いが鎮まるのを待った。そこに居合わせた全員が待っていた。でも彼の体が落ち着きを取り戻し、一本調子の太鼓のような哄笑《こうしょう》がしゃっくりに変わり、彼がいい方の手を目元に上げて右頰を流れ落ちる涙を拭おうとする頃には、ほかの患者たちは背を向けて自分のことに戻っていた。

「何がそんなに可笑しいの？」あたしは訊いた。

「それは比喩だ、そうだね？」

「ええ」

「でも僕にとってはそうじゃない。たった今そのことが理解できたんだ。僕は自分の頭をかろうじて失くさずに済んだ」彼は言い、また笑った。「僕の周りで、みんなが頭を失くしていたときに」

笑いがやみ、嘆きが始まったのはいつだったのだろう。彼の胸は波のように上下し、涙がぽたぽたと落ちた。慟哭《どうこく》は深く、朗々と、単調な太鼓のように響き渡った。

誰も彼のほうを振り向かなかった。誰も彼の痛みを受け止めなかった。

そうやって、あたしたちはみんな自分の頭を——正気を保っているんだ、とあたしは思った。

第二十章

六月の最初の土曜日、ティルダが前触れもなく到着した。

「来るって手紙を書いてもしょうがないのよ」旅行鞄の中身を母さんのベッドの上に広げながら、彼女は言った。「ぎりぎりになって休暇が取りやめになることがしょっちゅうなんだもの。がっかりするよりびっくりするほうがましよ」楔形《くさび》の硬いチーズの塊と赤ワインの瓶を出す。「夕食《ル・ディネ》にしましょ」高らかに言った。

翌日、ティルダはチャーウェル川で舟遊び《パンティング》をしようと主張した。あたしはグウェンと会うことになっていたので、彼女も合流した。グウェンとあたしが並んで座り、ティルダとモードと向かい合った。男の子が舟《パント》を操っている。

「普段の一日ってどんな感じなの？」とグウェンが言った。

ティルダが身じろぎするのがわかった。息を深く吸い込み、胸が膨らむ。

前の晩、あたしたちは彼女がエタプルを出た前日のことを何時間も話したのだった。ティルダは次から次へと、十人の四肢切断手術の助手を務めた。**まるで食肉処理場で働いてるようなものよ**、と彼女は言った。手や腕のほうが、脚や足よりまだましだった。**塹壕足**《ざんごうあし》、と言ったその顔が、それを思い出して醜く歪んだ。悪臭は鼻腔《びこう》にこびりつき、彼女の夢を浸食した。あたしはほとんど何も言わなかった。彼女はそれを必要としていなかった。**手と腕、脚と足？**　とモードが訊いた。ティルダは言わんとするところを理解し、笑って、もう一杯グラスにウィスキーを注いだ。**焼却炉よ**、と彼女は言った。**風向きがいいときを狙って火を点けるんだけど、そうもいかないときもあってね**。彼女は鼻に皺をよせ、首を振り、グラスを取り上げると一気に流し込んだ。たぶんアルコールは、脳裏に浮かぶ死んだ手足を、はらわたの奥底へと洗い流してくれるのだろう。しばらくのあいだ、そこに沈めておいてくれるのだろう。

床につくとき、彼女は眠ってしまうまで添い寝してくれないかとあたしに頼んだ。そう言いながら恥ずかしそうにした。**今晩だけよ**、と彼女は言った。**それと、出ていくとき間のカーテンを開けたままにしといて。女の人がいっぱいいる営舎で寝るのに慣れちゃったのよ**。

あたしは横向きに横たわり、ティルダは目を閉じた。額にかかるほつれ毛を後ろに撫でてやりながら、母さんもティルダの隣に横になると同じようにしていたことを思い出した。彼女の顔はまだ美しさを保っていたが、皺が深く刻まれ、翳《かげ》が濃かった。蜂蜜色の髪に銀色の筋が交じっている。今、いくつだっけ？　三十九？　四十？　母さんが死んだ齢よりは上だ。

朝になると、ティルダの心弱さは消え去っていた。ほっとした。

陽光がチャーウェル川の水面に煌めいている。それがティルダの顔を照らし、グウェンはすっかり惚れ込んでしまったらしかった。あたしは妙に鼻が高くなった——グウェンと知り合って八か月になるが、彼女に何か価値のあるものを差し出せたのはこれが初めてだったたから。

「蜂の巣ってとこかしら」とティルダは言った。「昼も夜もぶんぶんうるさくてね。世界中から男たちが何千人と来ては通り過ぎていくの。到着して、訓練を受けて、志願兵たちはエタプルの村でペストリーを食べたり、売春宿に入りこんだりして、貴重な数時間を潰すのよ。士官たちが行くのは、橋向こうのル・トゥケ。ペストリーも売春宿も似たようなものだけど、浜辺は綺麗だし、夕日は海に沈むし——前線に送られる前にＶＡＤと逢引《あいび》きする口実にはぴったり」目を瞬《しばたた》かせる。一度、二度。

「前線に出ても、ほとんどは何日かで戻ってくるけど」

「そういう兵隊たちはどこの出身なの？」グウェンが訊いた。

「英国は当然ね。インド、カナダ、オーストラリア、ニュージーランド。病院は十六あって、多すぎると思ったのに」一瞬、口をつぐんだ。「噂だと、この七月には満床になるらしいわ。だから今、休暇をもらえたの——間に合うように戻れるから」

「間に合うって、何に？」

「さあ。総攻撃か何かでしょ。でも噂も機密事項でね。わたしたちも、これから何があるか知らされることはあんまりないのよ。まあいいじゃない、さっきの続きだけど」ティルダは芝居がかった笑顔を浮かべた。「インド人とカナダ人は礼儀正しいわ。オーストラリア人は礼儀知らず。でもそこが愉快ね。ニュージーランド人はその中間」身を乗り出す。「ニュージーランド人ってなかなかいいわよ。でもあの人たちどんどん来るけど、いったいどういう料簡《りょうけん》なのかさっぱりわからないわ。侵略される恐れなんか、まずないのに。ドイツ皇帝《カイザー・ビル》は、ニュージーランドがどこにあるかも知らないんじゃないかしら」

「世界を見物するひとつの方法なのかも」グウェンが言った。

「期待してるようなグランドツアーになるとは思えないけど」ティルダが返した。

⁂

「日焼けしたね」あたしはティルダに言った。もうみんなで《カリオペ》に戻っていた。あたしはギャレーにいて、ティルダは母さんの肘掛け椅子に座っていた。口には待ち針をいっぱいに咥《くわ》えている。前に積み上げた本の上にモードが立ち、小柄な体にティルダのアプリコット色のドレスがゆるやかに垂れ下がっていた。

ティルダは肩をすくめた。昔はそばかすを気にしていたけれど、今はどうでもいいらしかった。

「じっとして、モード。刺しちゃうじゃないの」そのことばは、待ち針のせいで歯切れが悪い。一本を打ち、もう一本を打って、幅と丈をつめる。

「裁縫ができるなんて知らなかった」あたしは言った。

「ビルが初歩を教えてくれたの」

ティルダの弟。尋ねていいものかどうか迷った。「弟さん、どうしてる？」以前なら何気なく訊けたのに。

「一週間前はぴんぴんしてたけど」

「どこにいるの？」

彼女は後ろに寄りかかり、モードの全身を眺めた。

「ベルギー、かしらね。フランスかも。あの子の上官が検閲の仕事にすごく熱心なのよ。町も通りもカフェも、みんな黒塗り。ひょっとしてブライトンにいたりしてね。だとしてもわたしにはわからないわ」前に身を乗り出し、裾を調節した。「いいわよ、モーディ。くるっと回ってごらんなさい」

モードは本の山から下り、回ってみせた。ティルダが渋い顔をした。

「襟ぐりをもう少し開けてもよさそうね」

「そのままでいいと思うけど」あたしは言った。

「もう少し開ける」モードが言った。

ティルダが彼女に片目を瞑ってみせる。「男の子たちをちょっとどきどきさせちゃおうか、ね、モード」

妹は頷き、ティルダにキスをふっと吹いて送った。ティルダも投げキスを返した。立ち上がると襟ぐりを開けるように待ち針を打つ。それから一歩後ろに下がった。

「絵に描いたみたいに綺麗よ」彼女は言った。「さ、脱いで。ロージーのミシンでちゃっちゃと縫ってきちゃうから」

ティルダがいる間、ロッタが《カリオペ》で過ごす時間は減った。あたしが奉仕活動に行く日はモードを送ってくるが、モードが前部デッキに乗り込んでも、その後に続こうとはしなかった。

「なんで上がるように言わないの?」ある晩、バスティアンを見舞って帰ってきたあたしは、ティルダに訊いた。

「言ってるわよ。あの人が遠慮するの。無理強いはできないでしょ、ペグ」

あたしは辺りを見回した——モードはテーブルで折り紙をしている。食事の用意はない。レンジにも何も載っていなかった。ティルダは、東洋風の刺繍《ししゅう》とボタンがついた深紅の絹の寝間着を着て、片手にウィスキーを持っている。

「彼女、ティルダがいると気まずいんだと思う」あたしは言った。

「あらなぜ?」

あたしは彼女のスリッパ履きの足からウィスキーに視線を移し、首を傾げた。

「いやね、ペグ、本気で言ってるの? あなたのベルギー人はこれよりよっぽどひどいものを生き延びてきたはずよ」彼女は自分の体に沿って手を動かしてみせた。

「そりゃそうよ、でもティルダはときどき怖そうだから。絹の寝間着を着てると余計に」

ティルダはウィスキーをテーブルに置き、モードの隣に座った。紙を一枚とると、折りはじめる。その手がかすかに震えていた。

「ロッタは、わたしの寝間着に怯えてるんじゃないわよ」ティルダは言った。「初めて会ったときは、喜んで上がってきたもの。あなたが今座ってるところに座って、一緒にコーヒーを飲んで、彼女がカバード・マーケットで買ってきた菓子パンをお相伴《しょうばん》したの。製本所の仕事は気に入ってるかって訊いたら、わたしがどんな仕事をしているのかと尋ねてきたわ」ティルダは折るのをやめて、ウィスキーを一口飲んだ。「わたしがフランスでVADをしてるって、なぜ彼女に言わなかったの？」

「べつに隠してはいなかったけど」

「あの人、ベルギーのどこ出身？」

「ルーヴェン」

「なるほどね」ティルダはグラスの縁に沿ってくるくると指を動かしていたが、グラスを取り上げ、最後の一口を含んだ。少しのあいだウィスキーの瓶を見つめる。あたしは彼女を見つめた。彼女はおかわりを注ぐことを断念し、グラスをテーブルの上の、手を伸ばさないと届かないところに置いた。手の震えは止まっていた。

「あなたのお友達はたぶん、一生のあいだ毎晩うなされても足りないくらい、この戦争を味わったのよ。彼女がここに近づかないのは、わたしの寝間着のせいじゃなくて、わたしが戦争に近いところにいるせい。戦争のことをこれ以上知りたくなくて、自分を庇《かば》っているんだと思うわ」ティルダはまたウィスキーの瓶を見て、それからモードのほうを向いた。

「モード、わたしたちがお喋りしているあいだに、お星さまはいくつできた？」

モードは完成した折り紙を数え、あたしはテーブルから立った。

「六つ」彼女は言った。

あたしはウィスキーの瓶を取り上げ、ギャレーの調理台の高い棚に置いた。

モードと一緒にベッドに入ったとき、ティルダは鼾《いびき》をかいていた。それはもう慣れっこだったけれど、その晩の鼾は普段より大きく、不規則な気がした。あたしは手を伸ばしてモードの手を握った。

「なぜ彼女に言わなかったの？」モードが訊いた。

モードは周囲で起きていることが聞こえないわけではない。だから、折り紙に気をとられていないときの会話の断片を繰り返すことはよくあった。でも今、モードがその晩の会話のどの部分を思い出しているのか、あたしにはわからなかった。

「ティルダ」彼女は言い、目を閉じて記憶を探った。「食肉処理場で働いてる」

モードは、フランケンシュタイン博士がばらばらの体の部位を並べるようにことばを並べた。

「たぶん、あたし、彼女をひとり占めしたかったのかな」あたしは言った。

「自分勝手」妹は応じた。


「ああ元気が出た」みんなで上映室から《エレクトラ・パレス》のロビーに出てきたとき、ティルダが言った。「『不思議の国のアリス』は、子どもの頃大好きだったの」

「わたしもよ」とグウェンが言った。「わたしたち、思ったより共通点がいろいろありそう」

ティルダが笑った。「それはどうかしら、グウェン。わたしはその一冊しか本を持ってなかったのよ」

グウェンは少しも慌てずに言った。「まあかわいそう。でも一冊しか本を持てないなら、間違いなくそれが最高の一冊よね」

「間違いなしね」ティルダの顔にはまだ微笑が漂っていた。「ビルと一緒にいつも、あの本のいろんな場面のお芝居をしたものよ。だからわたしが三流女優の道を選んだのは、そのおかげも少しはあるかもしれないわね」

「あなたのアリスは素晴らしかったでしょうね」グウェンが言った。

「あらとんでもない」ティルダが言った。「わたしはいつもビルにアリスの格好をさせておいて、うさぎやチェシャ猫や帽子屋やハートの女王を演《や》ったの」

「ティルダは演技の幅が広くて有名だもんね」あたしが口を挟んだ。

「ほんとにそうだったらねえ」彼女は言い、活動写真館の両開きの扉を押し開いた。クイーン・ストリートに足を踏み出すと、また現実の世界が戻ってきた。

辺り一面、カーキ色に染まっていた。ぼろぼろに傷んだ軍服が目に付いた。それを着ている男たちの顔もみすぼらしかった。活動写真館の入り口脇の壁にもたれ、兵士が一人、項垂《うなだ》れて座っていた。両脚のズボンは、膝があったはずのところのすぐ下で綺麗に畳まれていた。

「どうしよう、涙で溺れてしまうわ」とモードが活動写真の台詞を繰り返した。

ティルダが財布から二、三枚の硬貨を出すと、兵士の軍帽に落とした。

「どうも、お嬢さん」彼は顔を伏せたまま言った。

「感謝するのはこちらよ、兵隊さん」彼女は答えた。

彼女の声に怒りを聞き取り、あたしは自分の硬貨をそこに加えた。グウェンが一ポンド札を入れ、考え直してもう一枚追加した。あたしたちはそこから離れたが、彼のことは一言も口にしなかった。

「日曜にお昼をしにいらっしゃいよ」曳き船道のそばまで来たとき、ティルダがグウェンに言った。

グウェンがこっちを見た。あたしが一度も《カリオペ》に招いたことがないのをあたしと同じくらい気にしているのだ。

「ぜひ来て」とは言ったものの、彼女は我が家をどう思うだろう？　グウェンはサマーヴィルの自分の部屋の隙間風や、みしみし音を立てるベッドのスプリングや、食事にいつもぶつぶつ言っている。家族で暮らす彼女のお屋敷には、数え切れないほど部屋があり、それを掃除する召使の一連隊がいるのだろうと、あたしは勝手に想像していた。細かく尋ねたことは一度もなかったし、こちらも自分の境遇を曖昧にしておけるのは都合がよかった。

「ローストにするわ、付け合わせもそっくりね」ティルダが言った。

「料理、嫌いなくせに」母さんが死ぬ前の数週間のティルダの奮闘ぶりと、その後は何ひとつやろうとしなくなったことを思い浮かべながら、あたしは言った。

「嫌いよ。料理はいつもビルがやっていたの。でももう二週間もあなたたちのところに泊ってるのに、ほとんど指一本動かしてないでしょう」

「ほとんど指一本動かしてない」モードが繰り返した。

ティルダが笑った。「わかったでしょ、グウェン。わたしがどんな厄介者か？　たぶん食後のデザートも用意しないと駄目ね、じゃないと休暇が終わる前にこの子たちに追い出されちゃう」

「デザートなんて作ったことあるの、ティルダ？」あたしは訊いた。

「デザートはわたしが持って伺うわ」グウェンが言った。「ティルダが宿無しになったら困るもの」

⁂

あたしはモードに母さんの一番いい食器とリネン類を出すように言った。モードはナプキンを薔薇のつぼみの形に折りはじめた。

「グウェンはナプキンなんかたいして気にする人には見えないけど、ペグ」とティルダは言いながら、顔に落ちかかった巻き毛を押しやり、その拍子にラードが額にべっとりとついた。「彼女、あなたを見下したりしないと思うわよ」

「ティルダ、あの人はね、ナプキンのことを気にする必要がないの。座って食事するときには、いつでももうナプキンがそこにあるんだから」あたしはちょっと笑った。「せっかく何か月もあたしが本当はどんな素性の人間か必死で隠そうとしてきたのに、一瞬でばらしちゃって。こんなところに住んでるって一目見たら、あたしたちのことジプシーだと思うよ、きっと」

ティルダはじゃがいもをオーブンに入れた。「ペグ、いくら日曜日のよそゆきの帽子をかぶったり、巻き舌で喋ってみたりしたって、すっかりお見通しに決まってるわよ。それでも彼女、あなたが好きなの。それにあなたの住んでる場所だけど」彼女は《カリオペ》を端から端まで見渡した。「これを一目見たら、いかれた浮かぶ図書館だと思うだけよ」

半時間後、ケーキの箱を手にハッチを入った途端、グウェンはぽかんと口を開けて立ち尽くした。「あなたが読書好きなのは知ってたけど、ペグ、でもこれって……」グウェンはことばが出てこずに、首を振った。

「いかれた浮かぶ図書館」モードが引き取った。

⁂

全員がようやく食事の席についたとき、ティルダは髪を振り乱し、顔を紅潮させていた。

「あなた、わたしがこのままでも気にしないでしょ?」グウェンに言った。「身なりを整えてたら、お昼が冷めちゃうもの」食卓に並んだ料理に目をやり、首を振った。「こんなに大変だなんて思いもしなかった」

「わたしは卵も茹でられるか怪しいわ」グウェンが言った。「もしこれ全部作ろうとしたら、もっとへとへとになって、それくらいではきっと済まなかったわ」

あたしはチキンを切り分け、さやいんげんとじゃがいもを盛りつけた。次にヨークシャー・プディングに立ち向かう。

「ひっぺがさないと駄目よ」ティルダが言った。「焼き型に油を塗るのを忘れたの」

あたしは退却した。「グレイヴィーとスプーンと一緒に、焼き型を回したらどう?」

昔からヨークシャー・プディングはモードの好物だ。片手をにゅっと出して最初に焼き型を受け取った。あたしたちは、モードがそれをどうするか見守った。

彼女はプディングを見た。それぞれ勝手な形に凹み、潰れ、ぺちゃんこだ。鼻に皺を寄せ、一個取り出そうとしたが、くっついていてびくともしない。諦めたような深いため息とともに、母さんのグレイヴィー入れを取り上げる。グレイヴィーはなかなか流れてこない。ようやく垂れてきたと思ったら、牛の糞《ふん》みたいにプディングの上にぼとんと落ちた。

「ボトン」妹は言った。ティルダを見る。「ドブン」

「ご感想ありがとう、モード」ティルダが言った。「とっとと食べるのよ」

モードは焼き型からじかにヨークシャー・プディングを切り出して口に運ぶと、焼き型をグレイヴィー入れと一緒に隣に回した。あたしたちは代わる代わる自分の分をとったが、あんまり笑い転げていて食べるどころではなかった。

「どうやったらこんなにバリバリに歯ごたえのあるじゃがいもになるのかしら?」グウェンが必死で真面目な顔を作って訊いた。

「よく訊いてくれたわ、グウェン」と、ナイフをじゃがいもに突き刺し、持ち上げてつくづくと眺めながらティルダが言った。「焦がしたのよ」

「さやいんげんは？」今度はあたし。「どうすればこんなに深みのある灰色になるの？」

ティルダはぐったりと力ないさやいんげんをフォークに載せた。「息絶えるまで茹でて、塩を入れなかったの」

グウェンが顔をゆがめている。「それでチキンは？」

ティルダがきっと彼女を見た。マクベス夫人が降臨する。

「やったことはやったこと、取り返しはつかぬ」彼女は言った。「この世のグレイヴィーすべてをもってしても、このからからに干からびた鳥が潤うことはあるまい」

しばらくのあいだ、あたしたちは彼女の演技を見物する羽目になり、やがてモードが口を開いた。

「からからに干からびた」まったく同じ口調で繰り返す。

あたしたちは笑いでお腹を満たした。

「まったく犯罪よ、食べ物をこんなに無駄にしちゃって。この頃じゃそういうのを禁じる法律があるんじゃない？」ティルダが言った。

「ロージーなら、なんとかしてくれると思うよ」あたしは言った。「モード、ちょっと行ってロージーを呼んできて」

ロージーが来ると、ティルダはウィスキーの瓶とグラスをふたつ手にした。「大失敗だったわ、残念ながら。一杯どう？」

「いいね」ロージーが言った。彼女は食べ物の残骸を指でつついた。「黒焦げのとこを削って、ホワイトソースを足して味付けしたら、美味しいチキンパイになるよ」ティルダを見る。「あたしがやったら、気を悪くなさいますですかね？」

「当たり前よ。でもわたしは隅から隅まで寛容さの塊なの。だからお好きになさって、ミセス・ラウントリー」

「なんとまあご親切に、ミス・テイラー」そしてグウェンのほうを向いた。「で、こちらがサマーヴィルからの大事なお客さんだね。向こうで夕食を取っといてくれてるといいけどね」

「あら、とんでもないわ、ミセス・ラウントリー――」

「〝ミセス・ラウントリー〟なんて嫌だよ。それはあたしのしゅうとめの名前だからね。ティルダは嫌がるの知っててわざとやってるの。ロージーって呼んでおくれね」

「じゃあロージー、そのナイフをとってくださるかしら。《グリンブリー&ヒューズ》の店でスポンジケーキを買ってきたの」

それはそれはとロージーの顔に書いてある。

あたしたちは小さな子どものようにケーキを貪った。鼻の頭や顎にクリームをつけながら、口からはみ出すほど頰張る。空腹とサイダーとウィスキーの効き目もあったが、それだけではない何かがあった。グウェンがモードにもう一切れケーキを切っている。ロージーが椅子の背にそっくり返って、ティルダの言ったことに大笑いし、ふたりでグラスをチリンと触れ合わせる。

あたしたちは祝っているんだ、とあたしは思った。でも何を？　飲み物を啜《すす》る。無防備なひとときを。警戒と不安からの解放を。ありふれた失敗と気安い友情がもたらす思いがけない喜びを。

モードがケーキの箱を引き寄せて、散らばった屑に指を押しつけている。

「はいおしまい」箱がすっかり綺麗になると、彼女は言った。

「よし」ティルダが平手でテーブルを叩いた。思ったより強く叩いてしまい、あたしたちはみんな飛び上がった。「いいことを考えたわ」

「いいこと？」とロージーが訊く。

「検閲を逃れるのよ」ティルダが言った。「ペグに、わたしの手紙がどんな目に遭わされたか見せてもらったの。わたしのことばが消されるなんて、我慢ならないわ」

「ジャックのもなんだよ」ロージーが言った。「黒塗りの行のほうが多いこともあってね。光にかざしてみるんだけど、どうにもならなくて」腹立たしそうな顔をする。「あれはあたしに書いてくれたんだよ、あのことばはね。なんだか泥棒にあったみたいな気がしてさ」

「そのとおり」ティルダが言った。「あなたはジャックがどんな生活をしてるか知る機会を盗まれたの。そしてジャックも、重荷を誰かに打ち明ける機会を盗まれてる。わたし、さんざんベッドの枕元に座ってるからわかるのよ。兵隊たちは話すことで救われてるの。手紙が届いても、自分が書いたことについて何も書いてないと、みんなほんとしょんぼりするのよ」

ロージーはじっと動かなかった。きっとジャックに宛てた自分の手紙のことを考えているのだろう。検閲官のペンの下に隠されていただろう痛み、それを受け止めてやることばは、そこにない。「あたしに知らせたくないことって何なんだい？」その囁きは、独り言のようだった。

「ほとんどは部隊の移動についてよ」とグウェンが言い、あたしはロージーがほっとするのがわかった。「兄の話だと、町や橋、ときには食堂の名前まで黒く塗りつぶすんですって。万一それで次の大きな作戦が漏れてしまうと困るから」

「それだけじゃなくて、母親たちを不安にさせそうなことは何でも黒塗りにするのよ」ティルダは言った。酔い過ぎて、グウェンがロージーを慰めようとしていることに気づいていない。「でも、こういうことにほかより目ざとい母親もいるけど」

「こういうことって？」ロージーは訊いたが、ティルダが口にするかもしれないものを避けようとするように、もう身を引いていた。

ティルダはあたしを見た。「わたしが送った一番新しい手紙、ある？　フランスの消印がついてるの」

それに応えたのはモードだった。立ち上がり、母さんの本棚の本のあいだに挟んである何通かの手紙に目を通して、一通の封筒をティルダに渡した。ティルダはそれをロージーのほうへ滑らせた。

「こういうこと」彼女は言った。

ロージーがそれを手に取った。封筒を手のなかでひっくり返す。「あんた、読んでくれるかい?」とあたしに言った。

あたしはためらった。「ほんとに?」

ロージーは封筒を開いた。一枚きりの便箋を取り出した。彼女が差し出したそれを、あたしは声に出して読んだ。

ペグズへ

わたしが手紙に書いたことに、あなたが沈黙していることが何度かありました。それで、あなたも砂に頭を埋《うず》めていたい連中の仲間なのかと思いはじめたのですが、ふと、書いたものが検閲を受けたのかもしれないと気づきました。それでたちまちあなたへの評価を改めて、友達のイソにこの手紙をフランスの郵便を使って送ってくれるように頼みました。イソはオーストラリア出身の画家ですが、お母さんとお姉さんと一緒にエタプルに何年も住み着いています(戦前ここが芸術家村だったとはなかなか信じられません。彼女たちが残った理由はなおさらわからないけれど。でもイソがいなかったらここの生活はさぞかし味気なかっただろうと思います)。これでまったく検閲されずに済むかどうかはわからないけれど、わたしの婦長と検閲局の目は逃れるでしょう。

彼は駄目だったの、ペグ。そばかすの男の子よ。ビルに面差しが似ていた子。イーペルは処刑場だったと言っていたわ。そのことはしょっちゅう聞かされているけれどね。将軍たちは自分が何をやっているのか半分もわかっていません。塹壕にいる士官たちの声を無視して、部下を向こう側へ送り出さなければ軍法会議にかけるといって脅すのです。八方塞がりとはこのことよ。従っても死、従わなくても死だもの。味方にやられるより、いっそドイツ兵の弾《たま》に当たるほうが——

グウェンが遮るように咳払いをした。あたしは彼女の視線を追い、ロージーが目を見開き、恐怖に口元をわななかせているのを見た。ティルダは手紙を取り上げると、折り畳んで封筒に戻した。ティルダはどんどん強くなる、とあたしは思った。彼女があたしに伝えようとしたのは何だったのだろう。そしてあたしに伝えず、心に秘めたのはどんなことだったのだろう。

「お友達は従軍画家なの？」グウェンが訊いた。

ティルダは鼻を鳴らした。「応募したんだけど、オーストラリアは女には戦争画を描かせないんですって、公にはね。公には、女は清拭《せいしき》や付き添いや看病しかさせてもらえないの。だから彼女はVADになったのよ。でも当番の合間に戦争の絵を描いてるわ。少なくとも、彼女にとっての戦争をね。それはわたしの戦争でもある。ときどき絵を描いてるところを眺めるの。彼女のすることは美しいのよ。絵だけでなく、絵を描く行為がね。パステルを一本とって、その日見た、口にするのも悍《おぞ》ましいあらゆる出来事を自分の中から吐き出すの」ティルダはウィスキーの残りをグラスに注ぎ、一気に呷《あお》った。「あの人は町にある小さな家に帰れば、もう誰にも指図されないから、わたしたちにも都合がいいわ」

「わたしたちにも都合がいい？」モードが言った。

「軍にはおせっかい焼きが大勢いるからね、モード。わたしたちの手紙を全部読んで、機密が漏れそうなことだけじゃなく、読む人を不安にしたり怒らせたりしそうなことは何でも消しちゃうの。フランスの郵便で送っても、どこかのおせっかいに見つからない保証はないけど、その危険が減るのは間違いないわ」

⁂

数日後、ティルダは去った。あたしたちが仕事に行くときは、母さんのベッドで眠っていたが、ふたりでお昼に家に戻ってみると、もうその姿はなかった。行ってしまうことは知っていたけれど、それでもひどく堪《こた》えた。乱れたままのベッドが慰めだった。あたしはシーツを剝がし、彼女の香水の匂いを嗅いだ。母さんのベッド下にある戸棚のひとつを開けると、ハンカチが一枚、ヘアピンが数本、ペンが一本、そしてオックスフォード・ハイ・ストリートの絵葉書がまっさらのまま四枚入っていた。葉書にはジョージ五世の緑色の切手がもう貼ってあった。隣の棚には、ティルダが残していったさまざまな下着類と小物、化粧品、そして装身具があった。あたしは長いビーズのネックレスを取り出し、首に掛けた。それはあたしのおへその下まで垂れ下がった。

「あっという間に帰ってくるわよ」

あたしは振り返った。「モーディ、ティルダがそう言ったの?」

「あっという間に帰ってくるわよ」モードは繰り返した。彼女は自分を、そしてあたしを元気づけようとしていた。あたしはその手をとり、強く握りしめた。

第三部

ドイツ名詩選

一九一五年六月－一九一六年八月

第二十一章

校正紙。頁の大きさがまちまちの、雑多な文章だ。『シェイクスピアのイングランド』の章が二つ、アドルファス・ウォード卿の序言がついたマーロウの『フォースタス博士』、『オックスフォード・ドイツ名詩選』の新版、それから『新英語辞典』の新しい分冊――『Stead（代わり）－Stillatim（一滴ずつ）』。二時間分くらいの仕事になりそうだ。新しいことばを知りたくてわくわくしながら、〈辞典〉の頁から始めた。

Stelliferous（ステリフェラス）
星でいっぱいの

《カリオペ》はステリフェラスだ、とあたしは思った。

残りを折り終わり、折丁を台車に載せ、製本所の中を抜けてストッダードさんの事務室へ向かった。ドアは閉まっていて、新しい監督のホールさんが来ていた。ドアが開き、大きな猟犬が出てきた。

「噛みやせんよ」ホールさんが言った。「こんなおとなしい犬はいないからね」

だとしても、あたしは自分とその獣のあいだに台車を割り込ませた。監督はなれなれしく笑いかけた。「そこにあるのは何だね？」

「校正紙です。いろんな本の」

監督はいちいち頷きながら、折丁に目を通していたが、『オックスフォード・ドイツ名詩選』の番になると、首を振った。

「何か間違いでも？　ホールさん」

またあの微笑み。なれなれしいことこの上なしの。「いや、ミス……？」

「ジョーンズです、監督」

「君の仕事にまずいところはないよ、ミス・ジョーンズ。ただ、その折丁のなかに物議を醸しているものがあってね」監督は膝を叩くと、歩み去った。犬がその後を追った。

あたしが題名を読み上げ、ストッダードさんが校正紙を台帳に記録した。

「オックスフォード・ドイツ名詩選」あたしは言った。

ストッダードさんはペンを置き、あたしが手に持っている折丁を見た。「その版は校正紙で終わりかもしれないわね」

「ホールさんはそのことで来てたんですか？」

「ええ。上が印刷を許可しなかったら、こっちの仕事の予定にも影響があるでしょう」

「でもこれ、ただの増刷ですよね――なんで許可しないんですか？」

「ドイツを支持してるように見えるって、気兼ねがあるのよ」

「あたしたち、ドイツの詩と戦争してるんですか？」あたしは訊いた。

「まったくよね」ペンを取り上げ、〝オックスフォード・ドイツ名詩選〟と台帳に書いた。「キャナンさんは、題名を変更したらどうかって。それで何とかなるといいけれど」

第二十二章

その晩、モードと留守番しがてら、うちに来てくれないかとあたしが頼んだとき、ロッタは嬉しそうな顔をした。

「料理しましょうか？」彼女は訊いた。

「もし面倒じゃなければ」あたしは言った。すると彼女はますます嬉しそうな顔をした。

三人で中庭を横切りながら、ロッタはモードと腕を組み、ふたりは歩調を合わせて歩き出した。

「あなたのお友達がいるあいだ、伺わなくてごめんなさい」彼女は言った。「失礼だったわ」

あたしはティルダがロッタについて言ったことを思い出した。「礼儀なんか鬱陶しいじゃない。それよりもっと悪いことだってあるし」

「鬱陶しいより悪いって何？」

「嘘」

ロッタはあたしを見て、首を傾げた。そして微笑んだ。「嘘。そうね。礼儀にはそういうところもあるわね」

ふたりが遠ざかっていくのを見つめた。ロッタが何を必要とし、モードが何を与えているのか、わかってきたような気がした。この戦争がロッタに何をしたかは知らない。でも彼女がこの土地でよそ者として暮らし、彼女が何に耐えてきたかに想像も及ばない人たちに囲まれていることは知っていた。ロッタは、製本所の女工たちやジェリコのおばさんたちの礼儀正しい問いかけに耳を傾ける。〝どっから来たって？〟〝こっちには慣れたかい？〟〝ベルギーのチョコレートが恋しかろうね？〟そして彼女たちの心の声を聞き取るのだ。〝何があったのか教えとくれよ〟〝どんなにひどいことされたか話しとくれ〟〝あんたは何もかもなくしたんだって、うちの息子たちは正義のために死のうとしてるんだって、そう言っておくれ〟。

もしそれが、新聞に書かれていたとおりの惨状だったなら、あの人は話して聞かせるどころか、思い出すことだってどうして耐えられるだろう？

そして、そこにモードが現れる。妹の単純さは人々を苛《いら》つかせ、その正直さは彼らを戸惑わせる。大概の人は、モードのことばは、がらんどうの部屋の壁にぶつかって跳ね返るこだまにすぎないと考えたがる。モードは頭が弱いのだと思っているほうが、彼らには都合がよかった。

母さんは、そうでないことを知っていた。モードは自分のことばで文を作るのは苦手でも、繰り返すことばは選んでいる。理解しているのだ、ほとんどの人間の話すことには意味がないと。沈黙を埋め、あるいは暇つぶしのために人は話す。ことばを巧みに操り、際限もなくさまざまに組み合わせることはできても、あたしを含めて大多数の人間は、本当に思っていることをなかなかうまく言い表せない。それをわかっているモードは、まるでプリズムが光を濾《こ》すように会話を濾す。一つひとつの語句が、それ以外に理解しようがないたった一つの意味になるまで、会話を分解していく。彼女が言うことの真実が不都合な場合もある。モードを誤解しているほうが、面倒が少ないこともある。

でも、多くの人を困惑させるものに、ロッタが慰めを見出《みいだ》していることにあたしは気づいた。どういうわけか、ロッタは最初からモードを理解し、彼女を認め、心地よさを感じていた。ロッタはモードを誤解せず、モードはそのことで、彼女に心を寄せはじめていた。


ウォルトン・ストリートを渡ると、グウェンが門衛所の近くで待っていた。

「紙の匂いがする」頬にキスしようと身を乗り出しながら、彼女は言った。「初めて会ったとき、どこか外国の珍しい香水かしらって思ったの。よっぽど訊こうかと思ったんだけど、紙だったんだわ」得意げな顔をしている。

「そんなのどこがいいのよ」あたしは言った。

「いいことなのよ」あたしの腕をとると、一緒にカレッジのなかへ入っていく。「この街ではなおさらね。あなたは新しい本の匂いがするの——断然魅力的よ」

「なんだか変だよ、グウェン。自分でわかってる?」

彼女は肩をすくめ、あたしの腕をぎゅっと締めつけた。あたしたちは、病院の天幕が立ち並ぶ広い中庭の端を回って、柱廊の階段を上った。建物に目もくれないグウェンを見て、あたしは自分が製本所の一部であるように、彼女はサマーヴィルの一部なのだと思った。サマーヴィルの建物は彼女を怖《おじ》気《け》づかせもしなければ、感心させもしない。彼女はほとんど興味をもたなかった。

あたしはといえば、バスティアンのお見舞いに、もう何か月もここに通っているのに、いまだにその隅々まで、食い入るように見つめてしまうのだった。

⁂

そしてバスティアンが食い入るように見つめるのはあたしだった。病棟の入り口から入っていくと、彼の視線がその一歩一歩を辿《たど》る。彼は椅子に座っていて、あたしはもう一脚の椅子をそのそばに引き寄せる。身を乗り出して、彼の膝の膝掛けを直す。直す必要があるからではなく、そうするともう少しそばに寄れるのが嬉しいからだった。水をコップに注ぎ、差し出す。彼は首を横に振り、あたしはコップを置く。椅子をもう少し近づける。

看護婦が来て去り、VADが真向かいのベッドの士官とふざけ合うあいだも、彼の凝視はあたしから逸れることはなかった。その強い眼差《まなざ》しは、少しばかりあたしを落ち着かなくさせた。一つだけの目、わずかに傾けた頭。

あたしは片手を膝掛けに覆われた彼の膝に置いた。手編みの小さな四角形を縫い合わせて、学校の女生徒たちが作ったものだ。その子たちも自分の役目を果たしてるんだ、と思った。調子はどう、と訊く。そうしながらまた体を寄せる。彼は手をあたしの手にかぶせ、指を手首に沿って丸め、かすかに力を込める。その指の下であたしの脈が打っていて、彼が力を抜くのがわかる。

「頭を失くさないようにしてる」彼は言う。

⁂

あたしはこれから夜の日課のあるバスティアンに別れを告げ、柱廊でグウェンと会った。

「九時半までの外出許可証をもらってるのに、こんなに早くオリオルに戻るの、もったいないわ」と期待を込めてあたしを見る。

「うちで夕食食べてく?」あたしは言った。《カリオペ》に戻って、モードとロッタと三人きりで席につくのは、なんとなく気が進まなかった。自分が出来損ないの不良本みたいに、余計者のような気がしてならなかったのだ。

「足りるかしら?」

「運がよければ、ロッタが買いおきのソーセージを見つけて、なにか美味しいものを作ってくれてるかも」

「かの名高きロッタね」グウェンが言った。「彼女がいなかったら、あなたいったいどうするつもり？」

彼女は答えを待っているわけではなかったが、家に向かって歩きながら、あたしはその問いについて考え込まずにはいられなかった。

母さんが死んでから、ずっとロージーがいてくれたが、今はラウントリーのおばあちゃんの入浴や着替えもある。おばあちゃんは手の震えが激しくなり、自分で食事をするのもやっとだから、ロージーは朝から晩まで洗濯ばかりしていた。毎日《スティング・プット》号の前の生垣に引っ掛けるように干されている洗濯物を見るたびに、ロージーは手一杯なのだと気づかされる。

そこにロッタが来てくれた。彼女はモードと一緒にいたがるし、モードもロッタと一緒にいるのが好きだった。あたしよりロッタといるほうがいいときもある。たぶんそのせいだった。あたしは奉仕に行くとき、たまにロッタに黙っていたり、一時間や二時間、ちょこちょことモードをひとりで留守番させたりするようになっていた。そうやって置いていくたびに、少しずつ不安は軽くなった。

　それは、モードとロッタが腕を組み、運河やカバード・マーケットに向かってあたしから遠ざかっていくときの姿だった。その既視感。妹とロッタがふたりでいるのを見ると、モードと母さんが仲良く寄り添っていた姿を思い出した。あたしはずっとふたりの後ろを歩きながら、モードと入れ替われたらいいのにと幾度願ったか知れなかった。でもそのうちに母さんがいなくなってしまい、今度はどうしてそんなふうにできたのか、母さんに訊きたいと幾度も願うことになった。どうしてモードを、あんなに丸ごと愛せたのかと。

「この匂い、あなたのボートからしてくるんだといいけど。ロージーのボートじゃないわよね」とグウェンが言い、物思いに耽っていたあたしは、我に返った。「食料庫には、ソーセージのほかに何があるの？」

「葱《ねぎ》とじゃがいも」あたしは言った。

グウェンは肩をすくめた。「あんまりぱっとしないか」

でもハッチからなかに入った途端、彼女は考えを改めた。ロッタがオーブンの前に身を屈め、にんにくで香り付けしたホワイトソースとチーズがぐつぐつ弾《はじ》ける焼き皿を引き出しているところだった。熱い鉄板の上のフライパンには、バターで炒め、こんがりと焼き色のついたソーセージ。料理はみんなにちょうど行き渡るだけあった。

「ソーセージと葱とじゃがいもは、サマーヴィルの料理人がいつも出してくるけど」食事を平らげたグウェンが言った。「こんなに美味しかったこと一度もないわ」

ロッタは微笑み、頷いた。褒められることに慣れてるんだ、とあたしは思った。褒めたのは誰だったんだろう、と考えずにはいられなかった。

「万一、製本に飽きちゃったら、サマーヴィルの調理室を切り回す仕事につけると思うわ」

「調理室で働きたいという野心はないの」ロッタは言った。

「それはそうよね」グウェンは言った。相手の気分を害したかもとはこれっぽっちも気にしていない。

「あなたルーヴェン出身なんでしょう？　大学図書館で働いていたってペギーに聞いたわ」首を振る。

「大変だったわね」

ロッタは空になった皿を集めてギャレーに運んだ。

「あなたの野心もわたしのも、たぶんそんなに違いはないと思うの」グウェンが続けた。

「だったらあなたの野心は何なの？」ロッタは訊きながら、レンジの湯沸かしを手に取って洗い桶にお湯を注ぎ、削った石鹸《せっけん》を一つかみ加えた。

「あら、わかるでしょ」

「いいえ、わからない」

「学位をとって、それから議論に参加するってことかしら、大雑把に言うと」

「どんな議論?」ロッタが訊いた。皿を一枚ずつ、フォークやナイフを一本ずつ洗い、乾かすために清潔な布巾の上に並べた。

「それはそのときどきで変わるでしょう? ある時は女性に関する問題だったり、次は戦争の倫理性だったり。徴兵制、婦人教育、労働者の権利」

あたしは笑った。「労働者の権利について何か知ってるの、グウェン?」

「なんにも知らないわ、ほんと言うと。ちゃんと働いたこと一度もないんですもの」彼女はけろりと言って微笑んだ。「でもだからって議論に参加しちゃいけないってことにはならないでしょ」

「そうね、グウェン」と言い、ロッタはテーブルのほうに向きなおった。「わたしにもあなたの言う議論に参加したいという野心があったわ。図書館で働いて、本を読み、自分の意見をもつようになった。人々の考えを変えたいと思って主張した。大抵は上手くいかなかったけれどね。大事だと思っていたの――議論に参加することが」

「それで今は?」あたしは訊いた。

「今?」彼女は言い、平板な表情が揺らいだ。まるで風が吹いて池の水面にさざ波が立つように。彼女は下を向き、表情を抑え込んだ。顔を上げたとき、さざ波らしきものはなかった。「みんな灰になったわ」彼女は言った。

「灰」モードが繰り返した。ロッタはギャレーから数歩踏み出し、座っている妹の頭のてっぺんに唇を触れた。それからコートをとると、あたしたちにおやすみと言った。

「どうしよう」グウェンが言った。「わたし、悪いこと言っちゃったのよね」

「かもね」あたしは言った。「でもそうでもないかも。知り合ってからあの人があんなに喋ったの初めてだもの」

「どういう意味だったのかしら?」グウェンが言った。

「何が？」

「灰よ。みんな灰になったって、何がかしら？」

「図書館でしょ、グウェン。焼け落ちちゃったんじゃない、ドイツのせいで。本も古い写本も全部。自分でそう言ったくせに」

「それだけじゃないわよ、ペグ。彼女、みんな灰になったって言ったのよ――全部が。あの人だって、まさか司書だけやってたわけじゃないでしょ」

「ロッタのこと、ほとんど何も知らないのよ」あたしは言った。「初めの頃に何回か訊いてみたけど、頑として教えてくれないから」

グウェンは妹のほうを見た。「何か知ってる？　モード？」

あたしは急に落ち着かなくなった。「モードには訊かないほうがいいよ」

「あらなぜ？」

モードはあたしを見ている。たぶんあたしが何を言うか待っているのだろう。あたしは筋の通った返事を考えようとした。

「ロッタがモードに話すとしたら、モードを信頼してるからだもの」あたしはモードのいる前で、うまく説明しようと懸命になった。グウェンは辛抱強く聞いている。モードはまっすぐにこちらを見つめていた。「説明が難しいけど」あたしは言うと、妹のほうを向いた。「やってみていい？」

モードは頷いた。あたしはグウェンのほうに向きなおった。

「モードには思惑ってものがなんにもないの」母さんが言ったことだ。「人を喜ばそうとも傷つけようともしないし、決めつけもしない。ロッタが地獄のような目に遭ってきたんなら、安心していろいろ話せる相手はたぶん、モードしかいないのよ」あたしは口をつぐみ、手を伸ばして妹の手に触れた。

「モードはふりをしないから」あたしは言った。

グウェンは妹の顔を見た。「あなたは見たとおりのそのままなのね、モード。それはとってもすがすがしいことだわ」

「すがすがしい」モードが言った。


あたしはウォルトン・ウェル橋までグウェンを送っていった。

「モードとロッタの関係は、完全に腑《ふ》に落ちたわ」彼女は言った。

「今度はフロイト博士になったつもり？」

彼女はあたしの腕をとり、ぎゅっと握った。「わたしの考えてること聞きたくない？」

聞きたいような聞きたくないような気がした。「絶対言うくせに」

「思うんだけど、ロッタは母親として世話を焼く相手が必要なのよ」グウェンは言った。「そしてね、あの人、モードには世話してくれる母親が必要だと思ってるの」

あたしは自分が責められているような気がした。

第二十三章

八月が来て、ジャックが十九歳の誕生日のために帰ってきた。胸板が厚くなり、背も伸びていた。肌は日焼けして、瞳の緑の色が濃く見えた。軍服姿が決まっている。

「やっと辞令が出たよ」彼は言った。

「どこに行くの？」あたしは訊いた。

「フランス。前についてた主任の小隊に入るんだ。主任が上官になるってこと」

「オーウェンさん？」あたしは言った。

「これからはオーウェン少尉だよ」

「そりゃオーウェンさんも断りようがねえもんな」オベロンが言った。

ジャックは笑った。ロージーを見ると、無理に笑顔を作っているのがわかった。

あたしたちはロージーの岸辺の庭で夕食をとった。ロージーはとっておきのテーブルクロスを木箱にかけて、六つのコップにサイダーを満たし、魚のパイを置いた。ジャックは軍服の上着と帽子をとらず、あたしたちはいつもより少し背筋を伸ばして座った。いつもより少し誇らしげに。

こんなふうに食事をしたことは百回もあるけれど、仕事を終え、曳き船道を通って家に帰る人たちは、頷いてよこすのがせいぜいだった。でも軍服姿のジャックがいると、声をかけないで素通りしていく者は一人もいなかった。「俺の代わりにドイツ野郎《フン》をやっつけてこい、ジャック」「俺もすぐ行くからな、ジャック」「幸運をね、ジャック」

「運なんかいらないよねえ」ロージーが言った。「ご覧よ、こんな立派になって、ドイツ軍全部だって相手にできるさ」

「ドイツ軍全部」モードが繰り返した。

あたしは空になった皿をロージーのギャレーに運んだ。それを洗って拭きながら、ギャレーの窓の向こうから低く聞こえてくる会話に耳を澄ませた。ほとんど聞きとれなかったが、ことばが途切れる時間がいつもより長いことに気がついた。これから戦争に行く息子に、孫に、人はなんと声をかけるものなのだろう？

ジャックが何か言い、モードが歌い出した。「**舞踏会のあとで……**」椅子がいくつかきしんだ。母が、父が、祖母がそれぞれの椅子の背に身を預けている。今日は彼らの人生で一番長く、一番短い一日になるのだろう。

⁂

翌朝、あたしたちはみんなで曳き船道に立っていた。ロージーは女船長の上着を着て、オベロンは清潔なコール天のズボンとダブレットを着ていた。ラウントリーのおばあちゃんが、ぼろぼろのシェイクスピアのソネット集をジャックに差し出した。震えはじめた手を、ジャックが握った。

「こんなの俺どうすりゃいいの？」彼は言った。

「読むんさ」おばあちゃんが言った。震えが声にきていた。

「それで持って帰っておいで」ロージーが言った。

「持って帰っておいで」モードが言った。

心臓がどきんと打った。あたしの心臓だ。あたしたちが口に出さなかったことはいっぱいあった。口に出さなくても、それは沈黙のなかに大きく鳴り響いていた。

「それからこれはモードとあたしから」ふたりからの餞別《せんべつ》を渡した。

ジャックは家にいるあいだずっと快活で陽気だったけれど、その手に包みを置いたとき、微笑している口元がぴくぴくと小さく痙攣《けいれん》するのを見て、あたしはそこに隠れていた嘘を知った。

「開けてみて」あたしは言った。

彼は包んである新聞紙を破り、一巻きのトイレットペーパーをみんなに見せた。その表情がほっと和らいだ。

「大事にするよ」彼は言い、顔いっぱいに笑った。さっきの引き攣《つ》りは消えていた。

「大事にするのは、おばあちゃんのシェイクスピアのほう」あたしは言った。「こっちは使うの。ちびちび使って、豆を食べないでいたら、戦争が終わるまでもつよ、きっと」

「豆を食べない」モードが言って、ジャックは笑った。モードを抱きしめ、モードはそれを許した。それから彼はあたしとラウントリーのおばあちゃんに腕を回し、最後に両親の前に立った。オベロンが自分のネッカチーフを外して、ロージーに渡した。ロージーは背伸びしながら、それを息子の首の周りに結んだ。ジャックは母を抱きしめた。ロージーは長いこと、息子を離そうとしなかった。

⁂

一九一五年八月十日
ペグズへ
まずドイツ人の話からするわね。慌てないで、みんなベッドに寝たきりのようなものだから。ヘニング先生以外はね。これが昇進なのか降格なのか迷うところです。誰もドイツ病棟で働きたがらないから、たぶん誰かの機嫌を損ねたんでしょうけど。でも、前より勝手がきくし、責任も与えられているから、わたしの有能さが認められたのかもしれません。ここの婦長は、誰に訊いても性悪女だという評判です。会ってみたくてわくわくしたわ。彼女はドイツ兵を〝汚らわしいドイツ野郎《フン》〟と呼んで、気の毒とはこれっぽっちも思っていないのに、包帯を巻く手つきは本当に優しくて、毎晩病棟を出る前には、ひとり残らず毛布を直してやるのよ。リヴィングストーン婦長は最高に質《たち》のいい性悪女ね。わたしと夜の休憩がぶつかったときは、基地のそばの砂丘にやってきて、ウィスキーの瓶を空けるのを手伝ってくれます。その横ではイソが絵を描いているの。

ほかの病棟と同じで、床はいつも泥と血でどろどろだし、茹だりそうに暑いわ（たぶん冬には震え上がるほど寒いでしょうね）。それに包帯も便器も足りたためしがありません。もちろんここの患者は捕虜だから、英国軍は、普通なら二人か三人のところ、一人しかVADを配置してくれないの（罰なんでしょうけど、誰への罰なのかしらね？　一日終わってへとへとになるのは、わたしたちなのに）。従軍看護婦は婦長だけよ。だからドイツ人の脚や腕を鋸で切り落としたり、ドイツ人のお腹に中身を詰め直したりするのはイギリス人のお医者だけど、ほかのことはヘニング先生（フーゴー）がすべて引き受けています。彼も捕虜とはいえ、婦長に言わせると、とても有能です（いかにもその褒めことばを言いたくなさそうでした）。おまけに見目麗しくて、体もぴんぴんしてるのも悪くないわ。

とにかくペグズ、どうやらわたしはしばらくここにいることになりそうです。〝敵中ないし敵周辺での行動〟について指示があって、〝速やかな配達が保証される〟軍事郵便を必ず使うようにとさりげなく言われました。これからも表向き絵葉書をときどき送りますが（友達がいないと軍に思われるのは癪《しゃく》だもの）、イソが手紙を偽装するやり方を教えてくれたの。ちょっと頓珍漢な、耄碌《もうろく》したフランス人の伯母さんが書いた手紙に見えるようにね。本当は美人で勝手気ままなイギリス人の……あら、そういえば何かしら。あなたやモードにとってわたしが何に当たるのか、これまで考える必要なんてなかったもの。わたしはあなたたちのことを家族だと思っているのよ、ペグ。お祈りしようと思うときはいつも、あなたとモードが、ビルと一緒にそこにいます（エタプルに来てからそういうことが増えた気がします。誰か聴いているのか、怪しいところだけれど）。

ティルダ×

追伸

フランス人らしい筆跡と消印でうまくいかなかったら、もう少し工夫してみるわ。あなたならきっと解読してくれるでしょう。

第二十四章

開いた窓の外を見ていたバスティアンは、あたしが座るまで振り返らなかった。あたしを見る代わりに、ただ天井を見つめていた。そよ風が彼の黒っぽい髪を幾筋か揺らし、洗髪に使った石鹸の香りがした。数日前に持ってきた花が散りかけていた。ヤナギランやブッドレアのピンクや紫が、ベッド脇の物入れの上に散らばっている。風が色を床に吹き飛ばした。あたしは花瓶に手を伸ばした。

「そのままにしておいてくれ、頼む」

「もうとっくに盛りを過ぎてるもの」あたしは言った。「明日、新しいのを持ってくるね――今年は、曳き船道の辺によく咲いてるの」

花を見ようとして、バスティアンが首を曲げた。その瞬間、彼の顔の反対側が見えた。包帯はなく、目がなく、皮膚は牛の胃のよう。あたしは目をそらし、花に視線を戻して、花瓶を、床に散る花びらを見つめた。喉元にこみあげてきた吐き気を呑み下した。

「それは完璧じゃない」彼は吐き捨てるように言った。「でも枯れてもいない」

彼は頭を――理性を失くしかけている。

あたしは床を見つめ続けた。

「枯れてないんだよ」彼は繰り返した。その声はさっきより少し大きかった。

「そうね」あたしは言った。その声はさっきより少し小さかった。あたしはブッドレアの蜜の香りがしないかと、まだ形を保っている花の香を嗅ごうとして、顔を寄せた。「まだ香りもする」本当はしなかった。散ってしまった花びらを集め出したあたしの両手は、ラウントリーのおばあちゃんみたいにぶるぶると震えていた。

「僕を見ろ」低い声、遠くの嵐のような。

あたしは親指とほかの指で花びらをつまみ、捏《こ》ねた。指を鼻先に持っていく。ほんのかすかな蜜の香り。過ぎていく一瞬ごとに、あたしは自分を嫌いになった。

「僕を見ろ」声が大きくなる。

でもあたしは見なかった。

「このとおりだ、頼む。僕を見てくれ。僕を見ろ。僕を見ろ」打ちつけるのは雨か雹《ひょう》か。それとも銃撃の音か。

あたしは見た。額から顎にかけて皮膚が移植されていた。それは牛の胃袋というより仔牛皮紙《ベラム》のようだった。撫でつけ、引き伸ばし、その周りの健康な皮膚に縫いつけられている。でも顔の形を作る骨がなく、目があるはずのところはただ穴が開いていた。あたしの顔じゅうの筋肉が動き、胃に感じるむかつきを隠せなかった。

バスティアンはまた顔を窓に向けた。

「疲れた」彼は言った。

あたしは恥じ入るあまり、謝ることさえできなかった。


「早かったわね」家に着くとロッタが言った。「食事の支度がまだできてないわ」

「ほんとにひどいことしちゃった」

「そんなはずないと思うけど」

あたしは長椅子に座り、テーブルにぐったりと顔を伏せた。「あたし、目をそらしちゃったの、ロッタ。あの人は見てほしがったのに目をそらしちゃった」

ロッタは首を振った。「あなたたちイギリス人の話し方は、なぞなぞみたい」彼女は言った。

「どうしていいかわからなかったの」

「何て言っていいかわからなかったの」モードが言い、折ったばかりの箱を渡してくれた。そういえば昔、モードが友達を作ろうとして子どもたちに拒まれると、母さんとあたしで小さなプレゼントをあげたものだった。相手に代わって言い訳もこしらえたっけ。

あたしはそれを返した。「もらえないよ、モーディ。あたし、何をして何を言えばいいか、ちゃんとわかってるべきだったんだから」

「なぜ?」ロッタが言った。レンジに背を向けて、あたしを見ている。「なぜあなたはわかってるべきなの? 言ってごらんなさいよ」

あたしは口ごもった。「だってロッタ、何か月も彼の怪我のことは知ってたんだもの。覚悟できててよかったのに」

「その人は覚悟できてたと思う? わたしたちみんな、覚悟なんかできてたと思う?」彼女はまたレンジのほうを向いた。「自分を許しなさい」苦々しげな口調だった。「あなたがしたことは小さいこと。そんなの何でもない。その人はなんとか生きていくわ」彼女は身を震わせはじめた。

モードは折り紙を折り終えた。ゆっくり慌てずに。出来上がるとロッタのところへ行き、手のひらに蝶を載せて差し出した。ロッタは、オックスフォードの駅で列車から降りてきて、紙の扇を受け取ったあのときのように、それを手にとった。そしてあたしが見守る前で、今一度、あたしの妹に腕を回し、むせび泣いた。

二日後、あたしはまたバスティアンの病棟に行った。花はまだそのままで、ほとんど茎だけになっていた。散った花びらが物入れの上に溜まっていた。あたしはバスティアンのベッドの横に立った。

「とりあえず床を無視した。顔を窓のほうに向けたままだった。

彼はあたしを無視した。顔を窓のほうに向けたままだった。

「ごめんね、バスティアン」

「しょうがないさ」彼は言った。

「努力すればよかった」

「そしたら嘘になる」

「そんなに簡単じゃないのよ」

「いや、簡単だよ。君はぞっとしたんだ」

「バスティアン、あたし恥ずかしくって。自分を買いかぶってたから。ほんとはわかってないのに、わかってると思ってた。でも驚いちゃったの。これまでに知ってたものとあんまり違ってて、どうしていいか、何を言えばいいかわからなかったのよ」

彼は無言だった。

「バスティアン、あたし、怖気づいたの。後悔してる」

それでも彼は何も言わなかった。あたしは腹が立ってきた。

「なんとか言ってよ、バスティアン。あなただって、先生が包帯をとって、鏡を持って見せてくれたとき、どうした?」

彼の顔の片側は、今も完璧に表情を浮かべられる。あたしの問いに気持ちが動いたことが、彼の右目の端に読み取れた。あたしは待った。やがて彼は頭を半分めぐらせ、天井を見上げた。

「鏡を医者の手から払いのけた。床で粉々に割れたよ」

「その後で鏡を見た？」

「ああ」

「そのたびに床に投げたの？」

「まさか」

「なぜ？」

「もう驚かないからさ」

「そういうこと」あたしは言った。

「そういうこと、か」彼は繰り返した。

花を生けた花瓶を取り上げると、最後に残った花びらが散った。抗議しようとしたバスティアンを、あたしは遮った。

「綺麗なだけが、花の取り柄だもの」あたしは言った。彼の顔の凹凸に目を走らせる。いいほうの側も、傷ついた側も。「あなたは花じゃなくってよかったね」そして彼が返事をする前に、背を向けて入り口のそばにある看護婦の机に向かった。枯れた花をごみ箱に投げ入れ、腐った水ごと花瓶を厨房の台車の上に置いた。看護婦がよくやったわ、というように頷き、あたしの手をとると、震えが鎮まるまで握っていてくれた。

「移植は成功よ」彼女は言った。「明日、ガラスの義眼を嵌《は》めることになってるわ」

バスティアンのベッドのそばに戻ったとき、あたしは椅子を持ち上げてベッドの左側へ動かした。

数日後、バスティアンとあたしは中庭の周囲に沿って歩いた。脚の状態を確かめ、体力をつけるためだ。彼は腕をあたしの肩に回して支えにした。

「父は片足を引きずっていたんだ」彼は言った。「歩くときは杖を突いて、まだ若いのにそのせいで年寄りに見えた」あたしは話している彼を見上げたが、新しい目はあたしを見ることができなかった。

「バスティアンは年寄りに見えないよ。戦争で戦ってきたってわかるもの」

「もし生きてたら、父は足を引きずってでもこの戦争で戦っただろうな」

「お父さんのお仕事は？」あたしは訊いた。

「建築家だった。僕もベルギーに帰ったら、勉強を終えて建築家になるんだ。建て直すものはたくさんあるからね」

「学生だったの？」

「ブリュッセルの王立美術アカデミーだよ」

あたしは彼を見て、彼がそうだったはずの青年を思い浮かべようとした。さっき年寄りに見えないと言ったのは、嘘だった。

「それでペギー、君のお父さんは？」彼は慎重に言った。「一度も話してくれたことないね」

話すことなんかないも同然だった。

「父はガウンだったの」あたしは答えた。あなたみたいに、と心の中で言った。

ことばをいっぱい知ってて、それに惹かれたのよね、と母さんが言っていた。でも、そのほとんどは結局意味がなかったことがわかったし、残りのことばはすごく残酷に変わっちゃったの。あたしがもっと聞きたいとせがむと、思ったような人じゃなかったってこと、と母さんはいつも言い、大抵はそこで話は終わりだった。一度だけ、あたしが泣いたとき、それでは足りないことをわかってくれた。あの人はクライストチャーチの学生でね、と母さんは言った。古典学が専門だった。ヒッポナクスについて論文を書いてたの。それは憧れててね。だけどあの人に会ったとき、母さんはそのことを知らなかったのよ。あたしは泣きやんだ。それがどうかしたの？ と訊くと、母さんはあたしを見た。悲しみと、後悔と、そしてあたしにはうまく言い表せない何かがその顔に浮かんでいた。ヒッポナクスはね、母さんが一番嫌いなギリシャの詩人なの、と母さんは言った。

「それどういう意味──ガウンって？」バスティアンが訊いた。

「大学の人ってこと」あたしは言った。そして誤解させないように言った。「母さんは町《タウン》の人間だったの。ガウンとタウンは、普通は付き合わないのよ」

あたしたちは彼の脚が疲れるまで歩き続け、それからベンチに座った。

「大きな屋敷の本棚には、白紙の頁を革表紙で綴じた全集が並んでいることがよくあるんだ」彼は言った。

「そうなの？」

「うん、子どもの頃見たんだよ、父の仕事相手の図書室でね。ふたりが話をしてるあいだに梯子《はしご》に登って、上の棚にはどんな本があるのか見てみようとした。立派な表紙がついてて、子どもが読んだらいけない本なのかもしれないと思ってさ」そう言うと、彼は微笑した。片側だけの微笑み。「でも棚から一冊とってみると、頁は真っ白だった。もう一冊とり出しても、やっぱり同じだった。次から次へとね。洒落た表紙の中には、面白いものは何もなかった」

「バスティアンは《カリオペ》が気に入ると思うよ」あたしは言った。

「なぜ？」

「製本はお粗末でも、面白い物語でいっぱいだから」

「製本はお粗末でも、そういう物語が好きなんだね？」彼は訊いた。

「ええ、好きよ」

第二十五章

九月のある日曜日、あたしは朝早くサマーヴィルに着いた。朝食や清拭、朝の包帯交換で忙しい看護婦たちの邪魔になったけれど、バスティアンの病棟で責任者をしているシスターがあたしを待っていてくれた。

「彼、緊張してるわ」彼女は言った。

あたしだって緊張するだろう。

「あの人たちは、ここにいるあいだは怪物じゃありませんけどね」と彼女は言った。「でも外に出たらそうはいかないことを自分で知ってるのよ」

バスティアンはベッド脇の椅子に座っていた。平服をきちんと着ている。寄付されたもので、体にぴったり合っているとはいえなかった。膝に載せた両手が落ち着かず、いい方の脚が小刻みに上下に揺れていた。窓の外を見ている。見納めね、とあたしは思った。彼は喜んでいるのだろうか、それともここの気楽さがすでに恋しくなっているのだろうか？

あたしが咳払いすると、彼は振り返った。大きな布のマスクが、見えない片目と落ちくぼんだ頬、仔牛皮紙のような皮膚を覆っていた。それだけではなく、マスクは彼の鼻の半分と唇と頬も隠していた。彼の顔の景色に慣れてきていたあたしは、一瞬、まるで見知らぬ他人のような気がして、じろじろと見つめた。彼は視線をそらした。

あたしはベッドに座り、忙しく動いている彼の手を両手で握った。やがて彼がこちらを向いた。

「顔がほとんど隠れちゃってるんだけど」あたしは言った。

「そのためのものだからね」

無事なほうの目以外に、見るところがなかった。

「何かまずい？」彼は訊いた。

「なんだか拒否されてる気がして」

「君は守られてるんだ」

「守られてるって、何から？」

「戦争が作り出した醜いものを見て、気詰まりな思いをすることからさ」

ふたりで、あたしの手のなかにある彼の両手を見下ろした。あたしの親指が、彼の指のそこかしこに刻まれた傷痕を辿る。あたしは顔を上げ、もう一度マスクを見た。それは検閲官のペンのようだった。戦争がしでかしたことを、今しでかしていることを隠していた。彼を、隠していた。

「それに、憐れまれることから僕を守ってくれる」彼は言った。

それは正しくもあり、間違ってもいた。あたしは自分が初めて彼の顔を見たときのことを考えた。顔をそむけ、失われた目、洞穴《ほらあな》のような頰、不自然な質感の皮膚をなかったことにしようとした。その瞬間、彼がどんな経験をしたのかはどうでもよく、自分のことがすべてだった。憐憫《れんびん》はその後で湧いてきたが、一時のことにすぎなかった——彼の顔を見るたびに、その異様さは薄らいでいった。

あたしは肩をすくめた。「マスクのおかげで、見る人は気が楽だろうけどね、バスティアン。でもやっぱり気の毒がりはすると思うよ」

⁂

奉仕の人が、セント・マーガレッツ・ロードの下宿までバスティアンを送っていくために待っていた。自動車の開いたドアを押さえてくれていたが、バスティアンは乗ろうとしなかった。

「それで、僕はどうすればいいんだ？」彼は言った。

「自動車に乗んなさいよ」

「そうしたら君から離れてしまうじゃないか」

「大して遠くもないわよ。セント・マーガレッツ・ロードは、ここから歩いてほんの十五分だし」

彼はそれでも乗らなかった。あたしは彼の荷物を入れた箱を後ろの座席に置いた。

「君が訪ねてくれるのに慣れてしまったから」と彼は言った。「会えなくなるのは寂しいな」

あたしも会えなくなるのは寂しいよ、と心の中で言った。「寂しがってる暇なんかないでしょ――忙しくなるよ、学院で出版局の見習いのみんなにフランス語を教えるんだから」

「学院？」

「クラレンドン学院」

正式な名前を聞いて、彼は頷いた。「いろいろと手配して頂いて感謝していると、ストッダードさんに伝えてくれる？」

それは、彼を手放したくなくて、あたしが身勝手にも頼んだことだった。「伝えとく」あたしは言った。

「学院でまた会えるかもしれないね？」

元々そのつもりだもの、と思いながら、「かもね」と言った。

⁂

バスティアンが退院してから、サマーヴィルは以前の魅力を失ったが、その後も何週間か、あたしはグウェンと一緒に毎週木曜の夜と土曜の午後に訪問を続けた。当番のシスターが割り振るとおりに、あたしたちはいろんな病棟の士官たちに付き添った。あたしの喋り方も、汚れた袖口も、仕事の話も、付き添う男たちが気にすることは滅多になかった。あたしはサマーヴィルの廊下を、グウェンに負けないくらい堂々と歩くようになった。

でもそのうち、あたしの身の上が大いに気になるらしい士官が現れた。

「シスター」彼は怒鳴った。一回、二回、三回怒鳴って、ようやくシスターは手が空き、こっちへやってきた。「なぜこの娘をよこした？」彼の右手は包帯で巻かれていたが、なんとかあたしの方を指差した。

シスターはあたしを見、あたしは肩をすくめてみせた。書きかけの手紙がベッドの上の、彼が置けと命じた場所に置き放しになっていた。

「この娘は、ラドクリフ病院で自分の同類の看護をしているべきじゃないのか。将校の病院の見舞いなんぞしおって」

父親は誰か、とその士官が訊くので、あたしは、父親はいません、と答えたのだった。**家族は妹とあたしだけ——運河で暮らしてて、ふたりとも出版局で働いてるんです。**彼は嫌悪を隠そうともしなかった。

「わたしの用は、こんな女には務まらん。ここに出入りさせちゃならんだろう」

シスターは謝ったが、どちらに向けて謝ったのか、よくわからなかった。彼女は時計を見た。「そろそろ七時ね」彼女は言った。「あなた、帰ってもいいですよ」

あたしはもう戻らなかった。

「ポート・メドウの園芸クラブにおいでよ」丁合台の向かい側からルーが言った。「やっと牛に菜園じゅうを踏み荒らされないようにしたから、野菜がぐんぐん育ってるの。もう何人か人手がほしいとこなんだよ」

あたしは集めた折丁をモードに渡し、モードはそれを台の上で叩いて揃えた。

「泥んこ仕事だけどね」アギーが口を挟んだ。「士官の人たちに詩を読んであげるのとはわけが違うよ。それにルーはあんたを堆肥部隊にする気だし」そう言うと、折丁をぱらぱらとめくり、順番を確認して、最後の頁に自分の頭文字を書いた。

「それが豊作の極意」ルーが言った。

「堆肥部隊？」モードが訊いた。

アギーが署名した一冊分の折丁を台車に置いた。「あんたにシャベルと手押し車を渡して、牛の群れがいる方を指差してさ」彼女は言った。「けど、運よく牛が飛行場のそばにいれば、飛行士に会えるかもしれないよ」

そのときホッグさんが来たので、お喋りはぴたりとやんだ。

あたしはサマーヴィルの外でグウェンと一緒に立っていた。

「一緒にじゃがいもを育てる？」

「とんでもない」彼女は言った。「わたしの才能は恋文書きよ。園芸じゃないわ。それに、そろそろ家に帰らないといけないの。お母さまが指令を送ってきたから。ミカエルマス学期が始まる頃に戻ってくるわ。手に塗るクリームをお土産に持ってきてあげる」

⁂

ギャレーの窓をロージーがほとほと叩き、手紙を振っていた。あたしは前部デッキのほうを指して、ハッチを開けにいった。彼女は手紙をあたしの手に押しつけた。

「ティルダから？」ティルダが彼女に手紙を書くなんて意外だった。ロージーが読むのが苦手なのを知っているはずなのに。

「ジャックのことなんだよ」

彼女は青ざめていた。あたしは手紙を取り出した。

「どうしておばあちゃんに読んでもらわないの？」

「目がかすんでよく見えないんだってさ」

それとも、見たくないのかもしれない、とあたしは思った。

「どれくらいわかったの？」そう言って、息を詰めた。

「あの子が死んでないってことはわかったよ」

あたしは息を吐いた。

「でも死にかけてないかどうかまではわかんないのよ」

モードが折り紙をやめて、あたしたちが立っているところに出てきた。ロージーの肘をとり、母さんの肘掛け椅子のところへ連れていった。

「座って」彼女は言った。
ロージーが座ると、モードは肘掛けのところに軽く腰かけた。
「読んで」あたしに言った。

一九一五年十月四日
ロージーへ
ジャックは無事よ――まずはそれをお知らせします。もっと時間があれば、詳しいことを書くんだけど、とにかくジャックは、ここ一週間でルーから到着した何百人かのなかに紛れていたの。そもそもめぐり会えたことがとんでもない奇跡です。彼は松葉杖の患者で、松葉杖は担架の患者全員の選別が終わるまで診てもらえません。ただ、しきりにわたしの名前を呼んでいて、しつこい患者だとばかり思っていたのよ。看護した兵隊のなかには、もっともっとってせがんでくるのがいるから。だけど彼は頭から足の先まで泥だらけで見覚えがなかったのよね。もちろん、知ってるふりはしたわよ。「いい加減にしてくれない?」って言ったら、にやっとして――あれは見間違えようがないわ――「ジャックだよ」って大声で怒鳴ったの(あの子、太ももに砲弾の破片が刺さったんだけど、そのときの爆発か何かのせいでまだ半分耳がいかれてたから)。それでわたしを抱きしめてくるんだもの、あのとんま。おかげでここ五時間ばかりあの子のどろどろをつけて歩いているわ。
ロージー、ジャックは今、生きのびて喜んでいるけれど、あの子の部隊からは三人が犠牲になりました。そのうちひとりは上官の少尉よ。親を亡くしたみたいに思う兵もいるから、気をつけて目を配っておくわね。
ティルダ×

ロージーがぐったりとモードにもたれかかった。ほっとしたのだ。

モードは彼女に両腕を回した。

あたしは最後の数行に目を凝らし、そこに書かれていることの意味がわかるまで、何度も何度も読み直した。〝ひとりは上官の少尉よ〟とティルダは書いていた。**ガレスって呼んでくれ**、と、まだ植字工にすぎなかった彼は言った。彼は『新英語辞典』のためにことばを活字に組んでいた。そしてもう一冊の辞書――『女性のことばとその意味』のために。彼は彼女と結婚した。あたしたちはストッダードさんとエブと出版局のほかのみんなと一緒に、聖バルナバ教会の外に立って「銀色の月明かりのもとで」を歌った。

彼女は知っているのだろうか、とあたしは思った。彼の名前は照合され、死の状況が確認される。彼女宛ての電報は、何人の手を通り過ぎるのだろう？　いや、彼女はまだ知らないだろう。

ガレスって呼んでくれ、と彼は言った。なのに馬鹿なあたしは一度もそう呼ばなかった。なれなれしすぎると思ったのだ。でも今、あたしは声を上げて泣いていた。

⁂

それから二、三週間後のある日、ハートさんがストッダードさんのところに話をしに来た。ハートさんは退職して六か月になるが、今でも、大きな猟犬を連れたホールさんと一緒に廊下を歩きながら、口出ししないように我慢している姿をときどき見かけた。

製本所に入ってきたハートさんは、ホールさんと一緒ではなかった。ハートさんが帰ったあと、ストッダードさんが、話があると言ってあたしを呼んだ。

その顔を見て、また誰か死んだ知らせだ、と心の準備をした。

「オーウェンさんが」彼女は言った。

それを聞いて、どこかほっとした。もう知っていることだから。あたしはただ頷いた。この頃、誰もがそうするように。

「オーウェンさん、組版《くみはん》をとってあったんですって」ストッダードさんは言った。「あなたに手伝ってもらった本の組版よ」

それも知っていた。

「ハートさんが、あと数部だけ製本を手伝ってほしいって頼みにいらしたの」

「ハートさんは知らないことになってたのに」あたしは言った。

「見ないふりをなさったのよ」

そのとき、それがこみ上げてきた。

「あなたがやってくれるかしらと思って」ストッダードさんが言った。

口がきけなかった。ただただ頷き続けた。そうしなければ頭がおかしくなりそうだった。

「ハートさんは今、頁を印刷させているそうよ」

⁂

あたしは折丁をできるだけゆっくりと、丁寧に折った。ことばたちを囁き、それを口にした女性たちの声を聴き取ろうとした。モードが手伝ってくれた。彼女は文を口真似し、名前を繰り返した。メイベル・オショーネシー、リジー・レスター、ティルダ・テイラー。

「うちのティルダだよ」あたしはモードに言った。

「うちのティルダだよ」モードは言った。

印刷されたティルダ、とあたしは思った。骨べらをほんの少し、滑らせた。小さく紙が破れるくらい。その折丁を脇によけ、その姉妹たちの丁合をとり、傍らに重ねた。

「いいんじゃないかしら」その一冊分をもらっていいかと尋ねたとき、ストッダードさんは言った。

五日のあいだ毎晩、エブとふたり、彼の書籍修復室に居残った。あたしがことばたちを紐と糸でかがり、エブが一部ずつ、小さな破れのあるのも含めて、質素な表紙を付けた。革も、金箔もない。それは彼女だけのものだから。終わったとき、あたしは自分の分の一部を手に座り、一枚ずつ頁をめくっていった。最後の数頁は真っ白だった。

そのとき、遊び紙にそれを見つけた。バスカヴィル書体で印刷された、〝永遠の愛をこめて《ラヴ、エターナル》〟。その書体は明瞭さと美しさのために選んだ、と彼は言っていた。

このことばが自分の本にあるのは間違っている気がした。骨べらを作業台からとると、それを使ってそのことばを切り取った。

あたしは全部の本からそのことばを切り取った。彼女の一冊は特別じゃないといけない、と彼は言っていた。それが終わると、あたしは修復室を後にした。

第二十六章

バスティアンが毎週月曜と金曜に学院でフランス語を教えはじめた。あたしとモードは、授業が終わったあとに彼と一緒に昼食をとるようになった。一度ロッタも来たが、バスティアンが座った途端、言い訳をして、慌ててどこかへ行ってしまった。

そして十二月のある日、お昼を食べに出版局を出ようとしたとき、モードがぴたりと動かなくなり、どうしてもあたしと一緒に学院へは行かないと言った。

「なんで？」

後ろから近づいてきたルーがモードの腕をとった。「だって、こんなに晴れていいお天気なんだから、ペギーのいい人を待って学院でぼんやり座ってるよか、あたしと散歩するほうがいいもんねえ」

「あの人、あたしのいい人なんかじゃないよ、ルー」

ちょうど出版局から出てきたアギーが、モードのもう一方の腕をとった。「いい人じゃんよ」彼女は言った。

「いい人じゃんよ」モードも言い、アギーがやったのとそっくりに目玉をくるりと回してみせた。

「さあ行った行った」アギーが言った。「あたしらはモードと楽しんでくるからさ。お昼のあと製本所でね」

⁂

「素敵な天気だね」授業が終わったバスティアンが言った。

「そうね」

「なのに来たの？」

あたしはオックスフォード・クロニクル紙をめくり、見出しに集中しているふりをした。

「戦争はどうなってる？」彼は訊いた。

あたしはざっと記事に目を通した。「ドイツ軍がイーディス・キャヴェルを処刑したあと、志願兵の数がすごく増えてるって」あたしは言った。

「イギリス人の看護婦だね？」

あたしは頷き、別の記事を斜め読みした。「アンザック・コーヴとスヴラ湾からの退却は大成功だったんだって。トルコ軍は完全に裏をかかれたって」

「彼らはなぜ戦うんだと思う？」

「誰が？」

「オーストラリア人やニュージーランド人やインド人さ。自分の国にいれば安全なのに」

「来てくれって頼まれたからでしょ」あたしは言った。

彼は別の新聞をとって座った。サンドウィッチを包みから出し、食べはじめる。新聞を読む彼を見つめながら、あたしは自分の目にはもう彼の顔の異様さが映っていないことに気づいた。それはもう〝彼〟だった。それはあたしが学院に来るたびに探す顔で、その顔を見るたびに、鼓動の高まりを感じた。彼が目を上げたとき、あたしは視線をそらさなかった。一瞬、彼は黙り込み、それから咳払いをすると言った。「今度、散歩に行かないか、ペギー？」

「脚を鍛えるのにはいいよね」ほっとしたのと嬉しさを隠そうとして、あたしは言った。

彼は片側だけの微笑を浮かべた。「脚のために誘ったわけじゃないよ」

⁂

二月に入り、バスティアンの脚はブロード・ストリートのブラックウェル書店まで歩けるほどに回復した。あたしたちは歩道に立って、飾り窓のなかに陳列されている『シェイクスピアのイングランド』を眺めた。バスティアンは杖に寄りかかっていた――僕の杖じゃない、と彼はよくむきになった。ずっと使い続けるつもりはないから。でも今のところそれは必要だったし、あたしの腕も必要だった。あたしたちは、トリニティ・カレッジや、シェルドニアン、オールド・アシュモレアン、それにグウェンが好んでそう呼ぶ〝ボドリー〟を見物するその辺の恋人たちとどこも変わらなかった。誰もが、戦争から一日をなんとかもぎ取ろうとしていた。

「この本の印刷を間に合わせるために、出版局は目が回りそうだったんだよ」あたしは言った。

「間に合わせるって何に？」

「四月のシェイクスピア没後三百周年」

「なぜシェイクスピアはそんなに重要なんだと思う？」バスティアンが訊いた。

あたしは笑った。「シェイクスピアがいなかったら、この街のガウンは大勢路頭に迷うもの――シェイクスピアのおかげで、いる意味があるんだから」

「でも、学者たちのおかげでシェイクスピアの人気が出たりはしてないね」

「そうね。シェイクスピアは昔から人気があったのに、ガウンたちが自分たちで独占しちゃったのよ」

「それでどんな内容なの？」バスティアンは陳列されている本を杖で指した。「『シェイクスピアのイングランド』だけど」

「彼の物語が生まれたイングランドについて」

「それでどの辺りから彼の物語は生もれたんだい？」

「生まれた」あたしは訂正した。

「出てきた」彼は言った。

「普通の人たちよ、ほとんどはね。王様や女王様のことを書いてても、シェイクスピアはあたしたちのことを書いていたの。あたしたち普通の人間の欲望について」

彼は『シェイクスピアのイングランド』から振り向いて、あたしを見た。

「僕たちは何が欲しいんだろう？」

あたしは折った頁を、さまざまな知識の断片を思い浮かべた。

「愛」あたしは言った。「権力。自由」

「自由？」

「罪の意識や狂気からの……」

彼は頷いた。

「あるいは期待からの」あたしは言った。

「あるいは死者からの」彼は言った。

「どういう意味？」

「僕らは死者を蘇らせたい、あるいは沈黙させたいと望む」彼は言った。「死の重荷から自由になるために」

母さんを墓から掘り出そうと思ったことがあった。でも今、頭の中の母さんの声は、優しくあたしに寄り添ってくれている。

「誰を沈黙させたいの、バスティアン？」

彼は飾り窓から振り返った。あたしは待った。

「ルーヴェンの人たち」彼は言った。

⁂

長い一日が終わった。その日あたしの骨べらの下を通過した頁は、数式で埋まったものばかりだった。それでも出版局を出たときはまだ明るく、バスティアンが柵に寄りかかって待っていた。心臓が小さく跳ねる。あたしたちを見ると、彼は帽子をずらし、体の向きを少し変え、戦争で傷ついた顔を――隠しはしなかったが――そらすようにした。

「へえ、あんたがバスティアンかい」アギーが平気な顔で言った。「話はずいぶんと聞いてるよ」

「そんなに聞いてないよ」あたしは言った。

「うん、そんなには聞いてない」ルーが言った。

「こんちは、バスティアン」モードが言った。

「こんにちは、モード」バスティアンが片側だけの微笑を浮かべて言った。「ペギーを散歩に連れていっても構わない？」

モードは頷いた。

「ああ行っといで」アギーが言った。「モードとルーとあたしは、お楽しみがあるんだからね。おふたりさんはお邪魔だよ」

「どこに行くの？」あたしは訊いた。

「行けばわかるよ」彼は言った。

ジェリコを通り抜け、パブの《プリンス・オブ・ウェールズ》、《ジェリコ・タバーン》、そしてターナーさんの新聞販売店の前を過ぎた。やっと立ち止まったのは、聖セパルカー墓地に続く小道の入り口だった。

バスティアンは小道に入ったが、あたしはウォルトン・ストリートに立ち止まったままだった。

「幽霊を信じてるとは思わなかった」彼は言った。

「信じてないよ」

彼はあたしの立っているところに戻ってきた。「それなら、死人が怖い？」

少しね、と思った。「まさか」と答えた。

バスティアンは、あたしの腕を自分の腕に組ませ、あたしは彼に導かれるままに前に進んだ。左右に木が生い茂った小道は、晴れているのに薄暗く、門番小屋は真っ暗だった。そこを通り抜けながら、住居に続く奥まった入り口に目を向けた。あそこには墓守《はかも》りがいて、奥さんが夕食の支度をしている、そう考えて心を落ち着かせた。バスティアンが立ち止まり、あたしは門番小屋の向こうの墓地を眺めた。

石の十字架があり、大小の墓石がまるで歪んだ歯のように地面から顔を覗かせている。でたらめに並んでいるように見えるけれど、そこには秩序があることをあたしは知っていた。生きているときの隣人は、死後も隣人だった。ジェリコの死者たちは北側の壁沿いに集まって眠り、ベリオールやトリニティ、セント・ジョンズのカレッジの死者たちは、南の壁に沿って眠っている。

　春の花が満開のイチイの並木道が伸びていて、その先に礼拝堂があった。それを思い出して、また足を止めた。礼拝堂を過ぎて北側の壁に向かうと、うちの家族の小さな墓石の群れがある――ひいじいさんたちとひいばあさんたち、大おばさんたちに大おじさんたち、大人になれなかった子どもたち。みんなどうやって死んだか、ひとことずつで言ってみせようか、万聖節の前の晩に三人でお墓を掃除しに来ると、母さんはよくそう言った。咳、事故、下痢に色ぐるい、殺人、それに失恋。モードはいつもそれを繰り返し、母さんは笑った。あたしがひとりかふたりの死についてもっと教えて、とせがむと、その物語をしてくれた。

　母さんが埋葬されてから五年になる。あのとき、あたしの手を握っていたのはモードだった。あたしたちは十七だったけれど、自分がモードよりいくつも年下のような気がした。モードはあたしより半歩前を歩き、人々がかける善意のことばを口真似しては、たくさんのお悔やみに応じた。あのときあたしはそこにいたくなかった。けれど、こんなに長く避け続けているつもりもなかった。

　バスティアンはイチイの並木道には進まず、あまり奥まで行く気はなさそうだったので、あたしはほっとした。彼は慎重な足取りで、あたしを南の壁に導いていった。木の根っこや崩れた墓石を一つ残らず知っているようだった。そんなにしょっちゅう来ているんだろうか、と不思議に思った。それに、どうしてここなんだろう。彼は平らな石で蓋をされた石棺のところで立ち止まった。

「まさかその上に座るんじゃないでしょうね？」あたしは言った。

「座るよ――なぜ？」

「なぜって、それお墓よ」

「そうか、じゃあやっぱり死人が怖いんだな」

「死んだ人を敬ってるのよ」

バスティアンは外套《がいとう》を脱ぐと、石の上に広げた。「僕が死んだら、友達が墓の上に座ってくれたら歓迎するけどな」

彼は悪いほうの脚を楽な角度に保つようにして座った。あたしがそのまま立っていると、上着のポケットから包みを取り出し、開きはじめた。

「チェルシーバンズだよ」

スパイスの香りがして、口の中に、ねっとりした甘いシロップの味がしてくる。それでもあたしは立ったままだった。

「ちょっと潰れてるけど、カバード・マーケットで今日買った焼きたてだ」自分の隣の空いた場所を手で叩く。「ペギー、マダム・ウッドが死んだのは、一八六八年だ。ずいぶん昔だし、お墓もほったらかしだから、きっと彼女を憶えてる人はもういないよ」

あたしはバスティアンとチェルシーバンズのほうに一歩踏み出した。「この人の名前を知ってるの?」

「もちろん。しょっちゅう訪ねるようになったからね。彼女は一番歓迎してくれるんだ」菓子パンを一口頬張った。

「この人、名前を呼ばれるの、何十年ぶりかもね」

彼は顔を上げてあたしを見、嚙み終えた。「この辺に埋まっている人たちはだいたいそうなんじゃないかと思うよ」また自分の隣を手で叩いた。「マダム・ウッドには、君の話をいろいろしてるんだ、ペギー。マダムは君のことを待ってるよ」

母さんが地中に下ろされたとき、あたしはえずいた。母さんが生きたまま埋められて、そのことを伝えられないんだという想像が頭を離れなかった。それは筋の通らない馬鹿げた考えだった。ただ、あたしは母さんが死ぬところを見ていなかった——拒んだのだ——だから母さんが苦痛から解放され、表情が和らぎ、手足が安らぐところを見ていなかった。そのあとに訪れた静けさを味わっていなかった。あたしは母さんの喘《あえ》ぐような苦しい呼吸に付きまとわれていた。ティルダがあたしを抱き寄せ、母さんの臨終のことをもう一度話してきかせた。**安らかだったわ**、と彼女は言い、モードが繰り返した。妹はあたしより勇敢で、あたしのように怒ってもいなかった。モードは母さんの手を握り、あたしたち二人分のさよならを言った。後になって後悔に囚《とら》われたあたしは、母さんが朦朧《もうろう》として、モードをあたしだと思い込んだ時間があったことを願った。でも、そんなことは起こらなかっただろう。母さんにとって、ふたりは全然似ていなかったから。

ティルダがジェリコに来たときは、モードと一緒に母さんの墓を訪れた。いつしか、ふたりはあたしを誘わなくなった。

あたしはウッド夫人の石棺の、バスティアンが座っている隣に腰かけた。片手を剝き出しの石の上に這《は》わせ、彫り込まれた文字の谷間を探った。誰かがそのことばを選んだ。娘だろうか。あなたが逝ってしまってから、娘さんは会いにきた？　心の中で呟いた。

バスティアンが菓子パンを差し出し、あたしが一口齧《かじ》り、咀嚼《そしゃく》し、照れたように笑うのをじっと見ていた。口についたべとつく甘いものを舐めていると、彼が身を乗り出し、突然、唇が唇に重ねられ、あたしが味わいそこなった甘みを味わった。彼の動きは慎重だった。たぶん、新しい口でどうキスすればいいかわからないのだろう。あたしがそうして欲しがっているかどうかも。気まずさが漂い、あたしは身を引いた。

「すまない」彼は言った。

「いいの」立ち上がって、彼の脚のあいだに立った。両手で彼の顔を挟む。その顔は今ではすっかり見慣れていたが、触れたことは一度もなかった。左手と右手に触れるものの違いを味わった。彼の肌の感触。骨があるところとないところの輪郭。あたしは再び彼の口を見出した。彼にキスするこつを覚えるのは、少し時間がかかりそうだった。

⁂

四月、セルビア人難民が到着すると、多くのベルギー人たちが去っていった。その中にはグーディとヴェロニクもいた。ストッダードさんがあたしたちを事務室に呼んだ。

「エリザベスヴィルのほうが暮らしやすそうなんですって」彼女は言った。

「エリザベスヴィルにあって、ここにないものって何なのさ」アギーが言った。アギーは、この知らせを自分への侮辱だと受け取った。

「イングランドの真ん中にある、ちっちゃなベルギーなんだよ」とルーが言った。「そりゃしょうがないよ。自分たちのことばを喋って、自分たちの食べ物を食べられるんだしさ。ヴェロニクが言ってたけど、ベルギーのお金も使えるらしいし。あの子は小学校で手伝うんだって——あんなに嬉しそうな顔、初めて見たよ」

ヴェロニクの幸せくらいでは、アギーの憤懣《ふんまん》はおさまらなかった。「じゃあ、あたしはこれからどうすりゃいいんですか？」

「グーディは大成功だったと思って、何か新しい目標を見つけなさい」ストッダードさんは言った。

「あなたが貢献できることはいくらでもありますよ、アガサ」

「いくらでも」とモードが言った。

「それでロッタは？」あたしは訊いた。

「幸い、ロッタはちっちゃなベルギーに住む気はまったくないそうよ」ストッダードさんは言った。

⁂

数週間後、アギーが辞表を出した。

「バンベリーの新しい軍需工場で仕事を見つけたのさ」彼女は言った。「六月の末からだよ」

ルーは仰天した。「じゃあもう出版局で働かないってこと？」

「大当たり」アギーが揶揄《からか》った。

聖バルナバ校に入学した四つのとき以来、あたしたちがお互いの顔を見ない日はほとんど一日もなかった。

「アギーはジェリコを出るわけじゃないよ、ルー。ポート・メドウの堆肥の山に行けば会えるし」あたしは言った。

「けど、軍需工場にあってここにないもんって何なのさ？」ルーが言った。

「いい給料だよ」アギーが言った。「それに、つ、つ、つなぎってやつを着られるんだって！」

第二十七章

バスティアンが待っていた。聖マーガレット教会の前の低い石垣に腰かけ、キングストン・ロードをずっと見ている。近づいてくる人影があたしだと確信するまでに一分くらいありそうだ。その一分のあいだ、彼を観察できる。

こうして見ると、彼がいかに姿勢に気を配っているかがわかる。体の向きも、頭の傾げ方も。柔らかな帽子の左側を少し深めに引き下ろしている。戦争で傷ついた顔を、教会なら大目に見てくれるだろうというように聖マーガレット教会のほうに向けていた。その姿は居心地が悪そうだった。あたしは足取りを速めた。

あたしに気づくと、彼はほっと緊張を解いた。教会に庇ってもらっていた顔を振り向かせると、通りがかりの子どもが目を瞠《みは》って立ち止まった。その女の子は、ひとことも口をきかないまま、母親に引きずられていったが、バスティアンは気づいていないようだった。彼が目を凝らしているのはあたしだった。視界をゆっくりと満たしていくあたしの姿が、彼に微笑を浮かべさせた。あたしは急に自分が気になりだし、はにかんだ。生まれてこの方、じろじろ見られるのは慣れっこだったが、それはモードが隣にいたからだ。今、モードは隣にいない。バスティアンの笑顔、彼の凝視はあたしひとりに向けられている。あたしだけに、彼は興味をもっている。彼に向かって一歩近づくごとに足が軽くなった。でもまったく気がかりがないわけではない。もやい綱が解けて漂っていくボートのように、自分がモードから離れていくのを感じる。ふと後ろを振り返り、モードが手の届くところにいるか確かめようとした。いつもの癖だ。でもこれが何であれ、あたしはどうしても欲しかった。自分を忘れたかった。モードにとって、いないものになりたかった。浮かんでくるさまざまな妹への思いを脇に押しやった。

「君か」彼は言った。

「そう、あたし」

セント・マーガレッツ・ロード沿いの家々はみんなよく似ている。背が高く、切妻《きりづま》屋根で、化粧仕上げがいらない上等の赤煉瓦でできている。ジェリコには立派過ぎるお屋敷ばかりだ。ブロード・ストリートからは遠く、《ジェリコ・タバーン》のすぐそばなのに、こうした家々の重厚な玄関に配達される郵便物には、オックスフォードの住所が書かれている。

あたしたちはゆっくりと歩いた。そのあいだあたしは、この並木道に自分が住んでいて、バスティアンは自分の夫で、戦争は終わったのだという空想に耽った。

「こういうお屋敷は、母さんが子どもの頃に建ったの」あたしは言った。「その頃はラッカム・レーンっていう名前で、この辺の裏道とたいして変わらなかったんだって。母さんが言ってたけど、ジェリコの子どもたちはみんなして、聖マーガレット教会が何もない地面から立ち上がってくるのを見物していたそうよ」

「お母さんはずっとこの辺に住んでたの？」

あたしは頷いた。「運河のそばの小道沿いにあるじめじめしたコテージ。母さんの父さんが育ったのもそのじめじめしたコテージで、母さんの母さんと弟が死んだのもそこだった。ジェリコの子どもはいつも咳をしてたって、母さんが言ってた。その子たち、こういうお屋敷は、自分たちのために建ててくれてるんだと思ってたんだって」

「子どもは、いいことを想像しがちだからね」

「母さんは、ずっとそんなふうだった」あたしは言った。

バスティアンは、一軒の家の門扉の前で立ち止まった。三階建てで、どの階にも背の高い窓が並んでいる。すごく光が入りそう、とあたしは思った。風も通りそう。

「この家の人たちが地下室を難民に貸してくれてるんだ」バスティアンが言った。彼は門を開けたが、あたしは後に続こうとはしなかった。あたしがここに入っていいなんて、誰も信じないだろう。

「みんな海岸に出かけてるよ」彼は手を差し出した。

「あらよかった」と言って、彼の助けを借りずに門を入った。

家の脇の階段を何段か降りたところに、地下室の独立した入り口があった。広い部屋に二台のベッド（狭いがスプリングはきいている）と二脚の肘掛け椅子（古いが詰め物はしっかり詰まっている）があり、冷たい石の床には敷物が敷かれていた。洗面台にはお揃いの洗面器と水差しが載っている。彼が紐を引っ張ると、電灯がそういういろいろなものを照らし出した。

「誰かと一緒なの？」

「この前までね」とバスティアンは言った。「別のベルギー人と一緒に住んでたんだけど、居心地が悪かったらしい」

「居心地が悪い？」あたしは言った。「朝日も入るし、肘掛け椅子は二つあるし。《カリオペ》なんか一つしか置けないのよ。あたし、てっきり地下牢《ろう》みたいなところかと思ってた」

「家具のせいじゃない」バスティアンは言って、戦争で傷ついた顔をこちらに向けた。

「冗談でしょう？」

「彼はドイツ軍が来る前に避難したからね。僕の顔は、彼にとって屈辱だったんだと思うよ」

あたしは一方の椅子に座った。「じゃあこれはずっとのことじゃないのね――じきに別の同居人が来るの？」

「なんだってずっとは続かないさ」

バスティアンは敷物に腰を下ろし、あたしが座っている椅子のどっしりとした木部に背中を預けた。

痛むほうの脚を伸ばす。

「場所を代わるよ」あたしは言った。

「僕は平気だよ」

前には彼の髪は濃い茶色だと思っていたが、その肘掛け椅子に座っていると、頭上の電灯に照らされた髪に色味が加わった。栗色やとび色に、炎のような赤い髪が数本交じる。彼が身動きすると、色がちらちらと移り変わった。

指先でその頭に触れた。髪は清潔でさらさらしていた。手のひらの下で、まるで絹のようだった。彼は少し体をずらし、戦争の顔をあたしの膝に持たせかけた。傷が消えると、戦争も消え去った。あたしはかつての彼を見ていた。ふたりが出会う前の。

彼の頭が重くなり、呼吸が深くなっていく。あたしは指を髪にもぐりこませ、頭の骨の上に遊ばせた。それから、一つひとつ確かめていった。豊かな唇、力強い顎先、まっすぐな下顎の線、高い頬骨。雑誌から抜け出てきたような顔立ち。ベルギーでは人を振り向かせ、微笑や好意を向けられただろう。愛を交わした女はあたしが最初ではないだろう。そう思ったとき、火照りと心臓の鼓動があたしを貫いていった。彼の顔の無傷の表面を指でなぞる。眉の稜線《りょうせん》、まっすぐな鼻。唇が軽く開いて、温かな吐息が触れた。顎の髭は綺麗に剃ってあり、ほぼ滑らかだった。一か所だけ、剃刀《かみそり》が届かなかった剃り残しがあった。耳たぶは耳たぶらしく柔らかかった。親指と人差し指でつまむと、それはつぶれ、彼がため息を漏らすのを感じた。自分の肌が粟立《あわだ》つのを覚え、彼の肌が粟立つのを見つめた。彼は美しかった。

「続けて」彼は言った。

気づくと、指が止まっていた。

「子どもの頃、母がよくこうしたんだ」

指先が彼の頬骨を探り、目の周りに触れた。

「あたしはあなたのお母さんじゃないよ、バスティアン」

瞼が震える。あたしはそれに触れ、鎮めた。

「君が何なのか、僕には言い表すことばがないな」彼は言った。

「友達？」

「もちろん。でもそれだけじゃない」

指の背で頬を撫でる。「朗読係。手紙書き」

「どっちもそうだね」

「腹心の友」

「近いけど、少し違うな。僕は誰かそばにいてくれる人が必要だった。そうしたら君が来た」

「運がいいじゃない」あたしは言った。

「君といて、一度も他人《ストレンジ》って感じがしなかった」

「あなたも変人《ストレンジ》って感じはしなかったけど」

「君は冗談にするけど、僕が言いたいのはそこなんだよ」彼は言った。「僕にとっては、何もかもが未知《ストレンジ》だった――ことばも、病院の匂いも、オックスフォードに響き渡る鐘の音も。痛みも」

深い息。彼の手が上がり、頬に触れているあたしの手を包んだ。

「失ったものばかりだった――世界の半分が見えなくなった。引き裂かれ火傷した皮膚には感覚がなくなった。前みたいに動くこともできない。自分が他人みたいな気がした。君のおかげで、僕は自分を思い出した」

「じゃあ家族みたいなものか」あたしは揶揄《からか》った。

「初めの何週間かは、実際、妹がいたらこんなふうに気持ちが安らぐのかな、と思ったよ」

「妹って！」

「初めの何週間かは、だよ」

「それで今は？」

彼の唇が開き、そして閉じた。あたしはそれに触れた。唇のあいだで戯れていたことばを拾い上げた。

「こいびと」あたしは言った。

指の下の微笑み。あたしの震える指の。

彼は頭を持ち上げ、あたしを見上げた。「そうであってほしい」

両手で彼の顔を挟んだ。身を屈め、微笑を浮かべられない唇にキスした。砕かれた顎先に、がたがたの下顎の線に、虚《うつ》ろな頬に唇を触れた。そして何も見ていないガラスの目の上の、決して閉じることのない瞼に口づけした。バスティアンは立ち上がろうとしたが、あたしは彼を押しとどめ、椅子から立ってカーテンを引いた。

あたしは彼の前に立った。身に着けているものすべてを脱いでいく。そうしながらあたしを見つめる彼を見つめた。ずっと憧れていた。すべてを見てもらうことに。この世にひとりだけの存在として。あたしの胸の丸みを見て、彼の胸が膨らむ。ズロースを滑り落としたとき、彼が呻《うめ》くのが聞こえた。あたしはゆっくりと慎重に動いた。ひとつの動作もおろそかにしたくなかった。裸になると、敷物の上で彼の隣に跪《ひざまず》き、彼が服を脱ぐのを手伝った。

⁂

あたしたちは眠った。床の敷物の上で、肘掛け椅子の前で、あたしたちは眠った。それはなぜか懐かしかった——彼の胸に載せた自分の頭の重みも、体に寄り添う彼の大柄な体も、彼の脚と絡み合う自分の脚も。目覚めたとき、彼の手が左の乳房のすぐ上のところを押さえていた。手のひらの重みの下で、心臓がとくとくと刻む鼓動を感じた。

あたしは身じろぎした。彼は手を引っ込めた。

「ごめん」彼は言った。

「いいの」その手をあったところに戻した。

「君が死んだ夢を見たんだ」すごく静かな声だった。

心臓の鼓動が速くなった。どれくらい彼はそうしてそこに横たわり、あたしが生きている証《あかし》を求めていたのだろう。

あたしにすれば、命の証はそこらじゅうにあった。ふたりが愛を交わした匂いがする——彼の脇の下に、そしてあたしの肌に。証は床のあちこちに散らばっていた——あたしの服と彼の服、そしてティルダの黒いベルベットの巾着から持ち出してきたフレンチ・レタ。生々しい疼《うず》き——脚のあいだの、そして心臓の——にそれを感じた。

胸から彼の手をとり、唇に当てた。彼が微笑むと、死者たちの影は部屋から消え去った。体をずらし、彼にまたがった。両手で彼の顔を挟んだ。微笑を浮かべることのない唇にキスした。砕けた顎先に、がたがたの下顎に、虚ろな頬に唇を寄せた。一点を見つめ、しかし何も見えない目に口づけし、ひんやりとした冷たさを唇に感じた。

⁂

あたしは自分が身に着けていた服を一つひとつ集めた。バスティアンが身支度するあたしをじっと見ていて、あたしはそうやって見つめている彼を見つめた。わざとゆっくり時間をかけた。鏡の前に行き、髪をくるくるとまとめて帽子をかぶった。彼の目が、鏡に映る手の動きを追っている。

「行かないと」あたしは言った。

「送っていくよ。君が住んでいるところを見たい」

「駄目。まだ明るいし、走っていかないといけないから」

⁂

留守にしたのは一時間以上——二時間を超えていた。光が薄れていく。《カリオペ》が見えたとき、頭の中がバスティアンのことからモードへと切り替わった。肌に残るひりひりするような余韻が、急に重苦しくなった。ふと、ロージーがちょっと覗いてみようと思ってくれたかな、と考えた。もし頼んでいたら、そうしてくれたはずだ。なぜ頼まなかったんだろう？　あたしは人に頼むことに、もううんざりしていた。

ハッチを開けたときには、空に残る光はほとんどなかった。たぶん十時半くらいだろう、と当たりをつけた。ランプは冷えきっていたので、火を灯し直した。モードの黄色のスカーフを床から拾い上げたとき、肘掛け椅子の背に夏用の上着がかかっているのに気づいた。どちらも仕事に行くときには身に着けていなかった。テーブルの上には紙と折り終わった星が六つ散らばり、汚れた皿と、半分飲みかけの牛乳のコップがあった。牛乳の表面にもう膜が張っていた。

汚れた皿と牛乳が半分残ったコップを手に取り、ギャレーに運ぶ。牛乳に酢を足し、サワーミルクにするために脇に置いた。皿を入れた洗い桶は、朝の食器でもう一杯だった。ギャレーの窓に映る影は歪んでいて、我ながらそれがモードなのか自分なのか見分けがつかなかった。外はもう日が沈みきり、真っ暗だった。あたしはモードをこんなに長くひとりにしてしまった。

寝室のカーテンを開けた。モードはとても小さく縮こまるので、他の人なら、ベッドは空っぽで、ただマットレスが古くてでこぼこなだけだと思ったかもしれない。でも、あたしには彼女の輪郭が見分けられた。彼女の腰が描く曲線に触れると、自分の鼓動が収まっていくのを感じた。モードは顎の下にしっかりと上掛けをたくしこんでいた。眠りの中で柔らかく開いたチェリーレッドの唇から、規則正しい吐息が漏れる。あたしはカーテンを閉めるとギャレーに戻った。

チェリーレッド。

まだ寝てしまう気になれなかった。もう少し目を覚ましていて、この幸福を夢に委ねるのを後回しにしたかった。薄いお茶を淹れ、テーブルに運ぶ代わりに、肘掛け椅子に座った。母さんの椅子だ。頑丈でスプリングがきいている。緑色のビロード地の安楽椅子だが、擦り切れてだいぶあちこち糸が見えている。うちのボートには釣り合わないこの大きな椅子を、母さんはどうしても、もっと小さいものと入れ替えようとはしなかった。

椅子の下には、すり減った敷物が敷かれている。靴をそっと脱ぎ、ストッキングを丸めるようにして脱ぐと、そろっていない絨毯《じゅうたん》の毛足に触れた。褪せた赤や緑、青の小鳥たちや樹々——**空想のオアシスよ**、と母さんはここに腰を下ろして『千夜一夜物語』のお話を読もうとするとき、よくそう言った。あたしたちはその足元に座り、モードは絨毯の模様に心を奪われ、あたしは母さんの声が紡ぎ出す魔法に心を奪われた。母さんはあたしのシェヘラザードで、あたしはことばを逃さずつかまえ、さまざまな空想と戯れた。母さんは本を閉じると、身を屈め、あたしの顎を持ち上げた。**憶えておいで、ペグ**。あたしは頷く。次のことばはわかっているから。お話のなかのお気に入りの一節を待つように、それを待ち構える。**自分の身の丈に合わせて縮こまってたら、そのうち消えて見えなくなっちゃうんだからね**。

母さんの肘掛け椅子に座ることは滅多になかった。避けていたわけではないけれど、あたしたちは二人だし、肘掛け椅子は一つしかない。テーブルのほうが、都合がよかった。

あたしは縮こまっているだろうか？

お茶を飲んだ。ランプの明かりが揺れた。勢いをつけて立ち上がり、空のカップを洗い桶に運んだ。服を脱ぐ。脱いでいく一枚一枚が、動作の一つひとつが、記憶の再演だった。瞼を閉じて、見たものを、音を、匂いを呼び起こす。ブラウスのボタンをはずし、シュミーズを滑らせた。布が乳房をかすめ、傷痕が残る彼の指先の感触が蘇った。体を撫でる空気の流れに、首筋に当たる彼の囁きを感じた。彼はフランス語を話した。そのことばの半分も知らなかったけれど、あたしは理解した。

寝具を持ち上げ、ベッドの妹の隣にもぐりこんだ。かすかな煙草の匂い。ティルダがときどき吸う煙草に似ていた。

聖バルナバの鐘の音を待ちながら、それが鳴り響く前に目覚めた。日の出の光を浴びて《カリオペ》は薄明るく、モードを起こす時間まで十五分くらいはありそうだった。あたしは上掛けを折り返すと、マットレスの端に座った。足を部屋履きに滑り込ませ、ベッドの足元に掛けてあったショールに手を伸ばす。さっきまで夢を見ていた。肩にかけたショールを掻き寄せながら、どんな夢だったかを思い出そうとした。バスティアンの夢だったけれど、つかまえ損ねてしまった。

ストッキングを穿《は》いた妹の足が見えたのは、そのときだった。

上掛けの下を覗くと、モードは服を着たままで、身に着けているのはティルダのアプリコット色のドレスだった。

唇がチェリーレッドに染まっている。その色が頬に伸び、滲んでいた。おめかしごっこ。子どもの頃、ふたりでよくやった遊びだ。あたしは眉をひそめた顔に笑みを張りつけ、上掛けをモードに掛け直すと、ギャレーに行った。

「スクランブルエッグだよ」と言って、テーブルについたモードの前に皿を置いた。モードはまだドレスを着たままだ。ストッキングも穿いたまま。

妹は皿を押しやった。

「でもあんた、スクランブルエッグ好きでしょ」

妹は皿を引き寄せると食べはじめた。

「それでよし」あたしはコーヒーを手にテーブルについた。

「でもあんた、スクランブルエッグ好きでしょ」とモードは言い、あたしの前の空っぽの場所をフォークで指した。

「あんまりお腹減ってないんだ」と答えると、モードは朝食に戻った。

「昨日の晩、寝間着に着替えるの忘れたね、モーディ」あたしは言った。「新しいドレス着て寝ちゃったりして」

「男の子たちをちょっとどきどきさせちゃおうか」彼女は言った。

モードがティルダの前でくるりと回って見せたとき、ティルダが言ったことだ。

「すごく可愛いドレスだね」あたしは言った。

「可愛いオウムに可愛いおべべ」

それをモードがどこで覚えたのか、あたしにはわからなかった。コーヒーが冷たくなっていた。

第二十八章

どんなに宥《なだ》めすかしてもモードは着替えようとせず、アプリコット色のドレス姿で仕事に向かった。家事や、出版局の仕事や、カウンターの後ろに立つ長い一日にふさわしい身なりをした女ばかりがいるジェリコの通りで、その姿はひどく目立った。数人の男たちが帽子をとり、ひとりの兵士がモードにおはようと挨拶した。モードは「おはよう」と口真似し、くるりと回ってみせた。

あたしたちはターナー新聞販売店に寄って、アギーにお菓子を買った。

「綺麗なドレスだね、ミス・ジョーンズ」ターナーさんが言った。

「アギーが今日で最後なんです」説明になりもしないのに、あたしは口を挟んだ。

丁合台の周りに座ったあたしたちは、いつもより少しばかりお喋りで、少しばかりだらけていた。アギーはいつにも増して大声を出していたけれど、ホッグさんは自分の権威がもう役に立たないことを知っていて、見て見ぬふりをした。

ロッタとあたしは丁合をとっていた。彼女はそれを以前より手際よくやるステップを身につけていた。あたしはじっと観察し、彼女の体がリズムに乗り、表情が柔らかく変わるところを見るのが好きだった。本人はそんな変化に気づいていないはずだから、あたしは一度も口に出したりはしなかった。ただ自分のステップを彼女のステップと合わせ、彼女の気を散らさないようにするだけだ。

でもその日に限って、丁合台に沿って動くロッタは、まるで下ろしたての靴を履きならそうとしているみたいだった。動き方はぎこちなく、あたしは息を合わせようとするのを諦めた。次々と折丁を腕に載せ、バスティアンのことを考えながら気だるいリズムを刻んだ。

ロッタが最初の折丁の束をルーに渡した。少し遅れて、あたしが自分のをモードに渡した。

「のろま」モードが言った――非難しているのではなく、見たままを言っただけだ。彼女は端を叩いて平らに揃え、ぱらぱらとめくり、確認のためにアギーに渡した。

モードったら、と思ったあたしは、頬にキスしようと身を乗り出した。その寸前でモードが振り向き、あたしの唇を唇で受けた。ぎょっとした顔をしげしげと見た彼女は笑い出した。それは妙な響きだった。

「なかなかいける?」彼女は言った。質問だ。

なんと答えていいかわからなかった。

「なかなかいける」彼女は答えて言った。

アギーがモードの渡した折丁をぱらぱらとめくる。「前もうしろもわからんわ」彼女は言った。「これ何語?」

「ドイツ語」と、もう次の束をルーに手渡しながら、ロッタが言った。ルーが端を叩いて揃えた。ぱらぱらめくる。

「ドイツ語?」アギーがおうむ返しに言った。「なんでうちでドイツ語の本を印刷してんの?」

二冊目はもっと気をつけて折丁を集めた。四回折りの折丁が二十台。それぞれの折丁に三十二頁。標題の頁をちらりと見る。〝ドイツ名詩選――ルターからリーリエンクローン〟〝H・G・フィードラー編〟。キャナンさんが代議員たちと議論しているところが目に浮かんだ。題名からオックスフォードをとってしまえば、誰も我々がドイツに同情的だなどと糾弾できますまい。

「詩だもの」あたしは言った。

「ド、イ、ツの詩だろ」アギーが言った。

「詩」モードが言った。

ロッタが集める手を止めたので、あたしも止まった。彼女は詩の一篇を読んでいた。ことばに合わせて口が動いている。

「読んで聞かせてよ、ロッタ」あたしは言った。

オー、ムッター、ムッター！　ヒン イスト ヒン！
フェアローレン イスト フェアローレン！
デア トート デア トート イスト マイン ゲヴィン！
オー、ヴェーレ イッヒ ニー ゲボーレン！

「英語にするとどういう意味なの？」

彼女は丁合台越しにあたしを見た。その距離は遥か遠くに感じられた。それから彼女はまた詩に目を落としたが、しばらく何も言わなかった。たぶんうまく翻訳できないのだろう、とあたしは察した。やっと彼女が口を開いたとき、そのことばは囁くようだった。


おお、お母さま、お母さま！　それはもうなくなってしまったわ！

失われたものは失われたもの！

死、死こそわたしの慰め！

おお、わたしなど生まれてこなければよかったのに！

彼女はまた丁合台に沿って歩きはじめ、あたしもそれに倣ったが、足取りの軽やかさは消えてしまった。

「こういう詩を知ってるの？」あたしは言った。

「ベルギーでは、隣人たちの詩を学ぶの。言語を学ぶのと同じように」

「なるほどね」

「何がなるほどなの？」ロッタの仮面が滑り落ち、あたしは、彼女がせせら笑っているのかと思った。何を言えばいいかわからなかったが、答えるまで彼女が目をそらさないことはわかっていた。

「だって、お隣さんのことを理解するほうが、しないよりいいんじゃないの」

「わたしも前はそう思っていたわ」

あたしは黙っていた。丁合台に沿って進み、集めた折丁を渡し、始めに戻る。「もし隣の国が敵になったら」何か口にすべきかどうかもわからないままに言った。「あたしなら、その国の人たちが何を言ってるのか知りたいもの」

ロッタは立ち止まった。あたしも止まった。いつも伏せている瞼の影が落ちていない彼女の瞳は、刺すように青かった。彼女は声を抑えながら、しかしひとことひとこと正確に発音した。叫び出さないようにする努力で、上唇が震えていた。

「ドイツ人はわたしの敵じゃないわ、ペギー。でも、ことばを武器のように使ってきた人たちがいるの。邪悪な考えを広めるために。相手を辱め、傷つけるために何をするつもりか、事細かに話すの。もうすでにやったことも」

彼女は唐突に口を閉じた。きっと自分に課した秘密保護法に違反してしまったのだろう。あたしが見守る前で、彼女はあふれ出たものを引っ込め――頭を振り、瞼を伏せた。顔を上げたとき、瞳の青は翳《かげ》り、声は平板だった。

「あなたがたイギリス人が子どもに教える棒と石のことわざがあるでしょう?」あたしより先にモードが答えた。

「〝棒と石はあたしの骨を折るけど、ことばで怪我はしっこない〟」モードはこれをよく知っていた。ロッタは妹が座っているほうを見やり、あたしはもう少し彼女が自分をさらけ出すだろうかと思った。でも彼女は急にぐったりとした。闘う気力が失《う》せてしまったようだった。

「それは嘘よ」ロッタは言い、あたしに視線を戻した。「モードは知ってるわ」

「嘘」モードが言った。

「そういうこと全部に耳を塞げたらよかったのに」ロッタは言った。次の折丁を山からすっと取ると、腕に載せた。あたしも同じことをした。午前のお茶の鐘が鳴るまで、あたしたちは黙りこくったままだった。

⁂

その日が終わると、一冊分の折丁が、ほかとは別に置かれていた。

「この束、どうしたの?」あたしは訊いた。

アギーがモードのほうに頭を傾けた。「あんたとロッタが詩の話をしてるあいだに、真ん中の折丁をぐちゃぐちゃにしちゃったの」

「ぐちゃぐちゃ?」

「うん、ぐちゃぐちゃ」アギーがモードのしたことを見せた。

「でたらめに折っちゃったんだね」あたしは言った。

アギーは駄目になった折丁をあたしの手からとり、あっちに向けたり、こっちに向けたりした。

「前もうしろもわからんわ」

あたしは製本所を見回した。ストッダードさんは台帳の上に頭を俯《うつむ》けている。ホッグさんは聖バルナバを出たばかりの新入りの子を、無駄口を叩いたといって叱っていた。

あたしはアギーからその折丁を取り返すと、前掛けのポケットに滑り込ませた。

⁂

その日の夕方、あたしたちが帰ってみると《カリオペ》は日向《ひなた》に置いた缶詰みたいに熱くなっていた。開け放したハッチを『チェスの歴史』で押さえ、左舷《さげん》と右舷《うげん》の窓を開けた。空気が抜けていくのを感じて、息をついた。

モードはテーブルにつき、紙を入れたビスケットの缶に手を伸ばした。帽子はかぶったままで、アプリコット色のドレスも一晩と丸一日着たままだった。あたしは近づき、背後に立った。妹が折りはじめるのをしばらく眺めてから身を乗り出し、両腕を彼女の肩に回して耳元で囁いた。

「モーディ、また今晩もお出かけ？」

予想していたのは困惑だった——なぜ〝また〟なんて言うの？ という。でもモードは肩をすくめた。出かけるかもしれないし、出かけないかもしれない。そのうなじからかすかな煙草の匂いがした。

これまでしたことのない会話をする必要があったが、モードにもあたしにもその台本がなかった。モードはあたしがもっと質問し、母さんがそうしたように隣に座って、一緒に必要なことばを探すのを待っていた。

「帽子だよ、お馬鹿さん」あたしに言えたのはそれだけだった。作り笑いをして、彼女の頭から帽子をとり、ハッチの横にある掛け釘に掛け、外の運河の水を眺めた。水面には、料理油の虹色の膜や、いろんな屑が浮いていた。空の缶が流れていく。あれが水で満杯になって、川底に沈むまでどれくらいかかるだろう。

ソーセージとマッシュポテトの献立のつもりだったが、穴の中のヒキガエル《トード・イン・ザ・ホール》（ヨークシャープディングの生地にソーセージを入れて焼いたイギリスの郷土料理）を作ることにした。モードの好物のひとつだ。種をいつもより長く、しっかりと混ぜた。火が通るにつれて、種が膨らみ、母さんが作るとそうなったように、ソーセージを呑み込んだ。あたしがそれをテーブルに置くと、モードはパチパチと手を叩き、食卓を挟んだ会話は普段と変わりなかった。

食後には新鮮な桃を食べた。モードは折り紙を危険からじゅうぶん遠ざけておいてから、切り分けた汁気の多い桃を口に運んだ。あたしは彼女が指をきれいに舐め、その手をドレスで拭くのを見つめた。あたしは叱らなかった。

モードがまた折り紙を始めると、最初にいくつか折った襞《ひだ》を見て、それがハートであることに気づいた。

「そのハート、誰にあげるの、モーディ？」

彼女は肩をすくめた。

あたしは鞄からドイツ語の詩の折丁を取り出し、テーブルに置いた。モードが身を乗り出してそれを見た。

「詩」彼女は言った。

「ドイツの詩だけど」アギーの口調と表情を真似すると、モードはにっと笑った。

あたしは深呼吸し、例のでたらめな折り皺に指で触れた。

「モーディ、これ何なの？」

彼女は頭を前後に振り、体をわずかに揺らした。答えられない。混乱している。この子にことばが**見つからないことを言わせようとしないでください**、母さんは昔、学校の先生たちに言った。**この子**

が別の方法で言い表せるように助けてやってください。

「紙を伸ばしてもいい？」あたしは折丁に手を載せた。

モードは頭を頷かせはじめ、体を揺らすのも止まった。「紙を伸ばす」彼女は言った。

あたしは折丁を広げ、もう一度きちんと折り直した。

「もうちょっとロッタに翻訳してもらおうか？」

「棒と石」モードが言った。

「バスティアンに頼んでもいいよ」

「棒と石」

「ティルダにいくつか送ってみようか？　ドイツ人のお医者さんに翻訳してもらってくれるかも」

モードが頷いた。「フーゴー」

⁂

一九一六年六月二十三日
ペグズへ
詩を読んでフーゴーは泣いていました。翻訳してほしいと頼んだとき、あの人、何かドイツ人捕虜が書いたもののことだと思ったらしいの。それがリーリエンクローンの詩だと知って喜んでいました。題は「麦穂の海に死す」ですって。紙を見て最初の何行かを朗読してくれました。ねえペグ、彼、その詩を知ってたわ。そして詩の続きを暗誦したの。まるで昨日書かれたみたいな詩だけれど、何十年も前のものだそうよ。また別のプロイセンとフランスの戦争のことですって。
彼はオックスフォードと《カリオペ》のことなら何でも知っています。あなたとモード、それにもちろんヘレンのこともね。彼女のことを話しても、彼は驚いたりやきもちを焼いたりしません。この場所では、何かを感じる能力も削《そ》がれてしまうのね。あなたが製本所から詩をくすねてきた話をしたら、にこにこ笑っていたわ。ドイツ人のことばは印刷しないといって、拒否することもできたのに、と彼は言いました。そうしなかったことが希望をくれるんですって。「われわれの詩を通じて、君らにわれわれを知ってほしい」と言っていました。「詩は君らのと変わらないから」って。すごくロマンチックじゃない？　でもわたしは怒りくるったの。詩なんかもうたくさんだと言いました。普通に死ぬよりひどい死に方をしたり、怪我をして普通に暮らせなくなったりしたからって、平凡な男たちを聖人みたいに描いてみせる詩なんかもうたくさんよって。クソ麦畑で死ぬことなんて、ちっとも気高くないって言ってやりました。ただ無駄なだけだって。

　わたしが喚《わめ》き散らしているあいだ、フーゴーは一度も口を挟みませんでした。相手にされないと、ずっとがみがみ言ってるわけにもいかなくて、わたしはそのうち息切れしてきました。それで息を整えていたら、フーゴーがキスしてきたの、自分にさんざんお説教したこの口によ。そしてこう言いました。「詩は、耐えがたいものを耐えるための道具なんだ。だから時には嘘になるのはやむを得ない」そんな理屈、頭にくるじゃないの。

　そのとき、なぜアリソン（リヴィングストーン婦長のことよ）が患者たちを〝汚らわしい野蛮人《フン》〟と呼ぶのをやめないのかわかりました。そう思わなければ——彼らを普通の人間だと思ってしまったら、この何もかもに耐えられなくなりそうだからよ。

ティルダ×

　あたしは「麦穂の海に死す」を読み、それから「ヴェア　ヴァイス　ヴォー」を読んだ。フーゴーはそれを〝いずこことも知れず〟と訳していた。最初の一行はこうだった——〝血と骸《むくろ》、瓦礫《がれき》と煙の上に〟。そこには何の栄光もなかった。最後まで読み終えて、あたしは思った。この詩の真実を知ってティルダは満足しただろうか。満足はしなかっただろう。でも、怒りくるいもしなかっただろう。それはただ、彼女をひどく悲しませただけだっただろう。

第二十九章

バスティアンと活動写真館から出てきたとき、外はまだ明るかった。オックスフォードは人々で賑わっていて、軍服が目に入らなければ、いつもと変わらない夏の夕べといってもよかった。若い士官たちが、学生の頃そうやって外にたむろしていたように、かつてと同じパブの外に群れている。二、三人ずつ連れ立って通りを抜けていく若い娘たち。腕を組んだ男女が、こっちのカレッジ、あっちの教会と立ち止まっては建物に見とれている。戦争中でも、オックスフォードにはまだ観光客がやってきた。そして戦争中でも、暖かな夏の夜はまだ平和な気分をもたらした。

夕方にオックスフォードから家に帰るときは、曳き船道を避けるようにしていた。でも辺りはまだ薄明るく、バスティアンが一緒にいる。曳き船道のほうが、街の通りよりも雰囲気がある気がした。ハイズ橋をちょうど過ぎたところで、男たちに気づいた。軍服姿の者も、襟付きの白いシャツを着ている者もいる。数人はつなぎ姿で、その日の仕事が終わった後、家に帰っていないのは明らかだった。男たちはビールで腹をいっぱいにし、曳き船道をよろめき歩いていた。

「あいつ、そのうち川に落ちるぞ」バスティアンが言った。

「ちょうどいいんじゃない」

バスティアンは声を上げて笑い、あたしは顔をそっちに向けた。笑いは彼の顔を一変させる。そしてあたしはまだその理由を掻き集めているところだった。

そのとき声がした。聞き覚えのない声。「よう、また会ったな」

どこから現れたのかわからないが、男が曳き船道のあたしたちの目の前に立っていた。ちょうどアイシス水門のすぐそばだった。軍服を着ているが、軍人らしいきちんとしたところは少しもない。彼はあたしを上から下までじろじろ見た。ときどき、そんなふうに見る男がいる。その晩早くにドレスを着たときの自信は消えてしまった。運河から吹いてくる風が、肩を、鎖骨を、胸元を揶揄《からか》うように撫でていく。襟が開きすぎだろうか、生地が薄すぎるだろうか。それはティルダの服を小さく縫い縮めた一枚だった。あたしはバスティアンの手を離したが、もっとそばに寄った。彼は腕をあたしの肩に回し、あたしは彼の胸の筋肉が張り詰めるのを感じた。

「挨拶したろ」男は少し身を泳がせて、小さく笑った。バスティアンを見て、あたしに視線を戻す。

「今度はおめえが言う番じゃねえか」

あたしたちはその脇を素通りした。

「つれなくすんなよ、俺の可愛いオウムちゃん」

あたしはさっと振り向いた。

「今なんて呼んだ?」

男の片眉がぴくりとする。戸惑っている。体を寄せてきた。

「俺の可愛いオウムちゃん」笑顔を作ろうとする。煙草の匂いがした。

「なぜ?」

「おめえが喜ぶからさ」また眉がひくついた。そして彼は突然悟った。あたしが悟ったように。彼は一歩よろめくように下がり、バスティアンに目を向けて、たじろいだ。

「あんた何したのよ?」あたしは怒りを込めた低い声で言った。

「酔っ払いだ」バスティアンは言うと、あたしにかけた手に力を込めた。安心させようとしているのか、引きとめようとしているのか、わからなかった。

「あんた、あの子に何したのよ?」あたしはわめいた。

男はまた、あたしの全身を眺めまわした。間違い探しをするように。ほんのわずかな印刷のあらを探すように。その目があたしの目と合ったとき、彼は納得した。首を振った。

「可愛いオウムだって？」あたしは吐き捨てた。

「なんにもしてねえよ」彼は言った。

「何かはしたでしょ」

ちらりとバスティアンを見る。「あの娘が嫌がることたあ何もしてねえって」

あたしは男を押した。痩せて薄い胸を、昔、聖バルナバのいじめっ子がモードを揶揄ったときにそうしたように、両手で突き飛ばした。肩からバスティアンの腕を振り払った。あたしは走った。


「モード！　モード！」

肘掛け椅子は空っぽだった。ギャレーも空っぽだ。テーブルには誰も座っていない。

「寝てるわ。もう遅いもの」寝室のカーテンの向こうからロッタが現れた。

妹をそっとしておくようにという、無言の指図を無視し、あたしはギャレーに戻ってきたロッタを押しのけるようにして寝室のカーテンを開けた。

モードは枕を抱えて丸くなり、夢を見ながら瞼を細かく震わせていた。あたしはその頬に触れた。彼女は温かく、安全だった。額にキスしたが、目を覚まさなかった。ベッドの足元にはアプリコット色のドレスがあった。

カーテンを閉める手をロッタが見つめていた。テーブルに向かう後をついてくる。座ったあたしをじっと見て、何か言うのを待っていた。何を言えばいいんだろう。あたしは両手に頭を埋めた。

「何かがあったの」彼女は言った。

あたしは頭をさっと上げた。ロッタの顔に浮かんだ表情を見て恥じ入った。それは問いではなかった。彼女はあたしに教えている。あたしがすでに知っているべきことを教えている。「あったって何が？」あたしは訊いた。

そのとき、バスティアンが追いついてきた。こんなふうに彼を《カリオペ》に引き合わせるつもりではなかった。彼は『チェスの歴史』につまずき、ハッチから入ってくるとき頭をぶつけた。あたしの後を追って走ったせいで、蒼白《そうはく》な顔をしていた。ロッタがそばへ行き、手を貸して肘掛け椅子に座らせた。

ギャレーに戻った彼女は、わざとらしくこちらを見ようとしなかった。水差しを取り、コップに水を注いで、座っているバスティアンのところへ戻った。

「ロッタ」あたしは言った。こんな狭い場所には大きすぎる声だった。「何を知ってるの？」

それでようやく彼女はあたしを見たが、その表情は拒絶するように硬かった。「何も知らないわ」彼女は言った。「でも想像はつく」

「何を想像したのよ？」さっきより声を落として言った。あたしに曳き船道を全力疾走させた怒りは、罪悪感によって勢いを失っていた。アプリコット色のドレスはすぐ着られるように広げてあった。モードはまた出かけるつもりだったのだ。誰かの可愛いオウムになるために。

「モードはティルダのドレスを着て、唇を赤く塗ってる」ロッタは言った。「新しいことばを使うようになった。あなたも聞いたでしょう。どこで覚えたのか、どういう意味なのか、不思議に思わなかったの？　それとも忙しくて気にする暇もなかった？」

「どういう意味よ？」

「あの子を置いて出たの？」ロッタが訊いた。バスティアンにちらりと視線を向けた。

「いつのこと？」

「いつでもよ！　あの子をひとりにしたの？　あの子があなたなしで大丈夫だと思ったの？」

答えられなかった。もちろん、ときどきモードを置いて出かけることはある。しょっちゅうそうしている。でも長い時間ではないし、必ずロージーに言って出る。ただ最近は……置いて出たかもしれない。一度か二度は。でもモードは料理をしてはいけないことを知っているし、紙があれば、それを折って機嫌よく留守番している。あたしは時間を忘れたことがあっただろうか？　たぶん。一度か二度は。一度か二度、ひとりでいることの解放感に、時が経つのを忘れたかもしれない。一度か二度は。

ロッタがあたしを睨みつけていた。

「あの子を〝可愛いオウム〟と呼んだのは誰？」彼女は言った。「あの子が『なかなかいける、なかなかいける』と言ったでしょう。この前、製本所であんなふうにあなたにキスしようとしたときに。あれはどういう意味？」

あたしが黙っていると、ロッタは声を張り上げた。

「わざとわからないふりをしてる」彼女は怒鳴った。「他人ならともかく、あなたは何が起きるか知っていなくちゃいけないの。なのに、あなたはあの子を置いていったのよ」

「あたしが、他人ならともかくって――」でもロッタはまだ言い足りず、あたしは気圧《けお》された。「あなた、じっとしていなさいって言えばそうすると思ったんでしょう。でもあの子は好奇心が強いの。あの子たちはみんなそうなのよ」

そして彼女は行ったり来たりしはじめた。髪に指を突っ込みながら。あたしは自分の声を取り戻そうとした。

「モードはあ、あ、あたしの妹だよ、ロッタ。いつ留守番させて平気か、いつなら駄目か、わかってるつもりだけど」

ロッタはぴたりと止まり、振り向いた。青白い顔が、あたしには理解できない憤怒《ふんぬ》でまだらに染まっていた。

「彼女は子どもなのよ！」彼女は金切声で叫んだ。「口を開けば童謡ばかり出てくる子どもなの。意味もわからなくて。だから危ないのよ。それなのに彼を残していった。なぜ？　なぜ置いていったのよ？　**プルコワ《なぜ》？　プルコワ？**」そのことばは、身を引き裂くようなすすり泣きに混じって、何度も何度も途切れ途切れに繰り返された。バスティアンが彼女に寄り添っていた。やがて嗚咽《おえつ》は空気を求める喘ぎに変わったが、囁くような「**プルコワ？**」という問いがやむことはなかった。彼の腕が彼女に回される。あたしを包んだ腕だ。そして彼女はその腕の中にくずおれた。

バスティアンが彼女に話しかけていた――切れ切れのフランス語が聞きとれた。彼は彼女に手を貸し、肘掛け椅子に座らせた。彼女が座って初めて、あたしはモードがいることに気づいた。じっと動かず、無表情に立っている。額縁のように背にしたカーテンは、あたしたちの寝室を暗くしておくことはできても、音を遮る役には立たない。モードは何を聞き、何を見たのだろう。それをどう理解したのだろう。あたしはモードに近づこうとしたが、彼女は唇に指を一本当てた。**ふたりを邪魔したら駄目**、そう言っている。モードは理解していた。いつも、わかっていた。あたしは待った。

バスティアンが、ロッタはどこに住んでいるのかと訊いたので、ストッダードさんの家への道順を教えた。彼はロッタを《カリオペ》から助け下ろし、あたしはその後に続いた。曳き船道に立ったまま、二つの影がウォルトン・ウェル橋のほうへ歩いていくのを見つめた。背丈は同じくらいだった。

あのふたりは同じ言語を話す。ふたりがフランス語で話しているところを想像した。それは気楽だろう、とあたしは思った。相手に完全に理解してもらえるのは、どちらにとってもほっとすることだろう。

モードはもうベッドに戻っていた。あたしはベッドに入ると、膝をモードの膝の裏にぴったりと合わせ、お腹を彼女の背中に押しつけた。片手を彼女の腰に置き、一瞬、彼女の髪の匂いを吸い込んだ。バスティアンの触れる手、首筋に当たる彼の吐息の記憶が蘇り、身を震わせた。あたしの手が男の手だったら、妹の体はどう応えるのだろう、と想像した。曳き船道で会った兵隊を思い出し、肌に悪寒が走った。

悪寒が走ったのはあたしの肌だ。でも彼女の肌は？

アプリコット色のドレスは、きちんと広げてあった。

「あのドレスよく似合うよ、モーディ」あたしは言った。

これじゃ駄目だ。

「そうだ、学院の寄付金集めの会に着てったら？　ダンスがあるんだって」

「子どもと爺さん」彼女は囁いた。

「ポート・メドウの空軍基地から飛行士も来るよ」あたしは言った。「特別に招待したんだって」

モードは力を抜き、あたしは彼女が腰を抱かれ、ダンスフロアをくるくると移動していく姿を思い浮かべた。おしまいにはキスされるかもしれない。それはきっと素敵な気分だろう。

「もうハイズ橋にはひとりで行かないほうがいいよ、モーディ。あんたが会ったのは、ちゃんとした男じゃないから」

彼女はしばらく黙っていた——眠っているのではなく、考えている。そしてあたしは、彼女が何を言おうとしているのか考えた。**辛抱してあげて**、母さんならそう言っただろう。あたしは目を閉じ、枕に頭を沈めた。

「ちゃんとした男？」モードの問いで、うとうとしていたあたしは眠りから引き戻され、あやうく〝バスティアン〟と口走りそうになった。

「わかんないけど」あたしは言ったが、モードが失望するのがわかった。母さんが首を振るところが目に浮かんだ。**もう少し頑張って。わかりやすく。**

「そういう男の人は、あんたのことを理解したいと思うんだよ、モーディ。あんたのほうも理解したいと思うような相手なの」本みたいに、と思った。「すごく素敵で複雑な折り紙みたいに」あたしは言った。

⁂

次の日のお昼休みに、学院のいつもの場所で新聞を読んでいると、バスティアンが探しにきた。彼はサンドウィッチの包みを開き、あたしは新聞をめくった。

「帰り道、ロッタと何を話したの?」あたしは訊いた。

「何も」彼は言った。

「何かは話したでしょう」

「何も」彼は繰り返した。

あたしは新聞をめくるのをやめて、疑わしそうに彼を見た。「バスティアン、ぜったい何かは話したに決まってる。昨日の夜、ロッタはどうしちゃったわけ?」

「彼女は……」彼はふさわしいことばを探していた。「彼女は普通じゃないんだと思う。傷んでしまった。彼女は自分の死者を埋めてないんだよ」と彼は言った。「それに、埋葬したくなんかないんだろう」

「ごめん」あたしは自分の言い方を恥じた。

「いいんだよ」彼はあたしの手をとった。「ロッタはもう、いろんなことがどうでもいいんだと思う。モードは別だけどね。昨日の夜、彼女は怖かったんだ」

「なぜモードなんだと思う？」

それには答えず、ますます気まずそうにした。

「あの人、何を言ったの、バスティアン？」

彼の顔に手がかりを探した。彼は食べるのを中断し、奥歯を噛み締めていた。そうするとどれくらい痛むのだろう。あたしはじっと待った。

「モードは、たぶん彼女の息子に似てるんだ」彼は言った。目をこちらに向けず、テーブルに落としていた。「息子もモードみたいだったんだよ」

あたしは昨晩のことを振り返った。途切れがちなことばを、さまざまな仕草を呼び起こした。ロッタは壊れた人形のようにぐったりと座り込んでいた。**なぜ彼を置いていったのよ？　プルコワ？　プルコワ？**　――物語の断片が、あるべき場所に嵌まっていく。

彼が目を上げた。「ルネ。彼女の息子の名前だよ。ルネっていったんだ。十二歳だった」

あたしの知りたいことがあった。知りたくないことがあった。そのふたつは同じだった。

「モードのどんなところがその子に似てるの？」

「ルネは滅多に喋らなかった。口をきいてもせいぜい二言、三言で、子守歌や童謡の気に入った歌詞を繰り返すだけだった。それと手話と」

「耳が聞こえなかったの？」

「そうじゃない、でも人とは違っていた。この世にまたとないって彼女は言っていた。装飾本みたいにって。彼女にとって、ルネなしで生きるのはほとんど不可能なんだ」

「ロッタがそう言ったの？」

「何度も何度も言ったよ。あれは会話じゃなかった」

「何だったの？」

彼は首を振った。「こういうことを、彼女はフランス語で言って、それからフラマン語、ドイツ語、それから英語で言った。《カリオペ》を出てからすぐ始まって、ストッダードさんの家の玄関に着くまで止まらなかった。それぞれの言語の語りに独特の調子があって、手振りもついてた」

「手振り？」

「彼女は手話を使っていた――ルネの手話だと思う。何を意味してるのかはわからないけど、それぞれの言語で話すと同時に手を動かしていた。まるで劇の台詞を読んでいるみたいだった。これまでもそうやって繰り返してきたんだろう。忘れてしまわないように。彼を忘れてしまわないように」少しのあいだ彼は黙り込んだ。「最後は涙を流してたけど、涙をこぼしてることに気づいてないみたいだった」

「あの人、あたしたちになんにも言わなかった。なんであなたには話したんだと思う？」

「ちょうどよかったからだよ。そういうことばが僕に通じるから。取り乱したときにたまたまそこにいたから」彼は口をつぐんだ。「彼女には証人が必要なんだと思う」

「証人？　なんの？」

彼は苦しげな顔をした。「息子を記憶に残したいんだ」

「当たり前じゃない、息子を忘れたくないなんて！　だけどやっと話せて、きっとほっとしてるね。あたしに話してくれればいいのに」でも、そのことばが口をついて出るうちにもう、それが本音かどうかわからなくなった。ロッタの痛みを知らないほうが楽だから。折りの作業台で隣同士に座るのも、一緒に《カリオペ》へ帰る道々、夕食の献立について話すのも、知らないほうが気楽だろう。彼女の息子のことを何一つ知らなければ、彼女がモードと一緒にいるところを見ても、今より気にならなかったろう。

「ロッタはほっとしたいわけじゃないと思う。彼女はルネを誰か別の人間に憶えていてもらいたいんだ」少し黙った。「彼女が記憶を引き継ごうとしてるのは……」それに続くことばはふたりのあいだに浮かんだままだった。それでもあたしには彼が考えていることがわかった。

あたしたちはしばらく黙りこくって座っていた。あたしはモードのことを、あの子について説明するとき自分が繰り返すだろう詩句を、使うことばを思い浮かべていた。特別な、この世にたった一つの、完璧に製本された世界一奇妙な詩集。バスティアンは、まだロッタのことを考えている。ルネのことを考えている。

「たぶんルネは銃殺された」彼はとても小さな声でそう言った。

十二歳のルネ。歌のことばで話すルネ。「彼女がそう言ったの?」

彼は首を振った。「僕はそこにいたんだ、ルーヴェンに。あの直後にね。男たちや少年たちが連行されていった場所を見た。壁は彼らの血に染まっていた。死体も見た。すごく幼い子もいたよ。父親に抱かれていったんだろう」

彼の死者は彼女の死者だった。そのとき、なぜロッタが自分の痛みをバスティアンに詠って聞かせたのかがわかった。

「奴らは彼らを処刑した」彼は言った。「全員をね」

抱いていかなくてはいけないくらいの子どもまで。歌で話す少年まで。特別で、この世にたったひとりしかいない子を。

「そして大学図書館を燃やした」

「ロッタは司書だったの」あたしは言った。

「〝彼らがあの子たちを壁に連れていったとき、わたしは本を救っていた〟」バスティアンがため息をついた。「これを全部の言語で言ってたよ。〝装飾手稿本《しゅこうぼん》〟だって言っていた。〝かけがえのない宝〟って」

「救えたの?」

「え?」

「手稿本」あたしは言った。それが重要だからではなく、ほかのことより、まだ訊くのが楽だったから。

彼は戸惑っているようだった。失望したのかもしれない。

「彼女は何も救えなかったよ、ペギー。僕らの誰も、何ひとつ救えなかった」

みんな灰になった。

胃がねじれるような気がした。彼の名前はルネ。彼はほとんど口をきかなかった。装飾本のように特別だった。あたしは製本所にいるロッタを思い浮かべた。紙を折り、丁合をとり、夜ごとすべてが燃える記憶を繰り返す。まるでプロメテウスの罰か何かのように。

眩暈《めまい》がした。

「あの人どうして耐えられるの?」バスティアンを見た。「ねえ、あなたはどうして耐えられるのよ?」人目を惹きたくなかったから声は抑えていたが、叫び出したい気分だった。「どうして?」

彼は親が子どもを、医師が患者を見るような目つきであたしを見た。あたしはなんにも知らなかった。そして知ってしまった今、動揺し、怒り、うろたえていた。そうあるべきなのだった。彼はあたしの手を引いて感情の迷路を通り抜けさせてくれたが、その真実からあたしを庇おうとはしなかった。

「モードだよ」彼は言った。「彼女はモードがいるから耐えられるんだ。そして君だよ、ペギー。君がいるから、僕は耐えられる」

「でもあたし、こういうことなんにも知らないのよ」

「知るべきことはちゃんと知ってるよ」

あたしは首を振った。「戦争やってるんだよ、バスティアン。あなたもロッタも、こんな心の傷を負ってるのに、あたしが話すことっていったら、本とか製本所とか――」
「そのおかげで、僕は耐えられるんだ」彼は言った。

第三十章

六月の末の暖かな夕暮れ、あたしはモードがアプリコット色のドレスを着るのを手伝い、モードは、あたしがどこといってぱっとしない服を着るのに手を貸した。彼女はあたしをじろじろ見て、鼻に皺を寄せた。

「楽なんだもん」あたしは言った。

自分の髪を捩《ね》じって、毎朝そうするようにうなじのところでお団子にした。それからモードの髪を、ティルダが教えてくれた緩いシニヨンに結い、満開の夏雪草の小枝を数本、ピンで留めた。

「絵みたいに綺麗だよ」とあたしが言うと、彼女はくるりと回ってみせた。

あたしたちはウォルトン・ストリートを歩いていった。《ジェリコ・タバーン》と《プリンス・オブ・ウェールズ》の前を通りかかると、酒飲み連中が帽子をとって挨拶した。ラドクリフ病院の敷地を過ぎ、出版局とサマーヴィルの前を素通りする。学院の外にグウェンとバスティアンが立っているのが見えた。アギーとルーもいて、みんな一張羅を着ている。近づいていくと、グウェンが歓声を上げた。

「まあモード！」

「絵」妹は言った。

「ほんとに絵から抜け出てきたみたい」グウェンは言い、あたしのほうを向いた。「それにひきかえ……」彼女は微笑を浮かべた。「まあいいわ、とにかく今夜はモードと間違えられる心配はまずないわね」

「あんたのダンスカードがもう埋まっててよかったよ、ペグ」アギーが言った。

バスティアンがあたしの腕をとり、みんなそろって学院に入っていった。

モードは、学院の寄付金集めの会に招待された飛行士たちの半分と踊った。そしてその後何週間か、彼女が言い張るおかげで、あたしたちは当初の心づもりよりも頻繁にポート・メドウで〝義務を果たす〟羽目になった。ときどきロッタも加わって、一緒にじゃがいもを掘り、重い堆肥を運び、人参《にんじん》やほうれん草の新しい苗床を準備した。八月がくる頃には、みんな逞《たくま》しく日焼けして、大抵いつもくたくたに疲れていた。でも手足は痛くても気分は晴れやかで、出版局の畑で一日働いた後、ロッタが笑顔になっているのを一度か二度、目にしたこともあった。

ある夕べ、あたしたちは《カリオペ》の前部デッキに座っていた。モードが余興に自己流のジェスチャーゲームをした。その遊びは昔からお気に入りだったが、モードのやり方では、本や歌よりも自分が見聞きした周囲の出来事をお題にすることが多かった。その日の最後の光を浴びながら、モードが演じてみせたのは、ロッタとあたしがギャレーでどちらが夕食の支度をするかで揉《も》め、あたしがあっさり引き下がる場面だった。それはなんとも言えない奇妙な時間だった。モードとあたしが同じ顔をしているからではなく、彼女が操ってみせるあたしとロッタの表情があまりにも真に迫っているからだった。**ロッタはのんびりしててよ、あたしのキッチンなんだから**、と口先だけで言い張るあたしをモードが真似ると、背中がむずがゆくなった。それは全然あたしの本心ではなかった。料理が大嫌いなことは、みんな知っている。ロッタはどんな顔をしているかとそっちを見て、目を輝かせている彼女に不意をつかれた。妹のほうに身を乗り出し、顎の下で手を叩いている。その表情は普段とは別人だった。

以前の彼女の顔だ、あたしは思った。

そのときバスティアンが現れた。ロッタが先に彼を見つけ、その顔をぽっと明るく灯していた微笑みは、未練がましく消えていった。沈む陽《ひ》を惜しむように、微笑を浮かべた顔の感じを惜しんでいるかのようだった。あたしはバスティアンをちらりと見て、それからロッタに視線を戻した。片手で口の両際を触っている。微笑はもうすっかり消えていた。まるで微笑んだことを恥じているみたいだった。自分にそんな権利はないというように。

バスティアンの手があたしの肩に触れた。「ペギーを散歩に連れていっていいかな？」彼は言った。ロッタとモードのどちらに言ったのか、わからなかった。

「わたし、帰らないで待ってるわ」ロッタが答えた。それはバスティアンが知りたかったことだった。なぜならあたしが知りたかったことだから。

「戻ってきたら家まで送るよ、ロッタ」彼は言った。

もちろんそうするに決まってる、とあたしは思った。そして、あたしと別れて橋のほうへ向かって歩み去っていくふたりが、じつにお似合いだったことを思い出した。でもそのとき、ロッタが無関心に頷くのを見て、気がついた。彼女は、彼が送ってくれようがどうしようが、どうでもいいのだ、と。

⁂

「新しい同居人が来たよ」ふたりでジェリコの通りに入っていきながら、バスティアンが言った。「セルビア難民だ」

あたしはがっかりした顔を隠そうともしなかった。バスティアンが少し笑った。

「僕も、部屋を独り占めしていたかったんだけどね」

「オックスフォードにいるセルビア難民は、小さな男の子ばっかりだと思ってた」あたしは言った。

「引率の先生も何人かいるよ」

「じゃあその人、先生なの？」

「ミランっていうんだ」

「その人、ひとりでこっちに来たの？」バスティアンはためらった。その答えが簡単ではないことに、あたしは気づいた。セルビア人たちは、真冬にアルバニアの山々を越えて逃げ、アドリア海の海岸を目指したのだから。

「一緒だった人たちは、半分しかたどり着けなかった」バスティアンは言った。

新聞には、何百人も凍死し、餓死し、射殺されたと書かれていた。

「ミランのお父さんは、途中で具合が悪くなった。歩けなくなって、納屋を見つけて休ませた。でもそのうち起き上がれなくなった。お母さんはそばを離れないと言って、ミランに自分の肩掛けと、温かい帽子と、お父さんのウールのチョッキを渡した」

「自分が凍えるでしょうに」

バスティアンは頷いた。「お母さんはミランに、そのほうが手間取らないって言ったそうだ」息を吐いた。「ようやくアドリア海に着いたときには、ミランは奥さんと、両親と、足の指を五本失くしていた」

「その人、そんなことどうやって耐えてるの？」

「男の子たちだよ」バスティアンは言った。「ミランは、あの子たちがセルビアの未来だと言ってる。戦争は永遠に続くわけじゃない、オックスフォードで受けた教育が、いつか子どもたちが国を立て直すときに役に立つだろうってね」彼は微笑した。「僕も手伝うんだ。今日ミランに、年少の子たちに英語とフランス語の授業をしてやってほしいって頼まれた」

墓地に着くと、バスティアンはウッド夫人の石棺の上に上着を広げた。そして鞄からサイダーの瓶を二本出した。

「ほんとはどうしてここに来るの？」あたしは訊いた。

彼は答えず、片方の瓶の蓋を開けて、あたしに手渡した。

「それは、君と違って僕は死者が怖いからだよ」やっとそう言った。

あたしは一口飲んだ。「どういう意味？」

彼はもう一本の瓶の蓋を開け、首のところを持った。一口飲みながら、指でぼやけた口角に触れた。さりげない、慣れた仕草だった。指は、彼の唇が感じない滴りを感じられる。

「ほんとに本当のことを知りたい？」彼は言った。

「当たり前でしょ」

「ときには、知らないほうが楽なこともあるよ」彼は警告した。

あたしは、彼とロッタが分かち合う真実と、ふたりとも口を閉ざすさまざまな経験のことを想った。だがそれは、ある意味ふたりを結びつけてもいる。

「知らないほうがつらいことだってあるもの」あたしは言った。

彼は墓石の列のほうを見やった。「僕は死者の夢を見るんだ」彼は言った。「毎晩ね。死んだベルギー人たちだ。男も、女も、子どもたちも。みんな銃で撃たれたり、殴り殺されたり、焼かれたりしている。そして彼らは、いるべきじゃない場所にいるんだ。ありとあらゆるところにね。道にも、教会の会衆席にも、キッチンテーブルの周りにも、学校の教室にも」深く息を吸って吐いた。あたしは身動きしなかった。「大学の図書館に続く階段は、いつも死体だらけだ。あまりにも死体が多すぎて、僕は通り抜けることもできない。彼らは本来なら立っているべきところに、ぼろぼろになって横たわっている。夢のなかで、図書館はドイツ軍が来る以前の姿のこともあるし、燃えていることもある」

そして彼はあたしを見た。その顔はグロテスクだった。初めて見たあの日から、それがそんなふうに見えたことはなかった。その瞬間、それは彼が見てきたすべてを映す鏡だった。あたしは手を伸ばしてそれに――彼の戦争の顔に触れた。戦争が肌に残した傷がこれなら、魂に刻んだ傷はどんなだろう？　彼のぎこちない唇にキスした。あたしたちはもう、やり方を見つけていた。

「僕がここに来るのは、死者のいるべきところだからだよ。ここなら彼らは安らげるから。ペギー、僕は彼らを埋葬してやりたいんだ」

「うまくいってる？」

彼は肩をすくめた。「まだだね。でも僕が目覚めているあいだ、死者たちに悩まされないと確信できる場所はここしかない」

あたしは墓地を見回した。今は月光に照らされ、影に満ちている。でも亡霊はいなかった。

「夢に出てくる人たちを僕は知ってる」バスティアンは続けた。「名前は知らない。でも顔を知ってる──忘れられないんだよ。いつも同じ三人の女性と、同じ男性がひとり。壁のそばには同じ少年たちがいる。僕は彼らの目を閉じてやって、できるだけ何かで蔽《おお》ってやった。彼らのために祈ろうとしたけど、あのときルーヴェンを見守る神はいなかった。そして知っていると思っていた祈りをどうしても思い出せなかった」彼は何かを払いのけるように首を振った。「だけどいいことを思いついたんだ。それぞれに墓を見つけるんだよ、この聖セパルカー墓地にね。そしてそこに埋めてやるんだ」

「埋める？」

「頭がどうかしたかと思ってる？」彼は静かに笑った。「文字どおりの意味じゃないよ。こういう死者たちが静かにしていないのは、僕の想像のせいだ。だから、想像力を使えば彼らを眠りにつかせられるはずだと思ってね」そう言うと、ふたりが座っている石の上に手を置いた。「マダム・ウッドは親切で、例の女性たちのひとりを自分の墓に歓迎すると言ってくれたよ。説き伏せるまでに大分かかったけど、たぶん、その女性の夢はもう見なくなると思う」

あたしはウッド夫人が眠る石棺の何の装飾もない石に手を載せた。それは夜気のなかでひんやりとしていた。でもバスティアンとあたしが座っていた場所、あたしたちがキスを交わし、彼の死者たちのことを話した場所の石は、ほんのりと温もっていた。
あたしは思った。霊媒師たちの言うとおりで、死後も意識は留まり続けるなら、いつの日か、あたしは喜んであたしのお墓の上に恋人たちを座らせよう。それで生者が心穏やかでいられるならば、あたしは進んで眠れぬ死者と共に横たわろう。

⁂

一九一六年八月二十七日
ペグズへ
ドイツ兵たちも死者の夢を見るわよ、仲間の死者と、こっち側の死者のね。わたしにその話を打ち明けてくるけれど、ひとこともわかりません。フーゴーがときどき通訳してくれます。死者たちが、わたしみたいに現実にそこにいるという兵がいました。ほとんどは少年なんですって。血まみれの死骸が床一面に転がったり、簡易ベッドの上にぐったりと倒れていたりするんだそうです。その兵は死骸が胸にのしかかってくる重みで、本当に息が詰まってもがいていたわ。点滴の管を首に巻いて死のうとしたの。
あなたのバスティアンはしっかりした人のようね。

ティルダ×

第四部

ホメロス全集
第三巻

「オデュッセイア」第一歌－第十二歌

一九一六年八月－一九一八年五月

第三十一章

校正紙が来る。あれやこれやの。

「なんか面白いのあった？」ルーが訊いた。

あたしは自分が折っている折丁を見る。

ホメーリー・オペラ《ホメロス全集》
トマス・W・アレン編
トムスⅢ《第三巻》
オデュッセーアエ・リブロースⅠ-Ⅻコンティネーンス《オデュッセイア第一歌―第十二歌》

第一歌から第十二歌。物語の半分だけ。『オデュッセイア』の真ん中あたりで何が起きるかを思い出そうとした。キルケー、セイレーン、カリュプソー、スキュラ。手助けし、唆《そそのか》し、誘惑し、食い殺す女たち。母さんは真ん中が好きだった。あたしたちも真ん中が好きだった——少なくとも、母さんのしてくれるお話は好きだった。

折丁を折り終えると、次に取りかかった。古典ギリシャ語の分厚い塊。脚注はラテン語。判読できない。この頁を確認する校正係でなくてよかった。

「ギリシャ語なんてちんぷんかんぷんだよ《イッツ・オール・グリーク・トゥ・ミー》、ルー」あたしは言った。

第三十二章

一九一六年の八月が終わる頃、誰もかれも話題にするのは〝ソンムの戦い〟のことばかりのようだった。それはオックスフォードじゅうの活動写真館で上映され、知り合いは全員、一度は観に行っていた。さんざん繰り返し観た挙句、それが事実の記録というより、娯楽になってしまった人たちもいた。こうした人々は最悪の場面（彼らの口を借りれば、一番の見せ場）を、まるで芝居の名場面みたいに振り返った。あたしはグウェンが夏休みから戻ってくるのを待って、観に行った。その晩はロッタがモードと一緒にいてくれたので、グウェンとクイーン・ストリートの《エレクトラ・パレス》で待ち合わせた。前方の席に座り、首を伸ばして見入った活動写真は、あたしたちを塹壕《ざんごう》へと連れて行き、一面に広がる泥の海を見せた。それはあたしたちに、もっと悪いことを想像するための材料を与えた。「かわいそうなジャック」あたしは暗闇に向かって囁いた。「かわいそうなティルダ」グウェンが囁き返した。戦死者の名簿は膨れ上がり、司令官のヘイグがその戦いを〝はなはだ効率的〟で、味方の損害は〝軽微〟と報告したとき、あたしは彼のことばを信じなかった。

ジャックが十月に休暇をもらえることになっていたから、オベロンは《ロージーズ・リターン》号の船腹を修理し、黒いタールで塗装する手配をした。ジャックが家族と五日も一緒に過ごせるのは、開戦以来初めてだ。だが曳き船道を歩いて帰ってきたオベロンを迎えたのは、手紙を手にしたロージーだった。ジャックの休暇は取りやめになった。オベロンはそのまま残った。

オベロンは《カリオペ》のロープや防水を調べ、煙突を掃除してくれた。ある晩、あたしたちはロージーの岸辺の庭で、石炭が燃える古いドラム缶を囲んで座った。オベロンが最近届いたジャックの手紙を読み上げた――ジャックはどこで何をしているのかを書けなかったし、何をどう感じたかは書いていなかった。オベロンは読み終えた手紙をあたしに渡した。一行も検閲で消されていなかった。あたしはなぜかひどく悲しくなった。

オベロンが出発しなければならない日、ロージーは朝食にベーコンと卵を焼き、あたしはコーヒー係を仰せつかった。雨がしとしと降り、風もあったのでみんなで《スティング・プット》号の船室に座り、オベロンがオックスフォード・クロニクル紙の記事を声に出して読んだ。地元の戦没者名簿は飛ばし、〝人と社交〟欄を拾い読みした。

「〝バークシャー州の新議員が庶民院に登院〟〝首相の甥、ウィンダム・テナント卿のフランスにおける戦死を悼み、卿の詩集『ワープルの飛翔とその他の詩』を緊急刊行〟〝ギルバート・マレー教授が流感に罹患、病状篤《あつ》く、すべての公の予定が中止に〟」

「かわいそうなギルバート教授」モードが言った。

あたしたちはオベロンが続きを読むのを待ったが、彼は黙り込んだ。

「どうかした？」ロージーが訊いた。

オベロンは深刻な顔をしていた。「なんで言わんかった」

「言わなかったって何を？」

「あんたらの監督だよ。ハートさんさ」

あたしたちのぽかんとした表情を見て取ったのだろう。彼は見出しを読んだ。

「〝ホレス・ハート氏の非業の死〟」

写真が一枚、掲載されていた。大学の黒いガウン姿のハートさんだ。経歴と死についての記事は二段半に及んでいて、オベロンは一語も飛ばさずに読み上げた。でも彼が口を閉じたとき、あたしに思い出せたのは、ハートさんが手袋を畳んで、ユールベリー湖の畔《ほとり》に置いたというくだりだけだった。

さぞかし冷たかっただろう――凍えるようだったと新聞には書いてあった――それでも、ハートさんは湖に歩み入った。

出版局を辞めたら、あの人は前のようではいられない、とエブが言ったことがあった。でもそれだけではなかった。見習いたち、植字工たち、印刷工たち、活字鋳造所の職人たちの死――その知らせの一つひとつが彼に傷を負わせたのだ。

またひとり、このろくでもない戦争の犠牲になった、とあたしは思った。

だがその死が戦没者の数に入らないことも知っていた。


ティルダの葉書は不規則に届いた。何週間も待つこともあれば、新聞販売店のターナーさんが一日に三枚まとめて渡してくれることもあった。一枚は陸軍の消印、あとの二枚にはフランスの消印が押されていた。あたしたちの名前もなく、ティルダの署名もなく、ただことばがとりとめもなく並んでいるものもあった。ある日、あたしはそうした葉書をテーブルに並べ、何を言おうとしているのか読み解こうとした。

八月三日
今夜はものすごく大勢死んだ。新兵たちがまとめて死んだの。〝闘牛場〟つまり訓練場を卒業したばかりの子たち。地獄の待合室ってみんな呼んでる。前線に送られて一週間もしないうちに、全員担架に乗せられて帰ってきたわ。詩やポスターのせいで、兵隊たちは我が身を捧げようと、勇んで死に向かって行進していくと思うでしょ、でも違うわよ。そんなんじゃ全然ない。あの人たちはみんな同じ、名無しなの。あなたたちのお母さんが大好きだった物語に出てくる男たちと一緒。男たちが死んで、死んで、死んだから、オデュッセウスは英雄になれた。今、ヘイグがわたしたちのオデュッセウスで、ソンムの大攻勢は、あいつが栄光を手にするための血まみれの旅ってこと。活動観た？　あんなの半分だけよ。

八月十日

疲れすぎて眠れない。いつもの当直の上に聖ジョン病院の応援に入ったから。もう何週間も休みがない。昼も夜もソンムから列車が着く。ほとんどは担架の患者。重傷すぎて、列車から降ろされた途端に地面で死ぬのもいる。昨日は、ザワークラウト病棟の夜勤明けに六時間そこで勤務した。ＶＡＤたちは男たちの体を調べて、傷を探し、申し訳程度に洗ったら、次の死肉に移っていく。なんだか禿鷲《はげわし》になった気分。みんな全身戦争にまみれてる。泥と血と鼻が曲がりそうな何か。うんこなんかかわいいもんよ。そんなのどこにでもある。最初に出るのがそれ。最期に出るのもそれ。

九月六日

毎晩、英兵が殺そうとした男たちを看護する。昼間はその逆をする。それが延々と続く。

九月七日

死にかけのドイツ人に話しかける。パン屋で順番を待つお客同士みたいに。ここへ来るまでにビルを見かけたか、と訊く。ビルの特徴を細かく説明する。弟がいかに兵隊に向いてないかを話す。あの子は料理人とか庭師とかお針子とかの仕事に回されるべきだったのよ——軍服の修理の仕事はきりなくあるんだから。男でもお針子って言うのかしら。お針男？　わたし、なんでこんなことやってるの？　ドイツ人たちにはひとことも通じないのに。

九月十日
アリソンが一番汚らわしい野蛮人《フン》の死体に取りすがって泣いてたわ。まだ黄色い声の少年よ。その子、アリソンを〝ムッター〟って呼ぶようになってたの。〝マザー〟にすごく似てるのね。それから〝ヴァッサー〟は〝ウォーター〟に聞こえるし、〝フロイント〟は〝フレンド〟に聞こえる。あいつらの血が赤くて、痛いときにはうんうん唸るって知ったら、あなた驚くかしら。もう二度と故郷を見ることがないと知ったら、泣くのよ。意外？

九月二十八日
わたしがフーゴーを愛したら、罪になるって知ってる？
そんなことしたら、英国人の息子たちを亡くした英国人の母親全員に憎まれる。
そしてわたしは逮捕されるかもね。

そうした葉書は、便りというより日記のようで、覗き見しているような気まずさを感じた。でも、気がかりなのはその内容ではなく、ティルダが今にもばらばらになりそうなのに、あたしにはそれを止める手立てがないと次第にわかってきたからだった。あたしはティルダと代わってやることもできないし、忠告もできないし、その殺戮《さつりく》には崇高な正義があるのだと彼女に納得させられるような嘘を、ただの一つも紡げなかった。

「モーディ、ティルダが心配だよ」

モードは折っていた星から目を上げ、「心配だよ」と言った。

そして、彼女は午後の郵便のことを思い出した。ターナーさんから受け取ってポケットに入れたままになっていた。

「ティルダ」そう言うと、封筒を渡してよこした。

胸がきゅっと詰まった。テーブルの上に広げられているほかの便りを見渡しながら、この新しい封筒の封を開けたくないと思った。そのまま、何であれその中身から目を背けたかった。

あたしは恥じ入りながら封を破った。

一九一六年十月十五日
わたしの可愛いふたりへ
負傷の程度がますますひどくなっています。歴戦のVAD（わたしよ《モワ》）は、看護婦の仕事もこなさなくてはなりません。ここ一か月かそこら、暇を盗んで三時間か四時間寝るだけでなんとか生きていいます。休みは一日もないわ。ザワークラウト病棟の勤務が終わると、聖ジョン病院の応援に入るか、第二十四号一般病棟で外科手術の補助に回るの。これは昨日勘定した分（それとも今日だったかしら？　どっちなんだかさっぱりだわ）。肩から切断した腕二本、肘から切断した腕一本、膝上で切断した脚四本、膝下二本、足が三個、指十一本、足の指六本。わたしのお気に入りは指よ——兵隊は目を覚まして包帯が巻かれた手とか足を見ると、最悪のことを想像して震え上がります。わたしが小指だけよ、とか足の親指よ、とか教えて見守っていると、その意味がだんだんわかってくるの（塹壕の向こう側へ突撃するたびにあの子たちが祈るのはこのことです）。「俺、国へ帰れるの？」みんなそう訊いてくる。ええ、帰れるわ。「もうこっちへ送り返されない？」ええ、送り返されない。そういう兵たちはひとり残らず手を伸ばし、わたしの手に触れようとします。たとえ伸ばす手が包帯の塊でもね。そしてわたしがろくでもない聖母マリアかなにかみたいに、この手に口づけするの。

ティルダ×

兵隊たちを邪悪なものから救うマリア様、あたしは思った。

「いい知らせ？」モードが訊いた。

自分が微笑を浮かべていることに気づいた。胸のつかえは消えていた。手にした紙を見る――〝わたしの可愛いふたりへ〟。整った筆跡で、最後にティルダの署名がある。

「少し元気みたい」あたしは言って、声に出して手紙を読んだ。

感謝され評価されることがティルダには必要だった。ささやかな注目を浴び、観客がいればいい――ひとりでも大勢でも。目覚めた少年たちは、生きようと心に決め、彼女の手に口づけする。彼らはティルダを楽屋口で待つ崇拝者たちだ。彼女の舞台は続く、そこにじゅうぶんな喝采がある限り。

あたしはモードのビスケット缶を探って、白い紙を見つけた。精一杯大きな拍手を送るために。

⁂

ジャックは十一月に二週間の休暇で帰ってくることになっていた。それが十二月になり、一月になった。休暇は延期になっては取りやめになった。〝腕が良すぎて任務を外せないってさ〟と、ジャックは手紙で謝ってきた。彼の任務が何かについて、あたしたちは一度も口にしなかった。

そして一九一七年二月のある日、あたしたちは曳き船道をひとりの兵隊がやってくるのを見つけた。

「ほんとバテバテって感じだね」あたしは言った。

「バテバテ」モードが言った。

「かわいそうに」ラウントリーのおばあちゃんが震える声で言った。兵隊がぼんやりとした影にしか見えないおばあちゃんは、あたしたちのことばを信じるしかない。

でもロージーは無言だった。そして立ち上がった。走り出した。両腕をその見知らぬ他人に投げかけ、男は彼女の腕の中に崩れ落ちた。兵隊のすすり泣きは聞こえなかったが、嗚咽に身を震わせ、ロージーがそれを受け止めようと足を踏ん張るのが見えた。

ジャックは消耗しきっていた。モードが彼を連れて行って母さんの肘掛け椅子に座らせているあいだに、ロージーとあたしで、テーブルをベッドに作り変えた。ジャックが家にいるときはいつもそうしていたので、ロージーは手早かった。長椅子の下から寝具を取り出すと、《スティング・プット》号いっぱいにラヴェンダーの香りが漂った。

モードが息子の服を脱がすロージーを手伝っているあいだに、あたしはお湯を沸かしにかかった。ジャックはそこにいるあたしたちに気づいていないか、気にしていないようだった。洗面器とフランネル布を運んでいくと、モードが彼の顔と首、腕、胸を洗い、彼はされるがままになっていた。それ以外の部分は全部母親が引き受けた。ジャックは痩せ、筋張っていた。両足は水ぶくれに覆われ、皮が剝けていた。青白くなった皮膚は、まるで百歳の老人のように皺々《しわしわ》だった。その一日目、彼の額は触れないほど熱かった。

ジャックの熱は六日続いた。鼻が詰まり、節々が痛み、スープを口に運んでやらなければならなかった。ロージーは世話が必要な病人を二人抱えることになり、毎日、一日が終わると疲れ果ててインディア紙のようにぺらぺらになった。モードが晩の世話を引き受け、あたしが全員のために料理した。誰も味のことは何も言わなかった。七日目、オベロンが帰ってきて、あたしに医者を呼べと言った。

お医者が来ると、オベロンは場所を作るためにボートを降りる必要があった。あたしが出ると言ったが、オベロンは譲らなかった。感情を表さずに息子を見守ることがオベロンには苦しすぎた。彼はジャックを、あるいは自分自身をその愁嘆場から守りたいのだとあたしは気づいた。頭を——正気を保つために。

ジャックの足はよくなってきている、とお医者は言った。ロージーのサルビア湿布が効いたのだ。軽い塹壕足で、感染もない。しばらく痺《しび》れたような感じがするかもしれないが、軍務から外されるほどひどくはない。そのことを考えてもみなかったあたしたちは、除隊できないと知って、にわかに打ちのめされた。

「熱はただの流感だな」お医者はことばを続けた。「フランスから送り返されてきた若いのはみんな罹《かか》っとる。みんな疲れきっとるからね。普通よりも症状が重く出るんだよ」

お医者は《スティング・プット》の中を見回した。彼が見たに違いないものをあたしも見た。狭くてみすぼらしいが、清潔で暖かい。何もかも小ざっぱりと片付いている。必要以上のものはないが、足りないものもない。

「あんた方は、やるべきことを立派にやっとるよ」お医者は言った。

ロージーはナイフやフォークを入れた引き出しの奥から古い煙草の缶を取り出し、診察代はいくらかと尋ねた。

お医者は首を横に振った。「息子さんはお国のために病気になったんだ。あんたからお金をもらうわけにはいかないよ。しかしもし悪化するようなら、ラドクリフ病院に連れて行くことも考えたほうがいい」

ジャックの熱は数日後に下がった。

「二週間だな」と患者の様子を見に立ち寄ってくれたお医者は言った。「そうすればフランスに戻れるくらいに回復するだろう」それからモードに注意を向けた。モードは、お医者が来るまでジャックの足の手当てをするのに使っていた布を手に持ったままだった。その顔が赤く火照っていた。お医者はモードの額に手を当てた。「この子を寝かせたほうがいい」

前部デッキに軽い足音がした。そっと扉を叩く音。ロージーならすぐハッチを開けて入ってくるから、あたしはお皿を洗い続けた。また扉を叩く音がした。

手を拭きながらハッチを開けにいく。

「仕事に来なかったから」ロッタだった。頬が赤く上気している。寒い晩だからかもしれない。彼女はあたしの背後の船室にさっと目を走らせた。モードを探している。

「モードはジャックの流感をもらっちゃって」とあたしは言った。「寝かせたところ」

ロッタが手をひねくり回している。手袋をしていないのに気づいた。たぶん冷えきっているだろう。

「病気なの？」きょろきょろと動いていた氷のような青い瞳が見開かれ、あたしを見つめた。責められているような気がした。

濃い霧の湿りが、蜘蛛《くも》の巣のように帽子やコートの肩に絡みついていた。招き入れ、熱い飲み物を淹れてあげるべきだった。そうすれば手も温まっただろう。安心させてやれたのに。

「ちょっと熱があって」あたしは言った。「でも大丈夫。あたしが面倒見るから」

それはほんのかすかな、彼女の顔の変化だった。睨むように目が細くなる。

あなたが？　とそれは言っていた。

「わたし、手伝うわ」彼女は宣言した。

もしそれが問いだったなら、あたしはうんと言ったかもしれなかった。彼女の背後の夜に目を凝らした。しとしとと雨が降り出していた。「入ってもらえないんだ、ロッタ」モードはあたしの妹で、あたしの責任だ。「伝染《うつ》ったらいけないから」

彼女は言い張ろうとしたが、あたしのほうが頑固だった。

二日後、モードは起き出し、ジャックとチェスをしていた。その翌日には製本所に戻った。モードが作業台のロッタの隣に座ったとき、ロッタの体から力が抜けるのがわかった。

その日の終わりに、ロッタが更衣室でうろうろしていた。

手伝わせてあげればよかった、と思った。「今夜、バスティアンに会うんだけど」とあたしは言った。

彼女は誘いのことばを待っている。

「よかったら来てもらえる？　モードも会えなくて寂しかっただろうし」

「寂しかった」モードが言った。

そのことばに含まれる真実が、頭の中に反響した。それはあたしを責めていた。

第三十三章

　バスティアンとあたしは、長い冬のあいだふたりきりになれる時間がほとんどなく、一九一七年の三月になる頃には、ひとけのない聖セパルカー墓地が恋しくてならなかった。多くの墓標の陰にはまだ遅い雪が残っていたが、ふたりとも寒さへの備えは万全だった。バスティアンはウッド夫人の石棺の上に毛布を広げ、ふたりで座ったあと、膝にもう一枚掛けた。あたしは二つのマグに紅茶を注ぎ、それぞれ手袋をはめた手でぎゅっとそれを握りしめた。

「今日は何の本の製本だったの？」彼は訊いた。

「『ホメロス全集』の頁を折ってるところ」

　彼は首を傾げた。「ホメロス？」

「『オデュッセイア』よ。正確にいうと第一歌から第十二歌まで。ギリシャ語の原典なの」

「ホメロスは学校で読まされたな」彼は言った。

「やりたくない仕事みたいな言い方」

「やりたくなかったもの」彼は笑った。「君が折っている頁の中から何行かフランス語に翻訳させられたんだ。物語なんかどうでもよくてね」彼は紅茶を啜《すす》った。

「古典ギリシャ語、勉強したの？」

「少しね。成績は良くなかったけど」

「物語は全部読んだ？」

「うん。フランス語で。君は？」

　今度はあたしが笑う番だった。「あたしはジェリコの人間なんだよ、バスティアン。オックスフォードじゃないの。学校は十二までしか行かなかったし、聖バルナバの授業じゃホメロスなんかやらないよ。英語でも、もちろん古典ギリシャ語でもね」

「英語でも？　なぜ？」

「意味ないから。あたしたちの運命は神々を煩わせるような高尚なもんじゃないのよ。それに、旅に出たってせいぜい出版局で行き止まり」

「だけどその出版局で、英語や古典ギリシャ語のホメロスを印刷してるのに？」

あたしは両眉を上げ、精一杯ホッグさんの物真似をした。

「あんたの仕事はね、ミス・ジョーンズ、本をかがることで、読むことじゃないんだよ」

「でも読んでるだろ」

「少しはね」あたしは認めたが、本当はずいぶん読んでいた。「ちょこちょこつまみ食い。でも、ギリシャ語の解読法なんてさっぱりよ」

「だけどホメロスの物語は知ってるんだね。翻訳本を持ってるんだろう？」

「翻訳本なら本箱にいっぱいある」あたしは言った。「母さんが仕事場から持って帰ってきたの。製本に失敗した不良本だけどね。朗読するには仰々しすぎるって言って、自分が読んでわかるところを物語にして話してくれたのよ。ほかのギリシャ神話からもちょこちょこ付け足しながら。母さんはトロイ戦争の話は五分で片付けて、それがなぜヘレネーのせいじゃなかったのかについて、一時間かけて説明してくれたわ」

バスティアンは微笑した。「お母さん、ホメロス以外も読んでた？」

「手当たり次第に何でも。好きだったのはエウリピデス。『トロイアの女たち』なんて、頁がばらばらになっちゃったくらい」母さんがそれをかがり、エブが表紙を付けたのだった。背を叩くとき、彼は少しだけ手を滑らせた。表紙のボール紙は付くけれど、検査には通らないくらい。その検査をするのはエブだ。優しいスクルージ、とあたしは思った。

「エウリピデス？」

「彼は女たちに意見を言わせたから」

「君はきっとお母さんに似てるんだね」

あたしは肩をすくめた。母さんは死ぬその日まで製本所の女工だった。「うちのボートは母さんが名前を付けたの」あたしは言った。「オベロンが引き取ったときは、修理も無理そうな感じだった。名前もなかったから、母さんが《カリオペ》って呼ぶことにしたのよ。詩の女神。ホメロスのミューズだとも言われてるけど」

あたしは口を閉じた。**そんなの何にもなりゃしないよ**、とホッグさんは、カリオペが誰なのかを説明した母さんを小馬鹿にした。**そんなこと知ってたってあんた、あたしらよりこれっぽっちも偉くなんかないんだよ**。

でもバスティアンは馬鹿にしなかった。彼は話に続きがあることを感じ取り、あたしが口を開くのを待っていた。

「一度母さんに、カリオペはどうして自分で自分の物語を書かなかったの、って訊いたの」

「そうしたら何て言ってた？」

「カリオペは女だからって」

「それだけ？」

「ほかに何かいる？」あたしは片眉を吊り上げた。「あたしには母さんの言った意味はわかったよ」

「なら、お母さんはどういうつもりで言ったのかな？」

「女の役目は物語のひらめきを与えることで、物語を書くのは女の仕事じゃないってこと」

バスティアンはじっとあたしを見つめた。「君はそんなの信じちゃいなかっただろ。そう聞いたときも」彼は言った。

あたしはため息をついた。「問題は、あたしがそれを信じたってことよ。ほぼね。だけど、『ジェイン・エア』とか『高慢と偏見』とか『ミドルマーチ』とかもあるわけじゃない」

「そういう証拠を見て、気持ちは変わった？」

「せいぜい、絶対に手に入らないものを欲しがるようになったくらいにはね。ブロンテ姉妹もジェイン・オースティンもお金持ちでは全然なかったらしいけど、それでも家には、食事の支度をしてくれる女の人と、ベッドを整えたり暖炉に火を熾《おこ》したりしてくれる女の人がほかにいたんだし」

「もし製本所で働かなくてよかったら、物を書きたい？」

その会話の台本はなかった。また彼は待った。

「あたしが折ったり丁合をとったりかがったりする本は、だいたい全部、男が書いてるのよ、バスティアン。母さんがジョージ・エリオットはほんとは女なんだって教えてくれたとき、あたし、自分の名前をエドワードに変えたの。まる一週間、それ以外の名前で呼ばれても返事しなかった」

それ以上何も言うことがないのだと、彼は察したのだろう。

「お母さんのお墓はここにあるの？」

あたしの自業自得だった。母さんのことを話題にすれば、母さんを想像させる。自分はわざとそうしたのだろうか、とも思った。だとしても、バスティアンの質問は不意打ちで、あたしは咄嗟《とっさ》に返事ができなかった。

「ごめん、そうかなと思ったんだ、君はすぐ近くに住んでるから……」

それを聞いて恥ずかしくなった。「あたし、母さんのお墓参り、一度もしたことないんだ」唐突に言った。

彼は黙っていた。

「死んだ母さんを一回も見てなくて」あたしは言った。「母さんのお棺が地面の下に下ろされるところも見られなかった。起きてるときも、夢の中でも、あたしにとって母さんは生きてて元気なの。母さんの声だって聞こえる。なのにお墓を見たら、それが変わっちゃうような気がして怖くって」

あたしたちは黙りこくって座り、お茶を飲んだ。あたしは口から吐く白い湯気で遊び、輪を作ろうとした。

「寒そうだね」バスティアンが言った。

「凍えそう」

「じゃあ帰ろうか」

あたしたちは立ち上がり、あたしは彼が二枚の毛布を畳んで肩掛け鞄に入れるのを見つめた。彼はふたりの座っていた石の上に片手を載せ、マダム・ウッドに感謝した。

「母さんに会ってくれる?」あたしは言った。

まるで毎日通い慣れた道のように、あたしはイチイの並木道を先に立って歩き、礼拝堂を通り過ぎた。

バスティアンはあたしの腕をとったり、あたしを導いたりしなかった。彼は後ろに従い、あたしはそのことに感謝した。お墓にはひとりで着く必要があった。謝らなくちゃいけないから。あたしはずっと、悲しむよりも怒っていた。母さんが生きて息をし、戻ってきて責任を引き受けられることにしておくなら、怒ったままでいるほうが楽だったから。

北側の壁の近くはごみごみと混み合っていた。ジェリコの通りと同じだ。あたしはためらった。どこへ行けばいいかはっきりわかっていたつもりだったが、迷ってしまった。もう六年近くになり、ほかにも母親たちが死んでいた。父親たちも祖父母たちも、聖バルナバ教区学校の子どももひとり死んでいた。あたしはその全員を、多かれ少なかれ知っていた。半分は出版局で働いていた人たちだ。印刷工、お茶汲《く》みのおばさん、それに植字工の長男。あたしが死ぬときも、やっぱり製本所の女工のままだろう。

　聖セパルカー墓地にはジェリコの戦死者の場所はなかったが、息子や兄弟の名前を両親や祖父母の墓に彫り込んだ家族もあった。彼らは、もう決して帰ってこない男たちだった。フランスやギリシャや、あまりにも遠いどこかで、行方不明になったか、埋葬されてしまった。そうした名前を読もうと、足を緩めた。〝ヴィリアム・カッド、享年二十四、フランダースにて没〟。聖バルナバで一緒だった子だ。〝トマス・ジョン・ドルー、享年二十三、フランスにて没〟も記憶にある。すごく背が高いのを揶揄《からか》って、みんなで親指トムとあだ名をつけた。次の碑銘を読むには腰を屈めなくてはならなかった。墓石は小さかったが、文字は美しかった。それは〝デリス・オーウェン、最愛の母〟のものだった。そしてその下には、彼女の息子のための文字が彫り込まれていた。〝ガレス・オーウェン、享年三十七、フランスにて没〟。

　あたしは息を呑んだ。あの植字工。ジャックの少尉。彼の恋人がまだ知らないうちに、あたしは知ってしまった。いや、奥さんだ。ふたりが教会から出てきたとき、あたしはそこにいたんじゃないの。〝最愛の夫〟と名前の下に彫られ、その下には〝永遠の愛《ラヴ・エターナル》を込めて〟とあった。すべてバスカヴィル書体だった。明瞭で美しい。

　バスティアンは、あたしが母さんのお墓を見つけたと思ったに違いない。近づいてきて、しゃがんでいるあたしの背に手を置いた。

「知り合いなの」あたしは言った。

「そうか、気の毒に。ゆっくりでいいよ」

　あたしは周囲を見回し、ムラサキブナの木に目を留めた。あのときあたしは、ティルダとモードと一緒にその下に立っていた。その幹を、葉を、木漏れ日が作る模様をじっと見つめていた。幹に寄りかかり、指の背をざらざらした幹にこすりつけた。向こうの穴の周りで話されていることばを一つも聞きたくなかった。穴の中の箱を想像したくなかった。牧師が話しはじめたとき、あたしに聞こえたのは、指の関節が、幹を繰り返しこする鈍い音だけだった。モードがお墓のほうへ行こうとして、初めて牧師がもう話していないことに気づいた。あたしは手を伸ばしてモードを引き留めようとしたけれど、彼女はそれを振り払うようにして穴の縁へ行き、傍らの土の山から一つかみとって投げ入れた。その頃には、あたしの指の関節には血が滲んでいた。それをじっと見つめたが、それでも土が箱に落ちる音は聞こえてしまった。

ブナの木は成長し、傾きかけた午後の日差しの中に裸の枝を差し伸べていた。樹幹は枝が混み合い、もつれあって、のしかかってくるようだった。木は、あのときあたしの隠れ家になり、あたしの気を紛らわせてくれた。その下に落ちる影に向かって歩み寄る。同じ場所に立って、幹に身をもたせかけた。指の関節で、ざらざらした幹に触れた。

それから、記憶のなかのモードの後を追いかけた。

墓石は小さくてほとんど埋もれてしまっていた。ティルダがお墓の手入れをしていたけれど、戦争で来られなくなり、周りを雑草がびっしりと覆っていた。刻まれた文字を読むには、草を押しのけなくてはならなかった。

ヘレン・ペネロピ・ジョーンズ
最愛の母
最愛の友
一九一一年四月二十五日没
享年三十六

それらのことばの下に、開いた本が彫り込まれていた。

母さんの名前と年齢が彫られているとは思っていたし、〝最愛の母〟も覚悟していた。〝最愛の友〟と付け加えても構わないか、とティルダに問われたとき、どうでもいい、と答えたことも憶えていた。ただし、ふたりの関係がどういうものか理解はしていた。そしてそれがこうして石に彫り込まれている——ティルダは本来なら夫の占めるべき場所に自分を置いていた。

あたしが泣き出したのは、本のせいだった。その本を見てあたしは耐えられなくなった。バスティアンの言うとおりだった——あたしは母さんにそっくりだ。六年分の悲しみが、両目と鼻から流れ出した。それはあたしの肩を震わせ、背を曲げさせ、あたしを母さんが横たわっている冷たい土の上に力ずくで跪かせた。

⁂

どれくらい土の下に向かって囁き続け、母さんの赦《ゆる》しを乞うていたのだろう。あたしの怒り。あたしの不在。モードを他人に預けて何度も出かけてしまったこと。妹がいない人生を何度も何度も想像したこと。

毛布の重みを感じた。バスティアンがあたしを引っ張って立たせたとき、両脚に一気に血が通った。足がちくちくと痺れ、それが体重を支えられるようになるまで、バスティアンに抱えていてもらわなければならなかった。あたしは震えていた。

「母さん、こんなに小さくなっちゃった」あたしは言った。

彼はため息をついた。「最後は、僕たちみんな、そうなるんだよ」

第三十四章

ホメーリー《ホメロス》・オペラ《全集》・オデュッセーアエ《オデュッセイア》。

トマス・W・アレンは、腹が立つことに〝プラエファーティオー《序文》〟をラテン語で書いていたから、序文にどんな立派な見識が書かれていたとしても、あたしには手も足も出なかった。

この扉にも鍵がかかっている、そう思いながら、一回折り、二回折った。ラテン語が揶揄ってくる――ホメーリー《ホメロス》、アカデーミーア《アカデミー》、エクセンプラル《例》、アンティークアエ《古代の》、アテーニース《アテネで》、リングアエ《言語の》、ウォカーブロールム《語彙の》・トラーディティオーネム《伝統を》――あたしが知っている言語と響き合う。でもギリシャ語は……。

もう一枚とる。折るたびに視界をギリシャ語が横切っていく。韻も踏まず、わけがわからない。こっちに向けてもあっちに向けても違いはなく、意味をなさない。眩暈《めまい》がして吐き気を催してくる。一回、二回、三回折る。頭がギリシャ語でくらくらする。ギリシャ語でくらくらする。

……

……

「ミス・ジョーンズ！」頬がひりひりした。そばかすガエルだ。

「ちょっと風に当ててあげて」そう言っているのが聞こえた。「あんたたちは自分の作業台に戻って」

あたしは床に寝ていた。ホッグさんが膝をついて、目を大きく見開いている。心配してる？

「びっくりするじゃないか」彼女は言った。その声は柔らかく、噛みつくようではなかった。そう、心配してるんだ。

「あたし……」

何を言えばいいかわからなかった。ウォカーブロールム・トラーディティオーネム、と頭に浮かんだ。

「あたし……」

「いいから、ミス・ジョーンズ。気が遠くなっただけだよ。すぐよくなるから」

その手が額と頬に触れた。なんだかすごく暑かった。

モードが顔の前で紙の扇を動かしていた。冷やしてくれている。ホッグさんがあたしを助け起こし、椅子に座らせた。その手つきは優しかった。

モードが紙の扇をくれた。一回、二回、三回、四回、五回……少なくとも十回は折っている。ギリシャ語は折り畳まれて、何か実用的なものに生まれ変わっていた。

⁂

グウェンがあたしの口から体温計をとり、難しい顔をした。「まだ高いわね」と言うと、さっとそれを一振りした。もう片方の手を額に当て、それから頬に触れた。「あなたったら、何をにやにやしてるのかしら」

誰かに世話を焼いてもらうのは久しぶりで、あたしは熱を出したことにちょっぴり感謝せずにはいられなかった。グウェンにも。

「VADに入って、看護婦さんになったら」あたしは言った。

「考えたこともあるのよ」

あたしのにやにや笑いが消えた。「お願いだからよして」

「わたしはそういうのに向いてないわよ、ペグ。向いてたら、何年も前に入隊してるもの」体温計を枕元のコップに戻し、上掛けを首まで引き上げてくれる。モードの足音が前部デッキに聞こえ、ふたりとも耳をそばだてた。モードは郵便と、三月の夕べのひんやりとした空気を《カリオペ》に運んできた。

グウェンがハッチを固定し、モードは彼女に手紙を渡してコートと帽子を脱いだ。グウェンは手紙をより分けながら、ベッドのほうに引き返してきた。

「二通は陸軍の消印、もう一通は普通のフランスの消印がついてる。マダム・テイラーからよ」

「ティルダだ」あたしは言い、グウェンはその最後の一通を伸ばしたあたしの手に載せた。

それは手紙とも言えなかった。小さなカード――イソが描いた絵の裏に走り書きしたメモにすぎなかった。イソの絵は、描かれているものが病室でなければ、絵葉書になりそうだった。色合いは沈んでいる。ベッドの列と、それぞれに寝ている男たちが無駄のない筆遣いで浮かび上がる。白い上掛けが夜の帳の下で灰色に染まり、看護婦が手にした懐中電灯の黄色い光が鮮やかに滲んでいる。看護婦は背を向けているが、その帽子の下に、豊かな三つ編みにした蜂蜜色の髪が覗いていた。ひどく長身で、ぴんと背筋の伸びたその姿に見覚えがあった。絵の焦点はその看護婦にあり、男たちではなかった。この構図の外側に座っているイソが、仕事に励むティルダを見つめているところを想像した。彼女は、あたしがことばでどうしても言い表せないものを描き出していた。ティルダがその身に負っている真実のいくばくかを。

あたしは文字に目を移した。

一九一七年二月二十日
ペグズへ
モードが回復してよかったわ。でも風邪でぶつくさ言うなんてあなたらしくないわね。たぶん、相当つらいのでしょう。いつもなら心配しませんが、わたしの病棟も、息も絶え絶えの兵隊たちで満杯になりつつあるの（おまけに看護婦の三分の一が寝込んでいるし）。フランス人は〝ラ・グリプ〟と呼んでいますが、ハモンド先生は新種の気管支炎だと確信しています。すごく伝染りやすいのよ。あなたたちはたぶんジャックからもらったのね。お土産に持って帰ってきたんだと思うわ。わたしからの忠告は、水をたくさん飲むことと、モードに看病してもらうこと。あの子、看病が得意なのよ。

たくさんの愛を込めて
ティルダ×

ティルダは絵のことは何も書いていなかった。イソが自分をどう見ているのか、気づいているのだろうか、とあたしは思った。

寝室のカーテンの向こうに目を向けると、グウェンが母さんの本棚を調べていた。上段から小説を一冊抜き出した。表紙を開く彼女を見ながら、最後にその本の頁に触れたのはたぶん、母さんの手だったことに気づいた。グウェンが最初の数行に目を走らせている。表紙の細かい部分までは見えなかったので、何を読んでいるのかはわからなかったが、彼女は微笑を浮かべていた。それは懐かしいもの――昔好きだったのに忘れていた何かに再会したとき、誰もが浮かべる微笑だった。本をそっといとおしそうに閉じると、手の中で持ち替えた。表紙を撫でている。母さんはきっとグウェンを気に入っただろう。

「こういう本、全部読んだの、ペグ？」

「ほとんどね」でも、彼女に聞こえたかどうかは怪しかった。喉が安物の紙になったような気がした。脆《もろ》くて簡単に破れそう。

彼女が下段のほうに身を屈めた。ギリシャの物語。

「これも読んだ？」

緑の布張りの表紙に、〝トロイアの女たち〟と金文字が押されている。ギルバート・マレー訳。

あたしは頷いた。「母さんがギリシャの本が好きだったの」

「そうなの？」彼女は言って、本を開いた。見ているだけで読んではいない。「わたし、ときどき思うんだけど、エウリピデスは女嫌いだったんじゃないかしら。すごく残酷に描いてるでしょう」

あたしも以前、母さんに同じことを言った。

「残酷な女だっていいるんだよ」あたしはグウェンに言った。**惨《むご》い扱いを受けたら、余計にね、**と母さんは言っていた。**古代ギリシャの女たちは、ほとんどがそういう目に遭ってたの。**「あたしは、エウリピデスは女を重要な、力のある存在にしたんだと思う」母さんが言ったことを繰り返した。喉が焼けるようだった。「女に声を与えたのよ」

自説を披露するかと思ったのに、グウェンは頷いた。ただ頷いて、『トロイアの女たち』を母さんの本棚のもとの場所へ返した。そして本棚の前の床に積んである、ばらばらの頁や未製本の折丁の山のところにしゃがんだ。一番上の折丁を手に取った。

「これは何？」

「本の一部」

「いったいどうして本の一部だけがあるの？」

「何か面白そうなことが書いてあったんだと思うよ」

その折丁は断裁されていなかった。グウェンはそれをひっくり返して最後の頁を見た。「ペグ、文が途切れてる」

「またいつでももらってこられるから」

グウェンは笑った。「もらってくるって！　パンかなにかじゃあるまいし。そんなに面白そうなら、本を借りてきたらいいじゃない？」

グウェンが少しだけ癇《かん》に障った。彼女が見つけた折丁は、ほとんどが大著の一部で、値段が高いか、手に入りにくいものだった。どれもみんな、知るに値する何事かについて仄《ほの》めかしているのに、それを突き止められないことが、あたしは悔しくてならなかった。「たまに学院やオックスフォード公共図書館で探すこともあるよ。でも必ず見つかるわけじゃないし」

「〝ボドリー〟に行ってごらんなさいよ。イングランドで出版された本は一冊残らずあそこに入るの。もちろん借りられはしないけど。誰もね。でも、あなたが興味をもったのがどんな本でも、必ず見つかるわ」

「で、どうやってあたしがボドリアン図書館に入るわけ？」

「そういえばそうね……」グウェンはばつの悪そうな顔をした。彼女らしくもない。

「あたしは入れないんだ？　それはびっくり」あたしは言った。

「正式な紹介状が必要ね。女性であそこに入ろうと思ったら、カレッジの学長の紹介じゃないと無理だわ。わたしったら勧めたりして」

「男なら？」

「長くても短くてもガウンを着ていれば、紹介状なしで大丈夫。本を借りたければ、男子学生が行くのはオックスフォード・ユニオン・ソサエティ図書館よ。カレッジの試験に合格するために必要な本なら、すっかり揃ってるから」

あたしは笑い出し、咳《せ》き込みはじめた。

「まあペグ、そんなにひねくれないで」グウェンはそばに来ると、枕元の蜂蜜の壺《つぼ》にスプーンを突っ込み、舐めるようにとこっちによこした。

「女性でも、オックスフォード・ユニオン・ソサエティの図書館を利用できないわけじゃないのよ」彼女は言った。

「どうすれば使えるの？　ちゃんと説明してよ」

「つまりね、オリオル・カレッジの誰かをおだてて、なんとか騎士役になることにうんと言わせるの。それから自分の論文の期限がいつだったとしても、相手の予定に合わせないといけないけどね。もちろん少しは愛嬌《あいきょう》も振りまかないと駄目よ。たぶん午後のお茶くらいは我慢しなくちゃいけないかも。でも仕方ないのよ、代わりに本を借りてくれるんだし、とっても危ない橋を渡るんだから」

「危ない橋って？」

「彼女がお風呂で本を読むかもしれないでしょう？　そうしたら小さな手から本が滑り落ちることだってあり得るわ。とにかく、必要な本を読んで、必要な知識を得る機会を手にするために、彼女はこういった諸々に甘んじるってわけ。そしていつの日か彼女は首席になって、オリオルの騎士は次席になる。彼女はなんとかいう委員会の会長に就任して雀の涙の報酬を受け取り、彼は出世して会社か国を経営するの。そしておしまいには貴族になってめでたしめでたしってわけ。ほかに質問は？」

あたしはスプーンに残った蜂蜜を舐めた。「質問はないけど、ただ事実の指摘だけ。オリオルの学生の誰も、製本所の女工のために危ない橋は渡らないよ」

グウェンは頷いた。「それはそうかも」そしてベッドに座り、手に持った折丁を開いた。「全部上下逆さまで前後も逆になってる」あっちへ向けたりこっちへ向けたりした挙句、ある頁に目を留め、声に出して読んだ。

「〝彼がやってきた。毎日はあまりにも単調で、期待にかなうような出来事など、起こりもしないし、起こり得ないし、今後起きる見込みもなかった。その日一日、彼はわたしに声もかけなかった〟。気持ちを押し隠してるのね」彼女は言った。「小説にちがいないけど、どの小説かしら？」折丁をしげしげと見る。「四一五頁。長篇ね」

「『ヴィレット』」とあたしは言った。「刷り本がちょうど製本所に届いたところ」

「まあ新刊なの？　素敵！」

「新しくないよ、グウェン。《オックスフォード世界古典叢書》に入ってて――出版局で何年かに一度、印刷してるの。まさか聞いたことないとか？」

「聞いたことないと駄目？」

「シャーロット・ブロンテだよ？」

「もちろんその名前は知ってるわ、ペグ。わたしだってそんなに無知じゃないもの。『ジェイン・エア』は愛読書のはずだし」

「はず？」

「きっとそうだろうってこと」

「サマーヴィルであんたがまともに読んでるのってどんな本なの、グウェン？」

「指導教官に読みなさいって言われた本は読むわよ。飛ばし読みすることもあるけど」

彼女は折丁を折り直すと、あたしに見えるように掲げてみせた。「一冊分、もらってきたらどうするの？」

「製本するの。テーブルの上にかがり台があるでしょ」

グウェンが視界から消え、指で頁をめくる音が聞こえた。

「『英語の散文――物語、叙述、戯曲』。いやだわ、ペグ。どうしてこんなの読むの？」

「飛ばし読みが嫌いだから」あたしは言った。

彼女が視界に戻ってきた。「人それぞれってことね。わたしの学問上の強みは、教官たちの分析法と主張を真似することなの」彼女はまるで秘密を打ち明けるように言ってにっこりした。「こんなに本を読んでいないわりに、けっこういい成績もとるのよ」

「そりゃそうだろうね――おだて上手だもの」

「そうそう。おだては効き目抜群よ。どんな場合であれね」

「でも質問されたりするんでしょう」

「お年寄りのお堅い先生方にはね。でも今の教官はちょっと初心《うぶ》なの。わたしが、はい、そうですねって言ってれば、彼女、自分の意見を擁護しなくていいわけでしょ。おかげでとってもうまくいってるわ」

「だけど意味あるの？」

「意味あるのって？」

「勉強したくないなら、なぜサマーヴィルにいるのってこと」あたしは声を荒らげ、また咳き込みはじめた。グウェンが背中を叩いてくれた。

「二、三週間前、学長のミス・ペンローズにまったく同じことを訊かれたわ」

「なんて答えたの？」

「もっと頑張りますって」

「頑張るわけ？」

またあの悪戯《いたずら》っぽい微笑み。「まさか。もっと気をつけながら、このままばれないようにのんびりやるわ。困らない程度に」

「困らないって、何に？」

「晩餐会《ばんさんかい》で紳士たちと興味深い会話をして、委員会でご婦人たちと興味深い会話をするのによ」

「グウェンのせいで頭が変になりそうだよ。あたし病気なのにこんな話して」

彼女は「あらあらまあまあ」と大袈裟な声を出し、むくれている子どもを宥《なだ》めるようにした。あたしはその手を払いのけた。

彼女は一瞬、あたしを見つめた。

「それなら、あなたならどう取り組むの、ペグ?」

「もしサマーヴィルの学生だったらってこと?」

「そう。どんな戦略で卒業までやり過ごすつもり?」

「や、や、やり過ごすために行くんじゃないよ」

彼女の顔に踊っていた陽気な笑みが引っ込んだ。真顔になった彼女を見て、あたしはひやりとした。目を閉じる。彼女の手が額に触れたとき、自分が身を固くしていたことに気づいた。

「熱はまだあるけど」彼女は言った。「でも下がってきてるみたい」

あたしは力を抜き、目を開けた。「ティルダが、あたしは〝ラ・グリプ〟に罹ったんだろうって」

「ラ、何?」

「ジャックが罹ったのと同じやつ。エタプルから送り返されてくる兵隊の半分はそれに罹ってるんだって」

「運がいいわね。フランスの風邪で送り返されるほうが、手足を失くしたり、もっと悪ければ正気を失くしたりするよりよっぽどましだもの」

第三十五章

ある晩、バスティアンがあたしの様子を見に寄ってくれた。モードが彼のコートを受け取り、それから手をとって母さんの肘掛け椅子に座らせた。

「夕食食べてって」彼女は言うと、ギャレーに戻り、茹でた人参とじゃがいもをミルクで潰すのに戻った。

それはロッタが〝ストゥンプ〟と呼んでいるものだった。モードがほかに作れるのは、〝フリット〟と〝タルティーヌ〟で、タルティーヌは上側のパンがないただのサンドウィッチだったけれど、モードは何かに気を取られたり、大惨事を起こしたりすることなく、完璧にこしらえた。モードに教えたのはロッタだった。どの料理にも子守歌みたいな歌がついていて、それがモードの集中に役立った。炒めた葱とキャベツのフライパンにモードが手を伸ばしている。そのあいだ一瞬も歌をやめなかった。葱とキャベツを潰した人参とじゃがいもに加えている。ロッタへの――彼女の忍耐強さと工夫への――感謝が波のように押し寄せてきた。食欲が戻ってからというもの、ほぼ毎晩のように〝ストゥンプ〟を食べていて、何か違うものを食べたくてしかたなかったが、モードが作りたいものが〝ストゥンプ〟なら、あたしはそれを食べ続けるだけだ。

グウェンの足音がデッキに聞こえた。モードが歌を途切れさせる。あたしたちは、グウェンのトトンというつもの軽いノックの音がしてハッチが開き、再び風が吹き込んでくるのを待ち受けた。

「あったかいわね」グウェンは言いながら、ハッチを閉めた。「脚はどう、バスティアン？」

「杖を返したよ」彼は言った。

「それはよかったわ」

モードがまた歌い出し、鍋を掻き混ぜるのに戻った。グウェンが妹をじっと見つめている。モードはナツメグと塩胡椒を振った。「お皿が一枚、お皿が二枚」歌いながら、高いところにある皿立てに手を伸ばす。「わたしにぽとん、あなたにぽとん」

料理の皿をあたしに渡す。

「ありがと、モーディ。お腹ぺこぺこだよ」

「ぺこぺこ」彼女は言い、次に、バスティアンが母さんの肘掛け椅子から動かなくていいように料理の皿を彼のところへ運んだ。最後に、自分の皿を手にして、テーブルについた。

「自分でよそってもいい？」グウェンが言った。キッチンへ行くと、皿いっぱいにストゥンプをよそい、あたしたちと一緒に食卓に座った。「いただくわね、モーディ」彼女は言った。「わたしもお腹ぺこぺこ」

モーディがグウェンを見た。

「まあ、ぺこぺこではないわね、正確には。夕食を食べてきたばかりだから。でも料理がみんな茶色っぽくて、レバーみたいな匂いがするんですもの。こっちのほうがずっといい匂い。冷や冷やしながらこっそり抜け出してきた甲斐があったわ」

「ずっといい」モードが言った。「さあ、召し上がれ」それは母さんのことばだったかもしれないが、目的は果たした。グウェンはフォークを取り上げ、食べはじめた。

食後、グウェンは全員の皿を集め、ギャレーに運んだ。湯沸かしを熱い鉄板の上に置くと、調理台に寄りかかってお湯が沸くのを待った。

「このあいだ、ミス・ブルースとお茶をしたの」彼女は言った。

グウェンのサマーヴィルの話をいくら聞いても聞き飽きなかった頃もあった。彼女の話の中に自分を紛れ込ませ、夢に描いていたものに現実の根を張らせた。でも熱のせいか、あたしは幻想から醒めてしまっていた。

「副学長のブルース先生？　それともパメラ？」あたしは苛立ちを胡麻化《ごまか》そうともせずに訊いた。

「パメラよ。難民委員会のほう。なかなか興味深いことを言ってたわ」

湯沸かしから湯気が立ち上りはじめた。さっさと沸いて、彼女がそっちに気を取られればいいのに、と思いながら、あたしは黙っていた。

「何を言ったか、知りたくない？」

別に、と思った。「知りたいよ」と言った。

「彼女ね、ペギーはもっと教育を受けようと思ったことはないのかって訊いたの」

あたしは身じろぎもせず座っていた。自分が感じているものがなんなのかわからなかった。グウェンは自分の発言が与えた衝撃を見届けると、向きなおって湯沸かしの世話を焼き出した。まだ沸いてもいないのに。あたしを揶揄っている。

「グウェン」あたしは言った。少し声が大きすぎたかもしれない。「なんでミス・ブルースがあんたにそんなこと訊くわけ？」

グウェンは鉄板から湯沸かしをとり、お湯を盥《たらい》に注いだ。削った石鹸を加え、まるで昔からずっとそうしてきたみたいに片手でさっと混ぜた。

「グウェン！」

振り返った。また調理台に寄りかかった彼女の顔には、悪戯っ気があふれている。「彼女、あなたがサマーヴィル向きの人材だと思ってるの」

何か投げつけてやりたかった。それがはっきり顔に出ていたはずなのに、彼女は続けた。「同意するしかなかったわ」彼女は言った。そしてバスティアンのほうを向いた。「あなただってそう思うでしょう？」

「僕は、どんな人がサマーヴィル向きか知らないよ」彼は言った。「君はサマーヴィル向きの人材なの？」

「まあ、誰にその質問をするかによるわね。わたしはどちらかというと真面目じゃないほうだから。実際ミス・ブルースに、たぶんペグはわたしよりもサマーヴィルに向いてるかもしれませんって言ったくらい」

「それでミス・ブルースはなんて言ったわけ？」あたしは歯ぎしりしながら言った。

グウェンは笑った。「あら、たちまち同意して、わたしにもう一杯お茶を注いでくれたわ」あたしはまるで初めて見るような目でグウェンを見た。この人は、あたしの生きてる人生に半分目を瞑ったまま、ずっとあたしの友達をやってきたってことなの？　ほんとに？

「グウェン、あたし、噂なんかされたくないよ」

「馬鹿ね。誰でも噂されるのは大好きよ。ミス・ブルースは、あなたには学問をするのにふさわしい知性があると思うんですって」

「ペギーは本を読むのが好きだから」モードが言った。なぜそんなにたくさんの本を集めるのか、と誰かに訊かれると、母さんがそう言ったとおりに。

「そうそう」グウェンが言った。

「褒められて喜べってこと？」

「もちろん。わたしなんて、誰もそんなふうに言ってくれないもの」

「だけどそうやって、あんたにはサマーヴィル・カレッジに自分だけの部屋があるんだよね」

「オリオルよ」グウェンは本当に頭にくる。「とりあえず、今はね」

「あたしに学問をする頭があるなんてことはわかってるよ、グウェン。ずっとね。サマーヴィルの学生にはあったほうがいい素質なんだろうけど――必要な素質なのかと思ったら、そうじゃないらしいね——製本所の女工には、そんなの欠点なんだよ。害にしかなんないの。厄介なだけなの」

「ただの無駄」モードが言った。

「かわいそうなペグズ」グウェンが言った。

「〝かわいそうなペグズ〟なんてよしてよ。冗談じゃないよ、グウェン。あんたに何がわかんのよ！　あんたなんか、何でもかんでもはいどうぞって差し出されてきたんでしょうが。別に欲しくもないものでもさ、たとえば教育とか」

「何もかもじゃないわ」グウェンが言った。「わたし、投票権が欲しいけど、はいどうぞって誰もくれたりしないもの」

「時間の問題」とモードが言った。彼女はティルダがそう言い、ストッダードさんがそう言うのを聞いてきた。母さんがそう言うのも聞いた。いつも同じことばだ、とあたしは思った。その時間がこんなにどんどん先に延びていくなら、何の意味があるだろう。

「投票権がもらえる頃には、あたしたちもう死んでるよ」あたしは言った。

「まさか、そんなことないわ。今までにないほど実現に近づいてるって噂ですもの」グウェンが言った。

あたしは椅子の背にぐったりと寄りかかった。もうそれ以上、体の緊張を保っていられなかった。声を張り上げるだけの気力ももうなかった。

「あんたにとっては、もう少しでしょうよ、グウェン。でもあたしたちは」——モードと自分を指す——「数に入ってないよ。あたしたちには土地も教育もない。それゆえに、当然、考慮に値する経験も意見もないってわけ」彼女の目を見つめた。「もうやめようよ。こんな話。バスティアンは興味ないし、あたしはまだ調子悪いし。元気がなくて、あんたを甘々お嬢ちゃんって呼びたくても、本気に聞こえないよ」

「興味深いよ」バスティアンが言った。

「もちろん興味深いわよ」グウェンが言った。「ミス・ブルース――パメラはね、あなたがサマーヴィルの奨学金の候補者に最適だって思ってるの」

この子の利発さなら大丈夫ですよ、と先生が言ったことがあった。**それだけじゃどうにもならないこともあるんです**、と母さんは応じた。

「調べてみたの。意欲はあっても財産のない女性のために、全額支給の奨学金が二つあるのよ。つまり、あなたみたいなかわいそうなペグズのための奨学金ってこと」

グウェンがそこでお辞儀をしたとしても、あたしは見ていなかった。あたしが見ていたのはモードだった。数枚のばらの紙を手に取っている。インディア紙――『新英語辞典』の頁だ。その紙はすごく作業がしづらくて、母さんは本当に辛抱強く、薄い紙の扱い方をあたしたちに教えてくれた。モードはそれを自分で考えた形に折っていた。あたしには何なのかわからないけれど、均整がとれていて、美しかった。紙が柔らかいおかげで、作品の一つひとつに花びらや翼があるような動きが生まれた。妹の手の中を紙が回っていくあいだに、あたしはことばを目で捕らえようとした。

〝Triste《トリースト》（廃語）。自信がある、確信がある〟。モードが折り終えると、あたしはそれを手に取って、羽の上側を読んだ。一四〇〇年の引用文。〝彼については信用《トリースト》してもよかろう〟。

モードの手の動きが遅くなった。グウェンが言っていることに耳を澄ませているのだ。

「ミス・ブルースはわたしに、この話をあなたにするようにおっしゃったの」グウェンは言った。「あなたの学びへの渇望を見極めてほしいんですって」朗々と話している。「厳しい学問の道にふさわしい熱意と根気があるかどうかをね」

奨学金。あたしみたいなかわいそうなペグズのための。

「候補者に最適」とモードが言った。あたしは辞書の頁を見つめ続けた。これがなかった頃の製本所をあたしは知らない。母さんもそうだった。英語を定義するには熱意と根気がいるのよ、といつか母さんが言った。どうして？　とあたしは訊いた。なぜって、ことばはほんとにいっぱいあるから、と母さんは言った。でも、全部のことばを知らなくたっていいじゃない、とあたしは反論した。全然使わないのもあるんだし。母さんは手をあたしの頬に触れた。モードの注意を自分に向けたいときに、モードの頬に手を当てるときのように。使う人もいるのよ、ペグ。そういう人たちが言うことを知ってたって悪いことはないでしょ。

「あたしがどうやって勉強するのよ？」

「本を読む」モードが言った。

グウェンがテーブルからゆっくりと母さんの肘掛け椅子のほうへ行った。母さんの本棚に指を走らせ、床に積まれた紙や折丁の山の上に身を屈める。《カリオペ》の船首から船尾までずっと歩いていった。

「あらやだ」彼女の声がした。「あなたのおまるの中にも本の頁があるわよ。まさかあなた――」

「それでおケツを拭いてる」モードが大声で応じた。ティルダのお気に入りの台詞だ。

バスティアンが笑った。グウェンも笑ってギャレーに戻ってきた。

「ここにはサマーヴィルの試験に必要な本はほとんどあるって言ってよさそうよ。一冊全部はそろってなくても、一部分なら」彼女はモードを見た。「でもいったいどんな立派なことばがあんな目に……」あたしを振り返る。「品のないことをお尋ねしますけど、あなたたちがしたあれはどこにいくの？」

「グウェン！」バスティアンのほうを見る。戦争前の顔の相好が崩れている。

「運河」とモードが言った。

居心地は悪いにしても、さっきの話のほうが今の事態よりよっぽどましだ。

「持ってない本はどうすりゃいいのよ？」あたしは言った。「ちょろまかせなかった章は――そういうのはどうやって読めばいいの？」

「僕はオックスフォード公共図書館の利用カードを持ってるよ」とバスティアンが言った。

「あそこの蔵書はあんまり新しくないの」あたしは言った。頭の中が忙しく廻りはじめる。「それにサマーヴィルの入学試験はただの入り口でしょう。リスポンション（オックスフォード大学の学士号取得資格試験）はどうするのよ？」

「まあ驚いた」グウェンが言った。「製本所の女工さんにしては、オックスフォード大学の試験のことをずいぶんよく知ってるのね。わたし、サマーヴィルの入学試験の問題形式とリスポンションの内容に合わせて指導計画を立ててもらったのがあるわ」

「そんなの全部知ってる」あたしは言った。

「リスポンション？」モードが言った。

「答えるって意味」あたしは言った。「もう一個の試験で、それに合格しないと学士課程に入れないの」

「どんなに勉強しても、大学が学位をくれるわけじゃないけどね」グウェンが言った。「いったいどうしてこんなにいろいろ知ってるの？」

「あたし、もう何年も試験用紙を折ったり丁合をとったりしてきたんだよ」

「まあ、学びへの渇望の件については、答えは出たってことでいいわね。ミス・ブルースが大喜びするわ」

渇望、とあたしは思った。これまでの人生、あたしはずっと飢えていた。「ミス・ブルースは、あたしが十二で学校をやめたって知ってるの？」

「そんなのサマーヴィリアンにはいっぱいいるわよ」とグウェンは言った。「わたしなんて一度も学校に行ってないもの」

「でも家庭教師がいたでしょ」

彼女は肩をすくめた。自分の議論の邪魔になる、不都合な真実だから。またふらりと母さんの肘掛け椅子のほうへ行き、本を一冊、取り上げた――未製本の折丁の束だ。「サマーヴィルの入学試験はなんとかなると思うの――一般的な知識とフランス語の翻訳がちょっとあるけど」バスティアンを見る。「それはあなたが手伝ってあげられるでしょう。後は自分で選択した科目についての質問がいくつかってところよ」

「フランス語を話す必要はある？」彼が訊いた。

「ありがたいことにそれはないわ。だったら彼女、受かるわけないもの」

「リスポンションは？」あたしは言った。

「まずは、あなたが出た学校の初級読本で始めなさいよ」

「グウェン、あたしがどんな学校に行ったと思ってんの？　あたしたちが勉強したのは、店番がお金を勘定するための算数だよ。知ってるラテン語は〝デー・デウム・ラウダームス〟――神よ、汝《なんじ》を讃《たた》えんってやつだけだし。なんで知ってるかっていったら、聖バルナバ教会のステンドグラスに書いてあるからだよ。古典ギリシャ語なんて、そんなもの、聖バルナバに通ってる子に何の役に立つ？」

彼女は一瞬、表情をこわばらせたが、すぐに気を取り直した。「古典ギリシャ語は、ほとんど誰の役にも立たないのよ、ペグ」

「でも、オックスフォード大学に入るには必要じゃないの。ねえグウェン、古典ギリシャ語も、あたしみたいな人間がオックスフォードに入ってこないようにするための壁だったりしないわけ？」

あたしが反論すればするほど、グウェンは嬉しそうな顔をする気がした。「ペグ、ぜひ受かってほしいわ。討論クラブに入るべきよ。あなたすごく手ごわそう」

「ぜひ受かってほしいわ」モードが言った。

あたしは急に恥ずかしくなった。これまで何年も、人生を変えたいと願ってきたのに、今のあたしは、変わらないための理由を探している。ずっと、自分はただの製本所の女工じゃないと思ってきた。なのに今のあたしは、それ以上のものにならないための言い訳をしている。顔いっぱいに怯えが浮かんでいたに違いない。またあたしの隣に座ったグウェンは、それまでの追い詰めるような口調を和らげた。

「大学は、学位課程を履修したいサマーヴィリアン全員にη《エータ》とθ《シータ》の区別がつくようにさせたいの。だからあなたも、これまでのサマーヴィリアンたちがやってきたとおりにすればいいのよ——ぎりぎり受かるくらいでいいから暗記して。後は全部忘れちゃっていいから」

あたしは深いため息をつくと、差し出されたグウェンの手をとった。「それならなんとかなりそう」

「古典学を専攻するつもりじゃなければ、大丈夫よ」

あたしは手を引っ込めた。「え、だけど古典を専攻したいのに」

「本気？」グウェンはぎょっとした顔をした。

「まさか」あたしは笑った。

「だったら何を専攻するの？　きっと考えたことあるんでしょう？」

「英文学」あたしは言った。

第三十六章

グウェンの言うとおりだった。《カリオペ》の壁を埋め尽くす本の頁は、未製本のものも製本済みのものもあったが、それでサマーヴィルの入学試験の準備はなんとかなりそうだった。もちろんなんとかなるに決まっている。出版局では、オックスフォードへの進学を目指す青年たち、そして次第に数が増していく若い女性たちに行き渡るようにするため、すべてのカレッジの入学試験に必要な教科書を数年ごとに再版している。事故は――頁の不揃いや、折り損じ、背のバッキングの失敗といったことはどうしても起きる。かがりがきつすぎたり緩すぎたり、せっかくの革表紙に糊がこびりついたりすることもある。そういう本は、クラレンドン出版局の刻印を押すに値しない。**持ってる本を確認しときなさい**、と学期の休みでオックスフォードを離れる前にグウェンは言った。それから、あたしが勉強するべき科目と本を箇条書きにして渡してくれた。

モードとあたしは本の整理を始めた。ごたまぜの本や頁の束、折丁を、船首から船尾に向かって仕分けし、試験の役に立ちそうな文献をいくつもの山に積み上げた。あたしは毎晩、夕食の前と後にその作業に没頭した。時には、本棚の前に座り込んで、マーマイトを塗ったパンを食べるだけのこともあった。あたしのそれまでの習慣はずいぶんと変わった。バスティアンには月曜と金曜に学院で会っていたけれど、新聞を読む代わりに歴史の本を読むようになり、夜、ふたりで散歩に出ることは滅多になくなったので、ロッタがモードと過ごす時間も減った。日曜日は、ポート・メドウで土を触るか触らないうちに、言い訳をして一目散に本のところに戻った。

存在を忘れていた本もあった――エブが母さんにくれた本や、まだあたしが本に興味をもつ前に、母さんが持って帰ってきていた本だった。エリザベス・バレット・ブラウニングの『オーロラ・リー』の古い版が出てきた。頁の角が何か所も折られているが、製本はまだしっかりしていた。母さんはお金を出してこれを買ったんだ、とあたしは思った。それとも別の誰かが。そして母さんはこの本を愛読していた。あたしは角の折れた頁の数節を読んだ。

まずは最初の一冊。そして感じるその鼓動
枕の下で、朝まだきの暗がりのなか
日が昇りわたしに読ませてくれるまであと一時間！

それを勉強用の本の山に載せた。まだずいぶん小さな山だ――この作業は想像していたよりも時間がかかった。

あたしはモードに、グウェンが推薦図書目録に載っていると言っていた本を探す役目を言いつけた。大半が歴史、古典、英文学、原典研究だった。哲学の教科書と、経済理論についての論文が一つ（**そんなに厄介なものじゃないわ**、とグウェンは言っていた。**だって意味ないでしょ？**）――出版局はその全部を印刷していた。モードは数冊の本を見つけ、あたしの勉強用の本の山は高くなっていった。そしてある日、彼女は一冊の薄い本をあたしに手渡した。ボール紙の表紙に見覚えがあった。母さんの骨べらを滑らせ、ほんのちょっと破いたっけ。その破れ目は、その本をあたしのものにできるくらいには大きかったが、本が駄目にならないくらいには小さかった。

『女性のことばとその意味』エズメ・ニコル編著。

頁を繰った。どの頁も、見過ごされてきたことばと、見過ごされてきた女たちの名前で埋まっていた。彼女はこれを反故紙《ほごがみ》を使って集めたと、オーウェンさんは言っていた。

《カリオペ》を見回した。本の中身や半端な本が積まれている。かがっただけで表紙のない本の中身、製本テープで留められただけで、ボール紙の表紙のない本。あたしたち、そんなに違わないね、と思った。あたしは反故になりそうな本を集めている――出版局や大学にとって何の値打ちもない、駄目になった頁を。でもそれはあたしにとって値打ちがあるし、本たちは母さんにとって値打ちがあった。母さんは、本を読む以上のことをしたかったんだろうか、と考えたとき、あたしに本を読んでくれ、さまざまなことを説明し、質問する母さんが蘇ってきた。ひとつに折りたたまれていた、溢れるほどの記憶。**トロイ戦争はヘレネーのせいだったと思う？　ジェイン・エアにとってセント・ジョンと結婚するのは簡単だったのに、どうしてそうしなかったんだと思う？**　なぜグラハム夫人がワイルドフェル・ホールに逃げてきたかわかる？ 母さんにとって、あたしが理解することは重要だったのだ。

ある日、母さんは言った。ダーウィン先生の理論を人間に当てはめるのは危険なことかもしれないね。あたしがなぜかと訊くと、母さんはモードを見た。**誰が適応していて、誰がそうでないか、どうやって判断すればいいと思う、ペグ？**　どれくらい賢いかとか、お金持ちかで決める？　それともどれくらい親切かとか、世界に対する見方が面白いとか、人をしょっちゅう笑わせるかとか？　そしてあたしをくすぐったので、あたしはそれ以上考えるのをやめてしまった。

もう一度『女性のことばとその意味』に目を落とした。誰にも価値を認められなかったことばたち。それを口にした女たちは、彼女が一片の紙にその名を書き留めなければ、誰の記憶にも残らなかっただろう。あたしはそれを読むべき本の山に入れた。


そんなふうに二週間、いや三週間が経ったある日、ロッタがモードは病気なのかと訊いてきた。

あたしたちは一日の仕事を終え、前掛けをはずして掛け釘に掛け、荷物を手に取り、出版局を出るところだった。

「痩せてきたから」ロッタが言った。

あたしは妹を見た。ドアのそばの小さな鏡の前で、帽子を留めつけていた。あたしたちが痩せてるのは今に始まったことじゃない、と思い、もう少しで口に出すところだったが、ふと鏡の中のモードの顔に目が留まり、その顎がとがっていることに気づいた。親指を自分のスカートのウエストに沿って回してみると、以前よりも隙間があった。

「ふたりとも前より痩せたわ」ロッタが言った。「ちゃんと食べてないでしょう」

彼女はモードが立っているところへ歩み寄り、肩に手をかけて、鏡の中のモードに向かって話しかけた。言っていることは聞こえなかったが、いかにも優しく話しているのは見ればわかった。やめて、あっちへ行って、モードを放っておいて、と言いたくなった。モードはあたしの妹なんだから、と言いたくなった。

モードが鏡から振り返った。帽子が傾《かし》いでいる。「ロッタが明日、お昼を作る」

「嬉しいね」あたしは言った。

⁂

翌日は土曜日だった。ロッタがみんなの昼食を作っているあいだ、あたしは折丁の山を整理しながら、何の本のものだったのか、役に立ちそうかを見極めようとしていた。食卓について食べようとしたとき、ロッタが整頓の進み具合はどうかと訊いた。

「ぐっちゃぐちゃ」と、あたしの憎々しげな口調は抜きで、モードが言った。

ロッタは頷いた。見れば誰でもわかる。

「まあまあ進んでるよ」あたしは言った。

「進んでないと思うわ」とロッタは応じた。「それに、あなたは本を整理するより、勉強しないといけないでしょう」

その後、あたしたちは食事中、ずっと無言だった。食べ終えて食器を下げたときはほっとした。あたしが洗い物をしていると、ロッタが今あるものを目録にする方法をモードに説明しているのが聞こえた。折丁、ばらの紙、製本された本、未製本の本――すべての在《あ》り処《か》をどうやって記録するかを。

「これはみんな大事なのよね？」

「みんな大事」モードが言うのが聞こえた。

「なら、全部目録にしないといけないわ」

彼女は台帳を持ってきていた。自分とモードの間にそれを置いた。使い方を説明している。さまざまな項目に分類し、それぞれの本、著者、日付を記録していく方法だ。

「一番大切なのは、本の場所よ」とロッタが言った。そして本の置き場所になるあらゆる棚や隙間に、簡単な記号をつけることを提案した。彼女は運河に浮かぶ《カリオペ》を、まるで図書館のように整理していた。

図書館。

そうか。

ロッタは以前、図書館の司書だった。台帳、それにあの説明。彼女はこのことをずっと考えていたのだ。モードが一つずつ復唱し、やり方を覚えようとしていた。

ロッタはその日、台帳の準備を整えた。あたしが勉強用により分けた本の山の中から数冊の本と折丁を記録し、それからモードが台帳にさらに記入していくのを見守った。

「モードは几帳面だわ」一緒に曳き船道に降りながら、ロッタが言った。すでに夕闇が迫り、あたしは彼女が暗くなる前に家に着けるだろうか、と考えていた。「文献を全部調べてもらいなさい」彼女は《カリオペ》に向かって頷いた。「自分が何を持っているか知っておかないと」

「ほとんどは紙屑だけどね」あたしは言った。

ロッタは首を横に振った。「そんなこと思ってないくせに」

⁂

「『移民たち』が《ジョージ・ストリート・シネマ》でまだかかってるよ」ある日学院で、バスティアンがサンドウィッチを食べながら言った。「ロッタにモードのところに来てもらえば、六時の回を観に行けないかな?」

モードとロッタがふたりきりで《カリオペ》にいて、本に囲まれ、台帳の上に頭を寄せ合っている姿が目に浮かんだ。母さんの本。あたしの本といろんな紙。もし自分の思いどおりにできるなら、昼も夜もそういう本に囲まれて座っていたい、とあたしは思った。行かないわけにいかない製本所もなければ、世話が必要な妹もおらず、機嫌をとらなきゃならない恋人もいなかったなら。そしたらあたしはただ本を読んで勉強してそして……

バスティアンが深く息を吸い込み、あたしは彼が戦争の顔をこちらに向けていることに気づいた。心の中を隠すにはそのほうが都合がいい。

「夕食をいっしょにどう?」あたしは言った。「ロッタが料理してくれるんだけど、いつも作りすぎるの。それに帰りは彼女を送っていってくれればいいし」

彼は椅子の上で姿勢を変えた。微笑するのが見えた。

それからの数週間、バスティアンはロッタが来るたびにうちにやってきた。あたしたちはその習慣に馴染み、しばらくすると、あたしはひとりで座っていないで済むことに感謝するようになった。《カリオペ》の壁を埋め尽くす本や紙の束を調べて回り、グウェンがくれた教科書と科目の一覧と照らし合わせる。そして役に立ちそうだと思うものを、バスティアンに渡した。彼は不自由なほうの脚を伸ばして母さんの椅子に座り、本を科目ごとの山に分けた。折丁にどの本のものか突き止める手がかりがないときは、表示を付けるために脇によけた。

ロッタはあたしたちの食事係になり、夕食後は、我が家の図書館の目録を作るモードを手伝った。ロッタはここをそう呼んでいた――〝カリオペ図書館〟と。台帳の表紙に、彼女は美しい筆跡でそう書いた。

母さんはあたしが記憶していたよりずっとたくさんの本を集めていたが、その集め方は計画的で、多くはグウェンの一覧表に載っていた。あたしの集め方は、手当たり次第の行き当たりばったりだった。かつて秩序があったところに、ある種の混沌《こんとん》をもたらしたのはあたしだったが、モードはなんとかすべての本の居場所を見つけた。整理が終わり、台帳がいっぱいになると、彼女は〝カリオペ図書館〟を整理整頓しておくために、目を光らせるようになった。

あたしは隙あらば本を開いた。朝はコーヒーを飲みながら、夜は夕食を済ませてから。すっかり忘れていた本の頁や、今まで知らなかった頁に埋もれ、気づくと夜の数時間が過ぎていた。グウェンの表に載っているものも、載っていないのもあった。母さんならきっとそうしただろうと思って、あたしはどちらも構わず読んだ。これまでずっと、《カリオペ》の本とは顔見知りだったけれど、今のあたしは、そのすべてを隅から隅まで知りたかった。読み終えた本や折丁は、テーブルに置いた。あたしが適当な場所に戻しかねないと知っているモードは、何一つ勝手に本棚に戻すことを許さなかった。

オベロンが立ち寄った。平底船いっぱいに積んでいるのは石炭ではなく煉瓦で、あたしはがっかりした。その晩は泊ることになったので、ロージーが彼に言いつけて、七人で座れるようにと、ひっくり返したバケツをいくつか腰掛け代わりに岸辺の庭に並べさせ、みんなで一緒に夕食をとった。ロージーは、七人もいるのは特別だからと言って、女船長のボンネットをかぶり、めいめいにシチューをよそったボウルを渡した。

食事が済むと、彼女はポケットから手紙を取り出した。まだ封をしたままのジャックからの手紙だった。オベロンがそれを受け取り、声に出して読んだ。

「〝俺たちはまだフランダースにいます。でも正確にどことは書かないでおくね。書くと検閲に手紙をぐちゃぐちゃにされっから〟」

ロッタが立ち上がり、食器を片付けた。《スティング・プット》号に運んでいく。あたしはオベロンの声が届かないことを祈った。

「〝三日間、小さな町に宿営しました。地元の人たちは歓迎してくれてるみたいです。しょっちゅう焼きたてのペストリーを持ってきてくれます——美味《うま》いのは、小さいパイの中にカードが入ったやつ。ずっと缶詰の牛肉とぱさぱさのビスケットしか食ってないから、目先が変わって嬉しいです〟」

半顔の微笑。「マッテンタールトだ」バスティアンが言った。「美味いよ」

「〝けど命令が来て〟」オベロンが続けた。「〝ドイツ野郎《フン》共がこの近くの山を取ったから、それを取り返すことになりました。けど初日の戦闘の半分は、泥と、砲弾で開いた穴に水が溜まった中を這いずってただけでした。ここはクソみたいに水浸しでクソみたいにドロドロで——悪いことば使ってごめん、ばあちゃん。こっちと敵さんのせいで、この土地は滅茶苦茶です〟」

バスティアンが声を漏らした。彼が項垂《うなだ》れたのを見て、オベロンは読むのを中断した。でもその視線は並んだことばの上をすばやく動いていた。

「続きは」とラウントリーのおばあちゃんが言った。オベロンはバスティアンのほうを見た。

「続けて」と、彼は顔を上げずに言った。

「〝ベルギー人たちは気の毒に、帰ってきたってろくなもんは残っていません。ばあちゃんがくれた『宇宙戦争』の本に出てきそうな感じで、ドイツ野郎は熱線でも出したのかと思うくらいです。ここらにあるものは、木でも建物でも馬車でも馬でも、何もかも真っ黒い骸骨になっちまってます。枯れ木がにょきにょき灰色の空に枝を伸ばしてるところなんか、そのうち暗がりから火星人のトライポッドが現れそうな気がします〟」

オベロンは手紙の残りを読んだが、あたしは半分しか聞いていなかった。あたしが見つめていたのはバスティアンだった。彼は歯を食いしばっていた。頭は低く垂れたままだった。オベロンが最後のことばを読み終えると、彼は立ち上がり、曳き船道を歩き出した。

後を追おうとしたあたしの腕に、オベロンが手をかけた。

「そっとしといてやれ、ペグ。少しだけ、な」

あたしは腰を下ろした。

「それからこっちは」とオベロンが言った。「あんた宛てみたいだぞ、ミス・モード」一枚の紙をモードに手渡す。半分に折ってあり、〝ミス・モード〟と、ジャックが精一杯丁寧な字で書いていた。モードは頷いてそれを手にとった。その場で開くかと思ったが、彼女は立ち上がって《カリオペ》に入っていった。

あたしはウォルトン・ウェル橋の近くでバスティアンに追いついた。

「こんなの間違ってる」彼は言った。

彼が考えていることはわかっていたけれど、それにふさわしい答えが見つからなかった。

「ジャックがここにいるべきなんだ」彼は言った。「そして僕がベルギーにいるべきなんだ」

⁂

一九一七年四月六日
ペグズへ
あなたからの知らせには驚いたけれど、素晴らしいわ。でも必然という気もするわね。ヘレンはさぞかし……とにかく、彼女が昔、夢見ていたことですもの。
素晴らしい必然といえば、アメリカが参戦すると聞いてこちらはみんな有頂天です。遅くてもないよりはまし、ってところかしら。アメリカ軍の到着は、きっとこのろくでもない戦争の終わりの始まりでしょう。

ティルダ×

⁂

トリニティ学期のためにオックスフォードに帰ってきたガウンたちのなかに、グウェンの姿もあった。

「〝カリオペ図書館〟」彼女は台帳を手に、声に出して読んだ。目を丸くしている。まるで学校で宿題を発表するみたいな口調だった。

「何よ?」あたしは訊いた。「うちに図書館なんてもったいないって?」

グウェンは笑って周囲を見回した。「悪いけど、こんなに本があったら重みで沈んじゃわないかしら」

今度はあたしの笑う番だった。「《カリオペ》は運搬船なんだよ、グウェン。石炭とか煉瓦を運んでたの。本の二冊や三冊でびくともしないさ」

「本の二冊や三冊?」彼女は台帳を開き、頁を繰っていった。「何百冊も、でしょ。これ、モードが全部やったの?」

「ロッタがやり方を教えてくれてね」あたしはそばに寄ってグウェンの隣に立ち、改めてモードの仕事ぶりに感心した。几帳面、とロッタは言っていた。

「驚いたわねえ」グウェンが言った。

あたしはティーポットをテーブルに運び、注ぎはじめた。グウェンが台帳から目を上げた。

「ずいぶん揃ってるわね、あなたの図書館。出版局の監督は、あなたがどれくらい本を持って帰ってるか知ってるの?」

「製本所から持ってくるばかりじゃないもの」あたしは言った。大部分はそうだったが。「本屋さんで買ったのもあるよ――だいたいはブラックウェル書店。母さんが好きだったから。モードかあたしが文句言い出すまで本棚をさんざん見て歩いて、《エブリマンズ・ライブラリー》とか《世界古典叢書》の最新刊を見つけて帳場に持っていくの」口をつぐんだ。母さんが財布を開け、硬貨を何枚か渡し、本が茶色の紙に丁寧に包まれていくのを見ながら微笑していた姿が目に浮かんだ。「母さんは、本が大事に扱われるのを見るのが好きだったんだと思う」あたしは言った。「本への敬意っていうかね」

「母が本屋さんに連れて行ってくれたことなんて一度もないわ」とグウェンが言った。一瞬、気の毒になったが、次の瞬間、グウェンとその母親がドレス店や宝石店、銀のお盆に並んだちっぽけなケーキを出すホテルのティールームに入っていくところが目に浮かんだ。

「かわいそうなグウェン」あたしは言った。

彼女はにっと笑ってマグカップを置いた。「さて、これでどんな本があるかわかったし、どこを探せばいいかもわかったし。次は何をするの？」

「勉強」

彼女は首を振った。「がり勉なんて、絶対にすべきじゃないわ」

あたしは怪訝《けげん》な顔をした。

「あなたはまだなんにも知らないの、ペグ。本を整理するのに明らかに大変な労力を払ったわけでしょう。それなのにすぐ本を読みはじめたら、半分もいかないうちにへたばってしまうわよ。わたしの言うことを信じなさい。今ちょっぴり楽しんでおけば、この先の大事業がずっとやりやすくなるんだから」

ロッタとモードがカバード・マーケットから帰ってくると、あたしはロッタに、晩まで残ってくれないかと頼んだ。「バスティアンと活動写真を観てこようと思って」とあたしは言った。

⁂

目覚めたのは早朝だった。早すぎて辺りはまだ暗かった。でも頭はすっきりとしていた。教会の鐘みたいに澄みきって、鋲《びょう》みたいに鋭く冴えている。「勉強を始めるよ」あたしはモードの耳に囁いた。「がり勉」もぞもぞと言うと、寝がえりを打って背を向けた。まだ起きる時間まで何時間もある。あたしはモードの頬にキスすると、できるだけ音を立てないように部屋を滑り出た。

ランプの明かりをつける。製本が歪んでいる本が一冊、テーブルに載っていた。昨日の晩から置きっぱなしだ。活動写真を観て、バスティアンが送ってきてくれてからそれを読みはじめたのだった。

「ちょっと待ってて」あたしは囁いた。ギャレーに行ってコーヒーを淹れる。レンジの前に膝をつき、熾火《おきび》を掻き起こした。朝は冷えるが、《カリオペ》はあっという間に温まる。狭いのもいいよね、と思いながら、レンジの扉を閉めた。

コーヒーが入ると、熱くて黒い液体をマグカップに注ぎ、両手で包んで手を温めた。窓の外のインクを流したような運河と暗い空に目を向ける。聖バルナバの鐘楼の黒い影がひときわ濃く聳《そび》えていた。憂さ晴らしもしたし、今度は何か祝福のようなものを求めたかった。その祈りはぎこちなかった。どんなことばを使えばいいのかも、神様に祈るべきなのか、あるいは誰とも知らない学問の守護聖人に祈るべきなのかもわからなかった。それでもあたしは、自分の知識への渇望が衰えず、学問に対する根気がこの試練に間に合いますように、と祈った。それから、まるで契約を結んだ印のように、コーヒーを一口飲んだ。

本を手に座り、こうして新たな毎日が始まった。あたしは春が過ぎ、夏が来たことにもほとんど気づかなかった。

第三十七章

出版局を出るとバスティアンが待っていた。上着を鞄に引っ掛け、シャツの袖を腕まくりしている。

「散歩は？」彼は訊いた。

その朝、テーブルの上に開いたまま置いてきた本が胸をよぎった。そのためらいに気づいた彼は「《カリオペ》は暑すぎて勉強にならないよ」と言った。

「いってらっしゃい」ロッタが言った。彼女はモードと腕を組み、それで話は決まった。

開いた本のことを忘れるまでに、幾らもかからなかった。あたしが腕を預けたバスティアンの腕は逞しく、脚もほんの少しひきずっているだけだ。彼と一緒に散歩するのはいい気分で、なぜ自分がもっとしょっちゅう、うんと言わなかったのか不思議な気がした。

ウォルトン・ストリートから外れ、墓地へ向かう小道に入った。バスティアンの死者が彼の夢に現れることは減り、聖セパルカーは、顔見知りが棲《す》みつく平和な場所になっていた。ジェリコの戦死者たちはこの墓地には埋葬されていないから、待ち伏せされることはない。

「勉強はどう？」バスティアンはウッド夫人の古い墓に上着を広げながら尋ねた。

「古典ギリシャ語に取りかかったところ」

あたしたちは座り、バスティアンがサンドウィッチを渡してくれた。「英文学をやりたいんじゃなかったっけ？」

「そうだけど、古典ギリシャ語は、あたしがサマーヴィルに入るために退治しないといけない怪物なのよ」

「それで、神々の助けはありそう？」バスティアンが訊いた。

あたしは笑みを漏らした。「バスティアン、神々ってどんなか知ってるでしょ。ご贔屓《ひいき》は高貴な人間たちなの。あたしは高貴には程遠いの」

「じゃあ倍も努力しないといけないな」彼は言った。

ふたりでくっつき合って座り、サンドウィッチを食べた。バスティアンは鞄からジンジャービアの瓶を取り出した。

「古典ギリシャ語を勉強するのは嫌じゃないのよ」あたしは言った。「必要なんだから、それはよかった」

「ホメロスやエウリピデスを原語で読んでみたいの。自分で解釈して」

彼が瓶を渡してよこし、あたしはジンジャービアを一口飲んだ。彼の手が膝にかかるのを感じた。彼がスカートをたくし上げていくのにつれて、布が擦れる音がした。ひんやりとした指がストッキングを穿いた腿《もも》に触れる。その指がさらに進み、ストッキングの上端にたどり着くのを待ったが、彼は長いことじっとしていた。あたしはそれまで話していたことをかろうじて思い出した。

「ホメロス」あたしは言った。

「ホメロスがどうしたの？」

「原典で読みたいの」

「さっきそう言ったよ」彼の手がもっと上へ這っていき、あたしは瓶を置いた。少し後ろにのけぞる。バスティアンは体をずらし、もっと楽な姿勢になった。うまくことばにできない、ある考えが頭に浮かんだ。そのとき彼の指がストッキングの上端を、ズロースの裾を、あたしの素肌を探った。

頭をめぐらせて彼をまっすぐに見た。「昔から、ヘレネーがパリスに誘惑されたのか、誘拐されたのかどっちだろうって気になってて」

「みんな誘惑されたと考えたがるよね」彼は言い、その指があたしの一番柔らかな部分をまさぐっている。あたしは息を吸い込んだ。「恋物語のほうがいいから」言いながら、あたしが会話を続けられるか挑んでくる。

目を閉じたくなるのを堪《こら》え、ことばを掻き集めた。

「恋物語なら」あたしは吐息のように囁いた。「戦争は彼女のせいと言っていいかも」

彼はもう答えず、あたしはその指先の下で自分がうごめくのを感じた。それはふたりが繰り返し練習してきたダンスだった。あたしは目を閉じたが、彼があたしの顔を見つめていることを知っていた。表情の変化を見ながら、リズムを変える。命の証、と思った。

息づかいが荒くなっていく。低い呻きが聞こえた。以前は恥ずかしくなったが、今は平気だった。背を弓なりにそらせ、墓地の静寂《しじま》のなかに、あたしは雌《め》ぎつねの叫びを響かせた。

彼のズボンの前ボタンを外しにかかったが、バスティアンがその手に手をかぶせ、口元に運んだ。口づけした。

「いいの？」あたしは言った。

彼は微笑んだ。「これは翻訳が難しいもののひとつだな」

「何が？」

「ファックすることが一番重要だという考え方」

あたしは彼がファックと言うのが好きだった。**僕のお気に入りの英単語だよ**、と言ったことがある。

「でも一番重要なんじゃないの？」

彼は首を振った。「前は僕もそう思ってたけどね」

「どうして変わったの？」

「君の快感だよ。見て、自分の肌に感じられるもの。匂いを嗅いで、味わって、耳で聴ける」

「あなただけとは限らないわよ」

でも彼はその冗談に笑わなかった。

「君が悦《よろこ》びに叫ぶ声は、苦痛の叫びでもあるんだ、ペギー。あの最初のとき、すごく記憶と重なって、僕は……」

最初のとき、彼は凍りつき、それから震え出したのだった。

「あなた、泣いたよね」あたしは言った。

「そしてそれから、君は声を出さなくなった」

彼の死者を遠ざけておくために、唇を噛み締めていたから。

「それは余計につらかった」彼は言った。「でもこの頃、君を悦ばせると、君の肺に息を吹き込んでるような気がするんだ。僕が君の血を温めて、心臓に鼓動を打たせてるような」

「命の証ね」

「僕の勝手だけどね」彼は言った。

あたしは微笑んだ。「確かに」

バスティアンはジャケットを手に取り、ジンジャービアの残りを子どもの墓の裸の土に撒《ま》いた。〝ヴィリアム・プロクター、最愛の息子、一八四三年−一八五四年〟。たぶんコレラだろう。バスティアンのしたことを誰かが見たら、憤慨しそうだったが、あたしは、それは優しさなのだとだんだんわかってきた。この半世紀、あたしたちの足の下に埋まっている魂たちを、彼ほど気にかけた者はいなかった。彼がジンジャービアをまるで捧げもののように注いでやるのは、決まってこの子どもだった。彼は自分に取り憑《つ》く少年たち全員に、安息の場所を見つけてやれたのだろうか、とあたしは思った。

一九一七年八月六日
ペグズへ
ばれてしまったわ。わたしは配置換えになります。故郷《くに》に送還されるわけではありません――アリソンがそこはしっかりしているから――ただ、汚らわしい野蛮人《フン》から離れるだけ。フーゴーはもう移動させられました――どこへかはわからない。あの詩を取っておいてくれる？　彼が翻訳した詩よ。

ティルダ×

追伸
わたしの代わりにドイツ病棟に入った看護婦は、サマーヴィリアンよ。名前はヴェラといいます。わたしの向かいの寝棚にいるわ。アリソンに言わせると、すごく真面目で、すごく有能なんですって。仲良くなれそうな気は全然しないけど、彼女が日記をつけているのを見るのは好きよ。それに命が懸かってるのかと思うくらい（そうなのかもしれないわ。あの書き方は、わたしがときどきお酒を飲むのとそっくりだもの。考えたことや見たものを頭が空っぽになるまで書き続けるのね、眠りを妨げられないように）。彼女もやもめよ。婚約者が殺されたの。噂では、一張羅のドレスを着てこれから教会で式を挙げるというときに、知らせを受け取ったんですって。
二伸
勉強はどう？　おお嫌だ、考えただけでぞっとするわ。

ヴェラ。ハートさんに、オックスフォードに入って英文学を専攻するつもりだと話しているのを立ち聞きした、あのヴェラだろうか。サマーヴィルのお茶会で紹介されたあの女性。

あのとき、あたしは彼女を羨んだのだった。

⁂

あたしは睡眠時間を盗むようにして、夜明け前に、そして夜更けまで勉強した。モードは朝の勉強には付き合わされず、むしろその恩恵を受けた――秋になり朝が冷えてきたが、《カリオペ》はいつも暖かく、目覚めたときにはもうコーヒーが入っている。あたしは五時の鐘で起き出して、七時の鐘が鳴るまで勉強した。七時になると、そのとき読んでいたものについて手早くノートをとり、しおりを挟んで本を閉じた。モードを起こし、普段どおりの朝を迎える。

ある朝、七時の鐘が聞こえなかった。モードは目を覚まさず、あたしが本を閉じたのはもう八時に近かった。ロージーがドアをノックして、様子を見に来たのだ。その日も、その翌日も、あたしたちは仕事に遅刻した。さらにその次の日、あたしは五時の鐘に気づかず、ふたりともロージーが起こしてくれるまで眠りこけていた。ホッグさんはここぞとあたしたちを叱りつけ、ストッダードさんは仕方なさそうに警告した。

「ペギー、あなたが勉強してるのはわかってるけど、目を瞑り続けるわけにはいきませんよ」

翌日、ストッダードさんは目覚まし時計をくれた。

「こんなに何年も目覚まし時計もなくて、いったいどうしてたのか見当もつかないわ」彼女は言った。

「鐘が鳴るから」あたしは言った。

「それと長い間の習慣でしょうね、きっと。でもこの頃、その習慣が変わったんだから」心配そうにあたしを見る。「無茶は駄目よ、ペギー。ずっとこんなことをしてたら、本番の前に倒れてしまうわ」

「追いつかなきゃならないことが山ほどあるんです」

彼女は頷いた。「そうでしょうね。でも蠟燭《ろうそく》の両端《はし》に火を点けたって追いつけやしないのよ」目覚まし時計を手にとって、ねじを回した。

「六時半に合わせておくわ。それがまともな起床時間ですよ。モードを起こすまで半時間あるから、前の晩にとったノートを読み返せるでしょう。言っておきますけど、ノートだけよ」目をじっと見つめる。「本を開いたり、ペンを持ったりしちゃ駄目よ。こうしたほうが、頭にちゃんと残りますからね」目覚まし時計をあたしの手に置いた。「いい？　わかった？」

「はい、ストッダードさん」あたしはストッダードさんの指図に感謝しながら言った。

それからは、ふたりとも仕事に遅れなくなったが、あたしは、朝の静かな時間を失った。目覚ましが鳴るとモードも起きると言い、寝ているように言っても耳を貸そうとしなかった。

「モードに朝食を作らせればいいのよ」ぶつくさ言うあたしに、ロッタが言った。**モードを頼むわよ、ペグ**。母さんのことば。張り詰めたような必死の響き。心の中で何度も繰り返してきた。

「だけど、それはあたしの仕事だもの」あたしは言った。

ロッタはため息をついた。「モードは子どもじゃないわ」そして視線をそらした。たぶん思い出したのだろう、自分がモードを子どもだと思っていた頃のことを。一瞬おいて、またこちらを見た。

「彼女だって朝食の作り方を覚えられるし、喜んであなたの面倒を見ると思うわよ」

ロッタは、ストゥンプの作り方を教えたときと同じやり方で、モードにお粥《ポリッジ》の作り方を教えた。作り方には歌がついていて、モードがそれを覚えるあいだ、あたしたちは三晩続けて夕食にポリッジを食べることになった。

そんなふうにしてふたりの役割は逆転した。モードがあたしの朝の番人になり、起床時間と着替えの時間に目覚ましをかけ、さらに仕事に出かける時間に合わせた。あたしはその忌々しい目覚ましを、運河に抛《ほう》り込んでやりたくてむずむずした。

夜は目覚まし時計なしだったが、あたし独りの時間ではなかった。夕食が終わり、皿洗いを済ませると、モードはいつものように折り紙をするか、〝カリオペ図書館〟の台帳を手に、あたしが読み終えた本をあちこちの棚や、整理して並べた山に戻して歩いた。モードはひとりでベッドに入るのに文句はなかったので、あたしは十二時の鐘が鳴るまで夜更かしし、勉強を続けた。

⁂

それは日曜だった。バスティアンのつっかかるような足音が前部デッキに聞こえた。一瞬苛立ちがこみ上げ、次に罪悪感の波が押し寄せた。あたしは本にしおりを挟んだ。

「君が来なかったから」彼は言った。まだ立ったままで、少し前かがみになっている。彼は《カリオペ》には背が高すぎた。あたしは聖セパルカー墓地で彼と会う約束をしていたのだった。

「あたし――」

「時間を忘れてた」彼は言った。

「時間を忘れてた」モードが言った。

あたしはそのことばをうんざりするほど口にしていた。いつも真実とは限らなかったけれど、この時は本当に忘れていた。

バスティアンは首を振った。「勉強のほうがいいんだな」

「そういうわけじゃ」

小さく肩をすくめ、彼はテーブルに座っているモードとあたしのほうへ来た。鞄を開けると、ジンジャービアを二本とチェルシーバンズを二個取り出した。モードを見る。

「午後のお茶の時間には、休憩させてやってくれ」彼は言った。

モードは頷き、バスティアンは帰っていった。

⁂

「僕は邪魔だね」一週間後、バスティアンが言った。

石に彫り込まれた文字の溝をあたしの指が探る。〝サラ、ヘンリー・ウッドの最愛の妻〟。あたしは否定しなかった。

⁂

九月も後半のある日、モードと一緒に出版局から帰ってくると、ティルダがテーブルを前に座っていた。あたしの本は閉じられ、山にして脇によけてあった。

「十日間の休暇よ」彼女は言った。無理に浮かべた微笑が震えた。「神経を回復させるためですって」

素面に戻るためだよ、とあたしは思った。コーヒーのマグカップにウィスキーを注ぐ彼女を見つめながら、一週間くらい勉強にはどうってことない、と自分に言い聞かせた。ティルダの手は、ラウントリーのおばあちゃんの手と変わらないくらい震えていた。ずいぶん痩せた。ティルダが老けて見えると思ったのは、それが初めてだった。彼女はウィスキーを本の山の端に置いた。それは傾き、中身がこぼれた。あたしは何も言わなかった。モードが渡してくれた布巾で本を拭いた。モードは積み上げた本を受け取り、それぞれの場所に戻した。台帳に書き込み、それからロージーのところに、ティルダにまともな食事を作ってほしいと頼みに行った。

⁂

ロージーが彼女に食事をさせた。モードとあたしはじっと耳を傾けた。

「エタプル……あそこは地獄みたいなものよ」

「訓練場《ブルリング》に一週間もいたら、みんな前線に戻りたがるの……」

「味方の……王立憲兵隊《レッドキャップ》と指導教官《カナリーズ》たちのせいよ、みんなそう言ってる。ドイツ野郎のほうがまだましって……あの子を撃ったの……オーストラリア人。かわいそうにニュージーランドで入隊した子よ。ジャック。名前はジャックっていった」

あたしが息を呑んだのが聞こえたのだろうか？

「うちのジャックじゃないわ。うちのジャックじゃない。去年の話よ、でもそれが始まりだった」

彼女は首を左右に振った。ウィスキーをさらに注いだ。

「あいつら、撃ったの。うちのジャックじゃないわよ。オーストラリア人のジャック。ニュージーランド軍にいたオーストラリア人のジャック。かわいそうに。イギリス軍は、オーストラリア軍は撃っちゃいけないらしいわ。でもニュージーランド軍ならいいんだって。志願兵でも」

「あいつら水を止めたの。あの子、目に石鹸が入ったって言って、将校に食ってかかったのよ。よくやるのよ。食ってかかるの、オーストラリア人ったらさ。ほんとしょっちゅう。馬鹿よね」

彼女はげらげら笑った。

「タオルがちっちゃすぎて、金玉をぶらぶらさせて歩いてるの、よく見たわ。あいつら水を止めたのよ。言ったっけ？　それであの子を殴ったの。でも手当てしてあげたけど。ヨードチンキをちょっと塗ってね、たいしたことなかったわ。目の石鹸も洗ってやった。その後であの子、射殺されたのよ」

彼女はおいおい泣いた。

彼女は押さえ込もうとしていたものすべてを吐いた。ことばも、ウィスキーも。それでも一日ごとに、ことばは減っていった。そして一日ごとに酒量も減った。

ロージーが彼女に食事をさせた。モードとあたしはじっと耳を傾けた。


フランスに戻る前日、ティルダはあたしたちのために夕食を作った。チキンパイ。ほろほろと崩れるパイ生地といい、柔らかなチキンといい、ロージーが手伝ったのは明らかだったが、モードもあたしも黙っていた。

「ふたりに話しておきたいことがあるの」彼女は言った。

テーブルの上にウィスキーの瓶はなかった。彼女の息にウィスキーの臭いはしなかった。

「本当は言っちゃいけないことよ」

自分がすでに何を話したか、憶えていないのだろうか、とあたしは思った。

「エタプルで反乱みたいなものがあったの。ニュージーランド人にオーストラリア人、南アフリカ人、カナダ人、イギリス軍の下っ端《トミーズ》が起こしたのよ。きっかけは、ニュージーランドの兵隊がひとり、ル・トゥケの浜辺から戻ってきて逮捕されたことだった。素敵な砂浜なのよ、士官専用のね――その兵隊は士官じゃなかった。でもほんとは、それより前から始まってたのかもしれない。あるオーストラリア人の件よ。ジャックっていう」

すでに話したことの繰り返しだった。あたしたちは遮らなかった。

「わたしたちは閉じ込められたの。何日も。ＶＡＤも、看護婦もね。女は全員。安全のためだって言われたわ。でも危険はなかったはずなの。見せたくなかったのよ。食事は運ばれてきて、仕事のときは外に出してくれたけど、病棟への行き帰りに付き添いがついた。なかには、殴られた男たちの看護をさせられた子もいたから、何が起きてるのか、一部は気づいてたわ」

その手が震え、視線がギャレーの調理台の上の棚に向かった。そこには何もなかった。

「噂を聞いても、どこかで話さないようにと言われたの。閉じ込められた話もするなって。もし何か話したら、それがいつだったとしても、公務秘密法違反で牢屋に行くことになるらしいわ」

「じゃあなんで話すの？」

微笑が顔に広がった。

「黙ってなかったら牢屋に入れるって脅されたのは、今に始まったことじゃないもの」

そこに彼女がいた。十歳若返ったティルダ。あたしたちが恋に落ちたサフラジェット。

エタプルに戻るティルダは、睡眠薬代わりのホーリック（麦芽飲料）の缶を三個、荷物に入れた。

「お酒を控えるように努力するから、あなたたちは、わたしが広めて歩いてるあの恐ろしい噂を人に言わないようにしてね」彼女はあたしたちふたりに向かって言った。「あなたたちに監獄は似合わないと思うから」

「努力する」モードが言った。

でももちろん、彼女は口を滑らせた。

あの子を撃ったの。

うちのジャックじゃないわ。
かわいそうに、馬鹿よね。
あたしだけのカッサンドラ。
誰ひとり耳を貸す者はいなかった。

第三十八章

ふたりで製本所から出てきたところでエブにばったり会った。

「これやるよ」彼は言った。

それは本だった。『ディケンズ名鑑』。「なんで要るってわかったの？」

「ヴァネッサがね」彼は言った。それからあたしの背後の何かに気をとられた。

振り返るとそばかすガエルがいた。あたしは本をしっかり胸に押しつけたが、ホッグさんは、ほとんどあたしを見ていなかった。エブが進み出て、手を彼女の腕に触れ、二言、三言、ことばをかけた。とても低い声だったので、聞こえたのは〝気の毒に〟だけだった。彼女は意味がわからないようにエブを見た。わかりたくないのだ。そしてそのまま出版局を出ていった。

「フレディが行方不明らしい」エブが言った。

フレディ。ホッグさんの旦那さんだ。エブが不合格になったとき、入隊した。母さんはフレディ・ホッグが好きだった。子供の頃、ご近所だったのよ、と言っていた。フレディは、エブとオベロンが《カリオペ》の修理をするのを手伝ってくれた。母さんがあたしたちを産んでも、一度も避けたりしなかった。**だからホッグさんは母さんを嫌いなの？**　とあたしが訊いたとき、母さんはただ肩をすくめただけだった。

「でも仕事に来たんだね」あたしはエブに言った。

「そのほうがよかったんだろう」彼は言った。「あの人ん家《ち》にはほかに誰もおらんから」

モードと一緒に出版局のアーチをくぐって外に出ると、グウェンが鉄のフェンスに寄りかかって本を読んでいた。あたしたちは、夕方になって家路につく何百人もの出版局の職工たちに紛れてしまい、目の前に立ってもグウェンは気づかなかった。あたしは本の頁に手を載せた。

「ペグ、ああよかった。ねえ、こんなの誰がどうやってぜんぶ覚えるのか見当もつかないわ」本を閉じると差し出した。

題名を見た。『ディケンズ名鑑』。

「ディケンズ自身のことばなんですって」グウェンが言った。「彼の生み出した登場人物たちが、いかに人間の本質を映し出しているかについての優れた洞察に満ちているんだそうよ。いかにもサマーヴィルの入学試験に出そう」

その本をもう手に入れたことは言わないでおくことにした。「ありがと、グウェン」

「お礼なんかいいの。図書館の司書さんが、わたしが自分の専攻外の本を読んでるっていたく感心してくれたから。なにしろ自分の専攻の本だって滅多に読まないんだから余計にね。株がずいぶん上がったんじゃないかしら」

「かもね」あたしは言った。

「あら絶対よ。この前オリオルに送ってくれた本の山に、お茶にどうぞってお招きも入っていたもの。とっても名誉なことよ。よく行ってたわけじゃないけど、わたし、うちの図書館が懐かしくって。入っちゃいけないって言われるとその場所にどうしても行きたくなることってあるわよね、そう思わない？」

何から返事をすればいいんだろう？

「突然勉強好きになったんで、ほんとのことを問い質《ただ》したいだけなんじゃないの」とあたしは言った。

あたしたちが家に向かって歩き出すと、グウェンもついてきた。角が来るたびに、もう別れていくだろうと思ったが、やっぱりついてくる。

「グウェン、今夜はパンとマーガリンしかないけど」あたしは本を抱えながら、もっと美味しそうなものでお礼ができないことに、申し訳ない気持ちになった。

「バターもないの？」

「バターもないの」モードが言った。

「じゃあお茶だけいただくわ」

⁂

テーブルはモードの折り紙と、あちこちから集めてきた本や折丁で散らかっていた。グウェンがくれた一覧表にあるものだ。『ウィリアム・ワーズワース全詩集』（の一部）、『パロディと模倣の世紀』（の一部）、『オックスフォード・サッカレー全集』（の一部）、『ドライデン詩集』（全部揃っていて布表紙付き）、『ウィリアム・シェイクスピア全作品集』（かがってあるけど、表紙なし）。

ポリッジのボウルが二つ、昨日の晩の皿と一緒に洗い桶に置きっぱなしになっていた――くたくたで水を汲みにいく気力がなかったのだ。あたしのコーヒーのマグカップが折丁の上に載っている。コートをハッチの横に掛け、鞄をその下に置いた。そして急いでテーブルを片付けにかかったが、グウェンが入ってくる前に取り繕えるわけはなかった。

「ぐっちゃぐちゃ」モードが言い放った。今朝あたしが言った文句の繰り返しだ。

あたしはコーヒーの入ったマグカップを手に取り、ワーズワースの詩の一篇に残った輪染みをなぞった。「麦を刈る乙女」。〝ただひとり乙女は麦を刈り、束ねながら……〟。

「そのとおりね、モード」グウェンが言った。「確かにぐっちゃぐちゃ」

あたしはマグカップを洗い桶に置くと、積み重なった洗っていない食器の上に布巾をかけて隠した。それからテーブルに戻り、本や折丁、ノートをとったばらばらの紙を集めはじめた。順番どおりにならないので、こっちの頁の最後の一行を読んではあっちの最初の一行を読み、整理しようとした。

「ああくそ」小声で悪態をついた。

グウェンはテーブルの上にまだ散らばっている紙を弄んでいる。「がり勉はどう、進んでる?」

「これ見てどう進んでると思う?」

「混乱の極みってとこね」彼女は言った。

「混乱の極み」モードが言った。

グウェンが振り返った。「あなた手伝わなくていいの? 整理整頓はあなたの役目かと思ってたのに」

モードが本を手に取った。

「触んないで」あたしはきつい声を出した。

モードはグウェンのほうを向き、肩をすくめた。それから本をごたごたしたテーブルに戻すと、紙を入れたビスケット缶の傍らに座って折り紙を始めた。

グウェンが表紙を読んだ。「『チャールズ・ディケンズ諸作品の評価と批評』」こちらを見る。「ほかにいる本ある?」

「このごみの山見りゃわかるでしょ、グウェン。みんな紙屑とか不良本《ヤレ》ばっかりなんだよ。いつだってほかの本がいるに決まってるじゃないか」思ったより大きな声が出てしまった。モードが体を揺すり出した。折り紙を折るのに合わせて、ごくかすかに。

あたしは深呼吸して、本や折丁やばらばらの紙をテーブルに戻すと、椅子にどさりと腰を下ろした。

「ごめん、グウェン。でも何か一つ読んでると、別の問題が出てくるのに、本がないからそれを辿りようがないのよ。学院じゃまず見つからないし、公共図書館の閉館にはいつも間に合わないし。こうやって本を借りてきてくれるのはほんとにありがたいんだけど、なんだかピースが揃ってないジグソーパズルを組み立ててるみたいな気がして」妹を見た。「モードはかわいそうに、この話、耳にたこだよね」

「耳にたこ」モードが請け合った。ゆらゆらは止まり、頷いてそのことばがただのおうむ返しではないことをはっきりさせた。

グウェンは微笑み、あたしはまた〝かわいそうなペグズ〟をやられるのを覚悟した。しかしその代わりに、彼女はギャレーに入っていき、レンジの石炭を掻き立て、湯沸かしを鉄板の上に置いた。湯気が立ち上りはじめると、さっきあたしが洗い桶の汚れた食器の上に掛けておいた布巾をとり、お湯を注いだ。あたしの汚れたマグカップをすすいで水気を拭きとると、棚からあと二つ、マグカップをとった。

「昨日、サマーヴィルで司書の人とお茶をしたの」彼女は言った。

「イングリッシュブレックファスト、それともダージリン？」あたしは皮肉っぽく言った。

「ダージリン」グウェンはあたしの口調に構わず答えた。「しかもとっておきの磁器のカップで出してくれたわ」うちのマグカップをひとつ手に取ると、ギャレーの窓から差し込む弱々しい光にかざした。「向こうが透けて見えそうなくらい薄いの」

「それでその内緒話のお題は何だったわけ？」あたしは訊いた。

「さあ、何だったかしら……」

「お題」モードが言った。

グウェンはそっちを向いた。「ミス・ガーネルは、わたしが突然、勉学に励み出したわけを知りたかったの。今学期借りた本は、これまでの三年分を合わせたより多いんですもの」

「三年」モードが言った。繰り返しただけだが、グウェンはそうは受け取らなかった。

「そうなの。こんな調子だと、あと三年はサマーヴィルにいることになりそうよ」

「のらくらできて、いいご身分だこと」あたしは言った。

「まあそうね」グウェンが揶揄《からか》う。

「お題」モードがまた言った。

「お題はあなたのお姉さん」

「あたし？」

「大変な危険を冒して、わたし、あなたのことを全部話したの。サマーヴィルの蔵書をどこかの馬の骨に貸したと言って怒るかと思いきや、彼女、あなたに必要なほかの本は揃うのかって訊いてきたのよ」

「《カリオペ》は〝ボドリー〟様じゃないんだよ」とモードが言った。あたしの憎まれ口は何でも知っている。

グウェンは周囲を見回した。「なかなか頑張ってはいるじゃない」彼女は続けた。「サマーヴィルだって〝ボドリー〟にはとてもかなわないわ。でもミス・ガーネルに言わせると、うちの図書館はオックスフォードのカレッジでは一番なんですって。そしてもしペグが図書館を〝自身の用に供する〟ことを希望するなら、ミス・ブルースにお話しして、手配できると思うって言ってたわ。つまり副学長のアリス・ブルースね。お姉さんのパメラじゃなくて。でもパメラは影響力があるし、たぶんもうあなたのことを副学長に話してらっしゃるでしょうけど」彼女は首を振った。「未婚の姉妹が何人もいて――こんがらがっちゃう」

お湯が沸き、グウェンはお茶を淹れ、あたしたちそれぞれにマグカップを渡した。あの忌々しい笑みを顔からはみ出しそうに浮かべている。してやったり、と自画自賛しているのだ。「どう？　一月に新学期が始まったら、さっそくあなたの〝用に供せる〟わよ」

あたしは黙っていた。自分に本と、本を読む場所が差し出されている。

散らかったテーブルを見、それからモードを見た。あたしの視線を受け止め、彼女は頷いた。そしてグウェンのほうを向いた。「もちろん」彼女は言った。

「もちろん」あたしは繰り返した。

⁂

バスティアンの死者たちは、いまだにジェリコの墓に落ち着ききってはいなかった。満足してくれたのもいる、と彼は言ったが、まだ不穏な者たちもいた。彼らが不穏なときがあたしにもわかる。悪夢、そしてあたしが長い間じっと動かないでいると、心臓の上に置かれる手で。あたしたちは、聖パルカーにいくたびに、それぞれの墓を回った。それからウッド夫人と一緒に座った。

バスティアンがジンジャービアの瓶を開け、あたしはずいぶん前にフーゴーが翻訳した詩を取り出した。バスティアンがどう感じるか不安で、ずっと見せるのをためらっていたのだが、今は彼に読んでほしかった。

「〝麦穂の海に死す〟」彼は読んだ。「これは知ってる」

「読んでつらくならないといいんだけど、でもティルダが話してくれたフーゴーは……」あたしは口ごもった。「彼は、あたしたちが読んで知ってるようなドイツ人とは違う感じがしたの。ルーヴェンのドイツ人たちとは」

　バスティアンは詩を読んだ。

「つらいよ」彼は言った。「この詩を書いたドイツ人が、死者と共に生きるのがどういうことか知ってたと思うとね。それに、これを翻訳したドイツ人が殺すよりも癒そうとする人間だというのもある。彼らはルーヴェンにいた奴らとは違う。だけどそれでも憎まずにいるのは難しい」

　沈黙。一呼吸おいて、ジンジャービアをごくごくと飲むと、バスティアンは明るい表情に変わった。「マダム・ウッドは僕がこんな話をするのを嫌がるんだ」彼は言い、詩をあたしに返した。「ちなみに、ドイツ語で読むほうがずっといいよ」

「なんだって原典で読むほうがいいでしょ」瓶を受け取りながら言った。

　彼は肩をすくめた。「原典でないと、そこに込められた意図を本当にはわからないからね」

「あたし、ドイツ語は全然知らないし、フランス語ももうちょっと話せたらよかったのに」あたしは言った。

「たぶん、君の子どもたちはドイツ語とフランス語を話すかもしれないよ」バスティアンが言った。

　あたしは何も言わなかった。

「フラマン語だって話すかも」彼は続けた。

「フラマン語？」

　彼はジンジャービアを取り返した。一口飲む。「思ったんだ、もしかしたら、そんなことも可能じゃないかって」

「可能って、あたしが子どもを持つこと？　それともその子たちがフラマン語を話すこと？」

　彼は深呼吸した。「その両方であることを、僕は願ってる」

　あたしは理解した。そしてそんなつもりはなかったのに、目をそらした。

「帰ろうか」あたしは言った。

ふたりでウォルトン・ウェル橋まで無言のまま歩いた。曳き船道に入ると、バスティアンが口を開いた。

「ごめん」彼は言った。「やり方がまずかった。ロマンチックじゃなかったね」

話すのをやめてほしかったのに、代わりに彼は歩くのをやめた。

あたしは曳き船道の向こうを透かして見た。欠けていく月の光はほとんど届かず、二艘のナローボートは、《カリオペ》から黄色い光が漏れていなければ、影にしか見えなかっただろう。明かりが漏れているのは違法だ。モードが窓の覆いを忘れたせいで、下手をすると罰金をとられてしまう。だから先を急ぎたかったが、どうせ誰も気づかないこともわかっていた。

「君と結婚したいんだ、ペギー」

あたしは彼と向き合った。

「バスティアン、でも――」

「片膝をつきたいけど」彼はこわばった脚を見た。「でもできないな」

あたしは思わず微笑した。

「君の指に指輪を嵌《は》めたいけど、その金がない」

「バスティアン――」

「ふたりの子どもが欲しいんだ、英語とフランス語とドイツ語を話す子どもたちが」

「それにフラマン語も」あたしは言った。涙がもうこぼれ落ちていた。

「うん」彼は言った。「フラマン語も」

あたしたちは曳き船道のその場所に立ち尽くし、どちらも長いこと口を開かなかった。

「君の望みは?」とうとうバスティアンが訊いた。

「こんなの考えてなかった」

「だけど君の望みは？」

「入学試験に合格すること」それは本当に些細《ささい》なことに聞こえるのに、とてつもない大事業のように感じられた。

「試験に合格した後だよ。戦争が終わった後。君は人生をどうしたいんだ、ペギー。君の望みは？」

あたしにはその答えがあった。一瞬で頭に浮かんだ。あたしはガウンを着ていた。あたしは本を読んでいた。

「わからない」あたしは言った。

「いや、わかってる」彼は言った。

昔から、恋に傷つくのは自分の胸だと思ってきた。女だから恋に支配されてしまうのだと。小説や詩の中で、何度も何度も読んできたことだ。でもその小さな嘘で、破れたのはバスティアンの胸だった。あたしはそれが破れるのを見、彼の痛みを自分の胸に感じた。

「あなたと一緒にいたいよ、バスティアン。でも……」

「それだけじゃ足りない」

「あたし、本を書きたいの。自分の考えたことを印刷してもらいたい。自分の経験を評価してもらいたい。何かを分かち合いたい――」

「でも、僕とではない」

「もちろん、あなたと分かち合いたいけど、奥さんと母親と学者を全部やるのは無理だよ。そんなの絶対不可能だし、あなたが望んでいるものを、あなたから取り上げるわけにいかない」声が震えた。それを口に出して言ったのは初めてだった。頭の中でさえ、はっきりとことばにしていたわけではなかった。「あなたがくれようとしている人生は、荷が重すぎる」

「選ばないといけないと思ってる？」

「バスティアン、選ぶしかないってわかってるのよ」

本音。あたしはそれを撤回できなかったし、彼もそれを否定できなかった。それでも彼は、あたしが何か少しだけ編集を――言い換えや説明を加え、ふたりを救おうとするのを待った。あたしは黙ったままだった。

「僕が残ってもいいんだよ」彼は言った。

あたしは手を彼の頬に当て、涙を親指で拭った。彼は、父親のように建築家になりたいのだといつかあたしに言った。時がきたらベルギーに帰って、故国を再建する力になりたい、と。それは彼があたしを愛する前、あたしが彼を愛する前のことだった。再建することを考え、彼の顔に生気がみなぎった。そしてあたしはその話を聞きながら、彼が完全に回復するにはそれが必要なのだと知った。

「イングランドに残ることは、あなたの望んでいることじゃないでしょう」あたしは言った。

「君はノーと言ってるんだね」

「そう、あたしはノーと言ってるの」

第三十九章

あたしがウォルトン・ストリートの門衛所に立ったのは、一九一八年一月のヒラリー学期の初日だった。門衛はやはり軍服姿だったが、もっと若く、左腕がなかった。

「奉仕活動の方ですか?」たぶん、戦争前にはガウンを着ていたのだろう。話し方でわかる。

あれからもう二年以上が経っていた。あの時は自分がここに戻ってくるとは思ってもいなかった。

「図書館を利用しに来たんです」あたしは言った。

彼はさっきより注意を向けた。

「申し訳ありませんが、サマーヴィルの学生は図書館の利用を許可されておりません」礼儀正しいことこの上ない。「書面で申請すれば、司書がオリオルに本を届けるように手配しますので」

「あたし、学生じゃありません」

彼は怪訝な顔をした。「それじゃ何なんです?」

「道路を挟んだ向かいで働いてます」

「出版局?」

「製本所です」

彼はびっくりした顔をした。「製本所の女工が、サマーヴィルの図書館に何の用があるんだい?」

「古典ギリシャ語を勉強するの」

「僕を揶揄っているんだな」

「そうだったらいいんだけど」あたしは言った。「でも、あたしが製本所の女工でいるのをやめたければ、古典ギリシャ語を知ってないと駄目って話になったの。もちろんそんなもの知らないから、このとおり、サマーヴィル・カレッジのアリス・ブルース副学長からのお手紙と一緒に参上したってわけ。ほら、サマーヴィルの図書館の利用を許可するって」

そのメモを差し出した。門衛はそれを受け取り、読んで、首をわずかに振ってから返してよこした。「まあ頑張って」彼は言った。「僕は十二の頃から古典ギリシャ語をやってるけど——いまだにたいして理解してるとは言えないもんな」

構内に入ると、懐かしい期待感が肌をちくちくと刺した。あたしの透明人間の記憶。彼は持っているすべてを差し出してくれたのに、あたしは拒絶した。しっかりしなさい、心の中で言った。

小さい中庭を囲む小道を歩いていく。芝生の上で、車椅子に座り、膝掛けを膝の回りにしっかりとたくしこんだ士官たちが、悪天候続きだった一週間の後で久しぶりに束の間の冬の日差しを浴びていた。

大きいほうの中庭に入り、病院の天幕の周りを注意しながら進んだ。二度、天幕を地面に固定しているロープにつまずいたが、転びはしなかった。柱廊に近づくにつれ、回れ右して帰りたいという気持ちと、前に進みたい欲求がせめぎ合った。ここには何十回と来ているけれど、その時の目的は違った。無私の、戦争のための奉仕だった。今、柱廊を見ると足がすくんだ。それは中庭を見下ろすように聳え、石の柱とアーチで縁取られている。陰になった場所に、どっしりとしたウールの部屋着姿の男たちがいた——片腕を包帯で吊っている者、片目に眼帯を付けている者、片脚を石膏《せっこう》で覆われた、あるいは失くした者。包帯を巻いていない男たちは軍服姿で、外套を着て寒さを防いでいた。階段に座ったり、柱に寄りかかったりしている。みんな将校だ。手足を失ったり、眼帯をしたり、戦争で損なわれた顔をマスクで隠したりしている者はいない。談笑しながら煙草を吸っている。もうじきフランスへ戻るんだろう。それともイタリアか、パレスチナか。士官は志願兵よりも死ぬことが多い、とどこかで読んだ。こうした男たちを見るのは、とりわけつらかった。

あたしは俯《うつむ》いたまま階段を上った。

「何か?」女の声だった。まだ階段を上りきっていなかったので、首を伸ばしてその女性の顔を見上げなくてはならなかった。知らない顔だ。彼女は灰色のドレスに真紅のケープを羽織り、従軍看護婦の白い長い帽子をかぶっていた。「奉仕の方かしら?」

「いいえ、シスター。図書館を利用しに来ました」ミス・ブルースからのメモを差し出した。

「ここにはあなたの名前はペギー・ジョーンズと書いてあるわね」

「そうです」

「ジェリコに住んでいるんですって」

あたしは頷いた。この人はあたしを見下ろしているのか、見下しているのかどっちなんだろうと考えていると、彼女が口を開いた。

「それでジェリコのお嬢さんが、サマーヴィルの図書館に何のご用?」その言い方がすべてを語っていた。

彼女が少し前に進み出たので、あたしは一段、階段を降りた。

気がつくと、柱廊は静まり返っていた。士官たちが耳を澄まし、待っている。ほとんどは学生か、大学の卒業生だ。彼らは誰かに咎《とが》められることなくカレッジの図書館に入っていける。そしてその事実だけが、彼らが士官のなり手にふさわしいことの印だった。まるで『オデュッセイア』について学んでいれば、指揮官になれるとでもいうように。

あたしは返事を思いつこうとした。

「シスター……」口をついて出た声は低く、おずおずとしていたが、しんとした柱廊に響いた。

相手は腕を組み、辛抱強さを装っていた。男たちの群れに囲まれた女ふたり。突然、あたしは悟った。この人はあたしに恥をかかせ、自分の分際を思い知らせたいだけなんだ。あたしは身の程知らずのものを求めていて、彼女は自分にはそれを与えない権利があると思っている。

彼女にとって、それはある種のゲームだった。そしてあたしが負けて引き下がると思っていた。〝姉妹たち《シスターズ》〟、植字工のオーウェンさんが活字に組んだことばを思い出した。彼の恋人が定義したことば。さっき失った一歩を取り返した。この女がこの肩書きを持つ皮肉を鼻で嗤《わら》った。相手はひるみ、あたしはあのことばの定義をできる限り思い出そうとした。〝変化を求める共通の願いによって結ばれた女性たち〟。そうだ。生まれつき持っていないものを欲しいと願うのは、あたしひとりじゃない。

あたしが一番上の段に立つと、シスターは患者の誰かの椅子をひっくり返さないために、しかたなく後ずさりした。

「おかしな話ですけど」あたしは言った。「でも、あたし本が読みたいんです」

彼女がためらうのがわかった。顔のさまざまな筋肉がぴくぴくと引き攣《つ》り、生意気を言った小娘を叱責するとどうなるか、もしあたしが取り合わなければ、士官たちの目にどう映るか胸算用している。

あたしは手を突き出した。

「メモ、返してもらってもいいですか、シスター？　生憎《あいにく》、申し開きしないとならない相手はほかにもいるので」

建物に入る背中に、士官たちの視線がついてくるのを感じながら、胸をいっぱいに張って歩いた。右に曲がって何事もなかったかのように廊下を進んだが、図書館に続く階段まで来ると、もうそれを上る息は残っていなかった。心臓が激しく胸にぶつかり、口はからからに乾いていた。命の証、と心の中で呟き、さっきのことをまた一から繰り返す気力が戻ったと確信するまで、階段の上り口のひんやりした煉瓦に寄りかかっていた。

⁂

司書は、いくつもの小さな本の山が積まれた机で、一冊一冊、詳細を台帳に書き写していた。あたしはその前に立ち、本の題名や著者名、それを請求したらしい学生の名前を目に入れた。

彼女がペンを置いたので、メモを差し出した。これのおかげで図書館には入れたけれど、彼女はそのメモに従わないこともできる。この司書には、さっきのシスターにはない権力があることに気づいた。あたしに図書館を使わせてもいいと彼女が納得してくれそうな理屈をあれこれ考えていると、メモに目を通しながら彼女は微笑を浮かべた。顔を上げ、少しの間あたしの顔を見ていたが、やがてその微笑は満面の笑みに変わった。

「おかえりなさい」彼女は言った。

誰かと取り違えているんだ。焦りが湧いてくるのを感じた。

「わからなくても無理ないわ」彼女は髪に手を触れた。「前に会ってから、すっかり白髪になってしまったから。嫌ねえ、あれから二年、それとも三年になる？　どういうわけだか、わたし、あなたに本を貸し出ししたのよね」

彼女は気分を害したわけではなかった。狼狽《ろうばい》が消えるのと入れ替わりに、顔を知る前のバスティアンの記憶と、ラドヤード・キップリングのリズムが蘇った。ああ、思い出した。

「ミス・ガーネルよ。ソフィア・ガーネル」彼女は早口で言った。

「ラドヤード・キップリング」思わず口から飛び出し、司書は笑った。

「それは本よね、あなたの名前じゃなくて。もしよければ、ペギーって呼んでいいかしら？」

ミス・ガーネルは机を回って出てくると、スカートを撫で、眼鏡を直し、それから手を差し出してあたしの手を包んだ。インクに染まった指先に目がいったが、握手の力強さに驚いた。あたしが同じように手を握ると、彼女は微笑した。

「握手の仕方で人となりがなんとなくわかるものよ」手を離さずに言った。「あなたは相手に合わせるのが上手なのね」

ほかにどうしようもないし、と思いながら、おとなしそうな表情を保とうとした。

「でも人の言いなりにはならない」彼女はちょっと口をつぐんだ。こっちが絶対に返す気のない答えを待っている。そしてまた笑った。「それから少々頑固みたいね」

彼女はあたしの手を離し、机から小さな本の山を一つ取り上げた。「付き合っていただいていいかしら？」書架のほうへ歩き出し、あたしはそれに従った。

「実は、あなたに会えるのを楽しみにしていたの」と彼女は言った。

「本当ですか？」

「あなたは、グウェンのお気に入りの題材《サブジェクト》なのよ」

「彼女のお気に入りの学科《サブジェクト》は、歴史だと思ってました」

ミス・ガーネルは声を立てて笑った。「あなたは本をかがるのではなく、読むべき人だと言ってたわ」

「グウェンが？」

「彼女、なかなかのことばの達人よ」

他人のことばだけどね、あたしは思った。

「それに、慈善活動にかけては十字軍並みに熱心だし」

足が止まりかけた。ミス・ガーネルが立ち止まった。

「あらごめんなさい、気を悪くしたのね」

慈善活動？　気を悪くしたに決まっている。でもあたしはかぶりを振った。

「怒るに決まっているわね。でも怒らないで。あなたも、連綿と続く慈善活動の恩恵を受けるひとりという、ただそれだけのことですもの。あなただって、自分なりに慈善を施しているはずよ」彼女は答えを待ち、あたしの顔をよぎったものに目を留めた。「だと思ったわ。この世には、誰かの慈善活動に助けられずに済む人なんて、滅多にいないの。あなたのお友達のグウェンは、大抵の人より恵まれているわ。それを人と分かち合おうとするのは正しいことよ」彼女は通路に沿って歩き続け、立ち止まると、腕に抱えた本を一冊、書架に戻した。先へ進む。

「じゃあ、グウェンは誰の慈善を受けているんですか？」

ミス・ガーネルは微笑した。あたしの質問をきっかけに、もっと議論を広げられるとき、よくグウェンがそんな微笑を浮かべる。

「グウェンは、顔の広い伯母様の後押しがなければここにいなかったでしょう」ミス・ガーネルは身を寄せて、声をひそめた。「学業の面から言えば、グウェンはほかの女子カレッジのほうがふさわしいの。彼女に足りないのは……」

「真剣さ？」

彼女は頭を頷かせた。「でもあの気質はサマーヴィルにぴったりよ」

「それで、その伯母様は——その方は誰の慈善を受けてるんです？」

ミス・ガーネルは別の本を棚に戻した。「ご主人よ、もちろん。でも、あなたが思うような理由ではないわ。お金を持っているのは彼女のほうなの。それにどう見ても、ずっと優れた知性の持ち主でもあるし。でも、国会で票を持っているのはご主人よ。ご主人の慈善活動は婦人参政権——言ってしまえば奥様の参政権なの。だから、それを実現する法案ならなんだって支持すると明言されていらっしゃるわ」

彼女は頷いて話を終え、あたしはグウェンが話していたカレッジの討論に彼女が参加している姿を想像した。「ミス・ガーネル、あなたもサマーヴィリアンだったんですか？」

「ええ、そうよ」彼女は言った。「これからもずっとね」

ミス・ガーネルは最後の一冊を棚に戻すと、図書館の中ほどにある区画《ベイ》にあたしを連れていった。

「英文学」彼女は言った。「というかその一部ね」

ほかの区画と同じく、ここにも六人の学生がゆったり座れるくらいの広い机が置かれ、背の高い開き窓からさんさんと光が差し込んでいた。

「このベイはわたしのお気に入りなの」ミス・ガーネルは言った。「午後は日差しが入るし、ミス・オースティンやブロンテ姉妹がいつでも迎えてくれるしね」あたしを見る。「こういう状況で学生がいないけれど、そのおかげでここに台帳とお茶のポットを持ってきて、一時間ほど気持ちよく過ごすのがちょっとした慰めなのよ。ほかと比べると机も使いやすいし」ミス・ガーネルは手を伸ばして机の中央にあるランプの一つを点けた。それから机の天板に隠れていた小さな書見台を引っぱり上げた。「ここに本を載せてね」そう言うと、笑顔であたしを振り返った。最後に重い椅子を引き出し、手招きした。「お座りなさい」彼女は言った。

あたしは座った。

これまでサマーヴィルを思い描いてきたあたしの想像力は、怠けていた。たくさんの部屋や書架や革張りの書物は想像したし、棚からそうした本を取り出したときの、立派に製本された本の重みを思い浮かべはした。けれど、想像のなかで、あたしは机を前に座ることも、窓から差し込む光を見ることも、最近糊付けされたのではない、時によってじっくりと熟成された本の匂いを嗅ぐこともしなかった。

あたしが椅子に腰かけると、ミス・ガーネルが椅子の背を押して、机に近づけてくれた。彼女は書架に向かい、指で背表紙を触りながら本を探した。机の使い方を見せるためなら、どの本を選んでもいいのに、彼女は時間をかけた。ようやく小さな一冊を定位置から取ると、あたしの手に載せた。

『ジェイン・エア』。

それは《オックスフォード世界古典叢書》の版だった。うちにあるのとそっくりで、頻繁に手に取られているせいか、擦り切れ具合もよく似ていた。しょっちゅう開かれる本と、そうでない本には違いがある。匂い、背の硬さ、頁のめくりやすさ。この本の感触はうちの本と少し似ていたが、もちろん自然に開く頁の場面はうちのとは違うし、角に折れ目がついたり、端がよれたりしている頁も、母さんが何度も繰り返し読んだ頁とは違う。

こういう本を製本していたとき、どれもみんな同じだと思った。でも、本たちはそのまま同じではいられないことに、あたしは気づいた。誰かがその背をぱりっと折った瞬間、本はその一冊にしかない性格を身につけはじめる。ある読み手を感心させたり、悩ませたりするものは、ほかの読み手たちを感心させたり、悩ませたりするものと決して同じではない。だから、どの一冊もひとたび読まれれば、それぞれ違う箇所で自然に開くようになる。あたしは気づいた。どの一冊もひとたび読まれれば、ほんの少しだけ違う物語を語ることになるのだ、と。

あたしは本が自然に開く場所を開き、書見台に置いた。ミス・ガーネルはその頁に目を通すと、声に出して読んだ。

「〝優れた教育を受ける手段が、わたしの手の届くところにあった〟」片手をあたしの肩に置く。「ここなら気持ちよく過ごせると思うわ」と彼女は言った。「好きなだけいらっしゃい。わたしはだいぶ遅くまで残っていますから」

自己紹介するだけで、長居するつもりはなかったのだが、いつの間にか、その章の最後まで読んでしまった。

頁から顔を上げると、ランプの明かりの届かないところはもう暗かった。そろそろモードのところに戻らないといけない。あたしは『ジェイン・エア』を閉じ、書架の場所を探そうとしたが、思い直した。

ミス・ガーネルは自分の席に戻っていた。台帳の上に頭を垂れている。記入を終えてから顔を上げた。

「あら、もう？　グウェンの話を聞いたから、帰る頃には、あなたを追い出さなくちゃならないかと思っていたのに」

「慈善活動があって」あたしは言った。「家に帰らないといけないんです」

彼女は頷いた。たぶんグウェンがモードのことをすっかり話したのだろう。

「それじゃ、必要な本を教えてちょうだい。次来るときに必ず用意しておきますから」彼女は言った。

あたしは鞄を探り、本の一覧表を出した。ミス・ガーネルはそれに目を走らせた。

「だいたい、予想どおりね」顔を上げる。「でも、ワーズワースとドライデンとシェイクスピアの作品が入ってないけれど」

「もう持ってます」

「ほんと？」

「何冊も家にあります」あたしは言った。「製本してないのがほとんどだけど、だいたい頁は揃ってます」

「クラレンドン出版局で出した本ね？」

あたしは頷いた。

「しっかり者だこと」

「本は見栄えがよくないと、ごみになるんです。できるときはそういう本を家に持って帰ります」

「ごみですって？」彼女は目を瞠《みは》った。

「見る人によりますけど」

彼女はもう一度、一覧表を読み直した。「ここにあるのはどれも問題なさそうね」そして顔を上げた。「あなた古典ギリシャ語は？」

「全然わかりません」

「少しずつ、何度も、というのがわたしの忠告よ。ギリシャ語の入門書も入れておくわね」

「借りて帰っちゃ駄目ですか？」

考える前に口をついて出た質問を、呑み込めるものなら呑み込みたかった。

「ごめんなさいね、ペギー……」彼女は気まずそうに言った。「サマーヴィリアンじゃないと……」

頬が紅潮するのを感じた。

「もしよかったら、妹さんも連れていらっしゃい」ミス・ガーネルは言ってくれた。

「モードはあまり読書に興味ないんです」あたしは言った。

「わたしのほうで、きっと何かすることを見つけてあげられると思うわ」

第四十章

モードは図書館に行く話を気に入った。そこで次の土曜日、午前中の当番が終わると、彼女はあたしの腕に腕を絡め、あたしたちは出版局からサマーヴィルへ向かって道を渡った。

「ジェリコからオックスフォード」混雑するウォルトン・ストリートをふたりですり抜けながらモードは言った。

あたしたちが門衛所に入ると、門衛はあたしからモードに視線を移し、またあたしに視線を戻した。

「ミス・ジョーンズ？」

「大当たり」あたしは言った。彼は台帳に〝ミス・ジョーンズ×2〟と書き込んだ。

あたしたちは狭いほうの中庭をぐるりと回り、お昼の日差しを楽しんでいる士官たちのそばを通り過ぎた。

「両手に厄介だぞ、諸君」

「どうやら幻覚を起こしたかもしれん」

「お楽しみも倍ってとこだな、自分に言わせれば」

モードは全員に挨拶していく。あたしは頭を低くして、彼女を引っ張っていった。柱廊の階段を上っていくと、籐椅子に座っていたひとりの士官が杖を差し出して道を塞いだ。

「看護婦」視線をあたしとモードの間で行ったり来たりさせながら言った。「物が二重に見えるが」

隣の士官が茶々を入れた。「今のうちに楽しんでおきたまえよ」

看護婦が笑っている。睨みつけてやると笑顔は引っ込んだ。

「皆さん」彼女はようやく言った。「失礼ですよ」

でももう手遅れだった。

「両手に厄介、両手に厄介、お楽しみは倍でも両手に厄介」

モードが節をつけ、いつものとおり歌うように繰り返しはじめた。柱廊に置かれた肘掛け椅子や長椅子のあいだを抜けるあいだ、全員の視線が追いかけてくる。そんな台詞がどんなにありきたりか、いかに陳腐か、教えてやりたかった。建物に入ると、あたしはモードの腕に手をかけた。

「そろそろやめようか、モーディ」

モードは下唇を噛み、衝動が去るのを待った。

ミス・ガーネルは数日前もそうしていたように、積んだ本の向こうに半分埋もれていた。近づいていくと顔を上げ、あたしからモードに視線を移し、ためらってから、こっちがあたしだろうと見当をつけた。

「ミス・ジョーンズ、また会えて嬉しいわ。そちらが妹さんね」立ち上がると、インクのついた手をインクの染みだらけのハンカチで拭いた。

「モード、こちらがミス・ガーネルだよ」

ミス・ガーネルは手を差し出し、モードがそれを握った。

「ソフィアと呼んでちょうだい。そうしたらあなたをモード、お姉さんをペギーって呼べるから。図書館にミス・ジョーンズがふたりいて、取り違えたらいけないでしょう」

モードはにっこりした。「ソフィア」

「取り違えられるのには慣れてます」あたしは言った。

「でしょうね。でも、きっとうんざりしてもいるんじゃないかしら」

あたしは薄く笑い、肩をすくめた。

彼女は頷いた。「双子の弟がいるの。両親でさえ区別がつかなかったのよ。ひどい話よね。でも、ふたりともほとんど寄宿学校にいたから、それも仕方がないけれど。さて、早く始めたいでしょう」

あたしは頷いた。彼女はモードのほうを向いた。

「ペギーと一緒に座るなら、それでも構わないけれど、退屈したらいつでも、返却本の整理のお手伝いをお願いしたいわ」

モードはどちらを選ぶか考えた。「ペギーと一緒に座る」

あたしは少し気落ちしたが、先に立って図書館の中を抜けていき、学習席についた。

「《ブロンテ・ベイ》だよ」モードに言った。

ふたりで入り口に立ったまま、あたしは改めてその空間を見直した。モードの目にどう映るのかを想像しようとした。背の高い窓、製本した本が並ぶいくつもの書棚、机の上で戯れる光。机は《カリオペ》の食卓の倍か、もしかすると三倍も広い。ミス・ガーネルがランプを点けておいてくれ、書見台には本が一冊置かれていた。ほかの本はその脇にきちんと積まれ、自分の番を待っている。

モードがあたしの手を強く握りしめた。振り向くと、彼女の顔にあたしの歓喜が浮かんでいた。モードをブロンテ姉妹が並んで収まっている棚に導いていった。あたしたちみたい、と思った。永遠に一緒。モードが『ジェイン・エア』を取り出した。

「母さんの」彼女は言った。

「そっくりだよね」あたしは応じた。

あたしはアン・ブロンテの『ワイルドフェル屋敷の人々』を手に取った。母さんは『ジェイン・エア』よりこの本が好きだったが、その理由はどうしても説明できなかった。よく知っている頁――母さんが好きでじっと眺めていた頁を開いた。妹に読んでやる一節を見つけた。

「〝もし彼女がこれ以上完璧だったら、魅力が減ってしまうよ〟」

モードが頷いた。「うん」彼女は言った。

あたしたちはブロンテ姉妹を棚に返し、机に戻った。モードはあたしの正面に座ったが、遠すぎて、あたしは折り紙を机の向こう側に滑らせなくてはならなかった。それはティルダが最近送ってきた一組の折り紙で、すべすべしてそっくり同じ形をしていた。まるで手品師のトランプのように広がった色紙を、モードはじっと見つめたが、集めようとはしなかった。だからあたしもそれを見つめた――モードの手がいつもどおり動き出すまで、こっちも集中するのは無理だろう。

「万華鏡だね」あたしは言った。

モードはにっこりした。手で紙をさっと掻き混ぜ、さらにもう一度混ぜて、そのたびに手を止めては効果を楽しんだ。しばらくすると、ようやく折り紙をまとめ、折りはじめた。あたしは書見台の本を見た。アボット＆マンスフィールド著『古典ギリシャ語文法入門』。少しずつ、何度も、と司書は言っていた。

⁂

モードの椅子が押し下げられ、床板を擦る音ではっと顔を上げた。背筋を伸ばし、首を左右に動かして、親指と人差し指の間を揉んだ。ノートをめくると、五頁も書いていたことに気づいて驚いた。自分が実際に覚えたことを思い出そうとしたが、何も浮かんでこなかった。

モードは青い紙で作った箱を手に立ち上がった。「返却本の整理」

「一緒に行こうか？」うん、と言ってほしかった。古典ギリシャ語の本を閉じる口実が欲しかった。

「いい」彼女は言い、書見台に向かって頷いた。「本を読む」

あたしは言われたとおりにした。ほとんど意味のわからない頁を読み、自分でも読めそうもないメモを走り書きした。手が攣ったようになると、揉んだり振ったりした。姿勢を正し、ベイを見回す。

こうした取り計らいが、どんなに心もとないものかを自分に念押しした。うまくいかなくなる理由はいくらでもあった。モードが来るのを嫌がるかもしれないし、ロッタがつかまらないかもしれないし、誰かが苦情を言って、ミス・ブルースの口添えが無効になることだってあるかもしれない。ミス・ガーネルが机に置いてくれた本の山に手を載せる。あたしにはこれが必要でも、これを手にする権利はない。あたしがここにいるのは、他人のお情けのおかげだ。目を閉じて、ギリシャ語の文法を思い出そうとする――主語と動詞の一致、格、それから動詞の法《ムード》について。諦めてノートの頁を新しくし、ギリシャ語のアルファベットをα《アルファ》からω《オメガ》まで書こうとした。文字を四つ抜かし、π《パイ》とφ《ファイ》、χ《カイ》とψ《プサイ》を取り違えていた。ノートをぴしゃりと閉じて、アボット&マンスフィールドの本をベイの向こうに投げてしまいたい衝動を堪《こら》えた。投げる代わりに、頁をぱらぱらとめくったが、不安がますます膨らんでくるばかりだった。フランス語だってようやくなのに、もう誰も喋ってない言語をどうやって学べばいいんだろう？　みんなどうしてるの？　家庭教師、と思いつき、一時間いくらだろうとちらりと考えた。あたしに出せる額じゃない、と思い直した。

　その章の最後の余白に何か書き込みがあるのに気づいたのは、本を閉じようとしたときだった。鉛筆の走り書きをなんとか解読する。〝さすがギリシャ語、わたしにはちんぷんかんぷん《オール・グリーク・トゥ・ミー》〟と書いてあった。その下には、別の筆跡で〝同じく〟とあり、さらにその下には、また別の筆跡で〝これ意味あるの？〟と書かれていた。

　あたしは並んだ区画に沿ってゆっくり司書の席のほうへ戻った。机の上の本はほとんど片付いていて、山はみんな台車に移され、書架に戻すばかりになっていた。あたしが自分の本の小さな山をモードの前に置くと、彼女はたちまち一番上の本の表紙を開き、貸し出しの詳細が見えるようにした。それをミス・ガーネルの前に滑らせる。

「ペギーの本は図書館の外に出てないのよ、モード。だから記帳しなくていいの」

モードは本を取り戻すと、表紙を閉じた。ミス・ガーネルがあたしを見た。

「妹さんが働いてお給料を稼いでいなかったら、お仕事をあげるのに」

「お仕事をあげる」モードは言った。あるいは口真似をした。どちらなのかはわからない。

「モード、製本と本の整理とどっちが好き？」あたしは訊いた。

彼女は肩をすくめた。どちらなのか、どちらでもないのか、モードにはわからない。ギリシャ語の入門書を手に台車を見て、置くべき場所を探した。

「ペギー、明日もまた来る？」ミス・ガーネルが訊いた。

「来たいと思ってます」あたしは言った。

「それなら」——モードのほうを向く——「ペギーが必要な本は棚に戻さないでおきましょう」

「棚に戻さない」モードは言い、台車に載せたばかりの本を手に取った。

「ありがとう、モード」ミス・ガーネルが言った。

「ありがと、モード」あたしも言った。


モードは、ロッタが一緒に留守番できないときはいつも、いそいそと図書館についてきたが、初回の後は、あたしと一緒に座ることはなかった。ミス・ガーネルの手伝いをし、ミス・ガーネルはそれを喜んだ。一度、**彼女は整理整頓の才能があるわ**、と言っていた。

あたしは図書館で過ごす時間が増えていった。毎週土曜の午後、日曜の午後、夜に行くこともあった。ついには毎週月曜と金曜の昼休みにもそこへ行った。学院でフランス語の授業をしているバスティアンのことをつい考えてしまうので、行って彼に会いたい気持ちを鎮めるものが必要だった。彼と話がしたかった。

⁂

図書館に着いたとき、あたしは疲れて、空腹だった。土曜の当番が残業になり、昼食をとりに家に帰る時間がなかったのだ。サマーヴィルの入学試験はもう数週間後に迫っていたので、一瞬たりとも無駄にしたくなかった。《ブロンテ・ベイ》の窓から差し込む二月の光は弱々しく、備え付けのランプを点けた。短い紐を引っ張るだけで、頁が明かりに照らされる。なんて楽なんだろう。前の晩、我が家のオイルランプの頼りない光の下で目をしょぼつかせたことを思い出し、サマーヴィルの図書館で学ぶ許しを与えられたことを改めて感謝した。

グウェンに気づいたのは、彼女が机の反対側の椅子にどすんと腰を下ろした時だった。

「この前バスティアンがあなたを活動写真に連れていったのはいつ？」彼女は訊いた。

あたしは赤くなった。「サマーヴィルの学生は図書館に来ちゃいけないんだよ、グウェン。ここにいたら駄目でしょ」

「わたしは図書館に来たんじゃないの、患者の往診に来たのよ」あたしを見る。「で、どうなの？」

「バスティアンとあたしは、もう活動には行かないの」それを聞いて彼女は黙り込んだが、それもわずかな間だった。

「だったら、あなたを本から救出するのはわたしの役目ね」

「救出なんかいらないよ」

「いると思うわ。さ、いらっしゃい」

あたしは興味をそそられた。「どこへ？」

「殉教者記念碑よ。お祝いのために女性たちが集まってるわ」

投票権だ、とあたしは気づいた。数日前に法案が通ったのだった。興味は萎えた。

「あたしのお祝いじゃないよ、グウェン」

「もう、そんなこと言わないの。正義に向かって大きな一歩を踏み出したんだから。すべての女性にとってね」

「そりゃ踏むほうにはそう見えるだろうけど。踏まれる石にしたらなかなかそうは思えないよ」

グウェンは、例の〝かわいそうなペグズ〟という顔をした。

「なんであんたなわけ、グウェン？　なんであんたは投票権をもらえて、あたしにはもらえないの？」

「わたしもまだ持ってないわよ――三十歳じゃないもの」

「でももらえるよね？　落第して学位なんかとれなくたって、あんたには財産があるんだから」

「わたしに言わせれば」と彼女は言った。「ひとりは万人のためにあり、万人はひとりのためにあり、よ。これはすごいことなの。何かの始まりなの。歌にして歌っちゃいたいわ」

「どうぞどうぞ」あたしは言った。「あたしは残って勉強するよ」

「名案ね」彼女は立ち上がった。「あなたが学位をとれば、この法案はあなたにとっても、わたしと同じくらい意味をもつんだから」

ミス・ガーネルが台車を押してベイに入ってきた。

「わたしだったらその辺で退散するわよ、グウェン。ペギーが本を投げつける前に」

グウェンはあたしの手の下にある本を見た。「まさか、ミス・ガーネル。ペグはこんなに美しく製本された本を傷つけるような真似は、絶対にしませんわ」
そして彼女はあたしに投げキスをすると、さっさと行ってしまった。

第四十一章

あたしは後ろの席に座った。どの机もまったく同じだということに気づいた。そっくりだ。それぞれに三本の鉛筆、消しゴム、伏せた問題用紙が置かれ、問題用紙の隣にはノートがあった。どの席にも若い女性が座っている。そして彼女たちは、たとえ講堂に入る前はどんなに余裕綽々《しゃくしゃく》の顔をしていたとしても、ひとり残らず緊張していた。鉛筆を揃え、膝を指で忙しなく叩き、足首を組んでは解くのを繰り返している。

「問題を読む時間を十分間与えます」教官が言った。「自由にメモをとり、解答を組み立てなさい。ただし、わたしが始め、と言うまで、解答用紙に書き込んではいけません。試験時間は三時間です」

かさかさと音がした。頁をめくる音。その問題用紙は本当に見慣れたものだった。活字も、紙の手触りも、頁の大きさも。問題用紙の冊子は、どれも一枚の刷り紙に収まる。八頁、四枚、折りは二回――四つ折り判だ。手早く断裁して出来上がり。十二の頃から、これに似た冊子を何千冊も折ってきた。でも今年は違った――ストッダードさんがそこはきちんと念押しした。あたしに〝直接的、あるいは出版局の他の職員を介して間接的に情報を求めようとしない〟とかいう誓約書に署名までさせた。

公務秘密法みたいですね、とあたしはふざけて言った。**試験を受けるときは、みんなこれに署名しないといけないんですか？**

ストッダードさんは微笑した。**あなたが最初のひとりよ**、と彼女は言った。**これはあなたを守ってくれるの。誰かがあなたの機会を損ねるようなことをしたら、ガウンに試験問題を教えたのと同じ処分を受けますからね。**

誰もあたしの機会を損ねることはしなかった。

あたしは一般科目の問題を読んだ。

フランス語の一節に目を通す。ぶっつけの翻訳だ。バスティアンのことが浮かんだが、頭から振り払った。

自分の選んだ科目の問題を読んだ。英文学。解答していいのは四問まで。選択問題は二十問――論じ、比較し、例証し、説明する。シェイクスピア、ミルトン、ワーズワース、スペンサー、ディケンズ、サッカレー、ドライデンがいた。エリオットやオースティン、ブロンテ姉妹の誰かがいないかと探したが、彼女たちはいなかった。女はひとりもいない。時計を見た。開始まであと一分。**読んだことをそのまま書くのよ、自分の考えを入れないでね**、とグウェンは言っていた。あたしは問題を選んだ。

シェイクスピアとスペンサーによる十四行詩の扱いの差異について論ぜよ。

ワーズワースの緻密な自然観察の例を複数挙げよ。

命題「ディケンズとサッカレーはいずれも、〝善良な〟登場人物を興味深く描くことができなかった」について論ぜよ。

命題「女性の役柄を少年が演じることにより、シェイクスピアの芸術に限界が生じた可能性がある」について論ぜよ。

この形式には見覚えがある。こういう問題について何年も考えてきたし、母さんが似たような質問をしたものだった。それにあたしはそういう作品を読破して、今ではその評論も読んでいる。

「始め」

あたしは始めた。

一般科目の問題。フランス語の翻訳。鉛筆が紙の上を走っていく。

選択問題の一問目、二問目。文章を言い換え、引用し、一つの主張を別の議論に織り込んでいく。そんなに難しくなかった。でもそのとき突然、手が止まった。

鉛筆を置き、親指と人差し指のあいだの筋を揉んだ。書いたものを読み直す。期待されているとおりの解答。でもあたしが考えるのとは少し違う。

時計を見る。もう一時間以上が過ぎていた。自分の解答をもう一度読み直した。それはこれまで読んだもののこだまだった。もう死んだ男たちが書いた文章についての、現代の男たちによる評論。毎年のように版を重ね、《カリオペ》じゅうに折丁や剝き出しの本の中身となって散らばる知識や見解。あたしは眠っていたって暗誦できる。でも必ずしもそれに同意しているわけではない。**意見が違ったっていいのよ**、と母さんは言っていた。

一問目の自分の解答と、二問目の書きかけの解答に線を引いて消した。

あたしはもう一度始めた。

問題用紙が回収され、講堂の扉が開いた。

「どうだった？」

上等のウールの上着を着た見知らぬ女性。受験生仲間だ。三時間前にあれほど大きかったあたしたちの隔りは、今はそれほどでもなくなっていた。

「どうだろう」あたしは正直に答えた。「書いたことには満足してるけど」

「面白いこと言うのね」

「そう？」

彼女は首を傾げた。「わたしの家庭教師の先生に言わせると、根拠がすべてなんですって――有力な見解をいくつか挙げて、どれがほかより優れているか、適切な人物の引用を根拠に自分の主張の正しさを立証するの」

「そうやった？」あたしは訊いた。

彼女はにっこりした。「そのつもり。でも引用文を暗記しすぎて、いくつか混ざっちゃったかも」

車の警笛が鳴った。

「あら、わたしだわ」そっちを振り返り、運転席の若い男に向かって手を振った。士官の軍服を着ている。兄弟か、それとも恋人だろうか。そのことは何も言わずに、彼女はあたしの手をとると握りしめた。「一緒にサマーヴィルに入れるといいわね」そして答えを待たずに行ってしまったが、車で走り去るとき、まるでもう友達になったみたいに手を振った。

あたしはゆっくりと歩いてジェリコに戻った。頭の中で試験問題と自分が書いた解答が互いを追いかけるように渦巻いていた。**自分の考えを入れないでね、**とグウェンは言っていた。

⁂

「ということは、うまくいったのね」グウェンが言った。ミス・ガーネルと一緒に、お茶のポットを挟んで座っている。

「なんでわかるの？」あたしは訊いた。

「それとわかる小さな徴候《しるし》がいろいろとね」ミス・ガーネルが言った。

「どう見ても泣いてないし」グウェンが言った。

ミス・ガーネルが椅子に向かって頷き、三つめのカップにお茶を注いだ。「試験のことを聞かせて」彼女は言った。「どんな問題だったの？」

あたしは話した。

「本で読んだとおりのことを書いた？」グウェンが訊いた。

「だいたいは」あたしはカップを口元に上げた。

グウェンは顔を曇らせた。「だいたいってどういう意味？」

お茶をごくりと飲み、さらにもう一口飲んだ。彼女が不安げにしているのが妙に痛快だった。「あたしだって自分の頭で考えられるからよ、グウェン。読んだものといつも意見が一致するとは限らないし」

「駄目よ、そんなの」彼女は嘆いた。「自分勝手な考察なんて」

ミス・ガーネルが、グウェンの腕に手をおいて宥《なだ》めようとした。でもグウェンの心配は、あたしの達成感をいっそう高揚させただけだった。本当のところ、それをやり遂げた興奮からまだ醒《さ》めていなかった。あたしの意見が求められた――いや、あたしの教養に基づく意見が求められたのだ。そしてあたしはすべてを解答に注ぎ込んだ。他者のさまざまな見解だけでなく、自分自身の考えを。グウェンは、あたしがせっかくの機会をふいにしてしまったと思っている。そうかもしれない。でも誰かがあたしの書いたものを読んでくれる。その誰かがそれをサマーヴィリアンにふさわしいと考えるかどうかは、今は問題じゃない。その人はあたしの考えたことを読み、検討してくれるのだから。

「どんな方針で解答したの、ペギー？」ミス・ガーネルが訊いた。

「主要な見解をいくつか挙げて、それぞれどこが弱点となり得るかを示したんです」

グウェンが呻《うめ》いた。

「大丈夫だって、グウェン。お約束のやつはちゃんと引用したから。あたしはただ、そういう議論の視点が驚くほど似通ってることと、なぜ視点を変えると新たな理解につながる可能性があるのかを指摘しただけよ」

ふたりはあたしの話に耳を傾け、いつの間にかポットのお茶は空になった。

「どちらにせよ、数週間後にはわかるわね」ミス・ガーネルが言った。「それまでどうするの？」

「リスポンションの試験勉強を続けるつもりです」

彼女は微笑した。「合格したかどうかわかってから、その大事業に取り掛かる学生もいるわよ。せっかくなんだから、少なくともひと息ついて、知的活力を補給したらどうかしら」

「ひと息ついても、あたしの頭の中のギリシャ語は補給されそうにないんです」あたしは言った。

「まだまだ全然足りないし。受かると思って続けないと、やる気が途切れそうな気がして」

「なるほどね。ただ、ときどきは本から目を上げるって約束してね。春の花々は、知性にとってどんな教科書にも負けない刺激になるって、つねづね思うのよ」

第四十二章

あたしはミス・ガーネルとグウェンの忠告に従った。夜は図書館で過ごす時間を減らし、モードとロッタといる時間を増やした。ラテン語を読解したり、ギリシャ語の動詞を勉強したりもしたが、アギーとルーと一緒に、《ジョージ・ストリート・シネマ》で『癒しの薬』と『黄金の愚か者』も観たし、グウェンと一緒にチャーウェル川でパントにも乗った。ある土曜の午後には、モードと一緒に乗合自動車に乗ってカウリーへ出かけた。兵舎の近くの野原に散らばっていた入隊志願の男たちの姿はもうなかったが、あのときあたしたちが見た男たちが、別の国の別の野原に散らばっている姿が目に浮かび、胸を突かれる思いがした。彼らは二度と帰ってこない。

トチノキが花をつけはじめた。あたしは白い花房を摘んで、ミス・ガーネルに差し出した。

彼女はそれを受け取り、微笑んだ。「それで、ひと息ついて、元気の補給はできた？」

「はい」

「知らせは？」

あたしは気にしていないふりをしようとした。「まだです」

⁂

仕事場へ向かって歩きながら、あたしは本を読んでいた。道はよくわかっているから、つまずいたりはしない。ウォルトン・ストリートに入ると、モードがスキップしながら先に立って、ターナー新聞販売店に向かった。ドアの上のベルが鳴るのが聞こえ、あたしは本を鞄にしまった。

ドアを開き、モードの後を追って店内に入りかけると、「ターナーさん、郵便は？」と尋ねている声が聞こえた。

「ご機嫌そうだね、ミス・ジョーンズ」

あたしは店に並ぶ新聞立てに目を走らせ、見出しを読んだ。

〝英仏豪の増援、独軍のイーペル猛攻を封ず〟。

「うん、ターナーさん」モードが言った。「サマーヴィルの合格通知？」

〝レッド・バロン、英飛行中隊により丁重なる軍葬に付さる〟。

「そりゃわからんよ、ミス・ジョーンズ。わしが見たらおかしいからね」

その声の何かが、あたしを振り返らせた。ターナーさんはカウンターに身を乗り出し、モードが束からより分けた封筒に笑顔を向けている。

「あんたたちが待ってるものだといいがね」ターナーさんはこちらを向いた。

それは無地の封筒で、あたしの名前とターナー新聞販売店の住所が表にタイプされ、右上の隅に〝サマーヴィル・カレッジ〟とあった。あたしは封筒を開けた。

読んだ。

もう一度読んだ。

「サマーヴィルの合格通知？」モードが訊いた。

彼女が自分で読めるように、あたしは手紙を渡した。

⁂

「おまけに奨学金が全額支給なんです」あたしはミス・ガーネルに言った。

彼女は返却本の山の後ろから出てくると、あたしを抱きしめた。

だんだんこの挨拶に慣れてきた。モードがサマーヴィルの合格通知の知らせを製本所じゅうに触れ回ったので、ルーとストッダードさん、それにロッタまでがあたしを抱きしめた。ストッダードさんは目を潤ませて、「あなたのお母さんが……」と言ったが、その先を続けられなかった。ストッダードさんからだと思うが、エブが話を聞きつけ、あたしにお祝いを言おうと勇を鼓して女子側にやってきた。彼は抱きしめる手前で止まったが、あたしが前に身を投げ出したので、受け止めないわけにはいかなくなった。「あんたの母さんが……」と彼は言ったが、やっぱり母さんの思い出に勝てず、洟《はな》をすすった。

「妹さんはさぞかし鼻が高いでしょう」ミス・ガーネルが言った。

「ほんとにそうなんです」

「あら意外そうね」

意外でもあったけれど、むしろほっとしていた。「不安がるんじゃないかと思ってたから」あたしは言った。

「どうして？」

「いろいろ変わるし」

ミス・ガーネルは微笑した。「変化はあるでしょうけど、モードはなかなか適応力がありそうよ」

机の向こう側に戻った。「あなたの本は、いつものベイの席に用意してあるわ。勉強を続けるというあなたの判断は、正しかったようね」

その瞬間、はっとした。サマーヴィルの申し出を受けるには、リスポンションの試験に合格しなければならない。ミス・ガーネルは、それがあたしの顔に広がっていくのを見てとったに違いない。

「目指すは最後の難関よ」彼女は言った。「今こそ尻込みしている場合じゃないわ」

一九一八年五月三日

まあ、ペグズ

サマーヴィルですって！　それも奨学金！　ヘレンの知り合いは全員、あなたのお母さんがどんなに鼻が高いかって言ったに決まっているわね。もちろん、彼女は鼻を高くしたでしょうけど、わたしはほかの人たちには言えないことを言うことにします。いい、覚悟なさいよ。わたしが遠回しな言い方が下手なことは知っているでしょう。

もしあなたのお母さんが生きていたら、まずあなたをあの美しい胸に抱き寄せて、あなたならきっとできると思っていた、と囁くでしょう。次に彼女がすることは心配よ。それが何の心配か教えてあげられるのは、あの人が生前に心配していたことだから。そしてわたしは百とおりもいろんな言い方で聞かされていたからです。たとえばこうよ。「ペグは、いつも後ろを振り返ってモードの居場所を探してばかり。困ったわ、これじゃあの子は全然前に進めないでしょう」それからこうも言っていました。「ペグは、いつも後ろを振り返ってモードの居場所を探してばかり。困ったわ、あの子のせいでモードは全然前に進めないでしょう」

ヘレンは、あなたに学校を続けるように強く言わなかったことで、ずっと自分を責めていました。本音を言えば、あなたがモードに執着してくれたおかげで、彼女は助かっていたの。あの人は、いつかあなたが離れていくことを考えたくはなかったけれど、同時にあなたがずっと離れていかないんじゃないかと思って、恐れてもいました。

ペグ、あなたはウォルトン・ストリートの向こう岸で、きっと人生を花開かせるわ。わたしが心配しているのは、あなたがそれをしない理由を見つけかねないことです——どうかそれをモードにしないでね。

ティルダ×

ジャックが休暇で帰ってきた。最初の一週間は寝てばかりいて、ほとんど口をきかなかった。起きているときは、《スティング・プット》のギャレーに座り、シェイクスピアのソネットをラウントリーのおばあちゃんに読んで聴かせた。時折、モードも仲間に加わった。折り紙の束を持っていき、一つかみの星をジャックのところに残して帰ってきた。

二週目に、オベロンが戻ってきた。いつもなら一晩のところ、七晩も泊り、ジャックをせっせと働かせた。ふたりは《スティング・プット》と《カリオペ》じゅうを這い回るようにして、錆《さ》びや漏れや黴《かび》の手当てをした。水の樽《たる》を掃除し、ビルジ（船底に溜まった水）の排水ポンプを調べ、窓の目張りを修理した。ジャックがハッチの扉を止めるフックを修理してくれたので、『チェスの歴史』がなくても開けておけるようになった。彼はうちの真鍮《しんちゅう》類に油を差し、それがすべて終わると、ペンキの入れ物をいくつか持って座り、《スティング・プット》に描かれた花を塗り直した。

ジャックが笑う声がした。記憶にあるようなよく響く声ではなく、すぐ途切れてしまったが、耳慣れた声だった。それはいつものジャックだった。オベロンは翌朝出発する準備をしていた。

女船長のボンネットをかぶったロージーが舵《かじ》のところに立っている。その隣にはジャックがいた。「乗りなよ、ミス・モード」妹に呼びかけている。彼に手をとられ、モードはふたりのあいだに収まった。

あたしは蒸気を上げて遠ざかっていく《ロージーズ・リターン》号を見つめた。でもモードが曳き船道を帰ってくるのが見えるまで待ってはいなかった。想像するだけでじゅうぶんだ。ロージーとジャック。ふたりに挟まれたモード。

それだけでじゅうぶんだった。

《ブロンテ・ベイ》のいつものあたしの席に座り、『オデュッセイア』の頁を何枚か並べた。それから母さんの翻訳本を鞄から取り出した。慣れ親しんだ本。革表紙の温もりは、つい今しがた母さんが手に持っていたようだった。序文の先まで頁をめくり、第一歌の最初の頁を広げた。いくらかでも解読できたらと、古典ギリシャ語と突き合わせてみたかったのだが、ただただ途方に暮れるばかりだった。

ミス・ガーネルが通りかかり、あたしがしようとしていることに気づいた。「直訳が常に可能とは限らないのよ」そう言いながら、近づいてきて隣に立った。母さんの本の頁を見る。「そしてね、はっきり言えば、ホメロスが書いたものを知ろうと思うなら、ホメロスが書いた言語を学ぶしかないの。そうでないと、翻訳者に振り回されてしまうから。彼らが生きた時代や、彼らの視点にね。彼らの性別にも」彼女は言った。「たとえば、あなたのブッチャー&ラング版の、この最初の数行をご覧なさい」声に出して読んだ。

「〝ムーサよ、わたしにかの男の物語を語りたまえ、危急のときに抜かりなく、遠く広く流浪の旅に明け暮れた男の物語を〟」

母さんは、物語のどの部分をあたしたちに話してくれるときも、必ずその一文を読むことから始めた。**ムーサはね、**と母さんは言った。**カリオペなのよ。どこにも名前は出てこないけどね。**

「まったく問題ないし、いい訳よ」ミス・ガーネルは言った。「でも、ホメロスはこのとおりに書いたのかしら？　ほかの人たちは、このギリシャ語を違ったふうに解釈しているのよ」

　彼女は別の区画に行って、腕一杯に本を抱えて戻ってきた。隣に座ると、一冊の本を開いて読んだ。「〝策士と名高いかの英雄、嗚呼《ああ》、歌の女神よ、この誉《ほま》れをわたくしに歌ってきかせたまえ〟」それから次の一冊を開いた。「〝あまたの機略に秀で、その名を知られる男、長きにわたり災いに心悩ませり。おお、女神よ！　歌声を響かせたまえ〟」

　ミス・ガーネルは深く息を吸い込んだ。「時にはね、ペギー。物語がどう語られるかは問題にならないこともあるけれど」彼女は言った。「でも、それがとても重要な場合もあると思うの」今度は、原書を取り上げた。終わりのほうまでめくっていき、古代の文章を読む。あたしはその唇がギリシャ語の音を形作るのを見つめ、そのことばを聞きながら、畏敬の念と嫉妬の入り混じった気持ちになった。

「それじゃ、現代の学者がここをどう解釈したかを見てみましょうか」

　母さんの本も含め、それぞれの翻訳の該当する頁を見つけると、そこを開いて並べた。「いいこと、二十年後にペーネロペーのところに帰ってきたオデュッセウスは、我が家が求婚者でいっぱいなのを見て、彼らを殺してしまう。でもそれだけでは終わらなかった」彼女はそれぞれの行を交互に指で示した。

「彼は息子に、求婚者たちと情を通じた女たちを殺せと命じるの。どの翻訳を読んでも、女たちは首を括《くく》られて、苦悶《くもん》の死を遂げたと書かれているわ。命が尽きるまで足を引き攣らせながらね」彼女は背筋を伸ばした。深呼吸する。あたしを見た。「この女性たちのことをどう思う？」

　教室で一番頭の鈍い生徒になった気がした。なんと言っていいかわからない。母さんは物語のこの部分はいつも飛ばしていた。

ミス・ガーネルは再び本の上に身を乗り出した。視線を動かし、訳文を次々と指で示していく。

「お母さまのブッチャー&ラングの翻訳では、女性たちは〝乙女〟になっているわね。AS・ウェイは〝侍女〟――彼は女性たちを召使になぞらえた。アレクサンダー・ポープは、〝娼婦〟とした」

「女たちがどう呼ばれるかが、なぜ大事なんですか？」あたしは訊いた。

彼女は微笑した。「わたしたち女性を説明するために使われることばは、わたしたちの社会における価値を定義するの。そして、社会にどう貢献できるかを決めるのよ。それに」また翻訳を指で指した。「わたしたちについてどんな感情をもつべきか、どう判断を下すべきかを人々に指示するものでもある」

「じゃあ、この女たちはどう呼ばれるのが正しいんですか？」

ミス・ガーネルは古典ギリシャ語の版を手に取って、そこを読み直した。「一番直訳に近いのが〝女性〟だと思うわ。でもわたしに言わせれば、今の時代には最良の翻訳ではないでしょうね。この女たちは奴隷だったのよ、ペギー。古代ギリシャではあまりにも当たり前の境遇だったから、物語の語り手は説明する必要がなかった。でも現代のイングランドで、この物語を正しく理解するには、この女性たちの身分を明確にすることばを使う必要があると思うの。彼女たちは単なる乙女ではなかった――」

「奴隷娘《ボンドメイド》だ」あたしは言った。〝奴隷娘。契約に縛られた召使。死ぬまで奉仕することが定められている者〟。それは『女性のことばとその意味』に載っていた。

「そのとおり。彼女たちは、洗濯をやりたくないと拒否できなかったのと同じように、求婚者たちに身を任せることを拒めなかった。でも、お金をもらっている娼婦や、自分の意志で求婚者に身を任せた乙女たちなら、読者はたいして気の毒には思わないかもしれない。そしてオデュッセウスがその罰を命じたことも、そんなにひどいとは考えないでしょう」

「だから英雄でいられる……」

「そう」ミス・ガーネルは言って、それぞれの本を閉じた。「ホメロスを訳す男性たちは、必ずしも女性を正当に扱ってこなかったというのがわたしの意見」

「あなたが意見をもてるのは、ギリシャ語が読めるからですよね」あたしは言った。

「まあそうね」

あたしは製本所から持ち帰ってきた頁を手に取った。そのテクストはあまりにも奇怪だった。それはあたしが登れない壁、あたしが鍵を持っていない、錠がかかった扉のようだった。それはボドリアン図書館であり、オックスフォード大学であり、投票箱だった。自分がそれを突破できるだけの力をつけられるとは、とても思えなかった。

「自分の意見がもてないのは嫌です」あたしは言った。「あなたみたいに考えられないのも、あなたみたいに説明できないのも」

「それなら勉強を続けないとね。ギリシャ語を学びなさい」

⁂

「歩きながら本を読むのは危ないよ」

彼の声だった。鼓動が速まり、心臓は頭が選ぶことにいつも従うとは限らないのだと思い知らされた。顔を上げると、彼の戦争で傷ついた顔、以前の顔、半分だけの微笑みがそこにあった。どんなに彼に会いたかっただろう。

「歩いてるときも勉強してるんだね」

「古典ギリシャ語」あたしはほかに何も言えず、そう言った。

「そうだった」

半分だけの笑顔。それにキスしたかった。やり方を覚えるまでしばらくかかった。

「ということは、合格したんだね？」

あたしは頷いた。もう少し何か言ってほしいと彼が望んでいるのはわかっていたが、あたしは、頭に渦巻く墓碑とジンジャービアと太ももに触れる彼の手と葛藤していた。

「よかった」彼はとうとう言った。

下宿のほうへ歩いていく後ろ姿を見つめながら、あたしは後を追いたい衝動と闘わなくてはならなかった。

第五部

憂鬱の解剖

一九一八年五月－一九一八年十一月

第四十三章

それは古い本だった。縁が変色した頁、バニラのような黴《かび》臭い匂い、珍しい大きさでわかる。四つ折り判だが、妙に幅が狭かった。エビネザーはもう、古色蒼然《そうぜん》とした革表紙から本を切り離し、かがりを外しにかかっていた。彼がナイフを研ぎ、折丁を紐に固定している糸の上で刃を動かすのを見つめた。その本をかがっただろう女性が気の毒になり、胸がずきんとした。もうずっと前に死んでしまっているだろうが、彼女の仕事がこんなにあっさりとなかったことになるのを見ると、思わず戸口で足が止まった。

彼が最後の紐を外すと、まるで本が深呼吸したように見えた。

あたしは修復室に入った。「ストッダードさんが、午後はこっちの手伝いをするようにって」

エブが鼻の眼鏡を押し上げた。「助かるよ」彼は言った。「先週、見習いが入隊しちまってね」

そのことは知っていた。戦争が始まってから、エブのところには五人の見習工が来たが、来るたびに軍にとられていた。

「しようがねえさ」エブは言った。「修復室は、若いもんには出版局で一番つまらん場所だろうしな。機械もねえし」

「女子側のほうが勝ってる気がするけど」あたしは言った。「この頃なんて、折ってる時間と、編んでる時間と、どっちが長いかわかんないよ」

エブは作業台から一歩下がり、剝き出しになった本のほうへあたしを手招きした。「どこも景気悪いさ」彼は言った。「人手もねえし、紙もねえし。おまけにこの流感だ」

彼が渡してくれたナイフで、あたしは一つひとつの折丁の折り山から糊をこそげ、その姉妹たちから外していった。折り山の破れたところをエブが補修したら、あたしがまたかがり直すのだ。

「そっとな、ペグ。こいつは婆さんだから」

「何の本?」あたしは訊いた。

エブが古い表紙を手に取って、見せてくれた。

『バートンの解剖』と、背の上部にかすかに読み取れる。ロンドンで一六七六年に製本されたことが、下のほうに刻印されていた。

「『憂鬱の解剖』?」あたしは言った。

「そうそう」表紙を脇に置いた。

「今年、再版するんじゃなかったっけ?」

「今やってるよ。しばらくはみんな忙しくなるんじゃねえかな――新版は千二百頁を超えるらしいから」

「せっかく編み物のこつをつかんできたのに」

エブは本文に向かって顎をしゃくった。「開けてみな」

頁は分厚く、茶色に変色し、上の縁には黒っぽい染みがついていた。数枚めくると、口絵が現れた。さまざまな姿態をつくった男たちの緻密な銅版画は、三百年近く前にロバート・バートンが憂鬱の原因だと考えたものを表している。

「なんて書いてあるの?」あたしは訊いた。

エブがあたしの肩越しに覗き、一つひとつの銅版画の下に記されたラテン語を、自己流に解釈した。

「要するに、宗教、恋愛、嫉妬、孤独、病、絶望だな」

「だいたいそんなところだね」あたしは言った。

エブが少し身を寄せた。「バートンは戦争を忘れてるよ」

第四十四章

一九一八年五月三十日

あなたが心配したとおりよ、ペグ。ひどいものでした。とても信じられないほどね。屋根の上の赤十字は、わたしたちの安全を守るためにあるはずなのに、標的にされたのも同然でした。第一カナダ総合病院はほとんど瓦礫《がれき》の山です。看護婦が三人死んだわ。キャサリンとマーガレットは知り合いだけど、もうひとり——グラディスという看護婦は、空襲の二、三日前にエタプルに着いたばかりだったの。これでもう、彼女はここを離れることはなくなったわ。

ティルダ×

⁂

《ブロンテ・ベイ》の窓を雨が絶え間なく叩いていた。あたしはその単調な音を、もっと邪悪で致命的なものだと想像しようとしたが、うまくいかなかった。それはただの雨だった。そしてティルダをとても遠くに感じた。

「今日は気が乗らないようね」ミス・ガーネルが言った。本を積んだ台車を押している。「きっと息抜きが必要なのよ。本を戻すあいだ、一緒に散歩しなさいな」

ふたりで次の区画に入っていき、あたしはそこの書架に収める本をミス・ガーネルに渡した。それから次の区画に移り、また次へと移った。最後にたどり着いたのは、医学についての文献ばかりが並んだ区画だった。棚に戻すのは一冊だけで、あたしはそれを手に取ると、背表紙を確認した。

「『憂鬱の解剖』」声に出して読んだ。

「ここの図書館でも最古と言っていいくらいの本よ」ミス・ガーネルが言った。

エブと一緒に修理した本のことを思い浮かべた。これは大きさが違い、装幀は布張りで、修理が必要だった。表紙を開き、古いラグペーパーに触った――しっかりとして、そういう紙を触り慣れたあたしの手には少しざらつきを感じるが、今もしなやかで変色もほとんどない。頁を繰った。

「どうかした？」

「口絵がありません」あたしは言った。

ミス・ガーネルは訝《いぶか》しそうな顔をした。「この本を知ってるの？」

「出版局で再版してるところなんです。あたしは頁を折ってます」本を差し出した。「すごく綺麗な口絵で――憂鬱の主な原因と治療法を、銅版画でまとめてあります」

ミス・ガーネルが顔を輝かせた。「新版ですって。それをあなたが製本してるの？　なんて素敵なんでしょう」

「あたしは工程の一部しかやってなくて――折って、丁合をとって、かがるだけです。外に見える仕事は全部、男子側でやってます。表紙付けとか、装飾とか」

「男子側？」

「あたしたち、ほとんど男女別々なんです」あたしは言った。「今みたいな時代でも。男子側の機械を使っていいことになってる女工は二、三人しかいません。でないと仕事が止まっちゃうから。それでも気に食わないっていう人もいます」

彼女は頷いた。「今までのやり方が変わるんですものね。人によっては居心地が悪いでしょうけれど、それがいい機会になる人もいるはずよ。こんなことに、良い面があると考えるのも嫌なものだけど」

あたしは、自分がそんな機会を願ったことを思い出した。

「運よく、その口絵の貼り込みを担当したんです」あたしは言った。「本のほかの部分の丁合をとってからやるんですけど、上手にやれば、糊で貼り込んだところは全然わかりません」彼女の手の本に向かって頷いた。「その本は一番いいところが抜けてます——誰かが取っちゃったんじゃないかな」

ミス・ガーネルは本を開き、まるで初めて見るように頁を繰っていった。頭を振る。「本がどんなふうに作られるかなんて、考えたこともなかったわ」彼女は言った。それからあたしを見た。その目つきは、たった今本を見た目つきとまったく同じだった。新しいものを見る目。一呼吸おいて、また口を開いた。

「残念ながら、この本はずいぶんひどい扱いをされてきたみたい」誰かが余白に書き込みをしている頁を見せた。「本を読む人たちは、製本にかかる労力や、新しい本に買い替える費用のことに頭が回るとは限らないのね」表紙を優しくさすする。その仕草はよく知っていた。それは折丁や本の中身や製本に失敗した本を、《カリオペ》の壁に並ぶほかの本たちの隙間に収める前に、あたしが必ずする仕草だった。

「これ、読んだことはある?」彼女は訊いた。

あたしは製本所から持ち帰った折丁のことを思い浮かべた。いったい何度読み返したことか。「仕事中は読んじゃいけないことになってるんです」

「そんなことで諦めないでしょう」

あたしは微笑した。「文章の一部が理解できても、こういう本は製本に何週間もかかるし、女工ひとりで折る分なんて、二、三章分くらいにしかなりません」

「それで、ここまで折った分で、気に入ったところはあった?」

「今のところ〝学問への愛ないし過度な勉学、学者の窮状についての余談ならびにあらゆるミューズが憂鬱である理由〟かな」あたしは暗誦してみせた。

彼女は笑い出した。「二十もことばを使えるのに、三つで済ますなんてもったいないってことね！なるほど大著なわけだわ」

「バートンが推敲《すいこう》するたびに長くなっていったみたいです」あたしは言った。

「それで、役に立ちそう？」

「興味深いと思いました」

「〝興味深い〟は〝役に立つ〟に優ること限りなしよ」彼女は言った。「バートンが言ったことの何が興味深かったの？」

「学問をし過ぎると、あたしは孤独になり、頭がおかしくなり、ずっと貧乏なままになるってところです」

「それでも続けるのね」

「学問は呪いだけど、救いにもなるんだそうです、バートンによると」バスティアンのことを思った。

「学ぶのも呪いだし、学ばないのも呪いなんですって」


翌日あたしは製本所で、口絵と、著者がその説明として書いた奇妙な詩句を改めてじっと見つめた。憂鬱の七つの原因には、それぞれ韻文が付いている。紙をひっかくバートンの鵞《が》ペン、さまざまな思いつきやことばとの孤独な格闘が目に浮かんだ。不思議な本だ。これまで読んだり見たりしてきた、印刷された本とはまるで違っていた。風変わりで新しいことに目を開かせてくれる。

詩句を読み直し、〝inamorato《イナモラートー》〟ということばに目を留めた。エブがそれを恋愛と言ったとき、あたしはバスティアンのことを思った。でも今考えてみると、それは自己への愛、自分の野心や成功への愛を意味しているのかもしれないという気がした。〝学問への愛ないし過剰な勉学〟は、妥協しなければ、とりわけ不幸の元になるとバートンは書いていた。きっと身に覚えがあったんだね、とあたしは思った。

⁂

「今、準備できてないんなら、もうやっても無駄よ」

あたしは顔を上げた。グウェンが《ブロンテ・ベイ》の窓の前に立ち、『古典ギリシャ語文法入門』に影が差していた。

「ここで何やってんの?」あたしは言った。

「あなたを誘拐しにきたの」

「まさか」

「冗談だと思ってるでしょう。でも手筈《てはず》は整ってるの。モードとルイーズがチャーウェル川のボート小屋で待ってるわ。あなたのお友達のアギーも来ると言ってたんだけど、例のひどい流感で寝込んでるんですって。ロッタはもちろん来ないわ。でもあの人親切ね。晩のピクニックの用意をしてくれたの。みんなで貯《た》めておいた配給を使ってご馳走を作ってくれたわ。あの人、自分だけじゃなく、他人が楽しむのを喜ぶ人なのね」

「グウェン、無理だよ。リスポンションは明後日《あさって》なんだよ」

「明日はストッダードさんがお休みをくれたって言ってたじゃない——丸一日、勉強できるわ」

「丸一日じゃないよ。学長から受験生にお話があるんだから」

「ミス・ペンローズが今、あなたにお話しするとしたら、お友達と一緒にパントに乗ってらっしゃいっておっしゃるわ」

「言わないいって」

グウェンはあたしが勉強していた文章の上に手をかぶせた。「言ってごらんなさい。たった今あなたが読んでたものは何？」

「やめてよ」

「言って」彼女は言った。

あたしは嘆息した。考えた。頭の中が真っ白になった。思い出せない。自分が今、何を読んでいたのか、まったく思い出せなかった。グウェンの手を頁からどかそうとしたが、彼女はぎゅっと力を込めた。

「よろしい」彼女は言った。そして机から本を取り、その頁を見た。「ヒントをあげるわ――動詞よ」

あたしは考えた。首を横に振る。

「古典ギリシャ語の動詞には法がいくつある？」

あたしはまた考えた。法、態、人称、数。覚えることがこんなにあるのに、その瞬間、あたしは何一つ思い出せなかった。

「正解」グウェンが言った。「あなたの脳みそはストライキをやってるの。少し気晴らしが必要よ」

本を閉じ、あたしの荷物をまとめ、あたしの鞄にしまった。

法はいくつあったっけ？　あたしは考えた。あのくそ忌々しい法はいくつあるんだっけ？

「来るの？」グウェンが言った。

ベイの向こうに立っている彼女は、あたしの鞄を肩にかけ、本を手に持っていた。くるりと背を向け、歩き出す。あたしは後を追った。

「グウェン」あたしは縋《すが》るように言った。「いくつあるんだっけ？」

「四つよ」肩越しに振り返って言った。「法は四つ、態は三つ、人称は三つ、数が三つ。それぞれ何ていうかは訊かないでよ。前は知ってたけど、もう知らないの。でも、動詞に法《ムード》があるっていう発想はいいわよね。法《ムード》の勉強をすると、わたし、最悪の気分《ムード》になるのよ、必ず」

彼女はミス・ガーネルの前を通り過ぎ、本を彼女の机に置いて、そのまま、すたすた図書館を出て行った。

「これを持ってらっしゃい」グウェンを慌てて追いかけるあたしに、ミス・ガーネルが声をかけた。入門書を手渡してくれる。「あなたが黙っていれば、わたしも黙っていますからね」

⁂

あたしたちが川に着いたとき、ルーはちょうど氷菓子を買っていた。

「味は何がいい、ペグ？」

見当もつかなかった。

「あなたのと同じでいいわ、ルイーズ」グウェンが言った。あたしをモードに引き渡す。「この人を川に落とさないでね」

モードがあたしの手を引いて、パントのほうへ連れていった。知らない人を見ているような気がした。当然、見覚えはある。でもぴんとこない感じだった。モードがグウェンのほうを見た。

「わたしなら気にしないわ」彼女は言った。「正常の範囲内だから。彼女、勉強のし過ぎで何もかも忘れちゃったと思ってるの。もちろんそんなことはないんだけど。チャーウェル川の上で、みんなで氷菓子を食べたら、すぐいつものペグに戻るわ」

それが合図だったように、ルーが氷菓子のカップを四つ持って戻ってきたので、全員ボートに乗り込んだ。

「わたしが漕ぐわね？」グウェンは誰も返事をしないうちに竿《さお》を手に取り、自信たっぷりに川に沿って舟を操った。それぞれ氷を食べ、誰もあまり話さなかったが、ボートに揺られているうちにあたしは気分が落ち着いてきた。

三十分後、岸辺に舟をつけ、モードがロッタの用意してくれたピクニックのお弁当を広げた。グウェンがそれぞれのグラスにレモネードを注ぐ。日が沈むまでには一時間あり、空気はまだ温もっていた。お腹がくちくなり、あたしは突然思い出した。

「直接法、命令法、接続法、希求法」あたしは大声で言った。

「今度はどうしたのさ？」ルーが言った。

「全然どうもしないわ」グウェンが言った。

「いつものペグに戻る」モードが言った。

あたしの気分《ムード》は明るくなった。

⁂

翌日、あたしは出版局までモードと一緒に歩いていき、そこからオリオルへ向かった。ペンローズ学長がサマーヴィルのリスポンションを受ける受験生に話をすることになっていた。

講堂はもういっぱいで、そのことがなんとなく癪《しゃく》に障った。こんなに大勢が気楽そうな顔をしている。ガウンに交じってほかにもタウンがいることを願って、周りを見回したが、どうやって見分ければいいのだろう？

「いるかしらって思ってたの」

振り返ると、それは試験の後でことばを交わした女子学生だった。この人も受かったんだ、とあたしは思った。あのとき、一緒に入れるといいわね、と言ってたっけ。

彼女は二つ並んだ座席を指し、あたしは後ろについていった。ふたりで短い黒のガウンを着た女子学生たちに挟まれて座った。

「一年生よ」あたしの連れは言った。「学士課程に入るには、リスポンションを受けなくちゃならないから。そんなの要らないって人もいるけどね。そういう人は普通の課程を修了して、出たときに、入学したときよりいいところに片付く目星がつけば、それでいいんだし」

あたしの顔に浮かんだ表情を見て、慌てたようだった。

「ほらつまり、英文学を少々、歴史を少々、そこそこのフランス語ってことよ。それだけやっておけば、普通はいい縁談がきて、恥さらしにならないもの」

この人は皮肉を言っているんだろうか？　よくわからなかった。「でもそうは思ってないんでしょ。でなきゃ、ここにいないもの」あたしは言った。

「実は、まさにそう思ってるの。リスポンションに受かるわけないし、もし受かったって意味ないじゃない？　どれだけ優秀だって、この大学では学位は授与されないんですもの」

「なら、なんでここにいるの？」

身を近寄せた。「体裁上、そうするしかないのよ。お母さまがブルーストッキングでサフラジストだから。参っちゃうわ」

講堂のざわめきが小さくなっていき、隣の彼女は演台のほうに顔を向けた。ミス・ペンローズが静かになるのを待っている。

彼女は堂々と胸を張って立っていた。真っ白な髪は三つの角のある学帽の下にほぼ隠れている。その全身と服装は、黒い長いガウンに隠れて見えなかった。彼女はオックスフォードで女性として初めて、古典学で第一級優等学位の成績を収めたのだとミス・ガーネルが話してくれた。「成績はほとんどの男子学生を上回っていたの」彼女は言った。「でもそんな彼女でさえ、学位は与えられなかった」

でも、この人は意味を見出したんだ、とあたしは思った。リスポンションに合格して、学士課程に入る意味を。そして今、彼女はそこに立っている。サマーヴィルの学長として。未婚でも、誰に恥じることもない。あたしたちを見渡した。学生たちや志望者たちを。その全員が、彼女が求めたものを求めている（例外がいるのはさっき知ったが）。満場の講堂を見て、学長は満足しているようだった。

「ようこそ」と彼女は言った。

あたしは数枚の白い紙と尖らせた鉛筆を鞄から出した。

「教育の重要性とは」と彼女は言い、あたしはそれを書き留めた。

「……素質を十全に伸ばし、社会と国家への奉仕にそれを活かすという義務であり」

「……学徒の生活とは……」

「……世界の現状は……」

鉛筆が折れた。周囲を見回すと、メモをとっている者はほかに誰もいなかった。

「繰り返しますが、戦争省は、本学の最も優秀かつ才能に恵まれた学生たちに、給仕人や料理人、事務員として働くよう求めています。包帯を巻き、便器を掃除するようにと。そのどれも必要不可欠な仕事です。そして皆さんのなかにも、教育、そしてご自身の天分を犠牲にし、そうした誰にでもできる戦争協力をすべきだと考えている方がおられることは、わたくしも承知しています」

講堂がざわめき出し、短いガウンを着た学生たちが囁き合った。ミス・ペンローズはため息をついた。自分の演説が彼女たちにとってもう意味を失ったと悟ったような嘆息だった。

「どうか、長期的な視点をもってください」彼女は言った。「今まさに在籍している皆さんは、一年か二年後、しっかりと教育を身につけたなら、ご自分がいかに国家に貢献できるかをお考えなさい。これから入学しようという皆さんは、ご自分の才能が見事に開花したとき、国家にどれだけ大きな貢献を果たせるかを考えましょう。すでに奨学金支給の通知を受け取った方もいらっしゃいます。なかには全額支給の方も数人おられます。あなたがたはこの国の未来です。そして、きわめて優れた天分に恵まれた女性たちが学業に専心することこそ、何よりも重要なのです。オックスフォードにおける教育は、一夜にして成るものではないのですから」

あたしは椅子の上で座り直した。顔が火照る。全額支給の奨学金。きわめて優れた天分。

「万一、リスポンションに合格しなかった場合」と学長は続けた。「そのときは、もちろん戦争省の要請にお応えなさい。大学入学まで、また一年待つことの名分を立てるのは困難でしょうから」

⁂

リスポンションの試験当日、あたしはゆっくりと丁寧に身支度した。モードがそばにいた。ふたりとも無言だった。

万一、リスポンションに合格しなかった場合……

あたしは髪をピンで留め、帽子をかぶった。

また一年待つことの名分を立てるのは困難でしょう……

モードがあたしたちのベッドの上の物入れをかき回して、ティルダの口紅を見つけた。「ほんのりつければ自信満々」と彼女は言った。

「こってりつけてお楽しみ」あたしは微笑した。

それを受け取り、塗った。モードが差し出したハンカチに唇を触れる。彼女が口笛を吹いた。ティルダがあたしたちを着飾らせ、くるりと回ってごらんというときの口笛だ。

「ダンスに行くんじゃないんだよ、モーディ」

彼女はそばに寄り、ハンカチをとるとあたしの唇を軽く押さえた。一歩下がる。「これでよし」

⁂

「踏んでおいでよ晴れ舞台」ふたりでウォルトン・ストリートに立ったとき、モードは言った。

「お芝居じゃないんだよ、モード。台詞を忘れたらまた明日ってわけにいかないんだから」不安があたしを意地悪にする。ティルダがその言い回しをモードに教えた。そしてモードはそれ以外のことばを思いつかずに困り果てていた。あたしはモードを抱きしめた。しっかりと。「ありがと、モーディ」耳元で囁く。「あたしにこれをやらせてくれて」

彼女も、あたしがしたように、しっかりと抱き返した。「踏んでおいでよ晴れ舞台」と繰り返し、それから身を離すと出版局に入っていった。

その背中を見つめながら、モードが心細くなり出しはしないだろうかと考えた。彼女に振り返ってほしかった。

モードは一度も振り返らなかった。

⁂

数学、ラテン語、古典ギリシャ語。あのくそ忌々しい古典ギリシャ語。

「皆さん、鉛筆を置いてください」

目を壁の時計に走らせる——そんな馬鹿な。でもみんな鉛筆を置いている。監督の教官が一呼吸おいて、同じことを繰り返した。あたしは鉛筆を置いた。

⁂

どれくらいサマーヴィルの門衛所の外壁に寄りかかっていただろう。ふたりが——グウェンとミス・ガーネルが——待っているのは知っていた。お茶のポットと、カップを三つ用意しているだろう。ビスケットの皿も。でも動けなかった。オリオルの試験会場を出てオックスフォードの通りを歩きながら、道行く人々が何も知らないことがありがたかった。どうだったかと尋ねられないことに感謝した。その問いに一生答えずに済むことを必死に願っていた。

⁂

グウェンがお茶を注いだ。蒸らしすぎで真っ黒になり、あたしの気分そのものの苦い味がした。

「お砂糖は？」彼女がおずおずと言った。

あたしは首を振った。その苦さは今にふさわしい気がした。

彼女は一口すすると、顔をしかめた。「ちょっと、ないと飲めないわ」砂糖の塊を一つ自分のカップに入れ、味見してから、もう一個追加した。

ミス・ガーネルが清潔なハンカチをあたしの手に押しつけた。

「失敗しちゃった」あたしは言った。鼻をかむ。

「どの辺を？」グウェンが訊いた。

「失敗するってずっとわかってたところ」

「くそ忌々しい古典ギリシャ語ね」彼女は言った。

第四十五章

角を曲がってウォルトン・ストリートに入ると、モードが先に立って歩いていく。

新聞販売店のドアの上でベルが鳴り、モードが「ターナーさん、郵便は？」と呼ばわるのが聞こえた。あたしは足を速めなかった。

「あんたが待ってるのはこいつかね、ミス・ジョーンズ？」店に入ったとき、ちょうどターナーさんがモードに言っていた。

「最後の難関」モードが言った。

最後の難関、あたしは頭の中で繰り返した。

モードが受け取れ、というように手紙を差し出した。

あたしはそれをじっと見つめた。それをつかんで、破り棄《す》ててしまいたい衝動に駆られた。開かなければ知らないで済む。それはこだまだ――女たちがいつもそう言っていた。不在の息子や夫を待つ女たちが。あたしは赤面した。自分にそんな資格はない。手紙を受け取った。

「開けて」モードが言った。

「後でね、モーディ。遅刻しちゃう」あたしはそれをスカートのポケットにしまった。

「これじゃ駄目だよ、ミス・ジョーンズ」とホッグさんが言い、折丁を持ち上げて端が揃っていないところを見せている。

もう、モードったら、あたしは思った。

「ミス・ジョーンズ、聞いてるの？」

手がスカートのポケットに彷徨《さまよ》っていく。ずっと触っているうちに封筒の角がよれてきてしまった。

「ミス・ジョーンズ！」

そのとき気がついた——ホッグさんが叱っているのはモードではなく、あたしだ。ミス・マーガレット・ジョーンズ、ターナー新聞販売店気付。

「すみません、ホッグさん」あたしは空いている手を伸ばした。「折り直します」

ホッグさんはそれを離そうとしなかった。「あんた、自分はこんなとこにはもったいないと思ってるのかもしれないけどね、まだ辞めたわけじゃないんだよ」

「こんなとこにはもったいない」モードが手を休めずに言った。

「うるさいよ」ホッグさんががみがみと言った。ご主人が戦闘中に行方不明になって以来、ホッグさんはいつもがみがみ言っている。

モードが唇を噛むのが見えた。

「しょうがないんですよ、ホッグさん」あたしが黙っているので、ルーが言った。「止められないんだって、知ってるでしょう」

「どうだか」ホッグさんは言った。

「どうだか」モードが繰り返した。噛み締めた唇が逃げ出したのだ。完璧に折った折丁を山に重ねている。あたしはホッグさんが黙ってくれることを祈った。

「ホッグさん、申し訳ありません。今すぐ折り直しますから」

そのとき、ストッダードさんが来て、そばかすガエルの背後にぬっと立った。

「助かるわ、ホッグさん。目ざといのね」作業長の手から折丁をとり、本文を確認した。「トルストイが感謝するでしょうよ」そして作業台に近寄って、あたしの前に折り損ないの折丁を置いた。「ミス・ジョーンズ、これを直したらわたしの部屋に来てちょうだい」

ホッグさんは溜飲《りゅういん》を下げた。モードのことを忘れて、並んだ作業台に沿って行ってしまった。

あたしは折丁を広げ、母さんの骨べらを使って間違ってしまった折り皺を伸ばした。『アンナ・カレーニナ』第一巻の頁。上下が逆さまで、順番も間違っている。トンボを注意深く合わせて折り直した。折丁を山の上に載せる。家に持って帰りたいという気は少しも起きなかった。彼女の物語がどんな結末を迎えるか、知っていたから。

⁂

ストッダードさんは、台帳に何か書きつけていた。ミス・ガーネルにそっくり、とあたしは思った。顔を印刷前の見本の扉に向け、次に台帳に向ける。指はペンから漏れたインクに染まり、それを拭くためのハンカチが置いてある。あたしは彼女が本の題名と著者名、丁合済みの部数、廃棄された部数を書いていくのを見つめた。その照合が合わないことはどれくらいあるんだろう、と考え、ちょっと姿勢を正した。記入を終えると、ストッダードさんは顔を上げた。

「ペギー、あなた大丈夫なの?」彼女は訊いた。

「大丈夫です、ストッダードさん」

そう言ったあたしの顔をじっと見て、彼女は眉をひそめた。あたしの顔が白紙の頁みたいに無表情だから。モードの顔だ。そしてそうする努力がつらくてたまらなかった。今すぐこの場から解放してほしかった。

「知らせはあった?」彼女は言った。

これはいけない。唇が震え出す。その感じが嫌でたまらなかった。モードがするように、唇を嚙み締めて震えを止めたかった。血が出るまでそうしたかった。

「まあ、ペギー」彼女は言った。でもそれは誤解だ。あたしはまだ、彼女の同情を受けるに値しない。スカートのポケットから手紙を取り出した。角が折れている。それをストッダードさんに渡した。

「まだ開けてないじゃない！」その顔にはさっきより希望の色が浮かんでいる。

「今朝届いたんです。あたし、開けられなくて。仕事に来られなくなっちゃうと思って、もし……」

彼女は微笑した。「預かっておきましょうか？　今日の終業まで。そうしたら仕事に集中できるでしょう」

あたしは深くため息をつき、その場で開けろと言われなかったことに胸をなでおろした。

「はい、お願いします。どうしてもそれを触っちゃって、今日はこの六年を合わせた分よりへまをしちゃいました」

「大袈裟ね、ペギー」また微笑む。「でもまあそれに近いけれど」あたしがほっとしたのを見たストッダードさんは、声を低くした。「これ以上、ホッグさんの心配事を増やしたくないしね」

ホッグさんが終業の鐘を鳴らし、製本所は一斉に椅子が床を擦る音やお喋りでいっぱいになった。

あたしはそれを無視して、もう一枚、刷り紙を手にとった。一回、二回、三回と折っていく。

「ペギー」ストッダードさんだった。製本所はもう静まり返っていた。女工たちはみんな帰った後だった。

モードの作業台のほうを向き、そこに妹が座っていないのを見て、針に刺されたように、お馴染みの焦りを感じた。そんな必要はないのに、つい癖でさっと室内を見回してしまう。モードは主任の事務室の机に座り、手を忙しく動かして、自分で考えた折り紙を折っていた。

時間だ、と思った。でもまだ急がなかった。作業台を片付け、モードの作業台を片付ける。二人分の椅子をしまい、手紙に向かって歩いていった。

「時間ですよ」ストッダードさんが言った。

「オックスフォードからの合格通知」モードが言った。

「でもモーディ」あたしは言った。「もしそうじゃなかったら？　もし落ちたんだったら？」

彼女は肩をすくめた。「もし」彼女は言った。

ストッダードさんがあたしの手に封筒を押し込んだ。「あなたにそれだけの力があることは、神様がご存じよ、ペギー。それにもう奨学金をもらえることになったんじゃないの。どう考えても受かって当然よ。何がそんなに心配なの？」

「古典ギリシャ語です」封筒を受け取った。

「くそ忌々しい古典ギリシャ語」とモードが言った。

あたしはポケットに封筒を入れ、製本所を出た。モードが後をついてきた。

⁂

モードはあたしに付き添って中庭を抜け、ウォルトン・ストリートに出た。あたしが立ち止まると、左に——運河のほうに向きを変えさせようとした。《カリオペ》へ。我が家へ。慣れ親しんだいつもどおりのものが待っている。あたしが身の程知らずにも、これから懐かしむようになるんだと想像したすべてが。あたしは向きを変えられなかった。

サマーヴィルが、いつものように道の向かい側に立っている。そこは今、こんなにも近かった。かつてないほど近くにあった。でも見つめているうちに、それは後退していくような気がした。モードが腕を引っ張っている。あたしは鬱陶しくて、振り払った。

「来る？」彼女は言った。

あたしは振り返った。「あんた、帰りなさい、モーディ。あたしもすぐ帰るから」

でも彼女は動かなかった。何か言いたいことがあるのだ。顔をぴくぴくと動かし、懸命になる。

「どう考えても受かって当然よ」ストッダードさんのことばだ。口調までほとんどそっくりだった。モードは表情を和らげ、言いたかったことを言って満足したように頷いた。それから向きを変え、家に帰っていった。

バスティアンがいないときに墓地に来たことは一度もなかった。だから彼がそこにいることを半ば期待していた。門番小屋のそばに立ち、ウッド夫人の石棺のほうを眺める。バスティアンはいなかったが、それでもそっちへ向かった。ウッド夫人と一緒に座り、お尻に彼女の石の冷たさが伝わってきた頃、**ぐずぐずしないの**、と彼女が言ったような気がした。**あなたが必要なのはわたくしではないわ**。

そこであたしは先へ進んだ。墓標のあいだを縫って、バスティアンの死者たちのところでいちいち立ち止まりながら。彼ら――ベルギー人たちとそれを迎え入れたイギリス人たち――は、今ではすっかり知り合いだった。幼いウィリアム・プロクターの墓まで来たとき、ジンジャービアを持ってくればよかったと悔いた。あたしは謝った。**ぐずぐずすんなよ**、と少年は言った。

イチイの並木道を抜け、礼拝堂を過ぎる。

ジェリコの死者で混み合う北の壁へ。

光と影が名前や日付の上で踊っていた。風が出てきて、樹々が頭上で囁いている。

〝ヘレン・ペネロピ・ジョーンズ〟。

開いた本の彫刻。

跪《ひざまず》いて落ち葉を取り除き、墓の周りに生えた雑草を抜いた。名前の上に指を走らせ、一つ一つの文字の形を辿った。どうしてあたしたちは、死ぬまで待たないと名前を何かに彫ってもらえないんだろう、と不思議に思った。

ポケットから封筒を出した。

「母さんも、もっと大きい夢があった？」あたしは訊いた。

爪で封筒の折り返しを剝がす。破りたくなかった。傷つけたくなかった。中に手紙が入っているのが見える――折ってある。一度だけ。滑らせるように、それを半分出した。〝親愛なるミス・ジョーンズ〟。また封筒に戻す。頭の中で母さんの声はずっと聞こえているのに、七年間、母さんに話しかけたことは一度もなかった。

「置いてくなんて、ひどいよ」そう言って、ほっとした。

墓の上にかかる天蓋《てんがい》に目を凝らす。それは息吹とざわめきと踊る光に満ちていた。

「なんであたしに学校を続けさせなかったの？」でもそう言いながらも、母さんがなんとかそうさせようと努力したことを思い出した。

「もっときつく言ってくれたらよかったんだよ。あたし、モードがいないと自分が誰なのかわかんなくなって、それが怖かったの。母さんがモードと製本所で座ってるところを想像すると、なんだか……」

何だろう？

「仲間外れになった気がしたの。追い出されたっていうか。余計者っていうか」モードは特別、母さんはいつもそう言っていた。

あたしは息を吐いた。心を落ち着かせた。あの頃、自分が何かの写しのような、こ、だ、ま、のような気がしていた。心細くてひとりではいられなかった。ひとりになったときの孤独を予見し、母さんが譲るまで抗《あらが》った。

「あんなことしなきゃよかった。毎年毎年ちょっとずつ後悔が増えていったけど、そのうちに母さんが死んじゃって、何もかもどうしようもなくなって」

手紙を滑らせ、封筒から出した。丸ごと全部。

「母さんは気づいてた?」そう訊いた途端、気づいていたに違いないと思った。「だからあんなにいっぱい本を持って帰ってきてたの?」

手紙を開く。

〝親愛なるミス・ジョーンズ〟とそこにはあった。

暗記しきれないくらい多くのことばがそこにはあったが、あたしがタイプの窪《くぼ》みをなぞったのは、今意味を持つことばだった。

〝不合格〟

〝今回は、奨学金の受給は許可されません〟

色も光も、やがて影に変わった。墓地は冷え冷えとしてきた。手紙を封筒に戻すと、蓋を押さえた。もちろん封はできない。何事も、なかったことにはならないのだ。あたしは封筒を母さんの墓碑の前に置くと、石でそれを押さえた。

⁂

セント・マーガレッツ・ロードの家は、地上は三階建てだった。どの階にも背の高い窓が並んでいる。この家が自分たちの家だというふりをしたことを思い出した。

門扉を開けて家の脇へ回り、地下の入り口に続く階段を下りた。扉を叩く。

返事はなかった。

またノックしてから、階段に座り、待った。

先に帰ってきたのはミランだった。

「もうじき帰ってくるよ」彼は言った。「うちの生徒たちが英語の試験を受けるんで、準備を手伝ってくれててね。でも、夕食のために休憩することになってる」彼はドアを開けて押さえてくれた。

「来ちゃいけなかったのに」あたしは言った。

彼は微笑した。「待ってたらきっと喜ぶよ」

あたしは肘掛け椅子の一つに座って、ミランが湯沸かしに水を満たし、小さなケロシンストーブの上に置くのを見つめた。

「お茶を飲むよね?」

「ありがとう」

つまずくような足音が階段に響き、あたしは肘掛け椅子から立ち上がって駆けだしたくなる気持ちを抑えなくてはならなかった。彼に駆け寄りたいのか、彼から逃げ出したいのか、自分でもわからなかった。

バスティアンが自分で開ける前に、ミランがドアを開けた。彼がバスティアンの肩に手を載せ、ぎゆっと力を入れるのが見えた。それから脇によけると、バスティアンが入ってきた。「彼女はお茶が飲みたいって」とミランは言った。「甘くしてやるといい、気が動転してるみたいだから」そのとき初めて、彼がコートも帽子も脱いでいなかったことに気づいた。「僕はワイクリフ・ホールで生徒たちと食事してくる」

そしてあたしたちはふたりきりになった。

バスティアンはあたしの頭からつま先まで目を走らせた。心配そうに眉間に皺を寄せている。あたしは彼があたしの心臓の上に何度も何度も手を載せたことを思い出した。

「何でもないの」あたしは言った。

彼はほっと力を抜いたが、そっぽを向き、小さなストーブに近づいた。湯沸かしを取ろうと伸ばした手が震えているのが見えた。お茶を渡してくれたとき、その震えはおさまっていた。

少し熱すぎたし、少し甘すぎた。でもあたしはそれを飲み干し、そのあいだずっとバスティアンの視線を感じていた。

「落ちちゃった」あたしは言った。

「嘘だろう?」

彼は一度たりともあたしを疑っていなかった。

あたしは肘掛け椅子から立ち上がり、一歩彼に近づいたが、彼はじっと動かず、受けとめてくれようとはしなかった。急に自分が恥ずかしくなり、立ち止まった。

「どうしてここに来ちゃったのかな」あたしは言った。

バスティアンは無言だった。微動だにしなかった。

「帰るね」あたしは言った。

それでも無言だった。

「バスティアン、あたし、どうすればいいかわかんないの。あなたが何を望んでるかもわからないし」

「君がどうするべきか、僕には言えないよ、ペギー。でも僕が望んでることは知ってるだろう」

そう、知っていた。あたしはそれを彼の肌に見て取り、彼の息に聞きとった。あたしは忘れていなかった。

彼も忘れていなかった。あたしは〝ノー〟と言ったのだ。

「君次第だ、ペギー」


あたしたちは彼のベッドに横たわっていた。ふたりの息遣いはまだ鎮まっていなかった。彼の手がもうあたしの心臓の上に安らいでいた。

「イングランドに残ってくれる?」あたしは訊いた。「全部終わったら?」

鼓動がひとつ。「君がそう望むなら」彼は言った。

「モードはずっと一緒だよ」

「わかってる」

一九一八年八月六日
ペギーとモードへ

わたしはイソ・レイといいます。わたしのことはティルダから聞いているでしょう。それに、わたしの絵が何枚か、オックスフォードのあなた方のナローボートにたどり着いたのではないでしょうか。おふたりとはもう知り合いのような気がしています。この手紙が失礼になりませんように。ティルダがつらい知らせを受け取りました。弟のビルが亡くなったのです。マルヌで負傷し、エタプルに運ばれて腹部に受けた傷の治療を受けていました。この場所がどれだけ広いか、あなたがたに想像できるかわかりませんが、ここにいる人数は、オックスフォードの人口より多くて——病院は二十近くあり、常時何千人もの兵隊が治療を受けています。ビルがここに運ばれていたことをティルダが知ったのは、彼が亡くなった後でした。ビルが入院していたのは聖ジョン病院で、彼女が今働いている隔離病棟からすぐそこです。そのことが本当に残酷に思えます。

彼女はいつもの彼女ではありません（あるいはいつも以上に彼女らしいのかもしれませんが。わたしの言っている意味がわかるでしょうか——あらゆる悪癖がいっそうひどくなっています）。彼女があなた方に手紙を書いたかどうか知りませんが、たぶん書いていないでしょうね。

もしおふたりが彼女の弟さんをご存じなら、お悔やみ申し上げます。

わたしにとってこの基地は耐え難い場所ですが、ティルダがそれをいくらか耐えやすくしてくれています。彼女から目を離さないようにしますね。

かしこ

イソ・レイ

〝いつも以上に彼女らしい〟。そのことばが完全に腑に落ちた。

第四十六章

ホッグさんはあたしの肩の上にのしかかるようにして、あたしだけに聞こえるように言った。

「しばらくは、身の程ってもんを忘れやしないだろうね、ミス・ジョーンズ？」

ホッグさんだけではなかった。製本所に出入りするあたしに、ほかの人たちも、あたしがジェリコで生まれ育った人間ではないみたいな目を向けた。自分たちや、自分の娘たちや、孫娘たちと一緒に聖バルナバへ通った仲でもなく、あたしの母さんもお祖母ちゃんも製本所の女工だったことなんか一度もなく、お祖父《じい》ちゃんも活字職人じゃなかったみたいな顔をした。そういう人たちにすれば、あたしには製本所にいる資格はなかった。自分でも同じくらいそう感じていた。

あたしは紙を折るべきときに読んでいるところを咎められ、タウンではなくガウンになりたがった娘だった。合格していたら、みんなは祝福してくれただろう。でもあたしは試験に落ちた。あたしは自分を買いかぶっていた。そのことでみんなはあたしを許そうとしなかった。あたしが忘れられずにいるあいだは、忘れてはくれないだろう。ホッグさんほどあけすけな口をきく者は少なかったが、仕事をやめないのかと訊いてきた者は何人もいた。その口元には嘲笑が浮かんでいた。**いい勉強になったろ、と彼らは言っていた。あんたはあたしらより偉くもなんともないんだから。**

あたしはそんなふうに思っていたのだろうか？

でもみんなすぐに興味をなくした。アミアンの戦いのニュースが希望と悲嘆を運んできた。次にスペイン風邪の死者の話題がますます世間を騒がせはじめた。乗合自動車の運転手が道の真ん中で車を止め、歩道に転がり出て倒れたかと思ったら死んでいた。休暇で帰ってきた兵隊が、朝にはぴんぴんしていたのに、夜には死んでしまった。誰もかれも、容体がひどく重いか、あるいはラドクリフ病院に入院している知人がいた。そして毎日のように、知り合いの誰かが死んだという者が増えていった。あたしの野心が挫《くじ》かれたことなど、どうでもよくなった。

あたしは製本所の女工に戻った。同じ刷り紙を何度も何度も折る。もうそれを読もうともしなかった。その代わり、紙の音で頭をいっぱいにした。刷り紙を山からとるときのかさかさいう音。紙をめくる音。母さんの骨べらをすばやく動かし、ぴしりと折り目をつける音。そんな音が、古典ギリシャ語のα、β、γを、動詞の完了形、過去完了形、未完了過去形を掻き消した。

もちろん、今なら全部思い出せる。

ストッダードさんが鐘を鳴らし、紙の囁く音が静かになった。

「皆さん。またお願いですが、できる人は、これからしばらく残業をお願いします」製本所の中を見渡す。あたしたちも彼女が見ているものを見回した。半分席の空いた作業台、そこかしこに積まれ、まだ折っていない刷り紙の山。「また四人、軍需工場に取られた上に、十人ほど流感で寝込んでしまったの。残業してもいいという人は、今日帰る前にわたしのところに寄ってください」

そんなふうに頼まれるのは珍しいことではなかった。アギーが辞めて以来、製本所は軍需工場に女工を取られ続けていたからだ。でもあたしは何か月も進んで残業をしようとはしなかった。『憂鬱の解剖』の手伝いをするために残る、と申し出たことがあったが、それは出版局に貢献するというより、古典ギリシャ語から逃げるためだった。ストッダードさんは駄目だと言った。「あなたにはもっとするべきことがあるでしょう」そう言った彼女の目は、希望に輝いていた。

今日のストッダードさんの目は、あたしのと同じように暗く淀《よど》んでいた。「助かるわ、ペギー」彼女は言った。「モードとロッタと一緒に当番に入れておくわね」そして自分かあたしのどちらかが泣き出す前に、急いで次の女工のほうに視線を移した。

翌週は、さらに二人の女工が辞めて軍需工場へ行ってしまい、流感に倒れる者も増えた。ストッダードさんがまた鐘を鳴らしたが、こんどは残業ではなく、赤十字からの要請だった。

「奉仕活動よ」ストッダードさんが言った。「独身の人と、既婚の場合は子どものいない人にお願いします」

戦時奉仕だ、とあたしは思った。ミス・ペンローズの演説が耳に蘇った。今はもう、あたしが長期的な視点をもつ理由はない。あたしは〝未来云々《うんぬん》〟でも何でもない。〝きわめて優れた天分に恵まれた女性云々〟でもない。〝万一、リスポンションに合格しなかった場合〟と学長は言った。〝そのときは、もちろん戦争省の要請にお応えなさい。大学入学まで、また一年待つことの名分を立てるのは困難でしょうから。云々かんぬん〟。

あたしはロッタとモードと一緒に説明会に出て、自分たちがするべきこととしてはいけないことを看護婦が説明するあいだ、注意深く聞いていた。署名をし、平日の夕方は週に三日と、土曜の午後も働けると言った。身分証明書と布マスクを受け取り、替えのマスクを縫えるくらいの裁縫はできると請け合った。

「呼びかけに応じていただき、感謝します」と彼女は言った。

あたしの家庭訪問にはバスティアンが同行し、モードはロッタと組になった。あたしたちの仕事は主に、患者の身の回りの世話と、床を掃き、部屋を片付け、隣人が置いていったスープを温めるといったことだった。最初の週、あたしたちが行くことになったのは、四人の子持ちで、夫がフランスにいる女の人のところだった。彼女は息切れのせいで動くのもままならず、あたしたちに、子どもたちを入浴させて寝かしつけてほしいと言った。ひとりの子がバスティアンの顔を見て泣き出し、たちまちほかの子どもたちもそれに続いた。彼は子どもたちをあたしに任せ、流しに積み上がった皿を洗うのに精を出した。

それ以来、あたしたちは担当の家族をロッタとモードのお年寄りと交換するようになった。やがて新しい日課が定まった。

あたしとモードは朝起きると、製本所で丸一日働き、バスティアンとロッタと一緒に《カリオペ》に帰って夕食を済ませてから、赤十字の一覧にある家に出かけていく。あたしたちは初めに決められた以上に働いた。週に三晩だったのが四晩になり、日曜日も自分たちだけのものになるとは限らなくなった。それでも状況は悪くなる一方だった。兵士たちがフランスやイタリア、マケドニアから帰国してきた。彼らはせっかく戦争を生き延びたのに、スペインの貴婦人の抱擁に捕らえられる運命だった。なんて不公平なんだろう、初めて担当した兵士がスペイン風邪で死んだとき、あたしは思った。救急車より先に着いたので、兵士の母親は、息子に軍服を着せてやってほしいと言った。彼の手足はまだ柔らかく、バスティアンがしきりに脈をとるので、あたしはその手を若者の手首から引き離さなければならなかった。

「フランスでもらってきたんだよ」母親は言った。「この子も戦没者に入れてもらえるかねえ？」

「もちろんよ」あたしは言った。でも後になって、その答えは間違っていたことを知った。

ロージーのおかげで本当に助かった。彼女はラウントリーのおばあちゃんの世話で手一杯だったが、あたしたちの食事の面倒を見るという役目を引き受けた。それにオベロンが、ほかの人たちはそうはいかないところを、うちの石炭入れに半分は石炭を切らさないようにしてくれた。夏で日が長いのもありがたかった。いつも晴れとは限らないし、肌寒い日すらあったが、明るいだけでいろんなことが少しだけ我慢できた。ジェリコで電気が通っている家はほとんどなく、石油の値段は上がっていた。そして日が長いおかげで、あたしたちは必要とされれば遅くまで残ることができた。そしてあたしたちはいつも必要とされているようだった。

⁂

毎週土曜日は、訪問を夕食前に済ませ、長い夕べをなるべくふたりで過ごせるようにした。時折バスティアンが活動写真に連れて行ってくれることもあったし、ミランが外出しているときは、チーズとピクルスとパンを半斤持って、地下の部屋へ行った。あたしたちは愛を交わし、それから食事をした。パン屑を彼のベッドのシーツのあいだにこぼしても気にせず、あたしはそれが肌をひっかき、くすぐる感触を楽しんだ。それはあたしが裸で、彼が裸であることの証だった。この体に、働き、血を流し、呼吸しようと喘《あえ》ぐ以上のことができる証拠だった。あたしたちは部屋がふたりのものだというふりをした。戦争が終わり、ミランは少年たちを連れてセルビアへ帰ってしまったことにした。あたしはモードが自立して暮らしているのだと想像した。

「でも、バスティアンはベルギーに帰るかもしれないよね」一度あたしは言った。彼がどう答えるかなど気にしていないようなそぶりで、チーズを薄く切り、その上にピクルスを広げた。

彼は肩をすくめた。あたしは見ないふりをした。

「嫌でもそうなるかもしれない」彼は言った。「戦争が終わったら、君の政府が僕たち全員を国に送り返したがってるから」

「結婚したら、いられるでしょう」あたしは言った。あれから彼は結婚しようと言ったことはないが、あたしはずっとそのことを考えていた。

「結婚したら、君が僕と一緒に来るかもしれない」彼は言った。

「ベルギーへ？」

「再建するものがたくさんあるからね」

「モードがいるのに」

「彼女も来ればいい」

あたしは肩をすくめた。彼は見ないふりをした。

それはチェスに似たゲームだった。そして最後は必ず手詰《ステイルメイト》まりで終わるのだった。

第四十七章

一九一八年の夏は、足を引きずるように過ぎていった。そしてジェリコの女が三人死んだ。奉仕活動で病人の訪問をしていた女たちだった。あたしはその話を、魚屋で順番を待つあいだと、職場のお茶休憩中に小耳に挟み、それからバスティアンと一緒に通っているタウンゼンドのお内儀《かみ》さんから聞いた。彼女は、前に来ていたその可愛い娘さんに風邪を伝染《うつ》してしまったと言って、ずっと泣いていた。タウンゼンドさんはあっという間に肉が落ち、皮が骨から垂れ下がるようで、涙を流す力がどこにあるのか不思議なほどだった。あたしはスープを入れたボウルを手に枕元に座ったが、彼女は顔をそむけた。「あんたも帰ったほうがいいよ」がらがらの声で言った。「でないとあたし、あんたのことも殺しちまう」

呼びかけに応じた三人の女たち。そのなかに、リスポンションに落ちた者や、ミス・ペンローズの話を聞かず、彼女の言う長期的な視点を無視した者はいただろうか、とあたしは思った。赤十字は、未婚の女と、結婚していても子なしの女を探している、とストッダードさんは言っていた。彼らはこうなることを知っていた。もちろん知っていた。親のない子が出ては困るのだ。

三人の女たち。あたしは地元の新聞に目を通したが、功労者名簿などはなかった。**女の人生はまず記録されないの、**と母さんがいつか言っていた。あたしがトロイの女たちはどうなったか訊いたときだ。**つまり女たちの死は、書く値打ちがないってこと。**

そう詩人たちは言ったとさ、とあたしは思った。ペンを握る男たちが、と。

こうした新しい日課のせいであたしたちは疲れ果て、いまだに《カリオペ》に散らかっている本や本の中身や折丁の山を片付ける気力がなかった。製本所の仕事と奉仕活動で、モードに台帳を調べる暇はなかったし、あたしは本の山をすっかり処分しようという決心がつかなかった。数週間、あたしたちは山を跨《また》ぎ、よけ、こっちの本をあっちへ動かし、あっちの本をこっちへ動かし、マグカップをその上に置き、蚊を叩くのに使った。その夏は雨が多くて湿気がひどく、蚊に悩まされた。でもふたりとも、本のことは口に出さなかった。口に出せなかった。

やがて九月も終わろうとするある日曜日、モードが台帳を出してきて、その辺の本を棚にしまいはじめた。彼女は手伝いを頼まず、あたしも言い出さなかった。

空になったコーヒーのマグカップを手に、あたしは立ったまま妹を見守った。彼女は落ち着いて、楽しげだった。もし天気が良ければ、あたしはバスティアンと一緒にチャーウェル川に散歩に出かけ、モードをひとり残していくのを、なんとも思わなかっただろう。

戦争で変わるのは自分だと思っていた。だが変わったのはモードのほうだったことに、あたしは気づきはじめていた。

朝食の後片付けをして、コーヒーをポット一杯分、新しく淹れ、湯気の立つマグカップを妹の前に置いた。彼女の肩越しに、きちんと並んだ項目の列を眺める。ほんとに司書になれそう、とあたしは思った。

そこを離れて、ベッドを整え、母さんの肘掛け椅子に座ると、母さんの本棚から本を一冊抜き出した。『ワイルドフェル屋敷の人々』。アン・ブロンテ作。あたしの図書館の、あたしのベイのことを思い浮かべた。もうあたしのじゃない。本を戻し、立ち上がる。船首から船尾まで見渡した。《カリオペ》は本当に狭くて、息が詰まるような気がした。そしてそこにモードがいる。膝をついて、一冊一冊、本の場所を探している。本に折丁に表紙のない本の中身。それらのおかげで《カリオペ》はいっそう狭苦しかった。**本はあんたの世界を広げてくれるのよ**、と母さんは言った。でももし本を読んでいなかったら、あたしは自分の世界がどんなに狭いかを、知らずに済んだだろう。

「捨てちゃおうか」あたしは言った。

「駄目」モードが言った。

彼女はテーブルに積んだ本の山のところへ戻った。一冊手にとり、台帳を調べる。何か書き込み、立って近づいてきた。

「『憂鬱の解剖』」彼女は言った。「エブがくれた」

あたしがちょっと仄めかしたのだった。そうしたら、折りと丁合とり、かがりが済んで、全部の本の表紙付けと仕上げが終わり、倉庫に送られたあと、エブがそれをくれた。**背を叩くときへまをやってな**、と彼は言った。**そのうち型崩れするからさ**。でもそのときそこで見る限り、本は完璧に見えた。

「エブがくれた」そう繰り返し、《カリオペ》を、本や折丁や本の中身が詰め込まれた棚を見渡した。それらはみんな贈り物なのだと彼女は言おうとしていた。贈り物や、苦労して手に入れたもの。あたしが捨てていいものじゃない。それはあたしたちふたりのものだから。

あたしは『憂鬱の解剖』の最初の数頁を開いた。著者が自分の本に捧げた詩――〝征《ゆ》け、わが本よ。広々と開けた一日のなかへ〟。その詩は二頁にわたって続いていた。それから口絵を説明する詩句。そして口絵。残りの頁をぱらぱらとめくると、一葉の図版が出てきた。サマーヴィルの本から銅版画が消えていることをエブに話したら、代わりに貼り付けるようにとくれたのだった。

あたしは『憂鬱の解剖』を胸に抱いた。「そうだね」と言った。

モードが本や本の中身をすべて棚に戻し、ばらの折丁や頁をそれぞれの隙間に片付け終わると、テーブルの上に本が一冊だけ残った。

『古典ギリシャ語文法入門』アボット&マンスフィールド著。

あなたが黙っていれば、わたしも黙っていますからね、と、これを渡してくれたとき、ミス・ガーネルは言った。

モードがしかつめらしい顔であたしを見ている。「それ、返す」

⁂

サマーヴィルへは、バスティアンがついて来てくれた。

中庭、病院の天幕、ベッドや籐椅子で士官たちがくつろぐ柱廊。そこで見る顔だけが違っていた。ただしシスターは、九か月前にあたしがメモを見せたあの女だった。ジェリコの**お嬢さんが、サマーヴィルの図書館に何のご用?** と彼女は訊いた。何も、と今は思う。別に何も、と。

ミス・ガーネルは席に座り、本の山に埋もれていた。貸出台帳の上に頭を俯けている。懐かしかった。

「ペグ!」弾んだ声は、たちまち気遣うような響きに変わった。「ああ、ペグ」

机を回って出てくると、あたしに両腕を回した。そんなことしないでくれたらよかったのに。そんなことしないでくれたら、あたしは大丈夫だったのに。

彼女はハンカチを渡してくれ、バスティアンが少しそばに寄った。たぶんあたしを抱きとめようと思ったのかもしれない。でもあたしはもうその場に崩れ落ちたような気分だった。

「こちらがバスティアンです」あたしは言った。不合格になったことから話題を変えられてほっとした。

「ラドヤード・キップリングね」ミス・ガーネルが言った。

彼は半顔だけの微笑を浮かべ、軽くお辞儀した。「お目にかかれて光栄です、ミス・ガーネル。あなたはペギーにとって大切な方でしたから」

「またそうなれることを願ってるわ」

あたしは鞄から『古典ギリシャ語文法入門』を出した。「貸し出してくださってありがとうございました」

少しの間、その本は、彼女とあたしの二つの手の中に留まっていた。ふたりとも、しなければならないことをする覚悟ができていなかった。

「本当に？」彼女は訊いた。「もう少し粘って、再挑戦することもできるのよ」

「茨《いばら》の道だもの」

「茨の道だからって尻込みしてたら、わたしたち、誰もどこへも行けないわ」

「いいんです」あたしは言って、本から手を離した。

彼女は席に戻ると、貸出台帳の頁を繰った。左側の列に沿って指を動かしながら、それを見つけた。そして物差しをその記載の下に当てた。あたしは右側の列に目を動かした。〝ペギー・ジョーンズ〟と、彼女の美しい筆跡で書かれている。サマーヴィル図書館の貸出台帳に載っている〝ペギー・ジョーンズ〟。彼女はその上に打ち消すように線を引いた。

「これからどうするの？」彼女は訊いた。

「元の生活に戻ります」

「ペグ、世の中は変化してるのよ」

「そうなんですか？」

「投票権だって」

あたしは小さく笑った。「あたしには関係ないし」

「これも茨の道だけど、もう単なる時間の問題よ」

母さんもよくそう言っていた。何年も言っていた。そして時間切れになった。

「渡したいものがあるんです」あたしは言い、話を変えた。

ミス・ガーネルは、『憂鬱の解剖』の口絵を、まるで簡単に折れて損なわれてしまう一枚の金箔でもあるかのように、そっと手にした。

「色つきなのね」彼女は言った。「美しいわ」胸にこみ上げるもので、そのことばはくぐもっていた。

⁂

印刷工や植字工、印刷機の運転係が次々と病気になり、製本所の仕事は減っていた。あたしたちが中庭を横切るとき、人々は距離を取ろうとした。誰それが赤十字の奉仕活動をしているという噂が広まり、病に倒れるジェリコの住人が増えるにつれて、みんないっそうあたしたちを避けるようになった。ホッグさんはストッダードさんに、奉仕活動をしている者には製本所の一方の端だけ使わせたらどうかと進言した。それはあたしたち九人で、全員、独り身か子なしだった。ストッダードさんはそのことばどおりにはしなかったが、席の間隔をもう少し空けるようにし、誰かが別の作業台に移りたいと言えば、それを認めた。

あたしたちと、その他の女工たちとのあいだに空間ができ、いつの間にか、みんなそこを〝無人地帯〟と呼ぶようになった。〝あっち〟の女工が〝こっち〟の誰かに近づきすぎ、避けようとしては〝くだらない馬鹿踊り〟をするせいで、せっかくきちんと折った折丁や丁合とりをした頁が台無しになった。ストッダードさんは何度か雷を落とした。

「あなたたち、いったいどういうつもり?」一度は、そう怒鳴った。

長年働いてきたけれど、ストッダードさんが声を荒らげるのを聞いたのはそれが初めてだった。

「主任だってちびっ子《リトラン》がいりゃ、同じことしますよ」誰かが言った。

そのことばの衝撃は平手打ちのように響きわたり、ストッダードさんは絶句した。彼女はもう何も言わず、自分の席に戻った。

でも、無人地帯が空っぽだったのはそう長いことではなかった。寝込んでいた女たちが回復し、製本所に戻ってくると、なんとなくせいせいとした様子で無人地帯を占領した。彼女たちは〝こっち〟のあたしたちや〝あっち〟の女工たちより、よく笑い、声高に話した。そして頁を一度も落とすことなく、製本所の中を行き来した。彼女たちは病気に罹った。さんざんいろんなベッドの枕元に付き添ってきたあたしは、その誰もが恐怖を味わったことを知っていた。たとえすぐに熱が下がり、肺に痰《たん》が溜まらなくても、それは同じだった。彼女たちは新聞を読んでいたし、フランスから送り返されてきた兄弟の看病もしたし、朝起きたときは元気だったのに、日が沈むまでに死んでしまった誰かを知る知り合いがいた。彼女たちにとってドイツ野郎《フン》よりもこの流感のほうがよっぽど恐ろしかったが、もう罹ってしまった今は、もはや無敵の気分らしかった。

さらに多くの女工たちが病気になり、戻ってきた。二人が死に、三人は治っても元どおりには回復しなかった。

あたしたちはそこをもう、〝無人地帯〟と呼ばなくなった。

一九一八年九月十九日

ペグズへ

わたしの素行不良をイソに言いつけたのは賢かったわね。彼女は自己憐憫《れんびん》には全くといっていいほど容赦しないし、義務にやかましいの――わたしの義務はどうやらあなたらしいわ。どこからそんなことを思いついたのかしらね。

あなたからの手紙に返事もしないで放ってあるのを見て、イソはわたしを叱りつけ、自分の一番上等の便箋を何枚かよこすと、無駄にするなと言いつけました。何をすると思ったのか知らないけど。鼻をかむとでも思ったのかしら。びりびりに破いて、彼女の顔に投げつけるとか（そうしてやりたかったのですが、さっきも書いたとおり、彼女のとっておきの便箋だったのでやめました）。わたしがペンを手に取るまで粘っていて、やっとひとりにしてくれたところです。今は営舎の前で座っているわ。書いたものをちゃんと送らないいんじゃないかと疑っているのよ。

イソはわたしに、あなたに謝って、何も心配はないと書かせたいのかもしれません。でもそんなの、とっておきの便箋の無駄です。嘘とプロパガンダだもの。わたしたちはもう知っていると思うの、この戦争が何なのか。この戦争が人々に何をしているのか。わたしはあなたを侮辱するようなことはしません。

本当のことを言うと、ここに運ばれてくる若者たちは、ビルそっくりなのが多すぎるの。わたしはその全員を、まるでビルを世話するように世話します。だから彼らが死ぬと、あの電報をもう一度読み直すようなものなのです。撫でさすって、あの子たちの顔から恐怖を取り去ったり、手を握ったり、天国のおとぎ話を耳元で囁いたりできるときは、まだましです。そのたびに、誰か可愛らしい看護婦がビルに同じことをしてくれているところを想像するの。そしてほんの束の間、嘆きから解放されます。怒りからも。

ああ、ペグ。自分が敵軍に占領されたみたいな気がするわ。そこから脱出する唯一の方法が自分を破壊することなの。わたしの武器は、たぶんあなたは驚かないと思うけど、お酒でした。でも、もう一週間飲んでいないわ。一週間前、自分の吐いたものにまみれて寝ているところをイソに見つかったの。喉を詰まらせて死んでたかもしれないって言われました。軍ではそれを〝不慮の死〟と呼ぶんですって。家族が恥をかかないように。「家族って誰よ？」ってわたしが鼻で嗤《わら》ったら、「あなたが戦争省に提出した住所に住んでる誰かよ」って鼻で嗤い返されたわ。

ところで、その誰かはあなたです。住所は〝ターナー新聞販売店〟だけど、封筒の宛名はあなたの名前になるはずよ。

ティルダ×

追伸

こっちではみんなばたばた蠅のように死んでいます。ひとりの野蛮人《フン》にも銃口を向けないうちに、病院のベッドで寝込んでいるわ。去年よりずっとひどいから、あなたも病人の家を回るときは気をつけなさいね。マスクを着けるのよ。

二伸

ヘレンはきっとあなたのミス・ガーネルを気に入ったでしょうね——ほんとにそれでいいの？

お昼の鐘が鳴り、あたしは自分の刷り紙を折り終えた。ロッタも折り終え、ふたりでモードが折り終わるのを待った。

「ペギー、お昼に出る前にちょっといいかしら?」ストッダードさんだった。両手をモードの椅子の背にかけ、あたしを見下ろしている。

あたしはモードのほうを向いた。

「先に家に帰ってて」あたしは言った。「それか、あたしはサンドウィッチでも買って中庭で食べるかも」

「中庭で食べる」彼女は言った。

ロッタを見ると、彼女は頷いた。あたしは立ち上がってモードの額にキスした。

やっとストッダードさんの机の前に立ったときは、製本所は無人になっていた。

「ホールさんに、あなたを別の部署に異動してもらうように推薦したの」

「別の部署?」

彼女はにっこりした。「校正者見習いよ」

一瞬、理解できなかった。

「空きが出たのよ」彼女は言った。「実は一つ以上ね。少し前に監督にあなたのことを話したら、ぜひ取り計らうようにって」

「空き?」

「もう少し時間があるかと思ったけど、まあ仕方ないわ。戦争と流感のせいで、注文に間に合わせるのも大変だし。すぐにでも始めてもらってくれってホールさんにせっつかれて」気ぜわしそうだ。

「あなたがその仕事をやるっていうなら、今日の午後から始めてほしいんですって」

「今日の午後?」

「確かに急な話ですけどね」

「モードに言ってきかせないと」とあたしは言った。

ストッダードさんはやれやれという顔をして、あたしの腕に手をかけた。「ペギー、モードはあなたに手を引いてもらわなくても大丈夫よ」

あたしは何も言わなかった。

「ときどき思うんだけど、モードは少し……」

「何ですか?」

「その、自分の足で立ちたいんじゃないかって」

「誰だってそうじゃないですか」あたしはぴしゃりと言い返した。

ふたりとも黙り込んだ。気まずさが漂った。

「モードはこの二、三年でずいぶん成長したわ」ストッダードさんは続けた。

「ロッタが来たからですけど」あたしはつっけんどんに返した。まるでへそを曲げた子どもだ。自分をつねる。思いっきり。

「そうかもね」ストッダードさんは言った。「でもモードは目の前に現れた機会をうまく活かしただけかもしれないわよ。ロッタもそうだけど、それ以外にもいろいろあったでしょう」

〝カリオペ図書館〟の目録を作るモード。ティルダのために星を折り、ミス・ガーネルを手伝い、ストゥンプとポリッジを作るモード。アプリコット色のドレスとチェリーレッドの口紅。ジャックを看病し、あたしを看病してくれた。

「あの子はずいぶんと有能よ、ペギー」

あたしは首を振った。ストッダードさんがきっと睨んだ。

「この仕事、いらないの？」

「はい、いえ、その、やります」彼女はあたしに本を読めと言っているのだ、かがるのではなく。あたしは声を上げて笑いたかった。声を上げて泣きたかった。

「何か気がかりなことでも？」ストッダードさんが訊いた。

「あたしが落ちるかもしれないって、ずっと思ってました？」

答えるまでに少しの沈黙があった。

「そうならないことを願ってましたよ」彼女は言った。「それにあなたが奨学金を取ったときは……」視線を台帳に落とした。

「なんであたしをけしかけたんです？」急に彼女に腹が立った。グウェンに、ミス・ガーネルに腹が立った。彼女たちはみんな慈善活動が必要で、でもその慈善活動が失敗しても、たいして困りはしない。

「それはあなたが望んでいたからよ」彼女は言った。「どんなに難しいことかはわかってましたよ。でも、やってみなければあなたが後悔するのもわかってたから」

「なんでそんなことわかるんですか？」

彼女の表情が翳《かげ》り、その途端、理解した。

「ストッダードさんも、オックスフォードに入ろうとしたんですか？」

「いいえ、一度も」

「でも挑戦したかった？」

いわく言いがたい微笑。もし絵に描いたなら、あたしはそれを〝憂鬱〟と名付けるだろう。

「ほかの何をおいてもね」彼女は言った。

⁂

監督は『ハートの規則集』をくれた。

「書式について疑問があれば、まずこれを見たまえ」彼は言った。それからあたしを連れて校正部へ行った。次の階に狭い部屋がずらりと並んでいる。

「掃除道具の物置ですまんが」彼は言った。

「狭い場所には慣れてますから」でも、監督が扉を開けたとき、別に気を遣ってそう言ってくれたわけではないのがわかった。参考書を入れるのに、古い洗濯桶が使われている。

「校正者は大勢おってね、君はその最後のひとりだ」彼は言った。「大量に印刷して製本に回す前の丁合見本を渡されるから、明らかな刷り損じがないか確認してくれればいい」

「あたし、校正するんじゃないんですか？」

ホールさんは微笑を漏らした。「君に渡される本は、校正の段階をとっくに過ぎているはずだよ」

「それじゃどうしてこれを下さったんです？」あたしは『ハートの規則集』を見せた。

「うちでは校正係全員に渡すことになってるんだよ」

⁂

校正係になったあたしの毎日から、お茶の鐘とお昼の鐘とそばかすガエルの指図が消えた。お茶汲みのおばさんが日に二回回ってくるし、印刷した頁をゆっくり読むこともできた。そんなことは製本所では夢にも考えられなかった。でもあたしは製本所の女子側が恋しくて、最初の一週間は毎日、口実を見つけては顔を出した。

「モードはどうしてます？」そのたびにあたしはストッダードさんに尋ねた。

「変わりないわよ」と、最初のとき、ストッダードさんは言った。

次は、「順調よ」

そしてとうとう、「正直言うとね、ペギー。寂しがっているのはモードよりも、あなたのほうじゃないかと思うんだけど」

それからは滅多に顔を出さなくなり、モードと中庭で待ち合わせ、彼女があたしの腕をとる一日の終わりを楽しみにするようになった。

「寂しかったよ、モーディ」ときどき、あたしは言った。彼女はそれをいつも口真似するとは限らなかった。

第四十八章

それはミカエルマス学期の初日、九月の最後の日だった。曳き船道には黄色や橙、艶のある赤の落ち葉が散っていたが、秋の色の大部分はまだ樹々にしがみつき、リスたちがその間を駆けまわっていた。寒さがやってくる前に、集められるものをせっせと集めるのに忙しい。リスたちは、毎年秋がくればこうするものと決まっている。戦争だってこの習慣を変えられない。

あたしたちはジェリコの通りを歩いていた。十三年前、製本所の仕事を始めてから、毎日のように通っている道だ。手が震え、目がかすむようになるまで、この同じ道を歩くのだろう。ウォルトン・ストリートを出版局に向かいながら、あたしはサマーヴィルがまだ病院で、カレッジではないことに感謝した。出入りしているのはほとんど白衣姿やカーキ色の軍服姿の男たちだった。校正係になってから、滅多にミス・ガーネルのことを考えなかった。ただ、ときどき、《ブロンテ・ベイ》にいる彼女の姿が目に浮かんだ。ミカエルマス学期が来ても、ジェリコが浮き立つことはないのはありがたかった。

でもそのとき、あたしの腕を握るモードの手に少し力が入った。「ガウン」彼女は言った。

あたしは見なかった。自分が今読んでいる丁合見本のことを考えた。印刷とはまったく関係のない間違い。いい加減な文法、半端な論旨。あたしはそれを合格にして印刷に回し、批判は誰かに任せるしかない。

だが見なくても、声は聞こえた。数人の若い娘たちが一斉に喋っている。上品な声がそこここから聞こえてくる。みんなはしゃいでいるが、努めてそれを抑えようとしていた。お育ちがいいことで、とあたしは思った。

モードが片手をあたしの頬に当てて、目を覗き込んだ。あたしが相手なら平気でできる。平気なのは、見ているのが他人ではなく自分自身の姿だからだろうか、といつも考えた。彼女に目を見つめられ、新入生たちの声に感じた屈辱が薄れた。彼女に目を見つめられ、自分が落ち着くのを感じた。彼女に目を見つめられ、孤独が和らいだ。彼女の瞳の中に自分の姿を探した。そこには小さな小さなあたしがいた。これまでずっとそうだったように。でも目の焦点をずらして自分ではなくモードを見たとき、その目が、決してあたしの目の鏡映しではなかったことを思い出した。その目があたしの怒りや失望を映し出すことはなかった。手に入らないものへの激しい憧れも、それを自分に与えようとしない者たちへの苛立ちも、決して映しはしなかった。

言ってみれば、モードの目は母さんの目だった。モードは母さんと同じ慈しみ、同じ心配のこもった眼差しであたしを見つめていた。急に母さんの記憶が蘇った。何年も前、母さんはなんて言ったっけ？　**この機会を逃したら駄目よ、ペグ。お願いだから、諦めないで。**

まだモードが慰めてくれている。そしてあたしが思い出したのは、学校へ戻るのを拒んだとき、母さんの目に宿った憐憫だった。**なぜ？**　と母さんは訊いた。**お金**、とあたしは嘘をついた。**お金ならなんとかなるって**、と言い、母さんはこれであたしを説き伏せたといわんばかりの笑顔になった。**モードが**、とあたしは大声を出し、母さんはびくっとしたけれど、静かに首を振った。**モードはあんたがいなくても大丈夫よ、ペグ。**

でもあたしは母さんが嘘をついていると知っていた。

そしてモードは、母さんが嘘をついていないことを知っていた。今、あたしはモードの瞳のなかに母さんの憐れむような表情を見ていた。**モードはあんたがいなくても大丈夫**、と、学校の最後の日にふたりで聖バルナバを出るとき、妹はそのことばを繰り返した。それからふたりで製本所に入ったときもそう言い、母さんを真ん中にして両側に座ったときにもう一度言った。母さんは、最初の折りをあたしたちに教えはじめる前にモードのほうに身を寄せ、もういいのよ、モーディ。優しくしてあげて。ペグはあんたに優しくしてもらいたいんだから、と囁いた。

そこに――出版局とサマーヴィルの間に――立ったまま、あたしは自分たちへの理解を改めた。モードはあたしを自分と混同したことなど一度もなかった――それはあたしの誤解で、あたしの不安で、あたしが勝手に背負った重荷だった。モードはモードでしかなかった。この世にまたとない、と母さんがいつも言っていたように。装飾手稿本みたいに、と思った。双子であることに逃げていたのはあたしのほうだった。妹はあたしの言い訳だった。いつだって、あたしの言い訳だった。

モードがそっと顔をウォルトン・ストリートの反対側に向けさせ、あたしが見ようとしなかったものを見せた。そこにいたのは、短い黒のガウンを着た新入りのサマーヴィリアンたちだった。門衛所の周りをうろうろし、いつか戦争の用が済んだら、自分たちのものになるカレッジを一目見ようとしている。彼女たちも入るのを許されないことだけが慰めだった。

「カラスの群れみたい」あたしはモードに言った。

「カラス」モードはにっと笑った。まるでそれが合図だったように、将校がひとり、サマーヴィルの門衛所から急ぎ足で出てきて、群れを散らした。彼女たちは羽ばたくように後ろに下がって将校を通すと、またばたばたと前に進み出た。やがてようやく自分たちが邪魔になっていることに気づき、二、三人ずつ、オックスフォードのほうへ散っていった。オリオルの仮住まいに戻るのだろう。

そこでサマーヴィルに背を向け、出版局のアーチの下をくぐっていけばよかったのだ。でもあたしは、女子学生たちがウォルトン・ストリートの曲がった先に消えてしまうまで見送った。まばゆく日が照っていたが、身震いした。胸が締めつけられ、ジェリコの音が遠くなってゆく。嘆きが空気を求め、あたしは喘いだ。気づくと、モードが寄り添っていた。彼女の腹が背に触れ、背骨の湾曲にぴったりと重なった。両腕が胸に回され、顎が肩に落ち着いた。

「あのなかの誰にだって負けるもんか」彼女は耳元で言った。

母さんが、モードにこのことばを千回も繰り返した。その記憶があたしの肺を震える息で満たした。なぜならモードはいつだって母さんを信じていたから。

なのにあたしは一度たりとも信じなかった。


ロージーが羊肉のシチューの鍋を持ってやってきた。

「うちのおばあちゃんはよくなってきたよ」と彼女は言い、テーブルに鍋を置くとボウルを取りにギャレーに行った。

「タウンゼンドさんもだよ」とバスティアンが言った。

「どういうからくりなんだろうね?」あたしがロージーのシチューの蓋をとると、《カリオペ》じゅうにオールスパイスの香りが広がった。

ロージーは肩をすくめた。「モードとロッタはそろそろかい?」

「そろそろよ」あたしは言った。「ヒルブルックさんのところに行ってるの」

「ヒルブルックさん、どうしてる?」

「悪くはなってないのはいいんだけど、だいたい寝てる。手伝いがいるのは、ほとんど坊やの世話なの。ゴム毬《まり》みたいだって、モードが言ってる」

「〝やんちゃ〟の暗号だね」とロージーが言った。ジャックのことを考えているのがわかった——いつだってやんちゃ坊主だったから。

「何か知らせは?」あたしは言った。

「手紙が来たけどね、紙一枚にもなんないくらいの」彼女は言った。「モードが読んでくれたよ」首を振る。「あんな手紙、誰が書いたかわかりゃしない」ボウルにシチューをよそい、あたしの分を差し出した。「でも、いつもどおりモード宛てのメモが入ってたよ。それでいつもどおり、モードがリスみたいにこそこそ隠しちゃって」ロージーはバスティアンにボウルを渡した。「あんたに読ませてくれたりするかい？」彼女は訊いた。

ロージーがジャックからの手紙だとわかるようなひとことや、冗談や、彼らしい意見を教えてやりたかったけれど、モードが彼からの短い手紙を見せてくれたことはなかった。

シチューは美味しかった。あたしたちが食べ終えたとき、誰かが曳き船道を駆けてくるのが聞こえた。

モードがハッチから飛び込んできた。息を切らせている。あたしの目を見つめ、頷いた。ときどきことばが見つからないと、自分の頭の中身が通じることを願ってそんなふうにする。あたしには見当もつかなかった。

「どうしたの、モーディ？」

身をわななかせながら大きな息を何度も吐く。走ったせいだけではない。

「ロッタか？」バスティアンが言った。ふたりとも立ち上がっていた。彼女の左右に、歩哨《はしょう》のように。

モードが彼のほうを向いた。近すぎる。彼女は助けを求めてあたしを見た。

「ヒルブルックさん？　調子悪くなった？」

ことばが感情の壁の向こうに閉じ込められている。彼女は足を踏み鳴らした。

「坊や」あたしは言った。「坊やなの？」

安堵。うん、と頷いた。「坊や」と言った。

「怪我したのか？」バスティアンが訊いた。

「病気」モードは言った。「病気」

「救急車がいる？　モーディ？」

彼女は頷き、バスティアンはコートを手に取って、あたしに着せかけ、自分も着た。「僕は聖バルナバ教会に行って、電話をかけてくる」

⁂

モードは曳き船道を走り、橋を駆け渡った。ウォルトン・ストリートに着いた頃にはふたりともぜいぜいと喘いでいた。あたしたちは足を緩めて息を整え、マスクを着けた。クラナム・ストリートに入ると、ひしめき合うようなテラスハウスが迫ってきた。間口の狭い家々。剝き出しの煉瓦の壁が石炭の煤《すす》で黒ずんでいる。

戸口で喋っていた二人の女の人が、それぞれ家の中に引っ込んだ。老人が帽子に手をやったが、道の反対側へ渡っていった。あたしたちの慌ただしさとマスクのせいだ。あたしたちはもう、病に冒されている。

モードがどれもそっくりに見えるドアの一つを押し開け、寝室に続く急な階段を駆け上がった。その後を追って駆け上がるべきだったが、臭いが……どこか甘いような、酸っぱいような、正体のわからない臭いがどうしても我慢できなかった。あたしはえずきはじめ、台所に駆け込んだ。窓はほとんど動かず、指数本分しか開かなかったが、どっと流れ込んできた冷たい空気を口を大きく開けて吸い込んだ。そして階段へ取って返し、上りはじめた。

あたしとバスティアンが訪問していたのは老人たちだった。彼らの家は、饐《す》えた煙草の臭いや、古い揚げ油の匂いや、時には小便の匂いがすることもあった。**あなたがたの仕事は、**と赤十字の看護婦は言った。**猫に餌をやり、患者に少しでもスープを飲ませ、回復を手助けすることです。**そして彼らはみんな回復した。回復したいとたいして望んでいなかったタウンゼンドさんでさえ。でも、こんな臭いがする家は初めてだった。

　手すりを強すぎる力で握りしめた。足が鉛になったような気がする。階段の上に着くと、臭いはさらにひどくなり、マスクに消毒薬を吹き付けてくればよかったと後悔した。**それで何か拾わないようにするためというより、臭いのためよ、**とティルダが書いていた。

　二つある部屋のどちらも、中が見えた。一方の部屋にヒルブルックさんがいて、じっとりとした金髪を枕の上に乱れさせ、呼吸するたびに胸の中で嗽《うがい》のような音を立てている。ベッドの脇にバケツがあり、吐いたものがマットレスから垂れ下がったシーツに乾いてこびりついていた。

　あのふたりはなぜシーツを替えていないのか、なぜバケツを空けていないのか、なぜロッタは奥さんの額を冷たい布で拭いてやっていないのか、さまざまな疑問が一気に駆け巡った。そして悟った。もう一つの部屋だ。

　あたしはそっちを向いた。鉄のような臭い。月のものに似た、長いこと替えずにいたぼろ布の臭い。それは強烈だった。恐ろしい臭気だった。それが彼の寝間着を、口の際を染めていた。ごぼごぼと込み上げる音が聞こえ、鼻から泡になって溢れるのが見えた。

　男の子。母親と同じ金髪。その顔はラヴェンダーのような紫色をしていた。

　ロッタがその子を抱いていた。ベッドの横に寄りかかるように床に座り、男の子を、まるでもっと幼い子どものように抱いていた。**十歳、**とモードは言っていた。**ゴム毬みたい、**と。痩せた脚が、ロッタの膝の上に投げ出されていた。彼女は少年の体をしっかりと抱き寄せ、少年の頭は彼女の首の下の丸いくぼみにすっぽりと嵌まりこんでいた。粘液がピンク色の泡となって少年の鼻と口から漏れている。彼女の頬はその泡でぬるぬるしていた。顎も、唇も。マスクはどこ？　ロッタは体を前後に揺すり、少年の頭上にことばを絶え間なく降らせている。フランス語だ、とあたしは気づいた。そのことばが途切れるのは、彼女が子どもにキスする時だけだった。

あたしは部屋に足を踏み入れた。モードが壁に背中をつけ、目を大きく瞠《みは》ってロッタと少年を凝視していた。男の子をベッドに入れなきゃ、とあたしは思った。何かに寄りかからせないと、とあたしは思った。そうすれば息ができる、とあたしは思った。

ふたりに向かって足を踏み出した。

「ナイン《駄目》！」彼女は唾を飛ばし、目を怒らせ、蹴り出した足が脛《すね》に当たった。

あたしは理解しはじめた。

「ロッタは、あたしたちがわからないんだよ」

「怖がってる」モードが言った。

怯えきってるんだ、と思った。ロッタは怯えきっている。

バスティアンが見つけたのは、そんなふうにしているあたしたちだった。彼は戸口に立ち、ロッタが少年を揺すっているのを見つめた。彼女が話していることに耳を澄ませた。それからずっと後ろに離れて床に座った。彼は彼女に話しかけた。その声は低く、柔らかかった。彼はフランス語で話し、ロッタは耳を貸しはじめた。

彼が何を言ったのか、あたしにはわからない。でもそれは波のようだった。**僕もそこにいたんだ**、といつか彼は言っていた。その話し方は、親が子どもをあやすようだった。それはロッタを落ち着かせ、モードを落ち着かせ、あたしを落ち着かせた。ロッタが子どもを揺するのをやめると、バスティアンは悪いほうの脚を引きずりながら、彼女のほうへ這い寄った。ロッタが少年をひしと抱きしめたので、バスティアンは止まった。でも語りかけるのはやめなかった。彼のフランス語は柔らかく、子守歌のようだった。

震えるような息をつき、彼女は部屋を見回した。その瞳からは、さっきの憑《つ》かれたような光が消えていた。あたしたちのことも、自分のいる場所もわかったようだった。腕の中でぐったりしている少年を見ると、悲しみで顔をくしゃくしゃにさせた。バスティアンは隣にいて、彼女と少年に腕を回した。

それは一分間のことだったのかもしれないし、一時間だったのかもしれない。あたしにはわからない。でもバスティアンがロッタの腕から少年を引き取って、ベッドに寝かせたとき、その子はもう死んでいた。

第四十九章

ストッダードさんの話では、ロッタは二日間寝込んでいた。

その間に、ヒルブルックの奥さんの熱は下がり、胸の痰が切れてきた。泣いている奥さんにはモードが付き添い、あたしは洗濯釜と汚れた布類と格闘した。ふたりともロッタがクラナム・ストリートに戻ってくるとは思っていなかったが、案に反して彼女は姿を現した。最後に洗った数枚のタオルがようやく乾いたか乾かないかというとき、玄関から入ってきた彼女は、あたしにもう帰っていいと告げた。ロッタは、あたしがちょうどお盆に載せた紅茶とトーストを見て頷いた。

「上に運ぶわ」と言った彼女は、普段と変わらないように見えたが、そのことがあたしを不安にさせた。

「ここにいていいの、ロッタ？」あたしは訊いた。

「もちろんよ――なぜ？」

言う勇気がなかった。あたしがお盆を取り上げると、彼女は両手を差し出した。あたしたちは一瞬、そこに立ったまま、それぞれ自分の場所を動かなかった。彼女が譲らないことはわかっていたので、あたしはお盆を渡し、コートと荷物を手に取った。

ロッタは玄関までついてくると、お盆を手に階段の下に立った。あたしに階段を上らせないつもりなのだ。

「大丈夫よ、ペギー」彼女は言った。「わたしは大丈夫」

あたしは二階にいる妹に向かって呼びかけた。「モーディ」

モードが階段の上に来て、こちらを見下ろした。

「ロッタが来たよ。先に帰って、お茶を沸かしとくから」あたしは言った。

モードは、あっさり頷いた。

彼女を残して、ひとり家に向かって歩きながら、あたしは心配だった。でも一時間後、モードは我が家のテーブルに向かって座り、あたしが卵を二個茹でているあいだ、折り紙をしていた。

「星」あたしが訊くと、彼女は答えた。

「誰にあげるの？」

「ヒルブルックの奥さん」


一緒に赤十字の家庭訪問を始めてから、モードはほとんど折り紙をしていなかったのに、ロッタがヒルブルックさんのところに戻ってきた翌週、以前の習慣が復活した。朝あたしがコーヒーを淹れているあいだや、夜に夕食の支度をしているあいだ、モードは折り紙を折っていた。料理をして、と頼むと、ロッタが教えたとおり、作り方を歌いながら料理をしたが、食べ終わったかと思うと、皿を押しやり、折り紙を引き寄せた。彼女は星を——星だけを折り、訪問に出かける時間や寝る時間が来るまで、手を休めようとしなかった。石炭が残り少ないときは、ふたりとも早寝をしたが、そんな時も紙を持ってきて、あたしが本を読もうとする明かりで、できる限り折るのだった。

　頁にしおりを挟みもせず、あたしは本を閉じた。三つの星がベッドカバーを飾り、モードは四個目を折り終えるところだった。〝ステリフェラス（星でいっぱいの）〟ということばが浮かんだ。『新英語辞典』の頁で見かけた単語だ。星がクラナム・ストリートのあのテラスハウスじゅうに吊り下げられているところを想像した。「モーディ、ヒルブルックさんの様子は？」

「よくなった」

「なのにまだ行かないと駄目なの？」

「悲しいから」星が仕上がった。

悲哀、とあたしは思った。憂鬱の母であり娘でもあるもの。「悲しいのはずっとだろうね。奥さんのために折ってあげてるの？」

モードは首を振った。「ロッタ」と言った。

⁂

渡り板を踏むふたりの足音が聞こえたときは、もう暗くなっていた。ソーセージの回りに脂が固まっていたので、熱くした鉄板の上に戻し、豆を茹で直して、じゃがいもを温めた。ロッタはこれを食べるのに苦労するだろうと思いながら、彼女が口を歪めるところを想像した。皿を三枚下ろした。

モードが椅子を引き出し、ロッタをそこに座らせているあいだに、盛り付けをした。茶色っぽくなった豆を見て、思わず自分の口もひん曲がってしまう。覚悟して一枚の皿をロッタの前に置いた。それに目を向けた彼女は、嫌悪感をちらりとも見せなかった。目に入っていないのだ、と思った。

「メルシー」彼女は言った。平板で低い声。またフランス語だ。

あたしは座った。モードがソーセージを切っている――一回、二回、三回。同じ大きさの四つの塊。昔の儀式が戻ってきていた。見ていると、もう一本のソーセージにも同じことを繰り返した。

あたしは豆を退治したくて、自分の分を全部平らげた。胃がむかむかした。

「ヒルブルックさんはどう？」じゃがいもにナイフを入れながら訊いた。

ロッタはこっちを見たが、返事をしなかった。じゃがいもは茹ですぎだった。水っぽい。

「ヒルブルックさんは？」あたしは繰り返し、じゃがいもを口に運んだ。吐き出さないように我慢する。**食べ物には違いないんだから、ペグ。無駄にしちゃもったいないよ**、と母さんがよく言っていた。

「どうしてる？」

「ディスパリュ」彼女は言った。

あたしは考えなくてはならなかった。〝ディスパリュ〟。行ってしまった《ゴーン》。飲み込む。味がおかしい。

「病院に行ったってこと？」

ロッタはかぶりを振ったが、その顔には何の変化もなかった。目はどんよりと虚ろだった。あたしは、彼女がまったくあたしを見ていないことに気がついた。モードに目を移す。

「でも、よくなってきてたんだよね」平静を装って言った。

モードが頷いた。「よくなった」怯えた表情だった。切ったソーセージを皿の上で並べ直している。

あたしはロッタに向きなおった。「何があったの、ロッタ？　あの人、熱は下がったと思ってたけど」

ロッタは首を振った。「パ・ポシブル」

「できないってどういうこと？」

一瞬、ロッタの目の焦点が合った。まるで今、目が覚めたみたいだった。

「あの人、できなかった」彼女は言った。英語がうまく出てこない。

「できなかったって何が？」

「ヴィーヴル」

「〝ヴィーヴル〟って？」

「生きる」モードが囁いた。両手は忙しなく動いている。ソーセージを並べ直している。

「救急車は呼んだ？」

無言。

「モード。あんた、救急車呼びに行ったの?」

彼女は頷いた。

「でも助からなかった?」

頷いて、モードは切ったソーセージを口に入れると、皿の隙間を埋めるように残りを並べ直した。

あたしは彼女が一切れずつソーセージを食べ、そのたびに形を整えるのを見つめた。

モードは豆とじゃがいもを残した。「不味《まず》い」彼女は言った。

「そうだね」と言い、あたしは皿を集めた。ロッタは何も食べず、何も飲んでいなかった。食卓を片付けるのに手を貸そうともしなかった。洗い物が済み、皿が拭き上がったときも、彼女はさっきあたしたちが席を立つ前のまま座っていた。据わった目は何も見ていなかった。顔は蒼白だった。いつもよりさらに白かった。あたしは手を彼女の額に当てた。

「熱い?」モードが訊いた。その顔にはまだ恐怖が浮かんでいる。

「ううん」あたしは言った。「でもロッタ、なんかおかしいよね、モーディ?」

「なんかおかしい」彼女は言った。

もう夜も遅すぎるし、辺りは暗すぎた。彼女を家に送ってくれるバスティアンもいない。それであたしたちは、ロッタを母さんの部屋に連れて行った。ふたりで彼女のスカートを、ブラウスを脱がせ、コルセットを外した。ベッドに座らせ、靴を脱がせ、ストッキングをくるくると丸めながら下ろした。モードが左脚、あたしが右脚。モードが彼女の後ろに座り、髷《まげ》からピンを抜きはじめたときも、ロッタはされるがままだった。あたしは母さんのブラシを探して、妹に渡した。それから、母さんのベッドとあたしたちのベッドの仕切りのカーテンのところまで後ずさりした。モードがロッタの絡んだ毛先をほぐしている。ロッタは本当に色白で、母さんはずいぶん色黒だったが、その情景は同じだった。

母さんの髪にブラシをかけるのは、昔からモードの仕事だった。彼女がロッタの髪にブラシをかけはじめたとき、あたしはカーテンを引いた。

⁂

モードがベッドに来て、あたしは彼女の体の形にぴったりと身を寄せた。しばらくのあいだ、あたしたちはロッタの鼾《いびき》に耳を傾けていた。

「ティルダに負けてないね」あたしは言い、無理に気軽さを装った。

モードは黙ったままで、あたしはティルダがいてくれたら、と願った。さらに身をすり寄せる。お腹が彼女の背にくっついた。顎の下で毛布を握りしめている手を探り当て、それを自分の手に包んだ。

「どうやって生きていけばいいの？」妹は囁いた。

「どういう意味？　モーディ」

「あの子はいないのに」

彼女の息子。**ゴム毬みたい**、とモードは言った。あの子の肌はラヴェンダー色だった。

「ヒルブルックさんがそう言ったの？」

頷く。

「ロッタも聞いた？」

もう一度頷く。

妹の手を握る手に力を込め、たぶん、そっとしておいたほうがいいことがあるんだ、と思った。訊かないほうがいいことも。なぜって真実を聞くのはあまりにもつらすぎるから。でも、モードの体が張り詰めるのを感じ、あたしが次に尋ねることを待っているのがわかった。真実は、彼女にとってあまりに重すぎた。

「ヒルブルックさん、自分で自分を傷つけるようなことをしたの、モーディ？」

頭がゆっくりと動く。ノーだ。あたしたちはじっと横たわっていた。ロッタの鼾に耳を澄ませる。

「モーディ、ロッタはなんて言った？　ヒルブルックさんに？」

息を深く吸う。彼女の体全体が膨らむのを感じた。

「パ・ポシブル、パ・ポシブル」モードは言った。

「何度も何度も？」

「何度も何度も」

「それで、ロッタは何をしたの？」

息が吐き出される。筋肉が緩みはじめる。あったかい、とあたしは思う。あたしの質問は間違っていなかった。

「なんか」彼女は言った。「おかしい、こと」

「あんたはそこにいたの、モーディ？　ロッタがなんかおかしいことをしたとき？」

彼女は首を振り、あたしは絡み合わせたふたりの指のあいだに彼女の涙が沁み込むのを感じた。あの男の子の髪が目に浮かんだ。母親と同じ金髪。ロッタと変わらないくらいの淡い色。もうひとりの少年の髪とそっくりな。**パ・ポシブル**、とロッタは言っていた。彼女にとって、生きることは不可能だった。

「ロッタがあんたに救急車を呼びに行かせたんだね？　モーディ？」

モードは頷いた。

「ヒルブルックさんはよくなってきてたのに」あたしは言った。

モードは頷いた。

「で、あんたが戻ったときは？」

「ディスパリュ」モードは言った。たぶんロッタがそう言ったとおりに。

「逝ってしまった《ゴーン》」とあたしは言った。

「彼女は生きられなかった」モードが囁いた。

「ロッタがそう言った？」

「何度も何度も」

⁂

翌朝起きたとき、ロッタは熱を出していた。あたしたちには、それを下げることができなかった。

⁂

三日目、ストッダードさんがお医者を連れてきた。医師はハッチから入ってくるとき頭をぶつけ、それから立ち止まって《カリオペ》の中を見渡した。「まあ清潔ではあるな」と誰にともなく言った。そのマスクの向こうに隠れているのが憐みか、蔑みか、どちらだろうとあたしは思った。彼はロッタの耳障りな呼吸音に気づき、まっすぐにそばへ行った。

「あんたらのどっちか片方でいい」枕元に寄った医師は言った。ストッダードさんが離れようとすると、「できたらあなたはいてくれませんか、ストッダードさん。だがこの娘たちは、どっちか一人いればたくさんだ」

モードはもうベッドに腰かけ、ロッタの顔に滲む汗を拭きながら「フレール・ジャック」を歌っていたので、あたしが場所を空けた。

見ていると、ストッダードさんとモードがロッタを助け起こし、医師が胸の音を聴けるようにした。医師は聴診器を彼女の背の片側から反対側へ動かし、ふたりが元のように病人を寝かせると、ロッタの目、耳、口を調べた。次に両手をとり、指を調べる。そして上掛けをめくって足の爪先を見た。ラヴェンダー色だった。

「スペイン風邪だ」そう言うのが聞こえた。あたしたちが知らないとでも思ったのだろうか。それから彼はモードを見た。「三日間、こんな様子かね？」

モードが頷く。

「酸素の欠乏です」ストッダードさんに向かって言った。「難民だとおっしゃいましたな」

ストッダードさんが頷く。

「なんとか入院先を探すようにしましょう」モードのほうを向いた。

「あんた方は立派にやってるよ、お嬢さん。ここならよそと変わらんくらい養生できるだろう」

ストッダードさんが医師を送って曳き船道に上がった。あたしはギャレーの窓からふたりを見ていた。彼女が何か尋ね、医師が首を振る。先生は疲れて見える、とあたしは思った。本当に疲れ果てて見える、と。

⁂

モードはロッタが息を――それを〝息〟と呼べるのならだが――引き取るまで歌を歌ってやっていた。そしてその子守歌の最後まで歌いやめなかった。それはフランス語だった。どの歌もみんなフランス語だった。ふたりきりでいるとき、ロッタがモードに歌って聴かせていたのに違いない。

あたしは脇によけ、ストッダードさんがロッタの体を起こしておくのに使っていた枕を外し、モードの手を借りて、ロッタの体をベッドにそっと横たわらせるのを見つめていた。モードがロッタの指先にキスし、両手を胸の上に重ねさせた。

前も、あたしがいたのはここだった。カーテンの向こう側。あのときはストッダードさんではなく、ティルダだったが、モードは今と同じだった。彼女は死と一緒に座っていられる。その瞬間に過去を思い出すことも、未来を思い描くこともなかった。死に逆らおうとして怒り、金切声を上げ、暴れ、自分が愛した体に命を取り戻そうと激情に駆られることもなかった。彼女は母さんの世話を焼いたようにロッタの世話を焼いた。そしてあたしは、もう耐えられなくなるまで見守っていた。

お医者はきっと、ロッタはその日はもうもたないとストッダードさんに言ったのだろう。だから彼女は残ったのだ。そしてこれからもう少しいるだろう。モードがティルダを手伝ったように、モードを手伝って遺体を整える。ふたりでロッタを浄め、服を着せ、準備ができたら、ストッダードさんはまた医者を呼びに行く。それとも葬儀屋だろうか。今頃、医者が来てなんになる？　そしてモードはロッタのそばに座るのだ、恐れることなく。母さんに付き添って座ったように。

あたしは仕事にかかるふたりをおいて、そこを出た。

⁂

バスティアンの部屋に着いたとき、あたしは濡れて震えていた。ミランがドアを開けた。

「彼はもうだいぶいいよ」

バスティアンが病気だったことを、あたしは知らなかった。

「ごゆっくり」彼はドアの脇の掛け釘からコートをとると出ていった。

あたしの震えはひどくなり、脚が言うことをきかず、立ちすくんだ。彼のベッドの足元を見つめ、青っぽい色に染まった彼の爪先を思い浮かべた。

するとと、彼が寝床から起きてきた。コートを脱がせ、あたしを毛布で包む。耳元で囁く。その息は、ことばのあいだに滑らかに滑り込んだ。首筋に当たる彼の息が温かかった。

彼の息。規則正しい彼の呼吸。命の証、とあたしは思った。

床にへたりこむと、彼も一緒に座った。あたしはロッタのことを彼に告げた。

「彼女、戻れなかったんだよ」彼は言った。

「どういう意味？」

「ベルギーにさ。もし送還されるなら、耐えられる気がしないって言っていた。自分には、建て直すものはもう何も残ってないからって」

第五十章

一九一八年十一月七日
わたしの可愛いふたりへ

　ふたりとも、ひどい目に遭ったわね。ロッタのことは本当に心からお悔やみを言うわ。でもジャックが帰ってきて、手も足も指一本失くさず、そこそこ正気も失くさないで戦争を生き延びたと聞いて、喜んでいます。ただ、一九一四年にあなたたちが知っていたジャックに戻るかどうかは怪しいわよ。わたしたちの誰が、あの頃の自分に戻れるかしらね？　彼が出版局に復帰したのはよかったわ。昔どおりの毎日が回復の助けになるかもしれません。わたしからの忠告は、それまでの間、彼に大きな音を聞かせないようにすることと、彼と一から知り合うことよ。

　さて、終戦と言えば、ちょっと偉い人はみんな、もういつ終戦になってもおかしくないと言っています。もちろんドイツ野郎《フン》は休戦ぎりぎりまで撃つのをやめないでしょうし、こっちも負けずに撃ち返すに決まっています。というわけで、あなた方の終戦は、わたしの戦争の終わりではなさそうです。自分が必要とされなくなるまでは残ります――少なくとも六か月かしら。

ティルダ×

追伸

　ビルの奥さんに、息子たちの養育を手伝うと申し出たのですが、断られました。ほかにもう手を打ってあって、ソンムで片腕を失くした男と再婚するんですって。

あたしたちの誰が、あの頃の自分に戻れるだろうか？　そう考えながら、手紙を折り直し、ティルダのほかの手紙と一緒にしまった。

⁂

あたしたちは祝賀に加わろうとした。群衆に交じり、差し出されたものを手当たり次第に飲んだ。バスティアンはずいぶんたくさん勧められていた。戦争に勝った今、彼の顔は名誉の勲章となり、たっぷりと酒を飲んでしまえば、誰も少しも怖がらなかった。「ようやった」老人が言い、彼の背を叩いた。握手を求める人たちもいた。若い娘が駆け寄ってきて、彼の落ちくぼんだ頬の仔牛皮紙のような肌にキスした。それから友達のところへ駆け戻って、くすくす笑いながら口を拭った。

「それだけの値打ちはあったんかい？」誰かが言った。

振り返ると女の人がいた。目をバスティアンの顔からさっとそらした。年齢のせいでも病気のせいでもなさそうだったが、背が曲がっていた。その問いは、誰に向けたものでもなかった。全員に訊いているのだった。どうやらしばらくそうやって尋ね続けているらしかった。彼女の背が丸く曲がっているのは、失ったものの重みのせいなのだろう。

「どこか静かなところを探そう」バスティアンが言った。浮かれ騒ぐ酔っ払いと張り合うように大声を上げ、訛《なま》りが強く響いた。

「こっちはてめえらの戦争を戦ったんだ。とっとと国に帰りやがれ」ひとりの男が吐き捨て、周囲がどっと沸いた。取り合わず、あたしたちは押し合いへし合いを避け、店の軒先に体を押しつけるようにしてハイ・ストリートをずっと歩いた。

⁂

《カリオペ》は暗かったが、《スティング・プット》からは温かな黄色の光がこぼれていた。あたしはかがんで中を覗いた。

モードとジャックがチェスをしている。ロージーは編み物。ラウントリーのおばあちゃんは椅子で眠りこけている。

バスティアンが頷いた。その晩の続きがどうなるかはもう知っている。あたしがノックすると、ロージーが返事をする。モードが曳き船道に出てきて、二人で《スティング・プット》から《カリオペ》までの数歩を歩く。あたしたちが無事に中に入るのを見届けて、バスティアンはさよならを言う。あたしはモードと一緒にベッドにもぐりこみ、彼女がバスティアンだったらいいのに、と思うのだ。

この十二時間ですべてが一変したというのに、この場面は何も変わらない。あたしはノックした。ロージーが返事をした。モードが持ち物をまとめた。

「終わったね」曳き船道に立つあたしとバスティアンに近づきながら、モードが言った。

《カリオペ》に乗り込むと、バスティアンは開いたハッチを入ったすぐ内側に立った。船の湾曲に合わせて首を少し曲げている。コートは着たままだった。彼はあたしの手をとり、持ち上げると、唇に寄せた。

「終わったね」彼は言った。

彼はもう立ち去っているはずだった。曳き船道で手を振り、明日、それとも明後日に会う約束を念押しして。それがふたりの決まりごとであり、ふたりで作り上げてきた日課だった。誰もが終わりを待っていたように、あたしたちも終わりを待ちながら、こうやって日々を暮らしてきた。でも本当に終わりが来てみると、彼は行ってしまう代わりに、あたしの手を自分の頬に当てている。

彼はそこにじっと立っていた。彼の肌に触れた手は温もってきたが、彼が考えていることは、閉じた片目の向こうで彼だけのものだった。バスティアンとあたしのあいだの沈黙には何かが垂れこめていた。憂鬱。生きている限り、誰もそれから逃れられないことを思い出した。

「残って」あたしは言った。モードに聞こえるようにはっきりと。

彼が目を開けた。

「お願い、残って」

バスティアンはあたしの向こう、テーブルに座っているモードのほうを見た。いつだって、あたしだけのことでは済まなかった。

「残って」彼女は言った。

あたしは顔を上げた。

「本当に？」バスティアンが言った。それは彼女に言ったのかもしれないし、あたしに言ったのかもしれない。ふたりで声を揃えた。

「残って」

⁂

あたしたちは母さんのベッドに横たわった。裸で、顔と顔を向かい合わせて。あたしは手を伸ばして彼の肩の丸みにかぶせた。腕の輪郭をたどり、毛の生え方を――二の腕はまばらで、肘から手首にかけては濃く黒く生えている――不思議に思った。そのまま手首へ、太ももに置かれた手へと辿っていった。指を一本一本なぞり、関節に触れ、親指の爪に何本か溝があるのに気がついた。彼にはあたしがまだ知らないことがこんなにある、と思った。指を彼の指に絡め、彼の手を自分の顔に近づけた。その手触りを感じたかった。頬に触れる手のひらとそれぞれの指先の違いを味わいたかった。何ひとつ隠したくなくて、あたしは目を見開いていた。彼の指先はざらついて、傷が模様を作っていた。それを口に近寄せる。唇に触れる傷痕はさっきよりも生々しかった。舌がその形を探り当てる。傷が活字となり、それぞれの物語を語るような気がした。そうしているあいだずっと、あたしは彼の目を見つめていたが、つと彼の視線が揺らぎ、瞼が閉じた。彼が息を深く吸い込み、胸が膨らむのを感じた。

「あたしを見て」あたしは言った。

彼はそうした。息を吐き出す。もとの穏やかな呼吸に戻る。それから彼は手をあたしの顎に動かすと、耳たぶを弄《いじ》り、指に髪を絡ませた。肌が粟立った。風が肌を吹き過ぎていったみたいに。でもあたしは瞬きもしなかった。何ひとつ見逃したくなかった。

手を彼の体に戻す。指が脇の下の毛を撫でる。びっしりと生え、湿っている。休戦の興奮の匂いがした――歓喜と不安。運河沿いを早足で歩き、かいた汗。彼からアルコールの匂いが立ち上る。そのさまざまな匂いの底に、あたしは欲望を嗅ぎわけた。指先を舐めると、その味がした。塩辛い。少し甘い。手を動かして、力強くしなやかな筋肉の盛り上がりに、肋骨の窪みの一つひとつに触れていく。金属や、火や、石や、メスによってできた傷痕があばたのように散っていた。あたしはじっくりと時間をかけた。数え、測った。傷痕は小さかった。いつしか薄れて、目立たなくなるだろう。でも決して消えることはない。それから彼の腰のくびれと、尻の小さな盛り上がりを撫でた。手に触れた肌の滑らかさに驚く。なんてか弱く繊細なのだろう。

「ここのあなたの肌、女の人みたい」あたしは囁いた。そして手を胸まで滑らせた。そこには毛はあまり生えていない。片方の乳首の回りに円を描く。もう一方も。乳輪はすごく柔らかくて、それに当たる自分の指先を硬く感じた。「あとここも。ここは女の子みたい」

彼の胸から臍《へそ》、股間の毛へ手を動かす。脇毛よりもごわごわして、きつく巻いている。彼が身じろぎするのを感じた。

あたしのうなじに置いていた手を外し、さらに手を動かそうとするあたしを止めた。「今度は僕の番だ」彼は言った。

それは地図製作者の仕事だった。あたしたちは互いの体の地図を描いていた。また帰ってこられるように。

⁂

目覚めたとき、あたしは戸惑った。頭が鈍く疼《うず》き、口が渇いていた。光が全然違う。しばらく自分のいる場所を忘れていた。それから母さんのベッドに寝ていることを思い出した。

残って、とあたしたちは言い、彼は残ったのだった。

手を動かし、マットレスの凹みを、シーツに籠る熱を感じた。彼の肌に触れる。腰のくびれ、小さく盛り上がる尻。目を閉じて、自分が辿った輪郭を振り返った。あたしが描いた彼の地図。それはゆっくりとした時間だった。普段ふたりが隙を見つけては満たしてきた欲望を超えた何かだった。あたしたちはそれを何時間も防ぎ止めた。そう、何時間もだ。瞼に当たる眼球のざらざらした感じがそれを物語っている。あたしたちはぎりぎり、もう開けていられなくなるまで、目を開き続けた。あらゆる曲線を、傷痕を、欠点《あら》を知り尽くし、体の表面に触れ尽くし、ふたりの焦がれる思いと不安の本質を嗅ぎ尽くしてから、ようやく目を閉じたのだった。そして目を閉じてから、やっとあたしたちは愛を交わした。

彼の息が、唇の柔らかいほうの側から小さく漏れていた。規則的で、乱れない。手を腰に触れても、彼は目覚めなかった。それにあたしは、彼を起こすのを急いではいなかった。彼が起きたら、とあたしは思った。人生という営みがまた始まる。人々が祝っていたのはそれだった。以前どおりの暮らしに戻ること。まるでそれが可能であるかのように。

あるいは、望ましいことであるかのように。

横になったまま、ほかの女たちがそれぞれのベッドにいるところを思い浮かべた。疼く頭を抱え、乾いた口で目を覚ます。前夜のことが蘇る。あちこちのホールでビールが品切れになるまで踊り、見知らぬ他人と抱き合い、キスを許した。あるいはハイ・ストリートを走るトラックの荷台に立ち、手を振りながら叫んだ、「終わった！　終わった！」と。

彼女たちも、あたしのように、耳の中でこだまする〝終わった〟という叫びと共に目を覚まし、それが本当に意味することを考えただろうか？　大勢の兄弟たちや恋人たちや夫たちが帰ってくれば、失うかもしれない仕事のことを考えただろうか？　自由を手放さねばならないこと、あるいは手放さないために闘わねばならないことに思いを馳《は》せただろうか？　あの娘はふざけてバスティアンの頰にキスしたけれど、あたしが思い浮かべたのは、茫然と前を見つめ、一週間か、一か月か、一年のうちに我が家の玄関から入ってくる男を、果たして自分は愛せるのかと考え込む女たちだった。目覚めたとき、彼女たちに彼を愛せるという確信はあっただろうか——たとえ顔が醜く損なわれていても、あるいは脚が使いものにならなくても、あるいは埋葬を拒む死者をまとわりつかせていても？

終わった、と彼女たちは思ったかもしれない。でも本当は何も終わっていなかった。

憂鬱、とあたしは思った。それはバスティアンの匂いと塩の味がする。あたしはそれから決して逃れられないだろう。

鉄板の上で湯沸かしが鳴っている。そのための歌も、ロッタがモードに教えてあった。あたしは横になったまま耳を澄ませたが、モードは沈黙していた。この頃は、頭の中で歌っている。たまに歌詞を口から滑らせることはあるけれど。

マグカップを掛け釘からはずし、調理台に置く音がした。もう一個。そして感心なことに三個目も。沸騰したお湯をポットに注ぎ、回し、捨てている。お茶の缶の蓋。カップに一匙ずつと、ポットに一匙、お湯を注いで、熱々にしときましょう。ポットカバーを使っただろうか？　あの子、ときどき忘れるから。

ベッドから抜け出し、母さんの衣装だんすの脇にかかっていた化粧着を引っ掛ける。そのとき、チリンという音がした。お茶が入れば、ベル鳴らそ、と頭に浮かんだ。ベッドのほうを見たが、バスティアンはこんこんと眠り続けていた。

一晩ぐっすりと眠ったモードの目はきらきらしていた。にっこりして、あたしを頭から足の先まで眺め、「ティルダの」と言った。あたしは両腕を広げ、くるりと回った。「長すぎ」モードは言った。転ばないように化粧着の裾をつまみ上げ、モードと一緒にテーブルについた。モードはあたしに紅茶を注いでくれ、それから自分の分を注いだ。砂糖を加える。奮発して二個ずつだ。母さんの寝室のほうを見やった。

「寝かせておこうか？」あたしは言った。

彼女は頷くと、三つめのカップは空のままにした。

「終わったね」モードは言った。

何と答えていいかわからなかった。

「ベルギー人たちは国へ帰るだろう？」どこかで聞いたことを繰り返しているのだが、あたしにはそれが質問だとわかった。

「残る理由がある人もいるよ」あたしは言った。

彼女はまた母さんの寝室のほうを見てから、あたしに視線を向けた。両手でマグカップを抱え、手を温めている。彼女は答えを待っていた。

あたしは自分のお茶を飲んだ。熱くて甘い。そして昨日の晩、バスティアンとしたことのすべてを思い浮かべた。そしてふたりが口にしなかったすべてを。カップが空になると、あたしは妹を見た。

「あたしにはわかんない、モーディ。ほんとにわかんない」

彼女はもう一杯お茶を注いでくれた。砂糖を入れる。「残る理由?」彼女は言った。

彼には残る理由があり、去る理由があった。ふたりともそれは同じだった。

「彼のこと愛してる、モーディ。あたし……」〝これが自分なんだっていう気がする〟と言うつもりだった。〝彼と一緒にいるといつも、隅から隅まで自分らしくいられる〟と。でもそれはどこか本当ではなかった。「二つに引き裂かれそう」

彼女は頷いた。そして少し俯《うつむ》いたので、目の輝きに陰りがさした。

「あんたのせいじゃないよ、モーディ」

モードは顔を上げた。

「あんたは、あたしが手を握ってなくたって大丈夫だもの」

いろいろなことをはっきりとことばにしようとしたのは、それが初めてだった。どんなふうにことばが出てくるか、それがどれだけ正確か、あたしは不安だった。

「たぶんサマーヴィルのせいなんだ」

あたしは黙った。モードがマグカップを持ち上げ、ゆっくりと飲み干した。もう一杯注ぎ、それからティーポットの蓋を持ち上げ、中を覗いた。ポットカバー《ティー・コージー》を忘れている。そのとき、ロッタがコージーと韻を踏むことばが見つからない、と言ったことを思い出した。あたしはおせっかい《ノージー》と花束《ポージー》はどうかと言ったが、**意味不明だわ**、と彼女は却下した。**それに結局のところ、ポットカバーはそれほど重要じゃないし**、と。あたしはむっとした。でも彼女の言ったとおりだ。ポットカバーはたいして重要じゃない。モードは立って、湯沸かしを鉄板の上に戻した。

「水、入ってる?」あたしは言った。

モードは湯沸かしを持ち上げ、重さで判断すると頷いた。そしてテーブルに戻ってきた。

あたしは彼女のマグカップの紅茶に砂糖を入れた。一個だけ。掻き混ぜる。

「サマーヴィル」モードは言った。

サマーヴィル、とあたしは考えた。あのくそ忌々しいサマーヴィル。首を振ると、モードがあたしの手に手を重ねた。彼女が数え切れないほど見てきた、わかってるよ、という仕草。「ずっとサマーヴィルの夢ばっかり見るの、モーディ。あたしはまだ勉強してて、試験を受ける前で」あたしは言った。


お湯が沸く音がしてきた。バスティアンが母さんの寝室のカーテンを片側に寄せた。

彼は昨日着ていた服を着て、立っていた。テーブルへ招かれるのを待っているのだろう。あたしは声を掛けなかった。ただ、彼の顔を探っていた。あたしたちは何の結論も出さなかった。何の計画もしなかった。彼には残るだけの理由があるだろうか? それとも、帰国し、建て直し、回復させなければならないだろうか? 彼の内心は読み取れなかった。そして彼も、あたしの心の内をほとんど読み取れていないに違いない。夜のあいだに脱ぎ捨てたすべての薄皮を、ふたりともまたしっかりとまとい直したみたいだった。それが隠すためなのか、守るためなのか、あたしにはわからなかった。

モードが新しく淹れた紅茶のポットをテーブルに運んできた。バスティアンは彼女がお茶を彼のために注ぐのを見つめ、それからテーブルのあたしの向かい側に座った。モードは、バスティアンに尋ねずに、砂糖を二個お茶に入れた——彼が砂糖を入れないことをあたしは言わなかった。彼女はマグカップを彼の前に置くと座った。あたしたちが見つめる前で、彼はお茶を飲んだ。甘いと思ったことを顔に出さないように気をつけているようだった。

バスティアンは、空になったマグカップをテーブルに置いた。「ご馳走様、モード。美味しいお茶だった」

妹は首を傾げて彼を見た。じっと見つめられて、気まずくなったバスティアンは、座り直し、傷ついたほうの顔を彼女から背けた。でもそれは誤解だった。

「終わったね」ようやく彼女は言った。

「うん」彼は答えた。

彼女はまだ彼を見つめている。あたしは彼女が何を話したがっているのかを悟った。割って入り、話題を変え、彼をそこから救い出したい気持ちに駆られた。が、そうせずにあたしはテーブルを立ち、モードと一緒に使っている部屋へ行った。中に入るとカーテンを閉めた。

「終わったね」また彼女が言っている。「ベルギー人たちは国へ帰るだろう」

バスティアンは黙っていたが、モードは大抵の人間よりずっと辛抱強かった。あたしは息をひそめ、前の晩のことを思い返した。今あたしは、彼の体を隅々まで知っている。でもあたしたちは話をしなかった。しないことを選んだ。あたしには彼の心の内はわからなかった。

「大勢がそうするだろうね」彼は言った。

「残る理由がある人もいる？」口真似だが、質問でもある。

「それぞれいろんな理由があるよ」バスティアンは言い、あたしは息を止めた。「でも、選びようがない場合もある」

あたしはモードと共用の衣装だんすに向かった。洗ったスカートとブラウスを出す。あれは答えになってない、と思った。

またモードが話している。ことばを、語句をつなげ、一段ずつ積み上げていく。

「ペギー」彼女は言った。

って いた。

「彼女を愛してる」とバスティアンは言ったが、彼女が知りたいのはそれではないことをあたしは知っていた。

「残る理由」

「わかってる」彼は言った。

あたしは服を着た。髪を髷に結い、ピンで留めた。それからストッキングと靴を取りに、母さんの部屋へ行った。

バスティアンはベッドを整えてあった。

まるで、ふたりはそこで全然寝なかったみたいだった。床を見回す——彼の物は何ひとつ残っていなかった。**残って、**とあのときモードは言った。

残って、とあのときあたしは言った。

第五十一章

休戦の翌日は、モードやあたしのような人間にとっては普通に仕事の日だったが、前日の浮かれ騒ぎや悲しみの影響は出版局にもしっかりと及んでいた。〝平和〟や〝国王陛下万歳〟といった落書きが、出版局の入り口の上にあるガス灯に照らし出され、製本所には女工の三分の一が出てきていなかった。

「手伝いにきたの？」午前のお茶休憩に顔を出すと、ストッダードさんが声をかけてきた。

あたしは首を振った。「ちょっと挨拶に寄っただけです」あたしは言った。「校正係も足りなくて。こっちは歓迎ですけどね。本物の校正紙を渡されて、本物の間違いを探すように言われたんですよ。印刷のおかしいところだけじゃなくて」

「そろそろ任されてもいい頃だものね」とストッダードさんは言った。

「もうじき終わっちゃうのが残念ですけど」

「あら、なぜそんなことを言うの？」

彼女だってちゃんとわかっている。「だってストッダードさん、あたしはただの穴埋めだから。もうじきみんな帰ってきたら、あたしもそこの作業台でモードと一緒に紙を折る仕事に逆戻りです。四年前のまんま」

彼女はそれを否定できなかった。

『簡約オックスフォード現代英語辞典』の校正紙が、箒入《ほうき》れの中で待っていた。あたしが確認するのは序文の頁だけで、もう七刷目なので間違いはなさそうだった。母さんの骨べらを置き、頁の上を滑らせて、一行ずつ目を通していく。本来あるはずのない場所に空白を見つけたが、ほかには何もなかった。残りの頁をぱらぱらとめくっていき、印刷のおかしなところを探す。何もない。一丁上がり。でもあたしはそれを脇に置かなかった。この四年間をひとことで表している気がする、あることばを探した。

Loss（ロス）

『簡約オックスフォード現代英語辞典』では、それをただ〝損傷、損失〟とだけ定義し、〝lose を参照〟とあった。あたしは数頁前に戻った。〝Lose（ルーズ）。奪われる。過失、不運、別離、死によって存在しなくなる〟。

それはあたしが感じているものの正確な説明とはいえなかった。サマーヴィルを諦めてから、あたしは自分の一部を――そうなれたかもしれない自分自身を失ったような気分だった。将来のことを思い浮かべると、そこにあるのは、あるはずのなかった空白だった。

立ち上がり、伸びをした。ストッダードさんの体操は、校正作業の流れの一部になっていた。紙を折り、丁合をとっていた頃、仕事の流れに組み込まれていたのと同じだ。〝ルーズ〟の定義が必要十分だとあたしが考えるかどうかは、余計なことだった。あたしの仕事は、ことばが鮮明に印刷されるようにすることだ。**あんたの仕事は本を読むことで、本について考えることじゃないんだよ**、とホッグさんなら言っただろう。

あたしは頁の束を届け、それから製本所のモードに会いに行った――様子を見にいく必要があるからではなく、顔を見たかったからだ。

ホッグさんが、折りの台の後ろを歩いていた。前は、背後に忍び寄っては、粗探しをしていたものだ。でも今はこっそり忍び寄っているわけではなかった。仕事に出てきた数少ない女工たちの肩越しに覗こうともしていなかった。彼女の夫の名前が新聞に載ったのだった。〝戦死、F・J・ホッグ伍長〟。夫がもう行方不明ではなくなり、ホッグさんの心配も終わったが、悲嘆は今、始まったところだった。

そのときふと思った。〝ロス〟の意味について、ホッグさんは彼女なりの意見があるかもしれない。でももし尋ねたら、きっと彼女は言うのだろう、**あたしの意見なんか余計なことだよ、ミス・ジョーンズ**、と。

⁂

あたしはお昼の鐘に間に合った。

「ホールさんが、休戦のお祝いに休み時間を三十分延長してくださるそうです」ストッダードさんが、いくつもの椅子が一斉に後ろに引かれる音に負けじと声を張り上げた。

モードと一緒に中庭に入っていくと、ジャックが池のそばで待っていた。

少し猫背になり、なんとなく落ち着かない様子だったが、あたしたちを見て背筋をしゃんと伸ばした。手を振り、とびきりの笑顔を浮かべてみせる。三人でウォルトン・ストリートに出ると、ジェリコのお祝いがまた始まっていた。ジャックは騒音に気圧《けお》され、とびきりの笑顔が揺らいだ。

「来るか、ジャック？」誰かが大声で呼んだ。植字工見習いだ。まだ年が足りなくて、戦争には行かなかった。数人が集まって、ジャックの返事を待っている。あの四年を失わなければ、ジャックは彼らの上役になっていたはずだ。

彼の指が不安げにそわそわと動き出すのが見えた。彼が何より望んでいるのは運河の静けさだろう。

「ジャック」あたしは言った。「モードもあんたとロージーのとこでお昼させてもらえる？　あたし、グウェンと約束があるんだ」

「もちろん」ほっとした顔をした。「任務があってね」答えを待っている少年たちに大声で返事をすると、騎士さながらの大仰な身振りで腕を差し出した。「お供させていただけますか、ミス・モード?」

昔のジャックがこだまする。モードがその腕をとった。

「ロージーに、カバード・マーケットでなんか美味しいもの買ってくって言っといて」あたしは言った。「夕食の後、みんなで食べられるもの」

「なんか美味しいもの」モードが言った。ジャックをそばに引き寄せる。

「なんか美味いもの」彼も言い、彼女を見て、それからあたしに視線を移した。「一時半に製本所に連れて帰るよ」

オックスフォードは、一日休みをもらったか、休みをとった人々でいっぱいだった。その半分はまだ酔っ払っていて、あたしはグウェンが約束を覚えているか不安になった。前の晩、彼女はハイ・ストリートを走る自動車の後ろから、大声で誘ってきたのだった。自動車には学生たちがぎゅうぎゅうに乗っていた——サマーヴィルの女子学生に、オリオルの男子学生。ミス・ペンローズやミス・ブルースは知っているのだろうか、と思ったが、きっとふたりとも見ないふりをしたに違いない。

グウェンは殉教者記念碑の階段に座っていた。あたしを見つけると立ち上がり、わずかによろけた。

「あらやだ」彼女は言った。「シャンパンのせいでまだくらくらしちゃう」あたしの腕をとった。「それとも二日酔いかしら。どっちにしても、濃いお茶のポットが必要だわ」

あたしたちはコーンマーケット・ストリートに向かい、グウェンはクラレンドン・ホテルの前で立ち止まった。

「ほんとに?」あたしは言った。だいぶ高くつくだろう。

「いいじゃない?」彼女は言った。「お祝いだもの」彼女が払うということだ。

ドアマンが顔見知りといった風情でグウェンに会釈し、あたしは彼女の後についてロビーを抜け、コーヒールームに入った。彼女は窓際の席を所望した。「そうすれば、みんなの嬉しそうな顔を見られるでしょう」彼女は言った。

給仕係がグウェンの椅子を引いて座らせた。あたしは、給仕係が同じことをあたしにしようとする前にさっさと座ってしまった。「みんながみんな嬉しそうな顔してるわけじゃないよ」あたしは言った。

給仕係はグラスに水を注ぎ、小さなメニューをテーブルのそれぞれの前に置いた。グウェンが頷いてみせると、いったん下がっていいということだと理解した。

「だいたいは嬉しそうよ」彼女はあたしに言った。「そういう顔を選んで見ることにするわ」

あたしは眉毛を上げてみせた。

「嫌ね、よしてよ。こんなに長いこと惨めなことばっかりだったんですもの、二、三日、少しくらい浮かれ気分を楽しんだって許されるはずよ」

あたしは吊り上げた眉を下ろし、微笑した。「それはそうだね」

グウェンがメニューを見た。あたしもそれに倣ったものの、目に入ってくるのは値段ばかりだった。

彼女はメニューを脇に置いた。決めたらしい。

「それにほんの数日だしね、ペグ。そのあとはわたしたち、この機に乗じてやることがあるんだから」

「機に乗じるって何の?」

給仕係が戻ってきた。糊のきいた白いシャツと上着を着、蝶ネクタイを締めている。薄くなりかけた髪を、綺麗に油で撫でつけていて、靴はご立派なシャンデリアの光を受けてぴかぴかしていた。グウェンはそんなことは気にも留めず、だから彼が恭しく注文をとる相手もグウェンだった。

「ブレックファスト・ティーを大きなポットで。濃くしてちょうだい。あとはスコーンにジャムとクリーム、それにバターを添えて。もしあればだけど」

彼は堅苦しい微笑を浮かべた。もしこの人がお祝いをするとしたら、どんなふうに祝うんだろう、とあたしは思った。

「何の話だったかしら？」グウェンが言った。

「機に乗じる話」あたしは言った。

「そう、それそれ。まるで蛹《さなぎ》から孵《かえ》ったみたいですもの。この四年間は羽化を待つ時間だったの。そしていよいよ、わたしたち女性がより輝かしく、より逞しく世に羽ばたくときがきたのよ」しばし宙を睨んだ。「違うわね、そんなんじゃない」

あたしは思った。やっぱり彼女、まだ少し酔ってる。

「蛹っていうと、ただどこかに隠れていたみたいに聞こえるもの」彼女は続けた。「変化の時をただ待ってただけみたいでしょう。でもそんなの馬鹿げた話よね。わたしたちは試され、実力を証明してきたんだもの、納得させるべき相手に対して。そう思わない？ わたしたちは彼らの仕事をしてきたの。彼らの爆弾を作って、彼らの代わりに乗合自動車を運転して……」

「あんたいつそういうのやったっけ？」

彼女はそれを無視して続けた。「人々の額の汗を拭い、死に向かって行進しろと言われればそうしたわ——敵とわが身を隔てるたった一枚のマスクを頼りに」

あたしは息を吸い込んだ。鋭く。

「ああペグ、ごめんなさい。本当に残念だったわ」

あたしは自分の感じているものをうまくことばにできなかった。悲しみはある。でもそれだけではなかった。何か、後悔につながるもの。グウェンに話を続けてほしかった。そうすれば思い出さずに済むから。でもロッタがふたりのあいだに漂っていた。ロッタは死に向かってみずから行進していった。死が彼女を見つけられるように、顔を剥き出しにして。

「ロッタのような女性たちのために記念碑を建てるべきよ」グウェンはようやく言った。その声はさっきより低く、口調はゆっくりだった。紅茶とスコーンが来ると、自分のティーカップにミルクを注ぎ、あたしのカップに薄切りのレモンを一切れ入れた。紅茶の出具合を確かめる。「どの町にも、男性たちのための記念碑が建つでしょう」お茶を注ごうとポットを持ち上げながら言った。「でも、女性たちの記念碑はきっとないでしょうね」

　あたしは自分のカップに紅茶が満たされていくのを見つめた。レモンの薄切りが浮かびあがり、筏《いかだ》のように浮かんだ。立ち上る湯気にそっと息を吹きかけた。

「彼女たちの犠牲は栄光に満ちてもいないし、気高くもなかった」グウェンは続けた。「それは女の仕事で、当然と思われていたからよ」お茶を一口飲み、椅子に寄りかかった。自分の考察に満足している。でも彼女はロッタに何が起きたのか理解していなかった。そしてあたしにはそれを説明する勇気がなかった。

「それはそうと」と、一分ほどの沈黙を破り、グウェンは言った。「すごい知らせがあるの。確かな筋から聞いたんだけど、国政選挙が告示されるのよ。伯母によると今日明日にもあるかもしれないんですって」

「それはそれは、伯母さんにとってはおめでたい話だね」あたしは言った。

「どういう意味？」

「あんた、伯母さんが、あたしの得になることを考えて投票すると思う？　ロージーやティルダのことも？」

「その話はもう済んだと思ってたわ」グウェンは言った。「もうすぐよ、ペグ。あっという間にわたしたち、腕を組んで投票所に行くようになるわ」

「どうしてそんなふうになるのよ、グウェン？　あんたは次の選挙では投票できないかもしれないけど、三十になれば、あんたの権利は保証されてる。でもあたしはそうじゃないの。いい加減にしてよ。そりゃ女性たちが勝ち取ったっていうのはあんたの言うとおりだし、新聞にもそう書いてあるよ。だけど爆弾作ったり、乗合自動車を運転したりした女たちの中に、財産とか学位を持ってるのが何人いる？　勝ち取ったはいいけどさ、投票できるのはあんたたちの仲間だけじゃないか」

「なぜそんなに怒ってるの、ペグ？」

どうしてこの人にはわからないんだろう？「あたしは、あんたが当たり前だと思ってるものが欲しいの。ほんのしばらくは、あたしにも手に入るかと思ったけど、やっぱり無理だった。全部のハードルなんか飛び越えられないよ。今になってわかったけど、あたしはサマーヴィルに入れてもらえないだけじゃない、何もかもから締め出されてるんだよ」

彼女は手をあたしの手に伸ばし、その顔に同情に似た何かを浮かべようとした。あたしは手を引っ込めた。

「あんたのちょっとした計画は失敗したけど、どう見たってあんたは痛くもかゆくもないよね。けどあたしは前のほうがよっぽどましだったよ、グウェン。だからこんなに怒ってるの」

「わたしのちょっとした計画？」

「あんなの残酷だよ」あたしは言った。

「ああそう、あなた、わたしにあの考えを吹き込まれるまで何ひとつ不満はなかったって、そう言ってるの？　サマーヴィルのことなんか考えてみたこともないって？　じゃあ、あなたが船の壁に本をびっしり並べてるのは、冬の防寒のためなんでしょうね。読書なんか好きでもないし、本に書かれている知識なんてどうでもいいし」

そのときあたしは彼女を憎んだ。彼女の特権を、恵まれた身分を、議論に強い口達者なところを。

「そうだよ、本のおかげであったかいよ」あたしは譲らなかった。

「知ってるわ」彼女は言った。「そうじゃなかったら言わないもの」

あたしたちは睨み合った。ふたりとも石のように硬い表情だった。どちらもティーカップに手を触れ、唇に運び、お茶を口に含もうとしている。でもそうすると、何かを認めることになる。先に動いたら、議論に敗れたことになる。

彼女の唇がぴくりと動いた。あたしのは動かなかった。

「あなたの勝ち」彼女は言った。唇の引き攣《つ》りが満面の笑みへと広がった。彼女はティーカップを唇に運び、一口飲んだ。「お飲みなさいよ、ペグ。冷めちゃうわ」

勝った気はしなかった。あたしはグウェンがもう一杯、お茶を注ぐのを見つめた。スコーンを割るのを見ながら、バターとクリームに腹を立てた。それにかかるお金に腹を立てた。腹が満たされれば、彼女はその磁器の皿に載ったものを残すだろう。その事実にも腹が立った。初めて試験講堂で彼女に会ったときのことを思い出した。彼女は先に立って歩き、ノックもしないでどんどんドアを開けていった。あたしは彼女の自信の陰に隠れ、ほっとしながら後についていった。これまでは少しばかり腹立たしいことがあっても、すぐに水に流せた。彼女がそうなるように仕向けたし、戦争のおかげもあった——みんな同じ船に乗り合わせた者同士だと誰もが口を揃え、大抵はたしかにそのとおりだという気がした。でもこうして戦争が終わってみれば、グウェンのような人たちはもう、あたしみたいな人間とは付き合わないのが普通になるだろう。グウェンみたいな人たちが並んで投票できるのは、女だって男の仕事ができることをあたしたちが証明したからなのに。

〝ありがたいことに、我々は想像していたほど互いに憎み合ってはいなかったのだ〟とギルバート・マレーは《オックスフォード・パンフレット》に書いていた。ありがたいことに、とあのときあたしは思った。

でも今、あたしはグウェンが憎かった。

お茶は冷めていった。「もう行かないと」あたしは言い、椅子を後ろに押して立ち上がった。

「スコーン食べてないじゃない」

あたしはスコーンを見た。大きく膨らんだスコーン。バターとクリームとジャムと一緒に味わったらどんなに美味しいだろう。その瞬間、あたしの望みは、もう一度椅子に座って笑い出し、グウェンが愁眉《しゅうび》を開くのを見、彼女に熱いお茶を注ぎ足してもらうことだけだった。そのスコーンを食べ、グウェンのしたすべてを許せれば、ほかに何もいらなかった。

でも、それはできなかった。あたしはコートとスカーフを身に着け、帽子を直した。「出版局に戻る前に、カバード・マーケットに寄らないといけないから」あたしは言った。

彼女は腕時計を見た。「ほんとに戻らないと駄目?」

「これがあたしの仕事なの、グウェン。くだらない暇つぶしなんかじゃないの」

⁂

あたしは涙をとめどなく流しながらカバード・マーケットへ向かった。人が気づいても涙をぬぐいもせず、顔を伏せようともしなかった。今のままで満足しているふりをするのはもううんざりだった。もっともっと欲しいのに、ペテンにでもあったような気がした。

「あんた、どうかしたかい?」どこかのお婆さんだった。あかぎれだらけの手に、溢れそうな籠を提げている。上に載せた、傷みのある果物の下には、安い肉の切り身と昨日の売れ残りのパンが入っているのだろう。

「あたし、もっと欲しいの」あたしは言った。

老女はわずかに首を振って、空いたほうの手をあたしの腕にかけた。

「やれやれ、よかった」彼女は言った。「てっきり誰か死んだ知らせでもあったのかと思ったよ。そういう人もいるんだよ、知ってるかい。よりによってこんなときにねえ。どういうわけか余計につらいんだよねえ」悲しげな微笑を向けると、そのまま歩いていった。

カバード・マーケットの中を覗く。国旗や旗飾りが張り巡らされ、戦勝記念のヴィクトリー・バンズを売る声が響いていた。新聞が平和のことばかり書き立てたら、悲しみはより深くなるのだろうか。恥ずかしさに身が縮んだ。

顔を拭き、大声で呼ばわっているほうへ向かって、カバード・マーケットの中を抜けていった。ヴィクトリー・バンズを六個買うと、さっきのコーヒールームのほうへ引き返した。

あのままグウェンとスコーンを食べればよかった、と思った。値段だけとっても、あのまま椅子に張りついているべきだった。**何が欲しいの？**　と彼女は訊いただろう。あたしは肩をすくめ、彼女は拗《す》ねるのはおやめなさい、と言っただろう。でもきっと彼女は諦めずに、なんとかしてあたしから本音を引き出したはずだ。あのままスコーンを食べていたら、自分は彼女にそれを許しただろう。もしかしたら彼女が待っていてくれるかもしれない、と少し足を速めた。

息を切らせて着いてみると、シャンデリアが舞台のように店内を照らし、グウェンとあたしが座っていた席にはふたりの老婦人が座っていた。スコーンは片付けられていた――ジャムも、クリームも、バターも。代わりにそこにはサンドウィッチが置かれていた。あたしはそのままジェリコへ向かって歩いた。項垂《うなだ》れたまま、もしあのまま立ち去らなかったら、それともグウェンが待っていてくれたら、自分が彼女に言ったかもしれない答えを考え続けた。でも、あたしが本当に欲しいものは、角を曲がるたびに変わった。出版局に着く頃には、自分がこの手に持てる全部よりも、もっともっとたくさん欲しいのだということしかわからなくなった。

「誰だってそうじゃないか」あたしは声に出して言った。

⁂

その日が暮れると、あたしたちは《ステイング・プット》に集まった。ロージーが夕食を振る舞ってくれ、食事が終わると、あたしはバンズを出した。

「ホットクロス・バンズ」モードがちょっと変な顔をした。

「ヴィクトリー・バンズだよ」あたしは言った。

ロージーが一個とり、二つに割った。「匂いはホットクロス・バンズだね」ラウントリーのおばあちゃんの口に一口運んでやる。「どう、お義母さん？」

みんなは待った。この頃では、おばあちゃんがことばを見つけるまで、待たないとならなかった。ようやく出てきたことばは、聞き取れないほどかすかだった。「ホットクロス・バンズの味がするよ」おばあちゃんは言った。

モードが自分の分を手に取り、割った。半分をジャックに差し出す。

「終わったね」彼女は言った。

ジャックは無言だった。でもモードの目を見つめ、モードはそれを受け止めた。しばらくして彼女は頷いた――とてもゆっくり。「終わったね」また言った。彼は彼女から目を離せないようだった。

そして頷くことはできなかった。

「ひとり一個ね」あたしは言った。

あたしたちは食べ、お茶を飲んだ。出版局の人々の噂話をした。

「アギーが来週帰ってくるって」あたしはロージーに言った。

「そりゃよかった」彼女は言った。

「本人は嬉しそうじゃないけどね」

「つなぎはないし、給料は安いし」モードがアギーの真似をして言った。最後の一個に手を伸ばしたので、あたしは皿を引いて遠ざけた。

「これからバスティアンが来るのかい？」ロージーが訊いた。

そうではなかった。ふたりで決めたのだった。ふたりとも二、三日、考える時間が必要だった。あたしはかぶりを振った。

「誰？」モードが訊いた。

「グウェン。もしかしたらね。わかんないけど」でも外は暗く、小雨が降っていて、この時間に外出するには、彼女は門衛に賄賂を使わなくてはならない。たぶんもう来ないだろう。

みんなそれぞれの菓子パンを食べ終わり、ポットのお茶を飲み干した。最後の一個がこれ見よがしにそこにあった。モードと《カリオペ》に戻ると、あたしはそれをナプキンに包み、パン入れにしまった。

⁂

翌朝は早く目覚め、あたしはモードを寝かせておいて、朝のコーヒーを淹れた。渡り板に足音がした。重く、しっかりしている。グウェンに違いなかった。あたしはヴィクトリー・バンズの最後の一個をパン入れから出し、水を少し振ってレンジに入れた。

彼女の頬は寒さで薔薇色に染まっていた。背後の空は、ようやく明るんできたところで、オリオルを出てきたときは、真っ暗だったにちがいなかった。

「グウェン」あたしは言った。「ごめん」

「わかってる」彼女は言った。「だからこうして来たのよ、あなたが謝れるように」あたしの顔を見て、慌てて付け足した。「わたしも謝るわ。さ、もうこれで終わりにしましょ」

あたしは彼女を招き入れ、コートを受け取って自分のコートの上に掛けた。彼女が手袋と帽子をとり、テーブルの端に置くのを見つめた。たぶんあたしが見ていると知ってのことだろう、彼女はわざと一つひとつの動作にもったいをつけた。ティルダそっくり、とあたしは思った。それも、彼女をどうしても嫌えない理由だった。

「ねえ、ペグ」彼女は言い、《カリオペ》を見回した。眉間に皺を深く寄せ、深刻な顔をしている。

「あなた、もっと本を手に入れたほうがいいわ」

「本をもっとって？　いったいなんで本がもっといるのよ？」

彼女はあたしを見た。真面目くさった顔に、笑みが漏れだす。

「なぜって、ここがクソ寒いからよ」

⁂

菓子パンが温まり、《カリオペ》はスパイスの香りでいっぱいになった。あたしはそれを母さんの上等なお皿に載せ、グウェンの前に置いた。

「あら、今イースターだった？」

「これヴィクトリー・バンズ。昨日買っといたの」

「まあ、わたしのため？」わざとらしく遠慮してみせる。

「実はそう。クラレンドン・ホテルに置いてきぼりにしちゃったから」

「スコーンを置いてきぼりにしたのは失敗ね——美味しかったわよ」

「いろいろ後悔はあるけど、それが一番かな」

「わたし、後悔が嫌いなの」彼女は鞄から何か取り出すと、テーブルに置いた。ナプキンに見覚えがある。はらりと開くと、スコーンが現れた。「オーブンに入れなさいよ」彼女は言った。

あたしは言われたとおりにした。「バターをちょっと盗んでくればよかったのに」

するとグウェンが、テーブルのふたりの真ん中に紙でできた箱を置いた。モードが作るような箱で、そういえばグウェンが作り方を訊いていたのを思い出した。

「わたしだって、バターの価値を知らないほど恵まれてるわけじゃないのよ」彼女は言った。

箱を開ける。小さく丸めたバターが二個。「グウェンったら」

彼女は手を振った。「わたしもコーヒー頂戴」

こだまがした。「わたしもコーヒー頂戴」

モードがそこにいた。ふたりで上に掛けて寝ていた毛布を体に巻き付けている。三個のマグカップにコーヒーを注ぐと、彼女もテーブルについた。あたしはグウェンにカップを渡し、モードは菓子パンを渡した。それからモードはスコーンに手を伸ばした。あたしは彼女にそれをとらせ、彼女がバターに手を伸ばすと、それもとらせた。全部、丸ごと。

⁂

グウェンは出版局まであたしたちについてきた。

「今日は、寮はがらがらなの」彼女は言った。「学生の半分が家に帰っちゃったから。家族の帰国のお祝いがあったり、改めて喪に服したりでね。授業は今週ずっとお休みよ」

「あんたは帰るの?」あたしは訊いた。

「うちはお祝いの計画もないし、喪に服す理由もないし。というわけで」彼女はあたしの腕をとった。「毎日、お昼に一緒にスコーンを食べられるわよ」

「お昼にスコーン」モードが言った。

「あなたもいらっしゃいよ、モード」グウェンが言った。どうせ反対するんでしょう、とでもいうように、あたしの腕をぎゅっと締め付ける。「でもジャックをほったらかしにしたら駄目よ——彼があなたと過ごすお昼の時間を楽しみにしてるって、確かな筋から聞いてるの」

それは本当だった。ロージーがあたしに話し、あたしがグウェンに話し、そして今、彼女がモードに話している。あたしは妹を見つめ、そのことが彼女にとって何か意味をもつ印を探した。でもモードは顔を赤らめもしなければ、微笑みもせず、足取りを緩めもしなかった。でも頷きはした。

「ホールさんはもう、お昼休みを延長してくれないと思うけど」あたしは言った。

「あら、クラレンドン・ホテルには行かないわよ。高すぎるもの。ジェリコでいいじゃない、リトル・クラレンドン・ストリートのティーハウスとか。戦争が終わったんだから、お店の人たちにもわたしたちサマーヴィリアンにまた慣れてもらわないとね。前哨部隊ってところよ」

「わたしたちサマーヴィリアン?」

「あらおかしい?」

「だって、あたし落ちたんだよ、グウェン」

グウェンは肩をすくめた。

「サマーヴィルの夢ばっかり見る」モードが言った。

「彼女のことだから、そうじゃないかと思ってたわ」グウェンが言った。

あたしは腕をグウェンの腕から引っ込めた。「あんたたち、あたしがここにいないみたいな話し方やめてくれる?」

　グウェンが立ち止まった。

「ほんとなの、ペグ?　今でもサマーヴィルに行きたいの?」

　モードが立ち止まった。「本当」彼女は言った。

　あたしが立ち止まった。「あたし、夢を見る以上のことをしたんじゃない、忘れた?　夢見る以上のことをした結果、落ちたんだって」

「一度ね」グウェンが言った。

「え?」

「あなたは一度落ちた。わたしは二度落ちたのよ」

「え?」

「あなた、なんだかモードみたいよ」彼女はモードを振り返った。「ごめんなさい、モード」あたしのほうに向きなおる。「話したはずだけど」

「ううん、グウェン。一度も聞いてない」

「わたしったら、自分が実際よりも賢いってあなたに思わせたかったのね」

「グウェンが実際よりも賢いと思ったことなんか一度もないけど」

　目を真ん丸く見開く。ショックを受けたふり。彼女があたしの腕をとって、あたしたちは連れ立って歩き出した。

第五十二章

クリスマスの贈り物。

あたしから彼へのプレゼントは、断裁をしていない、折ってもいない刷り紙に包んであった。

「つまんないよ」彼がそれを読み出したので、あたしは言った。「開けてみて」

彼が紐を引くと、紙が開いて落ちた。

片側だけの微笑。「マフラー？」

「どう見てもそうじゃない？」

彼はそれを持ち上げた。糸はヤグルマギクの青で、編み目はきつすぎも緩すぎもせず、ほぼ完璧に仕上がっていた。ルーは、あたしにそれを三度もほどかせた。**失敗は成功のもとだよ、**ペグ、と最後に編み終えたものを見せたとき、彼女は言った。

「巻いてみて」あたしは言った。

彼はマフラーをあたしに差し出した。「君に巻いてほしい」

あたしが届くように、彼は首を曲げた。首の回りに一巻きし、前で結ぶ。長さはぴったりだった。

あたしは彼を引き寄せた。

彼のあたしへの贈り物は、新聞紙に包まれていたが、どう見ても本だった。あたしは中身を当てようとした。

「ラドヤード・キップリング？」

彼は首を振った。

「ボードレール？」

「君のフランス語じゃまだ無理だ」彼は言った。

「でもあなたがこれからも教えてくれるでしょ」

彼はちょっと首を傾げた。「開けて」

それは古い本だった。赤い布張りの表紙が茶色く変色し、角が擦り切れている。背の文字はほとんど読めないほどだった。

ホメロス全集
「オデュッセイア」
第一歌－第十二歌

『オデュッセイア』のギリシャ語の原典。あたしは思わずそれを部屋の向こうに投げたくなり、その代わりにしっかりと胸に抱きしめた。でも声は硬いままだった。

「読めないのに」あたしは言った。

「勉強するんだ」彼は言った。

少しのあいだ、あたしは茫然とし、怒り、混乱した。**再挑戦することもできる**、とミス・ガーネルが言ったのは、『古典ギリシャ語入門』を返しに行ったときだった。**いいんです**。茨の道だもの。そしてあたしは、サマーヴィルの貸出台帳に書かれた自分の名前を彼女が線で消すのを見つめたのだった。

バスティアンの首に巻いたマフラーに触れた。よく似合っていた。

「ボードレールのほうがよかったな」あたしは言った。その声はさっきより柔らかく、悲しげだった。

「ボードレールだったら、残念賞にしかならないよ」彼は言った。

戦後

一九二〇年十月五日
僕の大事なペギーへ

アメリカ人は、僕ら全員を征服してしまったよ！　獲《と》ったメダルは九十五個、そのうち四十一個が金メダルだ。戦争以来、アメリカ人はより速く、より強くなり、残りの僕たちは、ついていくので必死だ。でもこの闘いでは、僕らは負けることを気にしない。オリンピックはベルギーを魔法のように癒してくれた。最後の数日は、学生は無料で競技場に入れてもらえたから、僕はアントワープまで出かけて、パーヴォ・ヌルミが一万メートル競走で優勝するところを観戦した。〝空飛ぶフィンランド人《フライング・フィン》〟と呼ばれてるんだよ。僕は泣いてしまったが、それを君に話すのは平気だ。目の前で、世界中から集まった男たちが列に並び、一斉に走るんだ。全員がフライング・フィンみたいに見事に走り切れたわけじゃない。疲れ果ててよろめきながら、倒れ込むようにして決勝ラインを踏む者もいた。そのなかでひとりの選手が僕の立っていたすぐそばで転んだんだ。ぜいぜい喘ぐのが僕にも聞こえた。すると別の選手がかがみこんで、その男を助け起こした。そして僕の見ている前で、ふたりは抱き合ったんだ。ほんの数年前、これと同じことをした男たちのことを思い出さずにはいられなかったよ。ペギー、僕は頭を保とうとした。でも無理だった。

新聞では、この大会を〝平和の祭典〟と呼んでいて、確かにそんな気がした。ただ、ドイツ人はそのレースにいなかったし、ハンガリー人も、オーストリア人も、トルコ人もいなかった。我々はいつ彼らを許すんだろうね。

卒業試験はうまくいったよ。君の忠告に従って、前日に運河でボートを借りた。大学の友人ふたりを無理やり誘って、三人で一時間ばかり漕ぎ回った。いろんな作業ボートの邪魔をしたり、あやうくひっくり返って水に落ちそうになったりしたんで、三人とも僕らは船乗りには向いていない、建築家になったほうがいいという意見で一致した。それから卒業試験のために、問題を出し合いっこするゲームをした。思ったよりちゃんと覚えていて、全員、学位を授与されたよ！

建築家にとってはいい時代だ――ベルギーには、まだ子どものおもちゃ箱みたいに見える町がいくつもある。建設中の建物だらけで、積み木みたいなものがあちこちに転がっているからね。どんなふうに再建するかについて議論されていて、建設に時間がかかっている。破壊されたものを正確に復元しようという意見もあるし、過去は忘れて、新しいベルギーを作ろうという意見もある。それは追憶と希望のあいだのせめぎ合いだと僕は思う。その二つが競い合う必要はないはずだけどね。

と書いたところで、またアメリカ人の話に戻る。彼らの助力でルーヴェンの大学の図書館が再建されることになった。ロッタの図書館だよ。あるアメリカ人建築家が設計して、昔よりも大きく、さらに美しくなりそうだ。卒業したての学士は引く手あまたで、教授たちも応募してみるように言ってくれた。だがしばらく、僕にはそれができなかった。

ペギー、それは僕の死者たちのせいだった。ルーヴェンでの仕事の話がきて、彼らが目を覚ました。新しい図書館のことを考えると、どうしても黒く煤け、血の染みついた古い図書館の瓦礫を思い浮かべずにはいられなかった。死者たちの全員が戻ってきたわけじゃない（ほとんどは聖セパルカーで、概《おおむ》ね安らかにしている）。でも、毎晩のようにやってくる少年がいるんだ。それから女性がひとり。彼女はときどきロッタの顔をして現れる。ふたりがおとなしくしていないのは、自分の煮え切らなさのせいだ、と僕は結論づけた。ルーヴェンはまだ癒えていない。そして大学図書館はおそらく、その最大の傷だ。

というわけで僕は応募して、たった今、採用通知を受け取ったところだ――その手紙は、君に手紙を書いている僕の目の前にある。それによると、僕は鐘楼の細かい設計を担当する部署に配属されるらしい。それで死者たちが完全におとなしくなるとは思わないが、まずはここからだ。

図書館の再建には何年もかかるだろう。でもペギー、僕の目にはもう、それが本でいっぱいになったところが浮かぶんだ。フラマン語、フランス語、ドイツ語、それからたくさんの英語の本もある。君ら英国のいろんな大学が本を寄付してくれている。だから図書館が再建されれば、それも君が来てくれる理由になればいいと願っている。

グウェンによろしく。そしておめでとうと伝えてくれ。君がこのあいだの手紙で書いていたように、クソ遅すぎるくらいだものね。

ではまた。

バスティアン

追伸
次に聖セパルカーの僕らの友人たちを訪れるときは、マダム・ウッドに僕からよろしくと伝えてほしい。それから、男の子たちにジンジャービアを手向けてやってくれ。それで何か変わるかもしれないし、変わらないかもしれない。でも僕は、あそこにいる君のことを考えるのが好きなんだ。

手紙を丁寧に折り畳んだ。一週間前に届いたばかりなのに、折り目がすり切れ、ちょうどそこに当たっている文字がかすれはじめていた。手紙を封筒に戻すと、ホメロスの『オデュッセイア』の頁のあいだに挟んだ。本はよく手に取るせいでくたびれ、たくさんの手紙で膨らんでいた。英語の手紙もあれば、フランス語のもある――バスティアンは今も、あたしの先生を続けていた。『オデュッセイア』をベッド脇のいつもの場所に戻すと、窓辺に立った。

ウォルトン・ストリートに面した出版局の建物のアーチの下を、人々が急ぎ足で通っていく。二百年近く変わらない光景だ。ジェリコの男たちや女たち、つい数か月前まで聖バルナバ校の教室に座っていた少年たちや少女たち。父と息子、母と娘。ジェリコには三世代で働いている家族もある。彼らは印刷工や植字工、活字職人や製本所の女工だ。

濃紺の地味なスカートと、四角く開いた襟ぐりにバーガンディ色のリボンを縫い付けた白いブラウスを選んであった。襟も刺繍もない。黒い革の短靴《たんぐつ》がベッドの足元にある。靴墨の匂いが部屋を満たしていた。あたしはストッキングのままで立って、モードを待っていた。

彼女が通りに現れた。アプリコット色のドレスを着ている。丈を少し短くし、鎖骨が綺麗に見えるように襟の開きを丸く直してある。彼女はロージーとティルダの先に立って歩いていたが、ジャックにしっかりとつかまっていた。お似合いのふたりだ。

彼女はあたしがいつも立ち止まっていたところで足を止めた。サマーヴィル・カレッジの二階の窓を見上げる。あたしは手を振ったが、彼女は振り返さなかった——ガラスのこちら側にいるあたしの姿は、朝日の、ウォルトン・ストリートの、ジェリコの反射に遮られて見えない。でも彼女はあたしの窓をじっと見上げ続け、その唇が動いたとき、あたしは彼女と一緒にそのことばを囁いた。「本を読むんだよ、かがるんじゃなく」

何度も何度も声に出して言わなければならない物事がある。それは共有され、理解されねばならない。時を超えて響きわたり、いつか単なる夢ではなく、現実にならねばならない。

ティルダとロージーが追いついた。ふたりはモードの視線を追い、ティルダが微笑んだ。それは戦争前の微笑、母さんが知っていた笑顔だった。久しぶりにそれを見て、彼女がこんなにも美しかったことを思い出した。窓に背を向け、ベッドの端に座る。スプリングが文句を言い、ここに座って靴を履いたほかの女性たちの姿が浮かんだ。靴紐を結んで立ち上がり、ドアのところへ行く。掛け釘に掛かっているガウンに手を伸ばすとき、心臓が小さく跳ねた。それは奨学生のガウンだった——学部生の多くが着る自費生用のガウンよりも長く、ゆったりとしている。あたしはそれを勝ち取った。ギリシャ語を学び、再び奨学金を与えられた。**ジェリコからオックスフォードまで走り切るんじゃなくて、読み切ったってことね**、とグウェンが揶揄《からか》った。**ウォルトン・ストリートのこっち側からあっち側へね**、とあたしは応じた。製本所の女工から奨学生へ、と心に呟きながら、タウンの服の上にガウンをまとう。

このガウンを受け取ってから一週間。一週間前、門衛がこの部屋のドアを開けて、ベッドが少し柔らかく、暖炉の煙の通りが悪いことを謝った。少々、騒々しいかもしれません、と彼は言った。ウォルトン・ストリートに面してますんでね、出版局の工員たちは、学生さん方の勉強には頓着しませんので。

その部屋にある唯一の鏡は、暖炉の上に掛かっていた。ちょうどあたしの顔とガウンの肩の襞《ひだ》が映るくらいの大きさだ。髪を撫でつけた——まだそれを見ると驚いてしまう。ちょうど耳下までの、最新の髪型に切ってもらったのだ。それはあたしに似合っていた。誰もがそう言った。**ほんとに別人みたいよ**、とティルダは言った。

窓のほうを振り返ると、みんなまだそこにいた。モードはまだ上を見ながら、さっきと同じことばを繰り返し続けている。歌っているのだ。ティルダとロージーがふたりしてモードとジャックを急かし、道を渡らせようとしている。あたしは背を向けて部屋を出た。

「皆さん今日のこの日まで、ずいぶん長いこと待たれましたなあ」門衛所に入っていくと、老いた門衛が言った。

「何十年も待った人もいますね」あたしは応じた。

「初めてお会いしたときは、お嬢さんみたいにお綺麗でお若かったのに、今朝、顔を見せてくださった方々はもう立派なご婦人で、どなただかほとんど見分けがつかんかったですよ。三人はお祖母さんになっとられるそうで！」

「お祖母さん」あたしは繰り返した。そのことばの意味が腹の底に沁みわたる。

「そんなに長々待たずに済んで、感謝せんといけませんな、ミス・ジョーンズ」

あたしには、〝感謝〟はふさわしいことばのような気がしなかった。

⁂

女性たちが集まりはじめていた。

「カラスの群れ」とモードが言った。

「うちの大事なカラスへの悪気はないのよ」とティルダが言い、あたしの大きく波打つ黒い翼に腕を回した。

シェルドニアン・シアターに近づくにつれ、みんなはあたしの周囲に固まった。このガウンさえあれば入場できるとでもいうように。その建物の前を通り過ぎたことは幾度となくあっても、髭を生やした哲学者の胸像が並ぶ下を歩く用事など、彼女たちにはまずなかった。あの厳《いか》めしい石の男たちは門番であり、その門はあたしたちのような下々の者たちには閉ざされていた。

「グウェン」モードが言った。

そのことばどおり、グウェンがそこにいた。副学長のアリス・ブルースに促されて、列に加わるところだった。グウェンはフードに白い縁取りのついた長い黒のガウンを着、卒業生の柔らかな四角い帽子をかぶっている。あたしたちを見つけ、隊列から出てきた。

「ねえ、素晴らしいのひとことじゃない？」彼女は自分の翼であたしの翼を包んだ。

「カラスの群れ」モードがまた言った。「素晴らしいのひとこと」

「そうそう」とグウェンが言った。「わたし、良縁とかそういう話はもういいわ。結婚はやめて政治家になる」

「いつそういうことになったの？」あたしは訊いた。

「今さっき、ミス・ブルースに列に並びなさいって言われたとき」彼女はあたしの両手を握りしめた。

「あなたの言ったことは正しかったわ、ペグ。それはまさしくわたしの義務なのよ——あなた方に対する、ね」ロージー、ティルダ、モードを見る。「わたしの投票権があなた方のより重要な理由なんてある？」

「ミス・ラムリー！」ブルース副学長が大声で呼んだ。「まだ待たせるつもりですか？」

グウェンは手を離すと、一歩後ろに下がった。あたしを頭のてっぺんからつま先まで眺める。「ガウンを着たタウン」彼女は言った。「あなたがシェルドニアンに行進していく日まで、あっという間よ、ペグ」

グウェンはサマーヴィル、セント・ヒルダズ、セント・ヒューズ、レディ・マーガレット・ホールの女性たちのなかに自分の場所を見つけた。ボドリアン図書館とシェルドニアン・シアターのあいだには、百人以上の女性たちがいたに違いない。ペンローズ学長も自分の場所を見つけ、ブルース副学長、ミス・ガーネル、セント・ヒルダズの学長もそれぞれの場所にいる。全員が整列していた——学生も、教授たちも、学長たちも、全員が勇んで学位を授与されようとしている。

二つの古《いにしえ》の建物に挟まれた中庭を見ているうちに、突然、出版局の中庭が目に浮かんだ。大勢の女性たちが、六年前、行進していった大勢の男性たちと重なった。

あたしは列に並んだ女性たちを見渡した。髪が白くなり、顔に人生の皺が刻まれた者がいる。卒業試験の記憶もまだ新しい、若い娘たちがいる。父を、兄弟を、恋人を悼み、悲嘆に暮れた者は何人いるだろう？　何人が息子の死を嘆いただろう？　このなかで病に倒れ、看護を受けて回復した者はいるだろうか？　母を、姉妹を、友を埋葬した者は？　何人が欠けたのだろう？

彼女たちは戦争とスペイン風邪を生き抜いた勇者だ、とあたしは思った。そして今、伝統に勝利した。彼女たちは微笑んでいる。その手で勝ち取った、自分たちにふさわしいと確信する未来に向けて、胸を高鳴らせている。

列の向こうのどこかで、指示の声がした。女性たちは一斉にシェルドニアンの開かれた扉のほうを向いた。しんと静まり返った。全員が胸を張った。あたしが見守る前で、彼女たちは学位を授与されるために、劇場内へと行進していった。

著者あとがき

この物語の構想が浮かんだのは、オックスフォード大学出版局（ＯＵＰ）のアーカイブのなかにいたときだった。当時わたしは『オックスフォード英語大辞典』をテーマにとりあげたもうひとつの小説『小さなことばたちの辞書』の執筆中で、物語に真実味を与えるための細かな資料を探していた。必要なディテールは、写真や新聞、事務記録、そして一九一九年に創刊された素晴らしい機関誌『クラレンドニアン』のなかに、たっぷりと見つかった。この『クラレンドニアン』は、四年にわたる戦争が終わり、出版局で働く人々に、出版局の仲間たちやジェリコの街の人々と再びつながる機会を提供することを目的とした雑誌だった。

『クラレンドニアン』には、出版局の職員たちが戦火に斃《たお》れた人々への追悼文を寄せた。自身の戦争体験を振り返る記事も募集されたが、それに応じた人はごくわずかだった——一九一九年の時点では、多くの人々は戦争のことを忘れたかったように見受けられる。代わりに、そこには出版局の演劇部や楽隊、合唱隊の公演の宣伝や、スポーツチームの勝利を報じる記事、ポート・メドウの畑で育てた作物が出品される花や野菜の品評会のお知らせ、そして祖国のために戦って死んだ四十五人の出版局の男たちに捧げる戦争記念碑の準備の進み具合といった記事が並んでいる。ただし、『クラレンドニアン』の多くの頁が割かれているのは、その当時と過去の出版局職員の人物紹介記事である。植字室から活字鋳造所まで、見習いや主任たちが、自分や周囲の人々の愉快で歯切れのいい、そして心温まるエピソードを執筆している。わたしにとってアーカイブが魅力的な理由はこれだ——歴史書に名前がまず載ることのない人々の声が、歴史の息遣いを伝えてくれる。こうしてわたしは『クラレンドニアン』という大当たりを引き当てた。だが、そこには何かが欠けていた。どんなときも、必ず何かは欠けているものだ。

大戦中、製本所の〝女子側〟で数十人の女性たちが働いていたことは承知していたが、彼女たちは『クラレンドニアン』の人物紹介記事を書いてもいず、その記事に取り上げられてもいなかった。そこでわたしは彼女たちの声を求めてアーカイブのほかの資料に当たった。見つかったものはごく僅かだった。長い作業台に沿って整然と並んで座り、印刷された大きな紙を折っている女性たちや少女たちの白黒写真が二枚ほどあった。一九二五年に英国産業連合会が製作した、オックスフォード大学出版局における製本作業についての無声映画も見つかった。そのなかで、ひとりの女性がまるでダンスを踊っているかのように、リズムに乗って優雅に丁合をとっていた。そして出版局監督のハート氏が退職したときの、お別れの寄せ書きが出てきた。このお別れの寄せ書きの頁を繰っていたとき、わたしは製本所の女工たちに出会った――キャスリーン・フォードからハンナ・ドーソンまで、ぜんぶで四十七人。彼女たちは、それぞれの書き癖のある筆跡で名前を記していた。その署名は、彼女たちの存在の証《あかし》だった。

手に入れたのはそれだけだったが、それでじゅうぶんだった。空想のなかで、丁合台に沿ってひとりの女性が踊っていた。彼女が腕に載せ、集めていくのは何という本だろう、とわたしは想像をめぐらせた。彼女は手を止めてそれを読んだりしただろうか。その瞬間、わたしの主人公が立ち現れた。

この物語はフィクションであり、主要な登場人物はわたしの想像から生まれたが、彼らが暮らし、働き、奉仕活動をし、学んだ場所は実在している。オックスフォード大学出版局とサマーヴィル・カレッジは、現在も大戦中にあったとおりの場所にあり、作品には、こうした組織で重要な役割を果たした人々を登場させた。たとえば、オックスフォード出版局ではチャールズ・キャナン氏、ホレス・ハート氏、フレデリック・ホール氏がいるし、サマーヴィル・カレッジでは、パメラ・ブルース氏、副学長のアリス・ブルース氏、学長のエミリー・ペンローズ氏が挙げられる。小説の中でペギーが聴く学長の演説は、当時のペンローズ学長による演説をほぼそのまま引いた。サマーヴィルの入学試験の問題は、第一次世界大戦の数年後に行われた実際の試験から借用した。
フランスのエタプル陸軍基地も、実在の場所である。そこでは最大十万人の兵たちが寝起きし、約二十の病院に二万二千人の負傷兵の収容が可能であった。この基地は虐待で悪名高く、志願兵たちへの過酷な処罰が発端となり、一九一七年九月に叛乱《はんらん》が起きた。そのきっかけとなった出来事の一つが、ある兵士がシャワーを浴びているあいだに水道が止められたことで激しい口論となり、その結果、四人の兵士が軍法会議にかけられた事件だった。作品では、この出来事の詳細にいくつかほかの事件を組み合わせたが、この件で中心人物とされた一人の兵士は、事実、処刑された。彼の名前はジャック・ブレイスウェイト二等兵といい、ニュージーランド派遣軍第二大隊オタゴ連隊所属のオーストラリア人だった。今日、エタプル陸軍基地の名残をとどめるものは戦没者墓地のみである。何かが憑《つ》いているような戦争記念碑《セノタフ》が立ち、美しく整えられた芝生に、通路に沿って一万千五百四基の白い墓碑が整列している。これらの墓のうち一万七百七十三基に第一次大戦の死者が眠り、その大多数が英国、カナダ、オーストラリア、ニュージーランド、南アフリカ、インドなど英連邦出身の男性たちである。一方でエタプルは、空襲や病気で命を落とした二十人の女性たちの最後の安息の地でもある。そのなかには、カナダ人看護師のキャサリン・モード・メアリー・マクドナルド、グラディス・モード・ウェイク、マーガレット・ロウなどの名前を見つけられる。さらに六百五十八基の墓碑にはドイツ軍兵士の名が刻まれている。彼らの多くは、基地のドイツ病棟で看護を受けた戦争捕虜であった。

作中で女性による文章や絵画に言及したことについて述べておきたい。第一次大戦に関する同時代の論説や、文学、芸術作品の大部分は男性の手によるもので、必然的に、戦い、死んでいった人々の体験が主題となっている。女性に視線を向けたとしても、多くの場合、銃後を守り、悲嘆に暮れる姿を描くに留《とど》まっている。この物語を書くにあたって、わたしは労働を担った女性たちや、我が家を捨てて逃げることを余儀なくされた女性たちを中心に据えたいと考えた。そこでアーカイブやさまざまな歴史書に当たる一方で、この戦争を生きた女性たちの実録、文学、絵画を探し求めた。こうした作品はほぼすべてと言っていいほど、高い教育を受けた、中流あるいは上流階級の女性たち、つまり執筆したり、絵を描いたりする時間も金銭的余裕もある女性たちの手になるものである。そのため本質的に特権階級の女性たちに偏向している。とはいえ、こうした資料の多くは非常に有用であった。

そのなかで、特にここに記しておくべき作品が二、三ある。ヴェラ・ブリテンの自叙伝『若者たちの証言』(Testament of Youth)と、ペニー・スターンズによる『ソンムの姉妹たち――第一次世界大戦野戦病院の真実の物語』(Sisters of the Somme: True Stories from a First World War Field Hospital)からは、エタプルの陸軍基地における篤志救護隊員《VAD》の日常を詳しく知ることができた。キャサリン・ライリーが編んだ、第一次大戦中に女性たちが書いた詩のアンソロジー『わたしの傷だらけの心』(Scars upon My Heart)は、戦時下の多様で時に複雑な女性たちの経験を浮き彫りにしている。そうした主題は、第一次大戦を扱った大方の詩のアンソロジーでは、ほぼ無視されているものだ。また、戦争はひとたび日常になってしまえば、戦っているのでも、避難しているのでも、嘆き悲しんでいるのでもない人々にとって適応できるものなのだと理解できたのは、主としてヴァージニア・ウルフによる『ある作家の日記』(第一巻、一九一五－一九)のおかげだった。戦争は背景としてそこにあるが、日々の暮らしは続いていくのである。最後に、オーストラリア人画家、イソベル・レイの絵画がある。彼女の作品は、エタプルの陸軍基地での現実を情感豊かに伝え、わたしは否応《いやおう》なく惹《ひ》きつけられた。レイの素描の多くは今、オーストラリア戦争記念館に所蔵されている。それらは声高に叫ぶのではなく、むしろ囁《ささや》くようで、前線のすぐ後ろで戦傷者の枕元に付き添う女性だけが持てたであろう視点で描かれている。その視点は、レイが戦場画家に応募し、女性であることを理由に不採用となったその当時においては不適切なものだった。彼女のデッサンの一枚には、エタプルでの叛乱の様子が描かれている。この叛乱はヴェラ・ブリテンの自叙伝にも言及があるが、当時は報道されず、公務秘密法の対象とされた。イソ・レイとヴェラ・ブリテンはどちらもこの法律を無視したようである。イソ・レイは、わたしの作り出した登場人物であるティルダ・テイラーとうまがあっただろうと考え、ふたりを友達同士にした――イソ・レイがこの創作上の判断を気に入ってくれることを願っている。

作中で触れた書物について。これらは特に意図を持って探したり選んだりしたものではない。むしろ、執筆のあいだに本のほうからやってきたもので、ちょうど働いているペギーのもとに本がやってくるのとよく似ていた。わたしが史料の頁を繰っていると、こうした書物たちがみずからを主張してきた。どの本も、わたしの興味を刺激する何か、これから物語ろうとする物語と響き合う何かを備えていた。

そうした書物は作中で自分自身の役を演じている。カメオにせよ重要な役柄にせよ、作品に登場した本たちはすべてボドリアン図書館の書架に見つけられる。オックスフォード大学が本を印刷する権利を得たのは一五八六年で、その時代からオックスフォード大学出版局で印刷・製本されてきた本の完全な記録は存在しないものの、作中に登場させた本については、ガッド、エリオット、ルイス編『オックスフォード大学出版局史』（The History of Oxford University Press　二〇一四）や、ハンフリー・ミルフォードの名前で発行された『オックスフォード大学出版局全目録』（Oxford University Press General Catalogue　一九一六）など、さまざまな資料に拠《よ》り、じゅうぶんな裏付けを得ている。なお『オックスフォード大学出版局全目録』の実際の編纂《へんさん》にあたったのは、チャールズ・キャナンの次女で詩人のメイ・ウェッダーバーン・キャナンである。大変な労力を傾けたにもかかわらず、完成した目録にその名前の記載はない。いずれにせよ、作中でペグが折る頁は、概《おおむ》ねその時代に出版局で折られた頁だということである。

その中で特に五点を改めて紹介したい。それぞれの書名が物語の各パートの表題となったこの五点は、そもそもの始まりからそこにあった。物語を書き進めながら、わたしはペギーがそれらの書物の頁を折り、丁合をとり、すべてをかがって綴《と》じるところを想像した。そして彼女がそれを読むところを想像した。

ペギーと同じく、わたしはまったく予備知識なしにこれらの書物に出会った。しかし、体裁にせよ、内容にせよ、そしてそれぞれの時代にそれぞれの場所でその書物がもった意味にせよ、わたしはこれらの本やパンフレットとかかわるうちに、必然的に影響を受け、その結果、ペグもその影響を免れなかった。そういう意味で、ペギーの物語はこの五点を取り巻くように紡がれている。ペギーのようにこれらの書物をもう少しよく知りたくなった読者のために、それぞれの簡単な来歴を記しておく。

『シェイクスピアのイングランド——彼の時代の暮らしと習俗』(Shakespeare's England: An Account of the Life & Manners of His Age)

一九一六年にシェイクスピアの没後三百年を記念して、上下二巻本として刊行された『シェイクスピアのイングランド』には、法律、医学、科学、宗教、人文学、民俗学、農業、書籍業など、さまざまな分野を専門とする男性の学者が執筆した論文が収録されている。いずれも、シェイクスピアの作品をエリザベス朝イングランドの生活という文脈で省察したものである。『シェイクスピアのイングランド』は初め、一九〇五年にウォルター・ローリー卿が構想し、シドニー・リー卿が制作を託され、最終的にチャールズ・オニオンズ(当時は『オックスフォード英語大辞典』の共同編集者だった)が担うことになった。常に作業の遅れが懸念され、出版が詩人の三百回忌に間に合わないと危惧した人も少なくなかった。

『世界情勢に関するオックスフォード・パンフレット』（The Oxford Pamphlets on World Affairs）

一九一四年から一九一五年にかけて、オックスフォード大学出版局は、戦争に関する議論の根拠となる情報を提供し、議論を促し、影響を与えることを目的として、全八十六冊のパンフレット・シリーズを刊行した。政治家や学者、公的な立場の知識人（知る限りでは全員男性）が、戦争に関連するありとあらゆるトピック――戦争の原因、紛争の理非、地政学的影響とその結果、貿易をめぐる諸問題、神学と戦争、ベルギーに対する欧州諸国の義務、ドイツを戦争に駆り立てる動機、詩などについて書いている。このなかでペギーが関わるのは、A・D・リンゼイ『戦争に対する戦争（War Against War）』（一九一四）、ギルバート・マレー『戦争についての考察（Thoughts on War）』（一九一四）、同『戦争は正義たりうるか？（How Can War Ever Be Right?）』（一九一四）、ウォルター・ローリー卿『力は正義なり（Might Is Right）』（一九一四）の四冊である。

『ドイツ名詩選』（A Book of German Verse）

オックスフォード大学出版局は、英国と国外の詩集を定期的に出版している。一九一六年、『オックスフォード・ドイツ名詩選（The Oxford Book of German Verse）』の新版が物議を醸した。多くの英国人がドイツの銃によって殺されているというのに、英国の出版局がドイツの詩を出版するなどということが許されようか？　これを倫理に反し、非愛国的で悪趣味だと捉える者もいたようである。オックスフォード大学出版局は、刊行の決定を堅持したが、題名から〝オックスフォード〟を外した。その結果がH・G・フィードラー編『ドイツ名詩選――ルターからリーリエンクローン（A Book of German Verse: From Luther to Liliencron）』である。

『ホメロス全集』第三巻「オデュッセイア」第一歌―第十二歌（Homeri, Opera Tomvs III: Odysseae Libros I-XII Continens）

一八九〇年代後期から、オックスフォード大学出版局は《オックスフォード古典テキストシリーズ》（Oxford Classical Texts Series）を刊行していて、このシリーズには、古典ギリシャ語やラテン語の著作が原語で収録されている。主に古典学を専攻する学生を対象とし、序文や脚注は伝統的にラテン語で記され、英語の解説や翻訳はまったく含まれていない。作中でペギーが折っているのは、一九一七年に刊行された、トーマス・W・アレン編『ホメロス全集』第三巻「オデュッセイア」第一歌―第十二歌（Homeri, Opera Tomvs III: Odysseae Libros I-XII Continens）第二版である。

『憂鬱の解剖』（The Anatomy of Melancholy）

ロバート・バートンが著し、一六二一年に刊行された『憂鬱の解剖』は類まれな奇書である。正式な書名は『憂鬱の解剖、憂鬱の正体と、そのあらゆる種類、原因、症状、予後およびいくつかの治療法。三つの主要な区分を複数の章、節、項に分け、哲学、医学、歴史学的に切り開き、分析する』である。

憂鬱に関する書物であるが、文学、哲学、神学、心理学、神話についての本でもある。タイトルの長さから、著者の人となりが幾分か伝わってくる。オックスフォード大学のフェローだったバートンは、生涯を通じて自分自身そして自身の読書経験をこの書物に注ぎ込んだ。バートンは〝わたしは忙しくすることで憂鬱を避けようと目論《もくろ》み、『憂鬱』を書いている〟と序文に記している。自身の憂鬱を御すために、バートンはこの本を五度にわたって改訂し、そのたびに何ひとつ削ることなくひたすら加筆していった。そのため一九一八年にオックスフォード大学出版局が刊行した版は、一千五百頁近くに及んでいた。この書物の根底には、憂鬱は人間であることの一部だという信念がある。〝男子が生きている限り、憂鬱からは逃れられぬ〟とバートンは書いた。そしてそれは、女であっても同様である。

謝辞

この本が書かれた土地の伝統を受け継ぐ、その土地の正当な所有者であるガーナとペラマンクの人々に謝意を表す。彼らはわたしが故郷と呼ぶこの地の最初の語り部だった。そして彼らの物語は、この国の長い歴史のなかにこだまのように響き渡っている。それを聴きとるために、わたしたちはただ耳を澄ませさえすればいい。

わたしの文章に磨きをかけてくれた人々に、ことばで表せないほど感謝している。アファーム・プレス社のルビー・アシュビー＝オアの素晴らしい共感力、冷静な指摘、そして編集者としての圧倒的な手腕は見事だった。マーティン・ヒューズ、わたしが語ろうとする物語を理解してくれて、ありがとう。曇りなき目と几帳面さを兼ね備えたヴァネッサ・ペラット、再三にわたる事実確認をしてくれたヘレン・カンバーバッチ、校正者のエマ・シュワルツ、ジュリアン・ウェルチ、アーメル・デイヴィスにも御礼を申し上げる。編集上のアドバイスをくださった、英国のチャット&ウィンダス社のクララ・ファーマーとアマンダ・ウォーターズ、米国のバランタイン・ブックス社のスザンナ・ポーターとシドニー・シフマンには大変お世話になった。こうした皆さんの惜しみない助力と本質を突いた助言は、この物語のそこここに織り込まれている。

また、この本を世に送り出し、美しく飾ってくださった方々にも謝意をお伝えしたい。キーラン・ロジャース、ローラ・マクニコル・スミス、ボニー・ヴァン・ドープ、ステファニー・ビショップ＝ホール、そしてアファーム・プレス社の皆さん、装幀の絵を描いてくださったアンディ・ウォーレン（オーストラリア版）、クリス・ポッター（英国版）、ベリーナ・ヒューイ（米国版）、ありがとう。

自閉症や反響言語などの症状を持つ人々の生活の詳細や、一卵性双生児としての経験を、わたしが責任をもって書けるようにサポートしてくださった方々に心より御礼申し上げたい。キャロル・ペシュケ、エリ・コーン、オリヴィア・ニコル、ありがとう。

作品が未熟なうちに読んでくださった皆さんにも大いに感謝している。書き手や、書くという行為について、ティーガン・ベネット・デイライトが与えてくれた深い見識には特に目を開かされた。シャノン・マッキューンは、気遣いを忘れず、しかし必要なときは率直に批評してくれた。ロックダウン中の作家仲間——アリソン・ルーク、ティー・オニール、アマンダ・スケルトン、ガブリエル・コスロヴィッチ、サリー・ボスロイドに盛大なEハグを送りたい。そして、まだ粗削りのわたしの原稿を覗いては、宝石のように完璧なフィードバックをくれた、アファーム・プレス社のグレイス・ブリーン、スージー・ケネウェル、ウェンディ・サザーランド、ローラ・フランクスの善き面々へ、ありがとう。

わたしの作品を国外の舞台へと推薦してくださった、カプラン／デフィオレ・ライツ社のリンダ・カプラン氏に深謝する。

次に挙げる人々の知識や寛大さに頼らなければ、この作品を書くことは不可能だっただろう。サウスオーストラリア州立図書館の修復部長であり、製本家であるピーター・ザイチェック氏は、さまざまな思い出話や専門知識を語ってくださり、昔ながらのやり方で製本する過程を見学させ、頁の折り方を辛抱強く教えてくださった。メアリー・ヴァン・クリークによる『製本業における女性たち』（Women in the Bookbinding Trade　一九一三）のPDF版を見つけてくださったのもザイチェック氏である。女性が研究し、執筆したという事実が、この一冊を当時としては目覚ましい書物にしている。そして氏が、わたしが読みやすいようにとボール紙と布で製本し、贈ってくださったこの本は、かけがえのない宝物となった。また、アデレード大学の優れたオンライン展覧会「表紙の美学——製本職人の古の技術を繙《ひもと》く」（Cover to Cover: Exposing the Bookbinder's Ancient Craft）を企画した学芸員のリー・ヘイズ氏には、この展覧会の実現はもちろん、個人的に詳しく解説してくださったことに御礼申し上げる。また、オックスフォード大学出版局のアーカイビスト、マーティン・モウ博士には、史実を過《あやま》たず描写するために、今回もお力添えいただいた。博士はメールによる問い合わせに快く応じ、ウォルトン・ストリートのあの堂々たる建物のアーカイブに再びわたしを招き入れてくださった。『オックスフォード大学出版局史』（The History of Oxford University Press）に博士が寄稿された章も参考にさせていただいている。また、ミック・ベルソンによる名著『出版局のこと』（On the Press）と、メイ・ウェッダーバーン・キャナンによる『灰色の亡霊たちと声』（Grey Ghosts and Voices）を薦めてくださったことにも感謝している。そして出版局を取り巻くジェリコや戦争など詳細な背景を織り交ぜながら、オックスフォード大学出版局とそこで働いた人々の歴史について、モウ博士がじっくりとお話しくださったことで、歴史に命が吹き込まれ、生き生きと蘇った。厚く御礼申し上げる。最後に、オックスフォード大学サマーヴィル・カレッジのアーカイビスト、ケイト・オドンネル氏による、第一次世界大戦中のサマーヴィル・カレッジの歴史を詳細に伝える素晴らしいオンライン資料を利用させていただいた。また、氏にカレッジを訪問するようお招きを受け、カレッジの敷地や図書館をご案内いただいたことは非常な喜びだった。また試験の問題用紙や演説、手紙、地図などを探し当てる労をとっていただき、感謝の念に堪えない。

一人ひとりのお名前は挙げ切れないが、ほかにも大勢のアーカイビスト、図書館司書、学芸員、歴史愛好家の皆さんが、その情熱と知識によってこの物語に深みを与え、作品を豊かにしてくださった。また、こうした方々の地道ではあるが重要な仕事を可能にしているのは、さまざまな機関や数々の助成金である。オックスフォード大学出版局、サマーヴィル・カレッジ、ボドリアン図書館、オックスフォードシャー歴史センター、ジェリコ・センター・オンライン（jerichocentre.org.uk）、ヒストリック・ナローボート・クラブ（hnbc.org.uk）、ロンドン運河博物館、ロンドン帝国戦争博物館、エタプル戦没者墓地、サウスオーストラリア州立図書館、オーストラリア戦争記念館、アデレード大学付属バー・スミス図書館に御礼申し上げる。

愛する従姉妹で、優秀な通訳のドナ・アドキンソンは、わたしがフランスで迷子にならないように気を配り、メニューやエタプルの英陸軍基地の数々の旅行案内板を翻訳してくれた。心から感謝している。また、カーリー・アドキンソンにはリサーチ全般の手助けをしてもらったが、オックスフォードでのパンティングはその白眉である。

ゆきずりの方のご親切にも触れておきたい。オックスフォードの運河に浮かぶナローボートの所有者の方々は、川の暮らしについて根掘り葉掘り尋ねるよそ者に嫌な顔もせずお話を聞かせてくださった。寛大にも所有するナローボートに招き入れ、メモも写真もとらせてくださったロレインとマッフィには感謝しきりである。また、ジュリアン・ダットンの『水路のジプシー――英国の川と運河の生活史』(Water Gypsies: A History of Life on Britain's Rivers and Canals)は、大変参考になった。

以下に記す人々や場所は、執筆のスペースや、リサーチ旅行中にひと息つく場を提供し、議論や安心や祝福や気晴らしを与えてくれた。国立作家養成施設ヴァルナ、いつもコーヒーを注ぎにきてくれる《サゾン》と《レディ・ラック》の親切なスタッフの皆さん、ニコラ・ウィリアムズ、ジョー・ブルックスとドン・ブルックス、リサ・ハリソン、アリ・エルダー、スザンヌ・ヴェラル、アンドレア・ブリッジズとクリスタ・ブリッジズ、アン・ビース、ルー゠ベル・バレット、ヴァネッサ・アイルズ、ジェイン・ローソン、レベカ・クラークソン、デイヴィッド・ワシントン、ジョリー・トーマスとマーク・トーマス、マーギー・サレーとグレッグ・サレー、スージー・ライリー、ポート・エリオットのカレンとダグ。

わたしの両親、ペギー・ウィリアムズとイズルウィン・ウィリアムズへ。どんなときも、わたしがこれをやり遂げられると信じてくれてありがとう。そして最高の元義母、メアリー・マキューンは、アイデアをあれこれと話すわたしに耳を傾け、賢明な忠告を与えてくれた。書くことを当然のように受け入れ、日常を地に足の着いたものにしてくれるエイダンとライリー、ふたりを心から愛しています。

そしてシャノン。わたしの信頼する読み手であり、秘書兼運転手兼セラピストであり、目を楽しませる花々と栄養たっぷりの食材を育てる名人であり、わたしの最愛にして最大のファンであるあなたへ。あなたがいなくてもこの作品はおそらく書けたでしょうが、あなたがいなかったら、書きたいとも思わなかったでしょう。

最後に、本の頁を折り、丁合をとり、かがってきたすべての女性たちへ。あなたがたに敬意を表します。

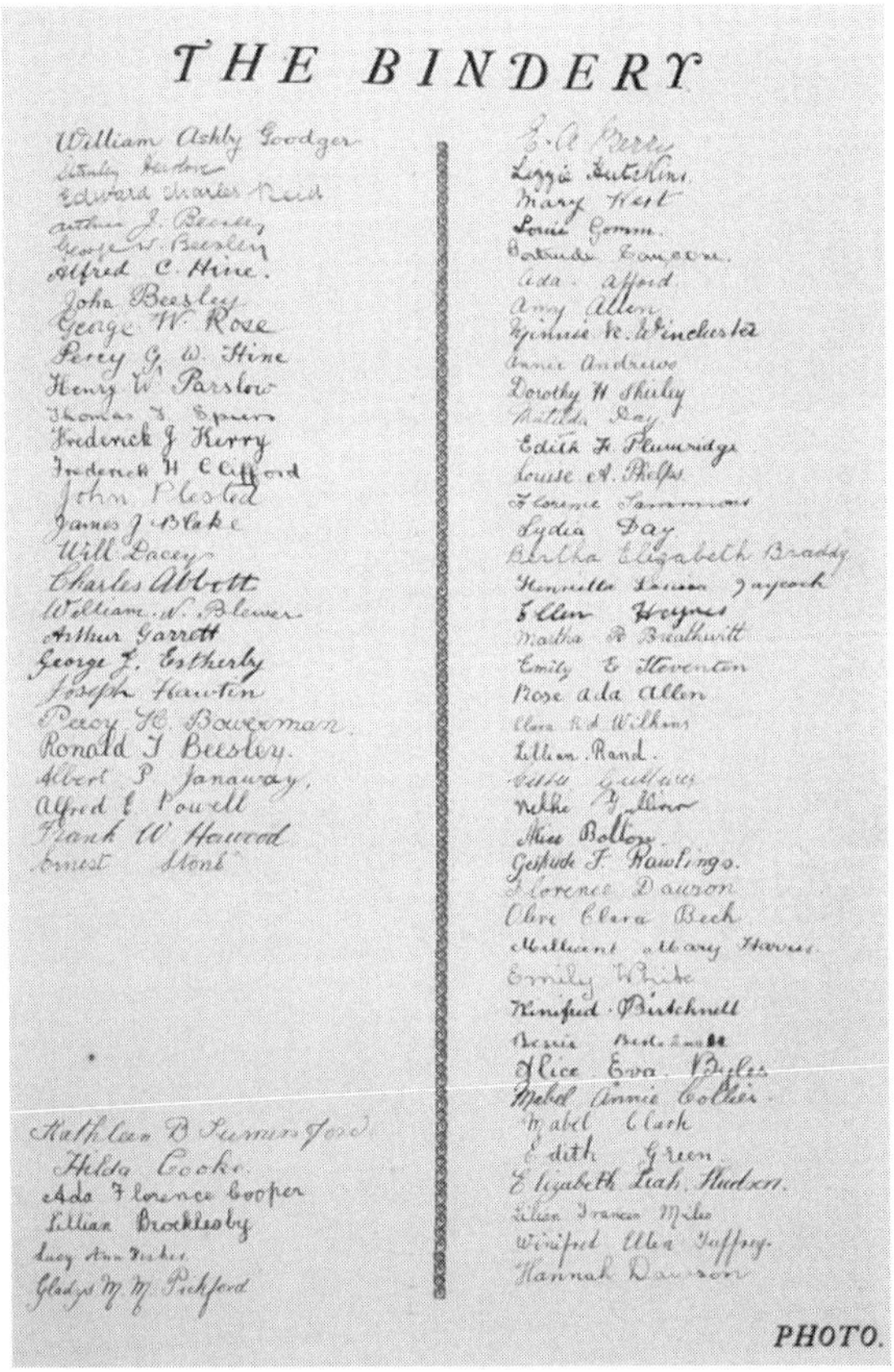
THE BINDERY

William Ashly Goodger
Stanley Harlow
Edward Charles Reid
Arthur J. Beesley
George W. Beesley
Alfred C. Hine
John Beesley
George W. Rose
Percy G. W. Hine
Henry W. Parslow
Thomas J. Spiers
Frederick J. Kerry
Frederick H. Clifford
John Plested
James J. Blake
Will Dacey
Charles Abbott
William N. Blewer
Arthur Garrett
George F. Estherly
Joseph Hawtin
Percy H. Bowerman
Ronald T. Beesley
Albert P. Janaway
Alfred E. Powell
Frank W. Harwood
Ernest Stone
Kathleen B. Summersford
Hilda Cooke
Ada Florence Cooper
Lillian Brocklesby
Lucy Ann Fisher
Gladys M. M. Pickford

E. A. Perry
Lizzie Hutchins
Mary West
Louie Gomm
Gertrude Cowcer
Ada Alford
Amy Allen
Minnie R. Winchester
Annie Andrews
Dorothy H. Shirley
Matilda Day
Edith F. Plumridge
Louise A. Phelps
Florence Simmons
Lydia Day
Bertha Elizabeth Braddy
Henrietta Louisa Jaycock
Ellen Haynes
Martha R. Braithwaite
Emily E. Steventon
Rose Ada Allen
Clara R. A. Wilkins
Lillian Rand
Edith Gulliver
Nellie Gulliver
Miss Bolton
Gertrude F. Rawlings
Florence Dawson
Olive Clara Beck
Millicent Mary Harris
Emily White
Winifred Birchnell
Bessie Bradshaw
Alice Eva Byles
Mabel Annie Collier
Mabel Clark
Edith Green
Elizabeth Leah Hudson
Lilian Frances Miles
Winifred Ellen Jeffery
Hannah Dawson

PHOTO.

1915年、オックスフォード大学出版局監督の
ホレス・ハート氏が退職したことを記念して、
製本所の職員たちが署名した寄せ書き。
オックスフォード大学出版局代議員会事務局長の許可を得て再掲。

Image of the signatures from the bindery staff on the occasion of
Mr Horace Hart's retirement in 1915.
Reprinted by permission of The Secretary to the Delegate of Oxford University Press.

訳者あとがき

『ジェリコの製本職人』は作家ピップ・ウィリアムズの初の小説『小さなことばたちの辞書』の姉妹編として書かれました。物語としての連続性はありませんが、さまざまに重なる部分があるため、まず前作の内容をごく簡単にご紹介しておきます。

ヴィクトリア朝末期の英国で、〝英語のすべてを記録する〟ことを目的として『新英語辞典（オックスフォード英語大辞典《OED》）』の編纂《へんさん》が行われていました。『小さなことばたちの辞書』は、この編纂室で育った主人公エズメが、男性編集者たちに採録を却下された庶民や女性のことばを拾い集めていく物語です。彼女が街に出て、読み書きにも苦労する市井の女性たちから集めたことばを、夫となる植字工ガレスが製本した『女性のことばとその意味』は、『ジェリコの製本職人』にも登場します。史実とフィクションを巧みに織り交ぜて、男性優位の社会で女性が被った（あるいは現在も被っている）不平等を描き出す一方で、この作品は、弱者である女性の中にも階層があることを指摘し、社会を底辺で支えながら、辺縁へと押しやられる存在にも光を当てていました。

『ジェリコの製本職人』では、労働者階級の貧しい女性ペギーを主人公に据えることで、こうしたより弱い立場の人々の不満、苛立《いらだ》ち、もがきを、当事者の視点でとらえ直しています。ペギーは父親を知らず、母親にも死なれ、双子の妹と一緒に十二歳からオックスフォード大学出版局の製本所で働いています。聡明《そうめい》で知的好奇心旺盛な彼女は、作業の合間に本を盗み読み、不良本を家に持ち帰っては学びへの憧れを募らせていますが、運河に浮かべたボート暮らしで、障害のある妹を抱える身では、大学で学ぶ夢など叶うべくもありません。二十一歳の若さで、生きるためだけに働き、老いていくしかない現実に、ペギーは怒りと諦めを行き来しています。

そんな彼女に転機をもたらしたのが、第一次世界大戦とサマーヴィル・カレッジの学生グウェンとの出会いでした。上流階級出身で、おせっかいなほど親切なグウェンは、ペギーの夢と向学心を知って何とかしてサマーヴィルに入れようと画策します。ペギーは彼女の恵まれた立場を羨み、反発しながらも、その厚意を受け入れて受験勉強に乗り出すのです。このふたりの交友を通して、作家は持てる者と持たざる者を対比させ、読者にさまざまな気づきを促します。ペギーは上流階級を真似《まね》して巻き舌で喋《しゃべ》ってみたり、貧しさを恥じてグウェンを家に招かなかったり、と自分の身分を卑屈なほど意識し、猜疑心《さいぎしん》でいっぱいです。身分差の壁を軽々と越え、ペギーと親しくなろうとするグウェンに比べ、ひねくれていて付き合いにくそうに見えますが、彼女の猜疑心は、運や他人のお情けがなければ壁を越えられず、自分でどうにかする選択肢がないことの裏返しです（そして初読時の訳者のように、彼女に可愛げを求めてしまったとすれば、そこに〝援助を受ける側はこうあるべき〟と考えがちな、求める側の問題があるかもしれません）。一方のグウェンがおおらかでいられるのは、概ね自由に壁を越える選択ができるからだと気づいたとき、見えるものが変わってきます。当たり前のようですが、特権とは〝選べること〟なのです。

グウェンは壁を重視しないからこそ、ペギーの憤懣《ふんまん》が彼女にとって存在に関わる根源的なものであることに思い至りません。象徴的なのが、ふたりが一九一八年に条件付きで認められた女性選挙権をめぐって衝突した場面です。喜び勇んで「正義に向かって大きな一歩を踏み出した」と言うグウェンに、ペギーは「踏まれる石にしたらなかなかそうは思えない」と応じます。出征した男性に代わって労働を担った女性たちの力で選挙権が認められたのに、労働した当の自分たちは財産条件をクリアできず、働いたこともないグウェンたちが選挙権を獲得する理不尽さを、ここでペギーは指摘しています。ところがこれを「何かの始まり」と捉えるグウェンには、それが見えない、あるいはたいしたことに思えません。女性投票権の輝かしさの前では、〝条件〟という壁に阻まれた存在は、たとえその実現に力を尽くしたとしても無視される、それはフランス人権宣言の「人間は生まれながらにして自由、平等であり……」の〝人間〟に、革命に参加したはずの女性が含まれていなかったことを想起させます。特権を持つグウェンにペギーがぶつける怒りは、透明化された声なき存在の怒りにほかなりません。

とまれペギーとグウェンは、持てる者と持たざる者の断絶を友情によって埋めていきます。その友情はふたりを成長させ、ペギーが夢に向かって踏み出す一方で、お気楽に大学生活を乗り切り、良縁をつかむつもりだったグウェンも、自分の立場を生かして真にすべての女性たちのために力を尽くそうと考えるようになります。そして彼女を含め、姉の可能性を信じる妹モード、ペギーに自分を重ねるストッダードさん、本を読む場所を与える司書のミス・ガーネルなど、ペギーに壁を乗り越えさせようとする女性たちは、前作の主人公エズメが編んだ『女性のことばとその意味』でペギーが見つけた〝Sisters（姉妹たち）〟そのものです。ペギー姉妹の母ヘレンとその〝親友〟ティルダの公にできなかった関係も含め、さまざまな〝姉妹たち〟のつながりが描かれる本作は、まさにシスターフッドの物語といえるでしょう。そうした意味で、特に女性の読者には、ご友人や姉妹など身近な女性たちを思い浮かべながらお読みいただくと、また別の感慨があるかもしれません。訳者自身は二人の妹たちに真っ先に本作を贈りたいと思っています。

ペギーに希望をもたらした第一次世界大戦ですが、作中では篤志救護隊員《VAD》としてフランスの前線に赴任したティルダや、ベルギー難民のロッタが経験したルーヴェンの虐殺、ベルギー人士官バスティアンの無残にえぐられた顔の傷を通してその悲惨な現実が描かれます。じつは訳者はこの百年前の戦争と、それにつながる現在進行形の戦争を同時に翻訳するという、稀有《けう》な経験をしました。そのことを少し述べておきます。

二〇二三年秋、本作の翻訳を始めてすぐ、パレスチナのガザ地区がイスラエルの激烈な攻撃にさらされる事態となりました。訳者はたまたまSNSで現地の医師の悲痛な投稿に触れ、やむに已《や》まれずガザの人々の声を日本語で伝えるボランティア翻訳を始めました。女性も子供も容赦なく虐殺され、破壊し尽くされる街。焼き払われる大学や図書館。空爆の標的にされた赤十字の病院。無数の四肢切断手術。着の身着のままで故郷を追われる避難民。血と泥と瓦礫《がれき》の山。戦争とはそういうものかもしれませんが、百年以上の時を隔てて二つの戦争が完全にシンクロする体験は圧倒的でした。しかも第一次世界大戦が現在のパレスチナ問題の原因となったことを考えると、この時期に本作を訳すことになったのは、何かの啓示のようにも感じられました。

この戦争が植民地を巻き込んだ帝国主義戦争であったことを作家が意識していると考えるのは、深読みではないでしょう。エドワード・サイードが帝国主義文学の典型と位置付けたラドヤード・キップリングの詩が使われ、パレスチナということばがさりげなく挟まれているのは偶然とは思えません。歴史に取材し、女性差別や社会格差という歪《ゆが》みを取り上げる本作を読むならば、第一次世界大戦がもたらした世界の巨大な歪みを見過ごしてはならないと感じます。グウェンと同様、選択肢がある特権を持つ私たちは、その責任を果たすべきではないでしょうか。そして、この帝国主義戦争で命を落とし、今も犠牲となっている人々の多くが、ペギーの言う「踏まれる石」であることも忘れてはなりません。

本作はタイトルに「製本職人」とあるとおり、生き生きとした本づくりの描写も魅力のひとつです。執筆のために製本を学んだという作家に倣い、訳者も牧製本印刷株式会社様のご厚意で製本所を見学させていただきました。歴史を感じる重厚な製本所で本が次第に形になっていく過程を間近で見られたことは、訳出上大きな助けとなったのはもちろん、出版に関わる者として胸が熱くなる経験でした。お忙しい中、細かな質問に快く応じ、製本所内をご案内くださった牧孝吉社長、金箔《きんぱく》を貼る工程の訳文をチェックしてくださった工務部の中村久美子さん、お仕事ぶりを見学させていただいた社員の皆さんに、厚く御礼申し上げます。そして読者が手に取られているこの一冊も、牧製本印刷株式会社の皆さんの手によって生まれたことを申し添えておきます。

さらに、牧社長のご紹介で手製本工房まるみず組の製本教室にお邪魔し、代表の井上夏生様に折りとかがり、表紙付けを教えていただきました。おかげさまで作業の場面を自信を持って訳すことができました。感謝申し上げます。

ペギーは自分を「たいして難しいことはやっていない」製本所の女工だと名乗っていました。しかし百年、数百年という時を経ても紙の書物を手に取れるのは、彼女が担当していた折りやかがりを含め、表に出ない熟練した技術があってこそです。タイトルのBookbinder（製本職人）ということばには、そうした陰で本づくりを支えた女性たちへの敬意が込められているように感じます。

なお、作中に登場するギリシャ語やラテン語の読み方と意味については、京都大学文学研究科の河島思朗先生に監修を賜りました。ドイツ語の読みや翻訳は、友人のドイツ語翻訳家、中村智子さんのお手を煩わせました。両先生に、改めて深く御礼申し上げます。

本作と重なるところも多々ある連続テレビ小説『虎に翼』の脚本家の吉田恵里香氏に、推薦のおことばを頂戴しました。僭越《せんえつ》ながら同じ方向を目指す姉妹《シスター》からのエールと受け止め、心より嬉しく思っております。

最後になりましたが、常に行き届いた配慮をしてくださる担当編集者の皆川裕子さん、校正スタッフの方をはじめ、小学館文芸編集部の各位に謝意を表します。

最所篤子

二〇二四年九月三十日

〈読者のみなさまへ〉

本作品には現代では使用をひかえるべき言葉や表現が含まれておりますが、作品の舞台となる時代背景と作者の意図を尊重し、原文を生かした翻訳文にいたしました。本書が決して差別の助長や温存を意図するものではないことをご理解の上、お読みください。

小学館の翻訳本
好評既刊

小さなことばたちの辞書

ピップ・ウィリアムズ　最所篤子/訳

『オックスフォード英語大辞典』編纂者の父の職場で育ったエズメ。やがて、辞書に入れられなかった女性たちのことばを掬い上げる彼女の人生の旅が始まる。ことばの蒐集に生涯を捧げた女性を描く感動作。

小学館の翻訳本
好評既刊

イスタンブル、イスタンブル

ブルハン・ソンメズ　最所篤子/訳

東西が交わる古の都と、その地下に広がる牢獄。苛烈な拷問を待つ四人の男が、暴力と恐怖に抗うように豊かな物語を詠み合う。生と死、愛と憎悪。都市と人間の根源を問う、トルコ発傑作小説。

小学館の翻訳本
好評既刊

葬られた本の守《も》り人《びと》

ブリアンナ・ラバスキス　高橋尚子/訳

ベルリン、パリ、ニューヨーク。時と国を超え、迫害された本を救うためにつながる三人の女性。本を愛するすべての人に贈る、戦火が広がるいまこそ読むべきシスターフッド＆ビブリオ歴史小説。

小学館の翻訳本
好評既刊

わたしのペンは鳥の翼

アフガニスタンの女性作家たち
古屋美登里/訳

口を塞がれた女性たちがペンを執り、鳥の翼のように自由に紡ぎ出した言葉の数々。女性嫌悪、暴力、死…。身の危険に晒されても表現したかった自分たちの居る残酷な世界と胸のなかで羽ばたく美しい世界。

著者　ピップ・ウィリアムズ　Pip Williams

英国ロンドンに生まれ、オーストラリアのシドニーで育ち、現在はサウスオーストラリア州アデレード・ヒルズに暮らす。本作の姉妹篇であるデビュー小説『小さなことばたちの辞書（The Dictionary of Lost Words）』はニューヨーク・タイムズ紙のベストセラーリスト入りを果たし、2021年オーストラリアのベストセラー（フィクション部門）1位に。俳優リース・ウィザースプーンが主催するリース・ブッククラブでも取り上げられた。

訳者　最所篤子　Atsuko Saisho

翻訳家。訳書にハンナ・マッケンほか著『フェミニズム大図鑑』（共訳、三省堂）、ジョジョ・モイーズ著『ワン・プラス・ワン』（小学館文庫）、同『ミー・ビフォア・ユー　きみと選んだ明日』（集英社文庫）、アンドリュー・ノリス著『マイク』、ピップ・ウィリアムズ著『小さなことばたちの辞書』、ブルハン・ソンメズ著『イスタンブル、イスタンブル』（以上、小学館）など。英国リーズ大学大学院卒業。

ラテン語・ギリシャ語監修　河島思朗（京都大学 文学研究科）

取材協力　牧製本印刷株式会社

手製本工房 まるみず組

編集　皆川裕子

ジェリコの製本職人《せいほんしょくにん》

2024年12月2日　初版第一刷発行

著者　ピップ・ウィリアムズ

訳者　最所篤子

発行者　庄野 樹

発行所　株式会社小学館

〒101-8001

東京都千代田区一ツ橋2-3-1

編集　03-3230-5720

販売　03-5281-3555

DTP　株式会社昭和ブライト

印刷所　TOPPAN株式会社

製本所　牧製本印刷株式会社

造本には十分注意しておりますが、印刷、製本など製造上の不備がございましたら「制作局コールセンター」（フリーダイヤル0120-336-340）にご連絡ください。

（電話受付は、土・日・祝休日を除く9時30分〜17時30分）

本書の無断での複写（コピー）、上演、放送等の二次利用、翻案等は、著作権法上の例外を除き禁じられています。

本書の電子データ化などの無断複製は著作権法上の例外を除き禁じられています。代行業者等の第三者による本書の電子的複製も認められておりません。

©Atsuko Saisho 2024 Printed in Japan

ISBN978-4-09-356747-3